黄梅，1950年生，1968年从北京赴山西雁北"插队"。1973—1989年先后在山西大学外语系、中国社会科学院研究生院外国文学系和美国新泽西州罗格斯大学英语系学习，获硕士、博士学位。中国社会科学院外国文学研究所研究员。

著作有《女人和小说》、《不肯进取》、《双重迷宫》、《起居室里的写者》、《码字的女人》、《灰姑娘梦的演变》(英文，在美国出版)、《推敲"自我"：小说在十八世纪的英国》、《现代主义浪潮下》(编著)、《奥斯丁问题："方寸象牙"上的群己之思》，并参与翻译《浪漫派、叛逆者及反动派：1760—1830年间的英国文学及其背景》(与陆建德合译)等。

推敲"自我"
小说在十八世纪的英国

修订版

黄 梅 著

生活·讀書·新知 三联书店

Copyright © 2025 by SDX Joint Publishing Company.
All Rights Reserved.

本作品版权由生活·读书·新知三联书店所有。
未经许可，不得翻印。

图书在版编目（CIP）数据

推敲"自我"：小说在十八世纪的英国 / 黄梅著.
修订版. -- 北京：生活·读书·新知三联书店，2025.
7. -- （当代学术）. -- ISBN 978-7-108-08040-0
Ⅰ. I561.074

中国国家版本馆 CIP 数据核字第 20255RC749 号

责任编辑	蔡雪晴　曾　诚
装帧设计	宁成春　薛　宇
责任印制	李思佳
出版发行	生活·讀書·新知 三联书店
	（北京市东城区美术馆东街 22 号 100010）
网　　址	www.sdxjpc.com
经　　销	新华书店
印　　刷	北京隆昌伟业印刷有限公司
版　　次	2025 年 7 月北京第 1 版
	2025 年 7 月北京第 1 次印刷
开　　本	635 毫米 × 965 毫米　1/16　印张 31.25
字　　数	377 千字　图 8 幅
印　　数	0,001-5,000 册
定　　价	98.00 元

（印装查询：01064002715；邮购查询：01084010542）

当代学术
总　序

生活·读书·新知三联书店从1986年恢复独立建制以来，就与当代中国知识界同感共生，全力参与当代学术思想传统的重建和发展。三十年来，我们一方面整理出版了陈寅恪、钱锺书等重要学者的代表性学术论著，强调学术传统的积累与传承；另一方面也积极出版当代中青年学人的原创、新锐之作，力求推动中国学术思想的创造发展。在知识界的大力支持下，通过多年的努力，我们已出版众多引领学术前沿、对知识界影响广泛的论著，形成了三联书店特有的当代学术出版风貌。

为了较为系统地呈现中国当代学术的发展和成果，我们以上世纪八十年代以来刊行的学术成果为主，遴选其中若干著作重予刊行，其中以人文学科为主，兼及社会科学；以国内学人的作品为主，兼及海外学人的论著。

我们相信，随着当代中国社会的繁荣发展，中国学术传统正逐渐走向成熟，从而为百余年来中国学人共同的目标——文化自主与学术独立，奠定坚实的基础。三联书店愿为此竭尽绵薄。谨序。

生活·讀書·新知三联书店
2017年3月

目　录

再版前言　i

绪言　1

第1章　贝恩和复辟时代的遗产　12

一　复辟时代的两种文学　13

二　"老"故事中的"新"角色　21

三　"贝恩的追随者"　35

第2章　笛福笔下的精神飘流　41

一　新世界的创业英雄　41

二　鲁滨孙的"在场"和"不在场"　51

三　罗克萨娜的"罪"与"罚"　62

四　笛福与对"人性"的推求　78

第3章　讽刺的机锋　90

一　"南海泡沫"　90
二　哈哈镜里看英国　100
三　审视语言和思想　106
四　"憎恶人类"？　114

第4章　《帕梅拉》风波　126

一　帕梅拉的双重人生设计　129
二　菲尔丁的反诘　147
三　《帕梅拉》与妇女问题　159

第5章　克拉丽莎的"战争"　166

一　哈娄家族同根相煎　168
二　拉夫雷斯的选择　180
三　"演示"死亡　200
四　追求的悲剧　210

第6章　从汤姆·琼斯到阿米丽亚　221

一　世相全景　221
二　"英雄"与"小人"　230
三　权威的声音　241
四　《阿米丽亚》和写作的"断裂"　253

第7章 《拉塞拉斯》和奥古斯都风格 273

一 "东方故事"中的人欲 274

二 文本内外的对话 280

三 文化大师,传世箴言 289

第8章 斯特恩和"情感主义德行的困境" 293

一 无法无天的叙述 293

二 "解构",还是炫示? 301

三 多情的姿态 311

四 逢源一时的情感主义 318

第9章 "观者"的喜剧 333

一 且行且议 336

二 为什么是克林克 352

三 边缘处的女人 364

第10章 哥特小说的出现 372

一 华尔浦尔别树一帜 373

二 堕落的寓言 384

三 说不尽的哥特小说 391

第11章 伊芙琳娜和她的姐妹们 398

一 "蓝袜子"作家群 398

二 伊芙琳娜的语调之辨 403

三　女人的爱与怕　412

四　艾米琳的抗争和"胜利"　420

五　小说与革命　430

余语　441

参考年表（1688—1789）　450

主要参考书目　467

初版后记　480

再版前言[*]

得知部分三联·哈佛燕京学术丛书作品即将再版，而拙作《推敲"自我"：小说在十八世纪的英国》忝列其中，我觉得很幸运，同时对三联书店在一意追求经济效益的时潮中支持学术、倡导思想的举措深感敬重。

《推敲"自我"》初版时由于一些主客观原因，存在若干疏误。对此我一直心存遗憾。再版给了我修订的机会，虽然只是小修小补，毕竟得以了却一个心愿。而且，就思考主题和基本论述而言，我以为原书尚不需大改。西方学术工业年年有新品推出，如果今天来写同一论著，参考书目和引文等等自然会有所不同。但是，该书以社会转型时期中国学人的独特视角切入，试图通过细读18世纪英国小说辨识现代社会中个人"自我"与群体/他人关系的危机，其问题意识、思想理路和具体分析并未过时，仍可一读。

《推敲"自我"》动笔于二十多年前。

我们这一茬人不知不觉走到了回首往事的年纪。这两年因为亲友忆旧，我"遭遇"了自己在"文革"期间留下的一些文字，简直

---

[*] 本文为2015年版前言，即"三联·哈佛燕京学术丛书"二十周年纪念版前言。——编者

有些不敢相认。当年的我下笔那么直白粗率,情绪那么慷慨激愤,而且其中"我"字的出场率高得令人惊愕。这使我意识到自己已经走过了多么长远的路。

回想起来,如果不计少年时代学习雷锋和不断"斗私"的体验,我对于"自我"或"个人"的疑惑始于"文革"结束之后。当时,伴随伤痕文学、朦胧诗等等问世出现了强调"个性解放"、"自我实现"以及"恶是历史发展动力"的高声浪言说,我隐约地感到这类议论似有偏颇。1980年代中期我在美国留学,读了不少18—19世纪的英国文学作品。文化哲人卡莱尔曾在维多利亚时代将要揭幕之际撰文剖析时风世情,包括一时热络的道德哲学研讨和"善感情调的统治"(the reign of sentimentality)。他认为这些及其他种种"自我关注"表现都是病象,还引用了医家箴言"健康人不觉其康健,唯患病者深感其疾苦"[1]。他的话触动了我。是的,有关个体/个人喧嚣的自我意识显然也并非亘古天然的存在,个人主义话语在西方现代化过程中逐步升温并成为主流主导,自有其文化特质和可以追溯考察的起因和过程。"自我"之所以成为文学作品反复关注的话题,是因为它在现实中的存在已经"颠倒混乱",需要思量了再思量,有如莎士比亚笔下迟疑不决的哈姆雷特王子对自身处境的痛苦感受。

这些就是《推敲"自我"》一书题旨最初形成的根由。在长达十余年的阅读和写作过程中,我的一些思考与美国学者南希·阿姆斯特朗的观点有不少相近之处。阿氏认为"小说的历史和现代主体(subject)的历史……是同一的","这一有特定阶级和文化属性的主体即我们通常所说的'个人'"。她把18—19世纪英国小说的主

---

[1] Thomas Carlyle, "Characteristics," in George Levine (ed.), *The Emergence of Victorian Consciousness: The Spirit of the Age* (The Free Press, 1967), pp. 39-68.

旨归纳为试图在不冲击社会秩序的前提下弥合自我与其社会位置之间的鸿沟,"将本质上非社会的欲望置换为被社会认为合宜的目标。这一置换过程促生了构成利维斯所谓'伟大传统'的那些小说中内心冲突的主体"。[1] "内心冲突的主体"云云,在非专业人士听来不免有些佶屈聱牙。其实,她指的大体上就是《推敲"自我"》所关注的在理查逊书信体小说《帕梅拉》中已初步成形的那类主人公,其根本特征是既受个人欲望驱动又被责任意识和道德理念领引,不断在一己内心进行思想对话和交锋——中国人比较熟悉的简·爱就是其中之一。阿氏还进一步认为,小说把个人主义"意识形态内核"带到了全世界:"即,凡有小说写成并被阅读,它们便极有可能既在虚构故事中也在生活现实中再造现代个人。"[2]

20世纪中国小说《莎菲女士的日记》(1928)和《青春之歌》(1958)等等似乎印证着阿氏的后一论断。它们所折射出的"五四"运动后中国革命女性的精神世界,既有西方现代主人公的许多特征,也不无本土旧文人孤芳自赏[3]的情味。再联系到自己青年时代某些"我"字当头、直抒胸臆的私人写作,我想,我们近年来对"革命集体主义"年代的评说恐怕难免有盲点和片面性,在某些根本判断上反不如阿氏更透辟精准。莎菲和林道静(上述两书的主人公)乃至她们身后的作者恐怕如我一样,在更大程度上还得算是小说的女儿。"螺丝钉精神"尽管在某些时段曾得到官方大力倡导,但是即使对于真诚服膺的人们,它发挥作用的机制大约也是作为一方面的思想参与向往崇高的自我对话,那情形或许更像伯克维奇对

---

[1] Nancy Armstrong, *How Novels Think: The Limits of Individualism from 1719-1900* (Columbia University Press, 2005), pp. 3, 8.
[2] Ibid., pp. 9-10.
[3] 参看陆建德:《自我的风景》,《外国文学评论》,2011年第4期,186—195页。

美国式清教个人主义心理的描述，即自我关注与自我斥责彼此呼应纠结。[1]也就是说，自觉的集体主义"主"旋律其实是以种种非群体甚至反群体意识的丰厚存在为前提的。

小说的儿女们曾经受到压抑却仍根深叶繁，应该是中国在"文革"结束以后不久个人主义思潮便得以狂飙突进的原因之一。1970年代末以来，西方（比如英国）两三百年的发展进程被高度浓缩进三十多年里，中国社会快速工业化、商业化。张旭东教授在本雅明《启迪》(*Illuminations*)中译本代序中说，"商品时代在中国姗姗来迟，随即却以复仇的激情横扫城市的大街小巷"，并进而叩问："这个由跨国资本、股票指数、金融投机、温室效应、遗传工程、卡拉OK、好莱坞巨片、房屋按揭、仓储式购物、牙医保险、个人财务、高速路、因特网维持着的时代究竟是资本的来世，还是'一个阶级的最后的挣扎'呢？"[2]在这个"新时期"里，社会急速转型的剧烈震动造成了严重的精神迷失。西式消费主义文化恣肆流播，中国古老的积弊陋习沉渣泛起，两者交汇，彼此推波助澜。原有人际关系纽带迅速瓦解，"陌生人社会"骤然来临。人们对物质利益的追求常常极端短视，夸张得近乎怪诞。民间最具蛊惑力的是传销讲堂声嘶力竭张扬的失去节制的发财欲望，而19世纪英国式"内心冲突的主体"企图弥合个人与群体/社会间鸿沟的努力尚待发育。社会乱象的一个突出体现是当前激化的医患矛盾，一连串恶性伤医事件几乎成为我们撞到人际关系崩解之"南墙"的令人绝望的象征。不过，很可能这也标志着反思和调整的开始。最近几年有关价值观和

---

[1] 参看Sacvan Bercovitch, *The Puritan Origins of the American Self* (Yale University Press, 1975), pp. 16-17.
[2] 张旭东：《启迪》中译本代序，见张旭东、王斑（译）：《启迪：本雅明文选》（牛津大学出版社，1998），xxvi, xxvii页。

道德重建的讨论升温，似乎表明中国社会已不得不对物欲世界中人我关系或群己关系的溃散脱序做出某种反应。也许确如卡莱尔提示，"自我意识"是疾病症状也是治愈的途径？

我在《推敲"自我"》一书"余语"中曾点明：不无悖论意味，中国视角和中国关怀使我对英国"伟大传统"版"内心冲突的主体"持相对肯定的态度。这是我和阿姆斯特朗们的一个分歧点。其部分原因是：西方一些左翼或自由派批评家（阿氏是其中一位）是两百多年来主流小说思想成果的继承人，对既存的文学模式和思想规范有解构的冲动；但是身处历史发展不同节点的我们却痛切感知，编织那一类"意识形态补丁"对于紊乱的社会生活是非常必要的。何况，英国经典小说作为个人主义思想的思辨场和"宣传车"，不仅炮制并全方位地探讨了某种阶段性"答案"，而且通过不断的思想反刍，以丰富而深刻的方式一次又一次地揭示着问题的全貌。

步入工业化甚至后工业化的21世纪，有关个人与群体/他人关系的思考仍是中国乃至全世界所面临的最重大思想议题之一。去年，我为一位同行讨论18世纪英国情感主义文学的论著写推荐时曾表示：希望有更多国人注意英国社会在工业化起步及商业主义勃兴的时代，以"反复深入讨论'sensibility'（情感主义关键词之一）的方式回应道德失范、进行'思想建设'的历史经验"。这也是我最初写《推敲"自我"》并且乐见它今年再版的缘由——尽管我只是通过相对熟悉的专业细节来管窥那个此后影响全世界两百余年的重要历程。

借助他山之石，我们能更恰切地认识自身的历史处境、更全面地反思华夏文化自我观的得失，并由此更好地应对当前面临的与社会生活失序互为因果的价值观危机。我们还有可能秉持中国立场并参照西方国家晚近的发展，进一步考问英国当年思想建设的局限与误区。英语小说"伟大传统"所标举的"内心冲突的主体"的确如阿姆斯特朗所说,恰是西方个人主义经过调适后的正统存在方式,而非破解现代社会人际关系困局的根本出路。不过,真正的"替代"方案或者新共同体,恐怕不会发端于虚构叙事,而只能酝酿、诞生于超越私有产权逻辑的曲折漫长、纷繁多样的创新社会实践。拥有东方文化基因并曾经过半殖民地民族解放烽火淬炼的中国人,是否能在人类构建未来新型共同体的历史进程中写下独特的一笔呢?

黄梅

2014年3月

绪 言

近二十年来，有不少中国学者把目光投向18世纪的英国。

18世纪是中国清王朝的康乾盛世，也是英国中产阶级新立宪政体巩固、商业社会初步定型和工业革命发端的时代。此后，这两个体制不同的国家经历了截然相反的命运。中国迅速跌入半封建半殖民地的深渊。而英国则"开始经济腾飞……成为世界头号强国，并率先闯入现代文明的大门，成为现代世界的开路先锋"[1]以及"第一个工业化社会"[2]。历史的对比发人深思。不仅如此，对于正在快速转向市场经济的中国来说，那时的英国在很多方面都是一个极有意义的参照。18世纪英国人的经验和教训也就随着"走向未来"和"强国之路"等大型丛书走进我们的视野，当时英国的政治体制、经济运行方式和哲学思想探索对社会发展的促进，引起了中国人的注意和思索。

遗憾的是，有关的讨论在相当大程度上忽略了那个时代的英国人亲身经历的诸多思想危机和痛切感受到的困惑，以及他们对这些

---

[1] 王友平：《开创现代文明的帝国》，1页。
[2] 钱乘旦：《第一个工业化社会》。

活生生的问题所做出的反应和思考。而这些问题，如国内近期不时出现的关于"现代化的陷阱"、"诚信为本"、"道德建设"以及所谓"简单主义生活"的讨论所提示的，乃是今天面对"现代"生存的中国人所无法避免的。因此，笔者力图在介绍并评议18世纪英国小说的同时，把小说在彼时彼地的"兴起"与"现代社会"的出现联系起来考察，特别注重探究那些作品的意识形态功用，也就是它们与由社会转型引发的思想和情感危机的内在关系。20世纪末叶，由于诸多思想文化因素的共同作用，英美乃至整个西方对18世纪英国小说的学术兴趣也出现了引人注目的"爆炸"。[1] 本书与西方诸多研究18世纪文学文化的新论著有所不同，因为上述潜在的中国背景和中国关怀乃是笔者试图重读18世纪英国小说的出发点和指归。

在18世纪末长大成人的简·奥斯丁（1775—1817）敏锐地意识到了小说在社会生活中的重要作用。她在《诺桑觉寺》（1818）一书第五章中就小说发了一段不短的议论。叙述者"我"先是责备某些批评家甚至小说家信口贬低小说，然后把批评的矛头指向一种流毒更广的成见。她设想一位埋头读书的姑娘被人打断时会作何反应：

"小姐，你在读什么呢？""哦，只不过是小说罢了，"那位年轻的女士答道，一边假装毫不介意地把手中的书放下，多少还有点不好意思——"不过是赛西莉亚、卡米拉或比琳达[2]。"或者，简言之，不过是这样一些作品，它们展示了最

---

[1] J. Paul Hunter, "The Novel and Social/Cultural History," in John Richetti (ed.), *The Cambridge Companion to the Eighteenth Century Novel*, p. 11.
[2] 分别为弗兰西斯·伯尼（1752—1840）和玛丽·埃奇沃思（1760—1849）小说中女主人公的名字。

有力量的思想、关于人性的最透彻的知识以及对人的复杂性的最精妙的描绘；它们用最恰当的语言向世人传达最生动活泼、恣肆汪洋的机智和幽默。[1]

读小说读得忘乎所以却被人撞见，想象中的那位姑娘一时慌乱，窘态毕现。这表明，在一些绅士眼中（也即以曾经是主导的观点看来），小说以及小说阅读还有点低人一等，不大上得了台盘。然而，叙述者"我"随即毫不含糊地以一连好几个"最"字概括小说的性质和特征，又说明这种文学形式已经深入人心。

在18世纪，小说还没有成为"艺术"，还没有从相对混沌的社会生活中被放逐，因而也没有那么强烈的自我意识。当时的小说写作者大都不是职业"小说家"。笛福（1660—1731）在很长时间里是工商业主；理查逊（1689—1761）是印刷商；斯威夫特（1667—1745）和斯特恩（1713—1768）长期担任神职；菲尔丁（1707—1754）和麦肯齐（1745—1831）是法官；斯摩莱特（1721—1771）曾经做过船医；约翰逊博士（1709—1784）则很接近现代报人和学者，如此等等。或许是出产"巨人"的文艺复兴时代的余泽，这些尚没有和主流社会实践疏离、躲进象牙塔的文化人几乎个个都是精力充沛的多面手。

在他们生活、写作的年代里，英国社会生活的方方面面正发生着意义深远的变化。身处变迁之中并面对种种疑惑和问题的公众自然对现实生活抱有很大的兴趣和深切的关怀。哈贝马斯在《公共领域的结构转型》（1962）一书中指出，在那个时期英国民众讨论甚至参与政治、经济、思想和文化事务的公共领域得到空前（在某种

---

[1] Jane Austen, *Northanger Abbey*, p. 58.

程度上也是绝后）的发展，文学即是公共领域的一个重要的组成部分。[1]在这个文字构筑的"空间"里，作家写虚构故事的目的是复杂多样的。斯威夫特不会忘记政治斗争。笛福肯定想到了挣钱。指望借此养家活口的夏洛特·史密斯（1749—1806）更是不会忘记经济效益。斯特恩与华尔浦尔（1717—1797）显然存自娱并与同好者共娱之心。但是他们中没有一个会忽略正在身边进行的几乎和每个人都有切身关系的各种论争和探讨，也没有哪个会小看或否定文学教育公众的作用。于是，"与社会生活密切结合"[2]就成了这个时代的文学的特征。在这方面，小说与画家威廉·霍加思（1697—1764）那些风靡一时的雕版讽刺组画，如《娼妓之路》（1732）、《浪子之路》（1733）、《时髦婚姻》（1745）和《勤与懒》（1747）等等，有异曲同工之妙。比如，《勤与懒》一组四幅画表现了两个学徒的人生——一个兢兢业业工作、娶了东家的女儿、继承作坊产业并最后当上了伦敦市长；而另一个懒惰贪杯，后来沦落为罪犯并最终被送上绞架——其惩恶扬善、匡正人心的用意跃然纸上。尽管艺术媒介不同，但画家和小说家笔下的"叙事"都是对经验的表达，对世事的评述，对未来的构想，对信仰的探讨以及对读者的劝和诫。作者毫不掩饰自己的说教意图，因为教导公众是他们的职责。[3]对那时的英国文化人特别是新兴中产阶级的文化人来说，以虚构文学思考、应对当代社会问题和思想问题乃至介入政治时事是从文的正路。斯威夫特、菲尔丁、斯摩莱特写起讽刺文来劲头十足，理查逊和约翰逊承担道德说教的重任也毫不扭捏。

---

[1] 参看 J. Habermas, *The Structural Transformation of the Public Sphere*, Chapters. 2 & 3.
[2] A. R. Humphreys, "The Social Setting," in Boris Ford（ed.）, *From Dryden to Johnson*, p. 19.
[3] 参看 Clive T. Probyn, *English Fiction of the Eighteenth Century*, p. 5.

勤与懒（组画之一）
霍加思作于1747年
两个学徒在织机前劳作，态度显然不同

正因如此，对于年轻的奥斯丁们来说，"赛西莉亚、卡米拉或比琳达"才绝对不能轻描淡写地用"只不过"一言以蔽之。她们是曾与她朝夕相伴的生动形象，与她的成长和生命血肉交融。这些虚构人物及其人生轨迹，是她获得有关人生、社会、道德和哲学的知识的主要来源，也是她在文学"行当"里临摹学艺的范本。因此，她深切地领会到，小说是不亚于诗歌体裁的艺术，它需要"最恰当的语言"，需要无与伦比的"机智和幽默"，并且比其他文类更能给读者带来广泛而真挚的愉悦。更重要的是，小说传达"最有力量的思想"和"关于人性的最透彻的知识"。它是阐发观点、传播知识的有效工具，是批判、争论、对话的"场所"，也是读者深化思想、扩展识见、培育性格的途径。

在18世纪里，古老的叙事文学发展成现代意义上的散文"小说"。这是伊安·瓦特在《小说的兴起》(1957)中提出的一个基本观点。该书是我们在讨论英国18世纪小说时几乎无法回避的里程碑式的重要专著。尽管笔者并不把瓦特的（至今引起很多争论的）"兴起"论看作有关"起点"的权威见解，无意割断笛福和他以前的虚构文学的关系，也不否认笛福以前的某些作品大致可以被视为具有现代因子的"小说"，但是却赞同瓦特的下述观点：笛福、理查逊和菲尔丁等人的作品确实最早并最典型地代表了现代小说的主要问题意识和艺术特征——对现代"个人"的关注，以及有意识地采用"形式现实主义"的表现手法。当然，如另一位探讨"起源"的学者麦基恩所说，"写实"追求也表达了一种问题意识，即有关"真相"的问题意识。他认为"真相"问题和（与新型"个人"相关的）"德行"问题"深刻地相关相似，促生了丰富的成果，这是小说得以生成发展的基础"[1]。

瓦特把小说的兴起与个人主义思想的兴起——他论及的其他两个重要因素是中产阶级地位上升和广泛读者群的形成——联系在一起，认为小说表达了"特定个人在特定时间、地点的特有经验"[2]。任何时代的文学都与"人"相关，然而有关"个人"的观念却并非亘古即有的老话题，而是变化了的历史境遇中出现的新思想。17世纪以前，西方通行的世界观认为，神设的"众生序列"(the Great Chain of Being)把所有人的存在按一定等级秩序联系在一起，构成一个整体。社会秩序中的位置和角色是固定的，充任某一角色的具

---

[1] Michael McKeon, *The Origins of the English Novel, 1600-1740*, p. 22.
[2] Ian Watt, *Myth of Modern Individualism*, p. ix; *The Rise of the Novel*, p. 31.

体的人——如一个士兵和另一个士兵，一个妻子和另一个妻子——则是可以互换的。重要的是作为整体组成部分的社会角色而非具体的个人。16、17世纪以降，工商业和海外殖民事业的快速发展，城市扩张和传统农业破产等等一系列变化，使旧有的阶级、家族和行业关系等等纷纷松动甚至解体。人们不再生来从属于某个相对固定的社会群体或担当稳定的社会角色，相反，他们似乎成了漂浮的孤独个体，有可能或是不得不重新为自己定位，重新探求并塑造自己的角色和人生意义。[1]这种典型的现代处境生出很多新的机会、新的诱惑、新的焦虑和新的观念。一方面人们在思考人生时开始强调经济价值并试图把宗教纳入其中；另一方面，"'个人'的观念变得越来越重要"。[2]17世纪末18世纪初的那些影响深远的思想家，如托马斯·霍布斯（1588—1679）或约翰·洛克（1632—1704），都把受私欲驱动的"个人"作为出发点，以此为基础展开有关心理学、政治理论以及认识论的思考。与个人的"自我"相关的一些问题，如"人性"、自我认识和"移情"（empathy）等等，也随之成为文学领域中被作者、作品和读者热切关注的焦点。[3]

新历史主义派学者格林布拉特在《文艺复兴时代的自我塑造》（1980）一书中用"self-fashioning"即"自我塑造"一词指称现代个人建构自我身份的努力。也有别的学者用"self-production"（即"自我制造"）表达相近的意思。[4]格林布拉特认为，在英国自16世纪文艺复兴时期以来，由于种种社会变化，人们对自我身份和塑造

---

[1] 参看 L. Stone, *The Family, Sex and Marriage in England, 1500-1800*, p. 172; Pope, *An Essay on Man*。
[2] Alasdair MacIntyre, *A Short History of Ethics*, pp. 151-152.
[3] Habermas, p. 50.
[4] Nancy Armstrong, *Desire and Domestic Fiction*, p. 108.

自我身份的意识大大加强。"自我塑造"既发生在实际生活中，也发生在文学和艺术创造中，两者之间并没有不可逾越的界线。[1]在本书中，我们将着重讨论小说中虚构人物的自我塑造，以及作者和他/她所代表的社会势力如何通过这种人物形象参与更广泛的文化对话，从而影响受众的自我塑造。

一般说来，史诗和传奇故事中的主人公的"英雄"身份是自一出场就确立了的，"故事"的展开只是对他们的一系列业绩的陈述。而对现代小说中的主人公和其他许多人物来说，在叙事开始之际"怎样做人"尚是一个问题。号称是"私人历史"的小说所展示的，正是男女主人公力图实现某种自我想象或者说"自我塑造"的过程。小说由此而呈现的是一种具有普遍意义的"自我"形象。乍听起来这似乎有些自相矛盾。然而，小说中那个具体的个别的"我"同时又是everyman，是"寓多于一"。因此那个虚构的单数的"我"及其私史确实又与复数的"我们"相关，关涉到对自我观的思考，关涉到千千万万的"我"怎样（现状**实际**如何，理想状态**应该**怎样）生活的问题。唯其如此，小说所投射出的私人"自我"才会成为社会上引发热烈议论的公共话题。

当代哲学家麦金泰尔曾指出小说在西方思想（特别是伦理学）史中占据着重要地位。他说："《鲁滨孙飘流记》是卢梭和亚当·斯密那一代人的圣经。那部小说的重心是个人经验，它所代表的价值观后来成为主导的文学形式。"[2]可以毫不夸张地说，小说是现代个人首先亮相的文化舞台，也是有关"个人"（或"自我"）的文化争议发生的重要论坛。一位学者谈到18世纪小说因文化研究热而

---

[1] Stephen Greenblatt, *Renaissance Self-fashioning*, pp. 1-9, 87-88, 161-162.
[2] MacIntyre, p. 150.

在1990年代大受重视时,说道:"以往被冠以'奥古斯都'之称的那段沉闷的'时期'而今成了'早期现代英格兰'的'文化',那个社会正忙于同时进行多方面的构建:民族国家和帝国;文学市场和商品文化;交通要道和现代主体。"[1]他提到的每一种"构建"都和当时的小说有千丝万缕的联系,也都与英国的命运以及行将一统天下的"现代社会"的形成休戚相关;而其中最后提到的"现代主体"则是小说的核心主题之一。18世纪英国小说就"自我"问题展开的反复推敲和切磋,实质上就是构建所谓"现代主体"的过程。

18世纪英国小说对于"自我"或个体经验的史无前例的关怀是贯穿本书的主导线索。其中具体的论证、分析当然也会涉及瓦特等人所强调的另一个问题,即那种力图使被讲述的故事"像"当代真人实事的"写实"的努力。因为,"形式现实主义"的艺术取向既与前边所提到的关注当代生活的读者的需求相关,也和小说作者力求探讨个体经验的意图水乳交融。

本书共分11章。第1章介绍了王政复辟时代的两种对立的文学传统(分别以风俗喜剧和班扬作品为代表),并在分析阿芙拉·贝恩(1640—1689)的小说的过程中讨论了新读者群的出现、职业女作家的产生以及小说中新型人物的登场。对于全书来说,这一章的作用恰如贝恩的写作之于18世纪英国小说的主体,是一个序篇和一个铺垫。第2章以《鲁滨孙飘流记》和《幸运女罗克萨娜》为例,剖析了笛福小说中原始积累时期的新型个人主义创业"英雄"形象及其内含的思想困惑。第3章通过对《格列佛游记》的评述,揭示斯威夫特对当时的英国社会以及笛福式主人公所代表的新型"自

---

[1] Michael Rosenblum, "Smollett's *Humphry Clinker*," in J. Richetti (ed.), p. 175.

我"的全面的质疑、讽刺和批判。第4章讨论了理查逊的畅销小说《帕梅拉》以及它所引起的争论和模仿,认为该小说的意识形态重要性在于它所倡导的帕梅拉式新型淑女以及她们的情感主义[1]美德乃是对笛福和斯威夫特提出的尖锐问题的一个试探性的应答和解决方案。第5章比较深入地介绍并剖析了理查逊的巨著《克拉丽莎》。在这部小说里,理查逊超越了"帕梅拉答案",把对现代"自我"的考察推进到空前的深度。第6章试图从菲尔丁的《汤姆·琼斯传》和《阿米丽亚》两部作品之间的鲜明反差以及它们各自在风格、叙事方法及内容上的自相矛盾之处入手,梳理、分析他与理查逊的异与同。第7、8、9、10章分别讨论约翰逊博士、斯特恩、斯摩莱特的几部代表作品以及贺拉斯·华尔浦尔首开哥特小说先河的《奥特朗托堡》,并从不同角度说明这些作品就其思想主旨而言,在很大程度上可以说是"笛福-斯威夫特问题"以及"帕梅拉答案"的变调或再思考。第11章"伊芙琳娜和她的姐妹们"集中讨论女性小说家的作品。

由于情感主义"时尚"所标举并协助确立的新绅士淑女理想不仅涉及有关个人行为的伦理原则和行为规范,也在调节阶级的和性别的政治经济关系中发挥了极大的作用,涉及阶级意识和性别意识的讨论相应也会比较频繁地在本书中出现。这不是因为笔者事先选定了阶级分析或性别研究的理论路径,而是因为在我们所论及的作品中,对人性、情感和追求等问题的探究和表达无不与人物的具体

---

[1] 即 sentimentalism。这个词在国内多译为"感伤主义",在确定译法时可能联想到的是《少年维特之烦恼》之类作品的风格。sentimental 一词自19世纪以来常含贬义,译作"感伤"比较确当;但是用来表达英国18世纪中后期重视情感(sentiment)的风尚似不够准确。笔者踌躇再三,决定试译为"情感主义"。在此语境下的 sentimental 译为"情感的"或"多情(/善感)的";sensibility 则酌情译为"情感"、"善感(观念/秉性)"或"敏感(性)"。参看 John Brewer, *The Pleasures of the Imagination*, p. 114。

阶级身份及性别身份纠缠在一起。在这方面，近年来国内外一些新的或较新的理论流派及其在18世纪小说领域内的研究成果给了笔者很多启发，特别是一种与巴赫金和哈贝马斯理论相关的强调思想文化对话的观点以及女性主义批评的视角等在本书基本思路和基本观点形成过程中起了比较大的作用。在浩如烟海的有关研究著作中，有一些，如有"新马克思主义"[1]学者之称的麦基恩的获奖专著《英国小说起源》和瑞凯提的一些比较注重社会、文化背景的论作，笔者读起来相对比较亲切也比较容易接受，因而也就受到了较多的影响。此外值得着重说明的是，尽管本书侧重讨论与社会历史背景联系密切的思想问题，但是笔者也十分重视文本细读和自己作为读者的个人审美体验，注重作品的艺术表达和艺术手段，在具体分析中力求抓住某些有说明力的细节，将作品的有意味的艺术处理和思想取向结合起来。

最后，需要提醒读者，本书不是系统的18世纪英国小说史，也不是对所涉及的小说家的全面介绍。希望了解该时间段里英国文学史或小说史全貌的读者不妨参阅商务印书馆的新编《欧洲文学史》和北京外国语大学外研社出版的五卷本《英国文学史》中的有关部分。本书只是以一个重要的思想问题——有关"个人"和"自我"的思考——为主导线索，力求通过对当时一些有代表性的小说作品的深入分析，探讨当年英国人在"遭遇"现代生存时所经历的一场意义深远的思想和情感危机。

---

[1] 语出Richard Kroll, in Kroll (ed.), *The English Novel*, Vol. 1, p. 27。

第1章

贝恩和复辟时代的遗产

历史是无法切割的,有如连续的光谱。

文学史也是一样。

然而,任何讨论却都必须有起点和终点。为了便于言说,我们不得不进行"分期"或"断代",即便这种划分难免有主观或武断之处。本书把讨论的范围大致划定在1688年到1789年之间,当然也是这样的权宜的选择。不过,就当时英国和欧洲的政治经济和社会生活的发展而言,我们借以划线的1688年和1789年——分别是英国的"光荣革命"和法国大革命发生的年份——确实可以被看作历史中相对突出的标志性的"分水岭"。

的确,历史中影响深远的"划时代"的大事件并不都在人为设定的世纪交替之年发生。诚如巴瑟尔·韦利所说,"18世纪——'欧洲文艺复兴的白银时代'——其实是在17世纪最末一二十年开始的"[1]。

---

[1] Basil Willey, *The Eighteenth Century Background*, p. 1.

一　复辟时代的两种文学

我们决定从1688年谈起，特立独行的奇女子阿芙拉·贝恩的中篇小说《奥鲁诺克，或王奴：一段信史》(1688，下文简称《奥鲁诺克》)[1]便被纳入我们的视野。

贝恩出生在肯特郡，原姓可能是约翰逊。对于英国来说，17世纪是动荡的百年，而贝恩则实实在在是这段多事岁月的孩子。她出生那年，英国国会与国王查理一世决裂，震惊寰宇的清教革命揭开了帷幕。经过两度内战、处死国王、共和国建立和克伦威尔护国政府的独裁统治，到1660年贝恩二十岁时，由于交错的内外矛盾、冲突和妥协，查理一世的儿子从法国返英即位，称查理二世。

1660年至1688年，历时二十八年的复辟时代里的文学艺术有两个突出特点，一是由于内战结束而出现相对繁荣；二是有两种泾渭分明的文学并存，体现了立场、思想和情趣上的触目的分裂。

首先，居于主导地位的是一种与宫廷和贵族社会有密切关系的上层文化。其在诗歌方面的代表人物一个是查理二世的好友、著名廷臣罗切斯特伯爵约翰·维尔莫特（1647—1680），另一个是虽然出身于清教家庭后来却鼎力支持斯图亚特王室的桂冠诗人约翰·德莱顿（1631—1700）。"专职"诗人德莱顿的经历和思想都比较复杂，曾有过若干变化或转向。但是他在变易中又有某种一致性：他一直把自己看作国家或民族的代言人，与古代的"歌者"不无相似。他的诗歌大都有关重大历史事件，或是歌颂，或是讽刺，字斟

---

[1] 本书涉及的外国人名、书名很多，除了少数在《中国大百科全书》中查不到而且尾注、年表和索引中都不再出现的名字以外，正文中不加注原文，一般于第一次出现时注明生卒年或出版日期。

阿芙拉·贝恩

句酌、华美铿锵。他明确提出要有和这个现代王国的庄严使命与崇高地位相适应的规范的诗歌。他的批评论著和写作实践在后世都有很大影响。他纪念查理二世的挽诗《奥古斯都颂歌》(1685)首开先河，以"奥古斯都"[1]一词形容开明王室治下的"自由"的英国，所以后来在英国常把18世纪称为"奥古斯都时代"。

17世纪中期到18世纪末，在历史上通常被称为欧洲启蒙时期。在某个意义上，这是文艺复兴的"退潮"期。文艺复兴的思想遗产主要以"人本主义"为标号，而人本主义的生成是从探讨古典文学遗产开始的，因而在相当一段时间里几乎与"古典主义"的意思相同。[2]"奥古斯都"时代（一般指1680—1750年，也扩展指1660—1780年）英国人以古罗马的全盛期自比[3]，在文化上标榜"古典主

---

[1] "奥古斯都"是从古罗马帝国全盛时期的奥古斯都大帝（Augustus, 63 B. C.—14 A. D.）的称号转化出来的形容词。

[2] 参看W. J. Bate, *From Classic to Romantic*, pp. 1, 206-208。

[3] 参看A. R. Humphreys, "The Social Setting," in Boris Ford（ed.）, *From Dryden to Johnson*, p. 13。

义",也就顺理成章。总的说来,"奥古斯都"一词与其说概括了那个时期的具体特征,不如说反映了开始向帝国迈进的英国的民族自豪感。

和御用文人德莱顿不同,公子哥罗切斯特不是文学行业中人,而是业余"玩儿票"者。他的诗浸透着高雅的玩世态度和相当深刻的怀疑主义思想,宣扬感官享受和及时行乐。这位由牛津大学培养出来的青年公子在不少诗(如《大碗喝酒》)里有意选用直白甚至粗鄙的口语。他笔锋犀利,肆无忌惮,在《谈空无》中将"**法国的真理、荷兰的勇敢、英国的谋略**"以及"**君王的承诺和婊子的誓言**"等量齐观,[1]通通归于"空无"。(45—51行)[2]他最著名的诗《讽刺人类》(1675)把与感性或感官割裂的理性称为"思想中的闪烁鬼火"(12行),表示只承认有助于满足欲望和享受人生的"正确的理性"(99—111行)。他笔下的人类社会仿佛丛林世界,其中众生彼此戒备、互相残害。由此,他认为人的一切努力和奋斗的动力均来自"恐惧"。

上层文化的另一个重要"阵地"是戏剧。公共剧院被清教徒查禁十八年后于1660年重新开张。一些与宫廷和戏剧业两边都有密切关系的经纪人革新了剧场设计,引入了音乐伴奏,改进了布景,并且受欧陆影响起用了女性演员(此前戏剧中的女性由男童扮演)。莎士比亚和其他前辈作家的戏剧再度风靡舞台。在层出不穷的新作中,新古典主义风格的"英雄悲剧"常常采用韵诗体,多以古代或外国的帝王将相为主人公,表现荣誉(或责任)与爱情的冲突,剧

---

[1] 如无特别说明,引文中的黑体表示原著中被特殊标示(如斜体或大写)的词语。
[2] 见 Geoffrey Tillotson (ed.), *Eighteenth Century English Literature* (HBJ, 1969), pp. 37-38。

情和言辞都比较造作夸张。另一类剧作即喜剧则更有时代特征，更"现实主义"地关注国内当代景况，特别是复辟精英们花天酒地的生活。这类作品洋溢着彻底的世俗精神，追求机智巧妙的对答，拒绝严肃的宗教道德讨论，反对虚伪的礼教。乔治·艾特利吉爵士（1634—1691）的《风流人物》（1676）、威廉·威彻利（1641—1715）的《乡下女人》（1675）等等都嘲笑捉弄拘谨的庸人、乡下的笨伯、心口不一的伪君子，让倜傥风流、妙语连珠而又诡计多端的放荡公子哥在寻欢作乐、征服女性中频频得手。这些风俗喜剧在展示社会生活特别是男女关系时绝少掩饰的写实取向是空前的，剧中不少机敏而不乏洞见的对白成为警句。它们大量吸取生动口头语言的做法也极大地丰富了文学语言。尽管如此，与伊丽莎白时代的戏剧相比，这一时期喜剧的题材是狭隘的，主题和思想相对贫弱，"在广度和深度上都明显逊色许多"。[1]

戏剧的"逊色"与观众群的缩小密切相关。和深入群众的伊丽莎白时代戏剧不同，这一时期里的看戏人仅仅局限于与宫廷有千丝万缕联系的"时髦"社会，伦敦剧院的数量也从伊丽莎白时代的六所减为两所。戏剧的题材和趣味便受制于这些观众。剧作者及演员常常和看戏的王公贵族是朋友或情人——艾特利吉和威彻利都是宫廷"快活帮"的成员，罗切斯特本人也曾捧红女演员——因此，台上演出的也常常就是台下生活的缩影。演出时的情景和中国旧时的戏园不无相似，除了台上台下彼此应和外，观众中有调情的，有喧吵的，有打架的，简直是无所不有。难怪后世的英国文化人莱斯利·斯蒂芬（1832—1904）曾概括说，"这是无赖为无赖们所写的

---

[1] P. A. W. Collins, "Restoration Comedy," in Boris Ford（ed.）, p. 156.

喜剧"。[1]多少也因为如此，伦敦的敬神的体面中产阶级视剧院为"邪恶之地"。[2]1688年随着复辟王室的瓦解，曾在朝廷荫庇下的剧院更是遭到激烈抨击，其代表为科利尔（Jeremy Collier，1650—1726）的《简评不道德的和渎神的伦敦舞台》（1698）。此后，虽然威廉·康格里夫（1670—1729）的《如此世道》（1700）仍可以说是复辟时代喜剧的集大成之作，但是它也体现了社会压力造成的某些转向的征兆。

与此同时，在社会的"另一端"即民间，充斥坊间或经常出现在普通人家桌上的却是形形色色的宗教作品。首先，我们应该了解的一个基本事实是：自中世纪以来，西方所说的"文学"基本就是神学阐述、论战、讲道词、个人信仰体验记录等宗教著述。这种状况直到很久以后才有根本改变——直到1886年小说的出版量才超过宗教读物。[3]

数百年来，宗教一直是欧洲以及英国社会矛盾的集合点和浓缩体现。查理二世小心地奉行含混不清、自相矛盾的实用主义宗教政策。他为了得到苏格兰新教徒的帮助一度表示愿意奉行长老派誓约；而实际上他和他的亲随曾流亡法国，对于天主教颇有感情（后来他的弟弟詹姆斯二世公开皈依天主教是导致"光荣革命"发生的直接原因）。复辟后，他一方面支持恢复国教会以巩固权力基础，另一方面于1662年、1672年两次颁布"信仰自由令"，重申他在复辟前所承诺的宽容的宗教政策。在实践中，由于国教会势力的推动

---

[1] 转引自Boris Ford（ed.），p. 157。
[2] John Harold Wilson，"Introduction," in *Six Restoration Plays*（Houghton Mifflin，1959），p. ix.
[3] 参看Clive T. Probyn，*English Fiction of the Eighteenth Century*，p. 5。

和复杂政治情势的驱迫,查理二世最终还是颁行了一系列歧视迫害非国教会信徒的法律和条例。在这种情况下,流行于中下层民众中的有强烈清教色彩的宗教作品也就有了"地下"文学的抗争意味,其中有不少杰出作品是在监狱中写成的。

约翰·班扬(1628—1688)的书就是一个典型的例子。他本是小地方的工匠,在内战中应征,为革命的议会军效力。他在第一位妻子去世前后经历了深刻转变,虔诚皈依加尔文教,后来又自作主张做了布道师。王政复辟后,他因从事被政府禁止的传教活动两度入狱。第二次坐牢时,他写了一本小册子,叫作《天路历程》(1678),述说一位名叫"基督徒"的男子受到"书"(《圣经》)的点化,抛家别子,逃离自己居住的"毁灭城",背着罪过的重负,去寻找上帝的天国,一路上经历千难万险——在"灰心沼"挣扎,在"屈辱谷"蒙难,在"死荫谷"遭遇魔鬼,在"艰难山"吃力攀登,在"怀疑堡"中被"绝望巨人"折磨,等等。尽管有"老世故"劝他放弃这条"充满艰险"的路,有"道学村"的"法律"先生可以提供便捷的服务安抚良心,有"名利场"上搭摊出售的功名利禄的诱惑,但他终于克服了动摇之心,突破重重阻碍,走向自己的目标。

虽然都是秉承革命时期的清教主义传统,班扬的作品和弥尔顿(1608—1674)的却有所不同,即其侧重点不像后者是关注全人类的命运,而是转移到个人灵魂的得救。表面上看,《天路历程》是对个人和现世的彻底的弃绝:主人公的上路意味着放弃自己的家庭和钱财产业;而且他连个具体的姓名都没有,只有那个高度概括的称号"基督徒"。然而实际上他又是个我行我素的"个人主义者"。他寻求上帝的救恩,不靠现有的教会机构,也不借助天主教会那些繁复的仪式,而是通过探求《圣经》真谛,直接与上帝对话。班扬在其第一部作品《罪人蒙恩记》(1666)中将一己的亲身体验升华并且使之非个人化，和当时其他一些激进的不从国教派人士如乔治·福克斯（1624—1691）等人的精神自传声气相通。在《天路历程》里，他采用了传奇故事中常用的"旅行"主题和"战斗"主题，使精神追求形象化、外在化。书中很多描写有深厚的生活底蕴，比如：企图以封建领主口吻对基督徒发号施令的魔王亚玻伦（Apollyon），船夫出身，靠见风使舵、投机取巧当上了"上流绅士"、娶了有身份人家女儿的"私心"（By-Ends）[1]，名利市场里那些以"好色""爱虚荣""奢华""贪婪"为名的有头脸的贵族，等等，都是当时现实生活中司空见惯的社会典型。《坏人先生传》（1680）中的"坏人"也是如此。班扬的"坏人"之所以"坏"，不仅仅在于吃喝嫖赌等行为，他首先是个"坏"商人。他出身学徒，开店赚钱敛财不择手段。除了缺斤短两、倒卖伪劣产品等常规的奸商术以外，"坏人"的拿手好戏之一是玩破产，坑害债权人。他的唯一原则是：最低价买进，最高价卖出。所以，娶太太不如嫖妓女："如果一个小子儿能买一大瓶牛奶，谁还自己去养奶牛？"他的"坏"不乏某种彻底性："我可以信仰，也可以不信仰；可以什么都是，也可以什么都不是；可以发誓，也可以反对发誓；可以说谎，也可以反对说谎……我自得其乐，我能主宰自己的行为方式，而不是受制于它们。"[2]这类非常真切生动的言论和行为显然来自班扬和广大中下阶级民众的日常生活。"德"与"罪"的具体化或实例化并不降低作品的意义，相反却使精神思考和追求更有说服力，具有更确切的社会的乃至政治或神学的针对性。[3]班扬的读者无不

---

[1] John Bunyan, *The Pilgrim's Progress*, pp. 90, 136; 译文参照西海（译）《天路历程》（上海译文出版社，1983）。
[2] J. Bunyan, *The Life and Death of Mr. Badman*, pp. 234, 136.
[3] 参看 Michael McKeon, *The Origins of the English Novel, 1600-1740*, pp. 295-314。

经过《圣经》寓言的熏陶，当然都很明白"基督徒"的旅行，不论攀山涉水，还是走街过市，都象征性地表现了现实生活中人的内在心理戏剧。归根结底，天国又何尝不在人心中？

由于这种复杂性和包容性，也由于采用老百姓的简单朴实的词汇、浅显易懂的象征手法和《圣经》式简洁刚劲的语言，对于普通民众来说，《天路历程》一书极具亲和力，成为许多普通人家里《圣经》之外的第一必备书。班扬首创的这种精神"历险"故事，经过与风俗喜剧所代表的写实取向融合，经过多次反复和修正，成为此后数百年里多数英国小说的基本模式。

在复辟时代，两种对立的文学各自在自己的社会、文化圈内存在，似无交汇之点，但又无时无刻不在彼此参照、对话，从思想主旨到形式风格，两者互相以对方为自身存在的原因和根由。班扬的"基督徒"对"毁灭城""名利场"等等的鄙弃显然包含对贵族社会的奢靡放荡之风的批评；而喜剧《如此世道》中也特别点明，班扬的作品是表里不一的威什福特夫人之流装点门面的书籍之一。

复辟时代两种文学的对立在很多方面具有反讽意味。如：贴近宫廷和权力中枢的复辟浪子采取的是怀疑主义的"解构"式语言和态度，讥笑权威、亵渎成规；带有清教主义平民背景并与革命传统直接关联的作品却在强化道德和秩序。不过，两者其实也有更深层次上的联系。特别张扬的怀疑主义似乎本身是一种以否定形式表达的宗教关怀，表现了时人在这方面的紧张和焦虑——罗切斯特伯爵临终皈依正统基督教是证明之一。这两种传统、两种文学风格与话语的对峙和对照，映现着那个时代的思想分裂和多种取向共存的精神无政府状态；也为下一个世纪的重要思想冲突和思想对话提供了一系列有效的表达框架和话语方式。如杨周翰先生所说，复辟时代文化与先前的传统有所断裂，却与其后的18世纪一脉相通。[1]

二 "老"故事中的"新"角色

贝恩是复辟的斯图亚特王朝的拥护者。她多才多艺，在上层社会和宫廷中交游颇广。据说她在1658年至1663年间曾随家人去英国殖民地苏里南，回国后嫁给一名姓贝恩的商人（可能为荷兰裔），婚后不到两年丧夫。1666年英荷之间发生战争，她被英王查理二世政府派往安特卫普充当间谍，结果未得到分文报酬，反而一度因负债入狱。为了谋生，贝恩开始写作。第一个剧本《包办婚姻》完成于1670年，此后她又写了十多部剧本，其中《游荡者》上下集（1677—1681）、《都市女财主》（1682）和《机运》（1686）等上演后大获成功。她还写了不少诗歌和小说，《奥鲁诺克》是其中之一。贝恩在当时的文艺圈里很有点影响，得到了德莱顿、托马斯·奥特威（1652—1685）等著名作家的敬重。她是英国第一位靠写作为生的职业女作家，同时，她的作品又是典型的王政复辟时代的文化产物。

她的代表作《奥鲁诺克》以不长的篇幅讲述了一个悲剧故事。

西非黑人国家科拉曼丁的王位继承人奥鲁诺克是个英勇善战的年轻将领。他的爷爷，即老国王，看中了他的恋人伊默恩达，和他发生了冲突，结果伊默恩达被卖作奴隶。后来，奥鲁诺克不幸被一英国船长欺骗并拐卖，也沦为奴隶，却意外地在英属殖民地苏里南与自己的心上人重逢，两人终于结为夫妇。奥鲁诺克不堪忍受压迫，率众黑人奴隶揭竿而起，集体逃亡。起义失败，他由于再次听信白人劝诱归降，蒙受了当众被鞭笞的羞辱，决意拼死复仇。为

---

[1] 参看杨周翰：《十七世纪英国文学》，309页。

此，奥鲁诺克亲手杀死了怀孕的妻子，以免她日后受辱。然而妻子死后他却因极度悲哀失去行动能力，最后被白人殖民者擒获，惨受毒刑折磨，被凌迟处死。

奥鲁诺克和妻子的悲欢离合属于"英雄传奇"，[1]继承了罗曼司（romance，也译"传奇"）故事的传统。索尔兹曼在他的《英国散文小说：1558—1700》一书中说，从法国传来的"英雄传奇"在17世纪的英国人、特别是保皇派当中风行一时，贝恩深受这种文学形式的影响。[2]另一位研究18世纪英国文学的专家詹妮特·托德也指出，虽然奥鲁诺克在故事中具有多重身份，但是对于贝恩及其生活圈子里的人来说，他最根本的身份是尊贵的王者，就自觉的意图而言，该小说是围绕阶级、教养和与生俱来的高贵本性等"17世纪的贵族的主题"而展开的。[3]就像贝恩的喜剧《游荡者》中的男主角威尔摩尔（与罗切斯特伯爵的名字近似）是复辟时代舞台浪荡子团体中的一员，执着于爱情和荣誉的奥鲁诺克从相貌到行为都是遵照罗曼司的传统构思的，和该时期悲剧中的英雄也庶几近之。一个突出的例证是，奥鲁诺克鼓动同胞反抗白人的演说以罗曼司宣扬的"荣誉"原则为出发点——他说：我们不能做白人的奴隶，因为他们不曾"正大光明地在战斗中击败我们"（105页）。[4]

然而奥鲁诺克却并非传统意义上的"王公"或"英雄"。他是

---

[1] Ernest A. Baker, *The History of the English Novel*, Vol. 3, pp. 91-92.
[2] Paul Salzman, *English Prose Fiction: 1558-1700*, pp. 312-314.
[3] Janet Todd, "Introduction," in A. Behn, *Oroonoko, The Rover & Other Works* (Penguin, 1992), p. 19.
[4] 本书所讨论的主要小说作品的引文一般在正文中注明出处，并在第一次出现时在注释中说明所用版本。注出处时，如该书分卷、章而每章又不过长，则注卷、章数，以照顾使用不同版本的读者查阅；如原书不分章，则照所用版本注页码。本章正文中注明的页码出自 *The Works of Aphra Behn* (Pickering, 1995), Vol. 3, edited by Janet Todd.

个黑人,而且是被贩卖到美洲的奴隶。他在一段时间里还曾是贩奴者。以这样的人物做故事的主人公,是叙事文学中的新鲜事。更何况自称"目击者"的叙述者还是位女性,便更显得有些不同寻常。[1]可以说,该篇中的叙述者和主人公都是在老故事框架中出现的新时代的新人物。他们两人跨洋渡海来到美洲岛屿苏里南,在不同程度上都脱离了原有的社会背景和社会位置,因而都可以算是"被挪移"(displaced)了的人。围绕这两个人物出现了一系列的身份混淆和矛盾百出的态度。

首先,显而易见,主人公奥鲁诺克的形象本身是个矛盾的集合体。

开宗明义,小说标题便采用矛盾修辞法(oxymoron),用"王奴"这个词组将奥鲁诺克的自相抵牾的社会地位亮出来。他出现于两个不同的地点:传奇的非洲和写实的美洲。他集高贵血统和奴隶身份于一身,他的肤色和面貌、出身和教养无不充满矛盾。叙述者强调:他皮肤漆黑,目光锐利,但鼻子却高高隆起,有如古罗马人,而"不是扁平的、非洲人式的"(62—63页)。他是黑人部族的王位继承人,却得一法国老师多年调教,并且常与欧洲商人打交道(包括卖奴隶)。他通晓好几国欧洲语言,博览群书,对古罗马人十分景仰。总之,"他的天性里毫无野蛮之处,从各方面说,他都像是在某个欧洲宫廷长大成人的"(62页)。另一方面,作为受害者,奥鲁诺克又常常激烈地批评基督教和白人文明,在号召奴隶起而反抗或杀死爱妻时提出的理由也根植于非欧洲的文化传统。

奥鲁诺克被赋予了文化上的多重性,因此他与各类人物和各种势力的关系都不是单纯的,似乎总是处在某种尴尬的两难窘境

---

[1] 参看Salzman, pp. 318-321; Jane Spencer, *The Rise of the Woman Novelist*, pp. 49-52。

中。这位黑人王储喜欢与"按欧洲标准"衡量是有教养的人交往（82页）；即使做了英国人的奴隶，他也仍然对英国王室和在革命中被杀的国王查理一世——也即殖民压迫者的最高代表——充满同情。他和其他的奴隶虽然地位相同、种族相同，心理上却仍隔着旧日的阶级鸿沟。他被卖到苏里南后，发现那里的黑奴绝大多数都是过去曾经他本人之手贩卖来的。奴隶们见了他纷纷山呼万岁，叩头膜拜。奥鲁诺克对他们的"过分欢喜和过分礼貌感到不安"，让他们把自己当作"奴隶同伴"，对此，众奴隶纷纷大表同情慰问（89页）。由于这层历史关系，他在鼓动众人造反时痛陈奴隶所遭受的欺凌压迫、对黑人"像猿或猴一样被买来卖去"表示愤恨的词句就显得充满了反讽意味。那些"血统低贱"的奴隶也许是小说中和叙述者完全不搭界的真正的"他们"。然而他们是没被给予发言权的沉默的一群。当奥鲁诺克对他们说"我们"如何如何时，他的认同显然囿于一时一地，而他们不免有点半信半疑。也许正因如此，在逃亡的企图遭受挫折时他们轻易地背弃了奥鲁诺克，他则骂他们是"天生的奴才"（109页）。

与奥鲁诺克相比，隐于"叙述者"声音中的那位女性则需要更仔细地辨识和分析。

那讲故事的"我""不仅宣称自己是曾经亲历事件的作者，而且让自己在故事中出任重要的角色并且始终在场"[1]。她具有多重的社会身份和多重的主体立场。她是拥有黑奴的白人殖民者中的一员，其社会位置首先是由这一民族身份决定的。她自称父亲是赴苏里南管理邻近三十六岛的副将，不幸在赴任途中去世；她来到苏里

---

[1] Catherine Callagher, "Oroonoko's Blackness," in Janet Todd (ed.), *Aphra Behn Studies*, p. 237.

南后住在岛上"最好的房子"里（96页），被已经沦为奴隶的奥鲁诺克称为"大女主人"。她对殖民地的富饶赞不绝口，惋惜地说，若是我王（查理二世）知道这是怎样"一片广袤迷人的土地"，就决不会那么轻易地将它拱手让与荷兰人（95、104页）。叙述中不时冒出的"我们"所指是不同的[1]，而最先出现的那些"我们"指的是有产业的英国殖民者，与由非洲奴隶和印第安人构成的"他们"相对立。叙述者在开篇谈到"我们"如何与印第安人和平共处，和他们做买卖（57—58页），谈到基督徒们如何为奴隶重新命名，于是使奴隶奥鲁诺克转眼间变成"恺撒"，并从此以该名见知于"我们西方世界"（88—89页），显然毫不犹豫地站在那些殖民者的立场上。

叙述者笔下的第二类"我们"是以性别划分的，由女人组成，读者不时会遇到"我们女人"的字样（93、97页）。上述两组"我们"之间常常有冲突。书中有几次明显的"划清界线"之举：谴责欺骗奥鲁诺克的英国船长是一例（83页），对以副总督拜厄姆为首的白人毒打折磨奥鲁诺克一事表示愤怒则是另一例。她说：听到黑人起事的消息，"我们"女人惊恐万状，认为黑人会来把我们杀个寸草不留，于是都匆匆逃走了，"我们离开以后，**他们**实施了这一暴行"（111页）。这里，男性白人中的一部分，即决策时真正发挥作用的一部分，被明明白白地划入与自己有别乃至对立的"他们"。

由此又派生出叙述者其他种种更为复杂的心态和行为。她身为白人，却对奥鲁诺克怀有深切的同情和敬意，自视是他的朋友——因为他们都饱尝受束缚、受压制的滋味。中上阶级的妇女对奴仆或

---

[1] 参看Margaret W. Furguson, "Juggling the Categories of Race, Class, and Gender," in Margo Hendricks & Patricia Parker（eds.）, *Women, "Race," and Writing in the Early Modern Period*, pp. 214-216。

下层人民的同情的确与她们的某种被压迫意识相关。只比贝恩晚出生十余年的玛丽·查德雷（1656—1710）曾在一首写于1701年的诗中说：妇女无缘接触知识，不能入学，被分派做最低贱的粗活，"充当奴隶"，为奢侈骄横的男人服务；并在另一首名为《致女性》的诗中更为明确地说："妻子和仆从是一码事，只不过名称不同。"[1] 另一方面，女性叙述者又和奥鲁诺克同享某种高贵的身份，并对"荣誉"和"尊严"有相似的看法。她十分欣赏黑人的勇敢诚笃和印第安人的质朴天然，在她看来，奥鲁诺克谈吐不凡，信守诺言，勇敢无畏，视爱情高于生命，简直是理想英雄的化身。这与她对一些邪恶白种男人的鄙夷态度形成对照。奥鲁诺克和某些白人的对比有时上升为对欧洲文明（乃至一切文明）的尖锐批判。如，奥鲁诺克因一向信守承诺，不知谎言为何物，所以一再被欺骗，最后终于对白人彻底失去信心，说："白人背信弃义，那个教他们欺诈行事的神也是如此。"他曾比照白人的方式，让他们把承诺"写"下来（文明社会"立书为据"习俗的前提是认定人与人的关系是尔虞我诈，故须先有"凭证"，以便必要时由专门处理这类问题的法律进行仲裁），殊不知此模仿文明的"进步"之举却使他再次上当——因为在殖民统治下他根本没被当作"人"看待，因而不可能得到法律的保护。讲述这些的时候，叙述者的同情似乎完全在黑人一边，仿佛她又另选择了一种"我们"。因此，读者见她称在苏里南的打猎和周游活动为"我们的消遣"，并解释说"我们"包括四个妇女、"恺撒"（即奥鲁诺克）和另外一位绅士时，并不觉得唐突。这里的"我们"在更大意义上是以阶级（而不是种族和性别），

---

[1] Roger Lonsdale (ed.), *Eighteenth-Century Women Poets* (Oxford University Press, 1990), pp. 2-3.

甚至是以内在"品质"、为人之"道"或相互的感情来划定的。

不难想象，这样一位叙述者在奥鲁诺克的悲剧中扮演的角色也必然是多重的、暧昧的和矛盾的。

她对奥鲁诺克怀有真诚的关切和同情，但是她同时又在"使用"这个奴隶：用他做保镖和陪伴，"消费"（有兴味地听并看）他的人生悲剧，并以此为素材为自己积累日后当"讲故事人"的资本。她还直言不讳地承认，自己是白人殖民者安抚、对付那位黑人王子的一个工具——她带领他渔猎游乐，劝他暂且忍耐、不要聚众闹事，促使他允诺不伤害白人。事实上，不仅叙述者，其他一些善良白人的安慰和许诺在客观上都起着欺骗和坑害的作用。黑人起义发生后，叙述者一方面满心畏惧，认为起义是针对包括自己在内的全体白人的；同时又对叛乱者不无同情，不仅认为奥鲁诺克应得宽待，而且给了他充分的发言权，让他在雄辩的鼓动演说中力陈起义的合理性。就对奥鲁诺克的关怀和对他的命运的影响力而言，叙述者和奥鲁诺克妻子伊默恩达之间有某种可比性和对应性。在某种意义上，"我"和伊默恩达在该书中成为女性的代表。像后者一样，"我"是黑人领袖奥鲁诺克的崇拜者和赞美者，也是他钟情或信赖的对象。不同的是，伊默恩达被描绘成忠贞温顺的女性，而叙述者本人却不是柔弱的深闺小姐。她身为女人，却喜欢渔猎，热衷冒险，极力促成了探访印第安城镇的旅行。她还异常关心政治，参与白人应付黑人动乱的决策过程。如此种种，简直是非常"男性"化的，不仅和奥鲁诺克有相通处，而且和标准的男性殖民者并无多少差别。可以说，特定的时空位置为这个特定的女性提供了空前的活动空间。苏里南复杂的种族关系和政治情势给了她介入政治的机会，就像复辟时代的危机使小女子贝恩得以出任间谍的角色。造成人物"挪移"的航海殖民活动像是魔棒，把黑人王子奥鲁诺克变成了奴隶"恺撒",同时却也把在欧洲微不足道的叙述者(至少对身份极注重的她没有交代她父亲在英国的职业和地位)变成了显赫的"大女主人"。似乎是,白女人在遥远殖民地受到的礼遇以及在奴隶面前所享有的威严使叙述者感到某种晕眩,对自己的"权力"生出幻觉,以至她一时误认为自己"……有足够的权威,又利害相关,如果我猜到会出这种事[指鞭笞侮辱奥鲁诺克],定会阻止它的发生"(111页)。这种自信是诞妄的,正如后来事态发展所表明的,不仅"我们女人"最终只能束手观看奥鲁诺克被荼毒杀害;连男性白人中的一些"君子"也无能为力。然而,这参与感和自信心在一定程度上又是真实的,有所凭依的,若没有这种自信,就生不出这个人物的第三重身份,即女性讲故事人(作家)的身份。

这最后一重身份代表着历史性的新突破。弗吉尼亚·伍尔夫在《自己的一间屋》(1929)中曾说过:所有的女人都应在阿芙拉·贝恩墓上撒下鲜花,因为是贝恩为她们挣得了说出自己的想法的权利。[1]贝恩的叙述者没有打出开路先锋的旗号,也没有发表惊天动地的宣言,但是她意识到自己的写作活动有"僭越"之嫌。她这般没有受过古希腊和拉丁文学教育的女人甚至不能算"有文化",写书自然是"越分"的。"我"承认"女性的笔"逊色一等,但又力陈当时的情势来为自己解释辩护说,由于殖民地易手造成冲突,不再有其他的知情者能写这段历史,等等。她似乎朦胧地感到了作者身份的重要性,不时游离出叙述主线攀扯进自己的写作活动。比如,在偶然涉及次要人物庄园主"马丁上校"时,便进而奉告读者:"我曾借自己的新喜剧中的一个人物来表彰他,用的是他的真名。"(110页)叙述者似乎确有某种"僭越"倾向——她有意无意

---

[1] Virginia Woolf, *A Room of One's Own*, p.69.

地流连于自己的活动和情感，使它们"超重"并几乎构成一个可与主人公的悲剧抗衡的有意味的"故事"。

叙述者明白地告诉我们说，该书得以产生的契机，在于奥鲁诺克的不幸遭遇和"我"的旅行经历的交叉与相汇。这位女性讲述故事时表现出对地域环境的超乎寻常的兴趣，十分注重描述地境（locality）或营造背景（setting）氛围。小说一开篇就明言交代说，叙述者与主人公相遇的地方，也即主要事件发生的地点是在"美洲的一个殖民地，叫作苏里南，地处西印度群岛"（56页）。随后便对当地土著大加描述，以两页多的篇幅开出长单子，详细列举该地的诸种奇俗异物（如一种叫作"狔"的极小的猴子），特别是当地土著的服装衣饰、风土人情，等等。这些显然是行色匆匆的过路者或初到异地的陌生人好奇的双眼所摄取的印象。更突出的是，有关叙述者和奥鲁诺克等人在苏里南的冒险和狩猎活动的内容占据了极显要的一席之地，超过全书篇幅的八分之一。她自称这段叙述是"离题话"（104页），但是却讲述得津津有味、生趣盎然。她刻意突出异国的风情：讲奥鲁诺克如何在危机时刻挺身而出杀死猛虎，保护妇女；讲他在钓鱼时怎样被一种名为"麻鳝"的怪鱼击昏，顺流漂下，幸遇印第安人相救才得以生还；讲他们如何溯一条大河而上，访问印第安城镇，目睹当地人裸体文身的种种怪异情状，并得到了热情款待；等等。

表达游离于"故事"之外的地理兴趣——这不仅体现了作者的某种个人癖好，而且也是对读者需求的一种设想和估量。由于航海技术的发展和海外殖民事业的兴盛，旅行文学在英国开始风行[1]，海盗出身的威廉·丹皮尔（1652—1715）因《新环球航行》（1697）

---

[1] 参看 John Richetti, *The English Novel in History*, Chapter 3。

一书几乎成了传奇英雄。这和目下在中国所谓的"移民文学"特受瞩目不无相似。公众对旅行、探险以及探险文学的嗜好不仅源自对新鲜事物的好奇心,还被切实的经济关怀和利益考量所驱动,有获取并传播实用经济信息的效用。17世纪末以来的读者"要求为他们提供真实消息"[1]。叙述者"我"说及他们一行在旅途中沿河寻访印第安人时,无意中发现该河流域产金,从而引发了一场"黄金冒险"(104页);又再三地赞叹殖民地的丰腴,恐怕都是在直接呼应当时读者的兴趣。

"我"在讲故事的过程中还屡屡涉及时间。她提到奥鲁诺克十分同情在内战中被杀的英王查理一世;说苏里南是"属于英格兰国王的一处殖民地"(85页);后来又叹惜那里的大好河山落入了荷兰人之手。由于所涉及的事件多有确切的时间(查理一世1649年被处死,苏里南于1667年由复辟的查理二世正式转让给荷兰,后更名为"圭亚那"),便可确定奥鲁诺克的悲剧大约发生在1660年后王政复辟时代初期。叙事还一再提及历史中的真人真事——如苏里南副总督拜厄姆和总督的管家特里弗莱等等。叙述者还常常把话头拉回到欧洲,比如,说她曾把一副当地土著的羽饰送给"国王剧院",作为演出《印第安王后》[2]的道具云云(57页)。这一方面诉诸同时代人对具有"新闻价值"的事件和人物的好奇和关注;另一方面给小说涂上一层"实录"色彩,增加了叙述的权威性。同于1688年问世的贝恩的另一篇故事《祸心尤物》也同样凸显"写实姿态":叙述者"我"强调自己并非是在以"伪造的故事"或"罗曼司般的事

---

[1] Baker, Vol. 3, p. 130.
[2] 为德莱顿和罗伯特·霍华德爵士(1626—1698)合写。17世纪60年代首演后,90年代又数次重演。奥鲁诺克的故事也曾被改编成剧本上演。

件"飨读者,所讲所述分毫不差俱为"真实",或是她本人所亲眼目击的事,或是从知情的权威者那里了解的内情。[1]

小说中不仅有一些旁枝末节的交代"漫不经心"地顺便点到时间,那些细致得不相称的"离题"的地域描写更是指示了一种时代特征。如巴赫金指出的,在文学和艺术中,时间和地境(空间)的因素是不可分割的。[2]两者结合,已足以赋予小说中的人物和故事一个精确的时空坐标,一个潜在的然而意味深长的历史上下文。小说中的苏里南不是超越时间的伊甸园,而是属于特定的时代,充斥着白人的殖民活动。叙述者所寄居的房子属于殖民总督,四周遍布役使黑奴的白人庄园。叙述者与奥鲁诺克等一行人深入莽林或溯流而上进入新大陆腹地,更是殖民探险者入侵异域的一个剪影。不言而喻,作者和读者的共同的地理兴趣具有鲜明的时代特征,是伴随早期资本主义扩张而生成的。作者的策略和取向反映着当时的读者对海外冒险的热衷。虽然如有的论者指出的,在欧陆的17世纪传奇故事中也有叙述者强调自己是目击者的先例[3],但是,小说花费在地理细节和美洲土著上的诸多笔墨却并非讲述英雄罗曼司的必要。因此,如果说奥鲁诺克的国王身份是旧的英雄传奇和英雄悲剧的余音,那么小说中的殖民主题和地域描写则指向了即将到来的航海/探险文学热以及笛福和斯威夫特的作品。该小说极力追求"真实"或"纪实性",十分注重几乎压倒了爱情线索的叙述者/主人公关系,如此等等,已从根本上超越了传统叙事的套路。

---

[1] *The Works of Aphra Behn*, Vol. 3, p. 9.
[2] M. M. Bakhtin, *The Dialogic Imagination*, p. 243.
[3] Joanna Lipking, "Confusing Matters," in Todd (ed.), *Aphra Behn Studies*, p. 263.

当代学者普遍认为,《奥鲁诺克》中的"我"有相当的自传色彩。[1]而照小说中的交代,她和主人公奥鲁诺克的相遇发生在英国历史上一个最波谲云诡、矛盾丛生的年代。生于1640年的贝恩和清教革命引发的空前内战一起来到世间,1660年王政复辟时她正好成年。1689年她去世时,改良的"光荣革命"刚刚完成。在这急剧变化的年代里,宗教信仰分歧和不同阶级的政治经济利益相纠结,革命、改良、保守以及复旧的势力交错冲突。革命仿佛是巨大的断裂,以杀君的极端之举震撼世界;它一方面产生了克伦威尔的严峻的军政府,一方面又以空前的自由滋生了千奇百怪的团体和教派,以及各种思想上的和生活方式上的尝试。[2]在国内发生种种颠倒乾坤的政治变化的同时,英帝国的海外扩张不曾片刻停止,工商业的发展从未真正被打断。复辟的王室虽在一片怀旧声中登陆,在重树绝对王权上却心有余而力不足,甚至连国王想公开自己的宗教倾向时都多有忌惮,造成某种"不无益处的缺乏政府权威的状态"[3]。流亡、朝不保夕、四面掣肘和妥协投机,便是复辟精英们的人生体验。他们的宗教和道德观念空前薄弱,以保皇派浪荡子的放浪形骸对抗伦敦市或议院里的虔诚教徒们的一本正经。他们今朝有酒今朝醉,却乐于做文学艺术的保护人,对新兴的自然科学也颇为热心。[4]罗切斯特伯爵的生涯可以被看作时代的一个注脚。那位保皇功臣的儿子小小年纪就成了复辟朝廷里"快活帮"的核心人物。他风度翩翩、教养一流,同时又嘲弄一切、无所不为。他的"功业"包括劫持最受世人瞩目的富家少女、捧红最出众的女演员,也包括

---

[1] Spencer, pp. 42-53; Todd, "Introduction," pp. 2-6.
[2] 参看 Christopher Hill, *The World Turned Upside Down*。
[3] George Woodcock, *The Incomparable Aphra*, pp. 26-27.
[4] 参看 G. M. Trevelyan, *English Social History*, pp. 256, 261。

毅然从军英勇作战。他游戏人生、醉生梦死；却又连篇累牍地撰写讽刺文抒发虚无主义的见解，挖苦世道、世人、友朋、国王乃至他自己。在特定情况下他还能和当时最负盛名的神学家兼布道者做数月长谈，深入地对话并在病危之际最终皈依上帝。

如前所说，从革命到复辟到妥协，世间万事都在变动中，都在不断调整，尚未明晰化或条理化。小说也因而具有"思想上的不稳定性"[1]，呈现出一种复杂而多变的精神"风景"。革命时代的余风似乎使王室的拥戴者也多少承认被压迫者造反的权利。对王权和对贵族价值（勇敢、忠义、荣誉等）的尊敬和珍惜偶尔会越过种族藩篱而"惠"及黑人。错综的历史情境可以使保皇党或保皇人士贝恩和"狂说者"[2]等当年的清教革命派人士有某些相似之处，甚至"不惜复制激进派的某些理念"[3]。上层阶级中宗教信念的衰颓松懈使对欧洲文明的批评成为可能。在对待黑奴的特定问题上，保皇派可能抨击王室委派的殖民官吏而赞扬反对贩奴的清教徒革命遗民。[4]新的资产阶级理想女性角色尚未定型，因而贝恩的女性叙述者可以比较自由地往返于许多朦胧的界限之间——她一方面是国际贸易的受惠者和帝国主义探险开发活动的参与者、支持者，是联结英雄罗曼司主题和帝国主义神话的关键环节，热衷于殖民活动为自己提供的活动空间、叙事题材和具有权威性的身份（受尊敬的、被信任的耳闻目睹者），另一方面又毫不含糊地谴责殖民活动中的罪恶和丑行；她一时强调自己是女人，和疯狂施暴的、唯利是图的欧

---

[1] McKeon, p. 249.
[2] the Ranters, 即循道派初期的热心说教者。
[3] Hill, *The World Turned Upside Down*, pp. 409-411；又，Woodcock, pp. 150-152 & Part 6。
[4] 参看 Laura Brown, "The Romance of Empire," in F. Nussbaum & L. Brown (eds.), *The New Eighteehth Century*, pp. 51-56。

洲男人截然不同，一时又在许多方面模仿或企慕男性角色。

总之，小说的叙述者和她的讲述对象奥鲁诺克都指向多种不同的文化价值和文化情境，既是"后顾"的，又是"前瞻"的，明显具有过渡特征。

叙述者"我"用自然顺畅的语言将种种错综纷杂而又常常自相冲突的态度、举措和事物坦然陈述出来，仿佛对其中的矛盾性和讽刺意味浑然不觉，不做任何解释或掩饰，也不企图自圆其说。这种近乎纯朴的盲目性构成了这篇小说最触目的特征之一，所以会有评论者说，"从一开始，引起注意的就是叙述者那聊天般的平易的声音，这在当时是很不寻常的"[1]。平易而低调的叙述声音是地位低微、学识有限的作者作为女作家亮相时的本能选择。而她的"盲目"则直接指向复辟时代的混沌性和过渡性。

继女演员在戏剧舞台上粉墨登场之后，女性写作者的快速跟进标志着某种突破。虽然我们不能简单地据此认为斯图亚特复辟王朝的意识形态使"妇女享受到了更多的自由空间"[2]，但是"纲纪"的松弛和世态的纷杂却的确提供了一些前所未有的机会和可能性。在那段翻云覆雨的历史中，我中有你，你中有我，变化中有所不变，复旧中有所更新。在某个意义上，贝恩式的女性典型地代表了她的时代的弱点、长处、复杂性和可塑性："复辟时代以其特有方式又是个革命的年代，而贝恩太太，虽然她本人无疑会对革命一词惊恼不已，却是那个时代最有革命色彩的人物之一。"[3]

---

[1] Lipking, p. 259.
[2] Susan J. Owen, "Sexual Politics and Party Politics in Behn's Drama," in Todd (ed.), *Aphra Behn Studies*, p. 15.
[3] Woodcock, p. 11.

三 "贝恩的追随者"[1]

在英国，17世纪里有不少女性清教徒在内战期间积极地参与了政治、宗教活动，或组建教会，或登台讲道，或撰写文章、出版作品[2]；而且断断续续地出现了凯瑟琳·菲利普斯（1632—1664）、多萝西·奥斯本（1627—1695）、安妮·基利格鲁（1660—1685）、安妮·芬奇即温奇尔西伯爵夫人（1661—1720）等一批小有声誉的女性写诗人。然而，总的来说女性阅读和写作都还是较为罕见的，并承受着相当大的社会压力。几乎和笛福同龄的安妮·芬奇就曾在她生前出版的唯一一本诗集的"导言"中叹道："唉！女人若是尝试动笔，/便大大侵犯了男性的权利，/人们就此认定她极为冒昧，/再多功德也无法把过失赎回。"[3] 不过，自从贝恩在图书市场崭露头角，情势有了相当的变化。其标志之一就是被后来的女权/女性主义者视为先驱的玛丽·阿斯特尔（1666—1731）的写作活动。她的一系列作品——包括《切实促进女性重要利益的严肃建议》（1694）、《严肃建议之二》（1697）、《关于婚姻的思索》（1700）等涉及女子教育、老年或单身妇女归宿、婚姻中女性地位的论著——先后在世纪末问世。这说明，这些事项已经作为"问题"浮出水面。

贝恩的成功使其他一些粗通文墨而又处于经济困境中的妇女敏锐地意识到存在一个乐于购买"贝恩式"作品的（很可能以女性为主体的）读者群，意识到了一种新的谋生可能性。于是，德拉莉维埃·曼利（1663—1724）和伊莱莎·海伍德（1693—1756）等

---

[1] 语出 E. A. Baker, Vol. 3, p. 107。
[2] 参看 G. J. Barker-Benfield, *The Culture of Sensibility*, pp. xviii-xix。
[3] Countess of Winchilsea, Anne Finche, "The Introduction," in *A Nocturnal Reverie*, ll.9-12.

一批身份暧昧的女人纷纷照猫画虎，在伦敦的格拉布街[1]开始了兜售散文故事的笔墨生涯。这些散文故事大都在某个方面继承了贝恩的衣钵：就题材而言，不是《奥鲁诺克》的直接后继者，而是更多地脱胎于贝恩的三卷本长篇《豪门兄妹的爱情书简》（1684—1687）和中篇言情故事。《爱情书简》熔法国的爱情传奇和"丑闻实录"（chronique scandaleuse）于一炉，以当时社会中一桩闹得沸沸扬扬的性丑闻为原型[2]，记述了一些贵族男女青年的复杂的爱情纠葛以及他们所参与的政治阴谋活动。曼利的小说，如讽刺辉格党党魁、挖苦上层社会堕落风气的《新大西洲》（1709）和带有自传色彩的《里维拉历险记》（1714）等，或是接近丑闻纪实和罪犯小说的"内幕揭秘"，或是以夸张笔触记述一连串以异域为背景的爱情奇遇。稍后的海伍德也几乎同出一辙。大约一个世纪之后，名作家瓦尔特·司各特曾批评在理查逊之前的那些"依照古旧法国趣味"撰写的罗曼司"语言夸张生冷，理念荒诞不经"。[3]总的看来，曼利和海伍德之流的作品比较粗糙，的确存在司各特所指摘的那些毛病。

　　这些"贝恩的后继者"的共同点是，不论是写讽刺性秘史，还是写爱情罗曼司，都聚焦于越轨的情爱和女性激情，致使当代学者讨论她们的创作也往往着眼于"情爱"问题。[4]海伍德的第一部小说《过度之爱》（1719）是个突出的例子。那本书轰动一时，一连出了好几版，甚至与《鲁滨孙飘流记》以及《格列佛游记》一道跻

---

[1] 又译"寒士街"，为伦敦出版商和各种职业卖文为生的人的聚集之地。
[2] 参看 Janet Todd, *The Sign of Angellica*, p. 79.
[3] Walter Scott, *Lives of the Novelists*, p. 27.
[4] 参看 J. Richetti, *The English Novel in History*, Chapter 2; Todd, *The Sign of Angellica*, Chapters 4 & 5.

身于理查逊之前三部最畅销书之列。[1]该书分为三个不太连贯的部分，分别讲述勇武英俊的法国伯爵德埃尔蒙与地位显赫的富家女阿洛意莎、小家碧玉阿敏娜以及被保护人梅丽奥拉的离奇的多角恋爱经历。海伍德承复辟时代喜剧的前例，用比较直接的世俗笔调写性爱，大肆铺陈渲染引诱或情爱场面，时时出现起伏的酥胸、急促的喘息、激动的战栗、绵软的身躯、半透明的不整的衣衫等等，有意通过撩逗、激发色情想象而吸引读者。在某个意义上，这是曼利、海伍德们的"卖点"之所在。蒲柏在讽刺长诗《群愚史诗》（1728—1743）中攻击她们时也主要是抓她们在这方面的"把柄"。蒲柏说海伍德是"无耻的涂鸦者"，把她比作"大块头的[女神]朱诺"，身边牵着两个私生子（2卷165行），矛头针对她的写作，更直指她的私人品德。

不过，应该注意到，其实海伍德始终很小心地避免直接的性描写，与约翰·克利兰（1709—1789）的《范妮·希尔》（1748—1749）等色情小说有明显差别。对性爱描写既趋又避，是早期女作家和后来的理查逊的重要共同点之一。海伍德们在很大程度上遵从写作中的性禁忌，似乎不仅是力求规避指责的权宜手法，也与她们想要宣扬的"爱"的性质有关。在她们的小说里，纯洁少女被贵族引诱者追逼迫害的道德寓言已经成形。我们不能不惊讶地注意到，在有"荡女"名声的女性"涂鸦者"海伍德的作品中，一再出现的模式是：守身如玉、消极等待的梅丽奥拉得到颂扬、爱怜并终有"善报"；而那些遭恶报的"坏"女人，如阿洛意莎、美兰莎或意大利富孀赛厄米拉，则都在社会中比较有地位、享有相当的权力，又在恋爱中表现得"过度"大胆、主动、热烈。虽然作者毫不吝啬地

---

[1] 参看Richetti, *Popular Fiction Before Richardson*, p. 179。

在她们身上花费了大量笔墨,海伍德笔下那些为了满足自己不择手段的女人和贝恩的"祸心尤物"(同名小说的主人公)不同,最终未能如愿以偿或逃脱惩罚。

另一方面,《过度之爱》的男主人公德埃尔蒙面目模糊,前后表现不一。他最初和阿敏娜、阿洛意莎打交道时,虽然并无恶意,但几乎完全是个典型的捕猎女色的贵族引诱者。自从爱上梅丽奥拉,他便开始有种种顾虑和苦恼,开始举棋不定,不仅口口声声地宣扬爱情的不可抗拒的力量,而且还开始长篇大论地议论爱情和友谊的关系,等等。进入第三卷后,这位公子哥儿进一步成了手足无措的被引诱者。尽管小说的叙事对这个巨大转变的处理相当粗略唐突,男主人公的变化本身仍触目地表达了作者的游移不定的主题设想。海伍德们既接应复辟时代喜剧的类型化人物,又驱使他们转变;既想让女性激情和欲望有充分的表现,又企图界定并神化与调情有别的真"爱情"。

《过度之爱》出版后,海伍德趁热打铁,又快速地推出了一系列类似的言情故事,中篇《放达敏妮》[1](1725)可以算是其中的代表作。也许因为作者本人的演员经历,虚构的佻达少女"放达敏妮"不但肆无忌惮,而且足智多谋,演技出众。她在追求情欲满足时丝毫不顾后果(虽然后果最终难逃),比美兰莎们有过之而无不及。她一再乔装打扮,忽而扮作女仆,忽而冒充年轻俏寡妇,忽而以矜持贵族少女的面目出现,居然滴水不漏,成功地魅惑了自己的心上人,演出了一场又一场通常只有享有特权的贵族男子才能玩得转的情爱阴谋剧。

---

[1] 许多18世纪小说中的人名都有实意。该女主人公的名字"Fantomina"的词根意指幽灵幻象等。笔者在翻译这类人名时尽力尝试结合音译和意译——但难免两面都不贴切。

到了20年代中期，海伍德已有一套四卷本小说集问世。在写书遭人抨击、逢遇阻力时，她便掉转头重返舞台演戏。后来，在1744年至1746年间，她与人合作创办、编辑了第一种以女读者为对象的杂志《女性旁观者》，可见到了40年代，女性写作已经小有声势了。有些研究妇女问题的专家说，在18世纪里女性被逐步摈斥于公共领域之外云云[1]，恐怕是不符合实情的片面之语。实际上，当时中上阶级女性在退出某些生产领域的同时大步走进了由正在变化的消费、娱乐和社交方式催生的诸多新的公共领域，小说的生产和消费就是其中之一。海伍德们的故事虽然多有瑕疵，本身艺术成就不高，它们的存在却"是极为重要的，使后来世纪中期的经典小说的出现成为可能"[2]，因此不应该被轻蔑地扫进"处于边缘位置的'正统小说'的'史前史'"[3]。

作为女性职业化写作的"始作俑者"，贝恩在《奥鲁诺克》等小说中向世人揭示出，在历史曲折回流的特定时代里，女性叙述者如何周旋于重重矛盾和种种角色之间，垦拓出一片"讲故事"的园地；又如何在摸索并塑造自己的题材、风格和声音的过程中，耐人寻味地选择了为殖民主义所戕害的黑人王子奥鲁诺克[4]作为理想化的悲剧英雄。

贝恩让《奥鲁诺克》中的叙述者道出了她本人对作家身份的高

---

[1] 参看Robert D. Spector, *Smollett's Women*, p. 6。
[2] 语出Paula R. Backscheider & Richetti, 转引自Backscheider, "The Shadow of an Author: Eliza Haywood," *Eighteenth-Century Fiction*, Vol. 11, No. 1（Oct. 1998）, p. 82。
[3] William B. Warner, "The Elevation of the Novel in England," in Richard Kroll（ed.）, *The English Novel*, Vol. 1, p. 56.
[4] 尽管不少西方学者认为贝恩笔下的"王者之死"多少是在影射查理一世被杀一事，但是笔者更赞成另一种见解，即认为对奥鲁诺克的殖民地背景描写太真切确实，因而无法被拉回到英国本土历史中去。参看Lipking, p. 260。

度重视和隐约不安。在为剧本《运气》所写的前言里,她则用更直接的语言表达了女作家要求得到公平待遇的心声:

> ……我请所有公正的裁判者思量,如果我的剧本以男人的名义面世,如果世人从来不知道它们是我写的,他们会不会说,作者写了许多好喜剧,不亚于我们时代的其他作品;但是对女人的恶意连累了诗人……我所要求的,不过是让我的男性角色即存在于我之身的诗人得到应有的权利,能够踏上前人曾纷纷通行的成功之路……[1]

---

[1] 转引自 J. Todd, "Introduction," p. 21。

第 2 章

笛福笔下的精神飘流

17、18世纪之交，记述航海、探险经历的书籍在英国风靡一时。在这种氛围里，年近六十的丹尼尔·笛福模仿纪实性航海回忆录的样式和风格，以一名被放逐荒岛的水手为原型，写出了他的第一部虚构作品《鲁滨孙飘流记》(1719)。小说推出后备受公众喜爱，在几个月内四次再版，至19世纪末已经出了几百种不同的版本、译本和仿作。

一　新世界的创业英雄

《鲁滨孙飘流记》的巨大成功首先在于它塑造了一种与新读者群息息相通的新型主人公或"英雄"。[1]

像其创造者笛福一样，小说的叙述者兼主人公鲁滨孙·克鲁索是个永不疲倦、永不安生的行动者。他不肯在家安居，一而再、再而三地出海冒险，二十七岁时因海难漂落荒岛，数十年如一日劬劳不辍。多年后他重返社会时已经是年过半百，但是生活方式却仿佛

---

[1] 英语中主人公和英雄为同一词，即"hero"。

1747年版《鲁滨孙飘流记》卷首插画

仍旧尚未"言归正传",竟于七年之后再度离家远行!

其中,最令读者赞叹的当然是他的荒岛经验。鲁滨孙在岛上一身孑然,朝不保夕。然而他不坐叹命运不济,他充分利用自己的头脑和双手,修建住所、种植粮食、驯养家畜、制造器具、缝纫衣服。尽管他以前"从未摸过工具",却熟知与生产技能相关的原理知识和推理思维,因而通过实践迅速成为"机械工艺的能工巧匠"(55页)。[1] 他不但奇迹般地生存了下来,还逐步把荒岛改造成井然有序、欣欣向荣的田园。

对劳动的肯定和颂扬是18世纪初英国社会的"主旋律"之一,

---

[1] 正文中标出的该书引文的页码均出自 Daniel Defoe, *Robinson Crusoe*(Norton Critical, 1975)。译文参照方原(译)《鲁滨孙飘流记》(人民文学出版社,1978)。

是尚未脱离劳动的新兴资产者与世袭贵族抗争的精神武器。哲学家洛克把劳动看作私有财产的依据。[1]新教的"职业"观念则把广义的工作（包括经营和其他脑力劳动）神圣化，作为得救的途径和标志。韦伯曾指出："职业"（calling[2]）是新教信仰的核心观念之一，它与"神召"、"责任"以及"事务"或"生意"都是密不可分的，其产生可以追溯到新教的创始人马丁·路德和加尔文等的理论。[3]鲁滨孙的表现几乎是上述劳动观的具体演示。他通过劳动成了荒岛的主人，在亲身体验中认识到"工作是生命，游惰是死亡"[4]，把劳动不仅当作保障生存、维持身心健康的第一需要，也看作获得神佑的途径。正因如此，尽管他后来已经温饱无虞，但他年复一年安排日程仍旧那么井井有条，内外操持依然那么一丝不苟。真可以说具备了一种他少年时代所缺乏的对待"职业"的严肃和郑重。

不过，小说所标举的鲁滨孙绝不是真正意义上的下层劳动者，也不是田园牧歌中的"牧羊人"，而是作为时代典型的新资本主义创业者。我们可以从三个方面考察一下他在这方面的特点。

首先，让我们看一看鲁滨孙离家出走的动机，也即他后来以含糊方式说到的"原罪"。他最初表白说自己是"一心想要到海外见识见识"（7页）；也有一些评论者说他是被年轻人的浪漫幻想驱动。[5]然而，在他的记述中从来没有出现以欣赏的目光摄取的自然景象或异域风情，没有任何消遣活动（如果和鹦鹉说话不算在其中），看不出为"见识"而"见识"的兴趣，也没有表现出多少热

---

[1] 洛克：《政府论》下篇，25—45节。
[2] calling一词的本意就是"召唤"，可指"神召"。而表示职业的另一英文词vocation来自拉丁文，也是"神召"的意思。
[3] 韦伯：《新教伦理与资本主义精神》，38、58—59页。
[4] 参看Maximillian E. Novak, *Economics and the Fiction of Daniel Defoe*, p. 54。
[5] 参看Novak, pp. 37, 40, etc.。

衷冒险的追求刺激之心。相反，出海后第一次遭遇风暴他就惊恐万端、后悔不迭，只是因为有那曾使他"离开了父亲、想入非非、**产生发财的妄念**的邪恶力量"（15页，黑体为笔者所加）蛊惑，他才勉力支持，没有放弃航海。在他后来的经历中趋利的追求更是常常表现为赤裸裸的贪婪。一次，他在海上碰到海盗、沦落为奴，同为仆从的摩尔少年佐立忠心耿耿地帮他出逃。他也曾许诺要使那孩子"有大出息"。然而，他们脱险之后，鲁滨孙遇到第一个有利可图的机会就把佐立卖了，所得款被他用来补充在巴西购买种植园的资本。他在巴西暂住下来，经营种植园和海运买卖，事业颇为成功。可是他不满足于按部就班地致富，渴望"以超出事理所容许的速度迅速发家"（32—33、89页）。如果仅仅安于富裕的中等阶级生活，当初又何必漂洋过海？他如此自问。于是他决定再一次远航，和一帮冒险家合伙进行贩奴生意。

总之，鲁滨孙的冒险意愿毫不含糊地指向"快速发财"。实际上，在18世纪语汇中，"冒险"（adventure）一词本身所代表的主要并不是浪漫冲动，而是对殖民活动中的超额利润的狂热追求。甚至它本身指的就是"货物"，如鲁滨孙在第二次出航时所置备的那种自担风险的船货。正如萨义德指出的，"持续的占有，广袤的有时是未知的空间，奇特的或难以接受的人物，移民、发财、性冒险等等增进财产或引发幻想的活动"是与殖民帝国的形成紧密相连的，"如果没有在天涯海角……创造自己的一方天地的殖民使命，简直就无从想象鲁滨孙·克鲁索"。[1]鲁滨孙的挥之不去的"发财的妄念"，他在早期海外生涯中对交换价值的过度索取，体现了社会学家韦伯在《新教伦理与资本主义精神》一书中所谈到的那种

---

[1] Edward W. Said, *Culture and Imperialism*, p. 64.

"非理性的贪欲"[1]。这位总在不间断地策划和行动的主人公，是不断扩张、不断攫取的资本主义原始积累时期的典型产物。他每一次出海都心怀经济图谋，心怀对自己未来社会角色的某种设想或憧憬。离家远行是他自我塑造的途径。

鲁滨孙被命运抛到了荒岛上。此后他的活动不再可能以盈利为直接目的。这使他和"物"的关系蒙上一层朴素而亲切的田园色彩。但是，就思想而言，他仍然不是单纯谋温饱的劳动者，而是新型的"经济人"，是"经济个人主义的化身"。[2] 他用现代"占有者"的眼光来看待四周的一切，用来自英国的观念和形象来理解、把握并"降服"那片陌生的土地。他像资本家那样小心翼翼地累积并数计财富，而且还不断地修篱筑墙，以保护他的"财产"。他把岛上其他动物都看作潜在的敌人和对手，把叼食他种的谷物的鸟类叫作"野生贼"（92页），并用英国将盗窃犯处死示众的方式对付它们。众所周知，从16、17世纪起英国地主开始圈用公地以进行更有效率的商品化农业生产，史称"圈地运动"。[3] 鲁滨孙使用这种有具体社会历史内涵的语言把自己垦殖的土地称为"圈地"（64、122、127—130页）。不仅如此，他不甘于把自己居住的茅棚山洞称为"棚"或"洞"，甚至也不说成普通人居住的"房"或"舍"，而是模拟贵族的生活方式，又是设立"乡宅"，又是加固"城堡"，又是修建"夏亭"。如果这些说法多少是那位孤岛"囚徒"的幽默和自嘲，那么，他在巡视全岛后郑重其事地说"这一切现在都是属于我的，我是这些土地的无可争辩的国王和领主，并且享有占有权"，

---

[1] 韦伯：《新教伦理与资本主义精神》，8页。
[2] Ian Watt, *The Rise of the Novel*, p. 63.
[3] 参看 R. Williams, *The Country and the City*, Chapter 10.

后来又一再重复这类话（80—81、92、101页），就不可能全都是一时的玩笑。何况他搭救了土著"星期五"和他父亲等人之后，便进一步把这些说法落实为自己的"权"和"利"：

> 如今我的岛上有居民了，我觉得我已经有了不少的臣民。我常常高兴地想，自己多么像一个国王。首先，整个岛屿都是我的个人财产，因此我毫无疑义具有领土权。其次，我的百姓都完全服从我；我是他们的全权统治者和立法者……（188页）

复辟时代以后，英国社会里许多中等阶级人士的人生抱负，是向贵族和士绅看齐。"士绅"（gentry）是英国社会分层中的一个重要概念。"直到18世纪60年代为止，士绅身份常常是和土地联系在一起的。"[1]与此相关，"绅士"（gentleman）原指有资格佩带刀剑的人，用作贵族和士绅阶层男性成员的通称，"贵族都是绅士，然而并非所有的绅士都是贵族；……在传统社会等级中，绅士列于从男爵、骑士和乡绅之下，但是高于自耕农"。"绅士……的历史意义在于它为新社会群体提供了一个通往社会尊荣的古老而又不太苛刻的路径。"[2]18世纪后，这一称号逐渐被"普"及"为包括中等阶层在内的全体追求社会尊荣的有产人士的标签。笛福本人对贵族生活和绅士身份也十分企慕。[3]标志贵族社会地位和政治权力的词句反复地在鲁滨孙的思想和叙述中出现绝不是偶然的，而是反映了他本人、他的创造者和那个时代的奋斗者们的刻骨铭心的念想，反映了他们

---

[1] E. P. Thompson, *Customs in Common*, p. 16.
[2] R. Gilmour, *The Idea of the Gentleman in the Victorian Novel*, p. 5.
[3] Michael Shinagel, *Daniel Defoe and Middle-Class Gentility*, Chapter 1；参看Trevelyan, p. 307。

的经济追求的特定社会实现形式。后来，鲁滨孙陆续救助或收服了一些土著和遇难的船员，便立刻在岛上建立起等级秩序，使自己成为统率一方的"大元帅"、"指挥员"和"总督"（207—208页）。重返英国后他为留住该岛的居民又进一步分配土地、安排移民，俨然真有殖民"总督"的职责在身。这些后来的作为和鲁滨孙最初在心中设立的"圈地"和"城堡"是息息相关的。

其次，我们不妨看一看鲁滨孙处理人际关系的方式。对于这位"经济人"来说，人与人的关系首先是契约关系、借贷关系、主从关系，非经济的联系和活动相对而言是次要的。在他看来，父母之言不足信，安乐之家不足恋。他一而再、再而三地离家出海冒险。他心安理得地把贩卖黑人看作利润丰厚的风险事业。他把佐立和"星期五"等都视为他的个人私产。他的人生奋斗的每个前进步骤，不论是最初违背父命的决定，还是出售佐立的举措，都是对原有的社会纽带的舍弃或断割。正因如此，在流落海岛之前，他就已经认为自己"简直像被丢在别无一人的荒岛上一样"（30页）。他的经验体现了现代生存的一个重要特点，即人的一种日渐深刻的孤独感。另一个很能说明问题的例子是鲁滨孙和曾经救过他的葡萄牙船长即他的代理人的一段交道。他从孤岛回到欧洲之后找到了那位船长。老人已经穷愁潦倒，但仍然倾其所有拿出160枚金币偿还欠鲁滨孙的钱，并交给后者一份详细的收支账目。鲁滨孙感动万分，热泪盈眶。不过，他并不把船长的行为理解为哥们儿的义气或纯粹的友情，而是看作经济交往中的理想的"诚信"态度。因此，他一丝不苟地出具了一张收据。主人公的婚姻也只是在小说结尾时被一笔带过："我马马虎虎地结了婚，生了三个孩子：两个儿子，一个女儿，可是不久我的妻子便去世了……"（236页）这一节在英文原文中只占两行的篇幅，共半句话，仅仅陈列了事实和数据，全然与感情无涉。结婚似乎不过是鲁滨孙在主要冒险活动结束以后凑凑合合地办理的一件不算亏本的事而已。

与对情感关系的忽略相反，叙事对修篱笆、搭帐篷、种麦子、制陶器等活动却记录得细致周全。弗吉尼亚·伍尔夫在评论《鲁滨孙飘流记》(下文简称《鲁滨孙》)时曾谈到"硕大的陶罐"在书中所占据的突出位置。[1]的确，有关制陶的一举一措都得到了高度关注。鲁滨孙不厌其烦地记述他如何经过无数次失败的尝试终于制成若干晒干的泥坯；如何把"三只大泥锅和两三只泥罐一个搭一个地堆起来，四面架上木柴，木柴底下放上一大堆炭火，然后从四面和顶上点起火来……看见它们红透之后，又继续让它们保持五六个小时的热度"，如何最后"慢慢灭去火力，……而且整夜守着，不让火力退得太快"（95—96页）。有关结婚和制陶的一略一详的叙述表明：在鲁滨孙看来，唯有实用的利弊考量和操作过程才是最重要的、最应被关注的。

这些涉及具体操作细节的叙述是如此从容不迫、入情入理而又郑重其事，说明叙述者不仅自己醉心于这些设计和工艺，而且坚信读者也兴趣盎然。《鲁滨孙》一书的巨大成功也证明，在工业化初见端倪、劳动分工日益强化的情况下，公众对一些自己日渐生疏的劳动技能怀有强烈的好奇之心。此外，不能忘记的是，笛福的年代不仅是航海和地理发现的时代，也是牛顿和瓦特的时代，社会风气中弥漫着对科学、理性和发明创造的痴迷和信心。笛福本人曾经投资开发潜水器并一度经营砖瓦厂，从鲁滨孙对制造陶器的细致讲述中，我们不难辨认出这类经历给作者留下的心理痕迹。笛福笔下那个在劳动中修炼成"能工巧匠"的创业者在不止一个方面拨动了他

---

[1] Virginia Woolf, "Robinson Crusoe," in *The Common Reader: Second Series*, pp. 54-55.

的同时代人的心弦。

最后，我们应该着重地讨论一下鲁滨孙的语言风格。

前面提到的与老船长的交涉从一个侧面体现了账单的重要性。实际上，"算账"不仅是这部小说的重要母题，更是它的突出的文体特点，是主人公的精神本质的载体。小说以第一人称口吻记述主人公的经验，自然而然也就把鲁滨孙之类的生意人在日常生活、经营交易中使用的语言——一种过去在文学作品中从未占据显要位置的话语——鲜明、生动而全面地展示出来。全书语言极其简明实在，流水账一般地记录行动和事件，描写与抒情被压缩到最低限度。

鲁滨孙初到海岛后对自身处境的分析更是直接采用了簿记的形式。他以列表记账的方法来思考问题、权衡利弊，按照借贷记账法[1]，对应"借方""贷方"分出"坏处"和"好处"两个栏目，然后在"坏处"一栏中写上"我陷在一个可怕的荒岛上，没有重见天日的希望""我没有衣服穿""我没有人可以谈话，也没有人来解除我的愁闷"等等；对应地，被列入"好处"一栏的内容包括："但我还活着，没有像我同船的伙伴们一样，被水淹死""但我却是在热带气候里，即使有衣服，也穿不住""但上帝却不可思议地把大船送到海岸附近，使我可以从里面取出许多有用的东西，使我终生用之不尽"等等（53—54页）。对于当时十分悲观沮丧的鲁滨孙来说，一番算账很有成效，使他从消极绝望的情绪中解脱出来，开始面对现实，考虑如何生存下去。这套与班扬（如在《神恩浩荡》中）、塞缪尔·佩皮斯（1633—1703）[2]以及后来的富兰克林一脉相通的簿记语言承载着一种顽强的理性主义思路，是鲁滨孙们求生

---

[1] 按照借贷记账法，"借"反映权益和收入的减少，"贷"反映权益和收入的增加。
[2] 参看杨周翰：《十七世纪英国文学》，303页。

存图发展的有力武器。这里尤其值得注意的是，在鲁滨孙的利弊表里上帝的作用被列入了"好处"即"贷方"。这一方面表明信仰和上帝在某个程度上已经实用化、"金融化"；但反过来又说明簿记语言在很多情况下也"精神化"了。顺理成章地，鲁滨孙的讲述中充满着各式各样的详尽清单。从以数页篇幅一五一十地陈述从沉船中搬运的物品的品种、数量，到用整整两段共计十二行津津乐道地罗列一名被他搭救的船长给他的赠品，所有的"账目"都报告得十分"明细"。

概括鲁滨孙在上述三个方面的思想和表现，可以说，"落难"非但没有改变他的初衷，相反更激发了他的能力和才智，成就了他少年时的朦胧的抱负。荒岛经验最终演成一出包括占有、开发和改善全过程的典型的资本主义"进步"狂想曲，成为早期西方殖民者的开拓史诗的一个缩影。"在海角天涯以一己之力成功地与自然对抗的茕茕孑立的经济人"鲁滨孙也因之成为西方文化中具有高度概括性和象征意义的原型现代人，成为有别于《神曲》中的但丁、斯宾塞的亚瑟王和班扬的天路旅人，但又可以与他们比肩的"新世界……自己的代表人物"。[1]伊安·瓦特把《鲁滨孙》与《浮士德》、《堂·璜》和《堂吉诃德》并称为"我们的文明的四大神话"。他认为，和浮士德等人一样，鲁滨孙"展示了主人公对某些现代西方人渴慕的典型目标的一心一意的追求"，他"广为人知，被认为具有历史的或准历史的真实性并代表或象征了该社会的某些最基本的价值观念"。[2]他的"不安分"，恰如马洛悲剧中的主人公，在很大程度上代表了"英国商人、企业家、冒险家们……敛财聚富的能

---

[1] Basil Willey, *The Eighteenth Century Background*, p. 17.
[2] Ian Watt, *Myths of Modern Individualism*, pp. ix-xii.

量"。[1]唯其如此,马克思才认为这位荒岛余生者的故事具有代表性和预言性,说鲁滨孙"这种18世纪的个人,一方面是封建社会形式解体的产物,另一方面是16世纪以来新兴生产力的产物",他的叙述"是对于16世纪以来就进行准备、而在18世纪大踏步走向成熟的'市民社会'的预感"。[2]

二 鲁滨孙的"在场"和"不在场"

鲁滨孙在小岛上惨淡经营二十七八年,最后终于回到英格兰。这时,他的父母都已过世,家境败落,亲人星散。虽然他把岛上值钱的东西尽数带回家来,景况也相当凄凉:"我的那一点点钱,顶不了多少事,难以帮我在世上立足。"(216页)

倘若故事就此结束,也许鲁滨孙整个荒岛经验的意义都会为之改观了。然而,曾兢兢业业操劳、经营的鲁滨孙绝不可以在如此黯淡晚景中了结残生。故事的内在象征结构注定它有一个完满结局。他在海外冒险多年,历经千辛万苦,必须得到可观的财富回报,才能完成他那个时代的英雄人物的创业历程。于是,和不止一位诚实的商人和机构打过交道后,鲁滨孙发现自己当年在巴西的种植园不但仍旧存在,而且在合伙人的经营下十分兴盛发达。他"突然发现自己成了五千镑现金和一处年收入千镑以上的巴西产业的主人"(221页)。由于他本人是新教徒而巴西被天主教势力主导,所以他不想去巴西定居。他把属于自己的那一半庄园售出,其所得表明那份产业至少增值了一百倍,说不定甚至有上千倍。也就是说,鲁滨

---

[1] S. Greenblatt, *Renaissance Self-fashioning*, p. 194.
[2] 马克思:《〈政治经济学批判〉导言》,《马克思恩格斯选集》,第2卷,86页。

孙"缺席"期间，他的资本在某种天意和秩序的照应下自动地飞快增殖，并由此保障了小说结尾的"成功"基调。

笛福讲故事常是匆匆命笔，多有疏漏，并不给人步步深思熟虑之感，但是这一安排却意味深长。我们不妨设问，如果仅仅为了喜剧性结局，作者何不以鲁滨孙登上归船作为快乐回归社会的象征而收场呢？有关鲁滨孙离开海岛后生活景况的描述是否如有些人所认为的那样是"赘笔"[1]？另一方面，如果是想讲述发家致富的故事，又为什么要安排资产和它的所有者分开呢？

为了较好地解答这个问题，我们必须回过头来看鲁滨孙在岛上所经历的宗教皈依（conversion）。

很多西方学者令人信服地证明了《鲁滨孙》一书叙述形式的另一个来源或"范本"是《天路历程》和清教徒的精神自传或日志。在当时，"详细地一丝不苟地记录并分析日常生活中的事件成了神圣的责任和新教徒的常规行为，记日记……成了全民族的习俗……"[2]实际上，笛福的同时代人早已意识到了《鲁滨孙》中的自传成分。查尔斯·吉尔顿（1665—1724）在讽刺性小册子《笛福先生飘流记》（1719）中说：笛福本人就是"一个漂泊而无定的人"，他是比照自己的思想和感情描画鲁滨孙的。[3]笛福顺利时的表演和在逆境中的反思的确或多或少地融入了鲁滨孙这个人物，书中世俗行动和宗教忏悔彼此交替，构成了该小说的基本节奏。悔罪不是主人公的一时感念，而是小说贯穿的"显"主题。笛福不但安排忏悔昨日之非的老年鲁滨孙担当叙述者，通过"前言"强调宗教

---

[1] 该书不少缩写本，包括法文和中文的缩写本，都删去了最后这一部分。
[2] J. Paul Hunter, *The Reluctant Pilgrim*, p. 303.
[3] Charles Gildon, "The Life and Strange Surprizing Adventures of Mr. D—De F—," in *Robinson Crusoe*, p. 280.

主题的重要性，还曾在该书续篇之二（或称第三部）即《鲁滨孙沉思录》中直截了当地说，《鲁滨孙》是"有关改善道德和信仰"的故事。[1]

鲁滨孙第一次出海碰上风暴就开始后悔，觉得是遭了"天罚"（9页）。后来他漂落到荒岛上，终日独处，便开始了漫长的自我反省。弃谷发芽，他一时觉得像是"神迹"（63页）；地震突来，他在恐惧中不知所措地喊"上帝救我！"（64页），但这些还只是皈依的前奏。只是到患了重症疟疾濒临死亡、梦见上帝在火焰中驾云到来谴责他不曾"痛改前非"之时，他才真的在自己的遭遇中看出了神的震怒和惩罚；也在自己的存活中读到神的恩典。他开始历数"我的罪行，我的背叛父亲的行为，我当前的重大罪行"（71页），一页之内，"罪过"一类字眼出现达七八次之多。在强调个人通过《圣经》与上帝直接沟通的清教传统中，"皈依"不是指在教会中举行的形式，而正是这种精神上的重大震撼和转折。鲁滨孙在生命存亡的关口顿悟，完成了对宗教的重新认识和皈依。用麦基恩的话说，他逐渐"学会了精神化"，即从精神角度来思考人生，在现实事物和经验中体会神的存在和旨意，重新考量并调整自我与他人、自我与敌人、自我与上帝等等一系列关系。[2]

鲁滨孙流落荒岛以前究竟有什么"罪"呢？除了做水手时期不检点的生活方式，鲁滨孙含糊地把自己的过失说成"原罪"（152页）。他的"原罪"主要指最初的离家出走，其中的两个关键因素——对未知事物的好奇以及对"父"的不服从——的确明显地呼应基督教传统中的原罪观念。不过，如我们在前边所论及的，他违

---

[1] 转引自 Watt, *Myths of Modern Individualism*, p. 164.
[2] McKeon, *The Origins of the English Novel*, pp. 323, 329, etc.

背父命、奔走天下的根本动机是为了钱,为了快速地发家致富。像伊安·瓦特概括的,"鲁滨孙的'原罪'实际上就是资本主义的能动倾向本身"[1]。到了荒岛上,环境彻底改变了,生存成了头等难题。与荒野做伴,与山林相守,荣华富贵都成了不相干的事。在基督教传统中,荒野历来是考验和得道之地——对《圣经》中摩西领导下等待进入迦南的以色列族和耶稣本人来说是如此,对曾在荒漠中独自苦修二十年的底比斯的圣安东尼来说也是如此。与笛福本人在监狱中的经验相似,孤独造成的宗教隐修环境迫使鲁滨孙中止原来的追求,开始与自己、与自然及神对话。

一些形而上的哲学问题第一次袭击了他:"我所时时见到的陆和海,到底是什么?它们从什么地方来的?我和其他种种的生灵,野生和驯养的,人类和兽类,究竟是什么,又都是从何处来?"这些思考把他引向神的创世。他不禁又要问神:"我到底做了什么,为什么被如此对待呢?"这时,他的"良知"便来阻止他,向他证明自己半生罪孽深重,却曾数次大难不死。一番思量,惊得他"目瞪口呆"(71—73页)。他关于"得救"的观念有了变化,由仅仅希望从被他视为"监狱"的荒岛获救转到首先追求从"罪恶的重担下解脱出来"(75页);与之相应,他"漂泊"的欲望也由原先渴望实际的旅行改换为希求精神的运动。他责备自己多年来思想从不曾"向上诉诸上帝,或向内反省自身"(71页)。应该说是这类富于宗教意味的思考使鲁滨孙的被迫的孤独生存获得了某种意义,从而保全了他的心智。人生事业上的搁浅由此转化成了一次精神上的朝圣。

往日司空见惯、习以为常的世道也成了思考的对象。在岛上生活了四年以后,落入"纯粹自然状态"(93页)的鲁滨孙发现自己

---

[1] Ian Watt, *The Rise of the Novel*, p. 65.

的心态发生了若干变化：

> 我在这里脱离了人世间的一切罪恶。我没有肉欲，没有目欲，也没有人生的虚荣。我无所求，因为我有的一切，已经够我享受了。我是这块领地的领主；假使我愿意，我可以在我所占领的这片国土上称王称帝……
>
> 但是我所能利用的，只是那些对我有使用价值的东西。我已经够吃够用，还贪什么别的呢？如果我打死的野物太多，自己吃不了，就得让狗或虫豸吃。如果我种的粮食太多，自己吃不了，就得让它腐烂……
>
> 总之，事理和经验已经使我理解到，平心而论，世界上一切好东西对于我们，除了拿来使用之外，没有别的好处。（101页）

这番有关"使用价值"的议论并不是什么独创的新思想，早有大名鼎鼎的思想家洛克在《政府论》中阐发过[1]；理查德·斯梯尔（1672—1729）也曾就鲁滨孙的原型人物（即水手萨尔科克）的经历发表过类似的议论。他说："这平凡人的故事是一个值得体味的例证，说明当人的需求局限于自然的必需品时他最为幸福；当他得到的愈多，欲望和需求也就随之扩展；用他自己的话说：'我现在有八百镑，可远不及当初一文不名时快乐。'"[2] 不过，鲁滨孙的这番思考却再次说明了他当初对海外财富的渴求并非如他本人所说出于"自然"或"本性"。因为，一旦到了没有竞争者的荒岛上，一旦脱离了人的社会，没有了物品交换和社会攀比，他对"物"的贪

---

[1] 参看洛克：《政府论》下篇，46—48节。
[2] *Robinson Crusoe*, p. 257.

得无厌的爱好和追求似乎自然而然地得到了缓解。

鲁滨孙立身行事也有所改弦更张。比如，虽然他把"星期五"和佐立都视为自己的私产，也从未因出卖佐立一事而自责（只是在经营种植园时曾由于缺少劳动力而后悔），但他对前者的处置明显有别于当初对待后者。在荒无人烟的小岛上他作为"星期五"的救命恩人和全权在握的主子，既不可能贩奴赢利，也无必要为更多的产品而驱策仆从。在这小小的两人世界中，主奴尊卑关系名义上虽然存在，可是在实际生活中却更大程度上是相依为命的同伴。与此相关，自鲁滨孙检讨前尘、皈依"正道"，他便不再一味纵容个人的"意愿"，而是时时事事努力体会"神意"。他一人在岛上生活多年后，突然在沙滩上发现了脚印，猜想是附近陆地上的蛮族野人光顾了他的岛屿。面对"入侵"和威胁，鲁滨孙有了更多的机会实践自己的"新思维"。当他对野蛮人的食人行径感到震怒，想把他们统统杀死时，马上转念又想："我凭什么权威、什么神示"来制裁他们呢，他们不知此为过，而"我们欧洲人"则常常知罪犯罪（134—135、145页）。他反复考量这些事是否与他的"事务"（business）和"责任"（duty）相关。后来，他决定对某些野人开杀戒、制服并严惩一批偶然登岛的哗变造反的船员等等，无不是以"神的名义"。相应地，他把自己得以在一些人面前行使"总督"权威并最后重返英国统统都归功于"神意"。鲁滨孙一次一次反省自身、痛悔过去并不断核查、驳斥、羁勒自己遇事最初的冲动和反应，这本身表明：他对自己过去的行为方式生出了一些怀疑。如果说他在岛上的开拓创业活动是航海冒险的延续和升华；那么他的精神求索便是对他本人前期行为的某种检讨或修正。

叙述者把鲁滨孙的这类反复思考作为精神上寻求正路、在复杂的实境中精细而审慎地进行道德决疑的成功范例展示给读者。不过,需要着重指出的是,他的悔罪和"皈依"是含糊的、有限度的。他在岛上的许多言行和想法与他的"皈依"与其说是相符合,不如说是相抵牾。因此他的叙述显示出一种意向的分裂或冲突。

鲁滨孙的"皈依"的含糊性质最突出的体现是他两次"遭遇"钱币的经历。

到海岛不久,他在搁浅的沉船残骸中发现了不少欧洲钱币:"我看见这些钱,不禁失笑起来,大声说:'废物!你有什么用处呢?你现在对我连粪土都不如,甚至不值得从地上捡起;那些刀子,一把就值你这一大堆……'"(47页)此时此刻,某种根本性思想转变的征兆出现了。孤岛环境使鲁滨孙瞥见了事理的另一个方面。他意识到,在当时的处境里钱的用场比不上一件小工具或一把种子、一双鞋袜(114、149页),这与前边引述的关于使用价值的议论是一致的。然而,这种洞见的效力转瞬即逝。念头一转,"我考虑了一会儿,还是把它们〔钱币〕拿起了,包在一块帆布里,然后我开始打算再造一只木筏……"(47页)柯尔律治曾注意到,在陈述收钱的动作和下一个打算的语句之间,甚至连一个句号都没有[1],仿佛它们本来就应是彼此衔接的连续步骤,仿佛收钱就像考虑从沉船返回岛屿一样是理所当然的事,不值得惊异也不值得强调。这里,叙述者的处理是漫不经心的,但却因之更耐人寻味。它告诉我们:在这一点上,作为人物和叙述者的鲁滨孙是完全一致的,并且对读者的认同毫不怀疑。此外,他还像个称职的好出纳那样把钱数了个一清二楚:总计找到约三十六镑。如果说此事发生在他明确"皈依"之前,那么他第二次在另一艘遇难的船上发现钱则

---

[1] 转引自 Watt, *The Rise of the Novel*, pp. 119-120。

是"改过自新"很久以后。然而他对钱的态度分毫未改。他细细清点"三大袋西班牙硬币,约一千一百多枚;其中一袋还有六枚西班牙金币和一些小金条,都用纸包着,总共估计有一磅重"(47、114页)。此外,他还几次提到自己在岛上收存的钱,也几乎是每回都列举具体的钱数以及币种。对于钱的这种不由自主的兴趣显然和他郑重发表的"金钱无用论"扞格不入,却与贯穿全书的簿记精神一脉相承。

显然,鲁滨孙从来不曾像莎士比亚的泰门那样义无反顾地憎恨或厌弃金钱,他对货币的嘲笑并不意味着根本性的转变。他虽然已脱离了原来存身的社会环境,但是他和英国社会相连的精神脐带远未割断。就思想来说,他在很多本质方面原封未变。他认真收存钱币的举动印证着他与"文明世界"的内在联系和以体面回归欧洲社会为目标的人生期望。

在羁留荒岛的岁月接近尾声时,他曾再一次"检讨"当年。"不安于上帝和自然为自己安排的位置",他说,乃是人类的最大的"疾患",人的苦难大半由此而生。他本人的教训是对所有患有此病的人的一个警戒:当初他因不满足现状而背弃家庭、犯下忤逆的"原罪";后来在巴西经营种植园时又不能止步于"适度的欲望"(confined desire),以致遭遇不测;否则,时至今日,他可能早就有十万金币的家产了(152页)。这里,具有讽刺意味的是,他向神悔罪时使用的却是典型的鲁滨孙式簿记语言。以这套话语度量,贪心最大的坏处是得不偿失。他在诚惶诚恐地否定过去的同时,却肯定了造成当初那种心态和行动的发家事业及其思想逻辑。显然,真诚的悔罪像对使用价值大彻大悟的思索以及对金钱的嘲讽一样,没能使鲁滨孙彻底洗心革面。除了"原罪"一词,他还用"意愿"(inclination)、"天性"(propension of nature)、"欲望"(desire)、

"禀性"（temper）等词[1]来指称自己对航海和冒险的渴望。这样一来，便使那种追求似乎真的像原罪一样与生俱来、不可避免，从而也就给它留下了一个可以重新登场的后门。

总之，孤岛环境只是使"占有"和"谋财"的思想态度像鲁滨孙藏在洞里的钱一样，以静止的和纯粹的状态被尘封数十年，几乎成为某种被净化了的抽象物；使鲁滨孙虽然保持了资产者的思想、语言和行为特征，却摒除了它们发挥作用的社会机制或条件，避免了其可能产生的某些社会后果和道德后果，并在此基础上使之和主人公的创造性的生产活动一起得到认可、同情乃至敬仰。和遭遇海难以前无法用道义和责任为自己辩护的鲁滨孙不同，此时这位业已懂得必须止步于"适度的欲望"的个人奋斗者的心理活动得到了正面表达，被叙述所认可。麦基恩说："鲁滨孙取得的社会成功之所以重要，并不在于他爬得有多高，而在于他能够用自然通则和上帝意志来为现状辩护。"[2]

孤岛上的鲁滨孙有着多重身份。他既是悔罪者，又是来自欧洲的疆土开拓者和实用技术发明人；他被置于隐修反思的环境中，但仍是货真价实的现代资产阶级市民。他的宗教活动并不能简单地被归为"副业"或周末的消遣[3]，然而，另一方面，它们也并不如有的学者所说，构成一个贯穿、主导全书的关于"叛逆"、"惩罚"、"接受[神]"和"拯救"的系统的精神寓言。[4]如前边所分析，鲁滨孙在这方面不但含糊其词、矛盾百出，而且是有一搭没一搭的。

---

[1] 这与笛福对人性的看法有关。他曾在说教性著作《新家庭指南》（1722）中说，原罪体现于人性中的弱点和缺点，人有作恶的"天然倾向"。参看 J. P. Hunter, *The Reluctant Pilgrim*, p. 130。
[2] McKeon, p. 336.
[3] 参看 B. Willey, p. 17; Watt, *The Rise of the Novel*, pp. 80-82。
[4] J. P. Hunter, *The Reluctant Pilgrim*, Chapters 7-8.

他一面讪笑金钱，一面收存钱币；一面斥责自己的个人抱负，一面一步步把自己变成荒岛的"所有者"。最后，仿佛是要嘲弄自己在岛上的再三悔过，他以再度登上航船结束自己的自述，并且在《鲁滨孙》的第二部中依然故我，虽然矢口否认自己重新"出山"、远航东亚是为了钱，却一如既往不厌其烦地说明如何贩鸦片到中国换取瓷器、生丝、茶叶等，其中利润和风险如何。总之，小说的叙事从不同侧面反映了主人公身上那不安分的浪迹者和虔诚的悔罪人之间的对立。[1]这两者形成有力的对照，互相烘托，互相揭示着对方的矛盾性和不稳定性。数百年后，我们不免在鲁滨孙自以为"正义"的思想和行动中读出许多破绽和反讽。然而，即使我们不赞成他的答案，也不能不重视他的尝试——因为，即使最蹩脚、最有限的答案也包括了其前提，即问题的提出。鲁滨孙"断断续续"的宗教憬悟和思考[2]的重要性在于它们在这位新世界代表人物的创业神话中标出了几个问号。

"修得正果"的鲁滨孙带着他多年收藏的钱币回到英国后，岛上的孤寂生活立刻被一系列令人目不暇接的经济活动和法律认证所取代。这里，我们不能不对笛福敏锐的社会直觉感到惊讶——他意识到，只有重新置于社会之中，鲁滨孙在岛屿上的精神修炼和道德改良才有意义。实际上，整个故事是以此为指归的。对于笛福来说，鲁滨孙荒岛余生不只是讲述新奇的冒险经历，因而仅仅获救或返乡绝不足以作为小说的恰当结尾。鲁滨孙带到岛上的问题来自社会生活，他获得的尝试性的解答也须再被重新带回到社会。

---

[1] McKeon, p. 317.
[2] J. Richetti, *Daniel Defoe*, pp. 55-56.

重返社会的鲁滨孙已是一名"经过教化的沉着镇定的现代资本主义企业家"[1]。他在海外冒险多年，历经千辛万苦，最终得到了可观的财富，完成了他的富于时代特征的创业历程。但是我们没有见证他参与为获得财产而进行的具体的经营或剥削活动。当我们的模范资产者鲁滨孙在岛上不为利润辛勤劳动、修炼德行的时候，在他**不在场**的情况下他的资本却自动地（在神意或处于我们视野之外的某些人的照拂下）高速增殖着，直到有一天所有他"新发现的财产都安然到手"（235页）。所有者和资产的分离把财富的"来历"排除在叙事之外，从而使美洲奴隶庄园的发展史成为用括号括起来的"潜故事"。由于这种分离，主人公才得以摆脱经营奴隶庄园等活动所难以避免的血汗泥污，在孤岛的单纯"实验室条件"下缓慢地修炼一种较少引起内外冲突和伤害的道义上可行的个人主义以及相关的必备心理素质，完成对无节制的贪欲的心理调控。也正是由于这种分离，原始积累的创业神话和有关"精神、道德再教育"的寓言[2]才能够作为双重叙事而共存于鲁滨孙的历险故事中。

善于抑制自己的冲动并能仔细体味"职业"和"责任"的新鲁滨孙不仅慷慨地对待那位陷入贫困的老船长，还照顾他自己的姐妹子侄，以及曾帮助过他的伦敦老妇与远在巴西的寺院和穷人。与他的变化相应和，整个世界也似乎有了改变。不仅老船长表现了"诚实"、"友情"、"荣誉"和"信义"，鲁滨孙遇到的每个有产者也都浸透着这些美德，到处弥漫着公平交易的诚信气氛。神意的魔力仿佛已和资本的魔力合而为一。当年不择手段从事贩奴买卖的冒险家或他们的后代如今个个都是谦谦君子；鲁滨孙缺席几十年，却没有

---

[1] J. Richetti, *Daniel Defoe*, p. 334.
[2] Richard A. Barney, *Plots of Enlightenment*, p. 229.

任何人企图侵吞他的那份神圣不可侵犯的财产。他们纷纷向鲁滨孙呈上了无比诚实的账簿。叙述者未曾为此新气象做任何"写实主义"的铺垫，它更大程度上可以被看作鲁滨孙在岛上修得的内心乌托邦的外化。代表着理想社会秩序和人际关系的账单来得十分突兀，几乎像发现海盗私藏的价值连城的宝物一样令人难以置信。不管作者本意如何，它的出现是一个标志，提示着我们那个**缺席的**巴西故事的存在。

鲁滨孙思考、言说和行为的方式以及他获得大量财产的结局肯定了对利益的追求，并和小说中对"欲望"的质询形成一种充满张力的矛盾关系。正因为孤岛的道德寓言摒除了巴西故事，却又依赖后者造成的财富来完成自身，鲁滨孙的精神飘流才如此有力地代表了他的时代的中坚人物谋求财富和"发展"的心理驱动力量，他们所面临的心理压力和矛盾以及解决问题的努力。因此，瑞凯提说："《鲁滨孙》是关于现代个人主义的寓言，既概括了其成就，也表达了伴随它而产生的深切的忧虑。"[1]如果说所有的意识形态系统都必然是复杂的矛盾结合体，那么，在笛福这里，内在矛盾是以无比坦率和尖锐的方式表现的，被摒除在外的东西和被直接陈述的内容都意味深长。

三 罗克萨娜的"罪"与"罚"

不仅《鲁滨孙》故事中的创业神话和"再教育"寓言之间存在深刻的矛盾，步其后尘接踵问世的《辛格尔顿船长》（1720）、《茉儿·佛兰德斯》（1722）、《杰克上校》（1722）等也无一例外都是如此。到了《幸运女罗克萨娜》（1724，下文简称《罗克萨娜》），这

---

[1] Richetti, *The English Novel in History*, p. 67.

种内在矛盾表现得更为显豁而尖锐，竟使作品分裂为两个几乎无法共存的故事和结局。

第一个也即占用了绝大多数篇幅的故事，是主人公罗克萨娜的奋斗史，即她在世俗社会中攀升的人生轨迹。

罗克萨娜出生在富裕的法国新教徒家庭，她十岁那年全家人为逃避宗教迫害移居英国。十五岁时她由父亲做主嫁给了一般实酒商的儿子。数年后，丈夫因不善经营而濒于破产，后又出逃躲债。罗克萨娜和五个子女衣食无着，靠变卖家产勉强度日。两三年后她们坐吃山空，拖欠房租，眼看要流落街头。女仆艾米出面把五个孩子分送到亲戚家，又劝罗克萨娜用姿色笼络房东。挨饿还是卖身？罗克萨娜人生中第一个决定实际上是在没有选择余地的情况下做出的。她做了房东的情妇，后来又随那个做珠宝生意的男人去了巴黎。

在巴黎，罗克萨娜时来运转，因容貌俏丽大出风头。珠宝商遇刺身死后，她继承了一笔财产，又做了某德国王公的外室，和后者生养了两个孩子。大约八年后，那位贵人与她分道扬镳，早有思想准备的罗克萨娜打点好自己的财产，在一名荷兰商人的帮助下逃脱陷害，把大笔的钱汇回英国。在这期间她和荷兰商人同居并怀有身孕，但是却断然拒绝了他的求婚。这一次，有充分选择自由的罗克萨娜决定保持独身。富婆罗克萨娜重返英国后，一方面请当时最好的经济学家罗伯特·克雷顿爵士[1]做参谋经营现有的资产；另一方面在忠心耿耿的艾米的支持下重整旗鼓，再卖风流。这一次她事先确定自己的目标是国王本人。由于有强大的经济实力可以操办豪华的社交活动，她顺利地达到了目的。她先是做了国王的情人，后来又"傍"上一富有的老贵族。她得了"罗

---

〔1〕这是小说所涉及的唯一的真实历史人物。

克萨娜"的称号，一时风光无限。

有一些学者曾提请我们注意《茉儿·佛兰德斯》和《杰克上校》等书的全书名。[1] 前者如下：

> 大名鼎鼎的茉儿·佛兰德斯的人生浮沉；她生于新门监狱，童年之后在变故频仍的六十余年里曾当了十二年的妓女、结了五次婚（其中一次嫁给了她自己的弟弟）、做了十二年窃贼、作为罪犯被放逐弗吉尼亚八年；最后发了财，正当地谋生，并在死前忏悔；依据她本人的回忆录写成。

后者是：

> 至为可敬的贾克上校（俗称杰克上校）的历史和惊人生平；他本是绅士出身，但自幼演习窃术，执偷盗业凡二十六年，后被劫持至弗吉尼亚。归国后成为外贸商；五度结婚，其中四个妻子是娼妓；后来入伍作战，英勇无比……

这些广告式的自我标榜，显然主要意在通告世人，该书承袭了曼利、海伍德们炮制的披露丑闻内幕的畅销讽刺故事的传统，从而吊吊读者的胃口。《罗克萨娜》也不例外。书名包含长达两句话的解释性副题，点出罗克萨娜为娼经历中的种种耸人听闻之处，特别说明她是出入于复辟君主查理二世宫廷的红人。

或多或少由于与丑闻小说和罪犯故事的这种"亲缘"关系，被预设为反面人物的罗克萨娜具有非同寻常的彻底性和极端性。罗克

---

[1] 参看 A. D. McKillop, *The Early Masters of English Fiction*, pp. 33-34。

萨娜曾为自己辩护说："穷困是我的陷阱。"（73页）她最初走上卖淫道路是被贫困也就是被"必然"所迫（在英语中这两者可用同一词necessity表达），像鲁滨孙被"天性"驱动一样，这似乎是不可逃脱的命运。不过，和笛福其他那些做海盗、偷东西的主人公一样，罗克萨娜满足温饱之后仍不能住手，相反更变本加厉地设法捞钱。她毫不掩饰自己的"贪婪"和"虚荣"（100、244页），公然以女强人的姿态经营她的姿色，这就使她和一般不得已卖淫的"堕落女人"（fallen women）有了本质的差别，从可怜的受害者脱胎换骨转变为以攫取为目的的新经济世界的主人翁。和德国王公分手后，罗克萨娜意识到自己并非一般的"烟花女子"（a lady of pleasure），而是"女商人，是经营大买卖的女商人"（169页）。[1]对她来说，卖身纯属商务："我的目标是做个外室，并挣一份可观的赡养费。"（210页）和范妮·希尔[2]不同，她卖身不是为性快乐，在多数时间里甚至不是为谋生，而是在"经营"自己拥有的唯一"资本"——肉体。因此她是冷静的、公事公办的，对男人防范有加。如果说这个人物身上有什么东西有力地吸引了笛福同时又让他惶惶不得安宁，使得他与副题所暗示的讽刺基调时即时离，那便是她的这种异常明朗而彻底的"商人本质"。

自从跟定珠宝商，罗克萨娜就抛开了传统的礼义廉耻，获得了某种空前的精神自由。她以独立的身份参与这个世界中的有利可图的经营活动。她认为，既然自己和珠宝商两厢情好，互有需要，就大可不必受"那套条约手续"的束缚（76页），而且坦然地说他们婚外同居过得"很喜乐"（83页）。她从容地筹谋策划，在最初阶段

---

[1] 正文中标示的该书引文页码均出自Defoe, *Roxana*（Penguin, 1982）。
[2] 为约翰·克利兰的色情小说《范妮·希尔》的女主人公。

里就做出了强迫艾米和珠宝商同床的惊人举动。事后，艾米反复哀叹自己"毁了"，成了"婊子"。罗克萨娜则切中要害地说："难道我不和你一样是婊子吗？"（47页）罗克萨娜此举可谓一石数鸟。她一方面先下手为强，芟除了艾米对那男人所可能造成的性诱惑；另一方面使艾米在道德上的潜在心理优势不复存在，实实在在又回到"仆人"的位置上。艾米是罗克萨娜在困境中的朋友，然而她却用这种匪夷所思的方式使两人的关系永久性地巩固了，使艾米成了她的左膀右臂、她的下级合伙人。不论罗克萨娜是否充分自觉，这是她的生意生涯开局时极精明的一着棋。

罗克萨娜拒绝荷兰商人的求婚时，再三地强调了她对"自由"的珍重。她振振有词地论说道：她认为女人和男人一样，生来是自由的；然而婚姻法却规定女人一结婚就得放弃一切，"充其量不过能当个奴仆头子"，总之，对女人而言"婚约的本质就是放弃自由、财产和权威"（187页）。后来她又在另一个场合下向克雷顿表达过类似的看法，声称自己要当个"男—女人"（212页），以至那位财经高手不禁对她的"亚马逊女战士式的言论"莞尔微笑。她异常坦率自信的风格、独立不羁的性格以及大胆而明晰的思想令人不由得要生出几分敬意。这些听来像是出自激进女权主义者的言论在小说问世的年代里无疑很超前，很有挑战意味。不过，从罗克萨娜口中道出的"自由"在很大程度上应读作"财产"。她明白地说，她拒绝荷兰商人的原因是她怀疑后者贪图的是她的钱。被人"包养"对方要掏钱，嫁人则失去自己原有的钱，一里一外，结婚显然是下下策。也正因此，后来她对荷兰商人有了更深的了解和信任，同时又明智地看到结婚是更好的晚年安排，就毫无心理障碍地修正了原来的态度，表示自己会当个合格的好"仆人"（277页）。总而言之，她一切从收益出发，并不为其他原则所囿，名副其实是个精通商务的"女生意人"（170页）。她和克雷顿讨论投资方法和商人的社会功能。她亲自操持汇兑、投资等业务。她述及自己采取的每个步骤（如安顿儿子）时总不忘首先交代财务安排。难怪有人说这小说简直可以做私人理财指南。

罗克萨娜对孩子和钱财的态度形成鲜明的对比。数计下来，她曾生养了不下十二个孩子。但是好算账的她从没有准确地告诉我们这个数字，而且对于其中多数仅仅顺带提过一次，即他们作为她的经营活动（即给有钱人当外室）的副产品的诞生。"不过第二年我给了他补偿，为他生了个儿子，令他很开心；那是个可爱的孩子，长得也很好"（84页），她就这样用寥寥数语交代了她和珠宝商的儿子，从此把他留在了九霄云外。她和德国王公的两个孩子也是如此消失得无影无踪。有时她意识到孩子有助于套牢某个值得维持关系的男人，但是对子女很少依恋关切之心。她似乎认为，给他们备下一笔钱就算安排妥帖了。在这位生了许多孩子的母亲的自述中，通篇没有一处有关母子相处的内容。范·甘特在讨论茉儿·佛兰德斯时指出："在茉儿的世界里，重要的是对物的数记、度量、定价、称量、估价，以考察它们对其所有者来说代表多少财产、意味着怎样的地位。"她还以茉儿关于第一次婚姻的叙述为例，说明茉儿如何用只言片语打发了丈夫、孩子和所有具体的感性的生活，笔锋一转便去用具体数字说明这段生活的经济收益。[1]罗克萨娜也如出一辙。

罗克萨娜把一切人际关系都换算成钱或物，每个举措都经过缜密的计算。如果说算账对于孤岛上的鲁滨孙主要体现为一种思维习惯，对罗克萨娜来说就是生活的核心内容。珠宝商立下遗嘱送给她

---

[1] Dorothy Van Ghent, *The English Novel*, p. 52; 参看 Defoe, *Moll Flanders*（Norton, 1973）, pp. 46-47。

一笔钱财（一千镑现金外加一百镑债券）及她的全部家具器物等，于是她就认为既然他做了"男人为我这种处境的女人所能做的最有帮助的事，拒绝他的任何要求或不肯跟他遍走天涯未免有点过于狠心"（49—50页）。荷兰商人帮了她的大忙甚至救了她的命，却不肯收报酬，她便和那人同居一段时日，以使他们之间"两清"（183页）。后来罗克萨娜闲居伦敦时，人们曾一度不大敢问津这位当过国王情妇的富贵女子，以为她必定不屑于接受被次一等人"豢养"的处境。一位有钱有势的贵族老爷和她谈起这点。

> 无知的东西！我对自己说，一边考虑他是位爵爷。天下有哪个女人自甘堕落为娼妓，却不肯接受自己那份罪孽的酬劳？哦，不，不，老爷您如从我这儿能得点什么，铁板钉钉，您得付代价；知道我有钱，那只能让您花得更多，因为您也明白，总不能向一个一年有两千镑收入的女人提出个小数目吧。
> 他仍喋喋不休地就那个题目说了一阵子，然后保证说他没想坑害我；他不是拿我当奖品来捕捉，或到我这儿捞一把的。其实（顺便说），对此我倒毫不担心，因为我对自己的钱看得实在太紧了，压根儿就不可能这么丢掉。随后他又把话题转到爱情上，这在我听来实在可笑，如果没有了主要的东西，我指的是钱，我根本就没有耐心听他啰嗦。（183页）

最后爵爷终于表示他看重罗克萨娜"远远超过一年五百镑的钱"，于是，罗克萨娜说，"在这个基础上我们就开始了"（184页）。以这样的方式，她以"现任"男人的钱维持生活，让自己的钱不断生利、增值。待她打算摆脱那爵爷时，她的每年收入已增到两千八百镑。从珠宝商的死亡起，罗克萨娜每在男人那里转手一次，就要全面"结算"一次。她和荷兰商人的婚姻讨论如公司合并,财务盘点内容几乎长达三页。

作为自我经营的杰出代表,罗克萨娜可以说是资本的人格代表,是"产权个人主义"自我实现的典型。产权个人主义(possessive individualism)和前面提到的"经济个人主义"意思相近,但或许是一种更确切的概括。它源自从霍布斯到洛克一脉相传的一种看法。霍布斯说:"人的价值或身价正像其他东西的价值一样就是他的价格;也就是使用他的力量时,将付与他多少。"[1]洛克在阐述私人财产权时则更明确地说,人"是自身的主人"。[2]按照研究政治思想史的专家麦克弗森的解说,"产权个人主义"是从私有财产意识派生出来的:"它把个人本质上看作自己的人身和能力的所有者……个人不被看作道德实体,也不被看作更大的社会整体的一个部分,而是自身的产主。由于越来越多的人把产权关系当作决定他们实际享有自由多寡以及能否充分实现自己潜能的最关键的关系,于是产权关系也就被倒推认定为是人的本性。"[3]从这种自我认识出发,"实现"自我也就意味着获得财产,即将自己的肉体、力量或潜能"兑现"(realize)。而这恰恰是笛福"分派"给罗克萨娜的人生任务。罗克萨娜不是那种在社会中逐渐成熟、发展的个性化小说人物,她代表着一个类型、一种思想、一种行为方式。这个类型就是彻底的商业化自我。在罗克萨娜身上,对财富的拜物教式的追求[4]达到了触目惊心的程度,对钱的专注执着近乎偏执,实际上却是对她所存身的社会环境的适应,代表了对"热衷敛财聚富的

---

[1] 霍布斯:《利维坦》,64页。
[2] 洛克:《政府论》下篇,29页。
[3] C. B. Macpherson, *The Political Theory of Possessive Individualism*, p. 3.
[4] 参看卢卡奇:《历史与阶级意识》,143—168页。

社会中的人格发展的设想"。[1]

虽然罗克萨娜作为某种丑闻小说的主角，按说应是个反面人物，但是我们从"穷困是我的陷阱"一类辩护词中不难听出笛福对她的宽容和同情，从"女商人"坦荡的宣言和成功的经营中可以觉察作者常常自觉不自觉地把自己的思想和感受投射进那个人物。总的来说，自罗克萨娜"出道"直到她女儿苏珊正式登场，这位"幸运女"从未受到重大的挫折，也不曾真正被悔恨困扰。她不仅收入不断见长，而且备享荣华。最后，当她韶光已逝、必须"金盆洗手"的时候，她便改换方式，易地到伦敦的市民聚居区体面地隐居。老相识荷兰商人也及时复现，与她成婚，为她"洗"了钱，使她终于能合法地享受财产带来的地位和豪华生活。用她本人的话说，这是她的"荣耀和资财的鼎盛点"（307页）。在商海中沉浮已久的两位男女生意人此时财产之和高达年收入三千镑以上。在当时的英国，年收入四十到五十镑就可以进入中产阶级行列[2]，这笔财产实在是令人瞠目的"巨富"。不仅如此，他们还在英、荷两国都买下贵族身份，于是罗克萨娜同时一跃成为英国的贵妇和荷兰的伯爵夫人。她和茉儿同是不择手段的女冒险家，但是，与女佣、小偷、强盗为伍的茉儿最后的"成功"不过是一份小康生活，而罗克萨娜却能出入宫廷，结交权贵。可以说笛福让她享受了鲁滨孙们所没有的顺利和机遇，使她"下海"后的人生成为一帆风顺的敛财畅想曲。

与这令人目眩的发家史相抗衡的第二条叙事线索由罗克萨娜的

---

[1] Van Ghent, p. 53.
[2] 参看 P. A. Langford, *A Polite and Commercial People*, Chapter 2; Peter Earle, *The Making of the English Middle Class*.

女儿苏珊推到"前台",并最终把小说引向悲剧的结局。

所谓"第二个故事"云云,并非解读者捕风捉影,而是小说中原本就有的说法。在陈说了与荷兰商人顺利成婚的经过后,叙述者即晚年罗克萨娜话头一转,说:她"不得不在上述成功故事的**结尾上添加另一个故事**"(311页,黑体为笔者所加)。她回头追溯道:她从欧洲大陆返回伦敦后不久,就开始寻找自己早年送走的几个孩子,得知仅有三人还活着。她遣艾米出面,给一个正在当学徒的儿子做了妥善安排;又偶然发现一个女儿就在自己家做仆人。罗克萨娜和艾米辞退了她,并通过中间人为她提供了体面的生活条件。但是"那姑娘"一心四下查访自己的亲生母亲。她碰巧在弟弟的抚养人家遇见艾米,先是认定艾米是妈妈,后来又鬼使神差地声言"罗克萨娜夫人"是自己的母亲。这时,罗克萨娜已和荷兰商人结婚,打算在荣华富贵中安度余年,对苏珊锲而不舍的跟踪骚扰甚感恼怒。后来她认为艾米为成全自己而谋害了"那姑娘",心里又十分惶恐不安,生活被浓重的阴影笼罩。在全书最后一段,叙述者说:在过了几年表面风光的日子后,"我,以及艾米,又遇了大灾大难……似乎是因我们对那可怜的姑娘的伤害,上天降了惩罚;我又陷入极端惨境,我的忏悔好像只是苦难的结果,就如苦难是罪过的后果一样"(379页),一言概括了她一生的"罪"与"罚"。

有评论者指出,这第二个结尾很牵强,在时间安排和叙事逻辑上多有纰漏[1]——比如,苏珊在十来年里似乎毫无成长变化。[2]然

---

[1] 实际上《罗克萨娜》一书在时间安排上的漏洞并非只表现为对苏珊的处理。前边提到,小说副题号称女主人公曾是跻身查理二世宫廷的名媛,但正文开篇就说她1683年时年仅十岁(因而根本不可能出入复辟时代的宫廷)。不过,这里作者很可能是有意卖破绽,让人明白他谈的是18世纪初乔治一世朝代的事态。

[2] Bram Dijkstra, *Defoe and Economics*, pp. 74-82.

而，如果由此得出结论说这一结尾是与全书题旨关系不大的"续笔"，是笛福受到其中的侦探故事的诱惑而草草补加上的，却是经不起推敲的。贯穿全书的老年叙述者的悔罪言辞就是对此论点的一个有力的驳斥。更何况，与罗克萨娜的几次重要的人生选择相对应，有一系列耐人寻味的地域对比——如用王室和贵族把持的花天酒地的伦敦西区对照诚笃商人聚居的东区[1]，让奉新教的荷兰衬托扶持斯图亚特王朝的天主教法国，等等。也就是说，从一个角度看，笛福始终如一地把罗克萨娜放置在一个富于道德和政治象征意义的背景图中，从而使她的人生选择（决意做妓女、一度定居巴黎和伦敦西区从事卖身活动）成为被针砭的腐败世道的化身，而对第二个故事的追溯应回到更远的过去。因为，如该书解释性的副题所示，就自觉的意图而言，这部小说从一开始就被笛福设想为"女主人公道德堕落并最终失败的故事"[2]。

不过，由于笛福照例有点三心二意、心神不定，由于他允许那位已经悔悟的叙述者沉湎于当年的奋斗，对罪过和忏悔却草草敷衍，"堕落史"没有能压倒"成功"故事。所以，笛福不得不在接近收尾时唐突地请出苏珊。尽管添补上的苏珊故事显得粗糙生硬，威廉·哈兹里特（1778—1830）、威廉·葛德文（1756—1836）和查尔斯·兰姆（1775—1834）等名重一时的文化人却都被这个结尾震动，认为它们是"该书中写得最完美的场景"（哈兹里特语）、"最出色的篇章"（兰姆语）。[3] 这是因为，从结构上说，苏珊的故事是至关重要

---

[1] 18世纪伦敦东区又称"城区"（the City），为商业区；西区（如威斯敏斯特区一带）又称"镇区"（the Town），为政治、文化中心，是宫廷所在地和贵族聚居区。
[2] David Blewett, "Introduction," in *Roxana*, p. 9.
[3] 转引自 P. B. Furbank & W. R. Owens, "The 'Lost' Continuation of Defoe's *Roxana*," in *Eighteenth-Century Fiction*, Vol. 9, No. 3, pp. 300-303。

的，它根本改变或修正了全书的题旨。也就是说，其重要性不取决于个别艺术处理水准的高低，而在于它使小说陡然坠入悲剧的深渊，从而使那个悔过的老年主人公的声音有了比较充分的说服力。

笛福对"英国商人"及其事业的关注和支持是众所周知的。在这部小说中，深得罗克萨娜敬重的罗伯特·克雷顿爵士曾说：商人活跃了生意，商业是活水源头；还说真正的商人是国家中最好的绅士（210页）。后面这一句原本出自查理二世，笛福本人曾在《英国商人全书》中赞同引用过。然而，耐人寻味的是，笛福在一系列小说中却选择了"罪人"作为商人典型和"当代英雄"：海盗辛格尔顿、窃贼茉儿和杰克上校等不是像鲁滨孙那样象征性地犯有"原罪"，他们是"货真价实"的罪犯。显然，深知个中滋味的笛福朦胧地意识到了，在无规范的早期海盗式资本主义社会，"商业普遍地建立在罪恶的基础之上"[1]，对于无缘在荒岛上修炼并同时获得一大笔干净钱的人来说，"罪恶"在很多情况下是发财的必经之路。

苏珊如同《鲁滨孙》中造成海难的风暴一样，是把主人公带向反省的外因。然而，这一次的反省不是从天灾而是从"人祸"开始的。带来不幸并迫使罗克萨娜反思的是她的亲生女儿。这女儿的名字"苏珊"只出现过一两次，老罗克萨娜在叙述往事时大抵称她为"那姑娘"、"这姑娘"或"那小婊子"。如前所说，在罗克萨娜狂热追求富贵的奋斗中，孩子是最早的和最直接的受害者。如果说起初抛弃五个孩子是不得已而为之，那么，她长期旅居巴黎，对子女完全不闻不问，致使两人夭亡，三个活下来的也多受磨难，就是她耽于发财梦想而泯灭了做母亲的天性和起码的责任心。

女儿再次出场变成了仆人。

---

[1] 笛福语，转引自Dijkstra, p. 169。

在笛福的作品中，消失了的受害者再次亮相，可说是"历史性"的变化。这意味着尝试从孩子和受害者的角度来讲述主人公的历史，被摈除在外的人和事终于开始在文本中浮现。这一角度转换犹如给《鲁滨孙》补上一个《血字研究》[1]的尾巴，让被精心略去的巴西发财历史以神秘复仇故事的形式出现。苏珊们的"潜故事"在很大程度上仍在水下，读者无从深入了解她们兄弟姐妹童年的痛苦挣扎，也不知道她不依不饶地追查母亲的深层心理动机。笛福的小说一如既往仍被主人公的发家活动充斥，全然无暇顾及次要人物的成长历史和心理活动。读者所见的苏珊似乎不过是要找回本应属于她的一份母爱和祝福。尽管如此，罗克萨娜仍然在她的意图中敏锐地觉察到了巨大的危险和严峻的利益冲突。如果"她知道了秘密，[如果]把保密、揭发或毁掉我的选择交付给她"，她想，"我就得一辈子做这姑娘的奴才了"（280页）。

罗克萨娜对苏珊行为的解读是极说明问题的。尽管她见到女儿也怦然心动，但从根本上说她不相信存在超功利的亲情。她认定，不管"那姑娘"的主观意图如何，她们之间的关系都只能是利益的较量。这里我们不禁会联想到当初她恩将仇报，强迫艾米变成"婊子"的行为，以及荷兰商人向她求婚遭拒绝、他们互相猜测对方动机的情形。在罗克萨娜们看来，人无一例外都是相互掠夺、相互敌对的动物，人与人的关系如同霍布斯在《利维坦》（1651）中所描述的文明制约之外的"自然状态"，是"每个人反对其他所有人的战争"。[2]

---

[1] 柯南·道尔的福尔摩斯侦探小说之一，讲述一小伙西方人在殖民地发不义之财引发仇杀的故事。
[2] 霍布斯：《利维坦》，94页，译文稍有改动。

这里，更引人注意的是罗克萨娜和苏珊之间的思想"断路"。如果苏珊是像她母亲那样的高明的生意人，她也许会明白最好的方式是不要点破那层纸，而是通过艾米来讨价还价、争得一份尽可能大的经济利益。可是苏珊不是女商人。她不肯安享母亲可以提供的安逸生活或谋一桩体面的婚事，却鬼迷心窍非把生母身份追个水落石出。她向罗克萨娜在伦敦东区的贵格教派女房东哭诉说，找回母亲在她是生死攸关的大事；说她那尚不知情的母亲只要见到她，听她说明情况，就会承认她，从而母女团圆。照罗克萨娜和艾米的看法，苏珊"疯了"。

苏珊也和罗克萨娜一样，是某种思想或态度的代表。苏珊在小说结尾时应当已经年近三十，但是她仍以不谙世事的执着少女的面目出现。虽然她曾经无比羡慕地讲述当年罗克萨娜夫人的排场，但是总的来说她体现了非生意人的思想和情调，连她的虚荣心（如果这是她自己尚不意识的重要动机）都是缺乏算计的、任性的、孩子气的。也就是说，她代表某种非功利的"自然"态度。她和罗克萨娜的根本的思想分歧使两者终于无从达成理解，使她寻母的行为几乎变得像报复女神的追踪和惩罚。考虑到她的女儿/女仆/受害者三位一体的身份，她的"报复"似乎又带有了阶级冲突和社会冲突的色彩，成为偶然中的必然。的确，如果对金钱和利益的追求斩断了其他一切人际关系，如果"人和人之间除了赤裸裸的利害，除了冷酷无情的'现金交易'，就再也没有任何别的联系了"[1]，那么，在人反对所有别的人的战争中受害的人们起而讨还对自己的亏欠，岂不又在情理之中？

苏珊的固执使艾米认定，唯有杀死她才能摆脱她的纠缠。最

---

[1] 马克思、恩格斯：《共产党宣言》，《马克思恩格斯选集》，第1卷，253页。

后，苏珊和艾米同时失踪了（作者似乎故意对是否发生了谋杀含糊其词）。罗克萨娜陷入恐惧和悔恨的噩梦之中。她终于意识到，对金钱和地位的追求使自己走上了怎样的不归路。虽然罗克萨娜在艾米初露杀机时曾斥责过她，甚至表示要和她断绝关系，但是总体而言，艾米毫无疑问是罗克萨娜的合伙人及意愿执行者。在小说结尾时，罗克萨娜承认了她们两人的一体性和一致性。因为她在内心深处明白，艾米不仅是她的左膀右臂，更是她的另一个自我，对艾米的一言一行自己都难逃罪咎。当初她在极度贫困中束手无策地看着五个嗷嗷待哺的幼儿，曾绝望地说：一切都卖尽吃光了，再没什么可吃的了——"除非我像可怜的耶路撒冷女人那样吃掉自己亲生的孩子"（50—51页）。到最后，这位资本的人格化代表似乎真的成了为了一己名利吞食掉亲生子女的魔怪。[1]

罗克萨娜和女儿的冲突中有两个值得注意之点。第一是虽然罗克萨娜仍在戒心十足地维护自己的利益，然而此时她想保护的却主要不是钱包，而是所谓"名誉"，包括丈夫和世人的尊重。她当初曾明白宣布可以放弃"操守"而决不能放弃"钱财"（186页），以彻底的物质主义态度累积财富；到头来却发现，对物的攫取被推到极致后却表明，它其实是对特定人际关系的被遮掩、被扭曲了的追求。第二是最非女性化、最耸人听闻的暴力行为——残害亲生孩子的罪行——被安到了罗克萨娜这样的彻底商业化的女性身上。这一处置有意无意地构成了多刃的批判。如有的女性主义学者所论述，18世纪的英语文学中对女强人（Amazon）的描写常常与暴力有关，这其实是用亚马逊女战士的形象充当欧洲帝国主义扩张和资本主义

---

[1] 参看 Ann L. Kibbie, "Monstrous Generation: the Birth of Capital in Defoe's *Moll Flanders* and *Roxana*," in *PLMA*, No. 110, pp. 1023-1034.

掠夺所必然包含的暴力的替代物或替罪羊。[1]对女性的某些传统歧视或偏见（如视为"祸水"）自然而然被纳入了这种表达，从而加强了人们对早期资本主义的质疑——因为由女人来体现的暴力显得尤其丧心病狂、触目惊心，迫使人们重新审视导致这一后果的那种行为逻辑和世界秩序。另一方面，由于拿女人替罪，也使厌恶女性的偏见（misogyny）得到加强，使罗克萨娜牌号的女权主义所包含的合理成分也被一股脑地抹了黑。

应该承认，笛福本人并非有意借此来抨击妇女。相反，当他让罗克萨娜尖锐而中肯地抨击当时的婚姻制度时，他在很大程度上是站在女性立场上的；当他把她作为一个独当一面、思想明晰的成功商人来描写时，他把自己对商人阶层的同情、认可乃至赞叹倾注到了这个人物中。[2]然而，笛福正视事实的思想习惯又使他不能不面对他所赞美的（与早期英帝国扩张及资本原始积累融为一体的）商业活动所必然带来的问题和矛盾。在某个意义上，当人物的思想行为逻辑把叙事带向最后的暴力冲突时，他几乎有点不知所措了。至少有的学者是这样解释《罗克萨娜》含混不清的结尾的——他们认为这个人物写到这里已经"失控"。[3]其实，罗克萨娜和艾米最后的罪过和"报应"的具体形式并不特别重要。重要的是笛福敏锐地感受到矛盾的存在并明确地认识到罗克萨娜的方式必将酿就无法调和的剧烈冲突。在这个意义上，《罗克萨娜》的确"从道德的角度和艺术的角度看是笛福的最复杂的作品"[4]，与作者此前的作品相

---

[1] Laura Brown, "Amazons and Africans," in Hendricks & Parker (eds.), *Women, "Race," and Writing in the Early Modern Period*, pp. 126-129.
[2] 参看 Ian Watt, *The Rise of the Novel*, p. 126。
[3] Sutherland, *Defoe*, p. 206.
[4] 转引自 John Richetti, *Daniel Defoe*, p. 105。

比，小说涉及的纠结缠绕的社会文化道德主题得到了几乎是"豁然明晰"的表达。[1]

四 笛福与对"人性"的推求

创造了鲁滨孙、茉儿·佛兰德斯、辛格尔顿船长和罗克萨娜的笛福绝非后世那种回避现实社会生活的"艺术家"。

笛福出身于伦敦的商人家庭。父亲詹姆斯·福是一位来自外省、学徒出身的伦敦油烛商（一说是屠夫），奉行新教长老会派的信仰。王政复辟后，非国教教派[2]的新教徒受到迫害，许多人被投入监狱，数以千计的教士被逐出原来的教区。笛福的父亲也在1662年8月追随拒绝效忠国教的牧师举家搬迁。对于他这样的小生意人，迁居意味放弃自己原有的产业和供销渠道，无异于灭顶之灾。但是虔诚的信徒福先生不但毅然出走，而且在逆境中通过耐心坚忍的努力很快重建了家业，成为受人尊敬的商人和有地位有影响的伦敦市民。毕竟，那也是商业持续快速发展的时代。

父亲一心想把笛福培养成本派的教士，但是那预定要接受神职的青年却在思谋改换门庭。他在矛盾、疑虑和烦恼中苦苦地徘徊。专心事神的教士生涯和呼风唤雨、收益丰厚的商业活动形成鲜明的对照。自幼受宗教信仰熏陶的笛福在笔记《沉思录》（1681）中热忱地祈求上帝说："让我的心/珍重你，……/让我的意愿听从你，让我的欲望/囿于你的意志。"可是他又不能不正视自己："然而，

---

[1] Clive T. Probyn, *English Fiction of the Eighteenth Century*, p. 41; 参看 Richetti, *Daniel Defoe*, p. 107。

[2] 英国国教又称安利甘会（Aglican Church）。其他不从国教的新教教派信徒被统称为"不从国教者"（the Dissent），其中很多人在17世纪40—60年代曾支持清教革命。

为什么我又会/如此厌恨我的责任呢。"他知道自己"有成千上万、成千上万的诉求",自己的心被"许多空渺的愿望炙烤着"。[1]终于,像日后他笔下那位大名鼎鼎的鲁滨孙·克鲁索一样,笛福违背父训,私逃下"海"了。

决心经商的笛福赶上了17世纪末那些充满机会的年头。当时,英国在半个世纪的政治动荡和宗教纷争之后,局面甫定。工商业,特别是海外贸易长足发展。东印度公司经历几度风雨后于1657年设立永久基金。在复辟后三十年间它的原始股每年获利达20%—40%,原值为一百镑的股票到1685年升值为五百镑。眼看着"少数豪富掌握了从东方贸易得来的巨额财富"[2],贸易活动的超高利润怎能不叫人激动万分、跃跃欲试,甚至铤而走险? 90年代里,英格兰银行初建,社会上重商主义气氛日浓,推销英国纺织品成为国家内政外交和军事行动的中心考虑,英国大踏步地向商业领先地位迈进。

在此背景下,笛福的表现令人眼花缭乱。他成也遽尔,败也倏忽。从商仅仅三年,他已是伦敦颇有资产和信誉的内衣批发商,和富有木器商的女儿玛丽·塔夫雷结了婚并由此获得价值三千七百镑的可观嫁妆。他买房置地,结交雅士,舞文弄墨,春风得意。但是好景不长,不久他投机失败,不择手段地补救也无济于事,终于破产入狱。此后他屡败屡战:时而开工厂做买卖,时而参与政治甚至为政府做密探,还马不停蹄地写文章办刊物。笛福似乎以很彻底很精明的商业精神来从事各种活动,但是他对广泛世事的不由自主的兴趣和关怀又常常是天真而无畏的,并不被对某种具体小利益的关心所约束,于是也就为下一个"失败"留下了伏笔。比如,他给

---

[1] 转引自 Paula R. Backscheider, *Daniel Defoe*, pp. 29-30。
[2] Trevelyan, p. 220.

国王写报告会忘乎所以地添上劝导之辞；他在政治冲突中为人做枪手写文章，不时会让对立双方都恼火不已。他的有名的讽刺文《惩治不从国教者的捷径》（1702）便是个突出例子。身为不从国教者的笛福在文中提出严酷镇压非国教派别的建议，虽说用的是讽刺笔法，但却过分逼真地模拟了敌对方的情感态度和思想逻辑，结果使不从国教者、主张宗教宽容的辉格党人和官方的托利派都大为不满，并因此被罚款、监禁乃至枷刑示众。

坎坷并没有改变笛福后来的生活道路。他越来越倚重自己的笔，共完成了约五百六十种（部）著作，成为有史以来最多产的作家（或作家之一）。他写了大量表达各类见解的时文，并在十来年里独力支持出一份刊物（每周两到三期），发表政论，提出许多经国治世的建议。与中国的"小市民"迥然有别的"大"市民笛福是他所存身的那个社会的中坚分子。所有的文学作品在某个意义上都是对产生它的时代和文化氛围的一种表达或回应，在笛福的文字里，对世事的关切则是以最直接最热切的方式出现的。

历史是何等奇妙的魔术家：他种下一粒教士的种子，育出一棵商人的青苗，却最终收获了一名为自己的时代立言的文学家。

自文艺复兴以来，欧洲经历着深刻的变化。社会财富的增长及市民阶级的兴起导致了一系列的利益及权利的冲突或调整，旧的等级秩序和道德秩序逐渐瓦解。王政复辟时代的英国人看到的是一种一切都被标价出卖的礼崩乐坏的状况："什么令教义清楚又明朗？／**一年来个二百三百镑**。／又让真理转眼成谬说？／**再添两百金镑就齐活儿**。"[1]"光荣革命"后，蒲柏眼中的世相仍旧是邪恶用"金锁链

---

[1] Samuel Butler, *Hudibras*, p. 230（Pt. Ⅲ, Canto 1）.

拴住了甘愿服从的众生":

> 我们的青年,一个个身披外国金钱的号衣,
> 在邪恶面前献舞;长者则在她身后匍匐在地!
> 看呀,人们熙熙攘攘争先恐后拥向那尊泥偶
> 供奉上自己的国家、父母、妻子和亲生骨肉!
> 听吧,她那黑暗的号角响彻平原山谷
> 鼓噪说:"不被腐蚀,即是耻辱。"
> …………
> 骗子的机智,娼妓的勇气,
> 令千万人百般钦羡,心仪不已。
> 所有的人都举目瞻仰,满怀畏敬
> 那些逃脱或挫败了法律的罪行!
> 真理、价值和智慧却日日遭到非议——
> "如今,唯一的神圣之物乃是卑鄙。"[1]

那时在思想文化领域里的关键词之一是"自然"。[2]"自然"作为有别于"人为"和"人工"的事物的总称,自古以来是西方文化中的重要概念,也极为含糊复杂。但是,它作为主导的衡量标准而存在,却始于人们对客观世界本质产生新见解的17世纪末、18世纪初。那是斯宾诺莎(1632—1677)、剑桥柏拉图学派[3]、洛克和自

---

〔1〕 Alexander Pope, "Epilogue to the Satires," LL. 147-170, in *Poetry and Prose of Alexander Pope*, pp. 285-286.

〔2〕 参看 Willey, p. v。

〔3〕 为17世纪中期一神学哲学家团体,他们企图调和基督教道德和文艺复兴人本主义、宗教和新兴科学、信仰和理性。其代表人物是本杰明·韦奇克特(B. Whichcote, 1609—1683)。

然神论（Deism）影响的鼎盛期。自然神论的重要基础乃是科学理性的张扬。从哥白尼、伽利略、笛卡儿到牛顿，科学上的进展改变了许多人对世界的感受。牛顿的《自然哲学的数学原理》（1687）和《光学》（1704）影响至为深远，一方面似乎证明造物主安排的世界井然有序、均衡对称；另一方面使推理的机械论思想方法深入各个学科。蒲柏为牛顿墓碑题写的著名对仗诗句"自然与法则，黑夜中匿藏/主唤牛顿出，寰宇顿生光"[1]，竟将牛顿的出现与《旧约》中上帝开天辟地一事相比，可见那位科学家在时人心目中的地位和影响。洛克的哲学承继培根、霍布斯的传统，认为知识来源于"经验"，即对外界的知觉和思考，而非先验的观念。他的《人类理解论》（1690）等著作有关认识论的探讨最终涉及神的存在和权威的问题。宗教改革以来，基督教内部的纷争也促使人们把"自然"当作共同接受的原则，连贝克莱主教的唯心论都倚重人的经验和感知。作为定语，"自然"给被它修饰的主词以依据和权威，因此，"自然法则"和"自然道德"等等都成为流行词。这一时期里各方面的追求都在一定程度上根植于这种理性的"自然"观：比如，在社会事务中推重和平、协调、宽容和进步，在文化艺术中讲求明晰、秩序、整一和比例，等等。这种艺术风格被称为"古典主义"，不仅体现于诗歌，在音乐和建筑中也有鲜明反映。

与此相关，人的自然本质即"人性"（human nature）也成为关注的焦点和争论的热门话题。人性问题与对政治、经济的思考纠结缠绕在一起。伊壁鸠鲁《道德论》的英译本出版于1655年，使其功利主义思想得到了广泛传播：

---

[1] 译文转引自吴景荣、刘意青（主编）：《英国十八世纪文学史》，83页。

所谓"正确"或"自然正当",并非他物,而是tessera utilitatis,即是经全社会的普遍投票提出并认可的利益的象征,其目的是让人们不致相互伤害,每个人都能安全地生活;而这,既然是一种"好处"(善),所有的人也就因其自然本性而希望它实现。[1]

霍布斯和伯纳德·曼德维尔(1670—1733)继承了伊壁鸠鲁的学说,认为人的一切行为都是为了谋求一己的快乐,德行只是避免痛苦、促进快乐的手段。霍布斯的主要著作《论公民》(1642)、《利维坦》、《论人》(1658)均行世于复辟时代。他一方面设定人的本性自私、人与人之间的"自然状态"乃是竞争和掠夺;另一方面强调,正因如此,才需要国家和王权来维持人类共处和社会运行。洛克的《政府论》(1689—1690)发表于"光荣革命"之后,探讨了合理的个人利益及适度的个人自由与政府权力的关系,为英国的妥协政治提出理论依据。尽管洛克笔下的"自然状态"不像霍布斯的描述那样强调残酷竞争、弱肉强食,他提出的理想政府方案也有所不同,但是他们两人基本上都认为人性是自私的,本能地趋向自我保全和一己的幸福满足,而道德只是开明的自利。人性自私论似乎更能适应当时的政治经济需要,而以个人而非社团为重心的清教信仰使新型个人主义观念获得了堂而皇之的存在形式。[2]一系列政治经济发展也使这一观点得到强化。比如说,内战时期由于斯图亚特王室主张绝对王权和国家专制,于是反国王的集团便祭起"个人权

---

[1] 伊壁鸠鲁语,转引自Nicholas Hudson, *Samuel Johnson and Eighteenth-Century Thought*, Chapter 5。
[2] 参看Hill, *Puritanism and Revolution*, pp. 64-65,276-278。

利"的旗帜,提出每个人对自己安全和财产的合法关切乃是一切公共福利的起点。这种可以追溯到霍布斯、清教信念和洛克学说的个人主义人性观后来成为整个自由主义哲学的基础以及"现代西方政治经济体系的思想柱石"[1]。

而这也正是曼德维尔的《蜜蜂寓言》(1714,1723)的主要论点之一。他把个人利益理解为人普遍的和最终的动机,也即视自利为人的本性,并且认为当每个个人各自追求其私利时,公共利益会得到最好的保障。他说:"我们愈是深入地考察人性,就会愈加确信,伦理美德不过是阿谀奉承作用于骄傲自大而生出的政治胎儿。"[2]在当时市场经济急剧扩张、政治宗教和道德思想动荡的历史情境下,《蜜蜂寓言》以旗帜鲜明而又通俗易懂的语言为社会现状做意识形态辩护或解释[3],引起了强烈的反响。

在那个急骤变化的社会中,私欲被以追求最大利润为目标的商品经济所鼓励张扬,人们不得不重新审视人的本性和世界的秩序。如果说马洛和莎士比亚笔下的那些生龙活虎但终究攀高跌重的贪求者(overreacher)表明,社会变化所带来的机遇怎样焕发了人的能力和抱负,又怎样造成新的纷争、矛盾和忧虑,那么17、18世纪社会转型时期所生成的混乱和失序则使"奢侈"、"罪恶"和"腐败"等等成为被关注的话题。意大利政治思想家马基雅维利的"人性皆恶"、人"无不由私欲和私利"驱动的观点,[4]以及霍布斯笔下的"自然状态",虽然是以科学的权威口吻发布对人性的论断,其实却和鲁滨孙、茉儿·佛兰德斯以及罗克萨娜等虚构人物一样,表达的

---

[1] C. B. Macpherson, pp. 1-2.
[2] Bernard Mandeville, *The Fable of the Bees*, pp. 87-88.
[3] 参看 Scott P. Gordon, "Disinterested Selves," *ELH*, Vol. 64, No. 2, p. 477。
[4] Niccolo Machiavelli, *Discourses on Livy* (Penguin, 1983), p. 112.

是作者对他所存身的社会中的人性的某种观察和理解。

17世纪末兴起了颇有声势的移风易俗改良运动。1690年代里"改善风气协会"等的打击矛头针对中下层习俗（卖淫、诅咒、酗酒等），特别是男性行为习惯。[1]约瑟夫·艾狄生（1672—1719）和斯梯尔在18世纪之初创办《闲谈者》和《旁观者》等民间刊物取得巨大成功，其原因恐怕就在于，处在历史变迁中的众多迷茫的中产百姓急需重新认识自己和社会并确立新的身份和行为规范，而艾狄生们以亲切的笔调从容品评世事、褒贬言行，正好符合了这种需要。与他们两人相似，笛福以自己的小说在关于"人性""欲望"等等的大讨论中做出了充满洞见也充满矛盾的思考和发言。由于他本人在社会的经济、政治、文化领域内多样的实践，笛福亲身见证了个人发财欲望所可能激发的创造性和能动性，并被之深深吸引。他为自己的那些奋斗不息的精神儿女留下巨大的施展空间，让他们的"邪恶行径""获得意想不到的成功"。[2]他的主人公们欢蹦乱跳、生气勃勃地投入生活——他们出海、冒险、做生意，行窃、打劫、当妓女——可以说上足了发条。他们体现的不是抽象的欲望，而是存在于特定时代的一整套行为方式、意识形态和人际关系准则。欲望不再像在马洛或莎士比亚的剧作中，依附于某个特立独行、痴迷一端的君王或怪人，而是紧密地和攫取并积累财富的早期资本主义商业冒险（或经营）活动联系在一起。作为"新经济社会秩序的乐观的代言人"[3]，笛福通过笔下的虚构人物以同情的笔触描绘了这种新兴的人和新兴的方式。然而，他的"乐观"却并非没有阴影。与

---

[1] 参看 Barker-Banfield, *The Culture of Sensibility*, pp. 37-64。
[2] Defoe, "The Preface," in *Roxana*, p. 36.
[3] Ian Watt, *The Rise of the Novel*, p. 36.

许多别的思考者一样,他不时被新的生存方式困扰。他在《鲁滨孙》第三部即《鲁滨孙沉思录》(1720？)中写道:"总的来说,生活在我看来似乎是,或必定是,一种普遍的孤独行为。"又说:

> ……归根结底,从一个方面说,我们宝贵的自我即是我们生存的目的。因此可以说,不论在熙熙攘攘的场合还是有忙碌的交涉或事务缠身,人都是孤独的……
> 他人的痛苦于我们算得什么,他人的快乐又算什么?我们可能多少被同情的力量或喜爱的神秘力量所触动;然而所有认真的思考都是针对我们自身的。……我们快乐是为了自己,我们苦痛也是为了自己。[1]

显然,对"原子化"(atomized)的孤立个体的生存、挣扎和奋斗有深切的体验的笛福把鲁滨孙的海岛经历当作人类普遍处境的寓言。卢梭极为看重《鲁滨孙》,把它作为爱弥儿的"自然教育"中唯一的教科书,根本原因即是对这种"孤独"个人处境的共同感受。然而卢梭却忽略了笛福思想的另一面,即他对这种仅仅为"自我"的挣扎和奋斗的困惑和忧虑。他忽视了那个一成不变的老年忏悔者的叙述角度和一系列以悔罪名义出现的反省,对一系列几乎无一例外强调主人公的悔罪和作品的警喻含义的小说前言无动于衷,因此才会主张去掉小说里的"零碎和头尾"。[2]

长期以来,笛福小说批评中有一派论者和卢梭呼应,强调作品

---

[1] 转引自Homer O. Brown, "The Displaced Self in the Novel of Daniel Defoe," in R. Kroll (ed.), *The English Novel*, Vol. 1, p. 164。

[2] 参看Novak, p. 175。

所记述的自我奋斗史，认为书中的宗教内容不过是陪衬；另一派则突出精神追求和清教徒的"精神自传"传统。尽管观点相反，双方的立论都或多或少把发家致富和精神追求两者看作互相排斥。然而，如韦伯对新教道德的分析所表明的，在早期新教主义所处的变动不居的历史背景中，宗教关怀和世俗追求不仅是可以共存的，而且是同一复杂的心智系统和行为系统的不可分割的组成部分。鲁滨孙式的宗教思考认可了他的世俗活动，同时又在一定程度上指导或节制着这种活动。自"皈依"以后，他的惯用词"用途""改善"等等（4、49、68、144、182、195、280页）便容纳进多层次的精神含义，但仍然常常用于表达"物质"性的行动，便是两种追求共存的一个体现。在这个意义上，鲁滨孙所代表的欲望，最终变成受到特定调节的欲望。

韦伯说："获利的欲望，对营利、金钱（并且是最大可能数额的金钱）的追求，这本身与资本主义并不相干。……倒不如说，资本主义更多的是对这种非理性欲望的一种抑制或至少是一种理性的缓解。"[1]这番话当然不无道理。但是，笛福们的生活和创作也表明：非理性的贪欲和资本主义确实是"相干"的，资本主义的发展曾极大地刺激了人的贪欲并使金钱关系在很大程度上取代了其他的各种人际关系。韦伯认为对黄金的崇拜和对钱的追求是人与生俱来的，贯穿于一切时代[2]，恐怕站不住脚。如卢卡奇所说：对"物"（或代表一切商品的钱）的贪婪发展成一种狂热的拜物教乃是现代资本主义时代特有的现象。[3]鲁滨孙自我反省的思想活动表明，"适

---

[1] 韦伯：《新教伦理与资本主义精神》，7—8页。
[2] 同上书，40页。
[3] 参看卢卡奇：《历史与阶级意识》，144页。

度的欲望"不是资本主义生来具有的,而是从早期疯狂追求利润的活动及其派生出的矛盾中"摩擦"出来的,是由于那种追求遇到问题、引发冲突、受到制约后被迫反省、"算账"而加以修正后得来的;所谓新教道德不是现成存在的,而是一代代人设法借助宗教传统调节、规范自己的实践的尝试,直到今天,这种尝试也只取得了部分的成功。笛福的小说可以说就是体现这种尝试的心灵史。

总之,笛福笔下的男女主人公的追求和悔过构成了小说中对资本主义逐利行为的正面的表述和反面的拷问,有如《红楼梦》中那可以正观也可以反照的风月宝鉴。虽然笛福笔下的"欲"和《红楼梦》中的追求之间横亘着巨大的文化差异,但是他的小说在本质上也是对"欲望"和人性的反复观照,其中也有某种亦正亦反的结构。由于笛福的明澈的眼力,他的叙述极不稳定地悬在辩证反转的边缘。小说的力量既来自那生气勃勃的自信的创业者形象,也来自不时打断主人公的实践活动的主观拷问。有时,当作者少许更推进一步,人物的自我质疑便超出了私人道德改良的范围。如在《罗克萨娜》中,苏珊的出场提示了另一个阶级、另一种思想的存在,从而展示出某种很难靠单纯的道德改善化解的社会文化冲突。

对笛福个人而言,《罗克萨娜》结尾那段"额外"情节中骨肉相残的不幸几乎成了谶言。

1730年前后,年老体衰的笛福再一次被债务纠纷困扰。他把家产转到儿子名下,离家藏匿。在去世前最后一封信(写给女婿)中,他说:带来致命打击的不是对头,而是"我亲生儿子的不公正、不仁善而且——我不得不说——不人道的行径。这毁了我的家庭,也令我心碎……我依仗他,信靠他,把我的两个没有财产的女儿托付给他;可他却毫无同情心,让她们受苦,让他那可怜的垂老的母亲在他门下讨食，就像是乞求施舍——尽管他此时生活优裕，并曾签字画押、庄重承诺要供养她们。对我来说，这实在太难以承受了……"。

此时的笛福听来确实很像一名老年的忏悔者了："我已趋近我的旅途终点，并正在赶往那个地方，在那里疲惫者可以安歇，邪恶者不再骚扰；不论是否路途坎坷，天气恶劣，也不论我主愿以什么方式将我带到终点，我都将在此心境下了结此生：*Te Deum Laudamus*。"[1]

---

[1] 拉丁文，大意为"赞美您，神"。转引自Shinagel, pp. 252-253。

第3章

讽刺的机锋

一 "南海泡沫"

1720年10月，乔纳森·斯威夫特给女友写信说，"人们开口就是'南海事件'和国家的毁灭，此外什么都不谈"[1]。千真万确，那时候轰动朝野的"南海泡沫"（South Sea Bubble，或称"南海骗局"）刚刚破灭，正搅得全英国鸡犬不宁呢。

臭名昭著的南海公司创建于1711年，主要从事美洲贩奴买卖，从一开始就与官方有很多纠葛。其最初的设想是：英国和西班牙之间长达三十年的战争行将结束，政府在和西国媾和时为该公司争得与美洲西班牙殖民地做交易的垄断权；而公司则为国家上千万镑的战争债务支付6%的年息——略高于法定私人贷款利息。虽然后来两国的和约对这一官办公司并不那么有利，它的生意也算不得怎么红火，但是英王乔治一世1718年亲自出马担任该公司的总裁（governor），芸芸大众不能不对它信心大增。1720年，一直协助为国债付息的南海公司提出申请，要求直接经管国债。它表示将把五千

---

[1] 转引自 David Nokes, *Jonathan Swift: A Hypocrite Reversed*, p.268。

余万镑国债中的大半转化为公司股本，并在当年为之支付高额红利。它的提议得到了议会认可。一时间草民百姓深信它有秘密的生钱方略，纷纷抢着购买其股票或用国债券兑换。年初每百镑股票价值约为128.5镑，随着投机狂热席卷上下，其价格扶摇直上，4月卖到三四百镑，而到7月已突破千镑，六个月中几乎涨了七倍，形势如烈火烹油。南海股票的市值总额飙升至五亿镑，而当时全英国（土地、房屋等）一年的租金总和据估算也超不过1400万镑。此时，明眼人觉得有点不大对头，开始抛售，于是立刻引起股票价格一路狂跌，如飞流直下，到9月时已跌回150镑，12月落到124镑，并连累其他各种股票一起下跌。[1] 不到半年，全民的投机狂欢迅速地拆台收场了。

随之而来的是信用危机。所有的金融票据（包括各种票据债券）都贬值甚至被拒收，公司、商号和企业之间拖欠严重。成千上万的人破产了。1721年破产的人数是1719年的两倍，为英国历史上的最高纪录。

"在这举国迷狂的灾难之年，当人们期待着从南海公司获得巨额财富，获得甚至超过来自秘鲁的横财，当贪婪如流行病感染了所有人的头脑，当诗人们也个个都渴望着发财"[2]，斯威夫特们自然不可能置身事外。当时笛福主持着数种和政府有密切瓜葛的报刊，从始至终是个活跃的"局内人"。不过他的态度颇为复杂，并不是热情的鼓吹者。他批评说，这些计划、买卖和活动都是些"泡沫，旨在于交易巷内大发利市，而不是发展商业，设立殖民地或扩展王国的领地"，结果没有造成"从事有益商务的商人，却见大批的托儿

---

[1] 参看Sven M. Armens, *John Gay: Social Critic*, pp. 108-109; P. R. Backscheider, *Daniel Defoe*, pp. 447-457。
[2] S. Johnson, *The Selected Writings of Samuel Johnson*, p. 400.

骗子和傻帽憨大蒙来诈去"，"卖者是骗子……他收了钱，却什么也没给；买者也是骗子，……因他意在骗别的人；他买的是空无，卖的是泡沫"。[1]商海历练已久的笛福在1719年就卖掉了自己的一份股，后来再没参与这场投机，这很能说明他的态度。但是和斯威夫特共同发起了享誉一时的文人社团"斯克里布拉斯社"（Scriblerus Club）的朋友们，包括亚历山大·蒲柏和约翰·盖依，却都被卷进了投机潮。蒲柏还算幸运，及时地将部分股票出了手；而贫寒的盖依则因为急于一举获得梦寐以求的经济独立，把出版诗集所得的一千镑全部投入买南海股票又死捂着不肯抛出，结果满盘皆输，真的落到"乞丐"——他最著名的作品名为《乞丐的歌剧》（1728）——的边缘。

就个人而言，在都柏林的圣帕特里克教堂担任主持的斯威夫特也许是受影响最小的。然而连他也深切感受到了这场风波的巨大的冲击力和象征意义。

那是利令智昏的时代，是"钱"成为中心、一切最终归结为"钱"的时代。"南海骗局"以最充分、最戏剧性的荒诞形式向世人宣告这一时代的来临。整个事件从官方最初的策划，到运作人一路打通关节的手段，直到全民热情参与的动机，无不是围绕一个"钱"字。投机风潮鼎盛时关于作弊的传言就四下蜂起，事后披露出来的腐败现象更是触目惊心。下院的调查表明至少有三名大臣和若干议员曾接受贿赂并参与投机。辉格、托利两党都有不少人在这场骗局中渔利，早在公众手中国债被兑换成股票以前就有价值五十余万的股份被两党政客瓜分并换取到了议会的支持。后来有关的账目和文件被严重破坏销毁。更有一批肆无忌惮的投机者、作弊者借

---

[1] 转引自Backscheider, *Daniel Defoe*, p. 453。

机大发横财。腐败和追逐金钱的狂热成了最触目的社会景象。如果说作为政府雇佣文人的笛福在这场风波后的表现是"顾全大局"、协助当局稳定人心、纾解危机,那么斯威夫特和他的朋友蒲柏等则由于这场搅浑水的混乱痛感社会败坏失序、亟待整饬和救赎。

钱自然也就成了诗的主题。

斯威夫特于当年年底便写了讽刺诗《泡沫》,斥责南海公司的董事们通过欺骗手段鲸吞弱者、劫掠民财。若干年后著名画家威廉·霍加思专门作了一幅关于南海事件的讽刺画,画面正中是一群人在玩木马游戏;左边可见另一伙人争先恐后拥向魔鬼的店铺想赌一把运气;右边是一纪念碑,上刻:"此碑纪念南海骗局1720年毁灭本市。"还配有一段诗文言说"金钱的魔力":"荣誉和信义成了罪过/在光天化日之下遭受/自私与邪恶的惩罚。"[1]这和蒲柏在《致巴瑟斯特书》中的愤愤之言相呼应。蒲柏说,"两边"(指辉格、托利两党)都被南海公司的卑鄙无行的经理收买,社会中上上下下一时全都财迷心窍:

> 终于,腐败犹如洪水铺天盖地……
> 将淹没众人;贪欲潜行不止
> 像雾霭从地面腾起,遮天蔽日;
> 政治家和爱国者全都玩股票
> 贵妇人和仆役头儿一同把难遭。[2]
>
> (124—142行)

---

[1] William Hogarth, *The Works of William Hogarth*, pp. 190-191.
[2] 蒲柏作品均引自 *Poetry and Prose of Alexander Pope* (Houghton Mifflin, 1969), edited by Aubrey Williams。

此外，蒲柏的《仿贺拉斯[1]二卷书讽刺诗之二》（1734）以及盖依的讽刺诗《致托马斯·斯诺的赞辞》等都明确指涉南海骗局。斯诺是当时众多的兼营钱庄业务的金匠之一，他那"善于搜捞的手和金子打交道、蹭得发黑"。他不失时机地在南海事件中兴风作浪，发了横财："哦，洞幽烛微的您早已看到／使千百人沉没的南海石岩和暗礁／信用一落千丈、商业奄奄一息／而您却昂然屹立……"（9—14行）[2]

在《乞丐的歌剧》中，无赖皮彻姆充当了"经济人"的代表。这个人物以大名鼎鼎的乔纳森·魏尔德为原型。魏尔德十数年来衣冠楚楚地出入伦敦上流社会，直到1725年东窗事发，被证实是贼党的头子，判了绞刑。该案轰动一时，笛福为此人写过传，菲尔丁更是就此创作了著名的《大伟人魏尔德传》（1743）。盖依笔下的皮彻姆一面为众盗贼受赃销赃，一面和监狱看守等勾结，出卖那帮绿林好汉收取告密费。他对官对贼均无恨无爱，一举一动全都出于经济动机，全看当时怎样干收益更高。第一幕一开场他就坐在账本前宣布说："律师的职业正当，我的也如此。像我一样，他发挥双重的作用，既与坏蛋作对，又为他效力；既然我们靠那帮骗子过活，我们保护并鼓励他们也就是理所当然的事。"他还说，和他本人相比，政客其实更恶劣："政客因为他那么了不起／就以为他的行当和我的一样诚笃无欺。"（Ⅰ，i）在全剧中，除了两个陷入情网的年轻姑娘外，其他所有的人几乎都在互相出卖，互相算计，如其中的强盗头子麦基斯所说："选对时机，用得恰当，钱就无所不能。"（Ⅱ，viii）

---

［1］贺拉斯（公元前65—前8年）对政治腐败或都市生活弊端的批评，特别是他评论贪婪、暴发户、遗产争夺和社会淫靡的讽刺文字在奥古斯都时代的英国引起很多关注和模仿。
［2］盖依诗作引自 *The Poetical Works of John Gay*（Oxford University Press，1926）。

实际上,连人本身也被"钱"化了:

> 少女犹如是原矿,
> 　　含金虽多无人知;
> 直到一日入币厂,
> 　　检验加印见足赤。
> 妻子好比纯金币,
> 　　上刻夫君的名号;
> 买进卖出通彼此,
> 　　户户家家不可少。[1]
>
> （Ⅰ,ⅴ）

菲尔丁的早期剧本中,金钱以及钱和政治、宗教权力的勾结也是被讽刺的对象,出现过公开拍卖"诚实"、"爱国主义"和"良心"的场面。在他的讽刺喜剧《巴斯昆》(*Pasquin*,1736)中,选举是赤裸裸的贿赂和交易活动,法律、医疗和宗教之类的公益事业也无不被转化成了执业者的"私人行当,每一行都是劫掠民众、充填钱包的工具"。[2]

蒲柏在《致巴瑟斯特书》一诗中说,神遣来金钱使"傻瓜们耍闹不息"(5行)。他的议论有时不失新古典主义的平衡:"它[指钱]或许能使社会发展,商业繁荣;/但也会勾引海盗,腐蚀友朋;/它聚起军队为国征战,/但也收买显要,出卖家园。"(31—

---

[1] John Hamden (ed.), *The Beggar's Opera and other Eighteenth-Century Plays* (J. M. Dent, 1974), pp. 112, 139, 116.
[2] *The Works of Henry Fielding* (Routledge, 1997), Vol. Ⅹ, p. 178.

34行）然而，更多的时候，呈现于读者面前的，是近乎愤恨而无奈的宣泄：

> 天助纸通货，那最后的最好的财源！
> 有了它，腐败便能高飞翅展！
> 黄金如添翼，所向皆披靡，
> 国家入囊中，君主呼来去；
> 区区一页纸把大军来调遣
> 或将议员送往遥远的海岸；
> 如西伯的叶子[1]，一片就能操纵
> 我们的命运财产，使之飘摇随风：
> 内藏千百隐秘交易和勾当，无声无臭
> 便卖掉某位国王，或买下一名王后。
>
> （同前，68—78行）

当然，这个时代也充满矛盾。一方面统治者的腐败和世风的浇漓似乎已不可收拾；但是另一方面却如"南海泡沫"投机高峰时的热烈气氛所示，社会生活中又洋溢着不可思议的乐观情绪和勃勃的生机。笛福笔下人物的不间断的活动印证着这个时代的活力。蒲柏和盖依作品中的"狂欢性"成分——通常被认为与民间狂欢传统有深刻渊源关系的讽拟、闹剧、怪诞形象、多声部手法、热闹大团圆结局等等[2]——也间接地说明了这一点。斯威夫特的作品虽然如巴

---

[1] 西伯是古罗马的女先知，她在叶子上写下自己的预言。
[2] 参看巴赫金：《陀思妥耶夫斯基诗学问题》，157、175—190、239—247等页；Peter Stallybrass & Allon White, *The Politics and Poetics of Transgression*, pp. 100-109。

赫金所说，基调比较"阴郁"[1]，然而其中滑稽怪诞的因素、放任不羁的想象、亵渎神明的讽刺以至他有关大人国、小人国的构思都与民间文学以及拉伯雷的《巨人传》有明显的血缘关系，都披露了某种深层的狂欢因素。伏尔泰把斯威夫特称为"英国的拉伯雷"[2]，蒲柏、司各特、柯尔律治等也注意到两人的相似之处。[3]可以说，时代的两面性渗透到了这些作家的血液里。他们的夸张的写作手法与如此戏剧性、如此夸张的事态之间有着某种不可忽视的关系。

斯威夫特的"阴郁"的一个重要根源是他远在都柏林。他官场失意，心中块垒难除。不过，又正是因为被放逐到了帝国的边缘，他才得以见证"南海"金融骗局的更深更广的后果，即被压迫者的苦难。爱尔兰的经济状况在持续恶化。1721年的头几个月里，失业、赤贫和饥馑日益严重，金融骗局造成的连锁破产更是雪上加霜。……按斯威夫特的计算，仅都柏林市就有超过1600人因找不到工作而挨饿。[4]南海事件成了当代社会问题和弊端的一种象征：在他看来，当时的世界被"权术、'南海'投机、聚会、歌剧和假面舞会所主导"[5]。这个短短的单子里前两项是统治者的政治经济骗术，后三种则是他们的典型的生活方式。正是在这一段时间里，斯威夫特个人完成了某种立场转变。此前他曾殚思竭虑地为英国的王室和两党高层政客效力，并一次次指盼得到一个好职位作为回报；而此后这位对被放逐到爱尔兰耿耿于怀的圣帕特里克教堂主持，终于开始在他的文章中把爱尔兰人称为"我们"。

---

[1] Mikhail Bakhtin, *Rabelais and His World*, p. 308.
[2] Kathleen Williams (ed.), *Jonathan Swift: The Critical Heritage*, pp. 73-74, 333.
[3] Pope, "Dunciad," Book Ⅰ, LL. 19-22；又见K. Williams (ed.), pp. 283, 333.
[4] 参看Nokes, pp. 268-269。
[5] 转引自Nokes, p. 271。

斯威夫特深感没有哪处教堂或庙宇的深院能够把政治经济生活摒于门外。[1]爱尔兰的殖民地处境也使他更深切地懂得了经济正在成为政治、人生和思想舞台上最被关注的议题。1720年,他打破多年沉默,号召爱尔兰人使用本地产品。随后,《布商的信》(1724)借一布商之口猛烈地抨击英政府出卖向爱尔兰提供铸币的特权,损害爱尔兰大众的利益。"布商"得到了当地民众的热烈支持,英国当局被迫放弃了那个计划,斯威夫特几乎成了爱尔兰人眼中的英雄。《爱尔兰状况简述》(1727)则力陈爱尔兰受到的经济剥削:英国剥夺爱尔兰的出口权,爱尔兰三分之一的地租收入被输往英国,如果加上在游乐、医疗、教育等其他方面的开销,该国年收入中足有二分之一成了英格兰的利润。经济上的被殖民和政治上乃至心理上的附属地位纠结在一起:从英国派来的首脑治理着爱尔兰,有如对病人体质和病况一无所知的远方医生派人来为病人操刀治病;老百姓的心态也都是唯英是取:"男男女女,特别是女性,都鄙视本地产品,即使本地织物质量优于外来货也不肯穿用,……甚至连啤酒、马铃薯和谷物也是从英格兰进口的。"[2]

综观"南海"风波在奥古斯都时代讽刺家们那里引发的愤世嫉俗的反响,耐人寻味的是,抨击金钱罪恶的诗人自己的行为方式也已经非常"资本主义"化了。且不说蒲柏是英国第一位在新型出版市场上靠写诗译诗挣出可观家业的诗人,也不必再提文化人介入股票投机的事实,就是以"保守"闻名的斯威夫特,虽然没有蹚"南海"的浑水,但在处理财务、经营家产(他买过股票)以及处理和

---

[1] 参看 Herbert Davis, *The Satire of Jonathan Swift*, p. 64。
[2] *The Writings of Jonathan Swift*(Norton Critical, 1973), pp. 499-500. 此后文中引用的斯威夫特作品,如只注卷、章和/或页码,不另加说明出处,均出自该书。《格列佛游记》译文参照张健译本(人民文学出版社,1962)。

他人的关系时,其方式、态度以及言谈思维所借助的术语都已无可逃脱地被市场逻辑一脉贯通了。他把爱尔兰称作他的"债户",还曾劝盖依用好自己的小钱而把大钱放出去得利息。[1]"我请我手下的牧师吃晚餐,"他曾这样记述道,"并且付给他太太一先令,让她每月两次陪我下一小时的双陆棋。"他不假思索就把晚餐、别人的陪伴等等都列入了等价交换的范围之内,而且在掂量这些交易时颇为斤斤计较。他1733年制定的家规包括下述内容:

> 如果两名男仆中有人喝醉,为此过失将从他的工资中扣除一克朗。
> 如果教堂主持[指他本人]外出,除女仆外,其他仆人不得离开半小时以上,违犯者每超出半小时将罚六便士。
> 如果发现哪个仆人撒谎,将从他或她的伙食费中扣一先令。[2]

如此缜密的量化管理简直能让我们某些当代企业经营者自叹弗如!在这里,我们恐怕很难把"家规"看作斯威夫特的独创,也不宜过于强调"家规"和诗人对金钱的抨击相抵触,而是应透过它看到,在18世纪早期的英国,人与人的关系已经"市场化"到了何等程度。18世纪"特别盛产讽刺作品"[3],讽刺文作为"文化评论手段"直到1750年还是"主导的文学表达形式"[4],究其原因,很大程度上

---

[1] Samuel Johnson, *The Lives of the English Poets*, Vol. 2, p. 63.
[2] Swift, *The Prose Works of Jonathan Swift*, Vol. XIII, p. 161. 此文并非作者有名的戏仿之作《家仆必读》("Directions to the Servants")。
[3] B. Willey, *The Eighteenth Century Background*, p. 100; Sheldon Sacks, *Fiction and the Shape of Belief*, p. 8.
[4] Claude Rawson, *Satire and Sentiment*, p. xii.

在于写作者们对这样一种社会关系的感受、忧虑和愤慨。甚至奥古斯都时期文人在文学上追求和谐与秩序的新古典主义主张，也未尝不是对失范而多变的世界的一种应对。

百余年后，兰姆依然在文章中谈论南海公司中的"蠹虫"，萨克雷也仍旧把这一事件当作18世纪初年社会失序状况的缩影。[1]的确，"南海泡沫"所代表的那个由物利主宰的新世界迫使人们重新思考社会以及自身的来龙和去脉。

二 哈哈镜里看英国

正是"后南海"年代的爱尔兰生活，催生了斯威夫特最著名的讽刺作品《格列佛游记》（下文简称《格列佛》）。

19世纪以来，《格列佛》遭遇了和《鲁滨孙》相似的命运，逐渐被打入育儿室，其节本成了"少儿经典"。说来格列佛的确有几分像孩子：他随心搬移利立浦特国的人和物，像是摆弄玩具；流落到大人国布罗卜丁奈格后，他又像幼儿在成人世界里一样感到无能为力。这些处理与《致斯特拉小札》[2]等书信中的"呀呀儿语"风格相呼应，映现出斯威夫特所特有的某种"童心"或"童眼"。不过，过于强调《格列佛》在这方面的成就或多或少会掩抑乃至阉割作品的思想意义。[3]小说的童话性是局部的特征；尖锐深邃的讽刺才是其灵魂。讽刺小说如其他讽刺作品（satire），其着眼点往往

---

[1] 参看陆建德：《伏尔泰的椰子》，87—88页；又，W. M. Thackeray, *The English Humourists*, pp. 12-13。
[2] 斯威夫特致女友埃斯特·约翰逊的信札（1710—1713），为英语尺牍中的精彩之作。
[3] 参看 Richetti, *The English Novel in History*, p. 66。

是抨击外在（于文本）的目标。[1]《格列佛》最初以匿名方式出版，出版商出于担心曾对某些段落加以删改。斯威夫特本人先行离开伦敦，刻意回避，新书面市以后，他和朋友们十分关注地留意官方的反应。诸如此类种种动向表明，作者和读者都首先把该书读作对世事甚至朝政的直接抨击，印证了"外在目标"的存在。对当时的英国人乃至20世纪的中国人，该小说最浅显的、最直接引起反响的用意即是对英国状况的这种评点和挖苦。

当然，斯威夫特的讽刺是具有不同侧面的多刃刀，所针对的并非一时一事。有的学者认为斯威夫特的讽刺在美学、政治和伦理三个层面上展开[2]，也有人归纳出"肉体、政治、思想、道德"四个层次。[3]本章中我们或多或少借用了这种层层剖析的划分方式，虽然着眼点和讨论议题不尽相同。我们将首先从《格列佛》所蕴含的政治或社会批评入手，而后在另外两个部分探讨其他的方面。

借游记、借外人之眼来评议自己的国家是18世纪的惯用手法之一。

格列佛头一次历险是在小人国利立浦特。小人国实在小，格列佛一手就能拖动他们的整支海军舰队。大致说来，这是个十二分之一的缩微国度，各种动物、植物、建筑和器用的大小都是英国同类的十二分之一。作者不厌其烦地描述格列佛一餐吃了多少鸡鸭牛羊，喝了多少桶酒，等等，一遍又一遍地提醒读者牢记这个比例。例如，小人国的人为了把他这个庞然大物运到京城，动用了五百名

---

[1] Sheldon Sacks, *Fiction and the Shape of Belief*, p. 32.
[2] Herbert Davis, *The Satire of Jonathan Swift*, p. 4.
[3] S. H. Monk, "The Pride of Gulliver," in *The Writings of Jonathan Swift*, p. 631.

工匠，制造了一个长七英尺、宽四英尺，有二十二个轮子的木架：

> 但是主要的困难是怎样把我抬到车上。为了达到这个目的，他们竖起了八十根一英尺高的柱子。工人们用带子捆绑住我的脖子、手、脚和身体；然后用像我们包扎物品用的那么粗的绳索，一头用钩子勾住绷带，一头缚在木柱顶端的滑轮上。九百条大汉一齐动手拉这些绳索，不到三个钟头，就把我抬上了架车……一万五千匹高大的御马，都有四英寸多高，拖着我向京城进发……（Ⅰ卷1章）

总之，寻常男人格列佛变成了"人山"，把他搬上三英寸高的木架车成了利立浦特需要举国动员以应对的难题。

通过格列佛的眼来看，在这个缩微国家及其宫廷，在如此这般的一个玩具世界中，各种争斗都荒唐可笑，所有的雄心和邀宠、政争和战事都显得渺小委琐。党派之争以鞋跟高低划分阵营，"高跟党"和"低跟党"你争我斗，势不两立；相邻的国家都想战胜并奴役对方，他们因争论吃鸡蛋应先敲破哪一头——大头还是小头——而互相指责乃至刀兵相向。国王用比赛绳技的方法来选拔官员，于是候选人及指望升迁的满朝文武纷纷冒着摔断脖子的危险研习这种于执政无补的杂耍技艺。为了获得国王赏给的缠在腰间的几根让人难以觉察的彩色丝线，官员不惜丑态百出，做各种可笑的表演。一位权重一时的大臣竟然嫉妒他太太和格列佛的交往，更显得匪夷所思。

利立浦特的朝廷处处令人想起英国。

由于英国斯图亚特王朝的最后一位君主安妮女王（詹姆斯二世的女儿）没有继承人，她去世后国会选择了来自德国的乔治一世继位，开始了汉诺威王朝在英国的统治，造成此后的长期党争。在怀念斯图亚特王朝旧制的托利党和支持汉诺威王族的辉格党之间,起伏颠荡的上层政争贯穿整个世纪。在1715年、1745年苏格兰还两度发生(拥护被黜的斯图亚特王朝的)詹姆斯党人起义。当时的英国读者对讽刺文学十分熟悉,看到高跟党和低跟党尔虞我诈,自然会联想到托利党人和辉格党人的争权夺利;看到利立浦特和隔海邻国打仗,不由得要对应到英法间的连年征战。就连那嫉妒、陷害格列佛的财政大臣佛林奈浦也被人们认定是以著名辉格党内阁首脑罗·华尔浦尔(1676—1745)为原型的。[1]借助尺度改变而产生的陌生感,读者可以对熟悉的本国事物或政治景象生出意想不到的新的看法,明明白白地看到它们的局限乃至其可鄙可笑的本相。

如果说小人国是对英国的影射,那么经过尺度的又一次转换,在大人国布罗卜丁奈格,格列佛和英国就变成被指名道姓地批评的对象。格列佛曾长篇大论地向大人国国王介绍英国的历史、制度和现状,以及种种为国家为自己"挣面子"的事,不料招来了国王一系列质问。大人国是一个有斯巴达和罗马共和国古风的朴素仁义之邦。[2]从大人国国王的角度看来,英国的种种辉煌就像利立浦特的伟大一样,是十分可疑的;英国近百年来的历史充斥着"贪婪、党争、伪善、无信、残暴、愤怒、疯狂、怨恨、嫉妒、淫欲、阴险和野心"所催生的种种恶果。格列佛一心想巴结讨好,表示愿把制造军火的方法献给国王。他吹嘘说,火药枪炮威力无比,能使人尸横遍野、血流漂杵。国王惊诧万分,痛斥他"那样一个卑微无能的小虫"竟有如此残忍的想法。循国王的思想逻辑,我们似乎无法

---

[1] Scott, "Life of Swift," in K. Williams (ed.), p. 288.
[2] 参看 Allen Bloom, "An Outline of *Gulliver's Travels*," in *The Writings of Jonathan Swift*, p. 653。

不认同他的苛评——那种以制造杀人凶器为荣的区区小动物的确属于"自然界中爬行于地面的小毒虫中最有害的一类"。然而，亲聆他教诲的小毒虫代表格列佛却丝毫不能领会他的道理，相反觉得他的拒绝不可思议："死板的教条和短浅的眼光竟会产生这样奇怪的结果！……如果他不放弃这个机会，他很可以成为他属下臣民的生命、自由和财产的绝对主宰。"（Ⅱ卷7章）格列佛的刀枪不入的冥顽使得两种思维方式的对立凸显出来——显然，被嘲骂的不只是英国的杀人武器，而且还有武器背后的种种无形的制度和体系。

关于飞岛勒皮他等地的一卷（第三卷）由于缺乏叙述者的生动的个人经历，就更像一些小品的连缀，可以被视为一连串独立的小型讽刺文。其中，对研究如何从黄瓜中提取阳光、把粪便还原为食物的拉格多科学院人士的描写是直接针对英国皇家学会的，斯威夫特为此阅读了学会的许多报告。可以说他是最早表达对现代科技以及所谓"进步"的忧虑的人之一。而勒皮他岛一段则直接涉及殖民主题。以国王为首的统治集团居住于一直径约四英里半的飞岛，在全国（本身为一岛屿）各地上方飞来飞去，如一处空中宫苑。飞岛上的达官贵人靠搜刮"下界"的物产养活自己。如果下方某地百姓不愿缴纳捐税或抗拒统治，国王就把飞岛停在他们头上，使他们得不到阳光雨露，甚至让飞岛落下去，以其金刚石的底座把他们压毁。这一两岛式宗主国/殖民地关系模式显然是影射欺压榨取爱尔兰的另一个岛屿（英格兰）上的统治者。

殖民活动是贯穿全书的主题之一。在小说结尾处，格列佛一本正经地解释为什么自己回国时没有向政府申报所发现的新岛屿并请求殖民。他说：征服利立浦特得不偿失，和大人国人作对"既不明智又不安全"；而慧骃们呢，虽然不懂战争，但是"贤明、团结、无畏、爱国"，若有几万匹慧骃在欧洲军队阵列里横冲直撞，也不是好玩的：

此外，……老实说，我对君王们施行正义的这套方法发生了怀疑。比方说，一帮海盗被风暴吹到了方位不明的地方。最后在主桅上的水手发现了陆地；他们登陆去烧杀抢劫；发现了一个无害的民族；受到人家的优待；他们为这个国家起了一个新国名，算是为国王占领了这块土地，竖一块烂木板或石头当纪念碑，杀死二三十个土人，再劫走两三个当样品，回国后就得了赦免。于是这就以"天赋权利"的名义开辟了一处新领地。舰船被立即派往那里，土人被赶尽杀绝，为了搜刮黄金折磨他们的首领君主；下令准许任何贪婪放肆的非人行径，本地居民血流成河。这一帮专做这种虔诚冒险事业的可恶屠夫，也就是被派去开导感化那些崇拜偶像的野蛮人的现代殖民者。（Ⅳ卷12章）

一番话何等尖锐痛快！即使在当今的"后殖民主义"时代，人们也未必能听到更精彩的批判。在这种时候，我们听得出斯威夫特声音中真正的愤怒和憎恨，却绝少蒲柏诗文中不时流露的那种"对文雅圆熟文字风格的认同或对社会的真切的亲和感"[1]。那时，英国人征服世界的伟业仍方兴未艾，《鲁滨孙》和许许多多风行一时的游记文学都直接表达了对殖民事业的热衷。而"保守怀旧"的托利党人斯威夫特没有借助此后几百年历史赋予的透视眼光便如此明晰地看清了英帝国的扩张压迫的本质，实在令人叹服。

秩序更迭、工商繁荣、物欲张扬、政界腐败、党争剧烈及对外殖民扩张等等共同构成了18世纪初英国生活的大景观。斯威夫特抓住了时代的特征，四面出击，冷嘲热讽，痛下针砭。资深学者萨瑟

---

[1] Claude J. Rawson, *Henry Fielding and the Augustan Ideal Under Stress*, p. 43.

兰在论述滑稽幽默（the comic）与讽刺（the satirical）的区别时说，讽刺家的标志是对所述状况"不能接受、拒绝容忍"，从而激发大众的变革之心。[1]正如《布商的信》和《一个小小的建议》（1729）等讽刺政论所示，忌刻挖苦的文字乃是斯威夫特评论时事、谋求改良的手段。

三　审视语言和思想

前文提到，格列佛和大人国国王的对话不仅构成对英国的批评，也展示了两种不相与谋的思路，并使它们互为评议。与此相似，《格列佛》中的讽刺常常还具有第二个引人深思的层面，即在揭示现状的同时，还构成对某些文体或文学样式的陈列和评论，以及对某些话语或表达方式的讽拟和挖苦。

一个触目的例子是极具喜剧色彩的小人国官方语言。它如此赞美他们的国王：

> 利立浦特国至高无上的皇帝，举世拥戴、畏惧的君主高尔伯斯脱·莫马兰·爱夫拉姆·戈尔迪洛·舍芬·木利·乌利·古，领土广被五千布拉斯鲁格（周界约有十二英里），边境直抵地球四极。他是万王之王，身高超过天下众人；他脚踏地心，头顶太阳；他一点头，大地上众君王无不双膝抖战；他像春天那样快乐，像夏天那样舒适，像秋天那样丰饶，像冬天那样可怖。（Ⅰ卷3章）

---

[1] James Sutherland, *English Satire*, pp. 4, 22.

这些是君主制度下常常用于帝王的措辞方式，辞藻华丽夸张，字句铿锵有力，对仗的比喻奔流直下，不无马洛式诗行的气派。但惯常的颂词，如什么"举世拥戴""万王之王"啦，什么"脚踏地心，头顶太阳"啦，被施用于只比其国民高一指甲宽度的小人国国王，就显得如同戏弄了。格列佛在抄下"领土广被"一句赞美后，在括号里不动声色地解释道，"周界约有十二英里"。括号里的话拉回了本分的格列佛先生那职业人兼生意人的实事求是的叙述风格，突出了小人国的宫廷语言的夸诞。他似乎无意评论，只是在忠实客观地为我们解释利立浦特尺度。但那"直抵地球四极"的无边领土就这样陡然缩为周边不过十余英里的弹丸之地，读者不能不对这"言"与"实"的巨大差距莞尔失笑。似乎是，小人国的时空都按比例减缩了，唯有对虚荣和修辞的胃口没有降低。像欧洲贵族和王室一样，这位国王似乎也认为名字的长度和家族的显赫、地位的高贵成正比，他的全名长达八节，以常规英文书写出来，其长度远远超过他本人的身高。

斯威夫特一方面借助尺度的改变，不费吹灰之力就使歌功颂德的话语显得荒谬可笑；同时又把这种语言放到小人国宫廷的阿谀奉承、争权夺利的环境中，揭示了特定语言产生的促因和条件。在这个意义上，对语言的讽刺又显然是和对行为与态度的针砭密切相关的。

更重要的是，《格列佛》作为一个整体，是对一种文学题材、体裁和风格的全面戏仿。小说是这样开篇的：

> 我父亲在诺丁汉郡有一份小小的产业。他有五个儿子，我排行第三。我十四那年，他把我送进了剑桥大学的伊曼纽尔学院。我住在那儿专心致志地学习了三年。虽然家里只给我很少的学费，但是这项负担对于一个不宽裕的家庭来说还是太重

了。于是我就到伦敦著名外科医生詹姆斯·贝茨先生那儿去当学徒；我跟他学了四年；在这期间我父亲不时寄给我一点钱，我把钱用于学习航海学和其他有关数学的科目，它们对于立志外出远游的人是有用的，而我一直认为，我命中注定迟早总得别家远行。我离开贝茨先生后就回家去见父亲；亏他老人家、约翰叔父和几个亲戚帮忙，我得到了四十镑钱，同时他们还答应以后每年给我三十镑钱使我能在莱顿求学。我在莱顿共待了两年零七个月，学习医学……

我从莱顿回来不久，恩师贝茨就荐我到"燕子号"商船去当医生……我回来后因得贝茨先生鼓励，又蒙他介绍了几名病人，就决心留在伦敦，租下老周瑞街一幢小楼中的部分房间。当时大家劝我改变一下生活方式，我就跟新门街做内衣生意的爱德蒙·勃尔顿先生的二女儿玛丽·勃尔顿小姐结了婚，我们得到了四百镑嫁资。（Ⅰ卷1章）

又是小康人家的小儿子，又是年纪轻轻就预感到自己命中注定要出门远航。斯威夫特的故事的开场锣鼓就给人以似曾相识的感觉。人们又怎能忘记风行一时的形形色色的航海游记呢？那实事求是的平静语调和对记账的偏好都无不让人想起大名鼎鼎的鲁滨孙。惟妙惟肖地模拟一种家喻户晓的体裁和风格，虽然用意尚未显露，但已造成了一个背景音，一种潜在的"热闹"，以及读者的某种期待。在很大程度上，格列佛的游记，乃是对鲁滨孙们的评论。

格列佛出门时是个受过教育的候补绅士，是和千千万万企图通过海外贸易和探险发家致富的18世纪英国人相似的"寻常好人"。[1]

---

[1] S. H. Monk, p. 636.

他起初抱负不大，但是他在小人国曾受封为贵族，回国后靠展出从那里带回的微型牛羊"颇赚了些钱"，之后又把它们卖了个好价钱，渐渐地他心气就高了，对于在等级社会中攀升也更在意了。种种"成就"使他加深了对鲁滨孙方式的认同："我同妻子、儿女在一起只住了两个月，因为想到外国见世面的不知餍足的愿望让我不得安生。"格列佛第二次出海的目的十分明确：他随身带的"有货物，也有现钱，希望能够增加我的财产"。当然，他也没有忽略留在国内的家庭的经济安排，详细列举说明了自己给家人留了多少钱、于何处定居、有多少房地产收入、儿子女儿如何谋生等等（Ⅰ卷8章）。像小说开篇的那一番交代，这一段从内容到语言风格也都酷似《鲁滨孙》。其中的关键字句，如"到外国见世面"啦，"不知餍足的愿望"啦，简直就像是直接从后者的叙述中搬出来的。

然而，这种故意营造的相似最终是为了凸显不似。在斯威夫特设置的虚构世界里，格列佛的鲁滨孙心态并未能长久维持。几度沧桑，格列佛不仅变得与18世纪英国社会格格不入，也摒弃了鲁滨孙式的自我提升的人生计划和人的"不知餍足的愿望"本身。[1]

虽然《格列佛》在很大程度上是寓言故事，并不像后来一些小说那样刻意再现人物心理，但是仍用了相当的笔墨展示格列佛的心态变化。在小人国和大人国宫廷的双重经历使他对君王的恩宠和地位的升迁有了新的体会和见解。他自己被大人国一农民展示并出售的经验使赚钱的事业不再显得天经地义。他看出，主人靠他"赚钱越多就越贪婪"，哪管他累死累活，小命难保。被置于受剥削的牺牲品的位置上，人家的发财活动自然看起来也就不那么光彩夺目了。由于这些经验的铺垫（顺便说，格列佛在提到他后两次出海时

---

[1] 参看McKeon, *The Origins of the English Novel*, p. 346。

就没再强调发财的计划），他到马国后抨击"我们"英国体制的激烈言论也就显得不是那么唐突。经过这一连串经历的改造，小说结尾处的那个不能容忍自己的妻子儿女的格列佛已经完全置身于"我们"之外，并且把那个"我们"作为他的讽刺对象了。这使他的旅行成为与鲁滨孙的飘流迥然不同的精神历程，不是成长为合格的社会中坚，而是变为彻底的异己者和批评者——恰如被"流放"爱尔兰的经历极为深刻地改变了斯威夫特本人。如一些评论者所指出的：旅行文学和新生的小说所标举的形象，适应了正在成形的现代社会的意识形态需要，而《格列佛》则是对旅行文学以及"造就了旅行文学并使之风行一时的时代情感的一个抨击"，是对张扬鲁滨孙式主人公的正在兴起的小说的一种全面的反驳。[1]如果借用逻辑三段式来描述，可以说《鲁滨孙》虽然包含内在的矛盾和质疑，毕竟是有关现代"个人"的有力的正面陈述，是其"正题"，而《格列佛》则是驳斥那种建立在原始积累时代资产者经验基础上的个人主义自我观的一个语气尖锐的"反题"。"他的讽刺文字入木三分地击中其时代文学所再现的自我"，机锋直指茉儿·佛兰德斯和鲁滨孙等"虚构的中等阶层人物的忠实可靠（bona fide）叙述，那些人物于18世纪早期在英国出现恰恰是为了支持被斯威夫特所痛斥的那个现代的、进步的、商业的世界图景"。[2]

巴赫金把对种种"社会语言"的再现和评论看作小说的本质，[3]而这恰恰是斯威夫特的主要关注之一。以虚拟人物的身份发言讽拟某种文体或话语是他偏爱的手法，从《木桶的故事》

---

[1] 语出 Richetti, *Popular Fiction Before Richardson*, pp. 60-61。
[2] Michael Seidel, "*Gulliver's Travels* and the Contracts of Fiction," in Richetti (ed.), *The Eighteenth Century Novel*, pp. 72-73。
[3] 参看 M. M. Bakhtin, *The Dialogic Imagination*, pp. 253-300。

（1704），到《反对废除基督教》(1708—1711)，再到《一个小小的建议》，这种手法几乎在他所有的讽刺作品中都得到了充分的运用，特别是《一个小小的建议》。过去我们在介绍它时，常常只注意到其直接进行社会批评的一面，而没有充分理解它的话语批评和意识形态批评的功用。

那篇脍炙人口的讽刺文的副标题是"如何使爱尔兰穷人的孩子不成为父母和国家的负担，并使他们有益于公众"。文中，"我"以"建议者"的身份一本正经地说：当下，爱尔兰民众生活困苦，到处老少乞丐成群，大量无人能抚养的穷人子女成为社会的负担和祸患，而种种解决设想都难以付诸实施，因此，他"恭谦地"提出自己的想法：

> 我从伦敦一位来自美洲的见多识广的朋友处获悉，营养良好的婴儿，在周岁之时，无论用于烧、烤、煎还是煮，都是一种味道极佳、营养最高并最有益健康的食物；而且我毫不怀疑，把它用来做炖肉丁或菜炖肉片也同样合适。所以我敬请公众考虑：在已经算出的十二万儿童中，保存二万作种，其中四分之一为男性，这已超出我们给绵羊、菜牛或猪留种的比例。……其余的十万，到周岁时就卖给全国各地有钱有势的人士；同时向当母亲的建议，最后一个月要让孩子吃足奶水，以把他们养胖做佳肴。
>
> 款待朋友时，一个孩子可做两道菜；而一家人独自用餐，仅一块连身前肢或后肢就能做一盘。如果用胡椒和盐略加腌制，第四天烹煮出来味道会异常鲜美，特别是在冬季。
>
> ……我相信，任何绅士都会不吝惜花费十先令买一具肥嫩的幼儿胴体。……这样，乡绅可成为好地主，在佃户中博得好

名声。而孩子的母亲将免受婴孩的拖累并净赚八先令,便可做工直到养下下一胎。(504—505页)

建议者振振有词地鼓吹儿童的可食性,并列举了食用爱尔兰婴儿的六大好处(其中包括减少天主教徒的人数)。正因其建议骇人听闻,读者不能不心惊肉跳地注意到导致这一问题出现的社会现状。斯威夫特尖锐的讽刺锋芒径直指向了在爱尔兰造成如此民不聊生惨状的英国统治阶级(大批爱尔兰地主住在英国,是所谓"遥领地主"):"我承认这种食物可能会比较贵,所以供地主享用十分合适。他们吞噬了多数孩子的父母,似乎最有资格来受用这些孩子。"(505页)

但同样令人毛骨悚然的是,如此荒唐残忍的建议,竟是通过相当有条有理的"科学论证"得来的结论。建议者表示他本人"对这个重要课题已潜心研究多年",曾"仔细权衡各家提出的不同方案"。他细细算账,本王国人口约一百五十万,其中约二十万对夫妇有生育能力,减去三万对有抚养能力的(他特别解释说,"目前国家处境困难,恐怕不会有这么多"),再减去五万流产人数,每年还会有十二万穷人的孩子出生。"现在的问题是如何抚育赡养这些孩子。"那位建议者煞费苦心——他们既不能从事手工业,也不能务农,六岁之前,也难以靠行窃为生。这一番思量,很合逻辑,符合谋求解决"问题"的现代的科学思维。但正是在这个过程中,人的生命和存在完全被转化成了物或"问题",全然不被当作"人"看。作为物,孩子只是一些有潜在劳动能力的肉体。在爱尔兰目下经济萧条、失业严重、劳动力不被需要之时,把孩子养大是亏本的买卖,通不过成本核算——"我从商人那里获悉,不满十二岁的男女儿童是没有销路的;即令达到这个年龄,卖价也不会超过三镑,至多不过三镑零半克朗……这个价钱对父母和国家都无利可图，因为孩子的衣食费用至少四倍于此"（504页）。那么，剩下唯一可资考虑利用的只有"肉"本身了。既然人的神性已被剥夺，此肉和彼肉又有什么区别？难怪建议者在谈"留种"时要提到牛羊猪了；"幼婴肉四时当令，但三月前后供应更足"之类的说法似乎也正是这一套合理思维的延续。更何况婴儿养活到十二个月只须两先令，彼时重约二十八磅，卖十先令绝不为贵。这个买卖对各方面都有"经济效益"。

在神圣的算账过程中，人变成了肉。这里，对于建议者的论证风格，恐怕不能如弗莱用"具有迷惑人心的貌似合理的外形"[1]轻描淡写地一语带过。斯威夫特这篇讽刺极品最惊心动魄的地方正是他对"科学"味十足的理性主义文体的模拟。他笔下的格列佛不但一度像鲁滨孙一样热衷出海，也曾同样酷爱列举数字和细目表。而在这里，簿记思维不只是通过人物的变化被间接质疑，更是直接被展示为杀人的屠刀。如果说《格列佛》中有关科学院的讽刺文字所针对的常常不是理性精神，而是所谓科研中非理性的奇想怪行，格列佛本人的文体（至少在前三卷中）在很大程度上仍体现了当时的理性精神，那么，应该看到，在《一个小小的建议》一文里，更深层的讽刺是指向整个现代经济制度、话语系统和思想方法的。

总之，斯威夫特作为"启蒙的抵制者和'现代精神'的敌人"而驰骋于文坛，他的作品是对以"启蒙"思想为代表的所谓"现代性"——包括理性主义，实验的和理论的科学以及由此派生出的"进步"史观，认为人性本善的新看法，新富阶级的行为方式，等

---

[1] Northrop Frye, *Anatomy of Criticism*, p. 224.

等——全面的口诛笔伐。[1]克劳德·劳森在一篇文章中强调斯威夫特"敏锐地洞察了正在生成的'现代文化'的令人目瞪口呆的愚蠢乖谬"。[2]他的话虽然是针对《木桶的故事》而发,但也适用于斯威夫特其他的讽刺作品。

四 "憎恶人类"?

状写人物性格不是讽刺小说的首要关怀。在《格列佛》中,格列佛作为叙述者和贯穿全书的人物,其表现和言论常有前后不一致之处。[3]但是,他也并非从始至终仅仅是传达讽刺的工具。一些不是直接为讽刺服务的内容使他的叙述显得亲近而真切。

不妨以他在大人国遭遇猴子的"历险"为例。

一日,御厨饲养的猴子(块头有如常规世界中的大象)发现了"居住"在一屋状小木盒中的格列佛,便从"窗口"伸进爪子把格列佛抓出,像抱小猴般拢在怀里百般抚弄,后来被人发现,就逃到室外。"庭院里有好几百人都看见猴子坐在一处屋脊上,用一只前爪抱住我,另一只把从嘴边的嗉袋里挤出来的食物硬塞进我的嘴,我不肯吃,它就轻轻地拍打我,惹得许多人在下面哈哈大笑起来……"(II卷5章)格列佛获救后,国王还曾就被猴子抚摸和饲喂的滋味和他开了许多玩笑。

这类描写很生动,读来颇有童趣。但是实际上这类插曲的功能并不简单。它们一方面借模拟航海故事中必不可少的冒险经历呼

---

[1] S. H. Monk, p. 632.
[2] C. Rawson, "Like a Conjur'd Spirit," *TLS*, March 10, 2000, p. 3.
[3] 参看 Sacks, pp. 34-36。

应叙事所依托的文类，并以亲切的居家生活场景置换冒险故事中的奇山异岛，从而再一次与儿童经验衔接——对孩子来说，日常的每一天都可能包含新的探险。另一方面，这些细节赋予了格列佛某种感情深度，使他或多或少成为"圆形"[1]人物。[2]"猴子事件"过后，面对国王的询问，他大言不惭地炫耀自己的勇气和能力，活像是天真未凿的稚童夸口，引得众人解颐。然而他本人却在其他地方明确表示，对于在大人国充当弄臣和宠物，他内心深感屈辱愤恨。他说，国王打算找个相当的女人给他做配偶，但他"宁死也不愿蒙受这样的耻辱，像驯顺的金丝雀一样留下一些后代，让别人关在笼子里养着玩，也许过上些时候，还会当作稀奇的玩意儿卖给王国各地的贵人"（Ⅱ卷8章）。联系上下文通盘看来，格列佛的自夸表演又像故意出丑邀笑。实际上，他的确认清了自己的处境，在努力地"扮演"弄臣和小丑。在这个意义上，他和小人国里的绳技表演者有什么本质区别呢？这不禁令人联想到斯威夫特本人的经历。他曾殷殷期望自己的服务能从政要那里得到回报，但收获的却是一再的失望。最后他终于看透，自己不过是"宫廷弄臣兼捉刀文人"[3]。

正是这个较有人情味的格列佛，把我们带向另一个层面的讽刺，即对人性和人类的怀疑。

小人国、大人国两次尺度转换起了某种双重否定的作用。因而，小人国的启示不仅体现在揭示利立浦特人狭隘而又狂妄、谄上而又妒贤的种种"小"状，而且在于让读者从绳技表演等似乎陌生而古怪的事物中认出身边熟悉的事物，认出自己，看到可笑事物

---

[1]"扁平"和"圆形"是E. M. 福斯特对小说人物的划分，是一种常识性的概括。前者指具有某种突出特点的类型化人物，后者指有立体感的层次复杂的人物。
[2] 福斯特：《小说面面观》，59—72页。
[3] Nokes, *Jonathan Swift*, p. 356.

的令人不大笑得出的那一面。到了大人国，这一点就变得十分清楚了——因为格列佛自己也成了"小人"：他用自己微不足道的几片小金币向那里的巨人讨好。他舞刀弄剑，矜夸自己的勇武。他和王后宠爱的侏儒闹矛盾、斗心眼。但是他讨好保护人的举动又实属迫不得已——因为他时时刻刻有被伤害的危险。甚至他向国王贡献制造火药枪炮秘诀的动机都是如此地可怜。这些反过来也从另一个角度印证了小人国的"可鄙"有很多其实也属于人之常情或人之常境。如格列佛对大人国女子视他如无物、在他面前随便更衣等等颇感不快；反过头去看利立浦特王后因格列佛撒尿扑灭王宫火灾而大为恼怒一事，可笑处便减了几分。小说中这类彼此参照的内容使读者隐约意识到人"自身的不足"和"人类不可避免的局限"[1]，看出人人囿于自己的生存环境和一孔之见的可悲与无奈。

正因如此，斯威夫特没有始终如一地把小人国当作讽刺的靶子。格列佛讲述利立浦特人制造机器、搬运巨物时曾赞叹他们的才智和能力，后来又称许地提到当地的教育和司法制度，几乎将它描述为一种理想的乌托邦。甚至以绳技表演选拔人才的制度也可能有一个并非不合理的起因："他们选用各项事务人才时，优良的品行比卓越的才干更受重视……他们相信人类既然必须有政府，那么普通人的才能就能胜任各项任务……他们认为人人都能具有真诚、公正、克己自制等美德。如果能实践这些美德，加上经验和为善之心，任何人都能为国服务。"这些选拔制度在初创时也出于与上述原则相似的考量（检验人的忠顺或勇敢），只不过由于"人类的劣根性"及后来"党派纷争愈演愈烈"，所以制度在历史沿革中渐渐被败坏，沦为可笑的争宠途径（I卷6章）。其实，任何的考试又

---

[1] Allan Ingram, *Intricate Laughter in the Satire of Swift and Pope*, p. 97.

何尝没有这一面的负效应？许多的事莫不都是如此走向荒唐？读着读着，我们不免会不自在起来，从荒诞的事态中认出习以为常的事物，把自己的笑收回许多。

对人性的怀疑和对社会现状的批评常常是密不可分的。关于"钱"的一段深入肯綮的述评就是突出的例子。在第四卷里，格列佛来到没有金钱、没有军队警察的马国。在那里，马（慧骃）是善良而礼貌的理性动物，而人形动物耶胡是下等畜生。为了让他的马主人理解英国的人/耶胡何以会不辞辛苦艰难去欺骗抢劫、杀人放火，格列佛

> 只好又费了半天的唇舌向它解释钱有什么用处……如果一只"耶胡"拥有大量这样的贵重东西，它就可以买到它所需要的一切：比方说，最漂亮的衣服，最华丽的房屋，大片的土地，最昂贵的酒类和肉食。他还可以挑选最美的母耶胡。所以我们那里的耶胡认为，不管是用还是攒，钱都是越多越好，没有个够的时候，因为他们天性如此，不是奢侈浪费就是贪婪无厌。富人享受着穷人的劳动成果，而穷人和富人在数量上的比例是一千比一。因此我们的人民大多数被迫过着悲惨的生活，仅仅为了要拿到少许工资而不得不每天劳动，让少数人过阔绰的生活。……给我们的一位有钱的母耶胡预备一顿早餐或一只盛早饭的杯子，至少要绕地球转三周才能办到……为了满足男人的奢侈无度和女人的虚荣，我们把绝大部分的必需品运往外国，再从这些国家换回疾病、荒淫和罪恶的原料供大家享用。因此多数居民必然会无以为生，只好靠讨饭、抢劫、偷窃、欺骗、拉皮条、作伪证、谄谀、教唆、伪造、赌博、说谎、奉承、威吓、包办选举、滥写文章、星象占卜、下毒药、卖淫、

第 3 章 讽刺的机锋 | 117

假充虔诚、诽谤、自由思想[1]以及种种类似的事情来糊口度日。(Ⅳ卷6章)

关于"钱"和"欲"的探讨把我们带回了"南海泡沫"的沸沸扬扬的世界。这段话结尾处那个触目惊心的长单子,开列的是典型的18世纪英国罪恶一览表。在18世纪早期,讨饭、偷盗和抢劫都是空前兴盛的职业——笛福小说主人公们的经历折射着这种社会现状,曾经出任伦敦地方治安法官的菲尔丁还就此专门撰写了《时下匪盗蜂起之原因》(1751)。"南海"风波更是表明,贪婪和腐败已经成为全社会的流行病。也就是说格列佛所列举的种种"恶"打着鲜明的时代烙印,是资本主义生产和生活方式长足发展之际的特定世态和心态,与商业化进程像魔术一样召唤出的空前的财富和空前的享受方式密切关联。总之,尽管格列佛斥责的是"人性"的贪婪奢侈,列举的却是18世纪英国人特有的行为方式。只不过在斯威夫特以及当时的许多人看来,金钱的魔力是如此神通广大、如此不由分说地掌握了全社会上上下下的人,甚至成为人们的"另一自我"[2],因而,怀疑甚至认定人的本性荒唐卑劣、贪得无厌几乎是势在必然。"耶胡"不过是这种人性观的形象化体现。

在马国一卷里,小说从内容、风格到叙述者的定位都发生了显著的变化。

变化之一是讽刺的表面化、直接化。在前几卷里,特别是在小

---

[1] 当时所谓"自由思想"指不利于基督教信仰的思潮。
[2] Swift, "An Elegy on Demar," in Jonathan Swift, *Swift: Poetical Works* (Oxford University Press, 1967), L. 46.

人国、大人国两卷，格列佛似乎是个客观中立甚至迟钝木讷的观察者，与他的医生身份颇相符合。他或如采集动植物标本那样搜罗异乡的奇俗怪事，或自说自道地向外人讲述自己的国家，至于两者对比所映现出的种种滑稽之处、所包含的讥讽寓意，都不是由他的口道出的，甚至似乎不是他所能深切理解的。然而，受到马国马主人影响的格列佛先生却大不一样了，不仅变得伶牙俐齿，而且有了强烈的批判意识。比如，他向主人介绍说，在安妮女王治下对法战争延续多年，其间"大约有一百万只'耶胡'丧命"，并解释说：引起战争的原因"不胜枚举……有时是因为君王野心勃勃，总认为自己统治的地面不够大，人口不够多；有时也因为大臣贪污腐化，唆使他们的主子开战，才好压制或转移人民对于国内行政事务的不满情绪。因为意见不合也曾牺牲过千百万人民的生命。……因意见不合而引起的战争比任何一种战争都要来得凶狠、残暴，而且往往相持不下，特别是当他们对于两件根本没有什么区别的东西发生争端的时候……"他对士兵的解释是："一只受人雇佣、杀人不眨眼的耶胡，它杀自己的同类越多越好。"在解释英国的司法制度时又如此定义"律师"："他们从青年时代起就学习一门学问，即怎样搬弄文字设法证明白的是黑的，黑的是白的，你给他出多少钱，他就给你出多少力。"（Ⅳ卷5章）如此的语言方式，已然是对英国式文明的直白的抨击，再没有丝毫"客观中立"的味道了。

与此相应，叙述的方式由准航海日志转换为"狂欢式"的怪诞奇想。此前，小说包含的狂放想象内容尚有一层与航海日志一脉相通的科学记述的"理性"外包装。格列佛反反复复地历数各种东西的尺寸和比例，在某种程度上在维持着这种理性的运转，使小说世界与我们的常识世界相衔接，说服读者在一定程度上承认被描述的景象的合理性和可信性。到了这一卷，数字罗列和各式账单都消失了。简洁明快的文风虽然未改变，但是被描述的已是绝对荒诞的景象，即人与兽的颠倒。叙述者似乎不再介意读者对这种颠倒是否接受或理解，只一味地以令人难以消受的细节——如"耶胡"如何脏，如何臭，如何屎尿横飞、贪婪刁蛮等等——来刺激读者已经不堪负担的感受能力。

这一处理令人联想到斯威夫特的晚期讽刺诗中频频出现的有关污秽和排泄的意象。在文学史中，此类诗作虽不是绝无仅有，却也是相当"扎眼"的，不无怪诞意味。历史学家诺·伊利厄斯在《风俗之历史》一书中指出，自中世纪以来，西欧社会越来越把人的自然机能视为"禁区"。[1]而斯威夫特却把日益被文明压抑掩盖的人类的"肮脏的"生理活动[2]推到文字的前台，显现于光天化日之下。这类诗作以及"耶胡"形象的矛头直接指向启蒙派视人为"理性动物"的说教。斯威夫特在致蒲柏的一封信（1725年9月25日）里明确地指责"理性动物"之说"虚妄"（584—585页）。他似乎被人的肉体所困扰、烦恼；同时又近乎病态地执着于人的物质性。[3]他沿袭西学中讨论人性时使用"理性动物"概念并特别以人和马为例阐述的成例[4]，却反洛克等人之意[5]而用之。他笔下的格列佛不仅在人和"耶胡"之间画了等号，而且把设定读者也公然地划入了被挖苦嘲弄的"我们"。两个多世纪以来，许多人就此认定斯威夫

---

[1] Norbert Elias, *The History of Manners*, pp. 129-134.
[2] 当代西方文化一方面仍在强化这类禁忌（比如对"卫生"的强调就与此有关），另一方面在流行文化中也存在故意大肆犯忌的"反文化"现象——如污言秽语、色情暴露等等。两个方面又都被纳入了商业化操作。
[3] 参看 Stallybrass & White, pp. 100-109; Norman O. Brown, "The Excremental Vision," in *The Writings of Jonathan Swift*, pp. 611-630。
[4] 参看 Nokes, pp. 324-325。
[5] John Locke, "A letter to the Bishop of Worcester," in Clive T. Probyn (ed.), *Jonathan Swift: The Contemporary Background*, p. 175.

特"厌恶人类"。司各特认为这一卷是"全书最下流、最无价值的部分",是"对人性的恶骂";萨克雷也用激烈的语言说,这些章节表达的思想"可怕、可耻、非人、亵渎",使用的是"'耶胡'的语言"——"言辞肮脏,思想肮脏……"等等。[1]不过,应该看到,斯威夫特的文笔与其他新古典主义作家十分不同,他非但不追求纯净、整齐等典型奥古斯都风格,相反,其文字却常常具有某种"不可预测而又令人不安的不稳定性(fluidity)",充满怪异的不对称,烦琐的解说乃至未经融合消化的尖刻讽刺,等等。[2]《格列佛》中人的兽化、人兽颠倒以及对不登大雅的事物(如排泄活动)的关注等等,像华兹华斯笔下的"知识马"和"学究猪"[3]形象或拉伯雷的《巨人传》中有关性和排泄的内容一样,与民间文学有着深刻的血缘关系;而民间的狂欢传统本身包含着对生活和生命的肯定。斯威夫特的不拘一格的笔触和他的狂欢化想象是二位一体的,它们至少在某个层面上高扬着生命的旋律。换句话说,斯威夫特以其特殊方式折射了他所存身的社会的两面性:既以夸张渲染时代的生气,更借荒唐痛斥时代的弊端。

《格列佛》1727年在都柏林推出时,斯威夫特执意把初版时被出版商删改的地方修正回来,并以格列佛的口气补加了"格列佛船长致他的亲戚辛普生的一封信",抱怨自己的文字遭到篡改,说:"我要郑重声明我决不承认你添加上去的那些东西,特别是关于流芳百世的已故安妮女王的那一段……你或你聘请的改稿人应该考虑到我绝对不会在我的马主人面前称赞我们这类动物中的任何一个。"

---

[1] Scott, "Life of Swift," in K. Williams (ed.), pp. 292, 312; W. M. Thackeray, pp. 34-35.
[2] Rawson, *Henry Fielding and the Augustan Ideal Under Stress*, p. 46.
[3] Wordsworth, *The Prelude*, VII, L. 681.

借助于格列佛的彻底的慧骃立场，斯威夫特指名道姓地把女王也纳入了"耶胡"的行列。他还明白地断言"耶胡"这种动物是不可教育或改造的。(iv—v页)

不仅如此，我们在第四卷结尾处得知，从马国归来后，格列佛已不再能忍受妻子儿女和其他人的"耶胡"气味，不得不在鼻子里塞上芸香或烟草。有细心的读者发现，在小人国和大人国里格列佛就不时会忘乎所以，以当地人的眼光和口吻看待事物、发表议论。[1]这里，借助他走火入魔的表现，叙述进一步将讽刺的矛头径直指向人性本身。格列佛不再只是讽刺的工具，他本人成了态度极端的讽刺者的化身。小说收场时那位鼻塞香料、回避众人、只跟马交谈的格列佛已经成了一个极为夸张而怪异的漫画人物。他因马主人在分手时把蹄子抬到他唇边让他吻别而感激涕零，郑重地念叨其中的荣耀和恩典；回家后则视妻儿为异类："我一到家我的妻子就把我抱在怀里，亲吻我，而我因为多年未接触过那可厌的动物，当即昏倒了几乎一个钟头。"(Ⅳ卷11章)在这令人捧腹的场景里，一本正经的格列佛无疑是被嘲弄的对象。

斯威夫特究竟在多大程度上是自觉地把格列佛变为讥嘲的笑柄，我们很难准确地判断。不过，就他晚年的不无自我讽刺意味的诗作《斯威夫特博士之死》(写于1731年)来看，对讽刺和讽刺者本身的怀疑和反思也是作者惯有的姿态，作为"耶胡"一员的讽刺者格列佛未能逃脱讽刺目光的审视并不出人意料。讽刺诗《年轻的俏宁芙就寝》(1731)等也间接地表达了对讽刺本身的某种保留和修正。[2]

---

[1] 参看 M. Seidel, pp. 75-76。
[2] 参看 Allan Ingram, pp. 40-44。

霍布斯把笑视为"自荣"的表现。[1]这种建立于个人与他人对立关系之上的"笑"引起了许多不安,艾狄生曾不止一次在《旁观者》的文章中斥责不宽容或不健康的讽刺和嘲笑。[2]更何况,讽刺讽刺者乃是英语文学中一个源远流长的传统。莎士比亚笔下的愤世嫉俗的杰奎斯和泰门[3]之流虽然尖锐地道出了不少人间真相,但是他们的极端态度一直或多或少是被批评或审视的对象。特别是有犬儒主义色彩的杰奎斯,始终为喜剧中恋爱着的青年男女所驳斥、所拒绝。罗瑟琳还特别挖苦他说:他到外国转了转,就处处看自己的祖国不顺眼,只恨自己没有生一副外国面孔。小姑娘快嘴快舌的议论还真挖到了这些曾游历天下的讽刺者的痛处。在马国申请长期居留权未果、处处和慧骃认同的格列佛在某个意义上未尝不是从思想上被"异化"了,同样有可气又可笑的一面。在很大程度上,斯威夫特的晚期作品中流露出的对人性乃至对讽刺者自身的全面怀疑是和某种并不恭维的自我认识分不开的——对格列佛的讽刺更深地表明了"耶胡"们的不可救药。

有一个小小的插曲似乎颇能印证这一点。

据蒲柏说,有一天傍晚他和盖依去看斯威夫特。他们一进门,博士就问先生们何故光临:"你们怎么丢下了你们所一心爱戴的达官贵人,跑来探望一名穷教堂主持?"客人应答说,较之那些大老爷,他们更愿见他。"若不是我深知二位为人,说不定也就信了你们这话。"斯威夫特回嘴道,"不过,你们既来了,我想我还是得招待你们吃晚饭吧?"客人说他们吃过了。"已经吃过了!不可

---

[1] 霍布斯:《利维坦》,41页。
[2] 参看 J. Addison, *The Works of Joseph Addison*, Vols. 1 & 2, *The Spectator*, No. 47, No. 249, No. 451。
[3] 分别为《皆大欢喜》和《雅典的泰门》中的人物。

能。还不到八点呢。……不过,如果你们没吃晚饭,我总得给你们吃点什么吧。让我想想,我会提供什么呢?两份龙虾?龙虾管够不错了——两先令;饼,一先令。你们虽然提前早早吃过了,但是,就算只为分享分享我的钱袋,也总得和我一起喝杯葡萄酒吧?"客人说他们更想和他聊聊天。"但是,按理你们本该和我一道吃饭,如果吃饭你们就一定得和我一起喝酒了——一瓶葡萄酒,两先令。二二得四,添一作五;每位正好两先令六便士。蒲柏,这是你的半克朗;而这一份是您的,盖依先生。我拿定了主意,决不在你们身上省一厘一毫。"他态度严肃郑重,不由客人分说,强迫他们收下了钱。[1]

蒲柏把这作为斯威夫特的"古怪做派"的例证。看来斯威夫特让他的朋友也觉得难堪或不解了。不过笔者宁愿把这理解成精彩的自我讽拟的表演,熟知斯威夫特和讽刺文体的蒲柏和盖依竟没能体会到这一点并兴趣盎然地参与他的"演出",多少令人感到意外——因为,有不少传记材料表明,斯威夫特接人待物常常有表演性质并希望对方合作。这里,他欢迎朋友的头两句话显然是在开玩笑,虽然调侃中未必没有几分认真。关于这话的玩笑性质两位客人不会误解,否则他们也就不会来登门了。这一段前奏定下了讥讽夸张的基调,为斯威夫特挣得了小丑或喜剧演员装疯卖傻的发言特权。真正不可思议因而也绝妙无比的是后边的算账和付钱。如果联想到前边第一节提到的斯威夫特管理仆人的方式和出钱请人做伴的行为,不难看出,这不过是对那类举措的夸张的戏剧化模拟。如果不是金钱关系渗透进并主宰着万事万物,便不会有此类的行为。但是另一方面,如果不是对这种世态乃至自身思想状况都有充分的自

---

[1] *The Writings of Jonathan Swift*, p. 602.

觉，斯威夫特也绝不至于那么煞有介事地当着人面计算"二二得四"。即使朋友们确有为他节省开支的心思而他不愿领此好意，也不必当场仨瓜俩枣地结算现金。人们"礼尚往来"地进行人情交易时不是每每做得婉转得多、得体得多吗？何况在当时的英国，商家做买卖也往往允许熟客凭"信用"赊购。蒲柏们大约对斯威夫特的居家作风了解尚不透彻，因而没悟出其中的自我讽刺；同时又缺乏后者对金钱关系的极深刻的批判意识，因而感受不到这一幕的锋芒所向。

讽刺者意识到：自己在很大程度上正是他所讽刺的社会和文化的产物。

正因如此，便蔓生出一种绝望。因为，对于置身其中而又看不到有生气的替代方式的人来说，逃脱或改变这种"耶胡式"可悲生活的可能性是极为渺茫的。

这是斯威夫特的最后的深刻，也是他最终的消极。

第4章

《帕梅拉》风波

1740年前后,道德改良运动高涨。

中产阶级和清教主义有千丝万缕的联系,主要由他们发起的改良风俗道德的运动不仅谋求向"上"突进,对统治阶级有所影响,也广泛地向"下"深入。[1]充斥伦敦坊间的说教类或指南类书籍中包括不少专为学徒和仆佣写的读物。这个值得注意的社会现象表明,由于兴办主日学校等原因,下层人识字率已经不低。[2]在当时,学徒是成为技师乃至小工场主的必由之路,是有"前途"的,因此他们有自我修养的动力。家庭仆役虽然未必有"前途",但由于乡下的过剩劳力涌入,人数众多,到世纪中期已成为农业以外的最大职业。作为一个群体,他们对治安和风俗道德状况有很大的影响,因而受到舆论的重视。

作为这个改造和自我改造运动的一个方面,写信的风气也开

---

[1] 参看A. D. McKillop, *The Early Masters of English Fiction*, pp. 52-55; J. P. Hunter, *Before Novels*, pp. 248-273.
[2] 据有关研究,中世纪英国人口中仅有10%的男性及1%的女性识字;到17世纪中期,这个比率已分别达到30%和11%,到18世纪中期更是攀升至(大约)60%和40%。参看G. J. Barker-Benfield, *The Culture of Sensibility*, pp. 162-163。

塞缪尔·理查逊
马·钱柏林（Mason Chamberlin）
作于1750年

始浸染妇女和下层人，被人们看作修养品性、提升自我的有效途径。[1]在这种情势下，学徒出身的中年印刷商塞缪尔·理查逊应友人之请，动手撰写一系列作为范文的"私人尺牍"。他的初衷是指点文化水平不高的中下阶级人士特别是年轻女子如何写信，同时也让那些人得些道德教益。那些示范信札中有不少挑选人生转折的关口——比如择偶等——为写信的契机。这一写作活动激发了理查逊的文学想象，一发而不可收拾。他索性暂时中断"尺牍"写作，先完成了一部有相当长度的书信体故事，即《帕梅拉，又名美德有报》（1740，下文简称《帕梅拉》）。

小说的主人公是年方十五、虔诚规矩的女仆帕梅拉，她在致父

---

[1] 参看Ruth Perry, *Women, Letters, and the Novel*, Chapter 3。

母的信件和私人日志中讲述自己如何抵制少东家B先生的引诱威逼、捍卫自己的贞洁品格,最后终得善报。令人始料不及的是,这部小说一问世便引起轰动,竟至洛阳纸贵,十二个月中五次再版,成了最畅销的书。一时间赞美声和反对声一浪高过一浪。有人这样描述当时空前的盛况:

> 出现了一大批说教性的罗曼司(romance)。其中之一是最近出版的,它使世界因两种对立的看法而分裂,一派把它捧上了天,另一派对之嗤之以鼻。特别是在女性中出现了两大阵营,即帕梅拉派和反帕梅拉派。……有的人认为那位年轻处女乃是淑女之典范;有的人甚至毫不迟疑地在讲道台上推荐这部罗曼司。另一些人则与此相反,在书中看到的是一个计谋多端的伪善女子的行径……[1]

如有呼风唤雨的魔法,《帕梅拉》招来了许多仿作和续作。其中赞扬帕梅拉的有《帕梅拉在上流社会中》、《帕梅拉传》、《H夫人回忆录》及《著名的帕梅拉》等;而抨击的一方除了有菲尔丁的重磅炸弹《莎梅拉》以外,还有《反帕梅拉》《真正的帕梅拉》等。帕梅拉之争名副其实成了文学文化生活中的一大热点。赶热闹的还有改编的戏剧,与帕梅拉有关的诗歌、蜡像、绘画[仅约瑟夫·海莫尔(Highmore,1692—1780)为《帕梅拉》作的插图就有十二幅],等等,不一而足。据说这部小说甚至带动了扇子和平顶草帽等一些相

---

[1] 转引自 Richard Gooding, "Pamela, Shamela, and the Politics of the Pamela Vogue," *Eighteenth-Century Fiction*, Vol. 7, No. 2, p. 109。

关产品的热销，俨然已具备了现代流行艺术产品的特征。[1]

一　帕梅拉的双重人生设计

如此强烈的反响说明这部小说准确地触及了当时各阶层人所共同关心的问题。

异乎寻常的"帕梅拉热"在很大程度上源自那部小说对新的道德秩序和政治秩序的展示和推进。许多学者指出，理查逊从出身、经历和感情上都和笛福一样是伦敦东区的"市民"，与笛福乃至班扬的思想和创作有直接的承继关系。[2]他的作品，包括《帕梅拉》，被普遍认为具有"进步"政治含义，麦基恩和南希·阿姆斯特朗等众多评论者都对其提供了非常政治化的解读。[3]曾师从心理分析批评和巴赫金理论而近年来特别注重性别研究的特丽·卡瑟尔用更戏剧性的语言把该小说称为"革命性的故事"，说它的情节安排是文学中伟大的狂欢式情节之一，把不同类、不相容的事物——高贵和低贱，主人和奴仆，浪子和贞女，等等——联结在了一起。由此，它创造了一个变动不居的世界，向社会上主导的类别观念和等级观念提出了挑战，从而释放出僭越和变易的魔力。[4]英国的马克思主义学者伊格尔顿则认为，"17世纪革命之后，中产阶级满足于安栖在传统社会的标帜后面，与位居其上的社会权贵磋商结成意识形态同盟。在这新话语形成的过程中，理查逊的小说占有一个中心位

---

[1] Ian A. Bell, *Henry Fielding: Authorship and Authority*, p. 57；又，参看Jocelyn Harris, *Samuel Richardson*, p. 38。
[2] Mark Kinkead-Weekes, *Samuel Richardson*, pp. 463-483.
[3] R. Gooding, p. 112；参看McKeon, *The Origins of the English Novel, 1600-1740*, pp. 364-381；Nancy Armstrong, *Desire and Domestic Fiction*, pp. 108-134。
[4] Terry Castle, *Masquerade and Civilization*, p. 135.

置";因而帕梅拉等"不仅是小说人物,还是公共神话,是浩大道德论战的工具与进行对话、缔结盟约和展开意识形态战争的象征符号空间"[1]。

这类看法中虽然有过甚之辞,但多数是言之有据的。《帕梅拉》一书中,通过人物言行直接表达阶级意识和政治意识的例证可以说比比皆是。帕梅拉曾这样评论B们的言行:"看高贵者是何等傲慢"(254页)[2];又曾如此感叹自己的处境:"倒霉的穷人又有什么法子对抗那些打定主意要以势压人的阔佬呢?"(99页)还有:"我……不过是大人物的玩物,是财富可玩于股掌之上的小球而已。"(256页)理查逊更是借"编辑"之口明白地指出:不道德的纨绔子诱奸女主人公的行为是"财产和权势合谋加害纯洁与清寒"(91页),千真万确是一场阶级之战。在变化中的18世纪英国社会,"家庭服务"一方面留有封建主奴关系的残迹,一方面包含新兴雇佣关系[3];婚姻更是"中产阶级和上等阶级中进行社会战争的首要武器"[4]。有的评论指出,"B所代表的权威不只是单纯的政治和司法权力,而且包括主仆、长幼、富贫、男女等盘根错节的传统关系"[5],身兼主人、地主、当地治安法官和代表该区的议会议员多重身份的B先生如何对待一名俊俏女仆的小小私人决定,牵涉到许多基本的意识形态问题乃至"政治"问题。

小说的情节安排鲜明地体现了权力的斗争以及某种权力的转

---

[1] Terry Eagleton, *The Rape of Clarissa*, pp. 4-5.
[2] 该书引文页码出自Richardson, *Pamela, or Virtue Rewarded* (Norton, 1958)。译文参照吴辉(译)《帕梅拉》(译林出版社, 1997)。
[3] McKeon, p. 369.
[4] P. A. Langford, *A Polite and Commercial People*, p. 112.
[5] Gooding, p. 111.

移。[1]不须批评家的指点，普通读者都能意识到这部作品的核心是灰姑娘式的转变史、发迹史，是小女仆帕梅拉把她贫寒的姓氏"安德鲁斯"置换成显赫的"B太太"的惊险历程。[2]尽管帕梅拉的发迹像霍加思画作中最终当上伦敦市长的勤勉学徒的经历一样，并不是下层劳动者命运的如实写照[3]，但是它们又真切地表达了某种阶级意愿和社会动向。这些艺术家努力以自己手中的笔来重塑英国社会，并最终让谦虚冷静的葛兰底森爵士和帕梅拉夫人取代了旧贵族阶级的佻佻纨绔成为社会的模范。因此，理查逊非但不掩饰他的褒贬说教，反而有意识地强调它们。正是这种触目的意图使《帕梅拉》成为一种有的放矢的社会文本。

帕梅拉和B深知他们各自心目中的"plot"是格格不入的。Plot一词既指"计划""阴谋"，也指文学作品的"情节"设置，在这部小说中，两重含义同时存在。[4]B要求帕梅拉交出她的信札/日志，说："你讲述事件，或按照你的**情节**思路，或按照我的**情节**谋划，挺有点罗曼司味道。"（242页）可见他不但对两人心目中大相径庭的设想了如指掌，而且颇有点旁观阅读的审美乐趣。但是，对帕梅拉来说，这"情节"安排却是生死攸关的。她对另一个女仆说："他可能会屈尊地认为，我还不错，足以充任他的媵妾，那些能毁掉可怜女人的事情却不丢男人的脸……"（36页）在另一些场合，她曾对B本人说，"摧毁我的声名就是你的荣耀"（218—219页）、"邪恶者的荣誉对贤德者来说就是羞愧和耻辱"（126—127页）。她"颁"给

---

[1] P. M. Spacks, *Desire and Truth*, Chapters 3-4.
[2] 参看拙作 Huang Mei, *Transforming the Cinderella Dream*, Chapter 1；本章及第11章部分内容参照了该书有关章节。
[3] 参看 Carol H. Flynn, *Samuel Richardson*, pp. 7-13。
[4] 参看 Harris, pp. 30-31；Spacks, p. 92。

B大量"邪恶""下作""歹毒""卑劣"之类的形容词，B自己也很明白他在帕梅拉的"脚本"中扮演的是"魔鬼的化身"（30页）。

两人之间的确存在深刻的利益对立和观念对立。B显然认为自己对帕梅拉享有近似于封建领主的无边权力，可以为所欲为。为了迫使帕梅拉就范，B谎称送她回家，强行将她迁移到自己在林肯郡乡下的一处住所并软禁起来。对B以及许多上层社会的公子哥儿来说，占有一个漂亮的小处女是添光彩的事；他的绅士邻居们也都觉得将一个小小女佣收房不仅无伤大雅，而且理所当然。然而，他们的看法与帕梅拉的自我认识南辕北辙。帕梅拉不止一次地强调自己的"自由身"，强调她对品德和"荣誉"的看重——虽然她几乎不敢把"荣誉"一词直接用在自己身上。她说，B没有权利把她像个小偷或强盗一样囚禁起来。在林肯郡看守她的女人朱基斯指责她说："你从他那里把你自己抢走了。""我怎么就变成了他的财产？"帕梅拉反驳："除了盗贼号称对赃物拥有的占有权以外，他对我能有什么权利？"于是朱基斯惊呼这是"直截了当的叛逆"（129页）。帕梅拉还驳斥对方自称是在对主人尽责的说法："我希望，你不会为世界上任何一个主人去做非法的或邪恶的事。"（111页）

对一无所有的帕梅拉来说，"好名声和不可侵犯的贞操"是"最宝贵的财产"（198—201页），是通向尊严和最后救赎的通行证。她的人生计划是弥尔顿/班扬式的，至少就她自觉意识到的部分来看是如此。像弥尔顿笔下的基督和班扬的基督徒，我们的虔诚的女主人公必须通过"考验"来创造自己的身份。正如她的父亲所郑重教导的，经受诱惑是苦痛的事，然而"没有诱惑我们就无法了解自己，也无从了解我们所能做的事"（20页）。弥尔顿在《复乐园》中用一系列与战争相关的军事用语（如"挫败""反击""战胜"等等）来形容基督和魔鬼撒旦的沙漠交锋，与此相似，B和帕梅拉之间的对峙也被表述为一种战事。当然,这一善与恶的"战争"基本上是语言之争,是一场令人筋疲力尽的旷日持久的辩论。

我们不妨引述一段对话,作为他们一系列舌战中的一例。B第一次表明自己的意图后,

[帕梅拉说,]如果您害怕仆人们知道您对一可怜的卑微女子的企图……那么主人,您应更怕全能的主,我们一生中的一举一动全在他面前。所有的人,不论最伟大的人还是最渺小的人,也不论自视如何,最终都得向他交账。

他拉住我的手,带着开玩笑的揶揄态度,说道:讲得好,我的漂亮的布道者!等我在林肯郡的牧师一过世,我就给你披戴上长袍高帽,你顶他的缺,形象一定不错。——我希望,我因他的讥笑有点气恼,说道,先生,您的良心应是您的布道者。那您就不需要别的牧师了。好了,好了,帕梅拉,他说,别再来这套不受欢迎的陈词滥调了……

…………

算了,他说,你是个不知好歹的东西;不过我觉得,有这么双漂亮的酥手和那样可人的皮肤……却得去干粗活,未免可惜,而你如果回家免不了得这样;这样吧,我劝她[杰维斯太太]在伦敦弄所房子,等我们这些议员到城里时就向我们出租寓所;你可以充当漂亮女儿,有你在,房子自然不会空置,她肯定能大大赚上一笔。

他的粗野的玩笑让我好心乱气急;我原本就快要哭了,这下眼泪立刻涌了出来……哎,你犯不着这么鄙视这件事!——你对德行真是有挺浪漫的偏爱……不过,我的孩子(他讥笑地说),请务必想想,那样的话你会有多好的机会每天给好杰维

斯大妈讲故事，有多少题材给你的爹妈写信，还能精彩绝伦地给青年公子哥儿们讲道授德。（66—67页）

这段谈话所包含的对比，充分地揭示了两个对话者以及小说整体的一些基本特征。

B和帕梅拉谈话明显持游戏态度，轻松潇洒，很有创造性。他可以一会儿想象帕梅拉着教士衣袍，一会儿设想她置身妓院，玩味起这两种虚构的情景都乐趣无穷。他那些粗俗无礼的玩笑不大派得上实际用场，甚至无补于引诱小女仆的打算——他似乎沉浸于自己兴高采烈、妙语横生的亵渎言辞而忘乎所以。在这场对话中，如果说受迫害者帕梅拉不可思议地成了秩序和权威的坚定捍卫者，那么B则显得对一切都玩世不恭——对宗教和教士，政治和"我们议员们"的身份和责任，对虔诚妇女之间的友情和女性对浪漫爱情故事的喜好，甚至对他所欣赏的女人的身体和荣誉。但是，B这种自由想象的根基却在于他手中的权力——他确实握有权柄能派任领地上的牧师，也能左右帕梅拉这样的小女仆的命运。在很大程度上，肆无忌惮的B先生是从复辟时代喜剧中直接走出来的类型人物，他的怀疑主义和享乐主义是一种文学的和社会的传统。

很显然，在财产和权势不均等的社会里，如果人人都以张扬个人意愿为原则，那么帕梅拉一类下层人物的意志肯定无法与来自统治阶级的B们抗衡。"激情"（passion）一词再三在B本人的话中出现，是他为所欲为的辩护词。然而对他来说，女仆的个人感情却根本无足轻重。在上述对话的结尾，又羞又气的帕梅拉终于点明了这背后的权势问题："您干得不错，……拿我这么个可怜女孩子寻开心；可是，让我说明白，若不是您那么有钱有势而我又贫穷微贱，您绝不至于那样侮辱我。"（67页）

因此，帕梅拉需要一套与B大不相同的语言才能与之抗衡。由于B先生们作为社会中坚失效，便生出了帕梅拉的道德责任。小说开局不久，小帕梅拉看明了B的心思，不由得感叹整个贵族和士绅阶级的败坏：

> 无疑这世界快完蛋了！因为，就我听到的，绅士们几乎全都像他［指B］那么坏！——而且，看看这些坏榜样的后果吧。格罗夫宅的马丁先生家前三个月里就生了三胎［私生子］，一个是他自己的，一个是马夫的，一个是看林人的……除了他，方圆十英里内还有两三个和他一样的老爷。（68页）

在引诱与反引诱的柔道角斗中，帕梅拉逐渐悟出了自己捍卫基督教原则的神圣使命。她把自己看成是为所有神圣事物——上帝、社会、道德秩序以及个人的尊严和价值——而抗争的被迫害的"可怜少女"[1]，说起话来一本正经，调子很高。在前面那段和B的对话中，帕梅拉作为现场发言人和事后的记录者，小心翼翼地用语言为自己塑造敬畏上帝的贞洁少女的形象。与无所顾忌的B正相反，帕梅拉时时刻刻不忘自己有多重听众或读者——放浪形骸的主人兼追求者B先生、作为收信人的严父以及她最终的裁判者天父上帝。他们是她必须应付的三重男权代表。因此她字斟句酌。

这里，帕梅拉对权威的态度耐人寻味。在历史的特定时刻，当代表秩序的权势者以调笑权威的姿态出现时，底层人的"革命性"要求就可能会恰恰相反采取维护某些权威的立场。在帕梅拉的言谈中，世俗的和宗教的权威被用来卫护自己的权利。首先被诉诸的权

---

[1] 参看 J. Richetti, *Popular Fiction Before Richarson*, pp. 125-127。

威就是上帝——上帝不仅是帕梅拉勇气的来源，是她最终的认可者和"唯一的避难所"，也是"一切将来的福祉"的保证。她在签名时总是在自己的名字前加上形容词"恪守本分的"；为自己辩护时从不遗漏提及上帝的机会。把"全能的主"引入谈话，她不仅表达了对B的责备，也委婉地流露了力图说服后者的心愿。当然，她也不会拒绝旧秩序和旧规范可能提供的保护。她不断地自称是"微不足道的""可怜的""卑贱的"，绝不是无的放矢。有意无意地，她在提醒B中世纪保护妇幼的骑士风范以及领主对其属民所负有的责任。当她对"一位像老爷他那样身份的主子不惜玷污自身……和我这样的可怜仆人动手动脚"（29页）表示不满时，听来好像她不是因为受到迫害和侮辱而愤恨，反倒是为B先生破坏了主人或保护人的荣誉和行为规范而苦恼。

同时，帕梅拉的言谈又映现着注重个人信仰和良知的新教信念。这一源于16世纪宗教改革的思想传统一方面晕染出现代个人主义的色彩，另一方面又由于曾受英国内战时期激进清教主张的浸润而随时可能转化为张扬平等权利的社会政治理想。[1]正因如此，帕梅拉才会在另一些场合或是宣布"虽然我的身份只跟地位最低微的奴隶一样，但是我的灵魂却跟公主的同样重要"（164页）；或是表示自己在精神上其实比"富贵的人"更优越——"如果我的心有一天也会被他们的恶习毒化污染，……那么，天主，请让我远离他们的高贵境地吧。"（271页）如前面所引述，她对B谆谆地说："……主人，您应更怕全能的主，我们一生中的一举一动全在他［指上帝］面前。所有的人，不论最伟大的人还是最渺小的人，也不论自

---

[1] 参看 A. MacIntyre, *A Short History of Ethics*, pp. 149-150; C. Hill, *The World Turned Upside Down*, Chapters 4 & 7.

视如何，最终都得向他交账。"在这段话的英语原文中，神被大写，被说成是"全能"，然而在语法上又每每处于宾语或修饰语的位置上。而"我们"则是主语兼主体，是谈话的关注中心。由此，帕梅拉巧妙地从神的权威推导出人的价值以及不同地位的人在精神上的平等。

如果说帕梅拉和B的舌战表达了两个阶级和两种人生态度的冲突，那么，她反复念叨的"三个包裹"的选择则突出地表现了她作为新型个人的自我塑造或自我"制作"意识。[1]

事情的缘起是这样的：帕梅拉发现B的企图后请求辞职回家，得到B的口头许可。于是她开始收拾衣物，便产生了大名鼎鼎的"三个包裹"。其中，一包是老夫人在世时赏给她的一些丝绸细布衣裙；一包是老夫人去世后B送给她的"礼物"；另一包则是她专为回家备下的一些农家土布衣衫。她赋予三个包裹极端重要的象征意义。第一包物品与她往日在B宅的含糊地位以及与仆人身份不相称的教养有关联。18世纪前期，富贵人家的贴身男女用人地位高于一般仆役，常常身着主人的旧衣物。帕梅拉在老夫人手下的位置似乎更高，更难以确定，介乎小女伴、小宠物甚至小儿女之间。因此，她不但不必干粗活，而且有机会识字、读书并熟练掌握唱歌、跳舞、绣花、女红等全套淑女基本功，甚至对读故事写长信十分上瘾。这时，她意识到自己"受的教育不对头"，一旦不再和老太太做伴，那些夫人小姐的服装就"不适合于"她。至于"邪恶的第二包"，照她所说乃是"耻辱的标价"，因为B企图以此收买她的品格和贞洁。她说：既然我不为先生做他要办的事，怎么能拿他的报酬？因此，她打算只带属于自己的第三包衣服回家。她表示：

----
[1] 参看 Armstrong, pp. 108-134。

"我亲爱的第三包"是"我清贫生活的伴侣,我忠贞品格的见证"(75—77页)。对帕梅拉来说,对三个包裹的态度意味着人生目标的确认和自我身份的选择。因而,她对这件事无比重视,一次又一次地提及她的第三个包裹并数说其中的详细内容(40—42、51、101页),也就不足为奇了。在西方童话故事里,少男少女常常碰到需要三中选一的时刻。他们的命运也常常由此一锤定音。帕梅拉敏感地抓住了这一考验关口,确定了自己的人生选择,弃绝了主人的阶级加诸她的外衣和形象,选择了回家并准备承当劳动生活。即使她可能过于天真地把"贫穷而正直"(90页)的生活浪漫化,即使她的决心并没有被真正的艰苦生活所检验,她的判断和选择已经体现了与茉儿·佛兰德斯或罗克萨娜有所不同的人生追求。

帕梅拉和B就地位问题的"正式"谈判是帕梅拉自我塑造努力的集中表现,也是斗争的高潮。B以书面契约的形式正式向帕梅拉提出"收养"条件——其许诺优厚得几乎让任何穷苦下层人都无从抗拒。然而帕梅拉岿然不动。"钱财,先生,不是我的重要的福祉。"她义正词严地说。不仅如此,她还针对B强调自己有权有势的话回答说:"我知道我所有的抵抗都微弱无力,对我来说无补于事;我担心,你想毁掉我的意愿绝不亚于你的势力;但是我敢对你说,我决不自愿出售我的贞操。"(198—199页)这一表态用正式语言宣布了三个包裹所代表的选择并最终使B改变了他对两人关系的构想,成为情节发展的转折点。"写者"帕梅拉在日记中把自己的答复并列放在B的提议旁边,一条一条针锋相对。在这部小说里,使灰姑娘式女主人公命运发生巨变的不是神通广大的仙女或教母,而是那些秉承清教徒精神自传传统的有魔力的词句和文本。书写和文字不仅是和上帝对话的途径,更是社会交流中的"通货"。言说能力是人的社会等级的一种标志——如瑞凯提所说:"帕梅拉写起东西来特别流利条畅,字正腔圆,这表明她注定要升到更高的社会地位。"[1]

不从18世纪背景来考虑两个人的身份差异,就很难理解帕梅拉的写作行为的惊心动魄的"侵权"色彩。如果说18世纪的巴保德太太(Anna Laetitia Barbauld,1743—1824)已经意识到理查逊所着力考察的"不只是人类心灵,而且是女性心灵"[2],那么20世纪末的女学者阿姆斯特朗便更深入地阐述了这一选择的含义。她说:当理查逊让"帕梅拉获得自我再现的权利"并把她和B之间的等级关系转化为需要"谈判"的性别关系时,就已经预设了(在阶级和性别上的)双重低贱者帕梅拉作为主体、作为自身的主宰、作为B的平等对手和社会改造者的一种新身份。[3]这里,特别值得注意的是,不仅女性书写和两性谈判的出现本身改绘了社会政治势力地图,而且帕梅拉在这一过程中所阐发的立场实际上重新设计了那个时代最有代表性的自我的蓝图。帕梅拉的人生起点和女仆出身的茉儿·佛兰德斯的几乎相同,她所遭遇的诱惑和罗克萨娜的某些经历不无近似。然而帕梅拉做出了不同的选择。可以说理查逊为自己的阶级和时代改写或修正了笛福笔下的个人奋斗者。《帕梅拉》是对笛福的展示和斯威夫特的痛斥的一个尝试性的解答或"合题"。不同于茉儿和罗克萨娜,也不同于一个世纪以后的蓓基·夏普[4],帕梅拉"向上"的人生轨迹几乎与信仰的天路历程全线吻合,它不是被描述成实现野心或欲望的不择手段的奋斗,相反却是克服、调整欲

---

[1] Richetti, "Representing an Under Class," in Nussbaum & Brown (eds.), *The New Eighteenth Century*, p. 85.
[2] 转引自Liu Yiqing, *Samuel Richardson as Writer of the Female Heart*, p. 4。
[3] Armstrong, pp. 109-121.
[4] 19世纪英国作家萨克雷的小说《名利场》(1849)中的一个主要人物,她出身低微,工于心计,不择手段想爬到较高社会等级。

望并追求神恩的过程；不是对秩序的破坏，而是对秩序的维护与重建。在当时的文化语境中，帕梅拉的道德"高调"并不像某些后世人所指摘的那样是空洞或虚伪的说辞，而是在多重对话和冲突中展开的对人生取向的思考和探求。

帕梅拉和B的冲突，可以说是班扬与复辟时代喜剧的对话的继续。不过小说中的矛盾和对立并不仅仅存在于两位主人公之间，也存在于他们各自的内心。

在《帕梅拉》这个多种声音交锋谈判的话语场中，B不是彻头彻尾的类型化反面发言人，而是游戏于不同的声音之间，体现了种种犹疑和内在冲突，具有一定的深度和立体感。小帕梅拉一方面按照她的道德分类毫不通融地把他划入撒旦的阵营；但是另一方面，作为一个心态复杂的记录员，她原原本本地记下了他的种种难以简单归纳的表演。B兴致勃勃地说不干不净的亵渎话，实属一个正在解体的群体的常规态度——他们已经不再相信有关自身的光荣神话。B的语言给人以痛快宣泄之感，其魅力正在于那"不信"。直到他接受帕梅拉为自己编织的新神话之前，他是十分"现实主义"的，对自己的意图和现存的阶级与性别秩序的真相都毫不隐讳。在相当一段时间里，他把帕梅拉看作与复辟时代喜剧人物拉什福德夫人同调的虚伪小荡妇，虽然这是一种误读，但他在很多时候也准确地洞察了后者的真实心态。母亲去世后，B把她遗留的一些内衣之类送给帕梅拉，小女仆立刻羞红了脸。他不由得微微一笑："不要脸红，帕梅拉：莫非你以为我不知道漂亮姑娘们也穿鞋袜？"（12页）这有节制的嘲弄也许体现了B作为一个机智的对话者的最吸引人的特点。他对少女"羞怯"背后的摇动春心看得一清二楚，忍不住半是劝慰半是戏谑地指出所谓的"得当"举止中的虚伪成分。作为一个浪荡子，作为文化史中不时复现的虚无颓放倾向的代表，B在小说前半部里是帕梅拉的迫害者和论战对手，但实际上他又只是个半心半意的引诱者，"并非不可救药的浪子"（222页）。他在如何对待帕梅拉的问题上几度逡巡不定，出尔反尔。他先是打算让帕梅拉走人，而后反把她软禁起来；他一度打算强行占有她，但事到临头又打了退堂鼓；他嘲笑帕梅拉的写作却又被深深吸引；等等。他是帕梅拉最忠实而热切的理想读者。[1]他曾向帕梅拉解释说，尽管他对她记述的事情同样知道得一清二楚，但是他不知道她"怎样讲述它们"（251页）。因而这位对"怎样讲述"也即对组织故事的那个"更大的符号系统"[2]耿耿于心的贵族青年就怀着读连载故事的热忱不断索取、拦截、偷阅后者的书信日记，并终于被那个讲述方式所折服。后来这些文字几乎成了"经典"，帮助当上了B太太的帕梅拉完成了征服戴维斯夫人和诸位邻居、改造上层家庭甚至上层社会的伟大事业。这位上层代表原本就是有可能向两个不同方向发展的，他的被击败也是一种"胜利"，是"女性特质的力量"使他承认了"自身本性中比较温善的一面"[3]。

如果说B不是黑白分明的简单人物，那么与他抗争的帕梅拉也许更值得深究。她把自己想象成抵御撒旦引诱的基督教英雄，否认自己有任何现世的抱负或物质上的企求。她写诗自问自答道："……究竟什么是幸福/那不过是平静和自觉清白无辜。"（89页）然而，她的叙述中常常突然出现空缺和沉默，还有屡见不鲜的前后抵触的含混言说。它们告诉读者帕梅拉心中的另一种追求。

---

[1] 参看McKeon，p. 361。
[2] Roland Barth，*Image-Music-Text*，p. 116。
[3] Margaret Doody，*A Natural Passion*，p. 49，参看p. 112。

帕梅拉发现B的"邪恶"用心后,曾再三地请求准许她辞职回家。可是当她终于得到了准许后却又借口她的"职责所在",在B家里拖宕多时并加倍勤勉地精心为她那位"坏"主子绣制了一个精致的背心。[1] 更有甚者,她有意无意地不断出现在B面前,让那个当时多少有心和这小"巫婆"一刀两断的少东家恼火多于得意。她号称厌恶B先生对她的追求,但是对他如何看待自己却又耿耿于心。她小心翼翼、半就半推的抗拒恰到好处,使B不能为所欲为,又不致彻底失去兴趣。帕梅拉和B的引人注目的"谈判"更是突出的例证。她表示坚决不做B的外室,然而同时又不忘申明自己绝没有其他意中人:"唯一可能最被我珍视的那位绅士,却图谋让我遭受无可挽回的毁誉。"(198页)她的这一声明被原原本本地记录下来,没有添加挖苦或反讽的音调。帕梅拉或有意充当道德导师的作者理查逊似乎都未因这段话在逻辑上和道德上的明显纰漏("珍视"图谋使自己"毁誉"的人?)而感到尴尬。在他们看来,这似非而是的说法是自然而且必然的。待到B在帕梅拉的双关的语言和姿态的引导下终于提出了"光荣的"求婚,她就喜形于色地点出了"爱"这个危险的字眼,并提到了她那颗"一丁点儿、一丁点儿都靠不住的心"(260—261、235页)。这类言辞和她本人早先宣称讨厌B的言论彼此冲突。

帕梅拉的那些模棱两可的语言和自相矛盾的行动大都和她明言的道德关怀有所矛盾,指示出她内心潜藏的欲望——少东家对于她的性吸引力和某种与他相关的隐隐约约不可言说的人生"图谋"。她曾很令人信服地论证了抵制B先生的必要性:

---

[1] 有人提出,帕梅拉推延回家是为了保持给父母写信的必要性,即维护"话语权利",但这似乎理由不足,因为,后来在没有通信的可能或必要的情况下她仍一直在写日记。

> 如果我不顾廉耻，他会供养我，直到把我毁了，直到他变了心；因为，据我读到的书上说，即使是坏男人，老跟同一个人干坏事也会心烦的，会乐于换换胃口。那么，可怜的帕梅拉就得被赶走，被看作被弃的坏女人，人人都会看不起她；而且，活该如此……因为，不能维护自己的德行的人就只能丢尽脸面。（36页）

此段言论引人注意之处不在它对于"堕落女人"的无比鄙视，而在于帕梅拉不输于罗克萨娜的讲求功利的思维方式。我们不免有点惊讶，一个年仅十五岁的姑娘何以能如此老于谋算、深谙人情。但是，这番考量确实标示出理查逊赋予帕梅拉的一个基本特征，即她并不十分天真单纯，也不一味心系天国。她对"美德"的强调和坚持至少有一半是出于对个人现世福利的关怀。在现存性别秩序的条件下，有什么能比做一个可敬的循规蹈矩者更能保护甚至提升她的利益呢？她显然已经掂量过了。我们已注意到，她在和B的长期交锋中如何娴熟地以公认的行为准则为武器，又是反驳争辩，又是诱导劝说。她口口声声把谨慎的准则奉为至上，但是实际上又把它作为工具，作为防守和进攻的武器。

B正式求婚后，帕梅拉自我庆贺地向父母通报了B先生打算为她和她的家庭做的经济安排，并对担任B太太这一社会角色表现出极大的热忱。这些都表明那位"天使"虽然深知在人生终点"千金难买片刻喜乐"（198页），却绝非只关心精神上的报酬。正因如此，帕梅拉对自己的胜利成果才十分敏感、十分珍重。她起初总是自称"可怜虫"（25、29、69页），一旦与B结了婚，就不断强调自己脱胎换骨地"上升"到了"尊贵的地位"（424页）。B的姐姐戴维斯夫人一度不愿接纳这个出身低贱的姑娘进入家庭，趁B不在家

帕梅拉
约瑟夫·海莫尔作

时强迫帕梅拉和自己的女仆一起吃饭。这时帕梅拉宁可挨饿也决不屈尊就范。她对戴维斯夫人的傲慢女仆说："如你所说，我已经今非昔比；近来我有幸和更好的人做伴，因此不能再低就你这种人。"（412页）

茉儿·佛兰德斯从小一心想当"淑女"（gentlewoman），而帕梅拉最终凭她无可挑剔的行为变成了淑女。前边在笛福一章我们曾谈到"绅士"在18世纪英国社会分层中的重要性。早在理查逊之前，艾狄生特别是斯梯尔已经在一系列作品中鼓吹"绅士"名分和品行的关系，为有"德"者打开一条上进的通路。斯梯尔在《旁观者》65期中抨击上层社会"时髦男子"的非"绅士"行止，在75期中议论"优雅绅士"应有的风范，等等。在他的剧作《小心翼翼的恋人》中，富商西兰德说："我们这些进出口商乃是上个世纪里生成的绅士，论荣誉论贡献都不亚于你们那些地产主，尽管你们总是自以为高我们一等。"（Ⅳ, ii）他甚至还在《闲谈者》257期中说，

"绅士的称号，从来不是附属于一个人的地位境况的"，开店的也可以有"绅士品质"。[1]有学者指出，"18世纪小说家——甚至某些19世纪小说家——的重大主题乃是绅士身份（gentility）与美德的关系"。[2]帕梅拉便是在小说中出现的凭借自身"品质"挣得上层社会入场券的中下阶级人士的代表。理查逊对笛福的修正毕竟只是局部的"修补"：在人生的根本追求上，帕梅拉是"茉儿以及罗克萨娜的自以为是的同类"[3]，她分毫不爽地驾驶命运的小船准确抵达婚姻的港湾并收获了所有的人生奖赏。理查逊这部小说的副题很可以不用"美德有报"，而改为"有节制的欲望得到报偿"。

值得注意的是，那些指示帕梅拉内心欲望的词句，如"一丁点儿都靠不住的心"等等是用自然的、非正式的下层民间口语表达的。有评论者指出，帕梅拉有两种声音：一是自发的源于经验的日常口语，另一种是彬彬有礼、咬文嚼字的正式语言。[4]她通过对衣服之类日常什物的记述来表达自己的信念和追求，也属于前一种情况。在这些场合，帕梅拉是那个尚未和主人阶级谈判成功、还没有被完全吸收进上层的女仆，她在没有现成文雅表达方式的情况下不经意间使用了一种更具本色也更有生气的语言。两种语言风格之间的张力使帕梅拉言行中的矛盾呈现出诸多更复杂丰富的侧面。

总而言之，在这部小说中，与帕梅拉大肆张扬的以"考验与得救"为主旨的基督教人生设计并行，还有一个做而不述的追求自我提升、自我满足的计划。后者虽然更多的是通过主人公言行中

---

[1] 见 Addison & Steele, *The Spectator* (Everyman's Library, 1954), Vol. 1; Steele, (*The Works of*) *Richard Steele* (The Mermaid Series)。
[2] David Daiches 语，转引自 Gilmour, *The Idea of the Gentleman in the Victorian Novel*, p. 9。
[3] Frank Bradbrook, "Samuel Richardson," in B. Ford (ed.), *From Dryden to Johnson*, p. 299.
[4] 参看 Eagleton, pp. 28-33。

的漏洞和矛盾表达的,却最终得到了小说的整体情节安排的支持。彼得·布鲁克斯把"情节"定义为"统领全书的线索和叙述的意图"[1]。在这个意义上,灰姑娘式的美梦成真的发展才是这部小说的主导的情节线索,也是其真正教益所在。

如果说班扬式的追求更大程度上是新兴阶级的宣言和道德武器,那么灰姑娘式的攀升则是他们的社会梦想。通过婚姻,两种追求的模式愉快地结合了。这是《帕梅拉》大得民心的真正秘密所在。早在弥尔顿为"婚姻之爱"喝彩之前,英国文学中已有不少诗文将婚姻理想化。[2]婚姻由于它和基督教神话中的伊甸园的联系,常常被想象成一种人间乐园。随着婚姻被升华为神赐的报偿,宗教追求和世俗追求两套情节便汇合成一。不须说,这一神圣婚姻的象征本身也是含糊的、多义的,它半是掩盖了、半是揭示了主人公的私人欲望。它一方面充满了宗教影射和寓意;另一方面又不可避免地指向具体的人和情景,指向婚姻所必然涉及的社会、经济和情感的"交易"。这里,如伊格尔顿所说,"歧义含糊乃是意识形态机器运转的润滑油"[3]。

和灰姑娘故事一样,帕梅拉地位的上升并没有改变她所存身的社会秩序。那些对《帕梅拉》之类作品持"革命论"的评议者显然言重了。它在更大程度上是一部"交涉商讨之书","奔走"于美德得报的社会重组设想和既存的等级秩序之间,企图既给予其下层女主人公以有力的发言声音,又不使旧秩序从根本上伤筋动骨。[4]如

---

[1] Peter Brooks, *Reading for the Plot*, p. 37.
[2] 见 J. Milton, *Paradise Lost*, Bk. Ⅳ, 1.750;参看沈弘:《迟暮的爱情更加刻骨铭心》;又,W. Haller & M. Haller, "The Puritan Art of Love".
[3] Eagleton, p. 35.
[4] 参看 Ian A. Bell, p. 59。

有的评论指出的,在帕梅拉改变命运的过程中,"特权和产权完好无损,就像在洛克那里一样"[1]。婚姻是下层女子帕梅拉的胜利,也意味着下层女子帕梅拉的消失。

二 菲尔丁的反诘

《帕梅拉》问世第二年,亨利·菲尔丁的《莎梅拉》(1741)在一派"帕梅拉热"的浪潮中披挂上阵了。这是菲尔丁小说创作的开端。

《莎梅拉》被视为讽拟作品(burlesque[2])的"完美典范"。[3]菲尔丁成功地照搬了《帕梅拉》的内容及其书信体叙述形式,并用夸张手法取笑其中不合情理的做作之处。比如,理查逊为了使读者感受身临其境的逼真气氛,常常让帕梅拉"写至即刻",即用现在时态描述正在发生的事并一直写到因故停笔之时。《莎梅拉》中一个脍炙人口的例子就是表现所谓"写至即刻"有多么滑稽:

> 星期四夜晚,十二点钟。
>
> 杰维斯太太和我刚刚上床,我们没锁门;要是东家会来呢——哇!我听见他正在进门。**您瞧我用的是现在时态**,像威廉斯牧师说的。现在他上了床,在我们两人之间,我们都装睡,他把手偷偷伸到我的胸口,我假装在梦中抓住了他的手,还把它紧紧地贴在自己身上,然后就假装醒了过来。——我一

---

[1] Harris, p. 36.
[2] burlesque和parody(戏拟)意思相近,都有模仿之意。但前者强调浓重夸张的讽刺意味;而后者涵盖更广——既可以是讽刺,也可以是风趣戏谑的模仿。
[3] Sacks, p. 88.

看见他就冲杰维斯太太大叫大喊,她也假装刚刚醒来;我们都开始动弹,她大呼小叫,我狠抓猛挠。用够了我的手指头……我就装作晕了过去。于是杰维斯太太喊道:啊,老爷,看看您干了什么事,您把可怜的帕梅拉弄死了:她死过去了,过去了。——

哦,当你眼看要憋不住想放声大笑的时候非要绷住脸儿不乐那可真不易。(27页,黑体为笔者所加)[1]

在这段闹剧般的"床上戏"里,"写至即刻"该是多么令人发噱的荒唐事!即使是放到"事后",在床上一连串的"装"和"假装"以后,又匆匆爬起来在"夜晚十二点钟"赶写"现在时"的长信也实在是匪夷所思。菲尔丁确实达到了取笑的目的,虽然理查逊有关床上风波的描述实际上并未采用现在时态。

菲尔丁通过讥笑"写至即刻"来推翻《帕梅拉》文本的真实性。他还颇费周折为自己的叙事安排了一个总体框架,即某位奥利佛牧师和某位提克泰克斯牧师的往来书信。据他们考证,红极一时的《帕梅拉》一书的依据是女仆莎梅拉的经历,但是其文本却是某个名声可疑的雇佣枪手杜撰的,完全歪曲了真相。《莎梅拉》号称自己的文本才是"真实的""原原本本的",是由那女仆的老娘亲自交给奥利佛牧师再流传于世的。就像在《帕梅拉》中女主人公记录的真实性最终决定了文本的权威和说服力[2],这里,起初热烈赞美《帕梅拉》的提克泰克斯先生经奥利佛牧师点拨之后便彻底觉悟,

---

[1] 该书引文页码出自 Fielding, *An Apology for the Life of Mrs. Shamela Andrews*（University of California Press, 1953）.
[2] 参看 John B. Pierce, "Pamela's Textual Authority," in *Eighteenth-Century Fiction*, Vol. 7, pp. 132-134.

成了《莎梅拉》的出版者。在这种时候，道义之争转化成了"真实"之争。

在这个意义上，"写实"就不仅仅如伊安·瓦特所说有关文学形式[1]，而更多地变成权威的依据和说服力的根由。奠定写实传统的笛福一心想让读者把他所写的当作"千真万确"的事实，"所以才不厌其烦地记录最细小的事件，记录那些微不足道无关宏旨的或多余的细节，这些是质朴无华的叙述者的标志，而且成了笛福式讲述的商标"[2]。理查逊笔下的细节描写与笛福异曲同工。这种对"真实"的追求恐怕不能简单地在文学的范畴内寻找原因，而在更大程度上要归结于当时处于急剧社会变化中的公众对"现实"也即他们所存身的社会现状和形形色色个人的生存景况的关怀和疑虑。几乎和小说同时兴起的新闻业充分地迎合了公众在这方面的需要，[3]而笛福们在新闻和小说写作中的"两栖"生存则提示出了小说和当时的"报道"的深刻血缘关系。若没有读者对"现实"的热切关注，虚构的"真实"就不可能比货真价实的传奇更有号召力，精通生意经的贝恩和笛福们也就不会竭力躲避罗曼司嫌疑而纷纷标榜自己的作品是真人真事，在一部又一部小说的标题里不断强调"历史"二字。理查逊也曾在致友人的信中强调，尽管"我们知道它［故事］是虚构"，但是维护小说的"真实可靠的外观"和读者"对其历史真实性的信赖"却至关重要。这说明笛福和理查逊接受下述观点，即被认为是"真实"的故事更容易得到认可并更有销路。[4]菲尔丁在《汤姆·琼斯传》中也谈到，公众对于一些"没有从文献中获取

---

[1] 参看 Ian Watt, *The Rise of the Novel*, p. 153。
[2] Baker, *The History of the English Novel*, Vol. 3, p. 136.
[3] 参看 J. P. Hunter, *Before Novels*, Chapter. 1; Q. D. Leavis, *Fiction and the Reading Public*, p. 2。
[4] McKillop, p. 42.

素材"的虚构作品的轻蔑,"迫使我们小心地回避罗曼司的称号"(9卷1章)[1]。也就是说,小说家们一时声嘶力竭强调"真实",一时(如某些20世纪作家)用尽周身解数凸显作品的"虚构性",其实都没有改变小说的本质,而是在迎合读者需求,是运用能够发挥特定社会功能的叙述策略。

耐人寻味的是,理查逊和菲尔丁都号称忠实于"真实",在他们笔下同一组事实却被讲述成了两个大相径庭的故事。这本身又证明了叙事的"真实"在多大程度上取决于组织文本的头脑。B先生曾申明,他真正感兴趣的是帕梅拉的讲述方式。菲尔丁也通过奥利佛牧师之口明白地表示,《莎梅拉》一书旨在展示与帕梅拉截然不同的"另一种理解眼光"("a very different Light",15页)。

在菲尔丁笔下,帕梅拉的真名是莎梅拉。她的爹妈安德鲁斯夫妇并非勤勉虔诚的乡下人,而是经历极为复杂的都市"混混儿"。父亲历史暧昧,有过种种劣迹;母亲曾是剧院的卖橘女。同情帕梅拉的B家女管家杰维斯太太是安德鲁斯太太的老相识,曾在伦敦开过妓院。帮助帕梅拉的威廉斯牧师则是个贪图享乐、厚颜无耻而又满口歪理的家伙,如此等等。在对理查逊原书中的重要事件的再叙述中,帕梅拉改换村姑装束、欲投水自杀、拒绝做外室等举措都成了自觉的"计谋"。《帕梅拉》中占据核心地位的"plot"一词被换成了"strategy"(计谋),由多义词变成了单义词。这种单面化处理是该书的基本手法之一。我们不妨以换装一段为例。在《莎梅拉》中,这个小插曲仅占不到两页的篇幅,是由杰维斯太太写信向安德

---

[1]《汤姆·琼斯传》引文后注出的卷、章数所用版本为 Henry Fielding, *The History of Tom Jones*(Penguin, 1966)。译文参用萧乾、李从弼合译的《弃儿汤姆·琼斯的历史》(人民文学出版社,1984)。

鲁斯太太"汇报"的：

> 莎梅[为昵称]小姐匆匆出发去我们老爷在林肯郡的宅第，让我告诉你她的计谋大获成功，这指的是她穿上朴素整洁的农家衣裳——以前她穿的是故世的女主人的衣服——由我把她当作生人引见给少东家。实话实说，她穿那套衣服可真出彩，我管家就是管上一千年，也不能指望家里有更漂亮的姑娘。
>
> 我家主人一见她，立刻搂着她的脖子亲了个昏天黑地（因为他自己没多少话要对女人说）。他发誓说，和这个天仙般的美人儿比，帕梅拉不过是个丑婊子……
>
> 莎梅拉听了不禁微笑，您的微贱的仆人我也乐了，他瞧见了，把您的俊闺女仔细打量了一番，才发现其中有诈。
>
> 怎么，帕梅拉，他说，是你么？我还以为，老爷，莎梅小姐说，经了那些个事儿以后，不论我穿什么衣裳您都能认得我呢。（30—32页）

可以看出，事情的大致轮廓是有意识地比照理查逊的原作而安排的，但"味道"却完全改变了。在《帕梅拉》中原是B先生假作未认出换了装束的帕梅拉，趁机对她轻薄了一番，这里傻布比虽然也开口"婊子"、闭口"贱货"并拿出动手动脚的架势，实际上只是个一味上当受骗的憨大。杰维斯太太也被改写了，从一个虔敬而较有教养的女管家变成一个和莎梅拉串通谋利的虔婆。菲尔丁巧妙地利用了"管家"（keep a house）既可指管家也可指开妓院的双关含义，呼应《帕梅拉》中B先生关于让帕梅拉和杰维斯太太一起到伦敦经营一处房子的讥诮之词，影射杰维斯太太就是个货真价实的老鸨。不仅如此，全信采用的毫不见外的语气表明莎梅拉母女与她是

第4章 《帕梅拉》风波 | 151

狼狈为奸。

由此就涉及更关键的处理，即帕梅拉的变形。在理查逊的书中，帕梅拉在换装前后的心境相当复杂。[1]如前所述，对帕梅拉来说衣服的选择事关自我定位和自我塑造。她刚刚穿上新衣时有点扬扬自得：

> 我戴上那紧包头顶的普通便帽，帽上有个绿色的蝴蝶结；我穿上家织布的衬裙和袍子，还有简朴的鞋子，不过那双鞋也是人们说的西班牙皮革制的；又围上一条不起眼的细纱领布，扎上我的黑缎颈带，却没用老夫人送给我的法国项圈；然后我把耳环从耳朵上摘了下来；穿戴得差不多了，我就把那系有两条蓝带子的草帽拿在手里，对着镜子上下左右地打量自己，得意得像什么似的——说实话，我一生里从没有这么喜欢我自己。(51页)

帕梅拉在这里对服饰细节（连草帽带子是蓝色的都不放过）的记录与她此前此后反复陈说自己新添衣物的举动一脉相承，而且她那毫不掩饰的喜悦和骄傲呼应着"三个包裹"的象征意义——在她的想象中，这套村姑行头是她所选定的"穷困然而正直"的自我身份的外在体现。然而，仅仅道德上的自我庆贺还不足以完全解释姑娘的喜悦。理查逊借镜子这一道具暗示她因换装的"美学"效果而感受到的快乐和自得。同时，十分女性化的细节罗列也收到一石数鸟的功效。在很大程度上不厌其烦的陈述是帕梅拉之类女孩子表达"重视"的自然的甚至是唯一可能的方式；同时，以服装来代表人

---

[1] 参看 Kinkead-Weekes, pp. 13-14。

生选择，既传达了帕梅拉式自我塑造的道德内涵，无意间也标示出了那种道德的非常局限的视野。

经菲尔丁的讽拟处理，这一切复杂的层次都消失了。杰维斯太太开宗明义点出"计谋"，把换装说成是小女仆设下的陷阱，目的是进一步勾引并"套牢"她的少东家。同样地，帕梅拉被囚在B的林肯郡住宅、走投无路生出投水自尽之念时反反复复的思考和自我批驳都被一笔抹杀——莎梅拉设自杀骗局纯粹是欺哄讹诈。于是，帕梅拉被改写成了钻头觅缝设法卖身的无耻小人莎梅拉。

莎梅拉的主要特征是贪婪。当然她也有别的"爱好"——比如她对威廉斯牧师始终颇为偏爱。不过，毫无疑问她主要的欲望是获得大量的钱财。莎梅拉和她母亲以及杰维斯太太在谋财时都是和罗克萨娜一样精明的生意人。布比刚刚表现出一点对她的兴趣，母亲立刻警告说：绝不能像过去失身于威廉斯牧师那样做赔本买卖，指示她要在那个"有钱的傻瓜"那里"卖个好价"。（23页）对此，莎梅拉一百个赞成。到了林肯郡，她和同样热心于把她"卖给东家"的朱基斯太太一拍即合。（36页）然而，是否能卖出最高价取决于能否把经济上的贪心伪装成美德。莎梅拉的精明表现在她能准确地估量自己应该开多高的价。起初她焦心地等待布比提供一笔像样的"馈赠"（settlement）。后来她意识到布比已是欲罢不能，如果自己坚持不肯就范，他很可能最终得明媒正娶，就开始大摆"德行"的架子。她甚至对深知她的底细的朱基斯太太也打开了官腔："请想一想，我是个穷姑娘，除了谨慎自持以外无可依靠。"（41页）当布比先生表示愿以优厚条件养她做外室时，莎梅拉断然拒绝说："我对我的**没德**[1]看得比全世界还重，我宁做顶穷的人的妻

---

[1] 莎梅拉把virtue（美德）读作并写作vartue，这里勉强译为"没德"。

第4章 《帕梅拉》风波 | 153

子,也不当最阔的人的婊子。"(53页)从表面看,这和帕梅拉的表态一模一样,然而莎梅拉的思考逻辑却和帕梅拉大相径庭。帕梅拉至少是真心害怕丧失贞洁、德行和独立的人格,而莎梅拉只是唯恐错过正式婚姻所能带来的更巨大的收益。她从一开局就斩钉截铁地宣布说:"平常那套养女人的法子可不行,得铁板钉钉地为我、为我一辈子到老以及我的子子孙孙安排一份财产,这买卖才能成交。"(26页)做妻子较之当婊子在社会地位和经济地位上有极大的提高,"德行"显然更有利可图。既然如此,她又何乐而不为?所以后来她便发了一段马基雅维利式的感言:"我本来想靠自己的身子捞小钱。但现在我打算靠自己的**没**德发大财。"(53页)把帕梅拉改写成鲜廉寡耻的彻底的自私自利者,这是菲尔丁的理解或"眼光"之一。

莎梅拉图谋主人家的财产和地位的活动的背景是仆人与主人的对立以及一个广泛的卑贱者联盟的存在。虽然英语小说中对作为一个阶级的劳动者的再现几乎是空白[1],但是在《莎梅拉》里仆人的确是作为与主子对立的一个团伙出现的,只不过他们不仅是身份低贱的劳力者,而且几乎全都是地痞流氓。不论是莎梅拉的父母、布比的女管家杰维斯太太、朱基斯太太还是车夫走卒,甚至威廉斯牧师之类的下层教士,无一例外都是莎梅拉的自觉的同盟者。他们的利益有时也有冲突:比如,莎梅拉一旦发现自己有可能爬到主子的位置上就不再和朱基斯太太交心;她当了乡绅太太以后甚至不乐意公开认亲娘安德鲁斯太太;等等。但是,在瓜分掠夺乡绅地主这一点上,她们立场一致、同仇敌忾。这是《帕梅拉》原书中所没有的局面。在那部小说里,营垒是以善恶划分的——仆人或邻近士绅中的良善诚笃者都同情帕梅拉。而《莎梅拉》的世界几乎完全是非

---

[1] 参看 Bruce Robins, *The Servant's Hand*, p. 6。

道德的世界——所有的人都无所顾忌地追求钱财、地位或情欲的满足；其中的差别不过是主人布比愚笨，而包围他的一班仆人则刁钻邪恶。由此，菲尔丁把帕梅拉的人生轨迹重新解读为霍布斯式的所有人对所有人的战争。而且在这特定环境、特定情势中又主要表现为下等阶级对上等阶级的战争。

与笛福和理查逊不同，没落贵族家庭出身的菲尔丁和斯威夫特就感情和修养而论都更多地站在"绅士"一边。如果不把这一立场过于夸大或绝对化，它在《莎梅拉》对中下阶级人物的处理中的确可见端倪。在菲尔丁笔下，莎梅拉这样野心勃勃的暴发户最可怕的地方还不在于她图谋得逞、爬上高位，而在于她/他们将摧毁分明的等级秩序从而使社会礼崩乐坏。莎梅拉婚后的行径充分地说明了这一点。那时她已经根本不费心去维持自己的德行假面具了。她好几次重复"时候不同了"这句源自帕梅拉的话（68、74页），开始无节制地享受自己的新地位。她的花钱狂热令人恐怖：忽而毫无缘由地慷慨馈赠众仆人，忽而大张旗鼓地添置奢侈品。她毫不掩饰地说："要是一个女人完全是为了钱才嫁给某个男人的，结果却不让她花钱，那真太残忍了。"（67页）她的所作所为简直是有预谋地败绅士们的家，而对这个家业已"属于"她本人却似乎浑然不觉。在她的胡作非为的映衬之下，连布比都显得值得同情了，甚至偶尔表现出一些可敬或可爱之处——比如他曾想保护自己地界里栖身的野兔，等等。如果说莎梅拉婚前的思想和行为可以用利己的动机解释，她婚后的挥霍靡费、胡搅蛮缠便是十足的荒唐。

菲尔丁敏锐地抓住了帕梅拉的道德经背后的物欲旁白，把它们上升为唯一的动机并触目地展示了出来。同时，他又对帕梅拉婚姻所包含的阶级关系的调整大加渲染，并以戏剧化的夸张形态展示在聚光灯下。菲尔丁通过人物之口点出他想传达的"寓意"，说《帕梅拉》是在怂恿"年轻绅士……娶母亲的贴身女佣"、教唆"女佣……尽量机警地留心捕获主人的机会"(82、15页);而《莎梅拉》则是反其道而行之。奥利佛牧师最后出面总结道:莎梅拉的品性将使年轻绅士们得到警告从而格外小心,不要年纪轻轻就匆匆缔结不当的婚事从而严重危害自己和家庭。(81页)这倒告诉了我们,莎梅拉之所以最后"坏"到无可理喻的地步,是因为她的塑造者有意让她成为一个漫画形象,成为一个恫吓轻率的青年绅士、提醒他们保护自身利益和安全的稻草人。菲尔丁的简单化处理,旨在彻底排除帕梅拉的"淑女"资格。《莎梅拉》对《帕梅拉》的攻击,或多或少是不同阶级间的一场"绅士""淑女"名分争夺战。

有趣的是,在《莎梅拉》发出警告六年之后,菲尔丁本人娶了前妻的女仆。从他后来在《里斯本航海日记》(1755)中提到续弦妻子时幽默的笔调看,与其说这婚姻是菲尔丁有担当地屈就有孕在身的女仆以补自己的"过失",不如说这是两个长期相濡以沫(菲尔丁本人的经济状况一直困窘)、共同生活的人的必然结合。无论如何,《莎梅拉》在阶级和道德问题上所表达的相对简单粗略的思想判断和感情倾向绝不能代表菲尔丁的全貌。他在随后问世的《约瑟夫·安德鲁斯传》(1742)中再一次改写了这个故事并颠倒了其中的阶级/性别安排——让一名贵妇引诱她的男仆,挖苦上层人缺少同情心、责任感和道德自律,等等。这些与《莎梅拉》的主旨不尽相合,却直接指向他后来对《克拉丽莎》的称赞以及小说《阿米丽亚》中出现的风格变化。有评论者说:理查逊、菲尔丁这两位18世纪小说大家互不相容,因为他们生活在迥然不同的世界里。[1]但从另一个角度看,他们虽然所处位置有所差别,却实实在在是在同

---

[1] A. Wright, *Henry Fielding: Mask and Feast*, p. 17.

一世界里,因此才有如此的对话、对抗和交融。

在《帕梅拉》中,理查逊设置了B来嘲笑、挖苦帕梅拉,预先把菲尔丁要说的话讲了出来,并让它们在该小说的框架里最终成为无效的语言。因此,菲尔丁对莎梅拉的刻画虽然尖刻机敏,但是很难说他通过这个人物表达了多少独创之见。他把莎梅拉写成一个自觉的伪善者,表明他有意对《帕梅拉》与帕梅拉所体现的多重声音和意图的对话与冲突视而不见。然而实际上,向上爬的小帕梅拉由于她内在的复杂性,不可能那么轻易就被简化为莎梅拉。在《莎梅拉》的映衬下,理查逊的原作反倒更凸显出原本不易让人欣赏到的深刻的一面。大约正是在这个意义上,麦基恩说,《莎梅拉》和《约瑟夫·安德鲁斯传》都是对《帕梅拉》的反响,是对它的否定,也是对它的进一步完成。[1]

多少有反讽意味的是,尽管菲尔丁的本意是揭露莎梅拉的伪善嘴脸,但由于他沿用理查逊的书信体形式安排女主人公给母亲写信,结果却给她制造了一个说真话的处境。而该小说的魅力又恰恰在于莎梅拉的语言的活泼、直率和某种彻底性。她的浅薄和厚颜无耻中流露着一种压抑不住的生气:"妈妈,您猜怎么着?——让我说的话,我相信他会娶我,他一准会。哦!我的天!我要当布比太太了,当一份大家业的女主人,有十几辆六马大轿车,在伦敦有一所漂亮房子,在巴斯还有一所,还有仆人、珠宝和瓷器,还看戏,听歌剧,进宫廷;想干吗就干吗,想花多少就花多少。"(43页)何等活灵活现的腔调!她开列的长长的享受清单表达了洋溢的热情和迫不及待的渴念。的确,莎梅拉很清楚自己的情欲和贪婪,而且丝毫不感到有掩饰的必要;她对此直言不讳、得意扬扬,那种天真态

---

[1] McKeon, p. 395.

度近乎某种彻底的非道德精神。的确，我们似乎很难把这个公然宣布要靠"没德"大捞一笔的姑娘称为"虚伪"。她骗布比骗得理直气壮，后来翻脸不认老娘也绝不扭捏含糊。这种种令人齿冷的行径当然是她的利己主义逻辑的必然结果，但她做得如此露骨，如此兴致勃勃，就有了生动的个性色彩。

这些特点同样鲜明地体现在莎梅拉对威廉斯牧师情不自禁的赞美中："威廉斯牧师星期天来过啦，按他的应许讲了道，讲得棒极了，他讲的题目是'别太无可挑剔'……他说，那些口不离'没德'和'道义'的家伙才是坏人中最坏的人呢。他说我们得救不是靠我们的作为，而是靠我们的信念[1]。还有好些别的好说法；我要能记得住就好了。"（40页）还有："我做祈祷一点儿也不比别人少，而且我还一有空就读好书，威廉斯牧师说过啦，那就能弥补过失。"（22页）写讽刺性政论文章和剧本出身的菲尔丁显然意在通过威廉斯牧师挖苦当时某些教派的理论。但是，莎梅拉对威廉斯"理论"五体投地的热衷似乎不能完全被解释成二者臭味相投。

这个仿佛只有低级物质追求的小女仆不但像帕梅拉似的热衷于写信叙事，还时不时要就女性角色等等大发议论，确实有点让人惊讶。她忍不住要对事态发表议论，把经验提升到"理论"高度。这类议论在原文中用斜体字标出，十分触目。前边引过的关于忍住不发笑如何不易以及为钱而出嫁的女人应有权利花钱的言论是其中两例。类似的妙语还有不少，如："哦！如果一个女人当了家、主了事儿，可后来又把权交出去了，那她可太傻了。"（74页）似乎是，

---

[1]"因信称义"是一种新教观念，意思是人的得救并非靠个人的善行，而是靠上帝的慈悲和人对神的坚定信仰。菲尔丁把这类话安到威廉斯口中，是讥刺当时不从国教的激进新教教派，如正在兴起的循道宗教派。威廉斯牧师在某种程度上影射了当时的真实历史人物。

为了模拟书信体而给予莎梅拉的发言权在运用中"走火"了。当菲尔丁以这种下层人生猛鲜活的口语进行思考时,他就像撰写讽刺文《惩治不从国教者的捷径》时的笛福,被自己所模拟的那种语言的逻辑和力量俘虏了,或多或少忘记了简单的漫画式讽刺目标。丰富而生动的民间语言及其内在逻辑赋予了莎梅拉这个人物漫画嘴脸之外的其他一些特征。我们不禁会联想到流浪汉小说中的种种混世的下层人物,比如西班牙古典喜剧《薛婆》中的那位"积世老虔婆"[1],或者萨克雷笔下那个比较有修养的野心家蓓基·夏普。对于描写下层罪犯和流浪汉的文学传统和喜剧类型人物,菲尔丁可谓驾轻就熟。莎梅拉这样的漫画形象能"活"起来,给人以鲜明的印象,在很大程度上借助于分派她代表的话语的真实和活力。

三 《帕梅拉》与妇女问题

在围绕帕梅拉的多声部大合唱中,《反帕梅拉,或称假单纯被揭露:公布赛瑞娜投机行径以警示天下年轻绅士》(*The Anti-Pamela; or, Feign'd Innocence Detected*, 1741, 下文简称《反帕梅拉》)也表现了下层人对"主子"的自觉的算计和"颠覆",似乎和《莎梅拉》是一呼一应。但是,不论是初衷还是写法,两者其实都大有出入。

首先,《反帕梅拉》并不是紧扣《帕梅拉》的讽拟之作。这部小说的主人公赛瑞娜姓"崔寇习"(Tricksy)。她的母亲出身寒微,偷情养下私生女,嫁人后一心一意要栽培俊俏的女儿以色相谋求富贵。赛瑞娜十三岁开始学裁缝手艺,后与一青年军官有染,怀孕并

---

[1] 杨绛语,见《关于小说》,24—50页。

打胎。不过,她的主要冒险事业当数在托马斯爵士家做女佣。她一边侍奉老太太,一边同时勾引爵士和他的儿子L先生。爵士有意将她收房,正式提出供养条件。崔寇习母女想通过正式婚姻谋得更好的收益,设计迫使L娶赛瑞娜。不过,在最后关头她们的通信被截获,计谋败露。在这一段和帕梅拉有所相似的经验后,赛瑞娜又屡败屡战地开始一系列新的尝试,但是都没有成功,最终身陷缧绁,被发配到威尔士的边远之乡。

《反帕梅拉》一书问世时没有署作者的名字。后来的研究者基本上都认为它出自伊莱莎·海伍德之手。[1]《帕梅拉》问世之时,海伍德太太早已是个自食其力的职业作家。她在热闹非凡的帕梅拉论争场上登台亮相颇为值得关注,因为,在某个意义上可以说,她的写作生涯为《帕梅拉》和菲尔丁的早期创作提供了一个非常有说明力的上下文。

小说的兴起、女性成为文化消费生力军以及女作家的出现,是18世纪里意义深远的文化事件。这些变化几乎是同步发生的[2],归根结底与迅猛的经济发展密切相关。在工商业增长和殖民扩张进程中,旧的生活模式已被侵蚀。经济、社会、文化的种种不同质的发展给中产阶级女性造成新的限制和挤压,也带来了新的发展空间和自我想象,特别是文学中的新的自我发现和自我表达。由于劳动分工和生产与生活场所的分离,中产阶级妇女渐渐被排除在生产和经营之外,被骤然抛入该阶级前所未见的财富和无所事事的闲暇中。但是另一方面,随着家庭日用品的迅速商品化,她们成了经济生活的另一个关键环节即消费过程中举足轻重的因素。她们还是看戏、

---

[1] 参看 E. Moers, *Literary Women*, p. 144.
[2] J. Spencer, *The Rise of the Woman Novelist*, p. iii.

听音乐、逛街和游公园等大众娱乐的主要参与者。穿着华美、举止得体、教养优良的女性自身也变为成功工商人士装潢门面的一种标志物。笛福抱怨说："生意人虚荣而愚蠢，力图让他们的妻子成为淑女，真的，他让她在楼上客厅端坐，接待来访者，喝茶，款待邻居，或乘坐马车外出……"[1]这些争做文雅淑女的女人不再从事家务劳动，甚至羞于提篮上街买菜。

几乎所有优秀的文人都不吝笔墨地关注有关妇女的问题。引导"品位"和"趣味"潮流的艾狄生曾不止一次撰文讨论服装服饰。过去被认为是败坏世道人心的虚构故事被改造成"供年轻女性阅读的戏剧化了的行为指南"[2]，不少女作家的小说几乎"逐字逐句地照搬、呼应行为指南书籍"[3]。除了衣着用品等"硬件"包装以外，新一代淑女的"软件"构成主要包含两个方面。其一是以上层贵族女子为蓝本的举止、风度和教养，其要点可从（得B家老夫人调教的）帕梅拉的教养中略见一斑——因为，正如一些评论者指出，她曾修习的种种才艺"正好是当时淑女教育的全部科目"[4]。其二是虔诚的信仰和严谨的德行。这些同样在帕梅拉身上得到了鲜明的体现。她言必称上帝，而且把贞洁的重要性提到空前的高度，作为"美德"（virtue）的核心。这一点只有放到一个高度倚重婚姻制度的社会中才可以理解。"女人的贞洁无比重要，"约翰逊博士曾说，"因为所有的财产权都有赖于它。"[5]女冒险家茉儿·佛兰德斯、罗克萨娜以及曼利和海伍德笔下的那些风流女子显然无助于确保家业

---

[1] Defoe, *The Complete English Tradesman* (Augustus M. Kelley, 1969, reprints), Vol. 1, p. 292.
[2] J. Spencer, p. 142.
[3] Mary Poovey, *The Proper Lady and the Woman Writer*, p. 38.
[4] Utter & Needham, *Pamela's Daughters*, p. 10.
[5] Boswell, *The Life of Samuel Johnson* (Modern Library, 1952), Vol. 2, p. 596.

继承人的血统,因此不可避免地被帕梅拉们取代了。财产继承要求确保血统纯洁;婚姻市场的运行又要求一定的自由度。自由必然带来风险,所以需要加倍地强调当事人的德行、审慎和技巧。[1]总之,对于资产阶级新秩序来说,女德问题是产权攸关的大事。

  日渐有闲的中产阶级妇女成了印刷品的忠实消费者,越来越多的下层女性也加入了不断扩张的读者群[2],专为低收入读者服务的流通图书馆随之应运而生。很多学者认为18世纪小说读者的主体是女性。尽管这一说法未必准确(有的学者对当时一些图书馆的实际研究表明,借书者中女性所占的比例其实不足30%[3]),但是我们至少可以说,不论从哪个角度看,女性阅读都已经是不可忽视的社会现象。虚构的女性人物——如夏洛特·伦诺克斯(1730—1804)的《女性吉诃德》(1752)中耽于幻想的阿拉贝拉或亨利·麦肯齐的《重情者》中因爱情而"堕落"的爱米莉·阿特金斯等等——的经验常常提醒我们注意小说阅读在何等程度上左右了读者的人生构想或"自我塑造"。由于女性读者群开始形成,由于她们的趣味和好恶对书籍的出版发行产生了举足轻重的影响,像曼利和海伍德这样的粗通文墨的女人得以在18世纪初靠卖罗曼司故事为生。同样,也由于存在这样一个热衷于从阅读中获得人生教益的群体,理查逊才会津津乐道地和他的女性朋友兼读者讨论、修改他的作品,帕梅拉也才有可能获得第一主人公及道德权威的中心地位。很显然,如果说理查逊的《帕梅拉》部分地脱胎于兴盛一时的指南类说教文学,那么至少它的"母系"祖先是曼利和海伍德的"引诱小说"。

---

[1] P. A. Langford, *Polite and Commercial People*, pp. 112-113.
[2] 参看 Laura Brown, *Ends of Empire*, p. 14。
[3] 参看 April London, "Historiography, Pastoral, Novel," in *Eighteenth-Century Fiction*, Vol. 10, pp. 55-56。

帕梅拉捍卫女性贞洁的记录包含许多海伍德"基因",比如,色情提示依然是"勾引"读者的重要手段,男性诱惑者仍半是恶魔、半是理想的意中人,等等。不过,理查逊赋予了旧引诱故事以新的主题和新的使命,把它成功地改写成备受欢迎的新灰姑娘神话。

《反帕梅拉》之类作品把讥刺的矛头指向帕梅拉所代表的信仰和德行以及她向上爬的社会抱负,则很难说是代表女性作者本人思想和旨趣的叙事选择。我们注意到,在那部小说里,随着故事发展,崔寇习母女的书信渐渐稀疏,她们的声音逐步被压抑、被剔除,叙事也越来越像是失去了对自身的兴趣,只是敷衍了事地交代赛瑞娜的失败并匆匆派发给她一份"应"得的惩罚。尤其引人注目的是,海伍德稍后发表的《给女仆的礼物》(1743),谈人论事的态度和立场就有所改变[1],更让人感到作者所持的某种彻底的机会主义态度。这些作品与其说是海伍德的社会、政治和道德表态,不如说是体现了她对市场需求的估量。她自觉迎合绅士们的一些有关阶级和性别的思想观念,这恐怕在更大程度上是经济行为,正如她对女仆们已经具有的图书购买力决不忽视。海伍德趁热打铁、紧追帕梅拉不放,匆匆炮制不止一部"搭车"作品,说明她充分意识到热门话题的推销潜力,同时还另具慧眼,看出不同的意识形态表态可以从不同类型读者的钱包里挖出硬通货。也就是说,"帕梅拉热"不仅是一颗艺术的或意识形态的炸弹引起的冲击波,也是出版商和作家们自觉"炒作"的一个最早案例。为市场甚至是为来日的面包而写作(1740年前后的海伍德已经不大能登台演戏了)是第一批女性写作者们的无奈处境。不论这给她们的作品带来了何种影响,事实是海伍德们比另有职业的男性更早成为完全依靠市场的作家。

---

[1] 参看Lu Danian, *Pamela's Richardson & Joseph's Fielding*, pp. 16-17。

需要强调的是,《帕梅拉》等小说发布的操行指南言论不仅是对女性思想和行为的指导规定或(如某些女权主义者所强调的)压制女性的新策略,而且也是整个中产阶级界定自身新身份的努力,是他们自我塑造、自我提升并全盘革新道德规范的宏伟计划的重要组成部分。理查逊等男性作者自认为有责任与复辟时代罗切斯特伯爵所代表的贵族恶德抗争,不仅认同帕梅拉所演示的虔诚而高洁的自我形象,而且也认同她和其他女主人公所代表的"美德受难"(virtue in distress)的社会处境。如南希·阿姆斯特朗所说,"现代个人首先是个女人","……对新的女性理想的传播,将英国小说的历史和英国中产阶级得势的过程联系起来"。[1]以理查逊最后一部小说《葛兰底森》(1753)的同名男主人公为代表的商业社会新"绅士"大大不同于旧式尚武的英勇骑士,而是更近似于所谓"淑女"。一些带有女性色彩的特征,比如对文雅和"精美"(refined)的讲求,开始主导全社会的趣味。

对精致之美的追捧是18世纪中期张扬的"善感文化"(the culture of sensibility)的一个重要方面。善(敏)感乃是体味"精致"的基础。据《牛津英语大词典》的定义,sensibility是指"生发精细敏锐感情或具备雅致情趣的能力;或者易于为人间苦难及文艺作品中的悲惨内容所感动并萌生同情的心态"。动辄落泪昏厥并喋喋不休谈论内心感受的帕梅拉是集种种敏感多情特征之大成的女性模范。"我知道我写的是真心话"(240页),帕梅拉说。对于B,阅读她的"感人的日记"(280页)与自我反省是同时发生的。传达着女主人公的"真心"的话语不仅征服了情人,最终还改造了整个《帕梅拉》世界。理查逊的推重人"心"的作品"展示了识字妇女

---

[1] Nancy Armstrong, pp. 8-9。

的道德力量以及男人皈依女性所代表的价值观的可能性。而这正是新兴的善感文化的主旨"[1]。在这个意义上,《帕梅拉》是所谓"情感主义"思潮的一个集中体现,其"激进"之处在于高度注重个人德行及主观意识,为突破旧社会分层、抬升中下阶层人士的地位开辟了一个通道;同时又鼓吹感情和同情心,从而构成对工具理性以及文学和思想领域内的"学问等级"(learned hierarchy)的某种冲击。[2]

"情感主义"思潮把妇女及其感受和德行推到了思想文化阵地的前沿。断言善感乃是女性文化或"情感"是有关女性特质的意识形态[3],或许是片面之词。但是,如果我们说情感主义文化运动和女性化的"美德"密切相关并促成了"资产阶级'话语女性化'"[4],则不为过。

---

[1] G. J. Barker-Benfield, *The Culture of Sensibility*, p. 168.
[2] 参看 M. Butler, *Jane Austen and the War of Ideas*;又,Markman Ellis, *The Politics of Sensibility*, p. 3。
[3] 参看 Janet Todd, *The Signs of Angellica*, p. 156。
[4] Eagleton, pp. 13, 34, etc.

第5章

克拉丽莎的"战争"

在现今这个电影、电视、电脑风行的时代，理查逊的书信体杰作《克拉丽莎》（1748）不免显得十分隔膜。单是那上百万单词的庞大篇幅就足以让匆匆过客式的当代人对它敬而远之。我们实在难以想象，18世纪中期的读者何以为之如醉如痴并纷纷请求作者更改故事的结局；蒙塔古夫人（Mary Wortley Montagu, 1689—1762）和菲尔丁等在经历和修养上都与理查逊大相径庭的文化人为什么读罢纷纷洒泪；为什么海峡对岸法国人的热忱甚至比英国人更有过之。

然而，对由于某种原因（比如说专业）耐心地阅读了那部作品的人来说，它仍然具有非同寻常的吸引力。《克拉丽莎》是一部极为丰富、极为复杂的小说，提供了几乎是无限的思考和阐释的机会。书信体体裁决定了小说中充满了写作和阅读活动。男主人公拉夫雷斯曾一再拦截、篡改或伪造女主人公克拉丽莎的信件。通信的各方都曾有过种种误读。以编者面目出现的"理查逊"还不时进行概括、评议和解释。所有这些对文字的纷繁复杂的处理极大地吸引了现代的符号学家、解构主义者、读者反应派乃至话语研究派等各类文学研究专家。男女主人公长篇大论的自我分析和表白，如F.

R.利维斯所说，体现了"对内心的关注"[1]，因此也得到了注重人类心理问题的学者——包括当代各类精神分析学派——的重视。克拉丽莎和她的抗争理所当然是女性主义批评的话题之一。如果从社会历史、经济、文化角度考察，该书也是一处"富矿"，许多学者，从伊安·瓦特、多萝西·范·甘特到英国的马克思主义学者克里斯托弗·希尔和特里·伊格尔顿等，都把这部小说与社会现实、与中产阶级及其意识形态的兴起联系起来讨论。最后，从文学史和小说文类发展史的角度看，理查逊和他的《克拉丽莎》是一个绝不能忽略的承前启后的里程碑。

伊格尔顿为他的研究专著起名《克拉丽莎被强暴》。这个畅销书般的醒目标题也许意在唤起更广大读者的兴趣。20世纪90年代里，英国据这部小说改编、拍摄的电视剧也聚焦于强暴事件，与伊格尔顿的处理多少有异曲同工之处。通过那部同名电视剧，我们惊讶地发现，理查逊那展示漫长精神历程的巨著所依托的情节其实很紧凑，也很有戏剧性。"故事"发展以财产争夺、私奔和性暴力为主线——与现今最卖座的影视作品别无二致。小说中的事件始于1月，克拉丽莎春天离开家，在仲夏之时被强暴，9月死去；她的首要迫害人拉夫雷斯在冬至前因决斗受伤而死。当年的第一批读者从1747年底到1748年底，在长达一年的时间里跟踪阅读分卷出版的《克拉丽莎》，对于他们来说，阅读的时间跨度几乎和虚构事件的时间长度相等。他们有时要焦急地等待几个月才能了解危机的下一步发展，这种经验几乎有"现场直播"的惊心动魄之效。[2]即使在今天，当我们随着短短三集的电视故事走到克拉丽莎之死，就会发

---

[1] F. R.利维斯：《伟大的传统》，7页。
[2] 参看Probyn, *English Fiction of the Eighteenth Century*, p. 63。

现，虽然岁月使剧中人的某些思想和行为方式像他/她们的服饰一样显得古旧，虽然在电视剧中有关文学形式和语言交流问题的复杂思考都被略去，克拉丽莎的悲剧的震撼力依然存在。

置身于一定社会情境中的人的悲剧命运正是这部小说的核心。尽管借助不同理论深入探讨这部小说的各种阐释都有助于深化或丰富我们的理解，但是对于接触这部作品的普通读者来说，最重要的问题仍然在于，那打动过菲尔丁和狄德罗的悲剧力量究竟何在。究竟在什么意义上，克里斯托弗·希尔说它"是不被（当今的人）阅读的最伟大的小说之一"？[1]狄德罗又为什么会说，如果只允许他保有寥寥几本书，他将放弃许多，但是会把理查逊的作品和摩西[2]、荷马、欧里庇得斯以及索福克勒斯的不朽经典一起留在身边？[3]

一　哈娄家族同根相煎

一般人不经意地翻翻这部小说，所得的印象是一些有闲的人不厌其烦、连篇累牍地写信倾诉，未必感觉到其中的刀光剑影。然而它描写的却实实在在是一场关系生死存亡的"战争"。也许是为了画龙点睛地标明这一点，小说以决斗开篇、以决斗收场，其间还借男主人公拉夫雷斯之笔明白地说，他与克拉丽莎的交涉是"一场战争"："这确实是战争，而且远远、远远不是情爱之战。"（信99，401页）[4]这人际

---

[1] Christopher Hill, *Puritanism and Revolution*, p. 367.
[2] 犹太人领袖摩西，传统上被认为是《圣经·旧约》前五卷（又称"摩西五经"）的作者。
[3] 参看狄德罗：《理查逊赞》，《狄德罗美学论文选》，250页。
[4] 该书引文的信件编号和页码出自Richardson, *Clarissa*（Penguin, 1985）。该版本以第一版为基础。Everyman's Library（J. M. Dent, 1932, in 4 Vols.）版本（本章引用该版本时简写作Everyman）则以经理查逊修改的第三版为基础，与Penguin本略有差异。本书在引用Everyman版本时将另外注明。

168 ｜ 推敲"自我"：小说在十八世纪的英国

间的"战争"是悲剧的起因，也可以说它就是悲剧本身。

对于克拉丽莎·哈娄来说，这场"战争"有两个阶段、两条战线。

首先爆发的是她和家人的冲突。起因是花花公子拉夫雷斯对哈娄家的"入侵"。拉夫雷斯最初是作为克拉丽莎的姐姐阿拉贝拉（昵称"贝拉"）的追求者登门的。当时没有人反对他——虽然为娘的哈娄太太听说拉夫雷斯有拈花惹草的名声，心下有点犯嘀咕，但是，他毕竟有贵族家庭背景与不可忽视的财产和地位，而且是由自家至亲介绍来的联姻对象。即使在拉夫雷斯把注意力转向克拉丽莎以后，他在哈娄家仍旧得到礼遇。他依照哈娄家的一位叔叔贺维的建议，就自己在国外的游历写出一封封描述异国风情的长信。他的信成了哈娄全家"冬日傍晚时分……有趣的消遣"，他本人也被哈娄家家长老詹姆斯赞为"博览群书、判断得当、趣味高雅的人"（信3，47页）。拉夫雷斯甚至说服了哈娄家的人让克拉丽莎当这些公开信名义上的收信人。不难想象，那不俗的俏皮文笔在克拉丽莎心目中为其作者赢得了正分。这是他们之间通信关系的肇始，也可说是整个**故事**的发端。

不过，等到家中唯一的男性继承人小詹姆斯·哈娄从苏格兰归来，局面骤然改变了。他和拉夫雷斯是大学时代的同学，有很深的积怨。加上不久前祖父过世，把一笔可观的财产留给了克拉丽莎，使褊狭刚愎的小詹姆斯对拉夫雷斯追求克拉丽莎一事更感到忍无可忍。他在公共场合出言羞辱拉夫雷斯，致使双方拔剑决斗，落得自己受伤，只是由于拉夫雷斯不想或不屑于进一步伤害他，才保全了性命。小詹姆斯恼羞成怒，就此事大做文章，和正在妒火中烧、无处发泄的贝拉结盟，千方百计地阻挠拉夫雷斯并迫害克拉丽莎。

决斗事件使整个哈娄家族对拉夫雷斯的态度发生了根本转变。他们不再允许他上门或者与克拉丽莎联系。对此，克拉丽莎不很理解，以为把失和的责任完全推给拉夫雷斯未免不公道。同时，为了安抚拉夫雷斯以免他进一步寻衅，她答应私下和他保持通信关系。缺少社会经验的克拉丽莎未能意识到，这一决定虽然在很大程度上是为了维护家庭安宁，却使她与家人的认识分歧变成了某种行动上的对抗。此后，她的父亲和哥哥为了一了百了地解决纷争，决定强迫克拉丽莎嫁给索尔米斯先生。矛盾随即演化成难以调和的冲突。

从居家方式看，哈娄一家可以算是有地产的士绅。但他们是从城市迁来的：祖父的家产有相当部分"是自己挣来的"（信4，53页）；父亲通过婚姻捞了一大笔钱；两个叔叔则靠采矿和东印度公司的买卖发了财。至少，就思维和行为方式而言他们属于锱铢必较的商人阶层。拉夫雷斯曾鄙薄地说，附近的老人们都还记得，哈娄们的上辈人是"从粪堆上起家的"（信34，161页）。贝拉对妹妹的刻薄态度鲜明地体现了家宅里的嫉妒和贪婪。有一件小事很能说明"哈娄特色"。克拉丽莎因拒绝嫁给索尔米斯和家里人闹僵了，被软禁在闺房里。母亲给她写了一封信（这是屈指可数的几次母女通信之一），通知说家里已经为她择定了婚期，她除了服从别无出路。多少出人意料的是，这封对克拉丽莎来说简直生死攸关的信竟划拨出相当的篇幅来讨论丝绸和珠宝。哈娄太太三番五次地谈到绸料如何"贵重"，并说：她父亲打算给她六件绸裙做嫁妆，不过她已经有一件"全新的，最多不过穿过一两次"的裙衣，鉴于新衣十分昂贵，她若肯把那件折算成六件之一，父亲"将另给她一百畿尼作为补偿"（信41.1，188页）。在这样一个危机时刻，老詹姆斯竟然不忘记和女儿就如此（相对而言）细枝末节的交易讨价还价，固然表现了他对自己的权威极有信心，但是另一方面也确实生动地体现了每个铜板在他心目中的地位。很显然，在老詹姆斯看来，钱和产权关系是第一位的，是目的和根本；他人乃至自己的存在似乎都只是

哈娄一家
约瑟夫·海莫尔作

财产的载体或财产增值的工具。

类似的例子还有不少。比如，老詹姆斯的弟弟安东尼向克拉丽莎的女友安娜·豪的孀居的母亲求婚，竟大言不惭地表白说，若成了一家人，"[两人的]收入合而为一，看每一天、每一周有多少进项——那将怎样地增进爱情"！而且他也没有忘记强调说，一切财权"必须完全在我的掌握之中"（信197.1，624—625页）。又如，家族中主持公道的表亲莫登上校从海外回来，发现克拉丽莎已经奄奄一息。他对自家人最严厉的谴责和惩罚就是威胁说要把克拉丽莎立为自己唯一的继承人。此外，在克拉丽莎羁留人间的最后一段时日里，贝拉给她写了一封信。这短短两三页是篇小小的杰作，让贝拉的个性和哈娄一家的行为方式跃然纸上。贝拉不放过任何一个羞辱妹妹的机会，并再一次耿耿于心地提到祖父的遗嘱，连那"昏聩溺爱的老头儿"本人也没能逃脱她的刻毒的长舌。不过，更值得注意的是她代表全家提出的两项"建议"或可供选择的和解条件：要么克拉丽莎公开上法庭作证起诉拉夫雷斯，要么她暂去北美殖民地宾夕法尼亚过几年，待风波平息以后或回到她的（祖父留赠的）地产上生活，或在美洲领取该产业的收益（信429）。头一条"建议"似乎更多地体现了小詹姆斯的报复之心；而第二条则代表了老詹姆斯的态度和理性的哈娄原则。哈娄们大概认为克拉丽莎请求和解完全是为了把祖父留下的那份财产拿到手。于是这一家尊重法律的生意人表示，倘她肯去美国避风头并本本分分在那里度日，待到事过境迁，有朝一日财产仍可归她。他们以讲究实效的方式精明而周到地安排好了去美洲的行程和住宿等等。老詹姆斯一定觉得自己对这个忤逆的女儿已经很慷慨仁慈了。但他们做梦也想不到的是，克拉丽莎此刻所需要的，完全是生意条款之外的东西。

哈娄精神的代表是小詹姆斯。在当时的英国，长子占据特殊的地位，是家族财富的唯一继承者和人格代表。在他们身上，男权和财产的势力融为一体。老少两代詹姆斯·哈娄分别是长子和独子，一个已经成为颐指气使的家长，一个正在逐步获取家长的权威。也许正是由于他和家产的特殊关系，小詹姆斯一回到家就敏锐地嗅到了危险。他先是指责拉夫雷斯名声不佳、家业经营状况可疑。但是这些指控都不够准确，缺乏足够的说服力。克拉丽莎明白，这些堂皇之辞至少在某种程度上只是她哥哥亮到桌面上的托词，所以当她写信向安娜解释决斗事件的前因后果时，便提起了一桩表面看来与此无关的遗产继承事件，即由于她品行出众、善解人意，自幼深得祖父宠爱，不久前祖父去世，给她留了一份可观的地产。她似乎像后世的历史学家克里斯托弗·希尔一样深知小詹姆斯的心结归根到底是绞缠在财产问题上[1]，所以把决斗和遗嘱两件事联系起来。明达的克拉丽莎早已看出，自己作为"最小的孙辈、而且又是女孩"（贝拉语，信42，194页），竟然继承了一份地产，在劫难逃要成为众矢之的。贝拉曾满肚子怨怼地攻击说，克拉丽莎的"乖僻都是'丛林庄园'[祖父留下的那只房地产的名称]带来的[经济]独立惯出来的"（信44，199页）。哈娄全家的男性有个共同心愿，即把财产集中到小詹姆斯名下，从而为家族争取一个"爵士"名号。两个叔叔都迟迟没有成家，其原因也多少在于想把产业留给侄子。小詹姆斯自然更是认为所有的哈娄家产理所当然应该统统由自己独享。哈娄家族男性成员的社会抱负在小詹姆斯身上以蛮横而暴虐的方式集中地表现了出来。克拉丽莎继承祖父的一处产业，此事被小詹姆斯看作对他的自我塑造计划的干扰和破坏。他进一步担心两个叔叔也会步祖父后尘把部分甚至全部私产留给妹妹，不由得气急败坏。虽然克拉丽莎小心翼翼地把"丛林庄园"的经营权交给了父亲，却不能让为父为兄者真正舒心。如果她再落入拉夫雷斯之手，那份财产岂不是将被永远地带出哈娄家族！小詹姆斯原本就对拉夫雷斯心怀宿怨，这无可忍受的新"侵权"对他来说无疑是痛上加痛、辱上加辱。在克拉丽莎的婚事上，利益算计和非理性的下意识仇恨纠结到了一起。

18世纪中期的英国中上阶层人士已经充分自觉地意识到他们的婚姻乃是"交易"。在《克拉丽莎》问世十几年前，菲尔丁已经在喜剧《现代丈夫》（1732）的"收场白"中断言"婚姻很快会成为一种买卖，当真！/那买卖，我敢说，行将在全国风靡"（7—11行）。形容委琐、举止粗鄙的索尔米斯先生最大的吸引力就在于他

---

[1] 参看 Hill, *Puritanism and Revolution*, pp. 368-369.

提出的婚约条款对哈娄家极为有利，使他们在索氏没有子嗣的情况下可以继承他的全部财产——包括一份地理位置令小詹姆斯垂涎不已的地产。若是得了这块和家里原有土地毗邻的地产，哈娄家就可能更上层楼地钻入贵族阶级。在"沽售"克拉丽莎的买卖中，索尔米斯的超高出价得到了哈娄们举家一致的赞赏："多么优渥的条件，多么可观的馈赠！"（信8，61页）难怪拉夫雷斯鄙薄地概括说："那家伙用他的提议俘虏了全体哈娄的灵魂！"（信31，142页）

从小詹姆斯的立场出发，迟早要成"他人桌上盘中餐"（信13，77页）的女孩子克拉丽莎责无旁贷应该嫁给索尔米斯先生，促成哈娄家进一步扩张发达。克拉丽莎认为索尔米斯"理解力平庸，几乎目不识丁，除了重视产业及其增值以外什么都不知道……"（信8，62页）。她指责他粗暴冷酷。事实上，她对索尔米斯的厌恶几乎是生理性的，当他把他那"丑恶笨重的身子"塞进她身边的椅子时，她几乎无法控制自己的憎恶（信16，87页；又见114页）。克拉丽莎如此强烈的反应从侧面折射出了小詹姆斯和贝拉强制执行这桩婚事时所得到的额外的施虐快感——对他们来说，即使不计物质收益，能迫使这个一向受宠、一向被夸赞的模范嫁给那个她无比讨厌的男人也算得上是件无上快事。

克拉丽莎不曾料到的是，对索尔米斯的拒绝会使她和哥哥的冲突进而演化成对父亲权威的挑战。开始时只有贝拉一人坚决支持小詹姆斯。但是渐渐地，全家人，包括叔叔们，似乎都认可了索尔米斯的求婚。克拉丽莎不想直接和父亲对抗，她恳求父亲不要强迫她服从一个兄长的粗暴意愿。这表态既是原则，也是策略；是顺从被社会公认的父权，也是分化敌对阵营的努力。克拉丽莎还试图寻求进一步的妥协和谅解。她表示可以终身不嫁，让自己的那份财产永远留在家族之内。然而，与此同时她又向小詹姆斯明确提出了抗议。她说，她不是仆人，不是奴隶，而是姐妹；并毫不含糊地指责说，"依他们的用法，'权威'是个暴虐的字眼"（信29，137页；又见111、239页）。

这分明的对抗姿态使所有的权威者感受到了威胁。早已被激怒的父亲再听不进任何说理，他不给克拉丽莎发言的机会。他一再打断她的话。他要求绝对的服从："我的意志不容违背！——我没有孩子——不肯服从的就不是我的孩子！"（信8，64页；又见312页）他说，他要以自己的"活着的意志战胜你祖父的死后的遗愿"[1]。此时，克拉丽莎嫁不嫁索尔米斯似乎成了事关家长权威胜败的问题。理智的利益算计也让位给了狂暴的权威意志。连克拉丽莎的母亲也在前面提到的那封信中明白地点出"我们的权威"和"你的脾气"之间的不可调和的对立。虽然母亲在很大程度上是父命的传声筒，也毕竟反映了家人的"一致公论"。父亲随即亲自出马下了最后通牒，通知克拉丽莎必须"照我的旨意改换姓氏［指出嫁］"。对此，克拉丽莎的反应是"宁可死"。（信41.1—2，188页；又见191页）到了最后，全家族包括她母亲都认定她固执己见的表现是不可原谅的。

克拉丽莎也是哈娄家的成员。对自家人的思想套路她既不陌生，也并非断然反对。她是协助母亲掌钥匙的持家人。她每年亲自过目（祖父留下的）地产收益的账目。她考虑问题、权衡利害都一二三四条理分明，深得核算的要义。她最初向女友说明自己对拉夫雷斯的态度时，曾半是回顾半是检讨、半是倾诉半是独白地把她对后者的感受和看法条分缕析地陈列出来。她最后在自己的遗嘱中详细列出个人财物细目表并一一说明对这些大大小小物品的处置方式。和菲尔丁笔下那不拘小节的汤姆·琼斯不同，克拉丽莎几乎像

---

[1] 这里，"意志""遗愿/遗嘱"在原文为同一个词，即"will"。

她的父兄一样对每事每物都认真掂量。正因如此,她才能一眼就看明白祖父的遗馈及其所带来的经济独立使她在家庭中处于被嫉恨的地位。

不过,在人生的根本见解上,克拉丽莎及其女友安娜又与哈娄家其他人有重大的差别。对她们来说,钱即使不可以完全忽略,也绝不是至高无上的。克拉丽莎、安娜、诺顿太太及自新后的贝尔福德等几个人物表达了对疯狂敛财聚富心态的贬斥。安娜评论说:"你〔哈娄〕们太有钱了,因此无法幸福。按照你们的家规家法,每个人结婚都是为了更富有,难道不是么?……你们家人可曾考虑过真正的幸福?……他们心神不安,喋喋抱怨,斤斤计较,积蓄资产;同时困惑不解:自己到底出了什么毛病,怎么有了万贯家产却仍然不快乐;他们以为是钱财不够多,于是继续囤积,直到死去。"(信10,68页)而克拉丽莎则更进一步明确地认识到了两种"爱"的对立。她说,索尔米斯们所谓的"爱"其实只是"爱自己",而"名副其实的爱追求的应是被爱者的而不是自己的满足"(信63.4,268页)。

在只有有限发言权的境况下,克拉丽莎表达自己意愿的主要方式是说"不"。[1]她(在小说故事开场以前)拒绝了几个别的求婚者,又顶着家人的巨大压力断然拒绝嫁给索尔米斯。有时她担心"缺乏足够的力量贯彻自己的否决"(信8,62页),不过还是向叔叔(信32.3)、幼年时的保姆"诺顿大妈"(信39,180页)以及她的父母一再表达了坚拒索尔米斯的决心。她不想显得蛮横无理,更不想无可挽回地与家庭决裂。安娜曾劝她收回"丛林庄园"的经营权,说:"让你自己获得〔经济〕独立,一切就都会就绪。"(信49,217

---

[1] 参看 Michael F. Suarez, "Asserting the Negative," in A. J. Rivero (ed.), *New Essays on Samuel Richardson*, pp. 70-75。

页）对此她表示"我只想坚持我的否决，而不是想要独立"（信80，327页）。但是她在骨子里是坚定不移的——"只要我还能说话，我就只会说不。"（信90，365页）她说："他们认定我性情柔顺，以为万无一失。但是在这点上他们可能是打错了算盘，我仔细地自我省视了一番，认为自己从父亲家族所继承的秉性其实不亚于从母亲那里继承的。"（信9，65页）当然，这坚定与其说来源于父系的"男性"遗传，倒不如说，把女性定义为"柔顺"是广义的哈娄意识形态一厢情愿的设想，却在具体的有血肉和思想的克拉丽莎身上碰了壁。

总之，淑女克拉丽莎不可救药地读了太多的书、观察了太多的人事、做了太多的私下思考和议论，以致无法再混混沌沌地充当家庭的发财工具。她认为，既然婚姻有关一生的幸福，就至少不应当违背当事人的意愿。她意识到这是自己作为自由人的权利的一部分。那时在英国几乎是人必称"自由"。自英国和罗马天主教廷决裂特别是经过清教革命，"多年来英国人借大肆渲染欧洲大陆上的奴隶制度来突出他们自己享有的自由"[1]。哥尔德斯密斯（1730？—1774）曾在《世界公民》（1762）中借一"中国人"之笔写道，"自由响彻他们［英国人］的所有的聚会"——他在监狱窗口听见一蹲监狱的债务人、一歇脚的搬运工和一兵士聊天，他们说到法国进犯的威胁，坐牢的债务人高声大气地表示为"我们的自由"担忧："自由是每个英国人的特权；我们必须以生命来捍卫这一权利，决不能让法国人把它剥夺……"脚夫应声道："奴才，他们都是奴才，一个个都只会忍辱负重。"[2]哥尔德斯密斯对这种英式"自由"的讥讽是一目了

---

[1] Derek Jarrett, *England in the Age of Hogarth*, p. 21.
[2] Goldsmith, *The Citizen of the World*, in *Goldsmith: Selected Works*（Hart-Davis, 1950）, pp. 289-290.

然的，然而更耐人寻味的是，他的讽刺却从反面印证了飘荡于民间的民族自豪感和那种"自由"意识形态的成功。

克拉丽莎和父亲僵持不便公然打"自由"的旗号，但是在抵制拉夫雷斯时她却无所顾忌。她指责那位豪门子弟损害了她作为"可以自由选择的人"、"作为英国臣民的与生俱来的权利"（信276，933—934页；又见795页）。一个几乎被逼得走投无路的弱女子说出这番话，像哥尔德斯密斯笔下的囚徒谈捍卫自由一样充满反讽意味。但是洛克式的自由信念[1]所包含的原则——即对与产权无关的个人幸福的承认和关注以及一种与清教革命话语一脉相承的有关个人权利和自由的理想化见解——又确实为她的抗争提供了有力的精神武器。克拉丽莎再三解释说，她对拉夫雷斯的抵制绝不是装腔作势，而是出于内心认定的是非原则："……我思想中的原则……我在思想里发现的原则；无疑是被第一位仁慈的种植者［指神］植入的，它们迫使我……一言一行无不遵循。"（信185，596页）有评论者认为，克拉丽莎的人生态度"不可简约地以自我为中心"，强调指出"自我关怀（self-regard）内在于每个言说着的'我'的行动中"。[2]这类议论切中肯綮地指出了克拉丽莎的自我观的个人主义本质，但又只在一定程度上是正确的。因为它们混淆了两种自我关怀的界限，忽视了克拉丽莎的态度和言说的相对非功利性，也未能充分注意到她对个人的感情、倾向和愿望的注重体现于不断地自我审视和自我监督。她本质上是班扬式基督徒的传人，与老少詹姆斯有巨大的差别。

---

[1] 参看洛克：《政府论》下篇，55、57节。
[2] 见 Tom Keymer, *Richardson's Clarissa and the Eighteenth-Century Reader*, p. 224; 及 John A. Dussinger, "Truth and Story-telling in *Clarissa*," in M. A. Doody & P. Sabor (eds.), *Samuel Richardson*, pp. 40-50。

当亲人的贪欲危及她一生的幸福时，克拉丽莎便进而意识到了人类社会中利益的冲突，觉察到某些人的"得"常常是另一些人的"失"。她开始从根本上对那种以个人利益为核心的世界观提出质疑："依我看，世界是个大家庭；或原来曾经是这样；那么这种左右着我们的狭隘自私态度又是什么呢，岂不就是因尚记得的关系而反对被忘却的亲人？"（信8，62页）痛苦的体验使她开始怀疑是否存在一个善意的理性的世界："这是个怎样的世界！——其中有什么东西值得向往呢？连我们希望的美好事物都古怪地瑕瑜参半，让人简直不知道该想要什么！人类的一半折磨着另一半，在折磨别人的同时自己也饱受折磨！"（信52，224页）在她静等死亡的最后的日子里，贝尔福德曾对她只照顾仆人却不关心自己的健康表示抗议。她把这件事提到原则的高度，小题大做地说："我为什么要驱迫别人来满足自己呢？"（信529，1470页）在克拉丽莎身上，我们看到，个人主义在其理想主义的一端趋向于对个人的超越。也许就是在这个意义上，伊安·瓦特说：克拉丽莎作为"新个人主义中所有自由的和正面的因素特别是与清教主义密切相关的精神独立立场的英勇代表"，是在反抗多种敌对势力——包括同样"与清教主义密切相关的经济个人主义"——的斗争中产生的。[1]

正是由于注重人与人之间的亲情和友善，克拉丽莎在出走后曾反复向她的家庭请求宽恕和谅解。如果说她早先没有听从女友劝告争取掌管自己的财产或多或少是因为寡不敌众而委曲求全，最后她在去意已决之际做出和解姿态就绝不是迫不得已，甚至主要不是出于"孝道"或对家庭的依恋。她最后的努力更像是对人间仇怨的完全超越。因此，虽然她承认家人对拉夫雷斯的判断有

---

[1] Ian Watt, *The Rise of the Novel*, p. 222.

正确的一面,却直到最后也不肯为了与家庭讲和而起诉拉夫雷斯。在某个意义上,妥协和放弃的意向恰恰是对哈娄精神的最彻底的背弃。

尽管克拉丽莎力求妥协,但是,在财产和权威两个原则问题上,她的父兄们是寸步不让的。他们固守于自己的世界观,认定克拉丽莎的一切姿态,包括拒绝索尔米斯、表示愿终身不嫁等等,都是从她一己的利和欲出发的,都是蒙骗别人的伎俩,其结果必将伤害家族利益。他们认定,对索尔米斯的拒斥就表明对拉夫雷斯的偏爱。"至于你号称要独身的那派胡言,谁都不相信",阿拉贝拉写道,"那不过是你逃避责任的手腕之一"(信29.4,139页)。他们冥顽不化地坚持这一理解和阐释的公式,对来自克拉丽莎的任何和解信息都置若罔闻。老少詹姆斯"不见棺材不落泪"的决绝态度终于使这一场至亲骨肉之间的分歧演化成了同根相煎的生死之争。

二　拉夫雷斯的选择

拉夫雷斯是在小说的开场锣鼓响了好一阵子以后才正式"粉墨登场"的。他的出现标志着克拉丽莎的"主战场"正式形成。

拉夫雷斯的第一封信(致友人约翰·贝尔福德)是一个精心设计的亮相。这封信和前面克拉丽莎真诚热切的语气及朴素严谨的推理形成对照,凸显出两种禀性和文风的巨大差别。拉夫雷斯在信的开头宣布自己还不能立刻去伦敦,因为克拉丽莎只是为了家庭的安宁对他做了若干让步,还没有成为他的囊中之物。不过,他说,他倒是可以给朋友写信,"也可说没有话题,也可算有一个"(信31,142页)。由"话题"(subject)一词展开的文字游戏是了解拉夫雷斯的关键线索之一,牵涉到"纨绔哲学(libertinism)的一些核心的观念——即语言、性和自我身份的纠结"[1]。"subject"一词含义很复杂，可指"话题"、"（实验、分析或处置的）客体"、"臣民"、哲学意义上的"主体"以及语言学中的"主语"等等。可以说，它从多个层面表达了克拉丽莎在拉夫雷斯的自我设想和自我塑造中所占据的位置。他仿佛在说克拉丽莎是他目前写作乃至生活的主题，是他考察分析的对象；另一方面又似乎在暗度陈仓、利用该词的其他语义，暗示自己和她的关系的不确定性——说他既像是占有了她（这个客体或从属者），又似乎还没把握。

接下来拉夫雷斯引经据典地说，他不能信任高傲美人克拉丽莎的"德行"："诗人说得好，'看似贤德的人只不过在演戏/表现的不是本性而是技艺'。"他谈到自己初恋受伤害的经历和对女人的报复之心。他说，克拉丽莎骨子里爱他不下于他爱她。他谈到玩谋略和诡计的乐趣。他不吝笔墨铺张地描述他为了讨得克拉丽莎的欢心受了多少气、吃了多少苦，以及他如何鄙视甚至仇恨哈娄家的人。他用了许多结构复杂的反问句，两次引用莎士比亚、五次引用复辟时代戏剧的素体诗行。如有的学者强调指出，拉夫雷斯如此不厌其烦地反复征引爱情悲剧，绝非偶然。[2] 来自德莱顿的引语用铿锵、夸张的笔致谈"复仇之火熊熊燃烧"，不仅表明复辟时代悲剧中的"暴君恋人"是拉夫雷斯的自我想象所依据的原型，也从一开始就暗示了他和克拉丽莎的关系的悲剧前景——尽管这封信所传达的信息远不是前后一致的。拉夫雷斯华美雕琢的文字有浓重的游戏意味。他不惜夸大其词地渲染自己对克拉丽莎的痴迷爱恋，那既是

---

[1] James Grantham Turner, "Lovelace and the Paradoxes of Libertinism," in Doody & Sabor (eds.), p. 80.
[2] 参看 Margaret Anne Doody, *A Natural Passion*, Chapter 5。

对自己的欲望的张扬和肯定，又是一种得意扬扬的广告：宣布**他**的新游戏已经开场，欲收欲放完全取决于他的意志和愿望。

不过，拉夫雷斯又何必如此劳神费力地摆弄文体呢？出于对文学的热爱？为了掩饰其中的真情？想要摆脱某种内心的不安？不管理查逊为拉夫雷斯设计了这样的表达方式是出于什么目的，他已经把一位具有多重面目的复杂的言说者呈现在我们面前。这封信结束之时，拉夫雷斯又回到了有关"subject"的文字游戏上。"如是，我遵照你的要求，命笔写信，关于某些事情，关于子虚乌有；关于仇恨，那是我之所爱；关于爱情，那是我之所恨，我衷心地恨它，因它是我的主宰；还关于鬼知道别的什么……"（148页）多么精彩的自我对抗、自我消解的文字！难怪一些晚近的解构主义分析家对这个人物特别青睐，如获至宝。不过，如此这般文字游戏企图消解或掩盖的究竟是什么呢？莫非是为了淹没夹在许多花哨文句中的一些最简单直率的告白（如，"此时我真的是陷入了情网"，144页）？追究起来，我们就会发现，像其他各式各样的解构行为一样，拉夫雷斯要的文字花枪不是为了游戏而游戏，而是有其实际的功能和目的，是力图通过机智的语言获得左右他人的力量。

在攻打严密设防的"哈娄城堡"的过程中，拉夫雷斯巧妙地设计了每一步的行动。他开初的金蝉脱壳计手笔不凡。他算准了贝拉的个性，用言辞刺激她，让她在怒火中烧之际对他有失恭敬的求婚说了"不"。于是他顺理成章地摆脱了一个不中意的对象，表面上又显得不是他亏负了贝拉，从而保留了继续在哈娄家出入的权利。仅就此一点看也说明拉夫雷斯确实善于阅人，有"大将"风度。他对克拉丽莎的处境自然也了然于心。他利用后者一时不知所措的心态迫使她和自己通过秘密通信保持联系。他算计到哈娄家当权派对这姑娘的压迫客观上会帮自己的忙，于是有意进一步激化自己和他们的矛盾。在哈娄家紧锣密鼓逼婚的危急关口，拉夫雷斯设法促使克拉丽莎在花园后门口和他见了面。

拉夫雷斯知道这是不会再来的时机。于是，他又是信誓旦旦地倾诉仰慕之情，又是狂暴地发泄对哈娄全家的愤恨，又是威胁说如果克拉丽莎坐失机会就只能沦为索尔米斯的牺牲品。当他看到这一切都不太奏效时，便当机立断启动了事先部署好的备用方案。他早已在哈娄家收买了一名男仆。这时他发出信号，让他的内应制造动响。克拉丽莎误以为被家里人发现，仓皇中被拉夫雷斯裹挟而去。这场"私奔"简直有如导演一出有很多未知数的戏，然而拉夫雷斯竟圆满地完成了。在这个过程中，他的最有效的说辞是以对"自由"的承诺打动正在受家人逼迫的克拉丽莎。与不允许克拉丽莎说话的哈娄一家相反，拉夫雷斯借助通信关系为她提供了说话机会并在相当一段时间里扮演了耐心的倾听者。[1] 他在花园里像撒旦那样引诱克拉丽莎出逃时，唱的是自由的赞歌："做你自己的主人吧！"（信94，378页）他说在他的保护下克拉丽莎将成为她自己的时间和行动的"主人"（信107，421页）；他庄严地许诺"把她从牢狱中解救出来，使她重享自由意志"（信85，349页）；还说他将"绝对服从"她的意志（377页），说她的意愿对于他就是"法律"（信94、98、158，376、390、536页），等等。

"私奔"告捷。欣喜若狂的拉夫雷斯开始进一步策划他的征服事业。他为每个步骤绞尽脑汁，并一一写信向朋友通报。他推出了数种方案，诱使克拉丽莎入彀，主动提出去伦敦"辛克莱尔太太家"暂住。"辛克莱尔太太家"实际上是个妓馆。为了蒙骗克拉丽莎，拉夫雷斯一丝不苟地安排"布景"，指导妓女们取下房中的色

---

[1] 参看 Terry Castle, *Clarissa's Ciphers*, Chapter 4。

情图画，摆放上《圣经》等读物。他运筹帷幄，向安娜·豪输送假情报然后静等安娜忠实地向女友汇报。他安排依附于他的爱尔兰破落户朋友冒充表亲"汤姆林森上尉"前来说服克拉丽莎接受他们炮制的假结婚。他拦截、偷阅并篡改克拉丽莎和安娜的通信。此外，他还不辞辛苦地忽而装病，忽而制造失火事件，千方百计地创造机会让克拉丽莎落入他的怀抱。他认为，女人一旦被占有，就会百依百顺了。

对于这个目标拉夫雷斯也曾有过短暂的动摇。

他意识到自己对克拉丽莎有某种真爱恋。他说他们两人是"棋逢对手"（信109，425页），他将"再也找不到像克拉丽莎这样合自己口味的女人"（信253，870页），将永远无法忘怀这"举世无双的姑娘"（信341，1085页）。他说自己很有可能会"落入自己设下的陷阱"，"像围着明烛嗡嗡飞的虫蝇，我很可能会烧坏我的自由的丝翅膀"（信138，492—493页）他不无恐惧地想象他们两人在常规婚姻中"变成冬夜里在壁炉两边相对着点头打盹儿……幸福伴侣"（信153，521页；又见Everyman，Ⅲ，474页）的情景。他害怕自己身心中女性的一面："腼腆的拉夫雷斯，……很大程度上有女人的灵魂。"（信116，441页）内心的"反对派"使这位"情场上的马基雅维利"[1]有时几乎想放弃"征服"计划，以克拉丽莎能接受的方式和她长久结合。但是，他最终把这种感情看作对自己的生活方式最大的威胁。

过了一段时间，疑虑重重的克拉丽莎终于通过女友的来信了解到"辛克莱尔太太"的真相。她毅然出逃。拉夫雷斯在汉姆斯特德

---

[1] 语出威廉·威彻利的喜剧《乡下女人》（1675）中主人公霍纳的一句自鸣得意的台词（Ⅳ, iii）。

村再度找到了她。他一面半真半假地表达他的狂热情爱,一面操纵舆论,用尽心机监视、说服、控制她。他胸有成竹地告诉贝尔福德:他此时指靠的是克拉丽莎的纯良心地,因为她"忽视培养人们的看法,而世界却是由表象支配的"(信234,789页)。两名妓女伪装成拉夫雷斯的贵族亲戚,和假"汤姆林森上尉"共同出面斡旋,做出同情克拉丽莎的姿态。克拉丽莎又一次上了当。她诚恳地与她们交谈并试探商讨解决危机的办法。对克拉丽莎来说,这是最后一次寻求与拉夫雷斯和解的尝试。

待到那些"高贵表亲"把克拉丽莎骗上马车,连拉带扯地将她重新抛入"辛克莱尔太太"的巢穴,她心里残存的对拉夫雷斯的信任和希望被彻底粉碎了。连拉夫雷斯也对自己能否成功有了怀疑。所以,这位过去在性爱游戏中鄙视强制手段的风月老手开始考虑以施暴结束这场持久战。他对自己说,对"强奸"大惊小怪不过是无根由的成见:"说什么被毁了,完蛋了,以及这类傻话?——我就受不了那些漂亮的小傻瓜,用这些强烈字眼描绘一桩转瞬立消的小小伤害;而且一个区区教会仪式就可以补救那点损失。"(信253,869页)有时他又自欺欺人地表示这不过是最后的考验,最终他会娶克拉丽莎为妻。然而他最大的担心是,倘若自己花费了如此大力气不过娶了个老婆,在"浪子年谱"上的形象将多么丢人。他用两人对话的方式记录了自己和良心的争吵,并且说他最终扼住后者的喉咙把"她"(良心)杀死了——因为良心是像克拉丽莎一样的女人,"总在抵制,总在反对"(信246,847—848页)。这位深通世故的玩主其实很明白,即使事态按他一厢情愿设计的情节发展,也会在"他的喜剧"中给女方"造成足够的悲剧"。但他和他的同类一样都不愿面对悲剧的可能性,而是希望在喜剧中"对自己造成的困难一笑置之"(信194,618页)。现实社会制度中不平等的性别关系加强了他的地位和自信，使他自以为有把握控制这场戏的悲喜性质，以为自己任何时候都能以赏赐女方"婚姻"的方式而从容收局。在拉夫雷斯和自己不断商量、讨论的时刻里，某种开放性和走向其他结局的可能性或多或少地存在着。可是他一点点排除了那些可能性。他对自己说："我已经走得太远，无法退回了。"（信244、246，838、848页）最后，凭借鸦片的麻痹作用和几名妓女的帮助，拉夫雷斯做出了决定性的选择，强暴了克拉丽莎。

曾经高唱"自由"的拉夫雷斯以不亚于小詹姆斯的狂热，贯彻了自己的粗暴的个人意志。

他理直气壮地把"我自己的至高无上的意志和快乐"（信99，403页）当作行事的原则和出发点。不论是扮演仁慈慷慨的领主，还是充当残忍无情的暴君，他一意追求的都是自己的满足。在村姑萝丝芭德及其家人面前他高抬贵手，出演了前一种角色。萝丝芭德是哈娄家附近村庄里一个十七岁的漂亮少女。她对拉夫雷斯毕恭毕敬又爱慕不已。她的祖母苦苦恳求拉夫雷斯放过她。面对唾手可得的微贱的战利品和那谦卑恭敬的老人，虚荣心得到极大满足的拉夫雷斯说：来求我就做对了。他不仅没有坏小姑娘的名节，反而慷慨善待她，赏给她一笔钱促成她和心上人的婚事（162页）。对此，亨利·菲尔丁的妹妹萨拉曾入木三分地评论说："使他保全萝丝芭德的是他的骄傲，而毁了克拉丽莎的也正是这骄傲。"[1]的确，在拉夫雷斯眼中，克拉丽莎是他最重要的人生游戏中的目标、赌注和对手，两人之间的对峙是各自出于骄傲而进行的一场较力，而他拿定了主意要当彻底的征服者和胜利者。

---

[1] 转引自Keymer, p. 78。

拉夫雷斯说，"当一个人有能力满足自己的主导的激情时，……克服这热望是何等困难"（信253，868页），用不可抗拒的"激情""欲念"来替自己的强暴行径辩护。需要说明的是，和许多所谓的花花公子一样，他的"激情"并非托尼·坦纳所说的那种"无节制的情欲"[1]。他曾反反复复一再申明："对我来说真正的快乐在于诱惑的过程而非最终完成的行动，因为那不过是一片空无，一个气泡"（信193，616页），"从某个意义上说，准备和实施就是一切：回想也许也不无价值……至于最后的愿望实现，它又有什么意义？"（信34，163页）"和谋划、奔忙、诸多的意外以及锦囊妙计的最后的圆满实施相比，享用世界上最美的女人又算得什么呢？魅力无穷的声东击西、周转迂回，取巧直奔最捷途径；疑惑、担忧、心痛、在冥思中幻想成功——是这些使这份牵挂无比珍贵。至于其他——又算什么呢？"（信271，920页）

列维-斯特劳斯在《结构人类学》（1958）中指出，人类的婚姻是社会行为，常常隐含"男人和男人之间以女人为媒介"的交换关系。[2]此后，法国学者勒内·杰拉尔在《欺骗、欲望及小说》一书中讨论了现代资本主义社会中的"三角形"欲望，强调男女之间的情爱并非两点一线的关系，而是另外有一个中介或隐含欲望，从而构成一种"主体之间"的欲望的三角形。[3]美国女学者塞奇维克的《男人之间》用这一观点分析、讨论了一系列英国文学作品，指出其中再现的男人对女人的所谓异性之爱常常以"同性别的社会（homosocial）欲望"为驱动力。比如，对《乡下女人》中的引诱

---

[1] Tonny Tanner, *Adultery in the Novel* (Johns Hopkins University Press, 1979), p. 104.
[2] 列维-斯特劳斯：《结构人类学》，65页；又，参看张京媛（主编）：《当代女性主义批评》，430—435页。
[3] René Girard, *Deceit, Desire, and the Novel*, Chapter 1.

者霍纳来说,愚弄戴绿帽子的丈夫,比征服女人本身更重要。[1]虽然我们未必同意上述学者的某些具体结论,但是这一思路着重指出了两性性爱关系中的社会性因素,对于理解拉夫雷斯是极为重要的。

拉夫雷斯之类的浪荡子勾引女人,是以男人之间的竞争、交换和交往为着眼点的,是社会行为而非生理需要。正因如此,拉夫雷斯才把收信人、观众和听众看得无比重要。事前的通报和事后的炫耀才绝不可少。他在成功地诱拐克拉丽莎以后,像得胜归朝的将军历数战利品一样得意扬扬地描述"她的肤色"、"她的发卷"、"她的头饰"、"她的晨服"、"她的围裙"和"她的外衣",等等(信99,399—400页)。我们不能不注意到这种关注肤色、头发和衣服的准"女性"的眼光。尽管在一定意义上可以说这反映了拉夫雷斯本人的某种女性心理,然而,如果联想到蒲柏的《劫发记》以史诗语言戏拟地描写女人化妆、打牌、斗嘴等细节,我们显然更应该把这类文字看作有普遍意义的文化现象。可以说,在相对持久的和平年月以及日益商业化的消费社会里,女性及其常用物品在由男性主宰的社会竞争场中成了日益重要的象征符号和关注对象。正是因为她们身上的每件首饰、每条绸裙在识货的男人眼里都是明码标价的,正因为连她们的相貌、修养乃至声誉也都标志原来的"投资"并具有炫耀价值,难于攻克的克拉丽莎才会成为拉夫雷斯锲而不舍追逐的目标。

对于上层纨绔来说,追女人在很大程度上是一种艺术或竞技游戏,是博取同侪喝彩的途径。在那没有电影电视也没有足球、网球、高尔夫球的时代里,在那个酒足饭饱却无所事事的社会圈子

---

[1] Eve Kosofsky Sedgwick, *Between Men*, pp. 1-5; 又, Chapter 3。

中，玩女人是贵族青年一显身手的主要机会之一。在这些以及其他游戏中体现的"才智"（wit）乃是"阶级身份或向上爬之机遇的证明"[1]。拉夫雷斯本人多次把这套把戏与养鸟或打猎相比拟，表达的就是这个意思。和理查逊同时代的玛·沃·蒙塔古夫人在18世纪20年代里曾记述过一帮热衷此道的公子哥儿如何正式组成社团，每周三次聚会切磋俘获女人的谋略。[2] 拉夫雷斯和他的同类把征服女人看作成功和能力的标志，他一再地把自己的活动与英雄和"王者"的事业相提并论（信223、232，718—719、762页）。他认为"撤退"是奇耻大辱："如果我丢了她，我作为我们这个团体的王侯和领袖该是多么不称职！"（信105，416页）他明确地把他和克拉丽莎的关系定位为"战争"，把违心"私奔"的克拉丽莎比作从被攻克的城堡撤出的降军。他的战争比喻和蒲柏如出一辙，表明那个时代的确把性关系经济化、政治化了。罗兰·巴尔特在讨论媒体的摄影图像所传达的"信息"时提出了"实物符号"（object-signs）的概念。他说：生活在一定文化系统中的人们在日常生活中也时时刻刻赋予各种实物一定的象征或联想意义，如书架可以标志知识修养，相册可能提示怀旧情绪，等等。[3] 对于拉夫雷斯，克拉丽莎在很大程度上就是这样的实物符号。她是从哈娄堡垒里掠来的战利品，是对老少詹姆斯的羞辱，也是向浪子群体炫耀的筹码。她将标志拉夫雷斯的胜利。克拉丽莎本人在经历磨难和幻灭以后也终于认清了这一点，她说：她只是个零符（cipher），能增加别人的重要性，而自己却只得到苦痛（信174，567页）。特丽·卡瑟尔的《克

---

[1] Eve Kosofsky Sedgwick, *Between Men*, p. 61.
[2] 参看 Ian Watt, *The Rise of the Novel*, p. 213。
[3] Roland Barthes, *Image-Music-Text*, pp. 22-24.

拉丽莎的符号》一书从克拉丽莎自称是"符号"这一点切入展开论述，[1]的确触及拉夫雷斯的追求的核心问题。[2]

总的说来，拉夫雷斯所追求的既非财产的增加，也非单纯的肉欲满足。如波德莱尔指出，浪荡子们真正的目标不是爱情（女人）、金钱或讲究的衣着器物。"这些东西不过是他的贵族式精神优越的一种象征罢了。"他们的思想核心其实是一种"自我崇拜"，甚至"在某些方面接近唯灵论和斯多葛主义"[3]。也许是为了挑明这一点，理查逊在经过修订的稍晚的版本中让拉夫雷斯对他的帮手、哈娄家的仆人约瑟夫·利曼说："对我来说，努力的过程从来都比目的带来的乐趣更多。我不是讲求感官享受的人，而是追求精神的人……"（Everyman，Ⅱ，147页）

在拉夫雷斯的语言里，对女人的征服是一种"事业"。他表示：选择克拉丽莎，就是因为她难于攻克，而"困难极大地增加了一件事的价值"（信231，757页）。他自诩"有冒险开拓（enterprising）的精神"（信323，1033页）。生来有钱有势的拉夫雷斯不像哈娄们那样对财产斤斤计较。他自诩是个好地主，不过分地压榨自家的佃户。他甚至能不失尊严地对他的长辈亲属M爵爷——他是后者的法定继承人——说："我从来看重自己的快乐胜过您的产业。"（信323，1033页）尽管如此，作为他的时代的儿子，拉夫雷斯在理解世事时也同样毫不含糊用产权关系来界说。例如，他炮

---

[1] 参看Terry Castle, *Clarissa's Ciphers*, Chapters 1 & 7。
[2] 不过卡瑟尔似乎过多地从当代解构理论出发强调一般的符号/能指及其解读的问题，因此得出该小说"以文本的非自然化状态和读者的无政府状态为主题""挑战模仿论的设想"等结论。她似乎没有充分意识到克拉丽莎所说的"cipher"更大程度上指的是"零"（因此才有给他人增加意义而自身却一无所有之说），也未能更深入地从社会文化角度来探讨克拉丽莎何以成为符号的问题。
[3] 波德莱尔：《浪荡子》，《波德莱尔美学论文选》，499—502页。

制假婚姻时提出的"婚约"非常务实，充满了具体而切实可行的经济条款，表明他对这一套驾轻就熟。这位对交易规则了如指掌的"复杂的市场动物"[1]一方面半真诚地构思了那些慷慨的安排，同时又显然是想借助经济气味使提议酷似真正的婚约，从而把克拉丽莎骗到手。他很精通如何用钱来打通道路。他收买了哈娄家的仆人。他追踪克拉丽莎到汉姆斯特德后，用包租全部空房的方式控制了克拉丽莎的房东。他说：公开的贿赂可能惊动人们的道德顾虑，但是出高价买东西却符合正当的经商原则——"我不是一再说过嘛，"他说，"人性是邪恶的，而我深知其根底。"（信241，816页）他还说："那个漂亮的傻瓜［指克拉丽莎］根本不懂得世道，也不知道有钱的人从来不缺少人支持他们的看法。"（信271，923页）他还毫不含糊地把克拉丽莎视为可以争夺和交易的财物——是他"所购买的最昂贵的一份财产"（信228，736页）。强暴事件之后他于无奈中准备以结婚收场时，便把这结局比喻成枉费心机的失败的经济运作："如果我所有的计谋和努力竟以结婚告终……所有这段时间里我都在**掠夺自己的财产**，该是怎样的惩罚？"（信326，1041页，黑体为笔者所加）

在理查逊之前一百多年，约翰·多恩曾在诗中以狂喜的恋人口吻把女人的身体比作新发现的美洲土地，比作财富之源和"我的帝国"。[2]拉夫雷斯用战争语言和本意是指称商业性冒险的词"enterprise"来描述他和克拉丽莎的关系，与此一脉相承。因而萨义德认为理查逊笔下拉夫雷斯的征服和英帝国的殖民事业在思想本

---

[1] Scott Paul Gordon, "Disinterested Selves: *Clarissa* and the Tactics of Sentiment," *ELH*, Vol. 64, No. 2, p. 481.
[2] John Donne, "Elegy XIX," ll. 27-29.

质上有某种内在对应关系。[1] 至少，拉夫雷斯在设计这场令人兴奋的性游戏时，他的思想参照系统不是君王或骑士的行为方式，而是资本主义原始积累时代的不知餍足的军事征服和经济扩张的逻辑。

以往有不少批评家认为拉夫雷斯是旧贵族阶级的代表，例如，虽然伊格尔顿对克拉丽莎和拉夫雷斯的分析并不能算是简单化的，但他仍然基本上把两者的矛盾看作（革命的）资产阶级与贵族阶级的意识形态之争。范·甘特和伊安·瓦特等人也持近似见解。[2] 不过，对拉夫雷斯的这种定位值得商榷。理查逊的确很显眼地强调了拉夫雷斯家庭的贵族背景。他的行止言谈有时也的确像是复辟时代喜剧中的花花公子的翻版。和那些渔猎女色的好手一样，他吹嘘他的风流韵事（信140，495页），谈起女性不无几分见多识广的过来人的刻薄和轻慢："女人从心底里爱我们这些有血性的家伙呢"，"在有些事上，女人的德行在于无知，不论是真的还是装的。那么在这些事上男人就必须是里手。既然如此，女人爱风流浪子胜过黄口嫩雏，又有什么奇怪？"（信237，802—803页）然而，必须看到的是，即使是复辟时代的纨绔贵族，就个人思想而言也已不完全从属于旧的封建价值。这一变化在伊丽莎白时代已经初见端倪。弗朗西斯·培根（1561—1626）是一个有代表性的例子。作为贵族家庭的小儿子，他个人奋斗的人生轨迹以及讲求实用的人生哲学已经明显在向平民阶层靠拢；他对新思想和科学实验的兴趣更是使他成为新世界的代言人。而"既是廷臣又是将军，既是兵士又是探险家，既是议会成员又是诗人、音乐家和历史家"[3] 的沃尔特·罗利爵士（1554？—1618）也同样不能被草率地列入"封建"贵

---

[1] Edward W. Said, *Culture and Imperialism*, p. 70.
[2] 参看 Eagleton, *The Rape of Clarissa*, p. 4; Van Ghent, *The English Novel*, pp. 55-57; Ian Watt, *The Rise of the Novel*, p. 222.
[3] 语出 V. Woolf, "Sir Walter Raleigh," in *Granite and Rainbow*, p. 163.

族。至于那种浪迹于乱世的福斯塔夫式的人物，虽然仍顶着个"爵士"名号，其实具有显而易见的平民气质，甚至是流氓无产者的生存风格。17世纪中叶的清教革命使支持王室的贵族家庭流落异乡。风行于那帮没落子弟中的虚无主义、怀疑主义、性放纵等等都有十分"激进"的一面。他们的嘲讽一切的态度表达了对传统封建秩序及道德规范的怀疑，可说是以玩世不恭的方式趋近现代理性主义思想。众所周知，花花国王查理二世对科学的兴趣已经超过泛泛的猎奇，皇家科学学会恰恰建立于礼崩乐坏的复辟时代并非偶然。从要求恢复旧日的政治经济特权看，这些人在政治上是"守旧"和保皇的，但除此以外，从道德伦理和社会责任观等等看，典型的复辟时代纨绔与其说是传统观念的支持者，不如说是其破坏者。对拉夫雷斯行为影响甚大的复辟时期爱情悲剧中的"暴君恋人"，也很难简单地依据其政治态度或阶级出身被认定为"王党"（Cavalier）贵族英雄/主人公。[1]

其实，不独对所谓纨绔浪子这一特定类型，而且对当时的整个贵族阶级的看法都应有所调整。麦基恩说：历史学家现在普遍认为，18世纪早期的英国在"政治、社会、经济等各方面呈稳定状态"，过去人们曾一度强调"'企业家'和'中产阶级'的兴起"，而现在多谈"贵族阶级的持续存在"。他提请我们注意"资本主义或说'中产阶级'价值如何改造了贵族阶级，即个人的和阶级的标准如何似乎从内部销蚀了一种社会结构，虽然该社会结构的外壳仍大致保持类似于等级制度的样式"[2]。也就是说，虽然在英国18世纪有"贵族时代"之称，贵族阶级在政治、经济和社会生活中仍占举足轻重的地位，但是其人员构成和社会职能已经有了很大的改

---

[1] Doody, *A Natural Passion*, pp. 105, 122.
[2] McKeon, p. 167.

变。[1]如 E. P. 汤普森所论述，当时从事农、商资本主义经营的士绅和贵族在本质上已不是旧式家长制统治者。[2]圈地运动标志着土地的经营在向新式农场经济转轨；贵族寡头政治也不再是旧式封建统治，而是资产阶级秩序的一种带有诸多旧色彩旧痕迹的实现形式。在思想领域里也是如此。"贵族"们所奉行的原则，很可能也已经是非常资产阶级化的了。因此，在分析《克拉丽莎》中的人物时，我们若谈论贵族和中产阶级的冲突，就不能不加限定或修正。[3]如果我们不粗率地依据家庭背景将拉夫雷斯归类，便可明白地看出，他把个人自我视为至高无上，把整个世界视为争夺的战场，其实是"分享着哈娄家族的基本意识形态"[4]，就其思想本质而言实在是"现代"的。

拉夫雷斯和克拉丽莎都不时谈到"art"与"nature"的对立，然而两人所指是不同的。后者谈"nature"（自然）着眼于认知，指人或事的本相或真相。而拉夫雷斯那套有关"自然/天性"（nature）的话语则是从复辟时代继承来的。《乡下女人》和托马斯·沙德维尔（Thomas Shadwell, 1642—1692）的《浪子》等走红一时的复辟时代喜剧常常让纨绔主角取放纵本能的生活态度。他们基本上把自然和人的本性等同于个体（在他们看来也就是他们自己）的欲望，并在伦理上和实践上都以满足私欲为原则。拉夫雷斯也把自己的为所欲为归结于"天性"："不错，我曾经喜好耍闹冒险。我天生如此。我不知道为什么我生了这么副身子。但是我从来不惯于压抑控制。"（信323，1031页）在他看来道德规范和婚姻制度等不过是强加于天性的羁绊："教育难道能比女

---

[1] 参看阎照祥：《英国贵族史》，203—205、215—222、241—250页。
[2] E. P. Thompson, *Customs in Common*, pp. 17-30.
[3] 参看 A. D. McKillop, *The Early Masters of English Fiction*, p. 67。
[4] M. Kinkead-Weekes, *Samuel Richardson*, p. 146.

人的心和天性更有力量吗？"（信216，695页）他认定情欲是主宰女人的自然力量，曾多次引用蒲柏的名句"每个女人在心底里都是个荡妇"[1]，并一心要在虔诚严谨的克拉丽莎身上验证这个公理。在拉夫雷斯的自然/人性观中，我们可听见霍布斯和曼德维尔的回音。在理查逊笔下（也许18世纪初期的英国社会实况也的确如此），真正有影响的不是霍布斯主义以集权国家调节、控制自私人性的政治设想，而恰恰是他认为人们各自为一己私利而彼此争夺的世界观和人性观。不仅拉夫雷斯，连克拉丽莎的挚友安娜对世界及人与人之间的关系也持有类似的见解。她说："世上一切动物或多或少都相互敌对。狼躲避狮子，却转身就吞食羊羔。……咬了再被吊死，我说，我至少还占住了一样，因为我看这就是野兽的本性。"（信136，487页）安娜对拉夫雷斯最初的欣赏恐怕也源自这种思想上的接近。拉夫雷斯甚至更进一步巧言论证说，既然人性自私，损人利己便是天经地义，即使他有负于克拉丽莎，照他"可敬的朋友曼德维尔的原理"，经过几道转换，他的私人恶德和罪孽最终将变为公众的福祉（信246，847页）。

以霍布斯世界观为指导解读世事，拉夫雷斯认定克拉丽莎的一切语言姿态都旨在说服、欺骗或打击他人，都不过是"借口爱德行"达到她自己的目的（信106，420页）。尽管他曾不止一次地用"实验"（test）之类带有科学色彩的词语描述他对克拉丽莎的折磨，仿佛他当真是要考察后者的本性和德行；然而，如有的学者指出，他设计所谓"实验"（或"考验"）时不仅对于两性实行双重标准，而且从来"就没有打算让克拉丽莎有可能胜利地通过"[2]——他不

---

[1] A. Pope, "Epistle to a Lady," 1.216.
[2] M. A. Doody, "Samuel Richardson: Fiction and Knowledge," in Richetti (ed.), *The Eighteenth Century Novel*, p. 108.

会真正尊敬并珍爱一个曾经屈从于他的诱惑的女人，但他另一方面又决不容忍一个女人有力量抵制他的征服。从根本上说，他不相信人与人之间有"非战争"关系的存在。在这点上，拉夫雷斯和他的敌人哈娄家族以及罗克萨娜们毫无二致。和B先生一样，他最热衷的词之一也是"计谋"（plot）[1]，开口便是"你的计谋"或"我的计谋"。他或多或少意识到，克拉丽莎可能并不属于这个尔虞我诈的角斗场，但是不能或不敢相信这一点，最终把两人的关系归结为不是东风压倒西风就是西风压倒东风的斗争。他反复地说，如果听从了克拉丽莎，便是做了她的朋友、自己的敌人。依照他的判断，如果他放弃对克拉丽莎的进攻和占有，就意味着他在朋友们、在哈娄家族乃至全世界面前宣布自己的整个"战役"失败。而这是他决不能接受的。

拉夫雷斯鼓吹的"自由"和"人性"并不公平地给所有的人同等机会，也不像当今某些解构主义学者所臆测[2]的那样有破除资产阶级成见和权威、导向更多人际间相互沟通和分享的功效。[3] 相反，其主导的后果是使权势者的私欲得到鼓励和放纵，使他们针对克拉丽莎们的不平等的"战争"关系合法化。拉夫雷斯的精妙的"社会性"欲望和哈娄们的贪欲一样不由分说地把自身的满足置于群体或他人的福利之上。事实上，他的专制和暴虐丝毫不亚于老少詹姆斯。他信奉"女人生来是受人控制的"（信207，670页）的说法，

---

[1] 鉴于拉夫雷斯和克拉丽莎都是写作者，他对plot的兴趣也有很浓的文学色彩。参看"帕梅拉"一章。

[2] 这类解读——包括威·比·瓦纳（W. B. Warner）的《阅读克拉丽莎：阐释之争》（1979）和卡瑟尔的《克拉丽莎的符号》等等——的问题之一是一厢情愿地肯定拉夫雷斯式的"解构"姿态，并将它与克拉丽莎相信语言指示真相的"天真"态度相对照，而不充分顾及这两种态度在小说中或当时社会中的语境及功用。

[3] 参看Eagleton, pp. 64-70。

决意要"使我的所爱完全地依附于我"(信416,又见557、757、789页);认为只要先驯服克拉丽莎,她就将"照我的方式成为我的人"(信227,735页)。强暴行为不过是他实践上述理念的极端途径。

当然,我们也应看到,拉夫雷斯的离经叛道的议论和见解与拉摩的侄儿(狄德罗写于1762年的对话体小说《拉摩的侄儿》中的主要人物)的种种高论一样,不乏某种合理性乃至前瞻性。他对宗教、教会和灵魂统统持大不恭敬的调侃态度。他自比弥尔顿笔下的撒旦,说"《圣经》是部不错的古代史"(Everyman, II, 88页)。在他眼里,灵魂可以是嬉笑嘲弄的对象。他为自己辩护时,有意识地利用异教徒的传说(如狄多的悲剧)。他洞察各类人的心理和动机,看透了"世界……被表象所支配"并得心应手地经营那个表象以达到自己的目的。他半开玩笑地主张一年召开一次国会,建议男人们以"自由"的名义经常定期更换配偶——和自然界其他动物一样。有时他会像敢于讥讽国王本人的罗切斯特伯爵那样出言不逊地挖苦战功赫赫的"基督教帝王",历数他们"违规了再违规、抢劫了又抢劫、蹂躏了还蹂躏"的功业,说相比而言他本人不过是个只求满足一己饥渴的小小"觅食者",危害要小得多(信515,1437页)。对于金钱统治万事万物的现实秩序,拉夫雷斯既精通,又不无反感和鄙视。他对婚姻的抵制或多或少根植于婚姻的买卖性质。他兴致勃勃地谈论所谓"心灵结合"(信288,959页),甚至虚构他十年之后将如何回首自己和克拉丽莎在传统婚姻关系之外共同生活的"故事"(信223,720页)。在这些时候,他的设想不无(沃斯通克拉夫特或葛德文式的)理想主义色彩,几乎趋近某种私人乌托邦。[1]

如克里斯托弗·希尔所说,拉夫雷斯不仅仅是"老一套的舞台

---

[1] 参看Morris Golden, *Richardson's Characters*, p. 19。

浪子",理查逊把"一些奇特的激进政治主张塞进他的嘴巴,从而把他牢牢地置入了特定社会背景"。[1]从他的言论我们不由得会联想到,产生了这个人物的社会不仅继承了一个礼崩乐坏的复辟时期,也继承了之前那个进行了大量思想和社会实验的革命年代。作为一个巴赫金所说的享有充分发言权的"言说者",[2]拉夫雷斯所传达的社会话语的取向和力量并不是作者可以完全控制的。理查逊在小说出版后仍不断地阐述、注释、修改文本证实了这点,读者对拉夫雷斯的兴趣、同情和某种程度的认同也说明了这一点。甚至可以说,拉夫雷斯那些亵渎神明的看法在书内书外的读者中引起的共鸣恰恰是因为理查逊本人也"不自觉地暗中被这个人物吸引"。[3]

理查逊分派拉夫雷斯出任主要"写信人"的角色,大大地丰富、加强了这个人物,使他具备了诸多理查逊式写者的特征。他靠文学修养和驾驭文字的能力博得了克拉丽莎的好感。他对写信无比热衷、一丝不苟的态度几乎可以和克拉丽莎媲美。据估算,拉夫雷斯一天写作量可高达一万四千词[4],人们不禁要怀疑,一日之内要写出那么多字,哪里还有时间去勾引女人?对拉夫雷斯来说,读者/听众在其征服计划中占据着至关重要的地位——他的一举一动不但事后要向朋友详细地汇报,而且常常还要事先通告。他像真正的艺术家一样,是需要欣赏者的,而且这似乎甚至比征服女人本身更重要。对于"故事"和"讲述",他可以说是津津乐道。他的笔调幽默尖刻,他对众人的隐蔽心理洞察入微。有关克拉丽莎私奔的

[1] Hill, p. 379.
[2] M. M. Bakhtin, *The Dialogic Imagination*, pp. 333-354;参看巴赫金:《陀思妥耶夫斯基诗学问题》,第2、3、5章。
[3] Arnold Kettle, *An Introduction to the English Novel*(Hutchinson's University Library, 1951), Vol. 1, pp. 69-70.
[4] 参看Eagleton, p. 92。

描述，对"辛克莱尔太太"一伙的刻画，对教堂事件的记录以及多处（如在汉姆斯特德村一段）分角色的戏剧化描写，等等，都体现了对叙事艺术的自觉追求。他还长篇大论地沉溺于对自己的深层心理的玩味和分析。他甚至动用自己的钱财和势力在"辛克莱尔太太"家营造出一种四维"虚拟真实"，并把克拉丽莎囚禁于其中，其情其景令人想起约翰·福尔斯的"后现代"作品《麻葛》（1965，1978）。在某个意义上，他是十足的艺术家或行动艺术家。只不过当他把艺术家在艺术中的生杀予夺大权真的用于生活和他人的命运，这种"创造"就变得极端恐怖而残酷。

总之，这个"既卑鄙又豪侠，既沉毅又轻佻，既暴躁又冷静，既明智又疯狂"[1]的拉夫雷斯是个有一定深度的思想者，是像弥尔顿笔下的撒旦那样有魅力的引诱者兼迫害者。小说的悲剧魅力正在于这个被克拉丽莎无数次用"邪恶""魔鬼"等词语定义的人物并不尽然是恶魔，而是某些有价值的思想的代言者，是一个复杂的而且有诸多可取之处的上层青年。从相貌和智力看，他是人群中的佼佼者。他的坚毅和勇气也是得到公认的。强暴事件之后，在明知他迫害克拉丽莎的事已经闹得沸沸扬扬并引起广泛谴责的情况下，他仍大摇大摆地在舞会上露面，以不达目的绝不罢休的决心迫使安娜听他说话并转达他谋求婚姻的意向。安娜虽然恨他恨得咬牙切齿，却不由自主赞叹他的"如此坚决，如此锲而不舍，如此大胆无畏"的男子气派（信367，1136页）。

因为如此，拉夫雷斯强暴克拉丽莎的人生决定和由此引发的双重毁灭才能构成真正令人心痛的悲剧。他对克拉丽莎施暴后并无胜利感。他突然无话可说了："现在，贝尔福德，我走到头了。这事

---

[1] 狄德罗：《理查逊赞》，258页。

完了。克拉丽莎还活着。"（信257，883页）他体会到了无法言说或无可言说的心情。《克拉丽莎》中的那些"空白和缺失"及"沉默的标记"[1]历来备受各类学者的关注，其中，这无从言说的强暴行为可以说是全书最触目、最有揭示力的文本空洞。

强暴是可能性的终结。

在烦冗复杂的算计、谋划和表演之后，简单的暴行结束了一切。人与人的交流彻底地断绝了。

三 "演示"死亡

被强暴了的克拉丽莎说：我已经身粉骨碎——"里里外外，我都不再是原来的我了。"（信261.1，890页）她在半精神失常状态下写了——而后又撕毁、划掉、涂抹或扔弃了——与以往文风判然有别的若干"篇页"（papers），其中有的仿佛在以"孩童般的口气"[2]喃喃自语，有的借助具体形象构思一小段寓言，还有的用许多引语连缀起一页诗歌，却不曾直接提到被强暴的经历。她像是无法直面已经发生的事，又似乎空前透明地敞开了心扉。即使她恢复神志后追述前事时，她也没有更多地分析、解读或裁判。她只谈感受。在她，身体的被侵犯和理性思维的破碎是同步的。

暴行最终使克拉丽莎断定拉夫雷斯完全不可信任。当初安娜向她提议她们两人结伴出走时，克拉丽莎没有听从，却一直和拉夫雷斯通信并听取他的意见。她在困境中最愿意信托的这个男人竟如此处心积虑地迫害她，超出了她的理解和想象。她说，"我对尘世幸

---

[1] 参看John Preston, *The Created Self*, pp. 43-49。
[2] Kinkead-Weekes, p. 233.

福的一切希望都彻底破灭了"（信315，1013页），还发出了"再也不要相信男人"（信334，1066页）的悲号。如果我们考虑到这里的"男人"（man）一词也通常用来泛指"人"，就可以理解这伤害何等创巨痛深。她不再信任字句和语言，也不再尝试沟通。拉夫雷斯请人去和她谈结婚的事，结果无功而返。他写去的信遇到了绝对的沉默。在缄默中，克拉丽莎坚决地、快速地走向死亡。她写的东西急剧减少，小说表现她的方式也从内在转向外在，通过旁观者贝尔福德的观察和描述来实现。如果说写作原是她自我塑造的一种基本方式，那么，她的沉默使我们感到了她对自我甚至对存在的超越。二流角色贝尔福德像是新皈依的景仰者，带着惊叹和赞美注视着她的一举一动。这一视角和叙述方式本意也许是要渲染克拉丽莎在最后时光中的圣徒形象，但是实际上突出的却是她的无言。

在人生的最后路程里，身心交瘁的克拉丽莎终于摆脱骚扰，在史密斯夫妇家暂时住下。她不仅拒绝所有来自拉夫雷斯的信息，也断然拒绝了其他各种建议和设想。不理睬和说"不"几乎成了她的唯一存在方式。她没有理会（由她信任的表亲莫登上校传达的）哈娄一家起诉拉夫雷斯的要求；也不听安娜以及拉夫雷斯的贵族亲戚们的劝婚说辞。她在这个世界上唯一仍旧有点想做的"事"是和家人和解。这个小小心愿在执迷不悟的家人那里碰了壁，她也平静处之，仿佛这只是他们的损失，而并非关乎她的命运。实际情况也确实如此，因为她去意已决。她不肯或不能进食（厌食症？），身体一天比一天衰弱，渐渐不再能独立下楼、出门。她处理了多余的衣物。她写好了遗嘱。她设计并订购了一口棺材，把它放在自己的房间里。她的棺材上有蛇、计时器、白色百合等象征着永恒，也象征着自足、自卫和自我封闭的图案，还有摘自《雅各书》和《雅歌》的铭文。她说："我从了自己的愿，谁还能要求得更多？"（信529，

1470页）她把这段最后的生活，也把整个人生称为从父亲的家到大写的"天父的家"的旅程。"归根到底，死是什么呢？不过是短暂浮生的休止，是一个预定过程的终结……"（信359，1117页）她甚至拒绝了牧师的安慰和帮助——因为死亡是她和上帝之间的约定，不需要中介人。

这位年仅十八九岁的姑娘在选择死亡时如此平静、如此坚定、如此有条不紊而又事事自有主张，她简直像是在导演并展示自己的死亡。确如玛格丽特·安·杜迪所说，克拉丽莎在自己的追求中是极端的、超乎寻常的、近乎疯狂的。[1] 作为读者，我们感受到她的人格力量，也不能不有些吃惊地感受到她的怪异、极端和偏执。

也许，作者意欲追求的效果正是"震惊"。

因为，在很大程度上这部洋洋百万言的小说展示的就是年轻姑娘克拉丽莎·哈娄如何被逼到这极端的地步。

小说开篇，十八岁的克拉丽莎向好奇的女友安娜·豪详细地报告大名鼎鼎的公子哥儿拉夫雷斯和她哥哥决斗一事的来龙去脉。她们对拉夫雷斯感兴趣——他真像传说中的那么"坏"吗？她们对克拉丽莎的哥哥小詹姆斯的蛮横感到不满。她们看透了詹姆斯骨子里的自私和胆怯。她们为冲突的后果担忧，但是又不无旁观和讲述的兴趣。克拉丽莎的口气平和公允，机智乃至有点刻薄的锐利词语偶露峥嵘——比如，说到姐姐贝拉最初对拉夫雷斯的赏识和幻想时，这位模范女性忍不住要讥讽地在括弧里插话评论。而安娜则更轻快活泼，她甚至打趣女友：你莫不是爱上了那贵族青年？对这两个"诞生"于两个半世纪前的少女的成熟、敏锐和自信，我们不免有

---

[1] Doody, *A Natural Passion*, pp. 103-105, 178.

些惊异，但是她们的热切语调中的诚恳、希望和信心却都实实在在是属于涉世不深的年轻人的。也怪不得后来克拉丽莎痛悔自己当初自以为很安全："我曾那么自以为是！"（Everyman，Ⅱ，378页）

能够不装腔作势而又充满同情地谈论拉夫雷斯，能够毫不掩饰地嘲笑哥哥和姐姐并探究他们的动机，表明克拉丽莎确实心怀坦荡。她力图按事情的本来面目公道地认识、对待它们。面对女友的调侃，她细细检点了自己的心，最后认为虽然拉夫雷斯似乎不无长处，却不是她"心目中的他"。然而安娜有心推波助澜。她对拉夫雷斯相当欣赏，因为对自己那位比较乏味的追求者希克曼（其姓Hickman有"土包子"之意）有所不满。她几乎是挑逗般地对克拉丽莎说："我知道你爱他！""当你读到这里，你难道不觉得心有点特别，跳呀，跳呀，跳呀的？"（信59，248页；又见信10，71页）

朋友代表着人的思想情感的一个侧面。应该说安娜的话道出了克拉丽莎内心深处对拉夫雷斯下意识的喜爱。克拉丽莎瞒着家人私下和他通信、会面并由此造成事实上的私奔。她曾因他生病生出真切的关心。她承认在遇到他之前，自己没有喜欢过别的男人，在对他的表现比较满意时，还曾表示如果他能总是这样，她会喜欢他胜过其他所有别的男人。最后，她在反思往事时承认自己"过去曾不无好感地敬重"他（信510.4，1426页）——对此，拉夫雷斯正确地解读说，"用正常的英语说应该是'我爱过你'"（信511，1428页）。她总觉得，如拉夫雷斯那样一个明理而有修养的人总不会不可救药——"真希望我会成为天意的微贱的途径，挽救一个内心里毕竟还有良知的人"（信306，985页）。因此，克拉丽莎被诱拐出走后，由于对拉夫雷斯尚存好感，她曾几度准备接受和拉夫雷斯结婚——只要后者能证明他口口声声宣布的"爱"是真诚的。

尽管如此，在最初的阶段，克拉丽莎并没有像安娜那样把尚未证实的可能性当作现实。她一直没有正式"批准"这感情，没有放弃对它的"审查"。而且，其原因并不如拉夫雷斯所猜想是被道德说教束缚或是故作腼腆。克拉丽莎申明说：这种反复思量"根本不是出于少女的扭捏"，而是因为她需要判断是非、把握自己做什么样的人（信186，596页）。如有的论者说，克拉丽莎"不是安娜发热的头脑想象的那种堕入情网的女主人公。……对安娜来说，爱只是浪漫的情愫，但是对克拉丽莎来说却是'agape'，即包括所有连带的社会责任和更高责任的神圣之爱"[1]。她十分认真。她懂得不能轻信拉夫雷斯；而且更重要的是不能轻率步入"婚姻"。理查逊在撰写《帕梅拉》第二部时逐步阐发了自己对于婚姻和妇女命运的许多思考。后于帕梅拉来到世间的克拉丽莎似乎天然具备了她的创造者的经验和智慧，小小年纪已经对婚姻不存幻想。她曾表示"全心地愿意独身"（信29.3，139页），因为女人一旦结婚，"就被毁弃或被剥夺了一切权利"（信16，92页）；就被"交代给了一名陌生男人，……放弃自己的名字，以标志她成了他的绝对的附属财产"（信32，148页）；就得"让自己的意志服从于他的意志"（信202，653页）。因此，她反复说拉夫雷斯不是自己心目中的那个"他"，说她对他的期望并没高到准备为他放弃单身生活，在相当程度上是由衷的。

对于克拉丽莎而言，希望和怀疑势均力敌的状况大致延续到她初到伦敦的时候。在这个阶段，事态朝两个方向发展的可能性都是存在的。待克拉丽莎被安置进了"辛克莱尔太太家"以后，近距离的观察使她的疑虑和不满不断地加强。此后克拉丽莎曾再三掂量自己的困难处境和对拉夫雷斯的感觉，准备以婚姻为妥协的出路，然而她妥协的意愿被拉夫雷斯一而再、再而三的欺骗行为残酷地蹂躏

---

[1] Jocelyn Harris, *Samuel Richardson*, p. 62.

了。从一个角度看，可以说克拉丽莎是"挣扎着想要相信爱"[1]，但哈娄和拉夫雷斯们却联手彻底葬送了所有的信任和爱情。值得强调的是，拉夫雷斯常常是有意要让克拉丽莎失望。他明白克拉丽莎对自己既有好感也存怀疑。像猫折磨被俘获的老鼠，他拿定主意要彻底摧毁克拉丽莎的意志，然后让那别无出路的姑娘乖乖就范。所以他不断地设置骗局，对克拉丽莎逐一看穿了骗局却并不特别遗憾——让她失望并愤恨正是他的计划的核心部分。他似乎很愿意把游戏延续一段时间——看到战俘的精神痛苦在他来说未始不是快乐。

在这种情势下，克拉丽莎的"战争"正式转入了第二阶段，由抗婚转变为不断考察拉夫雷斯的所作所为并抵制他的图谋。她仍然不断上当受骗，但是也不止一次地识破了拉夫雷斯的诡计，并审慎而坚决地拒绝了安娜的一再劝婚（406、467、498、511、586、588、1045页）。这远不是一场势均力敌的战争。由于思想差距太大，克拉丽莎无法真正理解拉夫雷斯的矛盾性；不能准确地判断或抓住他的那些"真诚"的片刻。不过，即使克拉丽莎抓住了时机，她也缺乏和拉夫雷斯平等周旋的基础。妇女所处的低人一等的地位使她无法自立。拉夫雷斯和哈娄们合谋把她从统治阶级中挤出，并进一步使她变成彻底无产的依附者，变成了一名被骗局和幻景层层包围的迷失了的无奈的"读者"。

不过，一个巨大的反讽是，集中体现了拉夫雷斯的占有权和控制权的施暴行为却使拉夫雷斯和克拉丽莎两"军"相峙的位置和力量对比发生了根本逆转。[2]

对于拉夫雷斯来说，暴力方式是不得已的下策。他把赌注押在

---

[1] Preston, p. 87.
[2] Doody, *A Natural Passion*, p. 210.

对手最终会屈服上。然而他不曾想到，他的猎物也可能是具有坚不可摧的独立意志的主体。他对克拉丽莎的反复颂扬都是变相的自我赞美，都旨在强调自己的胜利的"含金量"。他陶醉于自己的想法和设计，从来没有尝试理解克拉丽莎们为什么会如此看重他有许多理由加以鄙视的道德和婚姻。因此，他终究没能明白，在他号称考验克拉丽莎的时候，自己也正在被考验，并被判定为不及格。当他发现被强暴了的克拉丽莎并没有如他所想就此屈服、社会舆论却变得对自己不利，他就有点不知所措了。正如他曾担心的，最后的"占有"是个空洞的行为。他不再是胜算在握的设计者和总导演了。他准备后退一步，用结婚收拾残局——他一直坚信这一着是万无一失的，失身的弱女子对这一赏赐肯定会感恩戴德地接受。他和贝尔福德劝克拉丽莎不要搞得满城风雨，以免使当事人——包括她自己——没有了回转的余地。精通世故的拉夫雷斯说，不要把事情闹得"使他失去弥补过失的能力，让你我无法维持体面的声誉"（信346，1095页）。然而，事到如今，克拉丽莎对他的话连听都不要听了。失去了被倾听的资格的拉夫雷斯成了绝望的情人，围着克拉丽莎打转却无从见面，焦急而错乱地向贝尔福德探问消息却无法和自己关注的女人沟通交流。这时，他对手下那帮鹰犬的控制力似乎也减弱了，他们甚至不经他同意就擅自以拖欠房租为名把克拉丽莎送进了监狱。

与此相反，克拉丽莎由于对拉夫雷斯不再有幻想，也就不再犹豫不决。她的希望已经被残酷地打碎，耐心也被彻底磨尽了。绝望中的女性出人意料地成了强者。她以前就曾骄傲地宣布："我的灵魂高于你，男人！"（信201，646页）到了这时候她不仅远远高于拉夫雷斯之辈，也高于尘世的婚姻和生活了。那个热忱关注个人命运和自我形象的克拉丽莎已经不复存在。她的思考几乎变成斯威夫特式的。她想，[男]人是多么"实用而愚蠢"，要依靠其他众生方能存在，却自以为是万物之主："其实他自己有什么呢，除了非常捣蛋的猴子式的恶劣本性？却认为他享有自由去脚踢手打，挤开其他所有更高贵的生灵；当他没有其他的动物可猎取虐待时，就运用他的权势、他的力气或他的财富来压迫自己同类中那些不那么强大的弱者！"（信365，1125—1126页）克拉丽莎所想的已经根本不是什么"体面"或"弥补"："曾经如你那般以卑劣手段待我的男人，永远别想娶我为妻"（信263，901页）；"我敢去死……不怕死的人是不会因受到威吓而接受不符合她的心思和原则的卑下处境的"（信277，940页）；还有，"借助神恩，我战胜了最隐秘的机谋。我摆脱了他。我拒绝了他。那个本来我或许会爱的男人，现在我能够蔑视了：现在，难道不应让慈悲宽大使我的胜利更完美？"。（Everyman, IV, 186页）她看透了拉夫雷斯，知道他把欺骗、迫害别人的行径都"当作锦囊妙计和智力游戏，来显示自己高人一筹的非凡编造能力"（信339，1077页）。她说，自己决不为了弥补所谓受损的声誉而嫁给拉夫雷斯。

由于哈娄一家顽固地拒绝和解，由于拉夫雷斯一意孤行，一度精神失常的克拉丽莎最终不得不以极端方式、以选择死亡来做最后的人生陈述。在记述克拉丽莎之死的过程中，插入了贝尔福德对她的迫害者之一即"辛克莱尔太太"的临终场面的描写。那个老虔婆因醉酒摔伤而死。那景象肮脏混乱、令人感到恐怖，简直是个现世地狱，与天使般圣洁的克拉丽莎从容仙逝的情形构成鲜明对照。但是更值得注意的是，"堕落女性"的命运离克拉丽莎其实仅仅一念之差。她谈到那些冒充拉夫雷斯贵族表亲的妓女时曾说过一段耐人寻味的话："[她们]温文尔雅，想必都受过良好教育，当初恐怕也如我是父母的掌上明珠，谁知道又是怎样的骗局使她们的身体和思想都被毁灭！"（信313，1002页）在某个意义上，"辛克莱尔太太"和拉夫雷斯死于非命的前情人的命运代表了被克拉丽莎拒绝的另一种前途。可见，即使除去宗教和道德戒律的迫力，社会留给她的选择空间也是极为有限的。在一定程度上这为克拉丽莎的"极端"做了注释。

死是克拉丽莎对家人和拉夫雷斯的最后的示威和反击。她以近乎病态的急切和热忱精心地设计并实施死的细节，而拉夫雷斯却气急败坏地说她把死神当作情人。此时克拉丽莎自认为已经超越了世人，但是，当她把死作为一种"启示"或"信号"而演示出来，她对死亡的意义设想的前提仍然是交流。"我的罪过……"她说，"不成楷模，可为警诫。"（信306，985页）也就是说，即使是选择死亡，她为自己设计的仍是一种社会性的自我身份，而不是追求抽象的个人完美或世外的福祉。

死亡赋予了克拉丽莎她从未享有的"力量"。这一次她成了塑造自己的形象、命运和归宿的剧作家、舞台指导和主要演员。死的绝对性使她的"语言"终于有一次被倾听或尊敬——哪怕只在一定程度上。面对她的棺材，哈娄家的反克拉丽莎联盟开始瓦解。而拉夫雷斯的境况则正相反。强暴事件发生之后，他一度曾力图坚持自己原来的逻辑，说克拉丽莎的命运其实和成千上万别的女人完全一样，只不过人家不像她那么浪漫地看重所谓的"荣誉"（信259，885页；又见信323）。他仍然力图相信："区区几句神奇的话，诸如我，罗伯特，娶你，克拉丽莎为妻；我，克拉丽莎，嫁给你，罗伯特，加上同甘共苦云云，就能把我对哈娄小姐犯下的全部罪过，全部的滔天大罪都弥补了，都化作了对拉夫雷斯太太的仁慈亲善之举。"（Everyman，Ⅲ，412页）甚至在克拉丽莎垂危时他仍然嘴硬地说克拉丽莎"死也是拉夫雷斯家的鬼"（信383，1169页）。然而实际上他正越来越深切地感受着真正的心痛和无奈。他的决定和举措不再能影响事态。他开始使用一些不加修饰的简单的语句。他不时半是自言自语地说："该拿她怎么办，或者，没她该怎么办，我不知道。"（信265，907页）他常常如坐针毡地打听克拉丽莎的消息："连一行回话都没有，我的命根儿，一字全无，根本不理会我写的三封信！"（信288，959页）克拉丽莎死去之后，他拒绝接受黄泉路断、永远分离的结局，甚至疯狂地要求保留她的心——他认为，在她的这个感情器官里"我曾占据过那么大的位置，因而有不容置疑的权利"。他称她"克拉丽莎·拉夫雷斯"："她莫非不是我的吗？她又能是谁的？她没有父亲、母亲、姐妹兄弟，除了我再没有别的亲人。"（信497，1382—1385页）这位玩世不恭的花花公子感受到某种最终的威胁："失去她，我的灵魂一片空无……"（信321，369页；又见1023、1069页）

　　选择相互理解、互相珍重，选择另一种人生的机会永远地失去了。拉夫雷斯悲叹自己神志不清，"再也、再也不可能回复到原来的我了"（信511，1428页）。这段话令我们想起克拉丽莎遭强暴后发出的悲叹，从而意识到他和克拉丽莎曾经离得多么近。但是这一切来得太迟了。在摧残克拉丽莎的过程中，他暴虐地践踏了自己身心中美好的一切。在一个已经没有了克拉丽莎的世界上，他自认为是"最最不幸的人"（1490页），只能徒劳地用老一套语言为自己辩护并到欧洲大陆无目的地游荡。克拉丽莎的亲戚莫登上校最后寻他决斗时，死亡对拉夫雷斯来说乃是求之不得的解脱。他的死带给读者的感受并非如理查逊本人所解释的那样是"卑鄙者……被惩罚"[1]，是教义的胜利或"诗之正义"的体现；倒有几

---

[1] Richardson, "Letter to Lady Bradshaigh" (26 Oct. 1748). 转引自 Richetti, *The English Novel in History*, p. 99; 又，参看 "Postscript," in *Clarissa*, p. 1498。

分"白茫茫大地真干净"的悲凉韵味。

四 追求的悲剧

值得指出,克拉丽莎对死亡的过分的病态的热衷只是这部小说里一系列"过分"、"失衡"和"不相称"中的一种。

首先,如伊格尔顿所说,这部小说的话语和其"关于"(所讲述)的东西不成比例[1]——以上百万词的空前绝后的篇幅讲述发生在大约一年之内并只牵涉不多几个人的一次有限的私人危机。其次,小说中的主要人物似乎个个都是偏执狂。在那个时代里,家长包办女儿的婚姻并非稀奇的事,《克拉丽莎》出版五年之后,英国还通过了进一步强调家长权威的婚姻法。[2]从菲尔丁的表亲蒙塔古夫人私奔结婚的经历和他本人笔下的索菲亚被迫出走的情节,也约略可见这类事在实际生活和人们想象中发生的频率。即便如此,哈娄家父子绝情的残忍表现也实在是到了登峰造极、丧心病狂的程度,令当时一般的英国读者觉得难以接受。拉夫雷斯则更有几分离奇。他为了骗取一个姑娘,不可思议地投入了极大的心机、精力和钱财,以至他的朋友贝尔福德早就疑惑地问他干吗不干脆找个容易上手的女人:"那位小姐诚然可爱,但是你以为你为自己设置的目标,一旦达到了,能配得上那些手段——那些你自找的麻烦,你已经实行了并仍在筹划的背信弃义、圈套、阴谋和诡计吗?"(信170,555—556页)难怪有西方学者认定拉夫雷斯无节制地沉迷于

---

[1] Eagleton,p. 92.
[2] 参看Mary Vermillion,"*Clarissa* and the Marriage Act," *Eighteenth-Century Fiction*,Vol. 9,No. 4,p. 395;又,Lawrence Stone,*The Family, Sex and Marriage in England, 1500-1800*,Chapters 5,6 & 7.

自己的幻想，"从医学技术角度看是疯了"。[1]还有人注意到这个人物的"心理病态症状"和"本体论的不安全感"[2]，甚至认为全书"反映了基本上是反常的心理"[3]。

男性人物的偏执被反复证实并反复强调。没有他们的过分和执着，就不会有冲突和悲剧。在这里，目的或动机与极端的行为的"不相称"成为一个引人注目的现象。在一个层面上，这种不相称体现了作者心理刻画的独到之处。它们留下若干空白和哑谜，使行动不能被充分解释。

以克拉丽莎的哥哥小詹姆斯为例。如果他的出发点完全是经济利益，那么他不是没有可能放弃逼婚、借助有法律效用的协议条款保障他的利益——克拉丽莎已说明，她愿意终身不嫁，她也显然可能愿意交出产权以换取选择不出嫁的自由。在此情况下小詹姆斯的残忍显得多少有些不可理喻，也不完全能用多疑解释。的确，他并不仅仅是在理性地逐利。虽然老少詹姆斯都不是主要的写信人，读者基本上只能通过其他人物的眼睛和感受来间接地观察判断，但我们可以发现足够的迹象表明小詹姆斯、贝拉和克拉丽莎兄妹间存在（可能起源于童年时代？）某种同胞间的竞争和敌视（sibling rivalry）；发现小詹姆斯对拉夫雷斯不可化解的深刻宿仇部分地源于中产阶级子弟（尽管家庭富裕）在贵族青年群体中所受的羞辱；甚至是发现一些虐待狂心态。类似的隐约暗示亦可见于拉夫雷斯对"报复"的津津乐道。这些一鳞半爪的迹象提示我们这些人物内心"暗物质"的存在。

---

[1] Moris Golden, p. 20.
[2] Gillian Beer语，转引自 Preston, p. 83。
[3] Van Ghent, p. 69.

从另一个层面看，贝尔福德指出的目标与手段的不相称本身构成对人性的一种更哲理化的考察。小詹姆斯和拉夫雷斯是书中两位主要的追求者。他们心目中都有一种理想自我图像，都受非同寻常的狂热欲望驱迫不择手段地谋求实现那个计划，并且仇恨一切妨碍自己的人。他们的追求都以具体的占有——前者希望得到索尔米斯婚约所能带来的财产，后者力图征服世人公认的高洁美女克拉丽莎——为目标。两人都可以被划入文艺复兴以来艺术家们特别感兴趣的被无边欲望所驱使的贪求者（overreacher）类型。拉夫雷斯曾一再自比为历史上有名的开疆拓土的帝王。强暴事件发生后半癫半痴的克拉丽莎曾轻蔑而厌恶地给他写信道："你当真把自己卖给他［撒旦］了？有多久了？你能有多长时间逞威风？可怜的家伙！交易会到期的，到那时你该遭逢怎样的命运！"（信261.1，894页）她的这番话点出了拉夫雷斯的浮士德原型。只是，与克里斯托弗·马洛（1564—1593）剧中追求无限疆土的帖木儿大帝或渴求无穷知识的浮士德不同，理查逊的追求者的目标——财产或女人——更贴近现代散文世界中芸芸众生的日常生活。

克拉丽莎与狂热的男性追求者有相通之处。在所有的人物中，她和拉夫雷斯的共性最大：他们都是"喜好涂涂写写的人"（信105，416页）及"观察对方眼睛的大师"（信125，460页）。他们都强调自己的"自由"意志以及自我的主体性，都以不同寻常的决心和毅力贯彻自己的意愿，而且都在一定程度上鄙视物质的或肉体的世界。[1] 而且，如果我们通过小詹姆斯的物质追求看清折磨他的其实也是一种精神的需要，就可以意识到他们其实就出发点来说并

---

[1] 参看 John A. Stevenson，"'Alien Spirits': The Unity of Lovelace and Clarissa," in Rivero (ed.), *New Essays on Samuel Richardson*, pp. 85-99.

没有根本的歧异。不过，如前所说，克拉丽莎所代表的是这种个人主义追求的理想的层面。作为社会弱势群体中的一员，尚未获得入场券参与"占有"竞争的克拉丽莎对自由的理解更接近洛克的主张；她对个人权利的要求更少进攻性，基本局限于正义的自卫和反抗。正像拉夫雷斯不能被简单地理解为贵族纨绔，克拉丽莎及其言论虽然有设计、规范资产阶级自我道德想象的作用，却并不局限于这种意识形态功能。该小说及其女主人公都具有多面性，不能被简单地用"资产阶级"一词来定义。[1]小说一方面肯定了克拉丽莎对家庭暴政的反抗，同时又反复描写了她认可家长权威、渴望与家庭和解的心态；一方面通过女主人公的虔诚信仰和严格自律体现了对个人感情和情欲的压制；另一方面又与情感主义一脉相通，标举"心"的重要，讲究同情和感受力，批判拉夫雷斯之流的"硬心肠"。部分地由于她所处的社会地位，克拉丽莎的理想个人主义最终转化为对个人的否定和超越。她对家长权威的有限度肯定和对个人欲求的压制不是简单意义上的"守旧"，而是出自对小詹姆斯和拉夫雷斯们侵略性个人追求的担忧和恐惧，出自对主宰现实世界的"现金关系"的某种痛切感受，是有意识地从往昔家庭制度和宗教传统中汲取制衡私欲的思想资源。她的大肆渲染了的圣洁之死和对上帝的瞩望乃是超越个人和个体的一种方式，是她最终证明自己的非功利性的唯一途径。

如果说《克拉丽莎》和克拉丽莎对传统价值的这种倚重或借用的确反映了18世纪英国特有的某种保守心态，也是与约翰逊博士相应和的一种思想，即麦基恩所说的那种"认为在人间无法找到真正

---

[1] 参看Daniel P. Gunn, "Is *Clarissa* Bourgeois Art?" in *Eighteenth-Century Fiction*, Vol. 10, No. 1 (Oct. 1997), pp. 2-4。

的理想乌托邦世界的比较悲观而保守的矛盾思想",[1]作为对比,小詹姆斯和拉夫雷斯的主张则更像洛克所批评的那种"人人随心所欲的自由"[2]或霍布斯的"自然状态"下的自私。对他们来说,自由和权利只是一己的自由和权利,其他人不过是自己的客体或工具。他人的意志若是与自己的意愿冲突,就无"自由"可言,只是应被制服的对象。由于他们的这一立场,存在于追求者之间的是你死我活的对立关系。我们看到,在真正能决定事态发展的几个人物中,滋生于拉夫雷斯和小詹姆斯之间的是触目惊心的敌视和仇恨;发生在小詹姆斯和克拉丽莎之间的是手足相煎的惨剧;而克拉丽莎和拉夫雷斯这样一对如此相似并互相吸引的异性青年则最终不能沟通、不能共存。

关于克拉丽莎的迫害者,伊格尔顿曾指出"他们都体现了一种产权个人主义"[3]。他关于产权个人主义的提示是极中肯的,只是我们或许应该补充说,他们所代表的是几乎滤去了占有对象的"纯粹"的产权个人主义心态。因为,他们与鲁滨孙或罗克萨娜不同,对被追求的"对象"没有太多直接的兴趣。小詹姆斯绝不会像鲁滨孙那样在土地上耕种、收获并直接消费其产物。拉夫雷斯也一再强调说,克拉丽莎的价值不在于满足情欲。实际上,他们两人一个是大宗财产的法定继承人,一个是身边美女如云的花花公子,从任何意义上说,更多的"物"的获得与他们的欲望满足已没有多大关系。"占有"在很大程度上是为了占有而占有,或用拉夫雷斯的话说,变成了"精神"追求。我们看到,对于詹姆斯,更多的土地是堂皇

---

[1] McKeon, p. 418.
[2] 洛克:《政府论》下篇,36页,译文略有改动;又,参看16—17页。
[3] Eagleton, p. 88.

地进入上流社会的必要条件。对于拉夫雷斯，克拉丽莎作为战利品可以证明自身的魅力、勇气和智谋，从而提高他在纨绔子弟圈子中的地位。也就是说，就像美女之于浪子是个符号，土地对于詹姆斯们也是个符号。而克拉丽莎的双重不幸在于她既是拉夫雷斯热切想望的一个符号，又是小詹姆斯的追求中的一个交易筹码。

有的学者把拉夫雷斯和哈娄一家的追求归结为权势欲，认为"财产是权势的象征"，"人性堕落成了权势争夺"，等等。[1] 然而，仅仅用"权势"一词来概括这种近乎非理性的追求是不够的。问题在于，这些显然并无政治或军事抱负的人为什么会如此执迷于所谓"权势"？对拉夫雷斯这样在社会中享有一定特权，基本需要早已得到满足的个人来说，财产、女人和所谓"成功"都仅仅是欲望本身的象征物或代名词，标志的不是具体的满足。这里，我们不妨回过头来再看一看拉夫雷斯对所谓"subject"（话题/对象/主体）的关注。他曾多次表示克拉丽莎是他的最佳话题和探究对象。由于subject一词的多义性，我们可以意识到这"话题"或"对象"与他本人自我塑造的构想或"主体"构想是同一的，是他的自我的一部分，而不是一个被他承认并尊重的自在的客体。因此，拉夫雷斯一方面像所有的"职业"浪子一样，隐约地意识到他们的征服事业不过是"导向空无的老一套行为"[2]，对"对象"的征服不是满足的到来，而是满足的进一步推延，是面临胜利标志背后的空虚；但是另一方面他又知道失去这个"对象"或"话题"，自己剩下的也是虚空。克拉丽莎作为符号性的"对象"，常常只能如解构主义者们所论证的指向另一个符号——如土地转换为贵族的封号、克拉丽莎

---

[1] Doody, *A Natural Passion*, pp. 123-124.
[2] 参看 Turner, p. 81。

转化为战利品——但是背后却没有最终的对应物。如果考虑到所谓"自我设计"和"自我塑造"常常只是人们对其所属社会群体（哈娄式的正在上升的富商家庭或贵族纨绔是其中两例）中公认的成功样板的心理复印，这种追求是否应该被理解为渴望与群体认同并被群体认可的疯狂的心理需要，并反过来印证了追求者本身的心理构成或生活构成中某种深层的缺失？对于复辟时代前后的浪子们，这种缺失可能有非常具体的历史原因和特定的表现，然而拉夫雷斯们作为更广义的现代追求者的代表，他们所体现的那种与个人主义一同诞生的**主体的缺失感**是更耐人寻味的。换句话说，是否应该认为，驱动"追求"的所谓"本体论的不安全感"并非个别人的失常失态，而在更大程度上是一种社会文化病？

理查逊本人声称：他写小说的目的不在于愉悦读者而在于教育他们，在于保障"人类社会的纽带"[1]。可见他对于自己面对的问题并非毫无自觉。在他笔下，小詹姆斯和拉夫雷斯们的追求构成一个无从逃脱的怪圈。因为极端个人主义意识形态在很大程度上毒害了人与人之间的关系和纽带，才造成所谓的"不安全感"，生出追求成功和社会尊敬的强烈心理需要。然而，这种以占有为目的、以竞争为基础的追求不但偏离并掩盖了人的真正的需要，而且必然进一步伤害个体与他人的关系，从而导致更疯狂的"追求"，就像拉夫雷斯以南辕北辙的粗暴追求最终断送了他自己的幸福乃至生命。这类追求者所追逐的"目标"与其"手段"和努力从一开始就注定是不相称的，就注定是偏执而癫狂的；其结果倘若不是毁灭，也一定是失望。小詹姆斯和拉夫雷斯都是这种被不可名状的占有欲和成功欲所驱策的现代人的典型。克拉丽莎本人在给安娜的信中曾用明晰

---

[1] Richardson, *The Apprentice's Vade Mecum*, 1734, p. 83, 转引自 Tom Keymer, p. 61。

的语言概括这种追求的可怕:"你没有看出么,我们家人一个个似乎都被乖戾的命运驱使,身不由己,无法抗拒——然而一切又都是我们自己一手造成(简直像是自我惩罚)?"(信82,333页)

理查逊等18世纪的文人已经敏锐地意识到,典型的现代人乃是被某种自我设计、被无止境的"追求"心态驱迫的困兽。理查逊对"追求"的态度已经较少马洛或莎士比亚式的惊叹而更多约翰逊博士在《人间愿望多虚妄》(1749)中所表现的那种冷眼剖析。尽管如此,他的小说的文体和表达方式总体说来却是恣肆汪洋、滔滔不绝的,是放纵而不是节制,是狂欢而不是默祷,很大程度上体现着追求的动能,而不仅仅传达着批判的理性。因而这部独特的小说在表达对时代的最深刻的忧虑和批评的同时,也印证着那个时代甚至那种被批评的思想意识的极大的心理能量。

克里斯托弗·希尔曾感叹说:从勤勉学徒变成成功生意人的理查逊,何以能获得如此的思想深度呢![1]这里,除了希尔所提示的一些文化产品(如《蜜蜂寓言》《格列佛游记》《乞丐的歌剧》《大伟人魏尔德传》等)的启迪熏染,我们还应充分估计社会对话的砥砺作用。可以说,帕梅拉的发迹史在更大程度上代表理查逊本来的心愿和思想水平。但是该书引发的争论和质疑使他不得不在下一部作品中回答一个问题,即如果代表德行的模范女性遇到的攻击者不像B先生那样轻易就范、改弦更张,情形又将怎样。正是这一逼问使理查逊把对人性的考察推向悲剧的极致。如果说《帕梅拉》是对鲁滨孙、茉儿·佛兰德斯和罗克萨娜的经济追求的修正,是"在统治阶级纷纭的异质的意识形态模式之间斡旋调解以期产生看似自

---

[1] Hill, *Puritanism and Revolution*, p. 373.

圆其说的新神话性观念体系"[1]的尝试，那么克拉丽莎之死便直指"帕梅拉方案"的"内伤"和局限。为了充分揭示女主人公的精神面貌，理查逊在自己的"想象实验"中"以空前的广度、深度和强度展示了18世纪中期〔英国〕社会-历史世界的一个片段"[2]，几乎像拉夫雷斯一样不惜走到残酷的极端。克拉丽莎按照作者的设计证明了自己对信仰和美德的忠诚，便最终无法与那个由哈娄-拉夫雷斯主宰的"社会-历史世界"共存。理查逊不得不在一个更深的层次上再一次回到"罗克萨娜问题"上，通过克拉丽莎的毁灭重新审视现代社会、现代"自我"和现代"追求"。

在《克拉丽莎》一书最初分成三部分陆续发表时，有许多读者，特别是女性读者，热切地致书理查逊，措辞强烈地要求给小说一个"幸运的结尾"（后记，1495页）。她们在悲剧渐渐逼近的脚步中痛感某种美好可能性正在失去。一对可以说是两情相悦、在修养和情趣上有许多共同点的年轻人，本来似乎有可能彼此深刻了解并成为最好的挚友和伴侣，却终于在互相折磨中双双死于非命。这是她们不愿接受的结局。她们的要求和感受并不全然是对大团圆喜剧的庸俗爱好。有学者从狄德罗对《克拉丽莎》的盛赞出发，提出所谓"牺牲美学"，即认为文本表现的是"缺失"，是生活中所缺少的东西，并暗含了渴求"补偿"的愿望。观众/读者部分地成就着这种补偿。[3]我们或许有理由说，那种对大团圆的"庸俗"的渴望本身正是这样一种寻求"补偿"的反应，表达着人类的某种最深层的心理需要和社会理想。

似非而是的是，恰恰因为理查逊抵制了读者们的要求，他才得

---

[1] Gunn, p. 10.
[2] Richetti, *The English Novel in History*, p. 99.
[3] Jay Caplan, *Framed Narratives*, Chapter 1, p. 90. 另见该书后记 "Art and the Sacrificial Structure of Modernity," written by J. Schulte-Sasse, pp. 97-115。

以创造出"真正悲剧性的情境"[1],才得以深入揭示现代性的极端形式及其后果,才使小说具有了某种思想上的彻底性和深刻性。而18世纪读者对悲剧结局的强烈抵制说明她/他们意识到了并拒绝接受小说所揭示的"缺失"。在这个意义上,当时普通读者的直觉比某些当代西方学者的解读来得更准确。这些学者虽然承认《克拉丽莎》的史诗意义,却每每因为克拉丽莎的过分的宗教热忱和道德上的自我肯定而产生隔膜乃至厌烦,从而或多或少忽略了她的宗教姿态本质上是一种反抗和有所针对的选择。他们认为,她既然如愿以偿地进了"天堂",其命运也就不构成悲剧,甚至觉得她呈现"带有色情意味的无能为力状,自虐地成为召唤强暴的现成的诱惑"[2]。

这类评论没有充分注意到该小说的一个基本要点,即作品的悲剧性并不仅仅在于一个完美少女的失贞和死亡。不论作者是否自觉,在情节展开的过程中,小说主题已经从揭示克拉丽莎的基督教美德转移到对男性人物的偏执追求的深入考察和思考。正是由于克拉丽莎坚定、执着地固守自己所信仰的基本原则,才使那些男性的追求的残忍和荒唐之处被充分地展示了出来,使那种追求蜕变为疯狂争夺和无情迫害的可能性和必然性充分地暴露了出来。他们一步步剥夺克拉丽莎,使她从生活相对安宁的有产阶级女性变成了没有财产、没有名分,甚至对自己的身体也不再有处置权的一无所有者。但即使到了这一步,她仍坚决拒绝成为小詹姆斯或拉夫雷斯为她设定的角色,她不惜以死抗争。如果克拉丽莎像拉夫雷斯们事前算计的那样,稍事抵抗后便(像通常的情形那样)投降屈服,哈娄家的逼婚就只不过是千千万万包办婚姻中的一件,拉夫雷斯的诱拐

---

[1] Kettle, p. 66.
[2] Van Ghent, p. 51.

和强暴也不过是千千万万始乱终弃的引诱故事中的一桩。是克拉丽莎的超常的固守使她的被迫害经历演变为一场悲剧性的英勇抗争；是她的死充分揭示了那些"[男]人"（她在被强暴后就每每如此称呼拉夫雷斯）的追求的本质。

在这个意义上，《克拉丽莎》的确是"一部把个人主义发挥到悲剧极端的小说"[1]。

---

[1] John A. Dussinger, p. 41.

第6章

从汤姆·琼斯到阿米丽亚

如果说《莎梅拉》和《约瑟夫·安德鲁斯传》都或多或少是对理查逊的《帕梅拉》的讽拟，那么，到了写《弃儿汤姆·琼斯传》（1749，下文简称《琼斯传》）的时候，亨利·菲尔丁便已专注于实践自己关于小说的主张。他把自己的长篇叙事看作一种新文类即"散文体喜剧史诗"[1]，并且试图探讨它对文学传统的继承和创新。《琼斯传》一书模仿古典史诗分为十八卷，并以主人公琼斯活动的地点——奥尔华绥的家宅（它耐人寻味地被命名为"天堂府"）、他离家后的漂泊旅途和伦敦——划分，结构成三个工整对称的"板块"。浪漫主义诗人兼文论家柯尔律治曾把该小说与古希腊悲剧《俄狄浦斯王》及本·琼森的《炼金术士》（1610）相提并论，盛赞其为"有史以来在情节设置、布局安排上最完美无疵的三大作品"[2]之一。

一 世相全景

不少读者和批评家也注意到了《琼斯传》的史诗品格。伊

---

[1] Henry Fielding, "Preface," in *Joseph Andrews*（Penguin，1977），p. 25.
[2] 转引自萧乾："序"，菲尔丁：《弃儿汤姆·琼斯的历史》，9页。

安·瓦特认为，该书的"涵盖整个社会的无所不包的全景图像"[1]就是其体现之一。而贯穿那幅长卷全景图的，则是范·甘特所注意到的一种"系统的对比。"[2]

"天堂府"、旅途和伦敦三地之间的差异构成背景色调的变化。粗粗看来，小说似是一部表现传统田园世界与现代都市社会的对立和对比的寓言。在小说中，奥尔华绥在萨默塞特郡的庄园被表现为男性家长领导下的井然有序的田园世界。叙述者在第一卷第二章引入这个人物时说：造物主和命运竟相对他慷慨赠予，前者给了他"堂堂的仪表、健壮的体质，卓越的见识和一副仁慈的心肠"；后者则给了他"郡里最大的产业"（Ⅰ卷2章）。[3] 奥尔华绥先生作为家长、绅士地主和本地治安法官，在领地辖区内享有至高无上的权力。这不仅仅是因为上天或命运的恩赐，而且也由于他所具有的种种优异品质最合民愿，也最能造福乡里。

他的卓越识见读者一时还难以领教。但是我们可以明白地看到，他一出场就表现出不同寻常的仁善之心。这位老先生外出数月后回家，临睡之时突然发现自己的床上放着一个来历不明的婴儿。他从孩子小手的轻轻一触中感受到了无限温情，于是丝毫不理会女管家对"骚货"、"浪婊子"和"孽种"的滔滔不绝的排揎诟骂，吩咐把孩子收养下来。此后，他作为治安官"审判"了被认为是弃儿母亲的女人珍妮·琼斯。他称她为"孩子"，耐心地训导劝诫她，长篇大论地论证女性克制肉欲、保持清白的重要性，最后决定从宽发落，给了她一笔钱让她换个地方重新开始生活。在这样一位坦荡

---

[1] Ian Watt, *The Rise of the Novel*, p. 251.
[2] D. Van Ghent, *The English Novel*, p. 84.
[3] 括号内注明引文所属的卷和章，版本为 Henry Fielding, *Tom Jones* (Penguin, 1966)。译文参用萧乾、李从弼合译的《弃儿汤姆·琼斯的历史》，个别词句有改动。

虔诚、无私利可求而又宅心仁厚的主人的统治下,"天堂府"所代表的自然应该是无可挑剔的美好基督教家园。

与此相对,"旅途"是无序的开放系统,而城市(伦敦)则是奢靡腐败、罪孽丛生的地方。

旅途是典型的流浪汉小说(picaresque)中事件发生的地点。那是一个由无限多的岔路、可能性和风险组成的空间,也是三教九流暂时相逢和遭遇的场所。[1]汤姆·琼斯长大后因遭诬陷被奥尔华绥逐出家门。上路不久,他便遇到隐居的"山中人",听那位看破红尘的老者讲述了"都市"的腐败力量。这段插曲几乎占三章篇幅,全然游离于叙事主线之外,被一些学者视为叙事中的瑕疵。[2]然而,老人年轻时在外部诱惑下堕落——因酗酒、嫖妓、赌博而身败名裂——的经历却是有关琼斯即将面对的大千世界的一个警告和预示。琼斯一路上还遭遇了形形色色的店东、律师、艺人、医师、贩夫走卒乃至乞丐强盗。这些人在相对自由的旅途世界中各谋生计,也时时伺机想多捞一点。例如,琼斯与人发生冲突受伤之后,有个旅店女东家起先误认为他是位有钱的少爷,就一面危言耸听地大谈伤势严重,一面忙不迭地延医请药;然而一旦明白其中油水不大,立马就拉下脸来把他赶出门去。路上奇遇的极致乃是发生于厄普顿的旅店闹剧。每个人走进这家旅店的原因似乎都是由于秩序的败坏:琼斯护送半裸的"瓦特斯太太"来住店,是因为她那背信弃义的情人企图谋财害命;索菲亚带女仆前来落脚是为了逃避父亲专横的逼婚;菲茨帕特里克夫妇前后一逃一追来到此地,是因为双方

---

[1] 参看 Bakhtin, *The Dialogic Imagination*, pp. 165, 248;又,吴晓都:《"旅途"或"道路"在文学中的意义》,《国外文学》,1995年第1期,112—116页。
[2] R. C. Crane, "The Plot of *Tom Jones*," in M. C. Battestin (ed.), *Twentieth Century Interpretations of Tom Jones*, p. 88.

都自私放纵，致使家庭崩解；而军人的到达则再一次（此前琼斯已和军人相遇过）提示着整个国家所面临的叛乱危机。[1]甚至连店主夫妇企图赶走"瓦特斯太太"以维护本店"档次"和"声誉"时，采取的方式都如同"下等人"打群架，连叫骂带撕掠，乱成一团。

而伦敦的象征是假面舞会和监狱。假面舞会是纸醉金迷、令人迷失的场合，是"腐败的花花公子社会的讽刺性缩影"[2]。琼斯本以为可以在舞会上遇到心上人索菲亚，却被戴着假面具扮作"众仙之后"的贝拉斯顿夫人诱入歧途。那位舞会灵魂人物还点拨他说：百无聊赖的上流社会芸芸众生不过在消磨时光，他们在舞会上像在别处一样感到乏味。在这个无是无非的大都市里，菲茨帕特里克太太为了获得家族提供的物质利益，毫不介意地出卖表妹索菲亚的藏身之地；走投无路的琼斯做了贵夫人贝拉斯顿的面首，成为"全伦敦穿得顶漂亮的男人"（XIII卷9章）；贝拉斯顿夫人为了满足自己一时的情欲不惜唆使人强暴索菲亚；而琼斯的对头们则肆无忌惮地动用流氓杀手来残害他，并最终以莫须有的杀人罪把他投入监狱。法律被权势和金钱所操纵，监狱也理所当然地成了无辜者的受难地。与此同时，和贝拉斯顿夫人们花天酒地的生活形成鲜明对照的，是贫民的艰难景况：分娩的妇女没有燃煤取暖，病重的孩子没钱诊治，等等（XIII卷8章）。

在这个城市里，唯有琼斯的房东密勒太太的寓所是个依然存有道德意识和人间真情的小小世外桃源。不过，如果考虑到她的房子是奥尔华绥的馈赠、是后者在城里的落脚地，她本人又是个通情达理而又谨守德行的教士遗孀，我们不妨认为她在邦德街上的那幢房

---

[1] 即发生于1745年的支持斯图亚特王朝的詹姆斯党人叛乱。
[2] Terry Castle, *Masquerade and Civilization*, p.195.

子其实是"天堂府"在城里的一块小小的飞地。

由于"天堂府"、旅途和伦敦的鲜明对比，小说结尾汤姆·琼斯与索菲亚结缡并同返故里的举动便成了一种道德选择和社会选择。小说显然在借此喻示并确认奥尔华绥世界所代表的价值。

然而，如果更仔细地追究一下，又会发现"天堂府"远远不是那么单纯而美妙，乡、路、城三者的对比也并不那么绝对。

首先，小说一开场出现的就是一个没有来历的孩子，即所谓"风流孽债"的果实。随后，我们所见所闻的是毫无同情心的女管家的表态和乡间间的流言蜚语。而包围奥尔华绥的，则是几个居心叵测的"门客"。

在这个很难避世脱俗的乡村宅第，仆人和诸多下等人大抵或追逐利益，或贪图享受，或巴结权势，或虚荣炫耀。其中特别值得一提的是琼斯的好友黑乔治。乔治原是奥尔华绥家猎场的看护人，琼斯少年时"偷窃"或偷猎的成果每每都是由乔治一家享用。琼斯还替他担当罪责并在邻近的魏斯顿乡绅家为他另谋差事，可以说待他恩德不浅。琼斯被赶出家门后，由于心伤意乱，丢失了养父最后给他用来谋生的五百英镑。那张银行券正巧被乔治捡到。乔治明知钱是琼斯的而且那小伙子如今处境艰难，却仍毫不迟疑地把钱据为己有。后来，琼斯又托他给索菲亚送信。索菲亚听闻汤姆的遭遇，忙把自己手头的全部积蓄（共十六个畿尼）交付黑乔治给汤姆送去。这时，乔治心中展开了一场争论——贪心怂恿他把这笔钱也侵吞掉，但是良心出来责备他忘恩负义；于是贪心嘲笑良心刚才得五百镑大钱时不出面阻止，偏在区区小钱上装模作样，又说贪得失物和截留钱款两种行为并无差别，人一旦放弃了荣誉和德行就覆水难收：

一句话，可怜的良心眼看要被驳倒了，幸亏恐惧插了进来帮良心的忙，它极力强调说，这两种行为真正的区别倒不在道义上高下有别，而在于安全程度不同：私吞那五百镑所冒的危险微乎其微，而扣下这十六畿尼却极可能被人发觉。

　　由于恐惧的友好支持，良心在黑乔治心里取得了完全的胜利。它夸奖了几句黑乔治为人诚实可靠后，就迫使他把钱照数交给了琼斯。（Ⅵ卷13章）

这一段记述是叙述者的概括，保持高高在上的俯视态度，字里行间洋溢着尖刻的讥讽，但也不失几分大度和宽容。值得注意的是，虽然粗人黑乔治未必会用如此明晰、文雅而又机敏的语言来思考，可是那番算计利害的思想逻辑显然是属于他的。同样值得一提的是黑乔治的女儿毛丽。按说，那个天真任性的女孩子该是个没被教育所败坏、完全按本能行事的乡下姑娘吧？其实却不尽然。毛丽偷情不会忘记谋求物质上的好处，甚至能仅靠一片布帘的遮蔽就在自己与别人从事性交易的现场理直气壮地斥责旧情人背信弃义。也就是说，她不但懂得性的买卖和市场，也懂得如何利用市面上流通的有关名誉和道德的套话来维护并增进自己的利益。

　　其他的仆人也往往是靠利益驱动的。女佣昂诺在随索菲亚出奔前，曾再三认真掂量：是跟小姐走合算呢，还是向主人魏斯顿告发她收益更大呢？与黑乔治权衡是否应私吞十六畿尼时的严谨思考有异曲同工之妙。连流落在异乡的巴特里奇自愿做仆人伴随被赶出家门的琼斯也有个小算盘——他深信琼斯是奥尔华绥的私生子，认为如果自己能把这小伙子带回家定会得到乡绅的酬谢。

　　"小人喻于利"也许不足为奇。然而在这理应淳朴的乡村世界里，见利忘义的绝不仅仅是下等人。布利非父子便是"天堂府"里的蛀虫。当初身无长物、来历暧昧的布利非上尉追求奥尔华绥那位既不年轻又不可爱的妹妹白丽洁，一心觊觎的就是乡绅家的财产。可惜天不从人愿，偏偏先打发上尉本人进了坟墓。后来他的儿子布利非少爷便继承了父亲的心思。奥尔华绥的邻居魏斯顿，虽然城府不深、言行不失几分率真，却也一门心思认定保有并增加家族财产是天经地义的，所以女儿索菲亚理所当然只应和本郡最富有的大户攀亲。为此他蛮横地强迫索菲亚嫁给布利非，甚至对她实行禁闭。魏斯顿的妹妹（即索菲亚的姑妈）虽然在其他方面处处顶撞哥哥，但是在索菲亚的婚事上却与他结成统一战线。她苦口婆心地教诲索菲亚，说婚姻"犹如一种基金，谨慎的妇女在有利的条件下把自己的资财存入，是为了拿到比旁处更优厚的利息"。另一方面她又否认女孩子可以有个人的愿望，用有关家族荣誉的传统观念压索菲亚就范："此事关系的远不止你一人，你的干系其实最少，至少是最不重要。这门亲事关系到咱们家族的荣誉，你个人只不过是件工具而已。姑娘，在王室联姻这件事上，譬如法国公主嫁到西班牙去，难道你真的以为只关系到公主一人吗？……你应该把家族的光彩看得比个人幸福更重要。"（Ⅶ卷3章）老兄妹俩一武一文逼迫索菲亚嫁有钱人，其情其态和理查逊笔下把克拉丽莎逼上悲剧结局的哈娄家庭极为近似。

值得注意的是，家庭内外种种欺诈、摧残和侵害行径的根源也是权威和秩序的依据，即私有财产。可以说，正是使奥尔华绥成为当地领袖和治安法官的那份偌大家资，引发了他身边的尔虞我诈、钩心斗角。那些出于私欲的欺骗和争夺又每每使处在权力和财产中心的奥尔华绥上当受骗，使他的"宽容"、"慷慨"和"公正"失灵失效。于是我们看到，奥尔华绥虽然一腔善意，但他的几个重要的决定——如处罚珍妮·琼斯、巴特里奇并驱逐汤姆·琼斯等等——

全都造成了好人受难的后果。不论作者是否自觉,在他笔下的"天堂府"世界里,以奥尔华绥为代表的家长制度远远不能有效地抑制或对抗滋生混乱与恶行的膨胀着的私欲。奥尔华绥的家园不是与世隔离的天堂,而是处在"从封建的或刚刚走出封建时代的秩序向正在萌生的农业资本主义过渡"[1]的进程中。在《琼斯传》里,一如在其他现代文化产品中,与"城市"相对立的"乡村"是个有复杂意义和多种指涉的意象,绝不可以简单化地理解。[2]

小说中的多数人物介于极端之间:一方面,他们没有琼斯的无私热肠、天真直率或索菲亚的纯洁贤德,但是另一方面他们也不像布利非那么阴冷地专心致志地损人利己。黑乔治们谋求利己,相当大程度上是为生活所迫;在不伤害自己利益的时候他们是很乐于记起琼斯的好处并为他效劳的。这些人或多或少是不公正的财产制度的受害者,他们趋利避害的行为大抵是自发的、本能的,有时并不那么前后一致。与这些人物形象密切相连的喜剧笔法常常充分体现了这一点。比如昂诺,她固然曾冷静地权衡、盘算是否应和小姐出奔,然而最后促使她一怒之下断然跟随索菲亚的却只是她和另一名女仆的一场争吵。巴特里奇则很大程度上像堂吉诃德先生的跟班桑丘,他和琼斯的关系可以说是感情多于算计,忠诚多于私心。叙述者在谈到剽窃时还有意无意地表现出他对下层"穷哥们心态"的某种了解。他说:对于被称为"群氓"的那个人数众多的群体来说,"对阔邻居要毫不犹豫地打劫,这既不是什么罪过,也谈不上可耻"(XII卷1章)。虽然这一段文字多含讥刺,但是"群氓"观点的登场本身就标示出道德和正义的多重性,并含蓄地指出了其阶级的和历

---

[1] Raymond Williams, *The Country and the City*, p. 60.
[2] Ibid., p. 12.

史的根源。[1]

此外，小说中的狂欢式场面（如墓地大战、旅店大战和假面舞会等）较多地保留着文艺复兴艺术的精神，表达了对生活的热爱，洋溢着喧腾的生气。所以，小说的悖论之一是，罪恶滋生的旅途世界和伦敦世界却又充满着难以被简单的道德裁判否定的欲念、生机和多样的可能性。这里，情欲和嗜好等等以其与"情"和"爱"的内在关系反而成为制衡金钱霸权的力量之一。叙述者不仅对因浪漫爱情失身的姑娘满怀同情，出手相救，对毛丽以及其他轻佻女子偷情私通等行为也都一律宽容。这里，还应特别提一提魏斯顿。尽管他包办女儿婚事的手法与克拉丽莎的父兄几乎如出一辙，但是这一头脑简单的喜剧角色非但不像十足的暴君，反而赢得了读者的某种喜爱。究其原因，恐怕还是在于他那生气勃勃的土地主语言和着三不着两的傻气，在于他与大得人心的"约翰牛"[2]类型的某种相似。他迷恋打猎到了荒唐的程度，甚至可以半路上尾随人家打猎的行列绝尘而去，乐而忘返，把追赶女儿、安排联姻的兴家大事丢在脑后。正是这种乖谬的行止使我们在某种程度上认为他是有血肉的人，是钟爱女儿的父亲，而不是只一味想增加资财的残暴的产业主。[3] 他对当朝的汉诺威王室和宫廷贵族满怀无可理喻的敌视和轻蔑，对年轻侯爵的求亲不假思索地嗤之以鼻。这些也表明，与其说他被财产和权势所左右，不如说他是受某些固执成见的支配。社会

---

[1] 参看 William Empson, "Tom Jones," in Battestin (ed.), pp. 42-46。
[2] "约翰牛"（John Bull）最初出现于约翰·阿巴思诺特（John Arbuthnot, 1667—1735）1712年撰写的阐述英法纷争的小册子里，为一暴躁而短视的布商，是个带有喜剧色彩的虚构人物。"约翰牛"问世后得到大众喜爱，其特征随时间推移亦有所改变，进入60年代以后，常以牛或人身牛首形象出现于漫画和版画中，渐渐成了强健而固执的乡村"自由"英国人的象征。
[3] A. Wright, *Henry Fielding: Mask and Feast*, pp. 93-94.

加诸他的父权观念和财产观念虽然已经成为一种蛮横的思维定式，却还远远没能像狩猎的号角那样深入他的血肉脊髓。

总之，这部小说的全景式描写既构成一个黑白分明的寓言，又远远比这个寓言复杂丰富，甚至包含大量与之冲突的内容和信息，因此并不像利维斯等人所认定的那么"简单"。[1]

二 "英雄"与"小人"

正如有的批评家指出的，不论菲尔丁曾怎样贬低罗曼司，汤姆·琼斯都是浪漫故事中不折不扣的"hero"（即主人公或英雄）[2]——他从一个无名无姓的弃儿，经历一番变故和磨难，最后终于继承了家业并与最美丽、最贤惠的女主人公结了婚。

有人认为，琼斯被逐出"天堂府"以后的经历包含了"朝圣"（pilgrimage）、"寻求"（quest）和"进步"（progress）三种富有道德寓意的旅行文学样式。[3] 这种分析不无道理。但是，也应该看到的是，与某些"成长小说"（bildungsroman）不同，这里流浪的经历是使"英雄"充分展示本色的机会，是等待天意揭示其真正身份的必要预备期，而不是改变、修养、成熟的过程，甚至并非严格意义上的考验。就琼斯在这一阶段的表现和他的遭遇来看，他的这段人生经历被那个旅途世界浸染，如后者一样丰富多彩并包含多样的可能性，这使他的行程在更大程度上近似流浪汉小说中的"游荡"。也就是说，琼斯不同于笛福或理查逊的主人公，他非但不是自觉的

---

[1] 利维斯：《伟大的传统》，6页。
[2] 参看 Simon Varey, *Henry Fielding*, pp. 77-78.
[3] J. Paul Hunter, *Occasional Form*, p. 148.

自我塑造者，甚至没有多少自我意识。没有明确人生设计的琼斯几乎像一匹小儿马那样随波逐流地过日子。在流浪的路途中他曾好几次改变主意：先是想出海谋生，遇到军人后就准备从军报效君主和教会，最后又因发现索菲亚的行踪转而追寻心上人。然而，对索菲亚的情意却没能阻挡他不时和其他的女人发生节外生枝的纠葛。总之，虽然琼斯最后和奥尔华绥先生和解时表示他没有白受惩罚，说他反省了自己，意识到自己做了许多糊涂错事；但是总的来说，小说显然不是着眼于表现主人公如何通过失误而修正或提升自己。书中用来定义这位似乎随心所欲的小伙子的关键词语是"natural gentility"（XVIII卷2章），也即"天然的高贵（身份）"。我们在笛福一章结尾部分曾谈到，"自（天）然"一词乃是18世纪文化的关键词，作为定语每每是一种有力的肯定。

琼斯不事雕琢、全无心计，"自然"是他的"英雄本色"。而这里提到的"高贵"或"gentility"更多的是指理想的上等人士所应具有的品格、风范而不是其社会地位。劳森指出，"自然"一词用在琼斯身上是双关语，一方面暗指他是士绅阶级男女的私生子（natural son）；另一方面，又在一定程度上传达了视高尚天性和纯良心地重于社会身份或等级的思想。[1] 后面这一层意思，可由书中其他地方对"善良天性"的直接肯定来进一步印证。如，在谈到思瓦卡姆和斯奎尔两位教师爷时，叙述者说他们都抛弃了"善良天性"，倘非如此，"他们绝不会在本书中被描绘成被嘲弄的对象"

---

[1] 劳森着重分析了菲尔丁把"善良本性"和"良好教养"等量齐观的见解，指出他和当时其他一些一味强调出身和教养的贵族代表人物——如切斯特菲尔德伯爵（4th Earl of Chesterfield, 1694—1773）等——在这个问题上观点的差别；同时他也充分注意到菲尔丁有关人的社会等级、风度和品行等问题的思想是复杂的、漂移的、时常自相矛盾的。参看 C. J. Rawson, *Henry Fielding and the Augustan Ideal Under Stress*, pp. 5-9.

（Ⅲ卷4章）。叙述者还在论述什么是"爱"时极力强调人心中的"善良意愿"（Ⅵ卷1章）。在小说中，自然之子琼斯率真仁厚、勇敢仗义的性格是明写的，浓墨重彩，一目了然。比如，少年汤姆·琼斯和看猎场的穷朋友黑乔治因打猎时误入邻居地界而被人追究，祸事临头，他首先想到的是黑乔治有一大家子人要养活，一旦被治罪后果不堪设想，便一口把责任担了下来，为此挨打也无怨无悔。后来他又变卖了自己的小马资助这家人，并千方百计为丢了饭碗的乔治谋了个新差事。又如，琼斯成年后，养父奥尔华绥因听信谗言将他赶出家门，他不慎丢失了钱财，想追寻心上人也屡遭挫折，前途渺茫，却仍然一路见义勇为——赶走了企图劫掠山中隐士的强盗，解救了遭遇歹人的"瓦特斯太太"，把身上最后一点钱分给了一个潦倒书生模样的手无缚鸡之力的拦路"强盗"，还为挽救伦敦房东女儿的名誉和生命四处奔走。

对于女人，琼斯几乎是一概采取慷慨热忱的态度。他曾因奋不顾身上树为索菲亚捉鸟而掉进水渠，曾在大醉酩酊之际为了维护她的声誉和人打得头破血流，还曾在被人撞破幽会的尴尬时刻挺身而出，回护女伴毛丽。如果说琼斯的这类行为表现了不计得失的热忱勇敢和某种颇有保护妇孺之古风的侠士姿态，那么，他和诸多女人的情爱瓜葛似乎更突出地表现了他的具有喜剧色彩的"自然"特征。

一日，奥尔华绥突染重疾。许多人都在暗自计算乡绅身后自己能得利多少，而琼斯先是因恩人病危痛苦万分，继而又因他的康复而欣喜若狂，喝了个一醉方休，与布利非吵了一通，然后到树林里散步。在那曼妙的6月夏夜，他不禁思念起心上人索菲亚了：

啊索菲亚，如若上天将你送进我的怀抱，我将何等的幸福！可诅咒的命运，却将你我分隔！假使我能拥有你，即使你唯一的财产就是身上的破衣，世上又能有哪个别的男人会令我羡慕呢？塞尔加西亚最标致的美女，即使戴上印度所有的宝石，在我眼里也将是何等的不值一顾！但我又何必提别的女人呢？如果我认为我的眼会多情地东顾西盼，我就会亲手把它挖出来。（V卷10章）

这番浪漫高调包含对命运的慨叹、修辞性反问句、夸张的申说等等，均属传统罗曼司中情人剖白心迹时的常规和俗套。文绉绉的绕口话语与琼斯平时素朴率性的表现似乎有点脱节。果然，他发完了议论，正要把索菲亚的名字刻在树上以彰显他伟大的爱情，却无意间碰上了他本已决定一刀两断的旧情人毛丽。四目相望，几语交接，刚刚还对索菲亚矢志不渝的琼斯不知怎的就和散发着汗臭的毛丽一起钻到树丛深处去了。从高调的言辞陡降到钻树丛的"低级"行动，不无滑稽意味的对比乍看是双刃的讽刺：一方面突出了罗曼司陈词滥调的夸张腐旧、不着边际；另一方面也温和地挖苦了汤姆的轻率和放任。然而细细品味，却又能感受讥讽背后的双重的肯定。燕卜生曾指出，菲尔丁文体最突出的一个特点是"双重反讽"，即包含了对讽刺对象的充分的宽容和理解。[1]而这一段是一个很明显的例证。采用夸张的浪漫套话，说明对索菲亚的爱是琼斯心中最被升华的最富于"文化"联想的情感。这些话所包含的某种天真的浪漫理想、某种由衷的敬意以及对"高尚"风格的半自觉的渴求，恰恰是他对索菲亚的爱情有别于其他风流艳事的地方。琼斯像浪漫故事的主人公那样又是嗟叹感慨、又是要镌名刻字，正是他酒酣后

---

[1] Empson, p. 34.

情火焚心而又不知所措的憨态的一种最佳表达。由此他突兀地转化到和毛丽偷情，虽然可恼（从索菲亚的角度看）可笑，亦是再**自然**不过，几乎是被情欲驱策的年轻人难以避免的一时昏头之举。

后边这一道谅解乃至肯定是至关重要的。

琼斯的这类"艳事"至少发生过三四次。另外两次主要是和被他搭救的"瓦特斯太太"在旅店一夜风流以及在伦敦由于生计无着当了贝拉斯顿夫人的情人。菲尔丁对此类失足行为极为大度，把它们和工于利害算计、满口道学文章的布利非之流的表现相对照，作为主人公天真率意、全无虚饰的例证。琼斯几乎是有求必应，从不挑剔女士的动机，也不叫她们难堪。他的风流逸事贯穿着一种古代骑（侠）士善待女性的殷勤态度，几乎成了他的种种"丰足挚切之爱的表征"[1]。

如果说琼斯的过失出于情欲，那么他的"忠贞"也来源于自然。他在贝拉斯顿夫人家邂逅索菲亚后，心里百感交集、自责不已，终于在朋友的指点下，略施小计，假意向那位夫人求婚，达到了从此一刀两断的目的。这时，恰有一个有钱的阔寡妇向他表示爱慕。对于再度陷入经济窘境的琼斯来说，这无疑是个很大的诱惑。他想，既然魏斯顿已心如铁石、决不让索菲亚嫁给他，自己干脆另娶别人岂不是对她"更仁慈些"？"他差点儿从堂而皇之的道义角度决定背弃索菲亚了，然而这种高调唱了没有多久，就被**天性**（黑体为笔者所加）的声音压倒了。"（XV卷11章）于是他写了一封非常诚恳的回信，表示如果不能把心和手一起交给爱他的人，将是不义之举，在他未能忘掉原来的心上人以前，不可能同别人结婚。

---

[1] C. Rawson, "Henry Fielding," in J. J. Richetti (ed.), *The Eighteenth Century Novel*, pp. 141-142.

范·甘特认为，贯穿这部小说的"广泛的主旨性对比"是"形式"（指外表、教义、规矩等）和"情感"（指内在真实、本能的感受）之间的冲突，而小说中代表感情和人性善的便是家世不明的汤姆·琼斯。[1]如他那段文绉绉的爱情独白所表明的，任何加工了升华了的"言"都与他不相配。他似乎是"本真"的化身，是热忱、慷慨、勇敢等美好品质的集合体。他的行动非但不是对利益的谋求，甚至也不是出自对"善"的刻意追求，而是发自内心。他不出于任何教条地享受生活并以真诚和爱心待人。就这点而言，有些老天真憨态的魏斯顿先生和琼斯约略有些相似之处，因而才得到了叙述者和读者的宽谅和喜爱。

叙述者开篇就把自己比作一个办宴人，并说他摆出来飨客的乃是"人性"。而琼斯所体现的善良慷慨的本性，正是18世纪主流观点中的一脉。在18世纪中叶的社会语境里，"高贵的野蛮人"的观念作为对霍布斯人性自私论的批驳得到许多人的追捧，菲尔丁为他的主人公设计如此质朴未凿而又高尚无私的性格，显然是对这场人性争论的直接参与。[2]菲尔丁在以"论爱情"为题的第六卷序章中正面地表达了对人性的理解，鄙夷地讥诮了一帮认定人性中无所谓道德或仁慈、一切善行不过出自虚荣的哲学家（如曼德维尔等）。叙述者论证说：尽管有些人在自己心中可能连一丝仁爱也找不到，但是这不等于许多别的人天性里就不存在乐于促进他人幸福的仁慈友爱的情感；而且，虽然本能和情欲与以无私善意为基础的爱有相辅相成的一面，但是两者不能被混为一谈。菲尔丁通过汤姆·琼斯的形象肯定人性善，和帕梅拉牌号的情感主义有相近之处。然而他

---

[1] Van Ghent, pp. 87-88.
[2] B. Willey, *The Eighteenth Century Background*, p. 57; Empson, p. 38.

显然不想让帕梅拉式的"野心家"来代表人的善良本性,因此选择了毫无商人气质并具备多种传统社会美德的琼斯。如果说帕梅拉是对茉儿·佛兰德斯或罗克萨娜方式的有限度的修正,那么自然之子琼斯则不仅与那些不择手段的谋财者格格不入,与苦心营造乃至经营"德行"的帕梅拉大相径庭,在心态上和风格上与克拉丽莎式的高尚追求也有明显差异,其所作所为在很多时候是与"典型的理查逊式情节背道而驰"的。[1]

作为琼斯的对立面和对照者,布利非少爷几乎始终处在若明若暗中。对他的刻画留有许多伏笔,在总体上可以说是虚写、暗写的。如第三卷开始小汤姆·琼斯刚刚有了独立行动的能力,叙述者就用皮里阳秋的笔调说:他小小年纪就被裁定犯有三桩"窃案"——盗了园里的果子,偷某农人的鸭子,抢了布利非少爷口袋里的球。这段文字表面上看是写琼斯的,也的确把一个活泼淘气的乡下"野"小子的特征表达了出来。然而,这一段又在暗写别的人。"被裁定"——被谁裁定?从园子里摘点果子在乡下孩子中应是司空见惯的,用得上"窃案"这样郑重其事的字眼吗?可以肯定,裁定者若不是奥尔华绥,就只能是某些按身份贵贱对待人的势利的仆佣,或是占据某种权威地位的家庭教师思瓦卡姆和斯奎尔之流。而把孩子间常有的抢夺玩具的小事闹得风风雨雨最后变成偷窃罪状的,则只可能起因于小布利非本人。

关于布利非有一段实写是饶有意味的。

那是布利非、琼斯和索菲亚少年生活中的一个小插曲。汤姆·琼斯送给索菲亚一只小鸟,让女孩欢喜不已。布利非心生嫉

[1] C. Rawson, "Henry Fielding," p. 140.

妒，成心把小鸟放了。后来被问起，他先是抱歉让索菲亚伤了心，然后解释说："我觉得，万物本来都是享有自由的，[把它们]拘起来不符合自然的法律，甚至是太违背基督徒精神了，不合己所不欲勿施于人的原则。"（Ⅵ卷3章）一番话说得滴水不漏。

　　这一小小风波鲜明地表现了布利非的两个特点，一是他的恶意。促使他行动的主要动力是妒恨。如果能折损别人的快乐，即使不利己，他对损人之举也毫不犹豫。当然，如果还有利己的成效，那就更是不遗余力了。他的另一特点是十分善于运用堂皇的道理和辞藻来掩盖真实动机并取悦在场的权威人士。因为两位教师爷一个是开口上帝闭口悔罪的神学家（思瓦卡姆），一个是崇尚"自然"与"天性"的哲学家（斯奎尔），于是这位小小的得道后学便又是"自然的法律"，又是"基督徒精神"，直说得两位先生都觉十分舒坦，旁人也不能不承认句句在理。这和只做不说的琼斯恰成对照。实际上，布利非所代表的，并不是范·甘特所说的文明的形式——风度、规矩或教义，也不是某种注重理性和道德修炼的观念或哲学。布利非喜欢搬弄义正词严的话语，但是他所体现的至多只是文明外衣遮盖下的"恶"，是伪善和虚假，是一种以抽象的信仰和道德为幌子并且与任何直接的肉体满足都无关的损人利己行径。

　　一般来说，如此被嫉妒所煎熬并善于用权威语言掩饰动机的常常是地位低下者。菲尔丁本人曾在一篇文章里直接把"恶毒"和下等人联系起来。他说，"那种恶意是使人性减色的最恶臭、最有毒的芜草"，"是贺拉斯所说的低俗小人具有的'刻毒秉性'"[1]。可是布利非是少爷，是奥尔华绥产业的合法继承人。如果说他后来隐瞒

---

[1] 转引自 Rawson, *Fielding and the Augustan Ideal Under Stress*, pp. 21-22.

琼斯的身份并进谗言陷害琼斯是为了独吞家产，为什么他从小就如此嫉妒一个寄人篱下的私生子并惯于采用曲折压抑的表达方式？是因为他和琼斯相比在相貌和体力上处于劣势，还是因为他母亲对琼斯十分宠爱从而引发了同根相煎的怨恨？这些都是现有故事情节所提供的可能的解答。但是菲尔丁并不去追究个别人物的心理及其形成机制。在他看来，他们本相如此，代表着一种类型的人。作为观者，我们只能知其然不知其所以然。"小鸟事件"使索菲亚对两个男孩的看法一锤定音。她的看法也是小说整体上对他们所代表的两种品性、两种行为方式的评价。

即使小说的叙述回避挖掘布利菲的动机，"英雄"和"小人"的对比却展示了琼斯所代表的"自然"和"天性"的某种阶级特征，并且由此或多或少表达了作者肯定传统社会等级秩序的保守的社会观。[1]如一位学者所说，菲尔丁是"奥古斯都时代的绅士"，与斯威夫特相似，而不同于与伦敦市民阶级渊源极深的笛福和理查逊。[2]他笔下的英雄琼斯是天生的高贵者，某种得天独厚的位置或禀性使他从来没有被威胁感，从来不觉得需要掩饰。故事最后揭示出他其实也是白丽洁的儿子，使他取代布利菲成为奥尔华绥的继承人，只是让天性上的贵族在社会中归位而已。相形之下，伊阿古[3]式的人物布利菲实质上却是带有下层色彩的"小人"。意识到这一点，他在"挫折"面前所表现出的韧性就不那么令人惊讶了。阴谋败露后他立刻在琼斯面前认小服输，痛哭流涕，保住了一份不算太少的年金。然后他以此为本钱，移居他地、开源节流、另辟生存空

---

[1] 参看 Han Jiaming, *Henry Fielding: Form, History, Ideology*, p. 166。
[2] Mark Kinkead-Weekes, *Samuel Richardson*, pp. 464-466。
[3] 为莎士比亚悲剧《奥赛罗》中的奸佞之徒。

间，积攒了一笔钱准备购买议员席位，皈依了循道派[1]并打算娶一名该教派的阔寡妇，东山再起似乎指日可待。有关循道派的这一笔颇为耐人寻味，因为该教派正是在下层民众中兴起的新宗教派别。[2]《帕梅拉》一书所体现出的道德热忱和宗教语言的复兴也首先是在相对被压抑的社会群体中发轫的。总的来说，与其说布利非是个自私恶毒的阔少，不如说更像兢兢业业向上爬的中下阶级人物。雷蒙·威廉斯说他代表了"真正的当代商业精神"[3]是很确切的。菲尔丁为这个人物设计的阶级身份和精神特征两者之间有所错位。

在某个意义上说，有撒旦和该隐余韵的布利非[4]是这部小说中未被展开的潜在的复杂人物，是一个深思远虑的"谋划者"（plotter）。[5]在很大程度上，正是他的自觉行动造成了"故事"的缘起和进展。如果说琼斯基本上是没有明确人生追求的非自我中心主义者，他的"善"相对来说是随机的，几乎有如漫无目的的游荡，那么布利非就是18世纪的"自我塑造"者中的一员，他的"恶"有明确的针对性，以排斥竞争对手、巩固并提高自己的社会位置为终极目的。

通过这对兄弟的对比所表达的一种对"自我"和"追求"的看法，几乎是与笛福和理查逊们针锋相对的。菲尔丁不仅鄙视、抨击

---

[1] 即Methodist，又称卫斯理宗（Wesleyan），是18世纪中期由卫斯理兄弟（John Wesley，1703—1793；Charles Wesley，1707—1788）等在中下阶层里传道发展起来的新教派别，因不见容于国教教会，遂另立门户。该派在美国的支派又有译成卫理公会、美以美会和监理会的。
[2] 参看钱乘旦：《第一个工业化社会》，138—142页。
[3] R. Williams, p. 62.
[4] 参看Hunter, *Occasional Form*, pp. 148, 188-189。
[5] 参看P. M. Spacks, *Desire and Truth*, pp. 80, 182。

魏尔德和布利非之流"马基雅维利式'新人'"[1]的自我设计和人生奋斗，还常常通过对社会全景的关注暗示个人的渺小和局限，"肯定社群关系，维护被忽视的人际互联意识和对传统的感受"。[2]这里我们不妨回到小说对三教九流的各式背景人物的刻画。例如，在第六卷第九章结尾，小说叙述到索菲亚与父亲发生激烈冲突的关节之点，却突然撂下男女主人公，讲起萨波尔［助理］牧师劝说魏斯顿力戒肝火的情景来。无论他怎样苦口婆心，魏斯顿都充耳不闻，只管连珠炮般地诅咒骂人。牧师先生被他的脏话震惊，却不敢大声抗议那种被魏斯顿认作"自己作为自由英国人应有的权利"的行为：

> 说句老实话，牧师要借乡绅的餐桌享享口福，免不了得不时委屈一下他的耳朵。想到他向来不曾助长乡绅犯这种罪过，而且纵使他从来不曾登门，乡绅的野话也不会少说一句，他也就心安理得了。何况，虽然他不愿意冒昧地在做客的时候去指责主人，他却在讲道台上间接对乡绅有所进言……（Ⅵ卷9章）

在这段引文里，如在其他许多地方，叙述者的声音和人物的声音微妙地叠合着。透过叙述者略带嘲讽的口气，我们可以真切地听到萨波尔牧师用来平息自己良心的种种诡理和说辞。这一刻，牧师的思想和感情变成了叙述的焦点。在小说情节转折的关键时刻，叙述重心的这一挪移是耐人寻味的。通过描写与男女主人公命运几乎全无干系的边缘背景人物萨波尔，那个更广阔的多元化的全景图世界被推到了前台，在那个世界里，可怜的牧师先生的小小良心骚动

---

[1] McKeon, p. 385.
[2] J. Richetti, *The English Novel in History*, pp. 121-122.

和女主人公的婚事或男主人公的命运一样占有一席之地。有这个大背景的衬照，主要人物和主要事件的"权重"便大为减缩了。也就是说，对社会全景的关怀必然使个体"自我"的重要性相对缩小；使菲尔丁的"英雄"无法像笛福或理查逊笔下沉浸于自我关怀的叙事者那样成为惟此为大的聚焦点。

三 权威的声音

一个无家、无产、无业、无谋的年轻人，在私欲横流的世道里到处碰壁，最后却突然间时来运转，以本真和善良战胜了伪善与邪恶，明了家世，得了财产，并娶了本郡最富有美丽的姑娘，功德圆满地担当起"英雄"弘扬人间正气的职责。这一胜利来得着实突兀，只能说是得了某种天意的特别照应。

所以叙事中的"天意"或"权威"在很大程度乃是这部小说中真正的"主角"。

"权威"在何处？显然不在奥尔华绥手中。尽管那位乡绅被描述为几乎是没有缺陷（除了过于轻信）的家长并被不少评论者认定是菲尔丁伦理信念的代言人[1]，他却异乎寻常地不起作用。他要么不在现场（出门、生病或是因琼斯被赶出家门而从我们的视野中消失）；要么是被人牵着鼻子走——他收养琼斯是别人精心安排的结果，放逐琼斯是被他人的深谋远虑所操纵，最后与琼斯和解依然是因为有一些人从中斡旋、阐明真相。他的似乎无懈可击的道德榜样和诚恳说教很少产生正面作用，惩恶扬善的意图也常常适得其反——布利非在他身边长成一个狭隘小人，而珍妮领了他的教诲离

---

[1] 参看 Sheldon Sacks, *Fiction and the Shape of Belief*, Chapter 3。

开后只是更随波逐流地"堕落"成了"瓦特斯太太"。[1]总之,他似乎处处和自己作对,"是该书中的诸多的谜之一"[2]。不仅如此,如有的评论者所敏锐地指出的,叙述者用在他身上的史诗般庄重华美的辞藻有时简直像是有意给他帮倒忙[3]:

> 奥尔华绥先生踱到阳台上。……太阳先射出万道霞光,使之作为它堂皇威仪的前驱登临蔚蓝的天穹,然后才携遍体金辉雍容大方地冉冉升起。在人间,只有奥尔华绥先生这慈悲为怀的人才能跟太阳比绚烂、争光辉。这时候,他正默想着怎样上体天意,对造物主的子民,行最大的善事。(Ⅰ卷4章)

叙述者这样大肆渲染地把太阳露面的豪华排场和对奥尔华绥的颂扬一起端出来,然后却急转直下地说,他把读者带到如此崇高的境地,简直不知该怎么把他们带下去而又不被摔断脖子。那位可敬的乡绅连同他的慈悲美德于是就很难摆脱那做作夸张的风格,变成我们善意揶揄的对象了。

很明显,操纵情节进展方向和读者反应的"权威"不在奥尔华绥之手,而是在那位不时踱到前台来的"无所不在、无所不能的"叙述者或"作者"[4]手中。当然,这个意义上的"作者"不是指自然人菲尔丁,而是在作品中显现的"设定作者"(implied author),是小说化了的菲尔丁。[5]

---

[1] 参看 Wright, p. 161。
[2] John Preston, *The Created Self*, pp. 123-128.
[3] Rawson, *Henry Fielding and the Augustan Ideal Under Stress*, pp. 238-239.
[4] Kinkead-Weekes, p. 468.
[5] Wayne C. Booth, *The Rhetoric of Fiction*, pp. 71-76, 215-218.

《琼斯传》每卷卷首都有一序章，由叙述者亲自出马和读者交谈。这一手法后来鲜有作家模仿，倒有些像近年来电台电视上的"脱口秀"，全靠主讲人的三寸不烂之舌博得听（观）众的喜爱和信任。不少评论者强调：这部小说的特征之一就在于这被大肆渲染的"叙述者与读者之间的不断加强的亲密关系"。[1]讲故事的人一上场就自比为饭铺的老板，半是讨好、半是打诨地为我们呈上他的菜单；告别时又把自己称为与读者同乘驿车旅行的一个"富有风趣的旅伴"（XII卷1章）。在各卷序章和其他部分中，他不但以自己独具魅力的幽默的讲述把我们迷住，还常常出面品评人情世故、道德哲理，或讨论写作的原理和技巧，乃至引经据典展示学识和见识。这些不是可有可无的姿态，因为读者的信托、尊敬和喜爱在很大意义上是叙述者权威的依据和根由。叙述者的表演一一印证了他在第十三卷序章里所提出的作家必备条件："天资"、"仁爱"和"学问"。如此这般的作家/叙述者不仅是读者的服务员兼良师益友，而且是他笔下众生的宽容的主宰者——一个近乎上帝而又远比《旧约》上帝通情达理、宽和仁爱的造物主。

　　关于叙述者的通达宽厚，对黑乔治的处理可为一例。黑乔治虽然曾私吞琼斯的钱财，但是叙述者很公道地告诉了我们乔治家极度穷困的状况，以及他后来帮助琼斯传信的举动，表现了一个小人物也可能具有的复杂性和多面性。另一个例子是对琼斯在伦敦"卖身"于贝拉斯顿夫人一事的讲述方式。琼斯得到一张来自"众仙之后"的神秘请柬和一套化装用的服饰。他和朋友讨论了一番，便满怀希望地前去赴假面舞会。一蒙面贵夫人提到了索菲亚的名字，他便不离左右地追随。夫人乘轿离开，一文不名的琼斯徒步穷追不

---

[1] Wayne C. Booth, *The Rhetoric of Fiction*, p. 216.

舍，以为由此可以找到索菲亚。不过，当他发现了那女人实为贝拉斯顿夫人并明白了她的企图后，却并没有掉头而去。叙述者宽宏大量而又不无揶揄地说："把他们之间的交谈一五一十地叙述出来自然是无味的。其中不过包括些平淡无奇的事，从两点一直延续到清晨六点。"（XIII卷7章）第二天，穷光蛋琼斯扔给巴特里奇一张五十镑的钞票。叙述者便又不动声色地解释说，这钱来自于贝拉斯顿夫人的"慷慨赠予"：

> 为了避免玷污琼斯先生的人格［巴特里奇以为这笔钱的来历恐怕是非偷即抢］，并表彰那位夫人的慷慨，我们应说明那笔钱确实是夫人赠给他的。尽管那位夫人对当时一些极普通的慈善事业（诸如建造医院等等）不大肯解囊，然而在她身上也不是完全找不到这一基督徒的美德。她认为（而且我看也颇有道理）这个有长处而身上却没有一个先令的青年就正好是实施这种美德的目标。（XIII卷7章）

深谙世故人情的叙述者不去追究两人的勾当和琼斯的心理，把他和贝拉斯顿夫人的交道用"交谈"（英语中的"交谈"即conversation，是双关语，亦指性关系，特别是通奸一类）一词一笔带过，固然出于艺术家对于"入流"和"不入流"题材的筛选与判断，但更多似乎是出于对小后生再次出轨的父亲式的宽容。同样，说到琼斯和"瓦特斯太太"重见时的谈话，他说："她说了许多诸如此类的打趣话，其中有些如果记下来在部分读者看来未必能给她添光彩。至于琼斯所做的回答，我们也不能断言旁的读者不会加以讥笑。因此，我们就把他们二人这次谈话的其余部分删略了，仅仅指出他们的谈话是在完全清白无邪的情况下结束的——对于这一点，琼斯要比那位太太满意得多。"（XVII卷9章）这些话语使我们感知到叙述者的善意和宽容。然而另一方面，在前边那段引文中，他提出琼斯的"人格"或"荣誉"问题，一本正经地"表彰"那不肯接济穷人病人却肯出大价钱买自己的一时欢娱的贵夫人，并且似乎漫不经心地点出"靠了她的钱他［琼斯］成了全城穿得最讲究的年轻人之一"（XIII卷9章）。透过这些字句，或淡或浓的讽刺扑面而来，使读者分明地意识到一种是非感、正义感和毕竟不能忽视的道德判断的存在。所有这一切，正是我们对叙述者的信赖的基础。

在这位可亲可敬的叙述者主持下，略带讥讽的喜剧笔法是对情节走向和最后结局的一种提示。我们在前面已经述及对琼斯、仆人和魏斯顿等人的滑稽的刻画。对人物和事件的喜剧性处理意味着一种归类和定式。巴特里奇的命运是一个突出的例子。奥尔华绥对他的审问使他蒙冤受罚、家破人亡，本来是一段无比悲惨的经历。不过，"作者的（authorial）距离维持了喜剧氛围"[1]，高高在上的视点使这一过程变成一出让人忍俊不禁的闹剧——吃醋的无知乡下悍妇为了制服男人不惜胡乱诅咒发誓，怯懦的巴特里奇则为了免受皮肉之苦而委屈成招。如此沿用《堂吉诃德》的成例渲染桑丘式人物巴特里奇的"滑稽微贱"[2]，结果他的苦难非但不构成抗议，反而成为对"天堂府"等级秩序的有力肯定。同时，在一种牢不可破的喜剧氛围里，读者也会隐约地感知到，巴特里奇死了老婆、丢了教书匠的饭碗等等又未尝不是塞翁失马。由此巴特里奇摇身一变成了不时口出半通不通的拉丁文警句的剃头匠兼江湖医生，并得以和琼斯再

---

[1] Clive T. Probyn, *English Fiction of the Eighteenth Century*, p. 99.
[2] J. Richetti, "Representing an Underclass," in Nussbaum & Brown (eds.), *The New Eighteenth Century*, p. 85.

度上路，重创家业。另一个化悲剧可能性为喜剧的典型例子是对小耐廷盖尔和［密勒太太的女儿］苏珊婚事的处理。苏珊失身于青年绅士，有了身孕。对她这类的小家碧玉，这本来几乎不可避免会酿成身败名裂甚至沦落烟花的悲剧。但是在菲尔丁笔下，险情在琼斯的斡旋下轻轻巧巧地化解了，并且与老耐廷盖尔兄弟争吵之类的滑稽场面搅在了一起。甚至小人的奸计也由于冥冥中存在某种更高的秩序而减少了杀伤力。布利非少爷的父亲老布利非上尉因觊觎奥尔华绥的财产而想方设法地与白丽洁小姐成了亲，婚后他主要的乐趣便是暗自盘算如何处置乡绅的家产，他觉得：

> 现在万事齐备，只等奥尔华绥先生一死，他的计划立刻就可以付诸实施了……
>
> 可是，有一天正当上尉聚精会神地思考这类问题的时候，一桩极不幸又极不合时宜的意外在他身上发生了。老实说，不管命运女神怎样恶毒，她也难得想出这么残酷、这么不凑巧、这么毫不留情的手段来摧残上尉的一切如意算盘。为了省得读者东猜西想，干脆说吧，正当上尉那颗心冥想着奥尔华绥先生的死亡会带给他多么大的幸福而欢跳不已的时候，他自己却猝然中风死了。（Ⅱ卷8章）

正是这种喜剧笔调，使读者对小说的罗曼司结构从未失去信心。小说精心地安排情节发展，使琼斯一次次犯错误或被坑害的经历都以不伤筋动骨的小波折告终，从而保障了其喜剧气氛和喜剧效果。[1] 叙述者在故事讲到一半时，还在第十卷序章中亲自出马告

---

〔1〕 R. S. Crane, "The Plot of *Tom Jones*," in Battestin（ed.）, pp. 84-87.

诚读者说，不要轻易认为某些突兀的事件和总体布局不相干，作者心中有数，全书直到最后收场都是前后贯通的整体。此外，叙述者不但直接出面向读者解释把握叙事节奏的原则，还通过若干章节标题——诸如"涵盖一年时间""大约三周"等等——刻意突出他对时间的收放自如的控制。对于时间的这种富于弹性的把握，是小说被盛赞的完美结构的基础。就时间跨度而言，琼斯在"天堂府"的生活长达二十年，在伦敦的经历仅历时一月，而在路上的游荡更是只不过区区十八天。然而就篇幅分配看，在全书十八卷中以"天堂府"、旅途和伦敦为背景的内容都大致各占六卷。小说的布局因此显得极为严整、均衡；三类地点之间的差异和对照十分鲜明，寓意深远。讲述方式上的精心设计和严格配置与被展示的"世界"中种种混乱失序的现象形成对比，更凸显了"作者/创造者的内在作用"。[1]

对这位"不仅是人物之主宰，也是时间本身之主宰"[2]的讲故事人，读者往往会给予充分的信任。由于叙述者时时打断故事，转过头来直接和读者交谈，读者每时每刻都感受到故事的结局捏在胸有成竹的作者手里。不论故事如何起伏跌宕，不论琼斯触了什么霉头或索菲亚遭遇多少凶险，没有人会怀疑最后必将到来的皆大欢喜的结局。他们深信作者/叙述者将通过事先筹划好的安排一步一步把琼斯带往美满婚姻的浪漫结局，使代表"自然"和人性善的英雄经过历练最终收获人生的奖赏。

不过，这个由叙述者一手操办的美好结局也并非没有阴影或漏

---

[1] Ian A. Bell, *Henry Fielding*, pp. 167-174.
[2] Wright, p. 73.

洞。在某个意义上说，这些"阴影"比琼斯的衣锦还乡更耐人寻味。

首先，一个不可忽视的事实是：琼斯最后的美满结局的核心要素是产权转移。他实际上乃是白丽洁私生子这一事实真相大白后，奥尔华绥自觉上了当，立刻赶走了陷害忠良的恶毒小人布利非，让琼斯取代他获得全部继承权。如此一来，通向索菲亚的一切障碍也就一扫而光，老魏斯顿如今成了迫不及待的促进派，撵着赶着催他女儿在三天两日里马上和琼斯成亲。如果读者不过于健忘，他们会想到当初"天堂府"里所有丑恶的心态或行为都是因争夺财产而生的。因此，几乎可以说，不论是自觉还是不自觉，小说的结尾把灾祸和罪恶的根源又重新引进了此后将由琼斯主导的乡村家长制等级秩序。

除此以外，对几个有碍琼斯和索菲亚婚姻大计的关键女性人物的处理也留下了几道不谐之音。

首先得打发掉的，是琼斯过去的情人、黑乔治的女儿毛丽。懵懵懂懂的琼斯意识到自己爱上了索菲亚以后，便感到和毛丽的关系是件很棘手的事。他思来想去，打算用一笔钱赎回自己的自由身。不论叙述者还是琼斯似乎都没有意识到，付钱的打算一旦付诸实行，就是把一段也许是"自然"无邪的异性爱恋转化成了卖淫交易。在等级社会中，少年公子对略具风姿的贫寒少女始乱终弃的故事一直是文学中（无疑也是生活中）重复了无数次的悲剧。在狄更斯的《大卫·科波菲尔》、乔治·艾略特的《亚当·比德》和托尔斯泰的《复活》等作品中，这一类的恋爱或"失足"不但给女性人物带来了惨痛的后果，而且引发了一系列深入的道德、宗教和社会思考。然而，受到讲故事人特别关照的琼斯却另有一个轻巧的出路。原来他的毛丽早已是惯于卖笑的荡妇。琼斯来到她的小阁楼房间，准备请罪挨骂并设法了断关系，不想却意外地发现他的那位满口道德和哲学的老师斯奎尔先生衣衫不整、很不形而上地藏在一挂布帘背后毛丽的零碎什物中间。于是琼斯分文不费、良心轻松地摆脱了一个累赘，还无偿地欣赏了一出让假正经的学究出丑的笑剧。下层女子的非道德的生活方式使我们的"英雄"从根本上免除了道德和责任。不过这一"豁免"来得实在太便宜了，反而留下若干可质疑之点。作者安排另外两个和琼斯有瓜葛的女人即"瓦特斯太太"和贝拉斯顿夫人离场的方式也多少如此。

更不大容易自圆其说的是，有主见、有勇气而又明达事理的索菲亚最后竟轻易地放过了琼斯的过失。男女主人公路上的经历充分地考验了索菲亚对爱情的忠贞和执着，却并不能在这方面为琼斯先生提供任何有利的品行证明。且不论他接二连三的私通行为，即使他对索菲亚断断续续的寻觅和偶然相逢时的海誓山盟也没有太多可圈点之处。如有的评论者所说，琼斯显得不太"配"得到那份好运气。[1]索菲亚曾怀疑自己表姐行为不检点，原因是"一个人可能再次做出他已做过的事；当过一次恶棍的人可能照样再当一次"（XI卷10章），可见她对人性的弱点是有所洞察的。米勒太太前来为琼斯说情，她冷静地回答说："我曾经以为自己在琼斯先生身上发现了一颗善良的心，我承认曾因此而由衷地敬重过他。但世界上最善良的心也会被放纵无度的行为败坏掉。对一个好心肠的浪子，我们至多也只能在鄙夷、憎恶中加几分惋惜。"（XVIII卷10章）直到最后一刻，她在和那个年轻人"谈判"时仍旧表示，琼斯过去的行为使她无法相信其爱情表白："只有时间才能使我相信您是真的悔过自新……"（XVIII卷12章）然而，这个眼光透辟的姑娘后来却不假思索地放弃了对琼斯的进一步考察，顺水推舟地听从父命火速举办了

---

[1] Crane, p. 88; Empson, p. 46.

婚礼。讲故事人为了快快打发琼斯去往那早已为他选定的圆满归宿而或多或少地牺牲了女主人公性格的一致性，致使叙事中出现了一道不大不小的裂痕。

与此相关联，我们不能不注意到，直接促使琼斯命运反转的是两个女性小人物——密勒太太和珍妮·琼斯即"瓦特斯太太"。其中珍妮从一开始就是弃儿汤姆·琼斯身世秘密的知情人，甚至曾经被人们认定是那孩子的母亲。汤姆以她的姓氏命名；在秉性上也接近这个本色的女人，而全然不像他那满口宗教辞令的假正经的生母白丽洁。珍妮和密勒太太都曾得到琼斯的慷慨侠义的救助，由她们担负"解救"琼斯的重任，在某个意义上可以被理解为"善有善报"。即使如此，即使罗曼司传统中主人公的际遇常常取决于一些偶然因素，叙述者不肯把解除主人公困境的光荣使命安排给奥尔华绥等社会中坚，相反却"托付"给了两个在社会上无足轻重的小人物——其中一位甚至算不上是通行意义上的"正经女人"——也显然是一种有所用意的选择。

这里，我们不妨回顾一下小说中一些似乎游离于故事主线之外的插曲。作者曾亲自出马再三强调小说的整体性。因此，即使我们不像有些人那样认为琼斯和"山中老人"相遇是小说的"核心事件"并在有关人性的探讨中"占据主导的位置"[1]，也不敢轻视这些叙事中的节外枝。正如一位学者指出，"山中老人"的自述以及琼斯在旅途中遇到的一名教友派信徒的女儿的恋爱史，与主人公的经历有某些平行或近似之处。但是那些故事的结局却与琼斯的命运迥然不同。教友派信徒的女儿不肯听从父命嫁给某个家道殷实的男人，却和自幼青梅竹马的穷小子私奔了，结果遭到父亲的驱逐和诅

---

[1] Probyn, pp. 97-98.

咒。而"山中老人"在青年时代经历了堕落与苦难之后感到幻灭，最终成了厌世的隐士。从这个角度看，插曲代表了另外的叙述可能性，也即男女主人公所可能遭逢的不同的结局。世道很可能并不像小说的主导喜剧结构那样保佑有情人终成眷属，却如那位教友派父亲的态度一样严酷无情——"既然她是为爱情结婚的，那么，有本事就让她靠爱情过活去吧。让她把爱情拿到市场上去出售，看看有谁肯出钱——哪怕是半个铜板！"（Ⅶ卷10章）主人公也很可能如"山中老人"那样，失足得更惨痛、堕落得更绝望，从而更不可挽回地与人间的幸福绝缘。[1]这一类插曲暗示着他种命运或他种世界观。在它们的映照下，由两个女性特别是珍妮这样的随波逐流的下层人物来决定主人公的出路似乎就更值得深思。[2]这一方面仿佛是着意突出叙事情节安排的偶然性和随意性；另一方面则有意无意地表明，琼斯的时来运转与以金钱和权势为基础、以男性家长为代表的社会主导秩序其实并不完全相容。

总之，小说"完美"的情节设置中其实包含许多意外事件，许多旁枝末节和自相矛盾的内容。[3]和人们的初印象相反，田园世界"天堂府"恰恰是恶人肇衅的场所，而作为罪孽渊薮的伦敦却是"正义"最后得以伸张的地方。这一有意无意的处理也许是小说中最重要的"双重反讽"。显然，叙述者所代表的"权威"之声虽然借琼斯的经历传达一种有关世道和为人的伦理寓言，但是他笔下的多侧面的全景世界却不是任何简单的寓言所能完全容纳的。在小说的结尾，虽然好人得了奖赏，坏人却未遭毁灭，甚至没有得到充分

---

[1] 参看Sacks，pp. 198-205。
[2] C. Rawson，*Satire and Sentiment*，p. 157.
[3] Preston，pp. 101-113.

的惩罚。[1]在"天堂府",以奥尔华绥为代表的宽容的秩序几乎使每个心地不坏的人都得以安居乐业——包括重返故里的珍妮·琼斯即"瓦特斯太太",以及多有不检点行为的毛丽,等等。然而,在世界的其他角落里,布利非正在利用有限的经济资源重整旗鼓;贝拉斯顿夫人仍旧泰然自若地当她的贵夫人;索菲亚的离了婚的表姐菲茨帕特里克太太也能在伦敦上流社会中风光地生活,开销比其正常进益要大上三倍。总而言之,到故事收场之时,这仍是一个存在多种价值、多种判断准则和多种对比的开放世界。如燕卜生所说,双重反讽所表达的,正是一些本质相异的"其他准则"的存在。[2]

总之,在琼斯生活的世界里,多数人是自私的,有的人还很起劲地干损人利己的勾当,少数好人则往往上当受骗。在这个背景下,虽然全书喜剧的气氛得以维持,但是"我们在笑过汤姆以后,并不会觉得这个世界万事正常,也不会指望命运会以同样的方式[像帮助汤姆那样]为每个好人做主"[3]。从叙事的阴影或裂隙中,我们可以辨认出某种隐隐的绝望。[4]不过,尽管菲尔丁与斯威夫特或约翰逊等带有"保守"色彩的奥古斯都作家相仿,似乎对人性或当时的社会文化状况抱不甚乐观的看法,这部小说在结尾时却展示了某种开放性的多重空间,容许不同的人以不同方式在不同空间各得其所地生活。那近乎是无限的空间给人以自由宽松、雍容乐观之感。如有关布利非上尉之死的描述所表达的,《琼斯传》的叙述者即使鄙视某种生活方式,也常常对之持宽容而幽默的旁观姿态。和

---

[1] Varey, pp. 100-101.
[2] Empson, p. 42.
[3] Crane, p. 88.
[4] Wright, p. 117.

许多18世纪早期的作家一样，在凝视那个颇有狂欢特征的物欲世界时，菲尔丁的目光中既有深刻的抵触，又有不自觉的欣赏。

四 《阿米丽亚》和写作的"断裂"

尽管《琼斯传》的喜剧结局不无牵强，叙述中存在若干阴影或破绽，这些却尚未动摇或改变那部"喜剧性散文史诗"的基调。若谈到菲尔丁创作中最重要的"断裂"和转变，则发生在他的最后一部小说，也即被他称为"最钟爱的孩子"[1]的《阿米丽亚》（1751）中。

让许多读者难以接受的是，菲尔丁在《阿米丽亚》里断然抛弃了他在《约瑟夫·安德鲁斯传》和《琼斯传》中成功运用的喜剧框架和风格。该书的写作和此前的《琼斯传》不过相隔几年，两者却不仅形成显豁的对比，而且其间似乎横亘着一条深堑。与结构和风格相对统一完善的《琼斯传》相反，《阿米丽亚》中充满自相矛盾的因素，"通常被视为菲尔丁最不讨人喜欢和最难自圆其说的作品"[2]。

首先，小说的喜剧框架与悲剧内容、其讽刺意图与（对正面人物的）情感主义描述之间，存在着触目的距离甚至尖锐的对立。《阿米丽亚》讲述布思夫妇在伦敦经历磨难，最终回归安宁田园生活的一段经历，"从技术角度看仍是喜剧性的"[3]。但其基本内容是一连串的灾祸，全书笼罩在一种酸楚而阴暗的氛围中。作为男主人公的退伍军官比利（也称"威尔"，正式名字应是"威廉"）·布思上

---

[1] 转引自 Han Jiaming, p. 143；参看范存忠：《英国文学论集》，20—21页。
[2] Castle, p. 186.
[3] Wright, p. 117.

尉曾三次被逮捕并囚禁。小说一开篇他就被拘受审坐牢，直到第四卷才出狱；到第七卷结尾时又被关进拘留所；在十一、十二两卷里又第三次被监禁。也就是说，在小说覆盖的那段时间里，布思一直在断断续续地做囚徒。监狱是这部小说中最为重要的"场地"和最核心的象征。

而这个占据最重要地位的执法机构及与之相关的法庭和司法官吏所代表的，是贪婪和腐败。布思第一次入狱是因为路见不平出手相助，被巡夜的地保抓了起来。打人的有钱人安然脱身，布思和被欺负的倒霉鬼却被送进了法庭。治安法官名叫"思勒索"（Thrasher），"他虽然对英格兰法一窍不通，却熟知自然法则。他尤其精通博学的拉罗什富柯[1]制订的规条所极力推行的基本原则，那些原则高度强调自爱的责任，训导我们每个人都把自己看作吸引万物的重心。实话说吧，法官大人对哪桩案子都不会无动于衷，除非他从两头都捞不着东西"（Ⅰ卷2章）[2]。面对这样的法官，可想而知，无钱行贿的布思们就只有蹲监狱一条出路了。后来处心积虑把布思再度抓进拘留所的法吏及其手下也都和"思勒索"法官是一丘之貉。叙述者特别解释说，"法吏先生被认为算得上是诚实公道，他不过是想要敛点儿保释金；对于收监的人并不比屠夫对行将被宰的牲畜有更多的恶意"。在这个体制中，布思得为自己的被捕、监禁付钱。此外，不论他是幸运地没有遭毒打，还是受了殴打虐待，不由分说，都得照交一份"礼遇费"（Ⅷ卷1章）！

监狱更是贪赃枉法、暗无天日的世界。第一卷第三、四章专述

---

[1] 拉罗什富柯（La Rochefoucauld，1613—1680），法国17世纪伦理作家，贵族出身，著有《道德箴言录》。
[2] 正文括号中注明引文所属的卷和章。版本为 Fielding, *Amelia* (J. M. Dent, 1950), in 2 Vols.

新门监狱。布思因为无钱交纳监房费,一入狱就被扒去了外衣。狱长标价出售各种待遇或特权:比如在较好的房间里加一张"就是给他亲爹,也不能比一个畿尼更便宜"的床铺、提供酒品乃至男女同房"交谈"的机会,等等。他大言不惭地说:"一个和两个可不是一回事……如果让我关一对儿,我得要半个畿尼……那不过是间娼馆的价格啦。"(Ⅳ卷1章)有钱或有门路的罪犯在狱中过得自在快活并可轻易获释;迫于饥饿偷了一个面包的无辜者却受尽折磨、走投无路。犯人之间尔虞我诈,先有一位罗宾森先生打牌作弊骗走了布思的钱;继而又有马修思小姐通过娓娓谈心引诱布思。而布思则轻易地屈从于诱惑,背叛了自己的妻子。总之,这个封闭的空间里充斥着腐败、欺骗、残忍的折磨和无端的迫害。

如果说监狱是世界的象征,那么司法弊端便是全面腐败的一个环节或代表。在这部小说里,菲尔丁的讽刺笔锋无情地横扫了英国社会许多阶层和行业,如军队、教会、医生药师,以及由没有点出姓名的"那爵爷"所代表的贵族阶级,等等,"社会问题变成了情节运转的中心"[1]。第九卷中出场的一老一少两名教士愚顽无赖、唯利是图,和"思勒索"法官以及诸牢头别无二致,所以,对布思来说,监狱之外的社会仍犹如一个无形的大牢房。在那些"自由"的日子里,他忧心忡忡、求亲告友,同时又因负债累累害怕被捕[2]而避世蜗居,不敢随意出门。他的妻子阿米丽亚也总是困守在家,靠典当变卖勉强维持一家人糊口度日。她试图帮助丈夫却一次次被各色"友好"姿态欺骗,被有钱有势的异性骚扰迫害,看不到任何出

---

[1] Richetti, *The English Novel in History*, p. 154.
[2] 18世纪英国法律对待穷人特别严酷,偷窃者动辄可以被处死,而负债者则要被关进债务人监狱。

路。像克拉丽莎一样,她每天的生活都充满"对失败、惊恐和厄运的感受,如患幽闭恐怖症般,闷火焚心"[1]。除了布思夫妇的绝望,书中还展示了一连串其他不幸或不伦的婚姻。班奈特夫妇人亡家破;詹姆斯夫妇各怀鬼胎;特伦特先是以妻子为诱饵敲诈勒索,后来夫妇二人索性狼狈为奸替贵族老爷拉皮条。对于一部以婚姻、家庭为主题的小说,这些人家的境况构成了十分阴暗的底色。小说所描写的各种社交活动和娱乐活动也无不蕴含着阴暗的可能性:聚会和宴请每每是"那爵爷"、埃利森太太或詹姆斯上校之流设计布置的陷阱,即使到公园和游乐园散散心也会无端引来伤害和侮辱。

综上所述,从内容和基本风格来看,这部小说的确是"相当悲剧性"的。[2] 相对于贯穿全书的悲剧内容和气氛,"大团圆"的结局显得很突然,也很不相称。而作者甚至不屑少许填平横亘在阿米丽亚的困苦状况和骤然来临的好运之间的深沟,几乎是在有意提醒人们这体现"诗意的公正"的喜剧结尾是多么不现实。小说最后四章里出现的那些巧合显得单薄而牵强,表现了作者的一种首鼠两端、徘徊不定的心态。

与小说的悲剧内核密切相关的,是《阿米丽亚》中叙述者形象的改变。菲尔丁在该书"献辞"中强调:"本书的真诚意图是促进德行的事业,并暴露现时我国在公、私两方面盛行的某些最刺眼的恶行和弊端。"(xv 页)这种追求社会效益的立场与《琼斯传》的叙述者开宗明义宣告的取悦、"招待"读者的姿态迥然有别。

1748 年底、1749 年初,也即《琼斯传》问世前不久,菲尔丁在

---

[1] J. P. Hunter, *Occasional Form*, p. 195.
[2] Han Jiaming, p. 180.

恩主帮助下出任威斯敏斯特（即伦敦中区）治安法官，后又兼任中塞克斯（伦敦西北区）的治安法官。当时英国司法体制中的腐败现象触目惊心。虽然英国未像法国那样由官方公开出售贵族名号，但是议员身份、军官职衔和政府官位也常常是明码标价地买卖的。司法执法公职也不例外。一个突出的例子是画家霍加思的庇护人哈金斯（John Huggins）。该人于1713年以五千英镑的价格承包了"弗利特监狱"的管理权，他不满足于常规收费，便又是巧立名目，又是公开索贿。在他的监狱里，若想埋葬死去的囚犯，其亲友须额外付钱；图谋越狱者只要行贿纳贡便可畅行无阻。这一司法蠹虫敲骨吸髓经营了十五年后又以原价把该狱管理权卖出，成了富甲一方的阔佬，甚至在被揭发、审判并被霍加思画进了讽刺画以后仍能凭借金钱和广泛的社会关系保全自己的家产。[1] 诸如此类的黑暗内幕和其他种种社会问题深深地触动了菲尔丁。他慨叹治安法官的每年五百镑收入是"天下最肮脏的钱"[2]，以极大的热情投入司法执法改革事业并首开先河，着手在伦敦组建现代警察机构。他于1750年代初撰写了《时下匪盗蜂起之原因》和有关保障穷人生活的建议等考察时弊的小册子，以求推动社会改革。不难理解，对于此时忧心忡忡的法官菲尔丁来说，"喜剧情节已经不再适用"[3]。这位一度以颇有复辟时代遗风的热闹喜剧作品出名的作家此时甚至义正词严地谴责戏剧演出伤风败俗，有害世道人心。[4] 如果说在他的早期剧作和《大伟人魏尔德传》等作品中呈现的是"在野"文人冷眼旁观的尖刻讽刺，那么《时下匪盗蜂起之原因》一类文字则更多体现了"当

---

[1] 参看 D. Jarrett, *England in the Age of Hogarth*, pp. 89-96。
[2] 转引自范存忠：《英国文学论集》，24页。
[3] C. Rawson, "Henry Fielding," p. 147.
[4] 参看 Bell, pp. 225-226。

家人"的焦虑，所流露的迫切的社会关怀和道德责任感都直接指向《阿米丽亚》中出现的那种重大的基调转变。

在前两部小说特别是《琼斯传》里，菲尔丁非常注意与读者沟通和交流。其手法之一即在每卷卷首的序章中让叙述者出面开"侃"，"在叙述者和读者之间建立起一种游戏般的关系，从而创造并限定了小说的氛围（mood）"[1]。在《阿米丽亚》中，这位可亲近的讲故事人消失了。不但卷首不再辟专章让他和读者恳谈，叙事过程中他也不再经常露面或给什么亲切而幽默的评点。《阿米丽亚》中的叙述者"我"已不似《琼斯传》中那般戏剧化，不再那么善解人意，风趣诙谐。后来，当这个没有多少个人色彩的"我"进一步被"我们"所取代时，其言论更似一种生硬正式的"论述腔"，而不是在和读者拉近乎。这一变化不仅表明在菲尔丁的设想中该书的教育功能大大提升，也折射出他对读者的某种新感受。在《琼斯传》中，"设定读者"虽然具有多种面目（招人讨厌的批评家是其中之一），但是多数情况下他被想象成与叙述者"菲尔丁"一起出行、一同见证事态并一道做判断的亲密友人。如有的学者指出，运用喜剧性的讽刺/反讽，"意味着反讽者和反讽的识察者之间的默契合作——他们共享一种精神上的优越感，自视高于浑然不觉的被讥讽者或假想的不省反讽含义的读者"[2]。然而，在《阿米丽亚》里菲尔丁已经不再愿意和读者"结盟"。

很多读者注意到《阿米丽亚》一书的自传性质。菲尔丁的同时代人，如他的表亲玛·沃·蒙塔古夫人和同行理查逊，都说阿米丽

---

[1] Wright, p. 46.
[2] Robert Alter, "Fielding and the Uses of Style," in Battestin (ed.), p. 101；又，参看 A. Ingram, *Intricate Laughter in the Satire of Swift and Pope*, pp. 48-49。

亚以作者的第一个妻子为原型，该书是他们夫妻生活的"真实写照"。[1]一些现代学者则考证出布思与菲尔丁的父亲的性格和生活轨迹有诸多相似。[2]就我们目下讨论的问题而言，这种可以辨认的"自传"色彩说明作者的立足点与人物距离较近，与读者较远。也就是，如果说在《琼斯传》中叙述者邀请读者和他站在一起，居高临下地俯看故事中的芸芸众生，那么在《阿米丽亚》里作者/叙述者便更多地向人物靠近、认同，而拉开了和读者的距离，同时也减少了高高在上者的控制力。叙述者直接面对读者（如在第三卷第一章里叙述者建议"那些不爱别人的读者"不要读布思和阿米丽亚的缱绻场面）时，这种距离感就更为触目——他所预期的读者是和他相异或相左的人，所以需要解释、训斥或者自我辩护。这似乎标志着作者与中产阶级受众的隔阂加深了。

更值得注意的是，从布思在第一卷第三章里被关进监狱，由同牢犯人罗宾森带领参观监狱时起，叙述的主体就一步步淡化乃至消失。很多场合叙述权被交给了人物。马修斯小姐和班奈特太太的自述分别占三章和八章篇幅，而布思本人对往事的追述更是长达两卷。也就是说，全书十二卷中有超过四分之一的内容是由人物讲述的。这些由人物充当的讲述人不是全知者，也不能被充分信赖，因为他/她们的故事不仅被自己的视角所局限，也被各种各样的私人动机所歪曲。即使是在由叙述者讲述的部分里，很多陈述也是从有限视角出发的。比如，当布思夸赞詹姆斯是"世上最好心的人"（Ⅲ卷5章）时，叙述者不置可否，后来甚至出面对读者感叹说，如

---

[1] 转引自 Alison Conway, "Fielding's *Amelia* and the Aesthetics of Virtue," *Eighteenth-Century Fiction*, Vol. 8, No. 1, p. 38; 又，参看 George E. Haggerty, "Fielding's Novel of Atonement," *Eighteenth-Century Fiction*, Vol. 8, No. 3, p. 383。

[2] 见 Martin C. Battestin & Ruth R. Battestin, *Henry Fielding*, pp. 541-542。

詹姆斯般慷慨的人实在不多（Ⅵ卷4章）。尽管《琼斯传》中叙述者为了制造悬念也有选取有限视角、扣留关键信息的举动，但毕竟没有如此张扬地把自己摆到散布错谬见闻的位置上。在《阿米丽亚》里，甚至在对情节布局无大影响的情况下，作者仍然把所传达的"实情"局限于某一或某些人物的所知所想。如在假面舞会一节里，读者完全被置于一般舞会参加者特别是布思和詹姆斯的位置，仿佛游荡在人群之中，只见假面，难知底里。这位以"实情实说"为口头禅的讲故事人，其实和马修思小姐等人一样，未必是听/读者可靠的向导。作者似乎不仅无意与读者共享信息，也对"全知"失去了信心。

此外，我们注意到，《约瑟夫·安德鲁斯传》和《琼斯传》中较少有直接的抨击或说教，作者的价值判断大抵通过揶揄和反讽来传达；然而在《阿米丽亚》里却出现了长篇大段的评判性叙述乃至道德阐述，使这部小说被公认为菲尔丁的最接近理查逊风格的一部作品。叙述者从开篇第一段就采用说教口吻强调个人在人生中的道德责任，并对"盲目听任主导激情的指引"提出质疑。此后叙述还曾十多次打断故事转而专论社会问题，话题涉及决斗、通奸、职位晋升和司法弊端等。这里，就小说的说教倾向，我们举一个小例子。叙述者述及布思先生和马修思小姐在狱中私会一事时，通告读者说他要步狱长的后尘对这个场面"上锁"，"因为我们觉得它不适于被公之于众"。不仅如此，"我们"还觉得有必要直白地说明那两位的举止"与德行和贞洁的严格规则实不相符"：

> 实话说吧，我们对该女士倒并不怎么介意，可对先生的表现却要关心得多，不是因为他本人，而是为了那世上最好的女人［指布思妻子阿米丽亚］的缘故。因为，如果我们看到她被

和一个没有价值、不讲信义的男人拴在了一起，是要为之心痛的。(IV卷1章)

这段关于"罪过的交道"(IV卷2章)的叙述姿态和前边提到的有关琼斯与贝拉斯顿夫人"交谈"的一段有显著的差别。尽管叙述者并非如有的评论者所说，严峻得像个"毫无风趣的警察"[1]——自称"我们"的叙述者并没有进一步对两名越矩者大加挞伐，相反却考量了使"不幸的布思"失足的具体条件：在身陷囹圄之际一名旧日相识的迷人少妇帮助了他，和他娓娓叙谈，声称他是自己的"初恋"爱人并对他百般迎合，等等——但他着意强调布思和马修思小姐邂逅偷情对阿米丽亚的潜在伤害，不肯像在《琼斯传》中那样以喜剧笔调轻描淡写地对待男主人公的过失。这里，叙述者更像法官和教师爷，虽不失宽大，却时时不忘考量言行，维护准则。有人认为，在《阿米丽亚》中叙述者加强了权威之声也即"法官的声音"，[2]其实不尽然。如家长般"唠叨"不休，也许主观上有加大"管理力度"的意愿，但其实却更多地表达了担忧和疑惑。说教增多而权威降减，这也是《阿米丽亚》叙事中的一个矛盾或悖论。

《阿米丽亚》中出现的另一个值得注意的重要变化体现于对女性人物的刻画。

《琼斯传》一书结尾的美满婚姻是代表"自然"的琼斯的道义胜利。如前所述，这胜利及其"美满性"不但依赖产权的转手，也依赖于女性的不平等地位。不少喜爱该书的读者欣赏索菲亚抵制父

---

[1] Hunter, *Occasional Form*, p. 215.
[2] Bell, p. 224.

命、毅然离家的勇敢行为，有时却忽略了一个事实，即她对父亲的反抗是以寻求另一个男性"主人"为指归的。在当时的社会情境里，出逃以后的索菲亚几乎没有任何选择的余地。奥尔华绥曾用一系列否定性词语描述她的长处，说她不讲孟浪的话，不卖弄机智，"不专横跋扈，不妄论是非，不故作深沉"；总之，"对于男人的见解，她确实一向都极为尊重，这是做一个贤惠妻子所必不可少的品质"（XVII卷3章）。显然，在性道德上，菲尔丁和他的多数同时代人一样是持双重或多重标准的。如果索菲亚也像琼斯那样在路上"迷失"一下，恐怕毫无疑问将失去最后和男主角走上婚坛的资格。不仅如此，面对琼斯曾经有过的负心行为以及将来可能出现的旧"病"复发，她几乎没有任何自卫的手段。萨克雷虽然是菲尔丁以及"自然"的忠实维护者，但连他也认为，索菲亚实在太便宜了那个坏小子。[1]不过，不"便宜"他又当如何？索菲亚和表姐菲茨帕特里克太太的一段谈话表明她对女人的社会处境有足够清醒的认识。她搬出姑妈的至理名言劝后者与丈夫和解，说："一旦婚姻联盟破裂，夫妻之间宣了战，不论在什么条件下，讲和对女方总是有利的。"（XI卷10章）也就是说，索菲亚无条件原谅琼斯相当大程度上是出于无奈。她明白，一个女人，一个上层社会能认可的"好"女人，除了或比较美满地或委曲求全地当附庸，实在没有什么其他的路可走。

《琼斯传》对其他女性人物的处理也印证着这种男权立场。书中两个最有独立意识的都市女性——索菲亚的姑妈魏斯顿小姐和孀居的贵夫人贝拉斯顿——都是十足的反面角色。她们两位均拥有并

---

[1] M. Thackeray, *The English Humourists*, pp. 215-218；又，萨克雷："序言"，项星耀（译）《潘登尼斯》（上海译文出版社，1985），3页。

牢牢地把守自己的财产（贝拉斯顿夫人坚决不肯再婚就是怕失去财产支配权），而且凡事都自有一套主张。索菲亚的姑妈不但公开宣扬"英国女人……不是奴隶。我们不能像西班牙的或意大利的妇女那样被囚起来。我们有权利像你们一样享有自由"（Ⅵ卷14章；又ⅩⅥ卷4章），而且和她那位老哥魏斯顿乡绅在政见上争个不休。叙述者不但把她的形貌言语都推到可笑的极点，而且让她当年自作多情、上当受骗的往事成为他人的笑柄，让这位自私而又傲慢的老处女显得荒唐悖谬，却又不能像她哥哥那样滑稽得有几分讨人喜欢。至于贝拉斯顿夫人，虽说她的放浪有点"个性解放"的意味，她对婚姻老到而明智的态度也还能令人生出几分敬意，但是她陷害索菲亚和琼斯的刻毒行径使她成了不可原谅的"恶人"。作者对这两位的描写即使说不完全是单面单色的，也是以否定为基调的。

《约瑟夫·安德鲁斯传》及《琼斯传》都是以男主人公的名字命名的，然而《阿米丽亚》的书名却毫不含糊地宣布了其中心人物和关注焦点是个女性人物。也许是因为这个转移，体现于《琼斯传》里的那种相对严整而系统的男权观点在这部小说里开始有所松动。

这部小说中代表正面价值的人物是有一定复杂度的已婚女子阿米丽亚，而不再是得天独厚的男性"自然"之子。叙述者反复念叨阿米丽亚是"最好的妻子"，讲述她如何三度经受诱惑的考验，抵制了贵族老爷和詹姆斯上校的追求并有分寸地善待真心爱她的阿特金森下士。不论是布思行为失当带来的贫困，还是他的偷情事件，都没有动摇她对丈夫的忠诚和对家庭的责任感。在困境中她坚定拒绝出卖自己，呕心沥血地维持家计，照料孩子，支持丈夫。这位小姐出身的女性甚至明确表示愿以体力劳动谋生。从表面看，阿米丽亚是比索菲亚更合奥尔华绥心思的逆来顺受的贤妻良母，她的忠贞和美德几乎统统是以被动的方式来表现的。她动不动眩晕昏厥或泪流如注，还不时向丈夫和孩子们发布虔诚向善的规劝和训导，俨然是帕梅拉式的多情善感的模范女人。

然而另一方面，正如理查逊的模范女性人物本身不是简单透明的，菲尔丁的笔也触到了阿米丽亚的某些比较暗昧的侧面。我们不应该忘记，这个美女的迷人之处，恰恰在于她的不完美，在于她的鼻子受过伤，曾经破过相。与女主人公相貌上的"破"对应的，是她立身行事中的某些难以把握的、逸出规范的方式。书中有些描写出人意料地暗示阿米丽亚的极端谨言慎行并不等于无懈可击。贵族爵爷向她大献殷勤，天真的她非但没有觉察其用意，反而颇感受用；多亏有过来人班奈特太太（也即阿特金森太太）绘声绘色甚至夸大其词地演绎自己的遭遇，才使她有了警惕之心。布思夫妇的朋友也即阿米丽亚的奶妈之子阿特金森下士病重时向阿米丽亚坦白自己早年出于爱慕偷了她的小像，她不仅没有生气，反而深受感动，甚至温存地允许他亲吻自己的手。在这个稍有越轨之嫌的"爱情"场面和其他一些"诱惑"场面里，菲尔丁承认了善良女性像琼斯们一样，并非没有失足的可能。在这个意义上，阿米丽亚是对作者以前表达的双重道德标准的一种偏离或修正。[1]

更值得注意的是，这个外表柔顺的女子内心翻腾着激愤和绝望的情绪。有一次，她向小儿子解释爸爸为什么不开心，说是因为有人加害于他。孩子追问：是不是爸爸害了别人，如果他是好人，为什么会有人对他不好呢？阿米丽亚一时语塞，竟说出"世界上的坏人更多，他们会因为你的善良而仇恨你"这样的话来。最后，她几乎无法回答稚童关于"好坏"的追问，只好说："即使人间一个好人都没有，你也得当个好孩子；因为天堂里还有个好人会爱你，而

---

[1] Hunter, *Occasional Form*, p. 196.

他的爱会抵过全人类的爱。"（Ⅵ卷3章）这样的段落常常被视为枯燥的说教，其实却并非如此。阿米丽亚曾向一贯同情、帮助他们夫妇的哈里森博士谈起自己对詹姆斯上校的怀疑："我真的开始感到厌恶了，简直可以肯定，全体人类在心底里都是坏蛋。"这类被老好人哈里森认定"有伤伟大的主"（Ⅸ卷5章）的言论传达了被迫害者的极端的绝望，从中可以清晰地辨认出对世道和世人的某种"仇恨"。[1]

小说中的其他女性人物也往往或是难以理解和分类，或是模棱两可，面目不清。对狱中女囚"烂眼茉儿"（她的名字令人联想到笛福的同名女主人公）和满嘴脏话的少女的描写曾引起许多人的注意。正如劳森所说，没有鼻子的独眼女人茉儿实在骇人听闻，她的存在是一种"不可抗拒的事实，无法通过展示作者的理解力来把握驯服"，"有力地标示了菲尔丁的一种强烈感受，即意识到自己无法理解也无能为力"，表达了他"对堕落的人性的日益增长而且挥之不去的感受"[2]。在其他几个着墨较多的女性角色中，为"那爵爷"提供帮衬的埃利森太太是个无法放进道德寓言的"灰色"人物；而对情节发展有相当影响的马修思小姐和班奈特太太则是两个很有战斗力的"坚毅的生存者"。[3] 马修思小姐曾经动刀子捅了负心的情人，是个敢做敢当、不择手段的复仇者；不无滑稽色彩的班奈特太太则是个相信"人类的下层"与上流人士平等（Ⅶ卷10章）的女学者兼女谋士。面对书中那些无一例外统统不可依靠的男性恋人或丈夫，她们毫不犹豫采取行动谋求自立。与贝拉斯顿夫人相似，这两

---

[1] Wright, p. 106.
[2] C. J. Rawson, *Henry Fielding and the Augustan Ideal Under Stress*, p. 86.
[3] Varey, p. 124.

个女人被涂上了或浓或淡的反面色彩。马修思小姐从一开始就与腐败、欺骗和纵欲搅在了一起。班奈特太太也常有出人意料、难断善恶的言行。比如，她向阿米丽亚绘声绘色讲述自己被诱骗的可怕经历，但是故事的结尾却有点莫名其妙——陷害她的坏人最后客客气气地为她安排生计，为虎作伥的埃利森太太甚至和她形同友人。这大大淡化了坏人的邪恶色彩，显然不符合她现身说法、警告阿米丽亚的意图。更有甚者，长谈结束之际，阿特金森下士不期而来，于是我们了解到这位寡妇早已悄悄嫁给了后者，根本不再是班奈特太太了！这表明她曾出于某种目的用谎言做掩护，因而并非十足可靠的言说者。她还曾在争执中责骂阿米丽亚是"死古板"（XI卷8章）。不过，与《琼斯传》中的情形不同的是，菲尔丁基本没有对这两个人物动用漫画笔法，相反还授予了她们发言的权利，让这些自视是男性权势受害者的女人成为两段告解式长篇自白的主讲人。她们的言说都是讲究策略和方式的自觉"语言行动"[1]，不但达到了各自的目的（一个引诱了布思，一个警告了阿米丽亚），而且在一定程度上左右了后来故事的发展。她们的形象具有多个侧面和多种诠释可能性，连在监狱里勾引布思的浪女马修思小姐都不能简单地用"善恶"来概括，更不必说一直到最后都是布思夫妇的忠诚好友的班奈特/阿特金森太太。

不仅如此，那两个按照当时标准不无"邪"气的女人在经历和个性上与代表信仰、贞洁和美德的阿米丽亚有某些平行或相似之处。班奈特太太和阿米丽亚的相似是明写的。她的身材相貌都和女主人公相仿，所以后来才有冒名顶替出席假面舞会的一幕。她们的经历则不仅类似，而且有交点——伤害了班奈特太太的爵爷正是后

---

[1] 参看 George E. Haggerty, pp. 388-398。

来以完全相同的手法引诱阿米丽亚的人。此外，两人在男性中周旋应对的生存策略也不无近似。即使是马修思小姐与阿米丽亚也不是全无共同之处。阿米丽亚当初先斩后奏的私奔经历以及后来不时流露的愤恨绝望等等都可以在马修思小姐的历史里找到共鸣。陷入困境之时的阿米丽亚甚至曾被误认是烟花女子。虽然过分强调她们之间的相似会歪曲作者的本意，但是，完全忽视女主人公和比较"低下"的女性的共同之处也会使这个人物失去她的"厚度"。不论作者是否自觉，两个陪衬者都极大地丰富了阿米丽亚这位女性模范思想和行动的可能性。

通过次要女性人物的反衬和烘托，我们可以进一步意识到阿米丽亚并非单纯的被动者。她和班奈特/阿特金森太太以调包计应付假面舞会是突出的一例。这里假面舞会仍旧代表着社会中的腐败、虚伪、混乱和阴谋。阿米丽亚头一次被（那爵爷）邀请参加舞会，因班奈特太太的警告而告吹；而待到"布思夫妇"应来自詹姆斯上校的第二次邀请真的到舞会上露面时，上当的却是那些打阿米丽亚主意的男性权势者，没有被人看透的恰恰是模范女性。这一事实可以被视为对女主人公不完全透明的本质的一个提示。她不想出席舞会却又不断然拒绝，说明她城府不浅，充分意识到了自己在丈夫和有相当权势的詹姆斯上校之间周旋的困难处境。她向哈里森博士讨办法是企图自救。虽然博士在此事上没有给她任何实质的帮助，她却因此意外得到阿特金森太太的一臂助力。后者轻松地对她说："别怕，我亲爱的阿米丽亚，两个女人联合起来，一个男人肯定对付不了。"（X卷1章）结果，阿特金森太太不仅代阿米丽亚"出征"舞会，还打着后者的旗号游刃有余地为自己的丈夫谋了个军官职位。如卡瑟尔所指出的，作为小说的核心象征之一的"假面舞会归根结底并不支持对人物的单一的理解"[1]。阿米丽亚的另一个重要"举措"是典当阿特金森下士归还给她的镶金肖像。这一行动改变了她和布思的命运。肖像在当铺被罗宾森认出，引起后者良心发现，在被捕受伤且病危之际揭发了当年一桩伪证案，从而使阿米丽亚得到了自己应得的一份遗产。有的评论说，小说的喜剧性收场的前提是"阿米丽亚把她自己送到了市场上""把自己一分为二"，从而通过妥协而避免了毁灭，这一处理不无反讽意味。[2] 过分强调女主人公的"市场意识"似乎难以从小说文本中找到充分的支持，因为，典当其实不过是她实际主持家庭生计的日常活动的一个实例，和在万般为难的条件下千方百计备一桌让丈夫孩子称心的晚餐没有本质上的差别。尽管如此，我们应对下述事实予以充分重视，即是阿米丽亚的**行动**或**劳动**挽救了她和她的家庭。

在小说接近结尾之际，阿米丽亚的隐瞒能力又一次令我们和布思一起感到意外。那时，布思终于当面向她坦白了自己和马修思小姐的瓜葛。对此，阿米丽亚当即表示自己早已原谅了他，并拿出一封马修思小姐过去寄来的匿名信，说道："这个例子说明我也能保守秘密。"（Ⅻ卷2章）原来，她是在对丈夫的欺骗有所知闻的情况下忠诚不二地出演"最好的妻子"的。作者或许是想借此突出阿米丽亚对丈夫的无条件的挚爱、信任和宽容。但是，作为读者，我们不能不从她的沉默中读出其他许多可能性。她的沉默在多大程度上是身处弱势地位的女性的无奈？在多大程度上又是对马修思小姐们的坚韧对抗和控制男人的谋略？她的另一些不大符合淑女规范的思想言行，如她对人性善产生怀疑、被阿特金森下士的痴情所触动，

---

[1] Castle, p.194.
[2] A. Conway, p.49.

是否与她听说布思背信弃义相关？惯于以类型化手法处理人物的菲尔丁隐去阿米丽亚收匿名信的过程，从而避开了她的内心隐秘。但是蜻蜓点水的方式有时比直接描写更能暗示出主人公的复杂体验和心理。女主人公这些不能被"贤妻良母"所一言蔽之的表现，给读者留下了许多怀疑、想象的空间。

总之，让阿米丽亚成为被书名所标举的中心人物是一个意味深长的决定。从菲尔丁创作的发展看，布思夫妇在某个意义上可以说是琼斯和索菲亚的延续。布思听凭"主导激情"的驱使（Ⅰ卷3章；Ⅷ卷10章）随波逐流，和汤姆·琼斯很相像。不过，在《阿米丽亚》这部菲尔丁"最不浪漫""最接近社会现实主义"的小说中[1]，他作为一个"生存于以金钱为纽带的社会体制中的没有钱的人"[2]，就和琼斯逢凶化吉的好运无缘了。在罪恶丛生的世道里，他的非道德的人生观以及放任冲动的行为方式常常是误入歧途或招致灾祸的根源。随着男人入狱、全家陷入困境，小说把在坎坷人生里担当中流砥柱的责任托付给了阿米丽亚。她面对种种困境、诱惑和幻象能够坚守自持，有所不为，印证出她在信仰上道德上的某种克拉丽莎式的自觉。如果我们把菲尔丁放进当时社会对话的语境中去考察，考虑到他是理查逊的主要论争对手，便能更深地悟到《阿米丽亚》的文化含义。它表明了菲尔丁在信件和杂志文章中表达的对《克拉丽莎》的激赏并非应景之言。如果说理查逊在与读者对话讨论的过程中重新审视了帕梅拉所代表的理想自我形象，使之经溶解、过滤、沉淀后再结晶为克拉丽莎，那么《阿米丽亚》的问世表明，经过这场笔墨磋商和反复推敲，社会对于情感主义理想和道德

---

[1] Probyn, p. 100.
[2] 范存忠：《英国文学论集》，33页。

达成了某种共识。约翰逊1750年在《漫游者》杂志第四期上谈"现代小说"的文章强调小说的教化功能并充分肯定完美的虚构人物的示范作用,似乎标志着理查逊式经艺术打磨了的情感主义美德的胜利。至少,《阿米丽亚》和海伍德的《白希·少了思》(*Miss Betsy Thoughtless*,1751)所昭示的变化给人以这样的印象。

当然,"转向"不等于一百八十度的反转,"某种共识"也并不意味着菲尔丁对理查逊式绅士淑女的无条件认可。阿米丽亚没有克拉丽莎那种全神贯注的自我凝视,也缺少帕梅拉所承载的社会抱负。她的道德想象只是对"不为"的底线原则的确认;而她行动的动力则来自对家庭和他人的关爱和责任,她的一些"超规范"言行也往往由此产生。这个人物不是某种理想自我形象的投射,而是从不同角度展现了实际生活中坚忍善良女性的色调斑斓的方方面面。在走到前台的阿米丽亚身上,美德之外的"余数"、美德自身的裂痕以及美德在腐败社会现实中可能遭遇的困境等等都被聚光灯映照得分外刺眼。在这个意义上,这个人物又在延续对理查逊的诘问和校正。

也许由于菲尔丁无法充分地把握自己的意图和他所再现的那个阴暗忧郁的世界,《阿米丽亚》包含了很多牵强生涩、自相矛盾的因素。许多读者和批评家因而认为那部小说在艺术上是失败的。尽管这个判断不无道理,却不能抹杀菲尔丁向陌生"海域"进军的价值。在这部作品里,文本中的矛盾、漏洞或"裂隙"几乎是某种自我解构性的提示,指向一种深切的怀疑。劳森说:那些含糊不定的因素在这部小说中是"根本性的",它们表明作者"在种种明显彼此抵牾的社会思想之间激剧地徘徊"——"似乎是,菲尔丁的世界不再能从整体上自圆其说地产生意义,于是他的反应也变得支离破碎了"[1]。

《阿米丽亚》聚焦于各式各样的矛盾和问题。我们不能用"喜剧性散文史诗"的标准来衡量这部"问题小说"。[2]小说第五卷里有未被排入序列的"多余一章",专述布思的一个孩子生病的事并就此展开对医生和药师的抨击和讽刺。叙述者似乎料到这种写法要遭指责,便先发制人地说:有的读者可能认为此章应该略去,但是,"尽管它谈不上有趣,至少可以告诉后代人当今医药业的状况"。小说再版时,这一章被删除了。这一"多余"的章节很能披露作者写作时的心态。除了显示作者与"有些读者"的心理距离外,它表明菲尔丁清醒地意识到对社会现状的揭示和讽刺与讲故事的艺术有所抵触,但是,彼时彼刻他对前者的关注压倒了后者。在指示"问题"上,《阿米丽亚》具有《琼斯传》所不具备的深刻。对于正在谋求司法改革的菲尔丁来说,小说不仅是一种值得研习的艺术或为公众提供消遣的途径,更名正言顺地是思考问题的工具,是革新社会的工具。

继理查逊的《克拉丽莎》之后,英国另一位18世纪小说大家也试笔悲剧情调,这不是偶然。当菲尔丁调整了立场,更多地从弱势群体的角度看社会弊端时,其写作便不由自主呈现出某种"转向"——选择了理查逊式的善良多情的"受难贞女"作为主人公和正义代表,确实发人深思。这说明理查逊提出的以女性人物为代表的情感主义道德方案得到了某种普遍的认同。更重要的是,面对"世纪中期的重大文化危机","对家庭、个人自由和责任等等的意识在迅速改变,这些又都与城乡矛盾以及土地和商业之间的经济对

---

[1] Rawson, *Henry Fielding and the Augustan Ideal Under Stress*, pp. 68, 96.
[2] Robert Alter, *Fielding and the Nature of the Novel*, Chapter 5.

抗纠结在一起，菲尔丁和理查逊都被吸引去关注这些焦虑"，他们笔下的悲剧氛围"是对当时文化状况的某种说明"。[1]可以说，当菲尔丁说《阿米丽亚》是他"最钟爱的孩子"时，并不是或不只是因为女主人公与他前妻相似，而是因为这部小说表达了他对社会、人性和艺术的某些最刻骨铭心而又把持不定的体验、关怀和忧虑。

---

[1] Hunter, *Occasional Form*, p. 213.

第 7 章

《拉塞拉斯》和奥古斯都风格

塞缪尔·约翰逊博士可以算是近代以来英国历史上影响最大的文化人之一。英国人习惯用他的名字命名文学史上的一个时代——18世纪中期。鲍斯韦尔（1740—1795）撰写的《约翰逊传》受到了一代又一代读者始终不渝的喜爱。到1887年，乔·比·希尔（George Biekbeck Hill）编辑的定本问世以前，该书大约出了一百版，此后至1934年希尔版修订本问世前的几十年里又出了约一百版。

两百年后，约翰逊的声誉有增无减。1984年12月13日，英国最重要的报刊《泰晤士报》发表社论纪念约翰逊的忌辰，号称他比其他任何人都更有资格做"英国的主保圣人"，因为"英国人的主要荣耀是他们的语言"，而约翰逊的工作和著述则在很大程度上促使英语成了一种世界语言。[1]虽然当初炮舰所向披靡之时英国人是否会如此高度评价语言很可怀疑，但是这番议论至少说明了约翰逊在当今英国人心目中的地位。

---

[1] Paul J. Korshin (ed.), *Johnson after Two Hundred Years*, "Preface," p. xi.

约翰逊博士像
雷诺兹作

一 "东方故事"中的人欲

1758年,约翰逊的母亲病危。面临安葬母亲的经济压力,他在穷窘和哀痛中一挥而就写出了《阿比西尼亚王子拉塞拉斯传》(下文简称《拉塞拉斯》)。这篇小"故事"一发表就成了畅销书。据估算,该书面市后,在英国和美国几乎年年再版;译本也很快出现,其中法语译本和荷兰语译本于1760年问世,紧随其后的是德语译本(1762)、俄语和意大利语译本(1764);后来陆续还有西班牙、匈牙利、波兰、希腊、丹麦、亚美尼亚、孟加拉、日本和阿拉伯等各国的译本接踵而来。[1]

小说的主人公拉塞拉斯是阿比西尼亚帝国的王子。他和其他的

---

[1] 参看 W. J. Bate, *Samuel Johnson*, p. 337。

王子公主无忧无虑地居住在花团锦簇、丰衣足食的"快乐谷"。不过,"快乐谷"中不断重复的奢侈享乐和无所事事的生活令拉塞拉斯感到厌烦。"我什么也不缺,或说我不知道自己需要什么,这是我不满的原因"。[1](3章)经过长时间的思考,他决定克服困难,逃出高山环绕的"快乐谷"。他的同伴有妹妹内卡雅和他结识不久的诗人哲学家伊姆拉克。他的目的是了解世界,发现人生幸福的真谛,从而正确地选择自己一生的道路和生活方式。

他们到访开罗,游历尼罗河上下。拉塞拉斯发现,所到之处,不论是哲学家、统治者或腰缠万贯的富翁,还是隐居者和淳朴的牧童,人人都有诸多不满。聚众欢闹的年轻人内心空虚。自以为是的"道德导师……教诲起人来像个天使,但是行动起来却一如凡人"(17章),遭遇丧女之变便痛不欲生。牧人不甘心日复一日为有钱人辛苦劳碌。富甲公侯的阔佬却又终日因财富招来高官贵胄的嫉恨而惴惴不安。离群索居的隐士后悔自己的选择。"遵循自然"的哲人的主张叫人越听越糊涂。拉塞拉斯和他的妹妹在身居高位或有钱有势者当中看到的是仇恨、背叛、焦虑、骨肉相残和力不从心;在庶民百姓人家发现的则是不和与纷争——"如果说王国是个大家,那么家庭就是小小的国,因党争而四分五裂,并且受到革命的威胁"。(26章)面对这些,伊姆拉克总结说:"从来不曾有人找到幸福,可是人人都觉得别的人享有幸福,靠这个信念维持追求幸福的希望薪火不灭。"(16章)

全书点睛的一场是参观人类的伟大杰作金字塔。伊姆拉克困惑地思考,古埃及人为什么要建立如此没有实际用途的庞然大物:

---

[1] 括号中标出引文所属章数,所用版本为 *The Selected Writings of Samuel Johnson*(Signet, 1981)。

它的建立似乎只是为了平息那不断侵袭生命的幻想的饥渴……有些人，凡能享受的都已得到，于是必须扩展他们的欲求。为使用而营建的人，待使用的需求得到满足，便要为虚荣而打造……

我以为，这宏大建筑乃是一座纪念碑，标志着人类享受的不足。一位权力无边的国王，他的财富已经超出人所有真实的和虚幻的需要，却不得不通过建造金字塔求慰藉，纾解统治地位带来的厌倦和享乐的索然无味，通过观看千万人无谓地劳作、毫无目的地将一块石头垒到另一块上，静思生命的消损何其单调。不论你是何人，如果你不满意自己有限的生活状况，幻想王族的排场中寓有幸福，梦想权势或财产可以一劳永逸地满足求新奇的欲望，请看金字塔并承认自己的愚蠢！（32章）

总之，《拉塞拉斯》虽然采用了"东方故事"的形式，但是其中既没有异域风情，也没有惊心动魄的冒险；虽然有一个"旅行"和"探求"的叙事框架，却没有像大多数小说那样细致地描述行动、事件以及人物的心理体验，只是记录了他们就所见所闻和所历所受归纳出的一些看法。用司各特的话说，"这篇作品几乎不包含什么事件，因此很难被称为叙事；它更像是一组有关各种人生荣辱兴衰的道德对话录，讨论人生的愚蠢、忧惧、希望、欲念，以及所有的人和所有的尝试都最终不能逃脱的失望"[1]。这个故事被视为典型的哲理"寓言"（apologue）[2]，人们常常把它和伏尔泰的《天真汉》相提并论。不过，它不像后者那样在很大程度上是对社会现状

---

[1] W. Scott, *Lives of the Novelists*, p. 168.
[2] S. Sacks, *Fiction and the Shape of Belief*, p. 8.

的评价和批判，其着眼点是抽象的个人——他的追求和幸福。拉塞拉斯王子一行孜孜探求，结果只是发现形形色色的人的失意和失望。他们兄妹两人在交换心得时谈到生命本身的局限，内卡雅说："没有人能一边享受春花的芳香，一边品尝秋实的滋味；没有人能往自己的杯中同时注入尼罗河源头和入海口的水。"（29章）约翰逊敏锐地指出，"不满"乃是生活的本质特征，所谓幸福只是对变化的期待；而欲望已经常常和真实的物质需要脱离，陷入为了追求而追求的怪圈。于是，在余味悠长的最后一章中，王子等一行人决定返回阿比西尼亚。

值得着重指出的是，与蒲柏特别是斯威夫特相比，约翰逊对人性的悲观见解并不是厌世的，也并不冷酷或严苛。相反，这本小书如一位评论者所说，是"奇特地乐观"，"出人意料地轻快"。[1]

很耐人寻味，小说中的"旅行"或"探求"进行了两次。一次是伊姆拉克以前的经历。伊姆拉克不按父亲的设计走经商发财之路，却独自出门远行考察世界，寻找最有价值、最能带来幸福的生活方式。他目睹了人性的卑劣，经历了沉浮炎凉，最终心灰意懒地看到人生的局限，放弃了探求，来到"快乐谷"中自愿做"囚徒"。然而，不无反讽意味的是，打算就此避世隐居的伊姆拉克遇到第一个机会后就立刻决定再次出山，为年轻人做周游世界的向导。我们知道，王子本人虽然对"快乐谷"不满，但是他一步三沉吟地长久徘徊，绝非强人所难之辈，并无裹挟他人的意志和力量。因此，伊姆拉克改变决定、再次上路，只能归结于他自己的意愿。更有甚者，他非但没有尽力使年轻人明白"快乐谷"乃是自己长久游历的终点，相反却扮演了诱惑者的角色，有意无意地以雄辩的言辞美化丰富、驳杂而诱人的旅

---

[1] J. P. Hardy, *Samuel Johnson: A Critical Study*, p. 128.

行经验。"过来人"伊姆拉克在内心里仍和年轻人一样骚动不安。

于是约翰逊心平气和地把伊姆拉克和年轻的旅行者打发上路。归根到底,他仿佛在宽容地说,好奇和不满现状乃是生命的本质。正因如此,一次探求不能制止后来的探求,一人的经验不能替代他人的经验。当伊姆拉克重新开始漫游时,读者或许尚不能充分体察作者的用意,但是后来又有一位已在洞穴里独居多年的隐士挖出自己埋藏的财宝和他们一道上路,远远望见开罗便不禁泪光莹莹,这时,我们就不能不有所悟。事后,拉塞拉斯和一些哲人讨论这件事,一时众说纷纭,或苛责,或宽容,而其中一位似乎感触尤深,非常聪明地指出,隐士到了大都市后恐怕又会重新向往隐居生活,说不定还要如此反复几遭:"对幸福的祈望深深刻印在人心中,再长久的经验也不足以把它抹去;现状,不论它怎样,都让我们感到苦恼,并不得不承认这一点;然而,如果隔开一段距离看同一状况,想象就会把它渲染成值得向往的了。"(22章)

很明显,作者把这种永远不满现状、见异思迁的心灵骚动视为人的本性。在那略带讥讽但并不断然否定的叙述背后,读得出一种对生命本身以及对追求活动的深切的认可和依恋。与此相关,约翰逊对待"虚荣"也不是以"堵"来制止,而是通过"疏通"来引导。他曾说:"对荣誉的热衷与其清除之,不如规范之"[1],试图为人类的欲望和雄心寻找健康的创造性的出路。[2] 伊姆拉克在劝慰因失去朋友而痛苦不堪的内卡雅时说道:"我们的头脑,一如我们的身躯,处在不断的变化中;每时每刻,我们都在失去一些东西,也

---

[1] Johnson, *Rambler*, No. 49, in *The Works of Samuel Johnson*, Vol. 1.
[2] 参看 W. J. Bate, *The Achievement of Samuel Johnson*, p. 95; Nicholas Hudson, *Samuel Johnson and Eighteenth-Century Thought*, p. 138。

在获得一些东西。"又说："不要让生活静止；它会因缺少活动而浑浊；把你自己再一次投入到世事的河流里去吧。"（35章）在另一章里，拉塞拉斯一行在尼罗河畔遇到一群耄耋老人。"对他们来说世界不再新颖"，他们觉得一切人类努力都是徒劳的，想避开所有的"希望和烦忧"（45章）。他们的状况和想法让年轻的旅行者感到沮丧，纷纷找出各种理由来解释老人们的黯淡心态。对于青年人化解老人言论的急切企图，伊姆拉克只是在一旁微笑而已。也许这个姿态更代表了小说所要传达的题旨：在某个意义上，约翰逊似乎在说，生活就是体验希望和烦忧，不必也不可能过早地剥夺年轻人的希望，虽然有一天他们也必然和希望道别。

也就是说，小说中真正触动人的，并非"万事皆空"或"人间无幸福可言"这样简单的结论，而是对这一结论的令人感到新奇的修正、补充或是"嫁接"于其上的种种难以归纳的生活体验——如有关"快乐谷"中无法说服学生的教师爷的失望和失去女友的公主的悲伤等等。[1]这种"无休止地转换角度"并使其主要论点相对化的处理[2]，虽然包含对知识和真理本身的反思，但是给读者的主导印象却并非怀疑主义的焦虑，相反却是见多识广者的包容和睿智。

小说结尾时，诸位长了见识的旅行者纷纷亮出自己的结论。公主的女友珀古亚小姐有心做修道院院长；公主本人希望致力于学术；而拉塞拉斯王子则打算亲自治理一个小国，"不过他总不能确定自己的疆土究竟应该多大，而且在不断地增加自己的臣民的人数"（69章）。此前，通过对修道者、星象家和宫廷王室的考察，这

---

[1] 参看 Sacks, pp. 52-55。
[2] Fred Parker, "The Scepticism of *Rasselas*," in Greg Clingham (ed.), *The Cambridge Companion to Samuel Johnson*, p. 136.

几种生活方式都曾被判定为不能带来幸福。约翰逊让年轻人的选择和他们的发现或理性结论如此背道而驰，笔意中充满调侃，也充满博大的同情——毕竟，尚未亲炙失望的年轻人不会因为间接知识而放弃生活。至于拉塞拉斯对自己统治区域的范围犹豫不决那一句，更是最幽默而出彩的一笔。这样一个明智而善良的青年王子也不由自主地想扩大自己的势力和影响，不禁令人莞尔。正如约翰逊在《漫游者》第二期中所说：没有对希望的某种放任，就不会有伟大而杰出的成就。从王子拿不定主意的犹疑心态中，可以看出年轻人的热忱和希冀，也可以看出他的明智和对自己的告诫。

正是在这个意义上，约翰逊恰如其分地把最后一章定名为"结论：其中什么都没了结"。他似乎和书中的隐士一样，认为"对于好好生活的人来说，一切生活方式都是好的"（21章）。这大约就是约翰逊博士得到人们衷心热爱的原因。乍听来这部小说的语调似乎是高高在上的教诲，然而实际上叙述者——或多或少为作者代言的伊姆拉克也是如此——是和年轻的主人公们、与芸芸众生的读者站在一起的。正如伍尔夫所说，约翰逊的魅力源自他爱生活的热心肠。[1]

二 文本内外的对话

如上所述，在有关人类追求的哲理寓言《拉塞拉斯》中，各种生活选择被兼容并置并形成对比和对话。全书被一种明显的思想矛盾所贯穿，即一方面反复论证人类欲望和追求的虚妄，另一方面又承认欲望乃是活力和创造的源泉。感受这两种思想倾向之间的

---

[1] 参看 Woolf, "Dr. Burney's Party," in *The Common Reader: Second Series*, p. 120。

张力、磨合与对话，才能领会约翰逊的"说教"的深刻和其中浓郁的人情味。此外，在极为简洁的寓言体叙述中，每个人物发布的格言式陈述或感想虽然听来有点像是独白式的说教，但是它们却被嵌入和他人的对话之中，而且都包含种种当时流行的文学话语和社会话语（也即该书的各种"前文本"）的回音。因此，对于熟悉这些前文或"旁文"的同时代人来说，那些言论有很强的暗示性和针对性，能唤起诸多的联想，从而具有不明就里的"外人"草草读来时所未必感受到的复杂性和丰富性。

举个例子，大多数西方读者都不难认出，"快乐谷"与基督教传说中的伊甸园有相似之处，就像《人间愿望多虚妄》一诗的题目会让人联想到《旧约》中"万事尽属虚空"的教导[1]以及尤维纳利斯的讽刺文。而且，拉塞拉斯的"出谷记"也像亚当夏娃的堕落一样，是源自于求知、好奇和不满足。与《圣经》的经典场景的这种有心或无心的对应，使读者更深切地感到"快乐谷"与伊甸园的差异。在这里，丰衣足食的乐园被明确地描述成"监狱"，而一再重复的物质享受则被定义为令人生厌的奢华。因此，拉塞拉斯的不满和"反叛"不是将被惩戒的罪过，"引诱者"也不是恶魔，相反却是对世界有深刻了解的哲人和艺术家。更引人深思的是"快乐谷"中"父"的缺席。阿比西尼亚国王本人的不在场使王子的生存具有明显的现代特征。他生活在一个缺少思想权威的世界里，没有人能向他解释父亲为什么把子女"囚"在与世隔绝的"快乐谷"中——不论这是否如王子所理解的，是缘于"祖先的罪过"和"荒谬的体制"（4章）。

年轻人不得不担负起思索和选择的责任。王子陷入了苦思。他时时被自责折磨："二十个月来我空看日出日落，无所事事地凝望

---

[1]《圣经·传道书》，第1、2章等。

苍穹的辉光，在这段时间里，鸟儿离开了妈妈的巢飞向树林和天空；羔羊脱离了母乳，学会了攀岩并独立觅食，唯有我毫无进步，依旧无能而又无知……"似曾相识的腔调让读者意识到这番感叹与另一个王子（哈姆雷特）的独白有某种相似性或连续性。这声音表达的是一种个体的苦恼，是需要对自己负道德责任的个人的惶惑和不安。然而，约翰逊的王子说起话来采用一连串咬文嚼字的工整的排比句，听来总像是修辞色彩多于真情实感。当我们接着读到下面一些话："他花了四个月立志不再浪费时间下决心"，"他用了几个小时懊悔自己的悔恨"（4章），便不能不读出一点挖苦和调侃了。和哈姆雷特的独白不同，拉塞拉斯王子的感慨被放在具有揶揄意味的叙述中间，于是我们看出叙述者是高踞于上俯视主人公的观点。这讽刺不是对拉塞拉斯的否定，而是善意地限制并嘲笑他的耽于冥思以及他对自我的夸张感受。如果说，约翰逊的这位虚构的王子仿佛是从"反叛"和"出逃"开始自己的探索，几乎有点像个前期浪漫派，那么我们也必须看到，叙述对他的态度从一开始就保持着一定的距离。

　　前面提到，伊姆拉克年轻时代的经历可以说是拉塞拉斯们出行的一次预演。在这个意义上，伊姆拉克当年出发时，他父亲的一番嘱托是值得稍加注意的。伊姆拉克的父亲是个富商，他拿出一万金币交给儿子，说："年轻人，这是你的本钱，你拿它去经营吧。我初出茅庐的时候，手头的钱还不及这五分之一，你看到了勤俭和节约怎样使它们大大地增加了。这钱是你的了，随你浪费掉，或是使它们增值。如果你因为疏懒或任性而浪费了它们，那你就得等到我去世才能富有；但是若是你在四年之内使你的本钱增加一倍，我们今后就不再是从属关系，我们将作为朋友和合伙人共同生活；因为，凡像我一样精通致富艺术的人，都和我是平等的。"（8章）这是18世纪的读者十分熟悉的一种声音。曾经在小说中漫游的读者会立刻想起笛福笔下那些被发财机会牵着鼻子走的原始积累者，想起斯威夫特一面讥讽一面纯熟地运用的那种明朗而富于理性的账簿语言，想起克拉丽莎的老爸和她谈交易条件时的措辞与口气。这番话把我们带回到笛福和理查逊考察欲望、追求和"自我"的文化讨论中，使约翰逊有关欲望的抽象的论说和概括有了现实针对性，使伊姆拉克在金字塔面前发表的高论成了与当时英国生活相关的感触，使《拉塞拉斯》成为《鲁滨孙》和《克拉丽莎》等一系列作品的续文。

种种文本提示使读者时时意识到这篇道德寓言与更广泛的文化"上下文"的对话。瓦·杰·贝特说，约翰逊把自己当作广义的道德家，他主要的道德著述产生于1748年到1760年间，《拉塞拉斯》是"这段写作活动的精练了的结语，就像《人间愿望多虚妄》是其前言"。[1] 讽刺诗《人间愿望多虚妄》是约翰逊的第一篇署名作品。作者在其中首先点明了财富和追求的关系——因为，对财富的追求乃是他的时代里最重要的追求：

    细观每一焦灼的操劳，急切的奋战，
    凝看熙攘人群那忙忙碌碌的场面；
    然后分说希望和恐惧，仇恨和欲念，
    如何在雾罩云遮的命运迷宫里设阱布陷，
    踯躅其中的人，被孤注一掷的傲心叛卖，
    踏入条条凄凉小路却无向导理睬，
    ……

---

[1] W. J. Bate, *Samuel Johnson*, p. 296.

> ……大胆莽汉和多智谋夫
> 纷纷倒落于金钱的全面杀戮；
> 摧残万物的灾祸！肆虐无度
> 使各种罪行充斥人类的记录；
> 为了金钱受雇的恶徒刀起剑拔，
> 为了金钱受雇的法官昧心枉法；
> ……
>
> （3—8、21—26行）

约翰逊在诗中"招请"针砭世态的古希腊哲学家德谟克利特再莅人间，"来看看穿戴上现代饰物的生活杂耍"。他说：你的国度里没有多少名缰利锁、虚幻贪求，你尚且要发笑，若见当下"英国的时髦一族"，不定当如何笑不可遏呢。（49—68行）在这首诗里，约翰逊把"现代"生活中人欲的膨胀和对金钱的疯狂追求作为思考的出发点，而在随后的《拉塞拉斯》中，他把伊姆拉克拒绝父亲的商业逻辑和人生设计作为这个人物人生探索的起始，使它成为该书中所有思想漫游的起点。

多少令人感到惊奇的是，约翰逊这样一位学识渊博的自觉的说教者竟然在一个正在步入工业化进程的商业国家里获得如此众多的读者和听众，取得近乎社会"明星"的耀眼地位。同时代人的记录——包括鲍斯韦尔的《约翰逊传》以及画家雷诺兹（1723—1792）、沙龙女主人史雷尔太太（Hester Thrale，1741—1821）和女作家弗兰西斯·伯尼的回忆、日记和书信等等——都描述了约翰逊晚年时怎样被社交界趋奉，在聚会和文化沙龙中人们怎样满怀期待地等他出场、怎样聆听他的讲话并把他的一言一行都记录下来，而这类记录几乎统统都能在出版商那里换到现金。[1]

不过，从一个更深的层次看，约翰逊又恰恰是那个商业时代的典型产物。他的父亲和弟弟都是外省书商。父亲一度家道尚可，但是未等长子塞缪尔成年，家中就已败落到狼狈不堪、拖欠税款的境地。弟弟纳撒尼尔则出道不久就出了问题，曾篡改账目，或是卷款私逃或是伪造文书。面对法律追究他曾经远走美洲，最后在不到二十四岁时死去（说法之一是自杀）。约翰逊一直对这个弟弟缄口不提，直到晚年才间接托人了解弟弟去世前的情形。

约翰逊本人是伦敦格拉布街出身。格拉布街的兴起乃是18世纪中最重要的文化"景观"之一。直到17世纪末18世纪初，文人还主要指望从身居高位的恩主那里得到庇护或职位，笛福和斯威夫特都多少得到过这类帮助。不少贵族乃至王室成员（如夏洛特王后）曾提携过哲人文士。但是情势的改变非常迅速。当时，大批新富人家急切想打入士绅的阶级"俱乐部"，因而对"文雅"（politeness或refinement）趋之若鹜。其后果之一是当时广大中产人士开始对文化活动（包括阅读、听音乐、看戏、观画、博物馆参观、游乐等等）产生极大兴趣并对"趣味"问题重视得无以复加。[2] 追求文雅促使教育逐渐普及并革新，平民有产者们纷纷把儿子送进名牌学校——因为，像酒要经历时间方能醇香，钱财也至少要经两代人才能通过教育造就"文雅"。另一方面，"传播基督教知识协会"（成立于1699年）之类的组织创办了许多慈善学校、主日学校和教区图书馆，加上不从国教教派学校的存在和循道主义运动的影响，下层民众的识字率也大大提高了。1709年"版权

---

[1] 参看Norman Page (ed.), *Dr. Johnson: Interviews and Recollections*。
[2] 参看John Brewer, *The Pleasures of the Imagination*, Chapter 2。

法案"推出,大众阅读市场初见端倪,作家的受众(即读者)意识开始形成。[1]报刊业迅速崛起。英国的第一家日报《每日新闻》(*The Daily Courant*)1702年在伦敦面世,大约二十年后伦敦已经有了三种日报、七种每周出三次的报章外加六种周刊。1712年艾狄生和斯梯尔把《旁观者》合订本的一半版权卖了近六百镑,到1729年便已印了九版。爱德华·凯夫(1691—1754)于1731年创办《绅士杂志》,在短短八年里就使发行量扩大到上万份。这份面向商人的刊物(起初有副刊名"商家月报",后来去掉了)的巨大成功说明"绅士"已经成为这个"商业国家的现代公民"的称号,并且印证着那个群体的阅读需求及其背后"骚动不休的攀升欲望和自我改善企图"。[2]1724年伦敦有75家印刷出版商,到1785年则有了124家。一些至今世界驰名的出版商,如朗文(Longman)公司,即开办于那个时期。成功的印刷商能够积累下数以十万镑计的家产,他们不仅买房置地,而且创办慈善机构。伴随出版业的兴旺发达,格拉布街作为"寒士街"登上历史舞台,成为蒲柏在《群愚史诗》中所描述的贫穷和诗歌的巢穴。贝恩等一班女作家就是在那里起步的。许多虚构的和真实的人物,如菲尔丁的剧作《作家之闹剧》(1730)中的人物、《约瑟夫·安德鲁斯传》中的威尔逊以及约翰逊曾为之作传的诗人理·萨维奇(1697—1743),都是在格拉布街混饭的枪手作家。卖文成了一种新兴职业。仅仅在1730年代里印行的新旧小说就达二百余种,1760年之后四十年里付梓的书信体小说更是多达上千。如理查逊所说,那

---

[1] 参看 Q. D. Leavis, *Fiction and the Reading Public*, pp. 118-150。
[2] John Mullen, "Admiring the Mag," *TLS*, Jan. 1, 1999, p. 10。

是"作家的时代"。[1] 菲尔丁写《琼斯传》挣了七百镑,斯特恩的薄薄的《多情之旅》给他带来了上千镑的收入。蒲柏翻译《伊利亚特》花了十年工夫,但是也得了五千镑的可观报酬;翻译《奥德赛》的收入也与此相仿。这使他不但一举获得了经济独立,而且过上了约翰逊眼中的豪华生活。[2]

约翰逊在相当长一段时间里为凯夫的《绅士杂志》做主笔,与格拉布街上的各色穷文人一道艰难地谋衣食,饱尝贫困和屈辱的滋味,甚至曾因区区五镑的债务被捕,眼看要进债务人监狱。为此他向理查逊请援,理查逊不多不少借了他六镑,解了他的燃眉之急,却几乎没有剩余。理查逊的这一举措令人联想到克拉丽莎的父亲严谨的理财方式,让约翰逊心里别有一番滋味。总之,约翰逊对笛福和他的主人公们的那个冒险世界里的诱惑和灾难并不陌生。后来,得益于出版业的蓬勃发展,约翰逊才得到委托开始编辑《英语大词典》。经过漫长的九年,大词典终于在1755年问世,从而一举奠定了约翰逊的地位和声誉。虽然自幼残疾的约翰逊从小表现出极强的个性和独立精神,在蹒跚学步时就固执地拒绝了别人的怜悯和扶助,但是,若没有新兴的商业出版机制,这个极端自尊的人也无法傲视"恩主",发表后来被视为英国文人的"独立宣言"的《致切斯特菲尔德伯爵书》(1755年2月)。词典的大功告成和印制出版,对于妻子已逝、助手星散、人去楼空的约翰逊来说,又未尝不含几分酸涩和凄清。他在前言里说:

……这部英语词典的编撰工作,几乎没有得到学问家的帮

---

[1] 转引自C. T. Probyn, *English Fiction of the Eighteenth Century*, p. 12。
[2] 参看Probyn, pp. 5-8。

助，或大人物的恩顾；不是在人迹稀少的安宁处所进行的，却是时时被不便和干扰、疾病和悲伤所环绕。

还有

我肯定不会因没人赞美而不满，在现今阴郁的孤独中，即使我能得到那赞誉，又于事何补呢？我的工作拖得这么长久，那些我最想向之报喜的人都已经一一远赴黄泉，成功和失败都成了空洞的声音。[1]

总之，约翰逊在《拉塞拉斯》中提出的种种见解，来自于他个人的经验以及更广泛的社会生活。寒士约翰逊一举成名的根本原因是，尽管观点不尽相同，他像理查逊等人一样是代表来自新社会阶层的新型文人就公众关注的迫切思想问题做公开发言。我们在前面已经反复谈到，在18世纪的英国，由于社会的急速发展变化，一系列政治、社会和伦理问题都引起了广泛而激烈的争论。[2]沙夫茨伯里、哈奇森及克拉克等人与霍布斯、曼德维尔两派（这一划分当然有点过于简单化）开启的有关人性观和自我观的争论一直延续到18世纪中后期，不仅是哲学家和伦理学家探讨的焦点，也是自笛福以来的小说家一以贯之的主题。在这种情势下，约翰逊这位在法学、神学、政治学乃至实验化学上都有丰富知识的多面手，这位具有文艺复兴时代"巨人"余风的特立独行的自由撰稿人，才有可能因其对社会生活的深切了解和精辟论述而最终成为时代的道德"立法

---

[1] 转引自 Bate, *Samuel Johnson*, p. 259。
[2] 参看 M. Hudson, *Samuel Johnson and Eighteenth-Century Thought*, Chapters 3, 5, etc.。

者"和精神导师。

三　文化大师，传世箴言

除莎士比亚外，约翰逊是最多进入后代人语言的作家。《拉塞拉斯》中有不少脍炙人口的警句成了众口相传的名言，如："骄矜者很少温雅体贴，每每因不足道的优越之处沾沾自喜；而嫉妒者则无法得到快乐，除非拿别人的苦痛做衬托"（9章）；"诗人的职责不是探究个体，而是考察整个族类"（10章）；"不论在何处，生活中需要我们忍受的东西很多，能够带给我们享受的却甚少"（11章）；"成就伟大的业绩靠的不是力量，而是坚韧不拔"；"孤独者的生活肯定不幸，但却并不一定虔诚"（21章）；"婚姻固然有许多苦痛，但独身却绝无幸福可言"（26章），等等。从根本上说，这篇小说的成功靠的不是"故事"，而是作者"对经验特别是对内心经验的透辟的分析"[1]和精湛的语言表达。

约翰逊的均衡、整齐、准确、简洁、考究的句式令人想起蒲柏的"英雄双韵体"：

> 整个自然都是艺术，不过你不领悟；
> 一切偶然都是规定，只是你没看清；
> 一切不协，是你不理解的和谐；
> 一切局部的祸，乃是全体的福。
> 高傲可鄙，只因它不近情理。

---

[1] F. Parker, p. 127.

> 凡存在都合理，这就是清楚的道理。[1]

被 T. S. 艾略特称为"最后的奥古斯都［诗人］"[2]的约翰逊，可以说是这种风格的最后集大成的代表。他在《拉塞拉斯》等作品中用笔节制，采取说到即止的"最简约"[3]的表达，避免了蒲柏某些长篇哲理诗的沉闷拖沓之处，但又常常如后者的精彩处一样给人"所思虽常有，妙笔则空前"的惊喜。有评论者说他的诗文"通过透辟的分析和安排，使生活的粗糙的原材料得到约束并各就其位，因为，虽然约翰逊并不认为生活是井然有序的，他确实提供了一种能从生活的混乱中提炼出统一性和确定性的文学准则，恰如他的社会观坚持社会秩序的理想"。在约翰逊，文风乃是"思想的风格"。[4]

风格即言说。在奥古斯都派的美学追求中可明显感知到一种删除和提炼的功夫，一种限制张扬、追求明晰的努力。从本质上说，奥古斯都风格是突出理性和智性的风格，而这背后的思想底蕴正是对人性和人欲的某种不信任。从"奥古斯都"这一称谓也可以读出对古典文化的回眸。在蒲柏和斯威夫特笔下，庄重往往包含戏拟，信念不时体现为讽刺，常有借古喻今的意味。打起古典的招牌，强调从旧日文化中汲取营养，这本身就是一个姿态，表达了对此时此地的不完全满足、不完全信任和不完全赞成。蒲柏和约翰逊等人的讽刺诗常常通过副标题明确地表示自己从形式到内容上都以古罗马的诗人尤维纳利斯为榜样。作为古典意义上的"讽刺家"即鞭笞其

---

[1] A. Pope, "Essay on Man," I.LL. 289-294；译文引自王佐良：《英诗的境界》(生活·读书·新知三联书店，1991)，209页。
[2] T. S. Eliot, "Poetry in the Eighteenth Century," in Ford (ed.), *From Dryden to Johnson*, pp. 271-277.
[3] T. S. Eliot, "Poetry in the Eighteenth Century," in Ford (ed.), *From Dryden to Johnson*, p. 276.
[4] A. R. Humphreys, "Johnson," in Ford (ed.), p. 409.

所处时代和地域的弊端的道德家，约翰逊所体现的奥古斯都文风不仅是与务实的"笛福体"，也是与激扬豪迈的"马洛体"的对话，是对文艺复兴以来的思想扩张和动荡的反思。不管所谓的"新古典主义"的产生有多么复杂的国内国外原因，在一个根本的层面上，它是对正在生成的"现代社会"及其文化的应对和思考。

在很大程度上，约翰逊或英国牌号的"理性主义"不是标举人性的解放和个人的自由，相反却是对盲目的自我扩张欲望的制约和引导，是耳闻目睹了文艺复兴以来自由分子运动般千姿百态的个人奋斗后所生出的疑虑和担忧。蒲柏、斯威夫特及约翰逊等奥古斯都讽刺家承继了霍布斯思想的另一面，即认为正因为人性本恶才更需要严厉的调节和控制。约翰逊谈到"nature"时其所指常常并不相同，但是他对人的本能或情感所持的某种怀疑乃至否定态度却是始终如一的。据说，曾有某太太问他，人的感情是否自发向善，他激烈地回答说："不，夫人，不比豺狼更向善。"正是出于对人的nature即本能的不信任，约翰逊对复辟时代以来的戏剧和渲染"浪漫爱情"的小说多有批评，认为人性和自由一样需要法则制约。[1]在英国，对浮士德难题的思考已经延续了几代人。《拉塞拉斯》可说是这类思考的一次尝试性的小结。F. R. 利维斯指出，约翰逊表现了"对人生的一种悲剧性的感受，这一感受在道德观中占据核心地位，同时它又是一种深刻的常识……我们能够理解简·奥斯丁何以那么景仰《拉塞拉斯》，她笔下的'文明'完全不同于时髦的风尚所做的理解，《拉塞拉斯》的影响不仅显现于奥斯丁作品的表面（在表面已经十分明显），而且渗透进她的作品的基本情调；因此，《拉塞拉斯》比笛福和斯特恩两人的作品加起来都更有资格在

---

[1] W. J. Bate, *From Classic to Romantic*, pp. 66-71.

英国小说史上占据一席之地"[1]。约翰逊成为文化主流并走红一时，标志着力图自我定义并自我规范的英国"现代社会"步入了一个相对定型的时期。约翰逊是奥古斯都时代思想"盘整"的总结，影响十分深远。与约翰逊政见不同但交谊甚笃的埃德蒙·伯克（1729—1797）与约翰逊的"保守"思想有相通的地方，因而在法国大革命风潮波及英国后断然转向了托利党。甚至在一个世纪后，特罗洛普笔下一些十分坚定地维护自己的"成见"（prejudice）的老派绅士依然体现着这种思想风格。

从文学发展来说，虽然《拉塞拉斯》不是后人所熟悉的那种详述个人悲欢命运的小说，但如贝特所说，它是一系列虚构故事原型的集大成者：既有童话的韵味，又具有当时读者喜闻乐见的"东方故事"的外形；既是与《堂吉诃德》《天路历程》《鲁滨孙》等一脉相承的有关"行路"和"追求"的叙述，也是旨趣与伏尔泰的《老实人》相去不远的浸染了理解和同情的讽刺文；此外还是始开"成长小说"观念之先河的作品之一。[2] 它像一粒具备了几乎所有重要现代小说文学基因的种子，所以日后才会在不同的作家那里萌发出更为多彩的花草林木。像利维斯那样长久浸濡在英国小说中的饱学之士给这本小书那么高的评价，绝非一时兴起、信口开河。

---

[1] F. R. Leavis, *The Common Pursuit*, p. 115.
[2] W. J. Bate, *Samuel Johnson*, pp. 339-340.

第8章

斯特恩和"情感主义德行的困境"[1]

《克拉丽莎》和《琼斯传》问世仅仅十来年,小说这种新文学样式就被劳伦斯·斯特恩(1713—1768)翻腾了个底朝天。围绕他的《项狄传》(1759—1767)生出了许多热热闹闹的议论,情感主义是其中引起分歧的话题之一。

一 无法无天的叙述

《项狄传》一书全名曰"绅士特里斯川·项狄之生平与见解"。它藐视讲述故事的常规,没头没尾。所谓的"献辞"于第一卷第八章出现(其后有些卷卷首又陆续摆出了其他一些献辞),而"作者前言"则被无拘无束地撂在了第三卷第二十章。小说的结尾讲的是项狄府里一伙怪人的闲谈,与标题人物特里斯川的经历毫无关联,看上去像一段漫不经心的闲笔,并以早在第一卷第七章就已经死去的约里克牧师的一段半开玩笑的话结束全书。书中不时出现黑

---

[1] 语出 Robert Markley, "Sensibility as Performance," in Nussbaum & Brown (eds.), *The New Eighteenth Century*, p. 230。

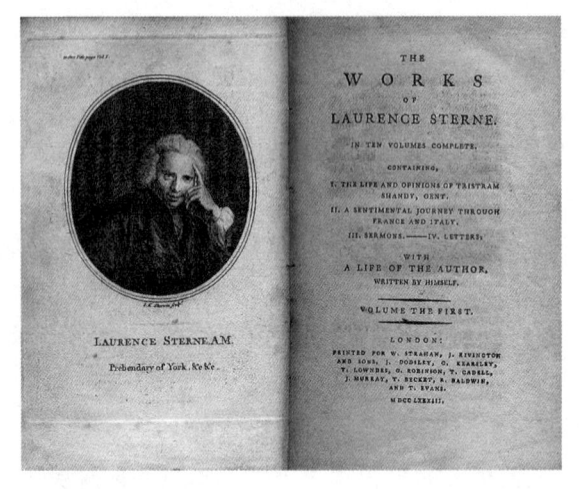

《劳伦斯·斯特恩文集》卷首

页（1卷22章）[1]、白页（9卷18章）、大理石纹页（3卷36章）和各种图解；还有大量的星号、无数的破折号，任意的标点和半截的断句，零星的或整段整页的希腊文、拉丁文。

自笛福以来，小说被普遍公认为一种记录"私人历史"（private history）的文学体裁。《项狄传》采用第一人称，并且拉开了架势要像《琼斯传》一样从头讲述主人公的经历。不过，从第一章讲述"我"母亲受孕到最后结尾时约里克牧师谈论公鸡公牛，洋洋九卷书并没有对特里斯川的生平说出个子丑寅卯。三分之一篇幅已过，他才出生；好容易说到了他穿裤子的年纪，已经送走了全书三分之二。除了乡下庸医接生时使他鼻梁骨受伤、五岁时被脱落的窗框砸了他的小男孩儿的命根儿，以及成年后曾在欧洲大陆旅行等寥寥几件逸事，小说讲述的都是别人——或是他父亲沃尔特，或是他

---

[1] 正文中引文后注明卷数和章数。所用版本为 Laurence Sterne, *The Life and Opinions of Tristram Shandy, Gentleman*（Riverside, 1965）。

叔父退伍军官托比，或是托比的随从特利姆下士，或是医术不高而专嗜争论的斯洛普医生，或是约里克牧师，或是他母亲和瓦德曼寡妇之类的女性陪衬人物——的言行和姿态。《项狄传》可以说是坦坦然然地挂羊头卖狗肉，大肆招摇地文不对题。因此，E. M. 福斯特说，《项狄传》中"藏着一个神明，它的名字就是'混乱'（Muddle）"。[1]

的确，混乱和跑题非但不是作者在哪个环节上的疏忽，相反却是他奉若神明的指导原则，是他始终如一的手法。如，第三卷里讲到特里斯川鼻子受伤，结果叙述由鼻子而一发不可收拾，从项狄家祖父祖母的婚事扯到沃尔特从"精神象征和讽喻含义"的层次探讨伊拉斯谟[2]谈论鼻子的拉丁文句（3卷37章），进而在第四卷起始引入一长段关于陌生人鼻子的寓言故事。对主要情节而言，这种离题漫游是一种让人烦恼而又无比有趣的打岔，恰如开场他母亲在制造生命的关键时刻不由自主联想到时钟上弦之类的琐事。又如，在第一卷第二十一章托比举起烟斗要说话，但直到第二卷第六章才被允许讲出来。在这些东拉西扯、驷马难追的叙事游荡中，还有一章专论题外话的妙文。特里斯川称题外话是"阳光"、是"阅读的生命和灵魂"，说他自有"跑题手法之诀窍"，所以，虽然他不时离题万里，却仍能保持让他的"主业"叙事不停滞地发展：

> 比如说吧，眼下我正要向你精彩地描绘我托比叔的顶顶古怪的性格——不巧瓜扯上了我黛娜姑妈和马车夫的事儿，引得我们

---

[1] E. M. 福斯特：《小说面面观》，96页。
[2] 伊拉斯谟（1466?—1536）为荷兰"人文主义者"。而"精神象征"和"讽喻意义"都是中世纪神学家研讨《圣经》时常用的思路。

游荡了数百万哩之遥,直到深入行星系统:然而尽管如此,你可以看到对我托比叔的刻画一直在徐徐地进行……

……总之,我的作品既是打岔离题的,又是直线向前的——而且两者同时进行。(1卷22章)

他说,让故事直线前进,"从道德上说是不可能的"(1卷14章),还煞有介事地为自己的情节推进方式制作出如下示意图表:

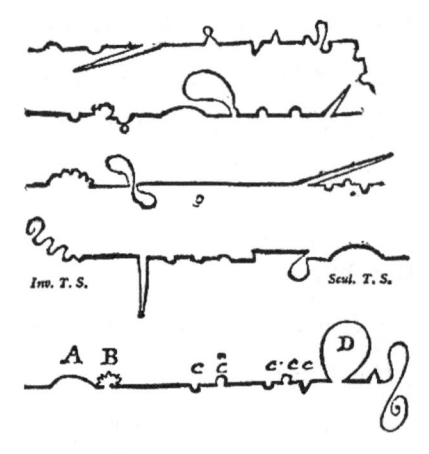

(6卷40章)

与信马由缰地"跑题"相呼应的是叙述者特里斯川的喜剧性游戏态度。我们不妨以记述他哥哥鲍比之死的文字为例。

报丧的信送到项狄府。托比先看了信,说鲍比"他走了"。正在研究地图、思考安排大儿子出国旅行的沃尔特以为托比在说他已经上路了,于是两人就"走"字的歧义驴唇不对马嘴地扯了一阵皮。随后,叙述者特里斯川另辟一章,说:

要么是柏拉图,要么是普鲁塔克,或塞内加,或色诺芬,或爱比克泰德,或泰奥弗拉斯托斯,或卢奇安——也可能是更晚些时候的某一位——卡尔达诺，或比代，或彼特拉克，或斯特拉——再不就是某位圣者或教会领袖，圣奥古斯丁，或圣西普里安，或圣伯尔纳[1]，总之有那么一位说过，当我们失去朋友和子女时难免会痛哭失声，这是难以抵制的自然感情……（5卷3章）

笔锋如此一转，叙述顿时和生活中的悲剧拉开了距离。随后再照例地三岔两岔，便岔到了似乎更不相关的事物，即沃尔特心爱的小母马：

> 我父亲有匹心爱的小母马，于是把它配给一匹极漂亮的阿拉伯儿马，一心想让它生只良驹供自己驱策：他这人不论盘算什么都信心百倍，天天深信不移地谈论他的小马驹，好像它已经养成了，调教好了，上了缰、备了鞍，就在门外立等他去骑似的。可是，由于［仆人］欧巴迪厄的某种疏忽，最后，我爸的一番殷切期望只落得了个骡子，而且是那类畜生中最丑最丑的一个。

老沃尔特对神骏马驹朝思暮盼却不期而来得个丑骡子，实在让人忍俊不禁。但是人们恐怕也很难想象比这离儿子/兄弟的意外死亡更远的话题了。然而特里斯川/斯特恩的荒唐妙笔还在后面：

> 我妈和我托比叔以为我爸准得把欧巴迪厄整死——这场祸事准保会没完没了。——看看！你这个混蛋，我爸指着那骡子吼叫道，你搞的什么名堂！——不是我搞的，欧巴迪厄说。——我怎么知道不是你？我爸回驳说。

---

[1] 上述均为西方著名的古代哲人、学者、圣徒。参看蒲隆（译）：《项狄传》，（上海译文出版社，2012），322页注1。

由于这个机巧的对应，爸眼里游动着得胜的泪光……（5卷3章）

　　至此，由于点出了沃尔特常常借不顺心的事展示学问和机智或更确切地说是通过智力活动逃避痛苦，这一番离题更远并（借双关的"搞"字）涉笔性玩笑的主仆对话同时却又把读者带回了鲍比之死的主题。

　　随后，仿佛是回应叙述者前面提出的那个长名单，沃尔特这位本应沉痛哀悼儿子的父亲开始冲着托比滔滔不绝背诵前辈智者议论死亡的文句。探得了事态主旨的欧巴迪厄匆匆赶赴厨房报信并在那里开展了另一场有关生死的热烈讨论，参与者包括暗自期盼通过办丧事得到女主人赏赐的女仆，也包括以朴素语言感叹人生苦短的特利姆。与此同时，项狄太太恰巧从先生门前经过，无意中听到丈夫奔涌的语流中有"妻子"一词，不由得把耳朵凑近门缝窃听那些云遮雾罩的哲言，赶上那位父亲从加卢斯[1]丧命的典故说到苏格拉底死前在法官面前陈述的自辩词，正欲罢不能地和盘朗诵那位大哲学家的名言：

　　……"我有友人——我有亲眷——我有三个无依无靠的孩子，"——苏格拉底说。
　　——这么说，我妈嚷道，推开了门——项狄先生，你的孩子比我所知可多了一个。
　　——老天，我少了一个——我爸说，站起身离开了屋子。（5卷13章）

---

[1] 加卢斯（前70—前26），罗马军人及诗人，以写给情人的诗留名于世。有关他的死因的传说涉及性事。

由于对话者各自心目中的语境不同而造成阴差阳错的误会，是典型的喜剧情境，与丧子之痛形成无法调和的强烈反差。读者不能不随着笑，不能不感受到喜剧和悲剧原是在生活中共生共存；但是听见自己笑声的回音却又不免觉得有些莫名的不安，悟察到在亲人丧生的情境中这笑声来得唐突刺耳。

不过这喜剧情调倒是和全书的闹剧精神相一致。特里斯川对重要而"严肃"事物——包括生与死，包括宗教机构，也包括各种学问和理论体系——一概嬉笑嘲弄，相反对鼻子、胡须之类却常常采取貌似郑重的态度长篇大论地阐述，又是"精神象征"，又是"讽喻含义"，又是神学讨论；对下等人特利姆的言论也一本正经地表示推重，可以说是系统地"大事化小，小题大做"。柯尔律治推断这是一切幽默手法的共同点，即"让渺小成伟大，伟大变渺小，使两者都被贬损"[1]。小说的开篇就具有这般两败俱伤的性质。它采用双重语调，既是特里斯川的讲述又体现了他父亲的观点，把洛克的新潮联想理论[2]和项狄太太不合时宜地操心时钟上弦的表现扭绑在一起，同时又让直到16、17世纪在英国仍有相当的影响的"体液论"（一种源于古希腊的医学学说，认为人的性情由血液、黏液、黑胆汁、黄胆汁四种体液决定[3]）在沃尔特针对太太的恼怒的声音中体现出来。两重叙事声音之间的张力使项狄夫妇的个性如漫画般夸张地凸显出来，也构成了对种种理论的调侃。对于窗子落下砸伤小特里斯川一事的描述也是如此，一面拉扯上牛顿的引力学说，另一面在特里斯川受伤的部位上大做文章。像某些大用

---

[1] 语出柯尔律治，转引自 Van Ghent, *The English Novel*, p. 118。
[2] 洛克的《人类理解论》（1690）中有一章专论"联想"，认为联想是人类思维的基本特征。
[3] 参看杨周翰：《17世纪英国文学》，59—60页。

"□□□□□□□"的中国作家一样,斯特恩故意在谈"部位"问题时津津乐道地强调其"不可说"性,排列出许多"＊＊＊＊＊＊＊",长久流连不去。此外,叙述者描述沃尔特掏手帕的姿势或斯洛普摔倒在烂泥里的情形,其闹剧笔法也如出一辙。

特里斯川/斯特恩还常常利用语言的双关性或歧义性大做文字游戏,并特别喜欢暗涉肉体和肉欲的不登大雅的玩笑。前面提到的鲍比的"走"和沃尔特质问仆人丑骡驹来历时用的那个"搞"都是典型的双关词。同样典型的例子还有寡妇瓦德曼吞吞吐吐地打问托比在"何处"受伤(9卷26章),闹出连篇误会。伊安·瓦特在他编辑的版本中常常为这类词语做注释,其他一些学者也详细考证、解释了各式各样的双关语,比如:hobby-horse(原意为"游戏木马")在俚语中有"妓女"之意;托比的名字toby是屁股的雅称;书中不断提到的一种手势常常暗指性活动;被喋喋不休地谈论的鼻子既与拉丁文中"智慧"一词的词根相近,又可暗示男性生殖器;甚至连颊髭也有"脏话含义"。[1] 近年的后结构主义批评思潮十分注意文艺作品的选材框架(framing)所暗含的意识形态标准,并把它视为权威对个体的"压制"[2],因而斯特恩对琐碎、低俗、不登大雅之堂的细节的钟情得到了空前的重视。伊瑟尔认为《项狄传》中的双关语等以触目的方式"把被排除在外的生活从幕后带到了理想的前脸上来"[3]。多数小说以主人公通向成功和自我完善的精神之旅为主旨,相对忽略或压抑琐屑的和肉(实)体的事物,而斯特恩

---

[1] Frank Brady, "*Tristram Shandy*: Sexuality, Morality, and Sensibility," in Melvyn New (ed.), *Tristram Shandy*, pp. 78-79.
[2] 参看 Michael Rosenblum, "Why What Happens in Shandy Hall Is Not 'A Matter for the Police'," *Eighteenth-Century Fiction*, Vol. 7, No. 2, pp. 147-164。
[3] Wolfgang Iser, *Laurence Sterne: Tristram Shandy*, p. 83.

则反其道而行之。在这方面他与拉伯雷和斯威夫特有异曲同工之妙。不过，与斯威夫特有所不同的是，他似乎较少被人的肉体所困扰烦恼，其关注也不那么阴暗、病态[1]，倒是更多一些拉伯雷在《巨人传》中对待性和排泄的欢闹姿态。

《项狄传》中有关法国乡下疯姑娘玛丽亚的一章直接点出了塞万提斯和拉伯雷的名字。作为人物的特里斯川在旅行中听车夫讲述姑娘的不幸经历，并慷慨地发布表达同情和欣赏的温情的字句。最后，特里斯川——也即文中的"我"——突然坐到了玛丽亚和小山羊之间，演绎出一个滑稽的场面："玛丽亚苦恼地看了我一阵，然后又看看她的山羊——然后看我——然后又看山羊，如此反复。怎么，玛丽亚，我轻声说，你看出了什么相似之处？"（9卷24章）由于古希腊神话故事的影响，在西方山羊被认为代表情欲或淫荡。仿佛是怕读者忽视了这一层含义，作为叙述者的特里斯川又赶紧补充说，自己如此发问是因为确信人其实也是"一种兽"。同样地，描述特里斯川加入法国乡村舞会的一段也颇有文艺复兴时代遗风，毫不扭捏地把世俗的官能享乐与祈祷以及天堂拉扯到一起（7卷43章）。特里斯川为躯体争得了一席之地，"对于[人]所得的一切，灵魂和肉体是合伙拥有人"（9卷13章），而身为牧师的斯特恩显然就是他的后盾。

二 "解构"，还是炫示？

由于上述种种特点，这部小说被认为一来继承了拉伯雷等人的传统，二来又与现代文化相通。福斯特把斯特恩和伍尔夫相提并

---

[1] 参看 Stallybrass & White, *The Politics and Poetics*, pp. 100-109；又，Norman O. Brown, "The Excremental Vision," in *The Writings of Jonathan Swift*, pp. 611-630。

论,范·甘特认为他是普鲁斯特的前驱[1],并非没有来由。斯特恩的作品注重心理意识和瞬间感受,几乎可说是"意识流"小说的先声。项狄家老哥俩的古怪个性折射着某种富于时代特征的"唯我主义(solipsism)和无能的状态",也使《项狄传》被一些人看作第一部"现代"小说。[2] 何况斯特恩还几乎像"后现代"作家一样,对写作活动以及文本与生活的关系高度自觉,时不时地把写作的困境搬到前台来讨论:

> 到这个月,我比十二个月前整整老了一岁,并且,如您所见,几乎写到了第四卷中间——却还没写完我降生第一天的生活——这表明现在我要写的比先前更多了三百六十四天……如果我一生的每一天都如此忙碌——为什么不呢?——而且有关它的交谈和见解也费去同样多的笔墨——又有什么理由压缩它们呢?……如此这般,诸位阁下注意,我写得越多,需要写的就更多——相应地,诸位读得越多,要读的也更多。这对各位爷的眼力神能有好处吗?(4卷8章)

颠覆主流叙事范式、互文性、所指不可追索,如此等等,这些近年的时髦文学批评行话术语似乎都可以毫不牵强地用于《项狄传》。在一部有关《项狄传》的新文集中,有些当代论作简直像是演示文论的范文。它们有的强调该小说中的断裂和不连贯性;有的显示了论者的解构主义和新历史主义思想背景;有的从

---

[1] 参看 E. M. 福斯特:《小说面面观》;Van Ghent, p. 107;又,参看 A. D. McKillop, *The Early Masters of English Fiction*, p. 210。
[2] Martin C. Battestin, "Sterne among the Philosophers," *Eighteenth-Century Fiction*, Vol. 7, No. 1, p. 7.

巴赫金的多声部理论切入，最终聚焦于对"欲望"的拉康式的分析；还有的运用了读者反应理论。[1]在这种氛围里，连一些几乎完全不涉及新理论的著述中也会出现"斯特恩：《项狄传》：解构的（deconstructive）文本"[2]这类貌似"后结构"的小标题。有的学者，如约·维·史密斯，既吸收了新观念，也不乏传统治学的严谨，立论和分析比较有说服力。他把斯特恩的小说看作与洛克等主导哲学家的对话，认为斯特恩对"玩意儿"（hobby-horse）和"性无能"的强调，隐含着对一系列两极对立关系——如游戏与工作、文学与哲学、女性与男性、肉体与灵魂——中主从等级秩序的解构。[3]伊瑟尔的语气则更为强烈。他认为《项狄传》中持续的跑题以及混淆大小轻重的调侃放逐了主人公，颠覆了主次顺序，"推翻了目的论的暴政"。[4]还有一些大致可以被列入女性主义批评家的学者也持类似的看法。比如，斯帕克斯认为情节设置（plot）负载着小说的意识形态意图，因而斯特恩作品对传统直线情节的背离意味着对父权的抵制和破坏；而莫图卡虽然意识到貌似南辕北辙的"理性"和"情感"其实未必是截然对立的两极，却仍然乐于得出"男权理性在《项狄传》中被无限推延"的结论，断言该小说总的说来是"描绘了一个普遍的吉诃德主义的世界，无穷无尽的具体细节、无法克服的局限性和多样性判断在其中交融汇合，从而挫败男性思想，嘲弄理性标准"[5]。

---

[1] 分别见 Elizabeth W. Harries, Everett Zimmerman, Donald R. Wehrs 和 Helen Ostovich 的文章，in New (ed.), pp. 94-173。
[2] S. C. Seelig, *Generating Texts*, p. 128.
[3] John Vignaux Smyth, *A Question of Eros*, Chapters 1 & 2.
[4] Iser, p. 73.
[5] P. M. Spacks, *Desire and Truth*, pp. 39-43, 114-135; Wendy Motooka, *The Age of Reasons*, pp. 196-197.

不过，应该着重指出的是，尽管《项狄传》为种种后结构主义理论提供了一个理想的剖析范例，尽管这类论作中不乏鞭辟入里的精彩文体分析，开阔了我们的眼界、拓宽了我们的思路，但是就《项狄传》本身而言，它并不是理论先行的，也绝非意在"颠覆"。

首先，斯特恩对主流小说或文学传统的所谓挑战并不像有些人设想的那样是"真枪实弹"的对抗。他的文字游戏和讽拟笔法信手拈来，轻松自然，恰恰是因为那实实在在是他和他的约克郡地主朋友的生活方式和生活态度。这部小说中的怪人逸事以作者的一帮自称"鬼魔社"的贵族、士绅朋友为原型，多少了解斯特恩生平的人甚至能给小说中的人物一一对上号。[1]贯穿全书的闹剧精神和肉欲玩笑与这些绅士定期聚会、豪饮、讲粗话取乐的群体生活一脉相通。也就是说，在某个意义上，斯特恩恰恰是在"写实"，他的讽刺和揶揄也是毫不含糊的张扬和自诩。他创造了一个和某一种现实生活息息相通的世界，笔下的人物如项狄先生和托比叔已成为具有普遍意义的典型，以致在英语国家人们在生活中会把某些人说成是"项狄式"的人。[2]

而那位仿佛被放逐到了边缘的主人公特里斯川则如韦恩·布思所说，其实仍以他的叙述活动和对这一行动的不断的强调而牢牢地占据着中心位置。他的讲述即是表演，他本人及他的个性、思想和感情与被讲述的事几乎融为一体。[3]因而，不论他离题万里还是肆意耍笑，都是紧扣主题的自我展示。对项狄府里奇闻逸事的记录也像理查逊笔下喋喋不休的自我描述一样，表达着对私人内心世界的

---

[1] Wilbur L. Cross, *The Life and Times of Laurence Sterne*, pp. 119-126；又，参看 V. Woolf, "Sterne," in *Granite and Rainbow*, pp. 170-171。
[2] 参看 Walter Allen, *The English Novel*, p. 75。
[3] W. C. Booth, *The Rhetoric of Fiction*, pp. 222-223。

高度关注。也就是说，这部奇书乍看起来和笛福、理查逊或菲尔丁所代表的以写实笔法记述主人公经验的主流小说格格不入，实际上却是相通多于拒斥、承袭多于扬弃。更何况，斯特恩那看似"惊世骇俗"的文体并不当真是天马行空、戛戛独造。该书问世不久就曾有人推出一册《解说斯特恩》（J. Ferriar, *Illustrations of Sterne*, 1790），指责他大肆"抄袭"了前人作品。斯特恩对前人——特别是拉伯雷、塞万提斯、勃顿（1577—1640）以及蒲柏和斯威夫特等奥古斯都讽刺作家——的继承和借镜如今已为学界所公认。有的学者经深入钩沉对照，甚至认定该小说"从素材直至写作方法"，包括其大名鼎鼎的跑题手法，均可在勃顿那里一一找到蓝本。[1]

从另一个角度看，伊瑟尔和史密斯等学者大力推重《项狄传》对诸种等级秩序的"颠覆"，在很大程度上也是一厢情愿的阐释。如另一些比较注重历史文化背景的学者所说，这些批评家未免把该书的游戏姿态过于当真了，把斯特恩的若干见解（从原来的上下文中）剥离、抽象出来，并投射进缥缈的语言学和形而上学的领域中。[2] 由此得出的结论难免较多地折射出当下一些人的思想倾向和理论关怀，却未必合斯特恩和《项狄传》的实况。

比如，有批评家认为，在项狄府里"'上'与'下'的区别被混淆了"[3]。若是属实，这当然意味着对阶级秩序的某种"解构"。然而实际上在小小的项狄府世界里分明存在着男女的分别、主仆的差异，而在其中当家的主角毫无疑义是那些"绅士"。小说标题中包含的"绅士"二字并非无关紧要之笔，也绝不像有人断言的那样

---

[1] S. C. Seelig, p. 154.
[2] 参看 Richetti, *The English Novel in History*, pp. 271.
[3] Mark Loveridge, "Stories of *Cocks and Bulls*," *Eighteenth-Century Fiction*, Vol. 5, No. 1, pp. 51-52.

主要是充当嘲笑和批评的靶子。[1]我们注意到，叙述者在介绍出场的主要人物如沃尔特或托比之时，总要反复地使用"绅士"一词界定。不仅如此，他还相当认真地通报了他们的社会身份：托比是退伍军官，而沃尔特是弃商隐居的乡绅。也就是说，两人都曾是创造了大英帝国的社会中坚分子：一个曾在海外作战，并在战胜法国人的关键战役中光荣负伤；另一位，也就是一味沉迷于玄学的沃尔特，原本是做土耳其生意的伦敦国际贸易商。在当时的英国，商人地位低于地主士绅，但经商和经商也千差万别：外贸商人（merchant）的地位高于一般批发商，后者又比零售商和制造商稍胜一筹；做布商（mercer）比当小衣饰店（haberdasher）店主有脸面；经营可住宿的酒店（tavern）比开小酒馆（alehouse）要强。不同档次的商人其"文雅程度"或"绅士化程度"有所不同，得到的社会尊敬也不同。大家彼此心里有数。[2]沃尔特原属于商人中的高贵者，后来干脆放弃经营回乡下祖宅当寓公，很符合当时成功的商业中产人士竭力"打入"士绅阶级的时潮。那些居住在乡间但主要不依仗地产收入的国教会教士、律师、军人和退休的生意人常常被归入"准士绅"（pseudo-gentry）一类。[3]按照此种划分，斯特恩本人和项狄一家都同属这个阶层。

叙述者特里斯川兴致勃勃地全文收录了一份家族文件，即他父母的婚约中有关生育的条款（1卷15章）。那段奇文拿足了法律的架子来处置一桩简单的私人问题（即未来的项狄太太在何地分娩），严谨到无比烦冗、啰唆的地步，在涉及财务和男性主人权威的问题

---

[1] John Mullan, "Admiring the Mag," *TLS*, Jan. 1, 1999, pp. 10-11.
[2] 参看 Peter Earle, *The Making of the English Middle Class*, pp. 331-333。
[3] 参看 E. Copeland, *Women Writing about Money*, pp. 89-90。

上尤其是巨细无遗、滴水不漏。双方在为自身利益和意愿而讨价还价时也都有"出色"表现。这份文件固然是用来款待读者的法律笑料，但是它也从一个侧面体现了沃尔特当年的伦敦商人风范，与后来典型的项狄式特征形成相当鲜明的反差。可以说他是以息影田园、埋头学问、不问世事的方式来完成向货真价实的绅士的转变——也就是说，怪异是"有闲"的产物，是他绅士身份的标签。叙述不遗余力突出老项狄兄弟走火入魔地痴迷于某一"玩意儿"（hobby-horse），如托比一心埋头于旁门左道的弹道学问和攻城游戏（顺便说一下，前者也是斯特恩热衷之事），并非是要借喜剧笔法消解他们的尊严，而恰恰是要突出上等人的闲适和无为。小说聚焦于不可理喻的私人怪癖，目的是使这些非功利的（disinterested）个性特征经过情感主义渲染最终得到公众的欣赏和认可；其叙事和修辞策略中包含"两度挪移"，背后不仅有对情感主义时尚的认同和利用，还有对与当时绅士阶级政治有千丝万缕联系的"乡村"[1]意识形态的间接弘扬。小说两次将献辞（不论它们出现的地方或采用的词语似乎多么"出格"）呈给政坛要人皮特[2]，绝非偶然，表现了作者的有明确等级内涵的心理归属，甚至可能是某种潜在的功利企图。[3]那被诸多当代批评家看重的批判的或"拆台"的锐利笔锋在很多时候像海市蜃楼，初看上去历历在目，细究时却消失得了无踪迹，余下的似乎更像是些无伤宏旨的插科打诨、淘气卖乖。

　　与上下之别相关，还有所谓对"大"与"小"的颠倒。斯特

---

[1] 当时英国政坛的所谓"乡村"派是与拥戴汉诺威王朝的辉格党人士（即"宫廷"派）对立的势力。
[2] 即老威廉·皮特（William Pitt, 1708—1778），曾两度出任英国政府首脑，并在《项狄传》一书陆续连载期间1766年受封为查特姆伯爵。
[3] Johathan Lamb, "Sterne and Irregular Oratory," in J. Richetti（ed.）, *The Eighteenth-Century Novel*, pp. 156-164.

恩对小事小物、细枝末节的重视的确是耐人寻味的。比如，他曾就"鼻子"大做文章，表达了对传统学问以及宗教体制等等的讽刺挖苦。他还常常在一些似乎更"无聊"的细节——比如沃尔特或托比的一个姿势，一只飞旋的苍蝇或停在门口的一头驴子——上用足笔墨，不厌其烦，把被基督教文化忽略的肉体和无关紧要的事物推到聚光灯下。这些叙事选择确实可以说是对有关"重要"和"不重要"的通行观念的某种修正和反拨。不过，需要看到的是，奥古斯都滑稽史诗中的讽刺是双刃的，也往往是有度的。典型的例子是蒲柏的《劫发记》(1712)。蒲柏以英雄史诗记述战争的语言描述当代富裕人家小女子梳妆打扮、打牌斗嘴的日常生活，既讥诮古典风格的过时，又挖苦现代生活的琐屑；同时却又使两者都浓彩重墨地呈现在人们眼前，是双重的讥讽，也是双重的肯定。作为这一传统的继承者，斯特恩自觉地以庄严笔调"提升"琐碎，以"塞万提斯式幽默，……以对待宏大事物的庄重来描述愚蠢而渺小的琐屑枝节"[1]，关注"小"的意图虽赫然存在，但对"大"的批评或拆解却是局部的、有限度的。更何况注意"小"事，"对微小刺激做出精致反应"正是所谓sensibility即"善感性"的本质特征。[2]和《劫发记》一样，斯特恩的这类描写是多向度、多音调的。与此相似，斯特恩对肉体、对游戏的注重指向"有闲"和放达，他对新教的禁欲规条和工作伦理的抵制在相当程度上是从乡村地主特权的立场出发的。脱离当时的历史情境、忽略其观点的具体内涵和外延，得出的结论不免是片面的。

---

[1] 斯特恩语，转引自J. Lamb, "The Comic's Sublime and Sterne's Fiction," in R. Kroll (ed.), *The English Novel*, Vol. 2, p. 162。
[2] J. M. S. Tompkins, *The Popular Novel in England*, p. 96。

总之，不论从哪个方面看，虽然我们可以承认"统治项狄府的是自我的特异性"，却仍然无法如伊瑟尔那样由此得出结论说那所地主庄园的"特点不合18世纪世界图景的规范和价值"。[1]古怪的项狄一家得到的热烈捧场让人怀疑斯特恩貌似逾矩的文字实际上是迎合了正在使自己更加"雅驯""脱俗"的绅士淑女和准绅士淑女的需要，与约翰逊博士因其强烈个性、尖锐态度和渊博学问在伦敦社交界大受欢迎的情形不无相似。那些能够比较充分地欣赏《项狄传》中的隐喻和笑话的读者，其古典文学素养须与斯特恩相伯仲。作者巧妙地把读者纳入通过读小说活动创造出的无形的"鬼魔社"，使他们感到与博学绅士为伍的自得与满足。

值得补充说明的是，斯特恩所师承的以勃顿、斯威夫特为代表的书卷气俳谐传统（learned wit）在某个意义上就是权势者的特权文化。若非在某种程度上有闲有钱且有学问，如何能玩斯特恩式的成本昂贵的文本游戏？如何能忽而拉扯洛克和牛顿的当代理论，忽而对古代文豪旁征博引，忽而陈列希腊、拉丁文，忽而拿传统神学插科打诨？闹剧式的狂欢精神虽然如巴赫金所强调的，其本源有下层平民文化的底蕴，但是在特定的历史情境里，它也可以与失了根或正在失去根基的浪荡贵族心态和行为结缘。充斥着性隐喻和性玩笑的英国复辟时代喜剧作品就是个佐证。在斯特恩笔下，书卷的"雅"和笑话的"俗"有某种共生关系——在很多时候读者需要相当的古典文学修养才能充分体会他的诙谐机智。连他为特里斯川选定的东拉西扯、闲庭信步般的文风都与地位有关，令人不禁联想到当时的权贵子弟贺·华尔浦尔写信时采用的口气——他们似乎都在强调自己并非格拉布街上把码字当饭碗的职业写手，他们写作只凭自己一

---

[1] Iser, p. 8.

时高兴，是随心所欲的无关紧要的行为。伍尔夫曾敏锐地指出，这种文风乃是"高贵而多才的人的主要特征"，是经过精心的学习和训练修得的——"重要的原则是要显得漫不经心，犹如在等待雨停下来的那段时间里匆匆信手涂鸦……字字句句都显得是不期而来、漫不经心，以最上等人的腔调自自然然地道出"[1]。

和拉伯雷与斯威夫特相比，《项狄传》的文字显得更轻佻，更有"闲逸"气。这也许就是俳谐和讽刺的区别。拉伯雷和斯威夫特都把主要的讽刺锋芒对准有重大社会意义的事物，而斯特恩却极为严格地限定了项狄世界的空间限度，从不逾越一介绅士的私宅和领地，小心地把社会图景摒于视野之外。因此，他的文本实验在更大程度上是真正的"私人游戏"，是绅士的恣意放纵。巴赫金说："文艺复兴是狂欢生活的顶峰，之后便开始走下坡路。""后来……狂欢风格的许多形式，脱离了自己的民间基础，从广场转到这一条室内假面的道路上来。……在所谓名士派的浪漫生活中，同样有条件地保存下来了一些狂欢风格的痕迹；不过在这里，大多数情况下我们见到的，是退化了的庸俗化了的狂欢式世界感受。"[2]恐怕这就是约翰逊博士和萨克雷等人对斯特恩有所不屑、严词诟病的原因之一。"怪异的东西不会长存，《项狄传》就没有流行多久。"1776年，在这部小说的最后一卷问世十年之后，约翰逊如是说。[3]考虑到约翰逊有关小说载道的一贯思想，与其把这话看作没有应验的预言，不如把它视为对缺乏更深刻道德关怀的"怪异"的批评。将近两百年后，另一位重要的英国批评家利维斯博士在1948年也发表了类似的见解。他说，有些人把斯特恩的"不

---

[1] V. Woolf, "Walpole," in *Granite and Rainbow*, p. 183.
[2] 巴赫金：《陀思妥耶夫斯基诗学问题》，186、224页。
[3] James Boswell, *The Life of Samuel Johnson*, p. 591.

负责任（而且下流）的游戏玩笑"视为"大有深意又特别成熟"，对此他很不以为然。[1] 他的话听来有点像武断的道德评判，其实却和伍尔夫的一些议论相似，包含着对斯特恩文本"原味"的某种机敏而清切的体察。

总之，《项狄传》的自由笔触与其说是有"颠覆"意图或作用，不如说是反映出了小说作为尚未定型的文类的可塑性和相对宽阔的空间——它可以恣意地嬉戏游荡于《木桶的故事》、《克拉丽莎》和《琼斯传》之间；与其说它表达了对主导意识形态的对抗和破坏，不如说体现了在当时调整阶级关系的社会格局中，仍处在成长与融合时期的统治阶级思想文化的丰厚、驳杂和柔韧。

三　多情的姿态

《项狄传》中描写"我叔"托比和苍蝇的那个有名的段落成了《大英百科全书》中定义"情感主义"的经典例子："'去吧，'他［托比］说，打开窗子并张开手掌，让［手心里的］苍蝇飞走，'走吧，可怜的东西，你走吧，我又何必伤你？世界大得很，尽能同时容下你和我。'"（3卷4章）

有关勒菲弗尔父子的插曲是书中另一段褒扬善"心"的煽情故事。托比听说有个素昧平生的穷中尉勒菲弗尔病倒在本地小旅店，身边还拖着个小孩子，便立刻放下自己正紧张进行的攻城游戏，出钱出力帮助这位"军官兄弟"。叙述者把这段故事献给特别好动感情的女性（5卷献辞），其中出现次数最多的关键词是"good natured"和"good heart"（6卷6—12章）。在斯特恩笔下，被强

---

[1] F. R. 利维斯：《伟大的传统》，4页注1。

调的"善"源自肉体和动物性，源自天性和"心"。这种充满怜悯同情之心的"善"在某种程度上取代了奥古斯都时期的通情达理（good sense）而成为一种理想。

叙述者特里斯川是书中另一体现了慧骃式的友爱善良的多情人。他对法国农村姑娘玛丽亚的同情与对美、纯洁、爱情、音乐以及如画的乡村风景的欣赏联系在一起。他在欧洲大陆旅行，曾遭遇一头日后声名远播的里昂驴子。那背着大驮篮的驴子堵在旅店门口，挡住了特里斯川的路。驴子一脸"逆来顺受的受苦相"，特里斯川不仅不忍打它，相反还与它礼貌交谈。"我忙不迭地根据驴子面容的变化设想他的反应，千真万确我的想象力从来没有这么忙活过……从我的心飞进他的心，思量一头驴子——或一个人——在这种情况下从其本性会如何感想。"（7卷32章）看驴子食之无味、弃之可惜地啃菊芋头儿，"我"还进一步掏出自己的蛋白杏仁饼干跟它分享，一边又拉又"劝"地请它进门。

斯特恩笔下的"好心"和"多情"的表现，有两点值得注意的地方。其一是"善"和"怪"的结盟。托比的"古怪"给善良披上了某种诙谐的个性色彩，而且几乎成了善良的代名词。无独有偶，麦肯齐的《重情者》（1771）的主人公哈里被乡里认为"任性"而"古怪"（4页），[1]哥尔德斯密斯笔下的威克菲尔德的牧师或"黑衣人"（《世界公民》中的一个人物）也都各有怪癖。在《威克菲尔德的牧师》（1766）中，寄托着作者的理想和同情的关键人物有二，一是颇有扶危济困侠士古风的威廉·唐希尔爵士；另一位就是主人公兼叙述者普里姆罗斯牧师。老牧师正直固执而又悲天悯人，是一

---

[1] 括号内注明引文页码，版本为 Henry Mackenzie, *The Man of Feeling*（Oxford University Press, 1987）。

位古怪不下于项狄一家的善感者。他热衷辩论，执着于一己的见解，曾经因宣扬"终身不二婚"论得罪了儿子意中人的父亲；又因别人恭维他的著作而在交易中受骗；后来在食不果腹的情况下仍忘形地和趾高气扬的"赏饭"者相争不下，斥责后者奢谈"自由"是虚妄之言，说唯有王权才能遏制权贵、护佑贫苦。不通世故、有悖常情是牧师纯良本性的表现方式。对"古怪"的强调表明，作家心目中的"情感主义"与社会上司空见惯的常规大相径庭，甚至是对后者的自觉的抵制；也多少折射出公众对这类多情人物的某种保留或怀疑。

"多情"的第二个特点就是引发情绪波动的原因往往非常小，如一只苍蝇或一头驴子。如前所说，"对微小刺激的精致反应"是"善感"（或称"敏感性"）的题中之意。不过，小和大是密切相关的，对小事小物的态度揭示着"道德上和审美上的良好造诣"。[1]《项狄传》里有一段提到一名黑人女仆如何客气地驱赶苍蝇却并不打死它们。同样以善待苍蝇"著称"的托比就此评论说，她"受过迫害，因而懂得了怜悯"。托比的随从特利姆还进一步地追问黑人是否有灵魂，问"为什么黑人女孩受到的待遇不如白人姑娘"（9卷6章）。由此，对苍蝇的同情在某个意义上转化为对人类处境、对奴隶及其他受压迫者的关心。[2]

托比和特里斯川等人的善感姿态在《多情之旅》（1768，又译作《多情客游记》）中被约里克大大发扬。约里克是《项狄传》一书中最后的发言者。他的游记录述了一系列精微的感情触动和乐善好施的言行。他曾因为自己在一法国天主教僧侣行乞时非但没有施舍相反却训斥了他而愧悔不已。他遇到乞讨者每每慷慨解囊。他见

---

[1] John Brewer, *The Pleasures of the Imagination*, p. 114.
[2] 参看 Markman Ellis, *The Politics of Sensibility*, pp. 67-71 & Chapter 2。

到一穷苦农民哀悼死驴便心生无穷感慨，暗自叹道："人们应感羞耻！倘我们彼此关爱，能及那个可怜人爱他的驴子的一半——世态可就大不一样了。——"（62—64页）[1]他几乎朝圣般地前去看望曾让特里斯川怜爱不已的法国村姑玛丽亚。他和形形色色的外国女人无伤大雅、轻松愉快地调情。

不过，那些由多情者本人道出的嘉言懿行却又闪着钱光币影。比如，特里斯川记录自己听车夫谈疯女玛丽亚的故事时，说道："那年轻人讲述这些时，语调表情无不体现了一颗感情丰富的心，于是我当即起了个誓，等到达穆兰后我定要给他二十四苏的硬币。"（9卷24章）"感情丰富"意味着人品可嘉，意味着"有个灵魂"（《多情之旅》，138页）；然而这种"可嘉"是有明确定价的——具体到劳力的车夫，值二十四个苏！斯特恩的这两部非常受欢迎的小说中，多情客们与人交往时的感动常常通过金钱来表达。托比救助勒菲弗尔是一例，特里斯川打算奖赏车夫是一例，约里克为法国乞丐解囊或赏赐年轻女仆又是一例。约里克一边往在书店里偶然认识的女仆的小钱包里塞金币，一边对那个好读爱情小说的姑娘说："如果你品行端正有如你相貌俏丽，上天定会让你的钱包鼓鼓的。"（90页）他就这样毫不遮掩地把品行、容貌、钱财和宗教一锅烩了。在另一处，他直接为时髦词"善感"大唱赞歌："可贵的善感禀性！你是永不枯竭的源泉，我们所有的珍奇美妙的欢乐或所有宝贵的悲哀体验都来自你！你把你的献身者锁在草床上——但又是你把他送上天堂——我们的情感的永恒的根源……"（141页）这段话语气夸张，如有的评论者说是"以非常沙夫茨伯里式的文字表达非常沙夫

---

[1] 括号内注明引文页码，版本为Sterne, *A Sentimental Journey*（Penguin, 1968）。

茨伯里式的态度"[1]；但是另一面却又一连用了"可贵""珍奇""昂贵"（dear，precious，costly）等好几个表示经济价值的词语。在斯特恩的天地里漫游了一番以后，我们不能不意识到它和茉儿或罗克萨娜或哈娄们的世界其实是同一的。当《多情之旅》一本正经地谈到"情感交易"中的"购买"和"打折"（33页）时，我们便更真切地认识到，多情的表演在本质上或多或少是有钱者购买"品德证书"的行径。

随着《项狄传》中对他人（如托比）的奇情逸事的讲述转换成了《多情之旅》中约里克对自己的经验的津津乐道的铺叙，某种自吹自擂的成分也渐渐彰显。不断重复出现的似乎只是他的种种善感多情的舞台造型、姿态和表演。他给一群乞讨者分发了小钱后，

> 发现自己漏掉了一个**形容窘迫的穷汉**（pauvre honteux）……他站在马车附近，在圈外一点点，从脸上抹去一滴泪，我相信那张脸曾见识过更宽裕的日子——天啊，我说——我没有一个苏可给他了——不过你有成千的苏！天性的各种力量都在呼喊，都在我身体内骚动——于是我给了他——别提多少了——现在，我不好意思说给了**多么多**——而那时我不好意思地想，这是多么地少；因此，如果读者对我的秉性有所理解的话，给了这两个极限，他或许就能大致估量出准确的数字，出入不超过一两个里夫[2]。那**形容窘迫的穷汉**说不出话来，他拉出一块小手绢，边转身边揩脸——我想在所有那些人里数他最感谢我。（59—60页）

---

[1] Mark Loveridge, *Laurence Sterne and the Argument about Design*, p. 194.
[2] 为1667年到1795年间法国的法定货币单位，价值二十苏，1795年后被法郎取代。

很多读者都意识到了约里克陶醉于自己的慷慨，对被怜悯的受施者缺少真正的关切；其叙述声音沉湎于自我，虚荣之心溢于言表。[1]也许正是因此，萨克雷评论说斯特恩把一己的悲欢送进市场，"有条不紊、清醒冷静"地操作，意在取悦读者。[2]伍尔夫还进而指出了斯特恩的情感主义表演具有两重性："他一方面痛切地感受着苦痛和快乐，与此同时却又在观察并赞美自己的这种感受能力——似乎正是这种奇特的矛盾性，给大名鼎鼎的'多情气质'招来了诸多非议。"[3]

当然，也有很多当代评论者强调斯特恩作品的讽刺性、多声部性和自我解构性，淡化其中的自我认可和自我赞扬成分。他们强调《多情之旅》中作者和叙述者的区别，突出斯特恩对约里克的挖苦和"拆台"。在斯特恩的小说中，响亮的嘲笑之声的确是无处不在。例如，特里斯川两次把他父亲沃尔特说成是头号"善感者"（2卷12章；9卷1章），大肆铺张地描绘他听说小儿子鼻梁受伤后悲痛不已扑倒在床的姿态，一丝不苟地陈述他的眼鼻手脚之时冷不丁却把那应该视而不见的"夜壶把儿"（3卷29章）也抖搂出来，顿时大杀多情之"风景"。小说对约里克的讲道辞的处理也很有味道。该段名为"良心的滥用"的文字是斯特恩牧师本人为正式布道写的，已经宣讲过并付梓出版，可以说是作者的或权威的（authorial）话语。然而在小说里出现时，讲道辞被置入了对话的语境中。一方面托比的随从特利姆在声情并茂地朗读，沃尔特和托比频频表示赞许；另一方面天主教徒斯洛普医生或是不以为然地发议论，或是百无聊赖地打盹。叙述者还告诉我们，约里克本人还在文稿边上加注了种种

---

［1］ 参看 Loveridge, p. 168。
［2］ W. M. Thackeray, *The English Humourists*, pp. 232-234.
［3］ Woolf, "Sterne," pp. 173-174.

音乐术语（2卷17章）。以各个参与者的生活经验、即时感受以及天主教和新教的矛盾为上下文，讲道辞被表演、被打断、被评论，因而也在一定意义上被限制和嘲笑。

又如，前面提到，《多情之旅》中述及约里克路遇一贫苦德国农夫情深意切地哀悼他的死驴。他有动于衷，大发感慨，觉得急需凝神体味此中感受；但是车夫却丝毫不能分享他的心情，没等那农人的话音落地就策马扬鞭，于是马车"便千鬼齐发般地咔嗒咔嗒风驰电掣而去"（62—64页）。这里，"千鬼齐发"一句是典型的斯特恩式神来之笔：那么简洁，那么栩栩如生，又和约里克微言大义的感慨形成那么鲜明的对照，使行文陡然间从多情善感降为滑稽唐突。这是斯特恩的惯用手法。总的来说，《多情之旅》写尴尬滑稽的处境多于写多情而仗义的举动；约里克作为堂吉诃德式的骑士每每是语言多于行动，姿态多于成效，他的自我观赏的讲述上的确还蒙着一重揶揄嘲弄的眼光。

这种讽刺风格和对话性质贯穿于斯特恩作品的始终。不过，如他对所谓"项狄式"的定义，他的小说"有不止一个把儿"[1]，而自嘲只是其中之一。读者在阅读时由于抓不同的"把儿"可以导致多样的和多层面的理解，但这不影响小说还是有一个主导的"把儿"。我们不应该由于注意到作者的自相矛盾和自我嘲讽的手法，就过度夸大文本自我解构的意向或效果。约里克/斯特恩的讲道辞被围绕穿插的那些表演和议论限制、批评乃至嘲笑，但是换一个角度看它同时也被这些所映衬和加强。无论如何，被全文"刊"出、被主要

---

[1] 斯特恩在1768年给友人的一封信中说道："你的手杖的最项狄式的特征就是它有不止一个把儿。"Lewis Perry（ed.），*Letters of Laurence Sterne*（Oxford University Press, 1935），p. 411，转引自Donald R. Wehrs，"Sterne, Cervantes, Montaigne，" in New（ed.），p. 133。

的正面角色（如托比叔之流）认可唱和，已经不可动摇地确立了这段文字在小说中的位置。不论有多少保留和自嘲，它仍是"权威"话语。小说中的"情感主义"描写也是如此。叙述者音调里的揶揄和窃笑体现着他的世故和机智，然而这并不意味着他的讲述不是在认可和炫示自己的"深切的善感禀性"。[1] 小说中的玩笑大抵像约里克和他的男仆（由于一系列误会）炮制的那封给 L 夫人的不得体的法文回信，只是留给有分辨能力的读者欣赏的轻描淡写的喜剧——对后果不着一字，并不伤害主人公的形象和他在书里书外的处境。总之，斯特恩的叙述虽然对自身的矛盾和局限有相当的意识，最终的效果却是自我欣赏的观察驱散了讽刺和批评。正像《项狄传》曲折地赞美了项狄一家代表的绅士世界，《多情之旅》中约里克对自己的欣赏和信心最终也被褒扬。不仅他的内在"美德"被肯定，而且他有意为之的自我展示也得到了认可。有批评家把"项狄姿态"和美国当代作家诺曼·梅勒的《自我广告》（1959）中所体现的那种现代人的自我爱抚和自我欣赏联系在一起，[2] 实在是入木三分的洞见。

四 逢源一时的情感主义

在"多情善感"问题上，斯特恩同时代人的反应似乎比 20 世纪末一些有成见的专业人士来得更准确。也许因为，约里克们的多情表演本是诉诸那个群体的。

大约在项狄登场以前二十年，有位布拉德夏夫人（Dorothy

---

[1] Woolf, "The Sentimental Journey," p. 78.
[2] Claude Rawson, "Like a Conjur'd Spirit," *TLS*, March 10, 2000, p. 3.

Bradshaigh）曾给理查逊写信问道：

> ……据您看，在文雅人士中如此时髦的"多情"（sentimental）一词究竟是什么意思？……那个词包含了所有机灵的讨人喜欢的东西……我常常惊异地听到人们说：某人是个**多情**者、我们是**多情**的一群、我刚刚进行了一番**多情**漫步……[1]

当时，世面上流行的是情感主义和眼泪崇拜；讨论"sensibility"和"sentimental"的文章著述层出不穷。[2]《情感杂志》（*Sentimental Magazine*）1773年第一期中刊文把眼泪说成是"咸涩的仁爱之洪"。有《钞票历险记》（1770—1771）这样非常"物质化"的标题的小说也专门"拨"出篇幅大谈流泪。[3]种种畅销故事纷纷连篇累牍地罗列催人泪下的遭遇。萨拉·菲尔丁（1710—1768）的小说《素朴儿》（1744）中温厚善良的男主人公一再遭逢不幸。哥尔德斯密斯的《威克菲尔德的牧师》中的普里姆罗斯牧师及其家人因为他们的善良本性和各种无伤大雅的小弱点而显得可亲可爱，他们不论境遇如何，坚持认为信仰、良知和亲情才是最可宝贵的。然而，如老牧师那样不通世故的"怪"人，没有一所项狄府来庇护，便只能在邪恶世道里一再碰壁。他们先是家产被奸商侵吞，不得不易地另择廉房而居；而后父子几人试图自食其力却屡屡上当、受挫；大女儿被当地乡绅诱骗失身，一家人栖身茅屋又夜半失火；最后牧师及其长子遭到乡绅进一步迫害被以不同罪名收监，陷入走投无路的绝境。

---

[1] 转引自A. Alvarez, "Introduction," in *A Sentimental Journey*, pp. 11-12；又，参看M. Ellis, p. 36。
[2] 参看Ellis, pp. 5-9, 38。
[3] 参看Tompkins, pp. 95-96。

若不是一位穷朋友突然露了"真容",摇身一变成了当地最有权势的贵族地主和公正无私的地方执法者,这一家人的命运恐怕也只能和素朴儿一样以悲剧收场。约翰·麦肯齐的《重情者》也不例外。它用白描手法录写了出身于小康之家的纯良青年绅士哈里的一段经历。哈里不善于巴结有钱的亲戚,因而失去了本来可以到手的一笔遗产。经人点拨,他决定去伦敦请求一位有势力的男爵帮助他获得一块皇家土地的承租权。他在伦敦遇见形形色色的人,不止一次上当受骗,更曾多次慷慨救助他人。其间还循流浪汉小说的路数穿插了疯子、妓女、退伍老兵等等不幸者的自述。哈里求人不成空手返乡,在病榻上向心上人剖明心迹后便撒手人寰,一命归西。

捧读这样的作品,当年的读者大约像约里克一样,一方面为主人公的遭遇动情,同时又欣慰地感知着自己的高尚。因为流泪不仅表示内心苦痛,也不再只是情绪的自然宣泄,而是在向世人展示自身的品性和德行。可以说,自帕梅拉收服了人心,"善感"已经成为社会公认的优良品质。正是在这个意义上,我们说斯特恩的小说中充斥琐碎细枝末节未必是在颠覆"主流意识"中的伟大事物,倒可能恰恰是讨好那种注重对细微事物做出敏锐反应的并非不主流的时尚。

18世纪中期以来的这股来势汹涌的"情感热"是耐人寻味的。"为什么,"一位研究者发问道,"在特定的历史时刻严肃的小说家纷纷来关注情感呢?"[1]

这正是20世纪后期许许多多学者共同思考的问题。随着文化研究升温,18世纪的情感主义"运动"重新成为一个思想和学术讨论的焦点。除了本书引证过的巴克-本菲尔德(Barker-Benfield)

---

[1] P. M. Spacks, p. 115.

和马·埃利斯（M. Ellis）等人的作品之外，在书名中旗帜鲜明地标出"情感""善感"等字样的专著还可以举出许多，如詹·托德（Janet Todd）的综述《善感》(Sensibility, 1986)、约翰·穆岚（J. Mullan）的《情感与交往》(1988)、西·麦·康格尔（S. M. Conger）的《转变中的善感观》(1990)、克·琼斯（C. Jones）的《激进的善感观念》(1993)、范·桑特（A. J. Van Sant）的《18世纪善感观念与小说》(1993)等。这类研究力图系统梳理情感主义文化的来龙去脉，把它放到英国18世纪文化背景和意识形态的对话或论争中考察[1]，强调它的出现与现代社会及现代生存方式的生成有内在关联，并特别注意它与女性的关系。

我们可以从几条不同的线索入手尝试理解这一文化现象。

首先，这是更长期更全面的社会转型的一个方面。一位德国著名社会学家曾指出，文艺复兴以后，西方诸国的贵族从武士转化为廷臣，促使上等和中等阶级的习俗、趣味乃至心理状态趋向于"文雅"和"精致"。[2]"善感"是在国内大规模武装冲突消除后现代社会条件下形成的一种现代品性："现代的安定、闲暇和教育生成了某种细腻的感性和精美的德行……在更严峻的年代里被压抑的人类同情心，特别是对弱者和不幸者的同情，迅速地膨胀，社会良心开始关注囚犯、儿童、动物和奴隶。"[3]对个人感情的强调和尊重甚至导致了家庭形态的调整，使家长制大家庭渐渐向核心家庭过渡，女性的位置也日渐突出。以理查逊的葛兰底森为代表的新一代"绅

---

[1] 参看 R. Kroll, "Introduction," in Kroll (ed.), *The English Novel*, Vol. 2, pp. 1-21.
[2] Norbert Elias, *The History of Manners*, pp. 229-333.
[3] Tompkins, pp. 92-93.

士"是名副其实的"温良君子"（gentleman），具有温和细致、善解人意等许多传统上被认为是"女性"专有的特征。这个人物作为"英雄/主人公"出场并经由奥斯丁等人的改写和演绎而被普遍地接受和继承，说明它负载着某种文化必然性。善感者约里克和哈里等人所表现的被动和无能也是一种典型的女性特征。有的论者，如斯帕克斯，甚至认为情感主义小说的无情节性也是和女性化趋向相呼应的，甚至是对传达"父权的权力意识形态"的"叙事形式、言情套路或英雄个人主义"的某种挑战。[1]这一论断虽然如其他"颠覆"说一样有过分之嫌，但是把叙事方式和女性化问题联系起来也不能说是无稽之谈。

同时，情感主义又是18世纪英国人对"现代社会"的一种有意识的回应、批评或矫正。情感主义思潮可溯源到复辟时代的国教会宽容派（latitudianarian）和剑桥柏拉图学派。[2]不过，它最直接的源头及最重要的先驱者还是沙夫茨伯里。第三代沙夫茨伯里伯爵（本名安·阿·库珀，1671—1713）曾是洛克的学生、友人和恩主。他和哈奇森（1694—1746）都持自然神论的道德观，反对霍布斯的观点，主张人本性向善，"天然爱心"是他们的核心词语。一方面，他不赞成基督教教义宣扬的对惩罚和地狱的畏惧；另一方面，他明确地反对"利益驱动世界"的流行观点。他在《德行考》（1699）中提出，人的本性是善良的，认为"道德感"（moral sense）像美感（aesthetic sense）一样存于本性之中；社会的文明的秩序因其"对德行的天然的敬意和对恶行的鄙视"而得以维持。[3]他反对"把

---

[1] Spacks, pp. 130, 132.
[2] 参看 Marilyn Butler, *Jane Austen and the War of Ideas*, p. 8; 又, Ellis, p. 14.
[3] 转引自 Markley, pp. 212-215。

一切……归结为冷静周详的自私自利原则或根源",认为没有人不赞成追求幸福,分歧在于追求的途径是通过"顺应自然、服从共同爱心,还是压制本性,把所有的热情都驱向谋求私人利益、实现某种狭隘的个人目的或仅仅苟延生命"[1]。沙夫茨伯里是18世纪中期第二受欢迎的哲学家,包括了他以前所有主要著述的集大成之作《论人、习俗、见解及时代之特征》一书在1711年至1790年间出了11版,仅次于洛克的《人类理解论》(大约在同一时段内出了19版)。甚至有人认为,约里克这个人物部分地是以沙夫茨伯里为原型的。

影响深远的"苏格兰学派"的思想中也包含显著的情感主义成分。休谟的《人性论》(1739)问世的时间与理查逊的小说《帕梅拉》相差无几,其副标题为"把实验性推理方法导入道德话题的尝试"。休谟一方面用"科学"的理性方式条分缕析地讨论人的情感和爱憎,另一方面又认为作为人类社会基石的道德根植于人的直接感受和情愫,不能从理性或推理中产出,[2]强调人的知觉、想象和情感的作用。如韦利评论说:"在他[休谟]之前自然和理性联袂;在他之后自然便和感情牵手了。"[3]他认为自己的著作中最重要的是《道德原理》(1751)一书,还曾在一篇题为《谈人性高贵还是卑下》的散文中重点批驳了人性自私论。休谟把私有财产和英国的等级秩序看作天经地义,但是又强调人的社会性,反对将"有用"(或"功利")理解为狭隘的自私自利。亚当·斯密的第一部长篇论著《道德情操论》(1759)开篇首先讨论的问题是"同情"。[4]亚当·弗格森

---

[1] Shaftsbury, *Sensus Communis*, Pt. Ⅲ, Sect. 3, in G. Tillotson et al. (eds.), *Eighteenth-Century English Literature*, pp. 282-284.
[2] 参看休谟:《人性论》,第2、3卷有关章节。
[3] Basil Willey, *Eighteenth-Century Background*, p. 111.
[4] 亚当·斯密:《道德情操论》,第1卷第1篇。

（Adam Ferguson，1723—1816）的《道德哲学原理》（1769）更是着力强调感情和同情心。埃德蒙·伯克的思想与斯密等多有相通，他的美学观表达了对"情感"的高度重视。与爱丁堡的著名学者颇有私交的苏格兰人麦肯齐则是情感主义的一位代言人。

后来，在严格的边沁（1748—1832）功利主义精神培育下长大的约·斯·穆勒（1806—1873）在青年时代经历了一场深刻的精神和心理危机，借助诗歌所代表的"感情文化"的哺养，才得以康复。这个"迟到"的实例从一个个体的切身经历说明了18世纪理性文化的某种缺失和情感主义思潮出现的必然性。[1]舒尔特-萨斯说：在早期现代社会中，技术理性……日益复杂的社会结构和以理性计算为基础的竞争心态急剧发展，独立的美学体系的出现正是对这一趋势的补充和补偿——"当时所有重要的社会学家和美学家都……把现代性中的疏离、隔绝和劳动分工与被渴求的社群团结和道德敏感性对比起来考察"；几乎与《多情之旅》同时问世的弗格森的《文明社会史》（1767）颂扬了亲子之爱以及野蛮人对部族的感情，并严词质疑当代社会：

> 把这些例子和统治商业社会的精神比较一下吧……如果人有时会成为一种彼此隔离、茕茕孑立的生灵，那就是发生在这种社会里：他发现了一个目标，使他和自己的同类竞争，使他待他们犹如对牲畜和土地，仅仅考虑他们所能带来的利润。我们以为造就了强大的社会机器，其实只促使社会成员各奔东西，或是在失去爱的纽带的状况下打交道。

---

[1] 参看Willey，p.238。

独立的美学体系与对善感性和同情心的新的重视和称扬几乎同步出现，绝不是偶然的。[1]"在18世纪里，相信人如有机会自会行善的信念常常是与对外界和社会的极为悲观的估量共生的。"[2]

小说中的想象世界不仅是对生活的动态再现，而且常常是对实存的社会秩序发表意见、谋求修正的一种方式。在这个意义上，斯特恩对姿势、对肉体的重视表达了一种反理性的态度。他笔下的多情者虽然每每用钱行善或行赏，但也曾不止一次直言贬斥"物质主义"。《多情之旅》开篇就英法交恶发表议论，矛头直指万众所趋的"财富"："这个世界的财富里有什么，竟能如此激发我们的心气，令我们的许许多多善心弟兄这样残酷地骨肉相煎？"（28页）《素朴儿》和《重情者》等书比斯特恩的作品包含更多也更显著的社会批评内容，或用天真而多情的主人公反衬损人利己者的无恶不作，或用乡村风光对比败坏的都市生活，或以与哥尔德斯密斯的长诗《荒村》（1770）相似的抗议笔调描述农村的衰败，"从个人情感出发来解读社会变化"。[3]麦肯齐的第二部小说《世故者》（1773）更是掉转头来直接抨击自私而精明的现代市侩。有研究者注意到，情感主义小说的男主人公几乎无一例外都天真幼稚、憨厚无能（因此他们才不断受难，也因此才能赚取读者的眼泪），他们拒绝长大，其人生历程和"成长小说"南辕北辙。[4]这是非常准确的观察和概括。不过，这些重情者是以讲求功利的现代人以及浇漓败坏的世风为对

---

[1] 引自或转引自Jochen Schulte-Sasse, "Afterword," in J. Caplan, *Framed Narratives*, pp. 102-104。

[2] R. F. Brissenden语，转引自Spacks, p. 130。

[3] April London, "Historiography, Pastoral, Novel," *Eighteenth-Century Fiction*, Vol. 10, No. 1, p. 61.

[4] George Starr, "'Only a Boy': Notes on Sentimental Novels," in R. Kroll（ed.）, pp. 29-54.

照的，他们的天真和无能是一种"表态"，所拒斥的未必是单纯意义上的"长大"，而更多的是世俗的能力观和成功观。帕梅拉、托比和哈里等一系列多情善感形象出台并被追捧，说明当时的英国社会对鲁滨孙、罗克萨娜所代表的新型"自我"形象普遍感到某种不安，对亲情、"共享"和交流的渴望有所加强。情感主义文学往往十分重视读者的反响，其原因之一在于它们"关注的问题原本就是慈善与友爱的传播交流能力"[1]。

同时，我们必须意识到，情感主义的语境，即它所参与并一度主导了的18世纪英国的思想文化争论是多"战线"、全方位的。[2]从另一个角度看，如我们在"帕梅拉"一章里所再三谈到的，情感主义美德是阶级权力再分配中的一种自觉的文化武器，是某些社会群体和个人谋求更高社会地位、争取更大社会影响的方式。18世纪的英国人已经明确认识到了情（sentiment）的阶级性。休谟说："一个散工，他的皮肤、毛孔、筋肉、神经，都与名门绅士不同；同样，他的情绪、行为和风度也不一样。"由此，他鼓吹建立新的趣味标准以评判臧否不同的情绪和感受。[3]而这正是情感主义时潮的核心追求。如有的学者所指出，情感主义小说"聚焦于浪漫爱情、热衷于弘扬激情，开口眼泪、闭口羞红，叙述零碎、散漫离题；与此相悖但也与此相应，这类小说成了重要的政治争论的场所，情感主义的悖论，简单地说，就在于此"[4]。尽管沙夫茨伯里本人心目中的"每个人"和"普遍福祉"都是有特指的，他写书是为了界定"优异一

---

[1] Clive T. Probyn, *English Fiction of the Eighteenth Century*, p. 142.
[2] 参看 J. Habermas, *The Structural Transformation of the Public Sphere*, pp. 43-66。
[3] 休谟：《人性论》下册，440页，译文略有改动；又，参看 Hume, "Of the Standard of Taste," in Hume, *Essays*, pp. 226-252。
[4] Ellis, p. 5.

族"（the better sort）的责任和特权，与贵族圈子以外的芸芸众生无大关涉，但是他的话语被中产阶级借用并发扬光大。从世纪之初开始，他的性善论便为哈奇森和斯梯尔等提供了一套方便的、极有生命力的语汇。沙夫茨伯里重视道德和风度并认为两者互为表里，使得"优异一族"有可能大大地扩展——接纳那些展示了得体风度和美好德行的人进入上层社会。感情细腻丰沛被当作分享权力和荣耀的基础。蒲柏的诗作《论人》，艾狄生和斯梯尔的许多文章和剧作等，都传达了这一类信念，即"有高尚品德的新人"比"家系中有一长串爱国者和英雄而本身毫不重要、全无价值的人更配享有尊荣"。[1]

总之，对情感的强调不仅是舒尔特-萨斯所说的在想象领域内寻求"补偿"，也是有实际效益的社会行动；不仅是对鲁滨孙式现代人和现代处境的反诘与修正，也不只是新富阶级力求使自身文雅精致起来的努力，而且——甚至也许更重要的——是斥责某些复辟时代遗风，为帕梅拉式美德争取社会承认的"运动"。在政治和社会生活层面上，这场"情感革命"的"功用是表达中等阶层对一种能够挑战贵族理想和风尚的新行为规范的需要"[2]，并重新定义了"绅士风范（/身份）"（the gentility）。如果说情感主义有向女性经验和女性价值倾斜的趋向，有为"高低"、"大小"和"轻重"重新定位的意图，那便是18世纪英国统治阶级及其思想文化在重新整合之际的这种自我调节、自我修正过程的一种表达。

正因如此，不论在虚构作品中还是在当时的实际生活里，展示自身的"善感性"都明显是一种自我关注、自我赞美、自我提升的行为，而且很有成效。托比、约里克以及帕梅拉和伊芙琳娜们的慷

---

〔1〕 斯梯尔语，转引自Markley, p. 218。
〔2〕 P. A. Langford, *A Polite and Commercial People*, pp. 461-464.

慨和柔肠与某些冷酷的自私自利者形成鲜明的对照。有时候，演示（dramatize）自身"价值"的努力趋向于荒唐——比如，由于忧郁和神经质被不少人视为道德敏感性的体现，歇斯底里、哭泣和晕厥便成为许多淑女和准淑女争相表演的节目。《英国通俗小说：1770—1800》一书的作者汤普金斯在描述这一历史现象时着重指出，18世纪的所谓善感情怀是"自我中心主义的"和"极端的自庆自贺的"："哭泣者在思想中不仅看见了被关注的事物，更看见了自己得体的表现，既纵情沉醉于泪水的温柔迷人，又恣意恭维自己当流泪时就流泪的能力。"描述、欣赏苦难成为时髦，一个小说人物宣布说："我爱哭泣，我喜欢悲苦；让我的心碎吧，那是我的幸福，我的欢娱。"[1] 由此，巴保德太太为自己的书选择了《试论可引起愉悦感的不幸》（1773）这样一个看似自相矛盾的书名。

此外，情感主义思潮还有一种令后世人感到困惑并争论不休的特点，即它同时具有"激进"和"保守"两种取向。[2]

由于情感主义如前所述是中产阶级的一种文化武器，从历史演进的角度，它似乎天然具有某种激进乃至"革命"因素。此外，这一思潮强调个人、立足感性——比如法国卢梭的《新爱洛伊斯》明显张扬地宣扬个人情感至上，稍后问世的德国的《少年维特之烦恼》也多少如是——在一些人眼里，这些也都意味着褒义的"激进"。有评论家断言，"大致说，1740年到1860年间多情善感（sentimentality）乃是西方文化中表达激进政治意愿的一种重要策略。在19世纪后几十年里文学中的自然主义手法、阶级斗争、阶

---

[1] 引自和转引自Tompkins, pp. 102-103。
[2] 关于"进步"与"保守"的意识形态之争，参看McKeon, *The Origins of the English Novel*, pp. 205-221。

级愤怒和阶级对抗等取代了它的地位以前，多情善感的宽容人性主义乃是文化中主导的激进方法论"[1]。

另一方面，我们也必须看到，情感主义对理性主义机械论、对笛福式账簿精神和商业化都市生活的怀疑和逆动在政治上可以"激进"，也可以很不"激进"乃至"保守"。前面引述过的弗格森颂扬野蛮人的言论，或者哥尔德斯密斯和麦肯齐的小说所推重的朴素亲情和田园理想都证明着这一点。哥特文学的崇古情怀和伯克的"自然"观也是一种佐证——因为哥特古风以及伯克的思想都有浓重的"情感主义"色彩，他强调健康的文明社会是有机整体，人的"天性"体现于本能地感受到的爱与同情。总之，在法国卢梭牌号的情感主义与启蒙运动的世俗化趋向相吻合，然而在英国情感主义在很大程度上趋近于遏制理性主义的自然神论和循道宗的煽情信仰，迎合了当时的宗教保守主义并与宗教、文学、建筑中的"壮伟"追求和崇古心态合流。青睐废墟遗址、热衷山区湖区等先期浪漫主义情调与情感主义追求精致的趣味共同构筑着当时的文化时尚。对古事古物的追思和效仿反过来又促进了慈善事业的新一轮高涨，对儿童、动物、穷人和非欧洲人的关注大大增加。日后盛行于19世纪的福音复兴运动的许多特征也已经在"善感者"们身上有所体现。[2]总之，情感主义在法国和英国的历史处境大不相同，可以说隔海犹如橘枳之别。在海峡一侧它侧重于打击封建秩序酝酿革命；于海峡另一侧却更多的是在一个现代资本主义特征已经显现的社会形态中对新的问题和弊端做出反应。

---

[1] M. Butler, pp. 27-28, 36-37.
[2] 参看 Langford, Chapter 10。

一方面是相对单纯、可以辨识的"多情"表征，另一方面是庞杂繁复而又彼此抵牾的内涵和外延、影响和回应。18世纪中后期，情感主义思潮呈现出万花筒般令人眼花缭乱的思想图景。我们可以从上述以及其他一些角度入手，深入分析这一重要的"文化运动"。然而，如果理性分析的努力做过了头，就会适得其反。因为，形形色色的"情感主义"其实是当时英国（以及其他一些西欧国家）生活的一个有机部分，如项狄府里的大事小事，它们有诸多起因、诸多头绪、诸多层次、诸多方面；是芜杂混沌的、自相矛盾的，甚至在一定程度上是自我拆台的。梳理的企图在某个意义上注定会像特里斯川的记述一样，做得越多，差得越远。

由于情感主义本质上的复杂性和矛盾性，这一倡导善意、友爱和同情的思想运动从一开始就陷入某种与生俱来的两难困境，并引发了对它的动机、真诚度和效果的强烈质疑。如果说帕梅拉是较早并较为典型地代表了正在从事自我提升事业的准"多情"淑女，那么几乎同步登场的莎梅拉则漫画式地突出了前者的言论和行为中自私、虚伪的成分。甚至许多"情感小说"本身，包括《多情之旅》、《威克菲尔德的牧师》和《重情者》等等，也都对"多情"和"感伤"有一定的嘲讽。作为大潮流中的一个支脉或变调，斯特恩们的形形色色的"表态"中有应和也有观望，有嘲讽嬉笑也有推波助澜。实际上，多情善感者与他们的对立面的差别是有限的、相对的。且不说帕梅拉和B先生、克拉丽莎与她的父兄和拉夫雷斯有许多的共同点，就是哈里和罗克萨娜也不无相似之处。在《重情者》中，眼泪和钱币同样密不可分：每当主人公受到感动，不论是他遇到乞丐、参观疯人院还是倾听不幸妓女的遭遇，感情最终都要通过钱来体现。而在斯特恩笔下，善良多情更是常常与"解囊"联系在一起。"钱成为多情善感者交换的中介，是作为商品的善良人性的显而易见的物质化的体现。"[1]不仅如此，情感的套话和牧歌的情调有时还会掩盖或抹杀社会不平等的真相和下层的苦难。《多情之旅》就曾"动情"地呼吁"穷苦的、忍耐的、安静而诚实的"穷人"不要害怕"，说："困厄——你们的朴素美德的金库——不会招人嫉恨，你们的谷地不会被侵犯！"（144页）在实际历史进程中，情感主义最喧嚣热闹之际通过的"罪犯法"和"济贫法"几乎没有增添任何有利于被压迫者的条款。

简言之，情感主义即使在其最真诚的发轫阶段和最真诚的代表人物那里，也具有本质上的虚伪性。而到斯特恩的时代，这一思潮虽然看似处在影响的巅峰，其实已是强弩之末，在相当程度上成了社会时髦和可以用来邀功请奖的固定姿态，做作和表演已经远远多于真情实感。伍尔夫在斯特恩的作品中所感觉到的"冷"不是空穴来风——有关那位嬉笑高手的传记披露了他对家人（母亲、妹妹、妻子等）态度的冷酷的一面。麦肯齐作为一名成功的法官也绝非哈里式善感而无能的人物，其作品的诚意和力量更多地体现于其中的社会文化批评而非人物的眼泪。1785年他在《游荡者》杂志（*The Lounger*, No. 20）上撰文抨击情感主义纵容个人欲望和情绪；虽然并不一定如有些人断言是"对他早先的重情小说的反驳"[2]，却也有其思想发展的内在一贯性。情感主义自相矛盾的本质及其过度的表演成分在劫难逃地遭遇到越来越多的尖刻挖苦和攻击，从而迅速地分化瓦解。

"sensibility"这个词的短命便是个明证。

风气的确变化极快。《重情者》的时髦只是昙花一现。到19世

---

[1] Ellis, pp. 191-192.
[2] Markley, pp. 210, 216-230.

纪初，奥斯丁已经在《理智与情感》(1811)等小说中针砭多情善感的浪漫情怀，特别着重地批评其自我中心而又不切实际的毛病。有位路易莎·斯图亚特夫人1826年写信给司各特，说她十四岁读《重情者》时"唯恐自己哭得不够多，不能让人称赞她具有得体的情感"，而如今再次给朋友们诵读那本书时却无论如何也找不到当初的感觉了："没有人哭泣，而且，当读到某些我过去一向认为无比精彩的段落和字句时——哦，天呀！——他们笑了起来。"[1]

---

[1] 转引自 Brian Vickers, "Introduction," in *The Man of Feeling*, p. viii。

第9章

"观者"的喜剧

托比亚斯·斯摩莱特的最后一部小说《汉弗莱·克林克》（1771，下文简称《克林克》）刚刚出版，《人人杂志》（Everyman Magazine）就在1771年第1期上刊出未署名的评论，说斯摩莱特的"描写，特别是有关伦敦的描写，是片面的、夸张的和恶意的"。《普世杂志》（The Universal Magazine）的评论也说该书是对英国的"最不忠实的写照"[1]。评论首先关注作品是否"忠实于"事实，说明当时不少读者把这部作品当作纪实报道或社会评论来读，而小说本身也在有意地和关注社会现状的各种思潮对话。

18世纪的英国呼唤报道和"述评"。

其时，经济的快速发展不但开拓了新的海外市场和新的生活机遇，大大改变了国内许多阶层的生活方式，也日新月异地改变着城市和乡村的面貌。农业改革在世纪中期也有所加速。在世纪之初，十年内发生的"圈地"事件不过数起。此后数十年里也不过三十余例。而到50年代就陡升至一百五十多例，70年代更高达六百多起，土地集中的趋势日渐明显。在产权明确的圈地内从事农业经营有利

---

[1] Lionel Keely (ed.), *Tobias Smollett: The Critical Heritage*, pp. 210, 217.

于新耕作方式的推广。一些地主在三四十年时间里几乎成十倍地提高了土地租金。同时，由于家畜品种的改良，屠宰上市的牛、羊个体重量在18世纪中期也平均翻升到原来的二至三倍。与此相关，英国人口快速增长，1700年为583.5万人，1790年则增至821.6万人。笛福的《英伦纪行》（1724—1726）描述了当时城乡的兴旺景象，与日后奥斯丁和特罗洛普笔下的农村声气相通。伴随着"圈地运动"，到世纪中期农村各地特别是伦敦附近地区已经广泛使用"日工"，地主和佃户的传统依附关系几乎荡然无存。没有土地、没有生产资料和固定主人的流动贫民大约占到人口总量的一半，约有两百万。[1]工业特别是采矿业工人的劳动和生存条件常常十分恶劣。

由于有适当的资本、扩张的市场和充沛的劳动力储备，同时又有受过教育或一定技术训练的中产阶级子弟为中坚力量，工业革命在五六十年代起步。在有需求支持的情况下，技术进步发挥了决定性的作用。飞梭（1733）、珍妮纺纱机（1765）和水力纺纱机（1769）等的发明使英国的纺织业由于技术领先而称雄世界近一个世纪。在炼铁业中，30年代发明了以焦炭取代木炭炼铁的新技术，此后大型熔炉和精炼法接踵问世，18世纪末铁开始逐步取代木材——1767年采矿用铁轨出现，1779年架设了世界上第一座铁桥，1787年第一艘铁船下水。而蒸汽时代（瓦特1769年发明蒸汽机，1781年进行了关键性改进）的到来则是工业革命高潮的标志。第一辆蒸汽机车出现在1814年。此外，整个世纪里英国到处都在大兴土木：先是有三十年建房热。随后是长久延续的筑路热和陆路交通的快速发展。再往后，兴修运河狂潮兴起于1755年，各地大地主和有相关利益的大资本家纷纷投资。收费道路、运河航运和各种港口四通八达。国

---

[1] 参看 D. Jarrett, *England in the Age of Hogarth*, pp. 78-80。

土面貌迅速改变,有的历史学家在概括工农业中的巨大变化时使用了"猛烈的、革命性的"一类词语。[1] 工农业革命的直接后果是产品急剧增长,1776年至1800年间英国纺织品出口增长五倍多;煤炭年产量在一个世纪中翻了一番;生铁产量从1740年到19世纪初增长了十三倍以上。与此相应,海外贸易长足发展。海外殖民扩张步伐也大大加快。1757年到1857年的百年间从印度运回英国的货物和货币总值达一百二十亿金卢比,1701年至1810年英国从西部非洲贩运黑奴达二百万人。钱的回流进一步促进了英国的繁荣。

工商业发展导致曼彻斯特、伯明翰等新兴工业城市出现,人口大量涌向城市。1700年的伦敦是进出口中心,包括伦敦老城、威斯敏斯特区、泰晤士河下游港口区和左岸萨瑟克几个城镇,有居民五十五万,占全国人口的十分之一,很可能是欧洲最大城市。到18世纪末,伦敦不仅人口增加到九十万,而且从晚期中世纪城市变成初期现代城市——咖啡馆、酒肆、教堂、剧院、俱乐部、书店和印刷所、街道市场、游乐园、住宅街区等等一应俱全。18世纪后半期各地城镇行政力量也大大加强,其动力是城市的扩张以及市民阶级和工商业发展的需要。自下而上,各个市镇组织了"铺路委员会""照明委员会""警察委员会"等机构,市政设施、卫生条件和秩序均明显改善。

置身于急剧变化中的人们需要了解、判断国家的现状和自己的处境,这种需求是"写实主义"兴起的基础之一。从贝恩和笛福的小说已经可以窥出读者对航海生活和海外殖民地生活的兴趣,笛福还写了大量纪实性作品,如《瘟疫年纪事》(1722)和《英伦纪行》等。他在后一本书中说:王国的面貌"日新月异";每天都有新

---

[1] J. H. Plumb, *England in the Eighteenth Century*, p. 77.

事物出现在旅行家面前。[1]讲述王公贵胄的奇遇或伟业的传奇故事（罗曼司）迅速贬值，艾狄生和斯梯尔们关注此时此地、凡人常情的报刊散文风靡一时，小说家们纷纷标榜所写乃"真人实事"（true history）。从贝恩、笛福、理查逊等高度注重具体时间、地点和细节"真实"的写作方式看，此时英国人心目中"真相"的价值可见一斑。

霍加思30年代至60年代创作的那些摹写伦敦街景、各行各业、三教九流的生动夸张的讽刺画可以说是这些写实文字的图像版。哥尔德斯密斯的《世界公民》（1770）采用了小说中流行的书信体，但却很难说是新闻报道还是杂文或小说。该书虚构了一名"中国学者"报告他所目睹的英国，评议种种社会现象，探讨政治流弊和司法腐败以及酗酒、赌博等社会病。他的名作《荒村》（1770）虽是技法纯熟的双韵体长诗，但同时又毫不含糊是犀利的时事述评。诗人用第一人称口吻讲述重访少年时代居住过的奥本村时的所见所闻，追忆当初农民丰衣足食的生活、淳朴的民风和优美的田园风光，并动情地记录了此时村庄里人口锐减、民生凋敝、荒凉破败的情景，以悲愤的口吻痛说"时代改变了"（63行）；与乔治·克莱布（1754—1832）的早期诗作《乡村》（1783）以及经济学家阿瑟·扬（1741—1820）有关农村的著述彼此呼应。

《克林克》一书属于这一脉直接观照并评论世事的写作传统。

一　且行且议

从形式上看，《克林克》是布朗勃尔一家在本国游历途中寄给

---

[1] 转引自布罗代尔：《15至18世纪的物质文明、经济和资本主义》，第3卷，681页。

友人的书信汇编。由于写信人和《世界公民》中的"中国人"一样是游离事外、走马观花的旁观者,而不是如蓝登那样的谋生者和冒险家,所以,行路不是一连串奇遇发生的起因和契机,而是观察、思考和议论的过程。布朗勃尔一家参观了不少重要的城市,目睹了形形色色的人。

首要的"记[录]者"是家长马修·布朗勃尔。他在很大程度上也是作者的传声筒和代言人。

"那些药丸根本不顶事——我还不如吞雪团儿让血管凉快凉快呢",开篇第一封信的第一句话,布朗勃尔这样向他的医生朋友大声抱怨。这个开场白给他确立了偏居威尔士一隅的牢骚满腹的"病夫"的身份。对这位乡绅来说,万事都是导致烦恼的祸根,不仅他过世的姐姐留下的那两个孩子"成了无休无止的烦恼之源"(15页)[1],全人类的现状都很成问题。

这位抱怨者显然有意识地继承了与斯威夫特、菲尔丁们一脉相传的讽刺文风。他对聚集在巴思市的一群疗养者的概括是个突出的例证:

> 我不禁又是惊讶又是怜悯地打量这帮人——我们一共有十三个;其中七人因痛风、风湿或麻痹症而一瘸一拐;三人因意外事故致残;其余的不是聋就是瞎。头一个家伙跛来跛去;第二个一蹦一跳;第三个像受伤的蛇一样拖着腿;第四个则架在双拐上,仿佛挂在铁链上的鹰隼标本;第五个的腰弯至水平方向,像是放置在支架上的望远镜,由两个抬轿人搬了进来……(63页)

---

[1] 括号内注明引文页码,所用版本为 Tobias Smollett, *The Expedition of Humphry Clinker*(Signet, 1960)。

这种一二三四的句式、生动夸张的笔致、讥诮挖苦的腔调在布朗勃尔（以及他外甥杰瑞）的信里反复出现，表明他（们）有意以幽默或讽刺作者的身份出现在朋友面前——那种文学传统使牢骚升华为一种艺术和一种社会批评。

布朗勃尔自称"厌世之心日甚"（56页）。但是，他的信也表明他对家人、朋友和仆人佃户十分宽容仁善。杰瑞正利用旅行的机会学习观察世事，并一枝一叶地在信里向他的贵族朋友描述。面对有教养的同侪的"审阅"，杰瑞在遣词用字上用足了心思，并着意维护洒脱、讥讽的笔调。他讲述一路所见的恩将仇报的暴发户、宫廷里的势利眼、和方方面面的人乱拉关系的政客以及事事不满的作家，或描绘同行者中女仆温妮跳楼和看戏的情形、苏格兰退伍军人利斯马哈戈奇丑的外貌以及姨妈泰贝追求男人的经过，无不诙谐生动。他也记录老古板舅舅的言行，并且把零星的印象拼合起来，下结论说：布朗勃尔是个怪人，他故作严苛"厌世"状，常常是为掩饰自己的"多情之心"和"精细"的情感（38、58、75页），一如当时英国小说中的其他那些"古怪"而仁慈的善感者。这样一个冷眼旁观的少年公子的证词，使人对那个老头有了几分敬意和亲切感。

在这种铺垫下，布朗勃尔铺天盖地而来的抱怨让读者既不意外，也不反感。多年没有出门的布朗勃尔多少也像"世界公民"一样，不但有外来人的眼光，而且有大惊小怪的特权。于是许多司空见惯的事物在他的笔下变得鲜明而刺眼了。他觉得18世纪英国人趋之若鹜的温泉疗养胜地巴思市乏善可陈。它"让人彻底失望……面目全非，我简直无法相信这就是三十年前我常来常往的那个地方"。如今的巴思"是喧哗和放荡的中心……除了噪声、纷扰和忙乱什么也没有"。标新立异的环形楼和新月楼不讨他喜欢，雨后蘑菇般冒出的新房更让他忍无可忍；"一批冒险家被建筑热所蛊惑，于是我们看到，在巴思的每个出口和每个角落，到处都是新房；未经熟虑草草设计，不思牢固粗率施工，胡乱堆靠在一起，毫不考虑规划和搭配……"（43—45 页）总之，熙熙攘攘的巴思是一锅"令人作呕的腐败之汤"（73 页），洗浴场所是传染疾病的场地，而社交聚会上浓烈的气味竟熏得他当场晕倒。

快速膨胀的伦敦也不更赏心悦目——"仅在威斯敏斯特一带七年间就起了一万一千多所房子"，首都成了"生长过度的超大怪物"（95 页），里面拥塞着大量的流动人口和无数过寄生生活的阔佬。城市污染惊心动魄：

> 如果我想喝水，就不得不狂饮接纳着各种污物的公共水道里的恶心液体；要不就得吞下涵容了伦敦和威斯敏斯特区所有垃圾的泰晤士河带来的一切——其中的固体物包括工匠和制造厂使用的各式各样的药剂、矿物、毒品，外加上牲畜和人的腐尸，人的粪便只是其中最不让人讨厌的一种；然后进一步和来自所有的洗衣盆、下水道和公用污水沟的人间可能有的全部污物混合。（126 页）

这番早期"绿党"言论直指城市化工业化等现代化进程带来的问题，笔调泼辣尖锐、肆无忌惮，与斯威夫特的《城市阵雨》（1710）等作品遥相呼应。斯威夫特在那首诗里写道：

> 于是四面八方的阴沟涛起水涨
> 带着它们的战利品一路汹涌流淌：
> 那些五色斑斓、八面气臭的污物
> 仿佛用外观和气味揭示各自的来处。

第 9 章 "观者"的喜剧 | 339

  道道湍急水流推着它们匆匆向前，
  从史密斯菲尔德或圣朴尔克发端
  在斯诺山旁边汇成大河滔滔
  而后飞流直下径奔霍尔伯恩桥。
  肉铺里的下水、粪便、血污和垃圾，
  小狗崽、臭青鱼，全都带水拖泥，
  滚滚洪水中，还有死猫和萝卜头
  ……………

（53—63行）

  那个藏污纳垢然而又生气勃勃的伦敦是许多当代人描画或记录的对象。约翰逊的一位意大利朋友在家信中这样详细"汇报"伦敦景象："一条通衢大街横穿城市，悬挂着彩画招幌，牛群、羊群、马车、行人熙熙攘攘喧闹非凡；车轮把墨水般的黑泥巴溅到你身上；'窈窕美女'和骇人的瘸子并排而行。"菲尔丁曾告诉他，这里每年有一千甚至两千人饥寒交迫而死，"但是伦敦那么大，人们对此简直注意不到"；鞭打声和咒骂声组成的喧嚣整日不歇，夜晚更夫粗声粗气地报时，收发信函的"跑腿儿的"不时摇铃；扫街人、送奶妇、牡蛎贩子不停地吆喝。[1]其情其景与斯威夫特、霍加思和斯摩莱特笔下的画面彼此印证，"纪实"和"虚构"几乎难以区分。

  布朗勃尔一行所到之处，腐败现象比比皆是。军队里的升迁取决于是否"有钱进市场"（192页）。律师毫无诚信可言，还能振振有词地谈出一套听来很"科学"的道理。布朗勃尔对人性深感失

---

[1] 转引自 V. Woolf, "A Friend of Dr. Johnson," in *Granite and Rainbow*, p. 188。

望:"不过我们都是一帮贪污腐败的流氓;全然丧失了任何荣誉感和所有温厚品行,我相信,用不了多久,德行和公益心就会成了世上唯一声名狼藉的事物了。"(85页)

在布朗勃尔眼里,最大的社会病是"奢侈",而它不只是症状,也是诸病之根:

> 所有这些荒唐事都源于普遍的奢侈之风,它刮遍整个国家并席卷了所有的人,甚至最下层的人。所有发了财的家伙都披挂上时髦装饰来巴思露脸……——怀揣从被掠夺的省份里搜刮来的财宝的东印度公司职员和各类制造商;从我们的美洲庄园来的天知道怎么发了家的种植园主、奴隶监工和骗子;在接连两次战争中靠损国肥己致富的代理人、军需官、承包商;还有放高利贷的、掮客和形形色色的经纪人;这些出身低下、毫无教养的家伙突然被抛入前所未有的富裕中……[他们]除了炫示财产,不知有其他标准衡量伟大,于是就毫无品位、毫无风度地通过所有最荒唐最奢侈的方法打发他们的钱财。(46页)

还有,

> 奢侈之风把人们从四边的乡村卷来——最穷的乡绅和最富的贵族都得在城里置一所房子,并且摆阔配上一大群仆人。耕夫牧童和下等粗人夏天出门时被那些穿号衣的家伙的外表和言辞勾引学坏,纷纷蜂拥来到伦敦,指望能当上仆人,能活得阔气,穿得讲究,而又不干活儿……他们中许多人的指望落了空,就成了小偷和骗子。(95页)

在这种情势下，一些家境不宽裕的体面人家在巴思住不下去了，纷纷移居他处——但是"奢华和靡费的洪水无疑将追随他们，把他们从一地驱往另一地，直到天涯海角"（66页）。布朗勃尔的朋友贝纳德乡绅即使躲在乡下，也挡不住热衷于炫富的太太和左邻右舍的地主家庭的攀比：她们"有同样多的马匹、车辆，同样多穿号衣和不穿号衣的仆人；有相同式样的服装；相同数量的盘子和瓷器；类似的家具装饰；宴请宾客时她们的菜肴在品种、精美程度和价格上一个赛似一个"（293页）。在这种恶性消费的冲击下，贝纳德们难逃破产的命运。

菲尔丁在《时下匪盗蜂起之原因》中说，社会秩序之所以急剧败坏，主要原因是商业"几乎彻底改变了人们特别是那些下层人的行止、风俗和习惯"[1]。和他相似，斯摩莱特也把奢侈和鼓励奢侈的商业行为当作万恶之源。从他在第一部小说《蓝登传》（1748）中批评奢侈到在《克林克》中大发宏论，可以说是一以贯之。小说中有个滑稽人物，即退役的苏格兰军官利斯马哈戈。他以最激烈的言辞批评商业活动，说"在任何国家，如果商业发达到一定程度，早晚将带来毁灭"，又称"国会是英国体制中最败坏的部分——出版自由是全国性的弊端……"（207页）。有一次，布朗勃尔说，多少有点儿商业至少能使人们的意愿得到满足，利斯马哈戈便大叫大嚷地反驳："假使芸芸大众享有自由各从一己之意愿，将是国之大难！商业若是被局限在固有的渠道里，无疑有所裨益；但是过度的财富将带来过度的恶行；它会造成错谬的趣味，虚假的欲望，空幻的需求，挥霍浪费，贪污贿赂，蔑视秩序，会滋生使社会长久动荡

---

[1] 转引自 Susan L. Jacobsen, "'The Tinsel of the Times'," *Eighteenth-Century Fiction*, Vol. 9, No. 1, p. 76。

不安的放浪、傲慢和分裂离心的思想……"（279页）

利斯马哈戈以过激的形式把布朗勃尔的思想和忧虑发挥到了矫枉过正的极端。积极介入时政的斯摩莱特"身处其时代意识形态战争的中心"[1]，他借助这两个虚构人物的一系列对话直接呼应当时的社会争论，使小说中的话语对抗成为"真正的思想交锋"的组成部分。[2] 通过利斯马哈戈这个过激而可笑的人物，《克林克》直接切入到18世纪文人反复讨论的一个重要议题：奢侈。

在18世纪里，英国不但率先开始了人类历史中划时代的工业革命，也持续进行着一场与之密切相关而且同样意义深远的消费革命。17世纪末，东印度公司进口的廉价纺织品空前地激发了英国人的购买欲，那些主张扩大家庭消费的论者随之恍然发现了"嫉妒、攀比、求奢华慕虚荣和膨胀的野心的驱动力量及其给国家带来的经济利益"；把人看作"一种欲望无止境、能够驱动经济不断实现新繁荣的消费动物"的新观念日益流行。[3] 曼德维尔的《蜜蜂寓言》可以说是这一派见解在文学中的典型发言。他认为奢侈、贪婪和虚荣等私人恶德有助于经济发展，使国家和社会从整体上更为富足。其中的寓言诗《怨声喧腾的蜂房》包括这样的字句：

……邪恶的贪婪，
那被诅咒的怪异而有害的罪愆，
其根源在于屈从于放纵淫靡，
那上等人的高贵罪过。奢侈

---

[1] Michael Rosenblum, "Smollett's *Humphry Clinker*," in J. Richetti (ed.), *The Eighteenth-Century Novel*, p. 177.
[2] J. Richetti, *The English Novel in History*, p. 188.
[3] N. McKendrick, J. Brewer & J. H. Plumb, *The Birth of a Consumer Society*, pp. 9, 13-15.

> 使唤着上百万的贫民做工
> 可恶的骄傲另把千万人雇佣。
> 无谓的虚荣，还有嫉妒企羡，
> 正是操纵诸般工业的大掌班。
> 它们最心爱的把戏，是在饮食、
> 摆设和服饰上挑三拣四——
> 这可笑而又古怪的弊端，
> 成为轴轮驱动商业运转。
> 它们的法律和衣衫
> 时时更替，常变常换。[1]
>
> （177—190行）

"市场"（market）一词的含义在发生微妙的改变。它不再专指做买卖的场所，而是以更模糊的方式指涉人们的不断升级的购物消费活动。新的消费方式和消费心理逐步形成了。工商界开始有目的地把物品与其特定的消费对象联系起来，并大肆渲染强调消费方式的等级差别。他们将消费者分成三六九等，最下层为农民工匠，中等阶级含农场主、店主和制造商等，属于"士绅阶层"的有富商和地主，更高一等的还有王公贵胄，等等。即使仅仅勉强得温饱的穷人也须有一套"起码像样的用品"（decencies），才能在本阶层中不丢脸面地生存。一个家当约值十镑的人的遗产包括"火铲、煤锤、烤具、几只家用风箱、一个铜罐和木家具"，还有"两只旧烛台"、"室内用亚麻织物"、"一把铁肉叉"和"一台锡砑光机"等，数数也得有几十种。有二十五镑财产的人家

---

[1] Bernard Mandeville, *The Fable of the Bees*, p. 68.

就更讲究了，拥有"钟和钟匣、四只铜盘、桌布餐巾，以及多达二十五先令的书"。[1] 上述穷人家产基本都是亚当·斯密所说的"必需品"。[2] 但是，穷人居然也要开遗产清单，而清单又是如此无微不至，如此关注一些不见得直接和使用有关的性状或细节（如点明某物为"铜"制或"锡"制），则折射出了一种对"物"本身及其可能具有的象征含义的自觉的关心。实际上，在这一时期里，物品确实在很大程度上被看作社会地位乃至人的品质的标志。于是什物耐人寻味地变成了"decencies"（decency一词的首要含义是"体面"或"适当"），和人的地位或尊严扭结在了一起。社会的货币化使身份变动成为可能——学徒梦想成为业主，富裕商人骄傲地自称"绅士"，女仆、妓女、女商人和贵妇之间也没有不可逾越的鸿沟——如《茉儿·佛兰德斯》和《罗克萨娜》所示。因此，不仅富裕的中产者千方百计想再上层楼，芸芸大众中热切地模仿贵族士绅的习俗和风范的也不乏其人。"绅士"和"淑女"成为一种可以企及的荣耀和人生理想。也正是在这个时期，有尊称意味的"先生"（Mr.）和"太太"（Mrs.）开始广泛使用。新的社交方式风行于世。咖啡屋、酒馆、小（旅）店如雨后春笋。男人纷纷出入"俱乐部"并参与各种社团。中产阶级妇女热衷于聚会、聊天、跳舞、打牌。上等人和小偷、妓女一道出入于"沃克斯豪尔"（Vauxhall）、"瑞尼拉"（Ranelagh）、"美里乐邦"（Marylebone）等新兴游乐场所。[3] 到巴思等温泉城镇或海滨地区进行所谓"水疗"也蔚然成风。

---

[1] McKendrick, et al., pp. 26-27.
[2] 亚当·斯密：《国民财富的性质和原因的研究》下卷，431页。
[3] 参看 Brewer, *The Pleasures of the Imagination*, pp. 65-68。

物品的象征含义固然是古已有之，但它发挥作用的方式和涉及人群的广度等却发生了重大改变。与往昔不同，此时商业操作强调消费的等级差别不是要求人们各安其分，而是意在让人感受到向下跌落的威胁和向上攀爬的诱惑，从而更积极地投入持续的购买活动。由此，人的虚荣心受到了空前的激发。消费本身成为提高社会地位的主要路径，从而也使斯摩莱特们担忧消费会破坏传统的等级秩序。人们挣钱或赚钱是为了消费，然而许多人的许多消费又主要是为了展示自己的钱；而且，家境越富裕就越是注重商品的象征功能，非必需品就越多，"消费"就越成为比富争奢的过程。社会竞争和攀比心态促使各行各业的"成功"人士——包括制造商、专业人士（律师、医师、教师等）以及政府文职官员等——谋求快速发财并且把钱钞转换成"士绅"的外在符号——房子、家具、马车和仆从。[1] 到了六七十年代住房条件普遍明显改善，在富裕人家里已经看不到粗糙地板，代之出现的是华丽的地毯；墙上挂起了帷幔，壁炉用上了大理石。大批普通小业主家里出现了半个世纪前很多贵族家庭都望尘莫及的奢侈品。新富人家虽然未必能就此一举挤入贵族特权者的圈子，但是至少可以自觉比较有面子。"招摇消费"（conspicuous consumption）自上而下风靡了许多阶层——茉儿·佛兰德斯和她的第二任布商丈夫蜜月旅行时，号称"勋爵"和"伯爵夫人"，乘豪华马车，携号衣仆人、随从和小童。如此"招摇"了一星期，那位布商就破了产。

如果说蒲柏在《劫发记》中对比琳达的梳妆台的描述既是讽刺，也是认可，甚至不无夸耀，那么斯威夫特笔下的格列佛在马国的马主人面前怒斥在英国"富人享受着穷人的劳动成果，而穷人和

---

[1] 参看 E. P. Thompson, *Customs in Common*, p. 46。

富人在数量上的比例是一千比一。因此我们的民众大多数被迫过着悲惨的生活,仅仅为了拿到少许工资而不得不每天劳动,让少数人过阔绰的生活"时,可以说是痛心疾首。斯威夫特被宫廷打发到僻远的都柏林,于是他清楚地看到了贪婪和奢侈的另一面,看到比琳达们的梳妆台和牌桌的背后有爱尔兰的饥民,和"繁荣"并存的是在英国本土和殖民地泛滥成灾的罪恶和丑行。亚当·斯密认为商人和新型农业资本家对利润的追求以及地主阶级对更奢华生活的向往导致了农业的改良和进步,[1]然而把目光落到了寻常农民身上的哥尔德斯密斯却看到了另一番景象——"土地遭了殃,被接踵而来的灾祸戕害,/财富不断积聚,但是人却日渐败坏":

> 心高气傲的富有人士
> 将千百穷人赖以生存的空间吞噬,
> 他的湖泊要地盘,他的花园须扩建,
> 还得设法安置他的马匹、随从和猎犬;
> 包裹他的肢体的缎袍绸衣
> 耗费了邻近土地的半数收益……
> (《荒村》,51—52页,275—280行)

从班扬的"名利场"(也译"虚荣市场")起,虚荣似乎便和市场及买卖紧密地联结在一起了。至少就英国的情况看,是商业运作有目的地鼓励了民众的虚荣心,又正是"炫耀式消费"使有关"虚荣"和"奢华"等话题成为"被反复讨论的哲学问题"。[2]这个问题

---

[1] 亚当·斯密:《国民财富的性质和原因的研究》上卷,378页。
[2] Hume, *Essays*, p. 280.

间接地指向商业主义内在的荒谬性。商业主义鼓励并依赖于不断升级的消费，这种消费的基础越来越脱离真实的物质需要和物品的使用价值，转而诉诸虚荣心理也即某种"空幻的需求"。而且，在纸币和证券开始行世的时代，"财富"也变得日益玄妙而虚渺。这种新型消费主义，果真如某些社会学家所说，是"现代的自身虚幻的享乐主义"，是"为快乐而追求快乐"？[1]还是更多地被社会攀比所驱动？虚荣果真是人类的天性吗？人为什么要为虚荣而奋不顾身地追求、占有自己并不需要的"物"呢？休谟把虚荣定义为一种"社会情感"。[2]不少人认定对美德的追求其实也同样出自于虚荣心或至少常常与之相关。[3]这是否意味着，"虚荣"只是调节自我与他人的社会关系的一种心理动力，是对他人的肯定、尊重和信赖的渴求？由此，我们不禁又会联想到《克拉丽莎》所涉及的"追求"的悲剧。或许，由于阶级社会剥夺了许多人的起码的尊严，又赋予了另一些人诞妄的权势，才使朴素的原始荣誉感蜕变成虚荣心？由于文艺复兴后的欧洲经历了深刻的政治、经济权力的再分配，才因空前的机会空前地助长了人对虚荣的追求？由于现代社会日益把人变成孤独的个体，所以人们才更疯狂地在对物的占有中寻求某种早已被扼杀的人际关系的影子？

对于这些问题，布朗勃尔或他的创造者斯摩莱特都没有答案。但是他们显然都不但十分熟悉虚荣和奢侈，而且为之忧心忡忡。这忧虑或许就是18世纪后期许多文艺作品"拒绝认可现存的社会世

---

[1] 语出 Colin Campbell，转引自 Richetti, *The English Novel in History*, pp. 209, 240（Note 13）。
[2] 休谟：《人性论》下册，491页。
[3] Mandeville, "An Enquiry into the Origin of Moral Virtue," in *The Fable of the Bees*, pp. 79-92；又，Hume, *Essays*, p. 86.

界""骤然丧失了对物质财富的爱恋"[1]的内在心理促因。

布朗勃尔率领家人渐行渐北。

越过分隔英格兰和苏格兰的特维德河,他笔下的景象为之一变。尽管爱丁堡居民有夜里当街倾倒脏物的恶习,那里的街道市容和繁荣的学术却给他留下不错的印象;格拉斯哥等城市也得到他的称许。

不难看出,理想化的苏格兰成了堕落的英格兰的对照。如司各特所注意到的,此处对苏格兰乡村的描绘洋溢着作者对自然、土地和祖先家园的热爱[2]:

> ……湖边是斯摩莱特先生家的卡默隆宅,房子掩没在橡树林中,我们一直到了距门口只有五十码的地方才看见它。我曾到过加尔达湖、阿尔巴诺湖,以及维柯、博尔塞那和日内瓦湖,相比之下,我更喜欢这个劳洛蒙湖。原因就在于那些绿色小岛,它们仿佛是漂浮在湖面上,成了远眺的视线留驻的最迷人的目标。湖岸也不乏美景……这一边是林地、粮田和牧场的美妙组合,不时有可爱的小舍出现,宛若从湖中升出,远处天际是石楠覆盖的大山,目前正值开花时节,展现出一片绚烂的紫色。一切都浪漫得不可思议。这一带被人们恰如其分地称为"苏格兰的阿卡狄亚[3]"。(248—249页)

值得一提的是,在这一段里,布朗勃尔的记述不仅直接点出了斯摩

---

[1] 玛里琳·巴特勒:《浪漫派、叛逆者及反动派》,25—27页。
[2] W. Scott, *Lives of the Novelists*, p. 72.
[3] "阿卡狄亚"为古希腊一山区,以居民生活淳朴宁静著称,在西方诗歌中常指世外桃源。

莱特本人及其家宅的名字（此前还曾有一次提到他在伦敦附近的乡村住宅），而且涉及当时其他一些真实人物。这只是全书的"纪实"风格的体现之一：即使不计那些顺便一笔带过的点名，在这部小说中曾稍费笔墨地介绍的当代人物就不下二十人。这类用笔固然是出自评论世事的需要，但也是作者有意在一点一滴地增加全书描述的"可信度"。

在赞美苏格兰美丽风景的同时，布朗勃尔还特别强调那里的慷慨好客的风俗。他说，在这里逗留的"短短几个星期中得到的善待、欢迎和适度款待，比我一辈子在其他国家得到的都多"（232页）。此外，他对于苏格兰高地居民中依然稳固的父权制家庭结构以及亲和密切的人际关系也赞不绝口。在斯密之类着眼于经济成长的思想家看来，地主阶级的这种好客风气与商品经济不发达的状况互为因果，只有将其破除才能使农村经济得到快速发展[1]；而斯摩莱特却从发达地区人为物质和金钱所驱使奴役、世风浇薄道德颓败的状况出发，有意识地生发对古风的赞美怀念。这似乎验证了使斯摩莱特通常被划入托利党和"乡村"派的"保守"立场。不过，如历史学家 E. P. 汤普森所说，《克林克》对世事的评述和《格列佛》、《大伟人魏尔德传》以及蒲柏和约翰逊的某些社会讽刺不无相似，不论它们是否与托利派"乡村"情结有瓜葛，其实都表达了对当时统治阶级主流政治的批判[2]，与下层民众的心态和要求不无相通之处。

如果说布朗勃尔把苏格兰当作较少被污染的净土，那么他推举的"最佳农民"邓尼森（315页）则是针对当时英国士绅世纪病的一剂"药方"。邓尼森是布朗勃尔大学时代的同窗，在年届四十之

---

[1] 亚当·斯密：《国民财富的性质和原因的研究》上卷，372页。
[2] 参看 E. P. Thompson, pp. 30-31。

际因父兄过世继承了业已破败的祖产,于是决定放弃在伦敦的律师业务,回归乡里。此后数十年里,他一面整顿产业(修缮房舍、严律仆人),缩减社交;一面"按照莱尔、图尔、哈特、杜厄梅尔的教导"进行农业改良实验——排干沼泽,烧掉荒茅,拔除野草,种植树木,逐渐圈围所有的农场土地。结果,年收入由原来不足三百镑跃升为一千二百镑(320—325页),"效益"得到惊人的提升。有位评论者说:"书中真正的对立不是在英格兰和苏格兰之间,而是在城乡之间、新老之间。那管理得井井有条的农村产业[即邓尼森的庄园]乃是贯穿于小说最后的英格兰部分的一种社会理想,对这一理想的表达至少在一定程度上意味着对18世纪英国现代性的拒绝。"[1]此论不无道理。不过,从另一个角度看,邓尼森整顿家庭产业的方式与其说是向旧式贵族地主回归,不如说更像成效卓著的新型农业资本家,并且十分地契合18世纪英国农业耕作革命的潮流。因此,与其说布朗勃尔(或斯摩莱特)是在无条件地怀"旧",不如说他们以理想化的往昔为参照谋求改造正在自我调整的统治阶级,把英国社会未来的希望寄托在士绅们的幡然醒悟、改从正道上。

在布朗勃尔的记录中,邓尼森家的庄园只是被腐败和堕落重重围困的孤岛。这映现出潜藏于他心底的某种"深刻的失落感"和"悲观"情绪。[2]然而,夺得了最后"发言权"的邓尼森经验绝不是无足轻重、可有可无的。布朗勃尔对此显然寄予厚望。他活学活用,立刻照章办理,为濒临破产的朋友贝亚德处理家务。他先是大刀阔斧裁减仆人至五人(一厨、一女佣、一老跟班、一马夫、一园

---

[1] Robert Mayer, "History, *Humphry Clinker*, and the Novel," in *Eighteenth-Century Fiction*, Vol. 4, No. 3, p. 342.
[2] Jacobsen, pp. 87-88, Notes. 35, 39.

丁），出卖多余珠宝器物，把孩子送进学校，核定收入支出，调整债务；然后安排重整河渠，清除灌木，整修院墙，恢复牧场农田，等等。他把这一切毫不含糊地称为"改革"（339—340页）。随着代表"奢侈"的贝亚德太太及时患暴病死去，那个家庭终于见到了一线曙光。

二　为什么是克林克

这部小说的文本有一个触目的自相矛盾之处。

它的标题全文为"汉弗莱·克林克远行记"，向我们预示某个蓝登式的冒险家主人公的出现，但却让这种期待彻底地落了空。乡下人克林克和志在高远的"追求者"毫无相像之处。他是同行者中最后出场、地位最卑微、在叙事中相对无关紧要的小人物，"担任一个有趣然而却次要的角色，几乎没有权利出现在小说标题里"[1]。

克林克露面时，占小说近四分之一篇幅的巴思之行已经结束。在去往伦敦的路上，马车夫因为和布朗勃尔的家人发生冲突被解雇了。于是布朗勃尔临时雇用了当地一名"褴褛的乡下佬"顶替驱车去下一个城镇。此人就是克林克。

克林克在车夫位置上就座后，泰贝便开始大发雷霆，说他"胆敢暴露出他的臀部，骇她的眼目"（89页）。据杰瑞描述，克林克"大约二十岁、中等个头、罗圈腿、溜肩膀、高额头、淡茶色的发卷、斜视的眼睛、扁鼻子、长下巴——他的皮肤病恹恹地发黄，他的面容标示着饥饿；而他身上的那些烂布条几乎没法子护住体

---

[1] A. R. Humphreys, "Fielding and Smollett," in Boris Ford (ed.), *From Dryden to Johnson*, p.330.

352 ｜ 推敲"自我"：小说在十八世纪的英国

面"（89页）。这实在不像"英雄/主人公"的登场。倒不仅仅因为他穷困潦倒，而是他的穷相被描述得太历历可见，太具"物质实在性"[1]，而在18世纪英国小说里，下层的真相是不登大雅的，"英雄"即使落难也不能卑贱得如此清晰具体。

克林克的确穷得不堪入目。亚当·斯密曾明确地说，即使对于打日工的穷人来说，衬衣也是事关最起码的体面的"必需品"[2]，所以蓝登先生在潦倒时仍念念不忘地关心自己的衬衣。以此做参照，克林克没有一件蔽体的衬衣，说明他实在是穷到了极点。对于泰贝的指责，他回答说，他曾打了六个月摆子，自己的一点点财物都耗尽了，只勉强捡回了条命："在这个世界上，我没有一件属于自己的衬衣，除了您见到的，夫人您息怒，连别的破布都没有一片……说句冒昧的话，我已经整整一天没碰过面包了——"（90页）

当地一旅店主人寥寥数语介绍了克林克的身世：他是个私生子，在济贫院长大，曾给铁匠当过学徒，未出徒师傅就过世了，他患疟疾病倒以前给小旅店的马夫当过一段帮手。这时，布朗勃尔责备店主不该在克林克最困难时把他赶出门去。店主说："我付了济贫捐，……也没有权利供养无所事事的流浪汉——不管是有病的还是没病的；再说啦，这么个倒霉家伙会让我的店丢脸——"对此，布朗勃尔发表了下述演说：

> 我们的店主有一副基督徒心肠——眼下每个共和派人士都是此种人性的楷模，有谁还能责难时代的道德呢？——克林克，你

---

[1] Richetti, "Representing an Under Class," in Nussbaum & Brown (eds.), *The New Eighteenth Century*, p. 94.
[2] 参看亚当·斯密：《国民财富的性质和原因的研究》下卷，431页。

> 听着,你是最臭名远扬的冒犯者——你被判犯了生病、饥饿、不幸和困苦的罪行……(90页)

布朗勃尔的这段话很有意思。由于他对世态的挖苦,使叙事从展示人物历史和性格根源的"小说化"时刻陡然切换进讽刺文的传统。因此,虽然克林克得到了比别的仆人(如温妮)更高的"待遇",被赋予了一段具体的"历史",但是布朗勃尔在听了三五句介绍以后迅速地将他归了类、定了位,对他的具体经历、思想和情感已经并无深入了解的兴趣,便立刻拿克林克做例子转而大浇他心中的块垒。至此,克林克不再是被关注的个人,却成了一个"话题"。

前边提到,这部由多人讲述的小说中,主要的言说者是马修·布朗勃尔老爷和杰利米·梅尔福德(即杰瑞)少爷。而克林克呢,现在已经可以看出,只是一个"被写者"——而且要在他由于某种原因特别引起人的兴趣时才有"被写"的资格。从头至尾,他甚至不如女仆温妮,连充当次要写信人的机会都没有,可以说处在非常边缘的位置。

杰瑞的讲述方式常常更生动地说明了克林克的这种地位。他"报道"说,布朗勃尔大发善心地为克林克赎回了衣服等等之后,面貌一新的克林克感恩不尽,不厌其详地举荐自己,力争留下为老爷效力:

> 您老不嫌的话(这位奇人说道)我能读会写,马厩里的活计我样样拿得起——我能给马配鞍、钉掌、放血除脓;至于说骟母猪,敢说我的手艺不输给威尔特郡随便哪一把手——我会做猪肉腊肠和炉架钉子,还能锔壶补锅。——我舅舅不禁笑了,问他还有什么本领——我懂点舞剑弄棒、会唱点赞美诗(克林克接

着说),我能弹犹太竖琴,会唱《黑眼苏珊》、《布拉德利的阿瑟》和好多别的歌;我会跳威尔士捷格舞和南希道森舞;我要是有兴致的话,可以跟任何一个个头差不多的小伙子较量摔跤;此外,要是您老想尝点野味,碰好了我能给您逮只野兔。(92页)

不难看出,天真汉克林克这一番东拉西扯的表白给了杰瑞多少乐趣!不过,克林克自得地把骟母猪和唱《黑眼苏珊》并列为自己的"本领",未必尽如杰瑞们想的,是由于他的憨傻和古怪。实际上,这番妙语不仅体现着克林克独特的声音,而且也多少向人们揭示着他特定的教养、经历和生活方式。很可能,这个无家无业的年轻人过去的生活中,这些"本领"都确实曾是他谋食的手段。我们甚至不能断定他的张口就来的滔滔话语是否有几分装痴卖傻,是否是在以典型流浪汉的求生机智扮演小丑角色。但那些都是在绅士们的知觉范围之外的事,对贫困深渊里的经验和智慧他们不准备深究。杰瑞很清楚,他们给了克林克一个位置,还提供体面的衣食,因此也就有资格充分享受这个下等人的忠诚、劳动和滑稽言行。

他和布朗勃尔先生认定克林克是思想简单的忠实仆人,并再三提到他的"单纯"(simplicity)。因此,除了他最初的精彩亮相,大抵就只有当他在这方面有出色表现时,平时被视而不见的克林克才会在叙述中浮现出来。

而克林克似乎的确把为布朗勃尔一家效忠视为最大的人生目标。和另一个"自然之子"——那个随心所欲的汤姆·琼斯——相比,克林克是个十足的底层人并且安于做个劳力者。他不但平时恪尽职守,还在某些关键时刻一显身手。如马车出了毛病,他立刻找到附近的铁匠铺操起旧艺,从而证明了他曾津津乐道的那些"本领"并非吹牛。不过,他最突出的事迹还数几次"救主"的行为。

一次留宿的客店闹"火灾"（实际上只是某些人的恶作剧），他迅速搭梯从窗户进入楼上房间把全家人一一救出。另一次他以为在海里游泳的主人遇了险情，不管三七二十一把赤身露体的布朗勃尔拖上岸来，让后者觉得大大地丢了面子。除了这些半滑稽的"事迹"，他最重要的功绩起因于马车在过河时翻了车。当时众人惊恐万状，各自逃命，克林克最先意识到布朗勃尔尚未脱险并奋不顾身救出主人。当布朗勃尔事后表示感谢他的救命之恩时，他丝毫没有利用功劳讨价还价的意思，只轻描淡写地表示这是凡"有心肝"的人义不容辞的"责任"（314页）。这些行动印证了布朗勃尔们对他的评价：他的确是个知恩知义的仆人。

最能显示克林克的诚笃本性的，是他摇身一变成了"马修·洛伊德"即布朗勃尔先生的私生子后的表现。他依然故我，恪守本分，并没生出做上等人的勃勃雄心，也不改娶意中人温妮的初衷。他的终身大事仍旧以两个仆人联姻的方式出现。值得注意的是，虽然布朗勃尔这时已经在私下考虑如何安置"我儿子洛伊德"的事——教区文书被认为是一个值得考虑的位置——但却依然称呼他"克林克·洛伊德"，没有放弃那个标志仆人地位并与一段卑贱底层生活密切关联的名字。而且，他提到克林克和温妮的婚事时，揶揄的言辞里多少流露出一点有意维持等级关系现状的意向：

> 我本来倒希望克林克先生能躲过这个陷阱；不过，既然事关那仙女儿的幸福，而她又已经苦恼得发了好几回神经，我为了避免悲剧性灾难，只好答应他学着高他一等的人的样儿当回傻瓜了；我预料用不了多久布朗勃尔敦府就会满地是他的后代。这家伙健康精壮又兴头十足，非常清醒非常认真；而那丫头看来对爱情像对宗教一样热衷。（342页）

他不但明确说出"高他一等的人"从而再一次给克林克"定位";而且最后两句话语涉生育私事——如果是在谈绅士淑女,恐怕老先生绝不会以如此揶揄取笑的口吻带出这个话题。后来,在克林克成婚的过程中,各"房"主子纷纷赏赐他和温妮。行赏的举动和礼物的等级——其中包括泰贝的旧衣物——都与布朗勃尔给克林克确立的低一等的地位相一致。可以说,在大团圆的喜庆结局中克林克依然"叨陪末座"。

有《项狄传》在先,玩文不对题、顾左右而言他的游戏已不算是创造。不过,斯特恩小说书名中的特里斯川·项狄本人是叙述者。因此,书中所有的走题、起哄、开玩笑无一例外都是叙述者兼主人公的语言行动和个性化表演,因而在另一层意义上也是十足的扣题。然而跟班克林克的情况却不同。《克林克》一书通篇都是不同的小说人物的记述,唯一可以算是出自权威的或全知的"作者"(小说正文之前,虚构的编者和印书商之间的信件构成了一个短序言)之手的,恐怕就是那个标题。可以说,文本中的"权威"之所以单单挑出这个克林克大加显扬,恰恰因为他不在叙述的中心,因为他没有"主人公"气质,因为他似乎无足轻重。说到底,若真从"全知"即神的角度出发,任何个人其实都不在生活的中心,而任何"边缘"者也都如克林克分毫不少地享有人生的一段"旅行"。也就是说,小说的标题也许恰恰旨在引起读者注意克林克与那些个人奋斗型主人公的差别。在这个意义上,可以说克林克是18世纪小说中的主人公或自我形象的一个反题,是对后者的消解和否定。

瑞凯提认为:小说叙事把克林克效忠主人的"天然"本性和他在既严酷真切又不乏牧歌情调的乡村现实生活中的根基交织起来,狡猾地传达了某种意识形态倾向,证明"作为农村平民文化的一分子,……就得具有承认秩序和权威的能力并且不受社会失序的影响……"。[1]此话固然有一定道理，但未免过于政治化，过于强调这个人物与弘扬地主权威以及理想化的传统乡村等级秩序的关系。这类新评论似乎和不由分说把克林克归为"坦诚的怪人和心地单纯的循道派信徒"[2]的传统观点一样，过于不加质疑地接受了布朗勃尔们的视角和判断，将克林克看作自觉服从主人权威、维护等级秩序、抵制礼崩乐坏社会状况的朴实的乡村仆从。而这样一个分明而又干净利落的结论不免需要剪裁掉不少与之不太相符合的细节。我们有充分的理由认为，如果说布朗勃尔先生的信札和言谈是相当政论化的，克林克作为一个人物则是比较"小说化"的，具有相当丰富的层次和复杂模糊的色调。斯摩莱特通过克林克传达的思想（或"意识形态"题旨）比瑞凯提所归纳的要含糊得多、复杂得多，也深刻得多。

我们看到，正如标题"预告"与人物实情的脱节所提示的，有关克林克的叙述是以断裂和"空缺"为特征的。小说彻底地回避克林克的动机问题。他说过自己能读会写，但是叙事安排从来没给他表白心思的机会，仿佛有意让他的"天真单纯"留作布朗勃尔和杰瑞的一面之词。其实，即使从杰瑞的信中也可以看出，这家伙是蛮会讨好的。比如，他一旦明白了要想在布朗勃尔家待下去先得消解泰贝的火气，就一口气对那个乖戾的老处女说出"求求您啦，善良的可爱的美丽的小姐，可怜可怜一个不幸的倒霉鬼吧——上帝关照您高贵的容貌——您这么漂亮这么慷慨绝不会有坏心——我要跪着为您效劳，不论白天黑夜，不论水上陆上……"（92页）等等全套的甜言蜜语。这些脱口而出的现成话和他的"自我推荐"的风格

---

[1] Richetti, "Representing," p. 96.
[2] A. D. McKillop, *The Early Masters of English Fiction*, p. 177.

如出一辙，虽然既无祸心也无阴谋，却包含着下层人的机智以至某种含有不恭敬意味的油滑腔调。他完成了最初的替工任务后，布朗勃尔打发他走人，他却不肯离开，穷追不舍，表示要跟随布朗勃尔"到天涯海角"（91页）。这一表态也不能简单地归于遵从"权威"或思谋报恩，而更大程度上是在本能地寻求较为安定的生计。此外，值得注意的是，克林克并不如操苏格兰腔的利斯马哈戈那样使用方言或土话，相反他的用语有时还挺"文"——如用"容颜"（countenance）之类的字眼，这也和他的"天真无知"不尽然相符。所有这些暗示动机或深层感受的表征，在布朗勃尔和杰瑞的叙事中都没有得到应有的重视。

令布朗勃尔和杰瑞二人错愕不已而且不能不承认有所不解的是，这个老实的乡下人竟同时是个狂热的循道派（Methodist）布道师！在伦敦，一日他们去圣詹姆斯宫参观，出来时发现克林克正在楼梯底下讲道，力劝众仆役跟班戒除说脏话的毛病。事后布朗勃尔先生议论道：下人若不说脏话，他们的谈吐就和上等人没有区别了。对此，克林克恭顺地回答道：但是那样他们的言谈就不会违规犯忌，"而且，到末日审判之时，人和人之间本来也不会有区别"（108页）！无独有偶，他们在另一天里又发现克林克在附近某巷里聚众布道，连泰贝、莉迪亚等一干女眷都成了他的忠实听众。布朗勃尔打断他的演讲，把他领回家，下令说：他若是还想继续当差就不许再布道，并质问他这个"蠢货"有什么资格充当"革新者"。"请您老宽谅，"克林克回答，"难道穷人与微贱的无知者不能和富人以及以博学自许的哲学家们一样地沐浴上帝恩宠的新光吗？"（142—143页）看来这个朴实、忠顺的下人其实颇有一点儿布朗勃尔们未曾预见到的激进平等观念。同样耐人寻味的是，虽然他当时无条件地服从了布朗勃尔的戒令，但实际上却并不过于拘泥。没有过太久，我们就又见到，他被误捕入狱后像威克菲尔德的牧师一样抓紧时机，绘声绘色地向犯人们说经传道。

那时循道派刚刚萌生，为正统人士所看不起，还要等二十多年才能渐渐得到社会承认。斯摩莱特让克林克和循道主义生出瓜葛是个颇有深意的安排。书中有关的记述基本上从两代绅士的视角出发，被克林克魅惑的则是家里那班头发长见识短的女人。这些说明作者大体认可布朗勃尔们对这种旁门左道的宗教狂热的鄙夷态度。后来利斯马哈戈还照例火上加油地抨击说："这帮老是又哭泣、又祷告的家伙骨子里全是伪君子。"（314页）但是，如果仅仅是想在小说里讽刺一下循道主义，作者很可以像对待伦敦政客或文坛写手那样处理，没有必要拉扯克林克。在他的绅士主人的叙述中，克林克这番出乎意料的表现，如冰山的露头，强调暗示了那个忠心耿耿的跟班的巨大的未知部分。

可以说，正是由于这个人物的经历、思想和情感大都在小说的视野之外，才有后来的那个更为人始料不及的闹剧般的"认父"场面。从苏格兰返回的路上，布朗勃尔与老朋友邓尼森邂逅重逢，会见时无意间提到前者大学时代的曾用名。不想一旁的克林克立刻变了脸色，比两位老人更激动百倍，掏出几件信物，跟跄地向布朗勃尔呈上。原来，他是布朗勃尔的私生子，真名是"马修·洛伊德"，和布朗勃尔当年的曾用名一模一样。于是，没等克林克关注的末日审判到来，某种平等就已经在主仆之间实现了。老绅士感慨地说："青年时代的孽债赫然显现，成为对我的审判。"（316页）边角处的小人物猝不及防带出了最大的情节转折并由此完成了对最权威的说话人布朗勃尔的再刻画和再揭示，使克林克在小说结构中立刻具有了另一层重要性，从而呼应了小说标题所赋予他的突出地位。如有的学者所说，这一情节的转折和克林克讲道的插曲一样，都说明那个小人物实际具有的搅乱局面的影响力。[1]

综上所述,"思想简单的忠仆"仅仅是两位统治阶级男性记录者——布朗勃尔先生和杰瑞——对他的解读和判断。虽然这个人物在一定程度上符合这一判断,但这并非他所传达的唯一信息,甚至未必是最重要的信息。

在有关鲁滨孙、罗克萨娜或蓝登们的"前文本"的衬照下,这个被标题摆到了主人公位置上的边缘小人物以自己的存在方式提供了另一种可能的人生选择。这里,我们不妨回顾一下斯摩莱特此前的小说写作。他的早期作品《蓝登传》和《皮克尔传》(1751)等书的领衔人物都是在逆境中挣扎奔突并终有斩获的冒险家。特别是最先"闯世界"的蓝登颇有自传色彩,被叙事安排所鼓励认可并被作者在序言里称为"一个谦卑而有品德的人"。[2]如杨周翰先生指出的:作者心目中的这个正面人物属于"人数众多的破落贵族。这批人由于生活地位不稳定,对现实处处不满……","和一百五十年或二百年以前的'皮卡罗'(骗子)本质相同……都是飘浮在历史潮流上面的人物"。在已经变化了的历史条件下,这类人的出路,"一条就是投靠统治阶级","再一条就是赌博冒险"——比如"娶阔女人、猎取遗产、去殖民地碰运气或竟是名副其实地赌钱"。曾一一尝试这些捷径的蓝登"从资本主义社会学到的是:'救人先救己','世界为我存在,不是我为世界存在','贫困犹如可怕的恶魔,必须驱除它'。一句话,就是以丑恶的利己主义之毒攻利己主义之毒。因此,为了个人利益,他可以牺牲他所推崇的原则,可以逆来顺受,可以

---

[1] Bruce Robbins, *The Servant's Hand*, pp. 146-147.
[2] 斯末莱特:"作者序",《蓝登传》,V页。

朝三暮四"[1]。也就是说，这位"谦卑而有品德的"蓝登连鲁滨孙那点节制和自省都没有，不但和茉儿·佛兰德斯及罗克萨娜的行为方式近似，与强盗头子魏尔德也相去不远。

到了《克拉丽莎》之后的年代，蓝登们的"皮卡罗"特征渐渐不为更为成熟的资产阶级道德所容许；而且斯摩莱特本人也显然在不断地修正对人生和"奋斗"的看法。《裴迪南伯爵》（1753）以讽刺魏尔德式的恶棍为主旨，而《朗斯洛·格里弗斯爵士》（1760—1762）则描写了堂吉诃德式的"多情"怪人。这两部小说虽然成就有限，却都表现出价值观上的某些转移。到了斯摩莱特的收山之作，主人公克林克虽然和斯摩莱特的其他主人公一样也是身陷困境的"离乡失根"（displaced）的孤儿[2]，但是这位非自我中心、非"主人公"式的人物演示了完全不同的生活态度。他似乎根本没有发财或攀高的抱负。而且他的随遇而安又不同于汤姆·琼斯，并非少年绅士的无忧无虑，而是一种完全没有被绅士教养浸染的对劳动生活的认可甚至是喜爱。他与萍水相逢的人结伴，在旅途中以辛勤工作和舍己精神赢得同行者的信任和尊重。小说的结尾进而暗示他将怡然自得于丰衣足食、妻儿环绕的田园劳动生活。

也就是说，这是一个比琼斯更彻底的非自我塑造者的形象。综观斯威夫特、菲尔丁和斯摩莱特的几部小说，我们可以发现一个有趣的现象，即对"自我实现"或"自我塑造"的针砭每每与对社会的全景式描写或议论联系在一起，这恐怕并非巧合。如我们在讨论《琼斯传》时所提到的，当叙述扫描更宽阔的社会生活时，中心人物一己的"自我"必然（至少是暂时地）被推到聚焦点之

---

[1] 杨周翰："后记"，《蓝登传》，544—548页。
[2] Clive T. Probyn, *English Fiction of the Eighteenth Century*, p. 111.

外，其重要性必然受到限制或有所降减，必然无法再像鲁滨孙、克拉丽莎或拉夫雷斯的自述中的那个"我"一样充斥所有的再现（representational）空间。更广阔的社会视野与对小说中的"自我"形象的反思和修正在很多时候是两位一体的。

值得指出的是，斯摩莱特最后这部小说结尾时能保持喜剧的基调，首先应归因于克林克的缺少"企图"之心。在认父的转折关口，"主人"一眨眼变成了"老爸"，如此天翻地覆的变化将给个人主义的追求者提示多少诱人的可能性！妻子人选必须重新考虑（此时，原来对他三心二意的温妮已经紧张得有点歇斯底里了）；个人的职业前途有待再做选择。此外，还有天字第一号的大事，即老病夫布朗勃尔先生的遗嘱和产业继承问题！这一切，正好是许多正剧或悲剧中的紧张、矛盾和无穷争斗的根由。而克林克不同于大多数18世纪（甚至19世纪）小说主人公的地方就在于，他对"机会"似乎无动于衷。只要有温饱，他仿佛不太介意继续做个劳力者。他虽然脱去了号衣，但是待人接物一如既往。所以，不仅温妮最终放了心，布朗勃尔和杰瑞等人也都得以放松地保持那一份不乏善意的幽默。

这样，天真汉克林克便支撑起小说收局时布朗勃尔教府的那小小的乌托邦。他所代表的勤劳、忠诚、仁爱等乡村传统美德，是老布朗勃尔眼中唯一可抵制人欲横流的腐败都市文化的道德砥柱。这个人物与鲁滨孙或罗克萨娜式的近现代"自我"形象及其所代表的个人主义精神构成鲜明反差。当然，如果不是梅尔福德兄妹视情谊重于得失，善意地对待突然冒出来的表亲和潜在的遗产竞争人，克林克想安享田园生活也会无地容身，就像被迫出走的汤姆·琼斯一样。也就是说，克林克式的态度只可能存在于一个持相似态度的群体中。

此外，不在叙事中心的克林克还有一个作用，就是揭示布朗勃尔们的"言说"的边界和局限。说克林克体现了布朗勃尔的观点，同时又是它们的限定因素，好像有点自相矛盾，但却是似非而是之论。布朗勃尔的政治文化述评在某个意义上是代作者立言，这是就斯摩莱特的自觉意图而言。我们看到，小说还以蜻蜓点水的方式勾勒出了克林克的平等思想、典型流浪汉的非凡生存能力并暗示出他身上的许多未知领域，从而提供了一个文本的"无意识"维度。在这个维度里，布朗勃尔这个人物被丰富晕染，同时他的局限性也被强调，他所代表的秩序被质问怀疑。比如，"认父"事件意外地披露了父权长老布朗勃尔的（和奥尔华绥乡绅相似的）不那么道貌岸然的青年时代，也在这老病号身心中唤起一种更健康更兴趣盎然的生活态度。又如，克林克令人惊异的循道主义狂热和隐约的平等思想映照出了绅士们的"知"和"言"的局限性。更不必说他初次露面时的极度贫困状况说明，布朗勃尔和邓尼森们的乡村乌托邦不仅受巴思和伦敦等大城市的排斥挤压，即使在农村中，其存在也似乎要依赖个别领主的明智和善心，因此前途极为难料。此外，那个曾被布朗勃尔遗弃在贫困泥潭中的儿子毕竟带有太多的异质的平民色彩，他身上毕竟有太多的未知，因此，他和温妮的儿女在布朗勃尔家里满处乱跑的前景，究竟是对布朗勃尔心目中的家长制乐园的继承发扬，还是篡改僭越，也还是个疑问。

三　边缘处的女人

小人物克林克被显扬，带动其他次要人物——如那几位女性写信人——得到一定关注。仔细查视，几位女士其实并不那么可以忽略。虽然就篇幅来说，书中百分之九十的内容出自老少两位绅士，但若仅就信件数量而言,在总共八十余件信札中女人写的占二十七份,其中莉迪亚(莉迪)·梅尔福德十一件,泰比莎(泰贝)·布朗勃尔六件,女仆温妮·詹金斯十件。

在几个女性人物中,莉迪亚的地位显然最重要。她和流浪艺人(剧团演员)威尔逊恋爱的"罗曼司"是贯穿全书的"情节"线索和主要悬念。布朗勃尔之所以率领全家出门旅行,目的之一就是终止外甥女莉迪亚的不合宜的感情纠葛。而小说的大团圆结尾也主要是以她的婚事为标志。

和哈娄家的男性不同,老布朗勃尔和杰瑞对莉迪亚虽然有些轻视,但还是满心怜爱的:"她是个好心肠的可怜的傻瓜,心软得像黄油一样,动不动就融化了……而且还读罗曼司……"(22页)即使她爱上了不该爱的人(一个戏子!),两位监护人仍然对她宽容仁厚。不过,事情的发展却证明莉迪亚对那个"戏子"的喜爱、欣赏和信任并非失误:威尔逊其实正是布朗勃尔的好友邓尼森的儿子。少女的"愚蠢"的浪漫冲动被证明是对感情、教养和人品的准确判断,而男性的阻挠却只是庸俗的成见而已。

而且,莉迪亚和别的人打交道的方式也说明她既不那么"软",也不特别"傻"。如有的学者指出,小说的开头和结尾部分里都有莉迪亚两封分别写给女友莱蒂和教师的信,显然是一种有意识的安排。它们构成某种呼应和对比,使莉迪亚这个人物具有了那些"司空见惯的漫画式理想人物所没有的现实主义色彩"[1]。莉迪亚对女友莱蒂敞开心扉畅所欲言的情状令人想起克拉丽莎和安娜的友谊。相比之下,她对女教师的满怀敬意的态度则颇含调度的心机。布朗勃尔一家刚上路时,她因和威尔逊的恋情闹得处境不利,因此给教

---

[1] Robert D. Spector, *Smollett's Women*, p. 60.

师的前一封信突出自己谦和恭顺、循规蹈矩，显然意在争取后者的理解和同情；而后一封信中表现的恭敬则部分地出于促使教师批准女友参加自己婚礼的动机。谈起她"那件曾招致您不快的莽撞事的幸运结果"时，她不禁有点扬眉吐气之态："啊！夫人，被人看不起的威尔逊变成了绅士的独子和继承人乔治·邓尼森，品质不输于任何其他英国人。"（33页）对她的男性监护人，莉迪亚的尊敬和服从也是有限度的，她表面上应家人要求顺从地和威尔逊断了关系，实际上却仍通过女友和后者保持联系。说到杰瑞，莉迪亚忍不住非议起这些监护人："他那么明察秋毫地监视我的表现……——这也许是出于对**我的名誉**的关心，如若不是出于**他自己的骄傲**；然而他是那么火暴、激烈、毫不宽容，因此只要一看见他，我就忐忑不安起来。"（307页）实际上，在有关莉迪亚的事情里，她的舅舅和哥哥几乎没有一件事看准了。这一爱情故事的发展实际上成了对布朗勃尔和杰瑞们的意图、判断乃至权威的反讽，只是由于"情节"本身在这部小说里被放逐到了很不起眼的地位上，所以这一反讽也被两位男性叙述者轻描淡写地搁置了。

如果说莉迪亚是女性人物中最"小说化"的一个，那么泰贝就是最漫画化的鲜明生动的定型人物（stereotype）。她在全书第二封信中早早亮相，为自己的思想和语言特征定下了基调。在那封信里她要求家里的女管家火速给她送东西——"我那有玫瑰红领口、绿荷叶边的辰［晨］衣，我的黄色大马士革锦缎服，我的带短裙撑的黑色天鹅绒套装；我那拼缀缝制的兰［蓝］衬裙，我的绿斗篷，我的花边围裙，我的法国式高顶头饰，有丝饰带的美可琳帽，还有我的小朱［珠］宝盒……"（16页）随着这个性状描述不厌其详的清单，出现在我们脑海里的是一个受教育甚少、别字连篇的女人。她给人最突出的印象是一口一个"我的"，财物占有意识浓烈得几乎有点歇斯底里；此外她的服装储备的色彩和花样也有点鲜亮、丰富得让人难以消受。显然，泰贝不但满脑袋的"我"，还是个不知分寸的时装消费狂。

这个印象被杰瑞的描述进一步证实了。他以诙谐的笔触夸张地描画了她高大粗笨而又干瘪佝偻的外形，并且强调她自私乖僻的处世态度。有一次，她碰巧看到布朗勃尔先生周济一位穷寡妇，顿时怒火中烧，冲进客厅，从女客人手里一把夺下那张银行券，并大声羞辱自己的兄弟。事后，杰瑞试图向她解释真相，她却振振有词地说："……有谁行善会给二十镑？——再说啦，行善要从自家做起——二十镑够给我买一整身花丝绸衣裳的啦，连边儿啦穗儿啦都算上——"（32页）她在信里算计家里的牛奶可以出多少奶酪，可以有多少收益；还盼咐管家说，若仆人非吃奶油，就给他们羊奶油。据杰瑞说，她从各处得的遗产不足两千镑，不过"她在老哥家白吃白住，又倒卖家里的羊群和奶牛场出产的奶酪与威尔士法兰绒，几乎使这笔财产翻了一番"（70页）。看来，泰贝几乎算得上是个原始的女资本家了。

显而易见，泰贝的这些特征——自私贪婪、肤浅刻薄、热衷服饰等等——都在马修大力抨击的那些弊端之列，可以说是外部世界的社会病在布朗勃尔家庭中的代表。所有这些毛病，加上她的古怪行止，使老处女泰贝成了她的哥哥乃至外甥杰瑞和他的朋友的笑料。她的典型事迹之一是苛待所有的人、唯宠一只赖猫——顺便说，她的名字"泰贝"（tabby）一词的意思之一就是虎斑猫或雌猫。此外最引人注目的当然就是她不择手段、不知好歹地向各种男人献殷勤，力图捕捉一个丈夫的绝望"壮举"。杰瑞曾记述泰贝姨妈如何力图讨好一著名演员，活遭罪地跟他侃什么"吉姆雷特［哈姆雷特］"（62页）。在另一处，他更是调侃地写道：泰贝听利斯马哈戈讲美洲历险听得着了迷，仿佛在步"因为［听奥赛罗］过去出生入死的经历而爱上摩尔人的苔丝狄蒙娜"（197页）的后尘。几句轻巧话把半老的泰贝和苔丝狄蒙娜拉扯到一起，使前者在后者的衬托下更显得荒唐丑陋、粗俗可笑。同时，少年公子哥儿杰瑞的敏锐、活泼而又有点轻佻刻薄的心态也跃然纸上。

泰贝在文本中的处境与克林克有点相近，即她更多的是一个"被写者"。她是所有的写信人中写得最少的，而且她的通信基本上是"事务"函，不涉及深层的思想感受。她对管家说话是很有选择和节制的，直到正式结婚前对此事一直含糊其词，留有余地——从这点看，她似乎又未必如杰瑞所说那么鲁莽而不知轻重。所以，对这个滑稽角色，我们主要是从杰瑞的漫画式描写来感知的，并不了解她的真面目。不过，作为定型人物，泰贝的成功又恰恰是由于其趋于单一而极端的鲜明特点，这使她得以从杰瑞等人三言两语的简单叙述中走出，在英国文学的虚构人物画廊中占据了小小的一席之地。

尽管作者不曾从同情的角度来丰富这个扁形人物，泰贝也有一两处不符合她的典型特征并多少让人不安的地方。比如，杰瑞提到过布朗勃尔兄妹之间的情谊。又如，她写起信来别字连篇，几乎和女仆温妮等量齐观。这使人不禁会注意到她和莉迪亚在文化修养上的显著差别并猜想造成这一差别的原因，从而使她的可笑变成值得思考的文化现象。在18世纪里，老处女像爱尔兰人、苏格兰人或犹太人一样是被讽刺的定型人物。"泰贝"的名字已经规定了她的角色大致类似菲尔丁笔下的魏斯顿老小姐（索菲亚的姑妈）或约翰逊博士的朋友阿瑟·墨菲（1727—1805）的闹喜剧《老处女》中被作弄挖苦的半老未婚女人——因为"泰贝"（tabby）一词的另一层含义便是"老处女"。然而，即使在那个时代里，站在女性立场上的观察者也意识到了这种嘲讽的不公平，曾有女士抗议说，那种嘲笑攻击的常常是女人的"相貌"

和"处女身","是指向不幸的残酷的侮辱"。[1]

书中另一个女性人物是泰贝的女仆温妮。她曾激动无比地用一连串动词现在式分词"dressing, and fidling, and dancing, and gadding, and courting, and plotting"（51页）表述巴思的正在持续进行的多种社会活动。她的话再次以下层人的简单而粗俗的兴奋支持了年轻人杰瑞和莉迪亚认为巴思是"无穷乐趣之源"（58页）、是个"新天地——事事都兴高采烈，又开心，又好玩儿"（48页）的观点。不过，她发现有一个临时雇用的巴思仆人偷食品以后，很快又用同样"带劲儿"的话对自己的印象做了修正："这儿除了喝九［酒］取乐（ginketling）、浪费、偷盗、诓骗和臭捯饬（trigging），别的什么也没有。"（79页）总的来说，在对巴思和伦敦的评论上，这些年轻人的声音和布朗勃尔的观点形成了强烈的差异和对比，他们没有固定的看法和观点，生趣盎然地享受生活所提供的机会和快乐。和她的主子一样，温妮也是错字连篇。她的滥用字词造成的混淆常常是文本的乐趣之一。突出的例子是她不知affection（爱忱）和infection（传染）的区别。在署名时自称是"yours with true infection"（116页），于是成了"满是真正传染病源的"温妮。这正好发生在布朗勃尔刚刚发了一通斥骂巴思水质不洁、传染疾病的牢骚之后，更显得错得饶有趣味。

或许是在和标题中的仆人克林克应和，小说以温妮的信作为全书收尾。这时，已经胜利地把姓氏改为"洛伊德"的温妮扬扬得意地对女仆朋友玛丽·琼斯说："蒙上帝的恩贷［德］，昨儿我们有三对儿在神圣混银［婚姻］里永结连利［连理］。"和上面提到的"传染"一样，这句话里令人应接不暇的一连串错字错得很有讲究：神

---

[1] 转引自 Robert D. Spector, *Smollett's Women*, p. 145。

的恩宠（Grace）变成"油脂"（grease），婚姻（matrimony）成了"财物"（mattermoney）。可以说，温妮无意中以她的理解把神圣的事物"世俗化和物质化"了。[1]最后，她还表示，虽然自己"进入一个更高的围子［位置］"，还是愿意和管家"踢［体］面和木［睦］地相处"；而且，只要老友毕恭毕敬、保持距离（！），自会得到她的"善待和保护"（349—350页）。看来，这位洛伊德夫人已经在以她的"下等"方式做上等人的梦了，虽然就其教养而言她只会增加克林克身上的平民因子。

总的来说，由数个人物共同充当写信人的叙事安排使小说的主要言说者被放到更多的关系中被界定，使其议论中的是与非增添了许多新的层面和许多中间色调，女性人物以及杰瑞的发言带来了斯摩莱特前几部小说所没有的视角转换，使叙述变得多角度多侧面[2]，缓和并修正了"病夫"布朗勃尔的很多过激言辞，从而使《克林克》显得空前地客观、公允、平和。

如我们在讨论克林克和莉迪亚时提到的，在小说的大团圆结局中，次要人物特别是女性人物是至关重要的；而这一结局"通过三重婚姻的俗套使秩序与和谐得以重建"，正面地传达了作者的社会理想，"并非只是拼凑情节的权宜之计"。[3]小说借克林克这样一个不贪求财富和地位的人重建人与人——主与仆、父与子、夫与妻等等——的关系，的确如某些评论者所说展示了"自我与社会"的某种"喜剧性联盟"。[4]书中人物，除了杰瑞仍凭借青年绅士的特权在

---

［1］ Robbins, p.85.
［2］ 参看Robert Folkenflik, "Self and Society: Comic Union in *Humphry Clinker*," in R. Kroll (ed.), *The English Novel*, Vol. 2, p.128。
［3］ Probyn, p.126.
［4］ Folkenflik, pp.128-137.

生活中继续游荡以外，所有其他的人，包括布朗勃尔本人，都在新构筑的关系和联系中开始了新的生活。到头来，"观者"在很大程度上成了剧中人。这部小说之所以成为真正的"喜剧"，在更大程度上不是因为看客眼中的世相可笑或可鄙，而是因为有与尖刻讽刺共存的这种强调人间信义的多情韵味，这种老套罗曼司式的大团圆结局的温润亮色。《克林克》之所以"得到英国读者的一份特别的喜爱"[1]，其原因恐怕也正是在此。

相比理查逊、菲尔丁和斯特恩的作品，斯摩莱特的小说总的来说在思想深度或艺术创新上略逊一筹。然而就《克林克》本身而言，它与另一部深得英国读者偏爱的小说《威克菲尔德的牧师》相似，都堪称短小的"精品"。《克林克》一书出版后不久，斯摩莱特于当年客死意大利。令人感慨的是，重病缠身、流离海外的作者竟然能在这最后的时日里如此超脱个人苦痛和生死、如此目光明澈而又潇洒诙谐地回望祖国，如此空前宽容地从不同的角度体察人生和社会走向的可能性。当他的马修·布朗勃尔最后断然拒绝再回巴思和伦敦时，他的英格兰在很大程度上是绝望之地；但是，当他允许莉迪亚在回家路上再次取道巴思时，他又为下一代留下了其他可能的设想。他似乎明白：对下一代来说，英格兰毕竟也是希望和可能性的家园。

---

[1] McKillop, p. 180.

第 10 章

哥特小说的出现

斯特恩和斯摩莱特去世后,英国小说呈现群龙无首、百家争鸣的局面。从数量上看,这是丰收的季节。小说出版的商业化操作开始起步,几乎年年都有数十上百部长篇涌入市场,1770年至1800年三十年间出版的英国小说不少于一千三百部。然而从质量上看,传统见解众口一词判定这些作品相对而言乏善可陈:"没有哪一位[作者]被后世人看作大家。"厄内斯特·贝克尔在他的十卷本《英国小说史》中说:18世纪后期的小说(主要可划入情感主义小说或哥特小说的范畴)"比较乏味",——讨论它们"未免是浪费读者的时间"。[1]

不过,近年来,随着对社会历史文化背景的重新关注、边缘弱势群体研究的兴起和其他一些批评理论的影响,这个时期的作品越来越引起学者们的注意,很多批评家注意到情感主义和哥特文学等"大路货"的文化意义及其中所包含的承前启后的创新萌芽。较早关注这一变化和转折时期的玛里琳·巴特勒说:斯特恩的小说创作表明,笛福缺乏自我批评意识的自然主义笔法遇到了严重的挑战,理查逊冗长烦琐的文风也不再能称雄天下。"写实"似乎成了对想象的约束。人

---

[1] Ernest A. Baker, *The History of the English Novel*, Vol. 5, p. 13.

物的"性格"也显得不再那么至关重要。伏尔泰的《天真汉》或约翰逊的《拉塞拉斯》等说教故事却赢得众人交口称赞。于是许多作家放弃了对外部世界的细致描绘，把注意力更多地放在了爱情、亲情、怜悯和惧怕等基本的人类情感上。[1]而"席卷18世纪后期的情感主义运动和崇古主义合流"[2]，更是酝酿出了一种独特的文化氛围。似乎是，小说写作所依据的美学前提和读者的趣味都在转向或"突围"。

一 华尔浦尔别树一帜

1765年，在汉诺威王朝的内阁里长期掌权的辉格派党魁罗伯特·华尔浦尔的公子贺拉斯·华尔浦尔匿名出版了《奥特朗托堡：一个哥特式故事》（下文简称《奥特朗托堡》）。小说初版时假托是从意大利作品"翻译"而来，号称原书于1529年在那不勒斯印制，写作年代已无法确认，"如果该书写作与所述事件发生的时间相去不远，那么大约应写于十字军1095年第一次远征和1243年最后一次远征之间，或者略晚于此"（3页）[3]。这本轰动一时的小说是前边提到的种种改变的一个有趣的例证，也是小说家族里一个极有生命力的新样式即哥特小说的滥觞。

在文学写作中，"崇古"不仅表现在讲述古事，更体现于对经典的模仿，也就是德国学者温克尔曼[4]所倡导的师法古人。华尔浦

---

[1] 参看玛里琳·巴特勒：《浪漫派、叛逆者及反动派》，第1章。
[2] Elizabeth MacAndrew, *The Gothic Tradition in Fiction*, p. 9.
[3] H. Walpole, "The Translator's Preface," 页码出自Andrew Wright（ed.）, *The Castle of Otranto · The Mysteries of Udolpho · Northanger Abbey*（Rinehart, 1963）。
[4] 温克尔曼（1717—1768）是德国考古学家、艺术史家，其主要著述是《希腊绘画雕塑沉思录》和《古代艺术史》，在前者中他提出了后来广为流传的名言："欲成伟人巨子，唯有师法希腊。"

尔在《奥特朗托堡》中明显地借鉴了民间故事、寓言、罗曼司等各种古老文类。不过，对他来说，最重要的典范是莎士比亚。在《奥特朗托堡》第二版"序言"中，华尔浦尔为第一版的发行成功所鼓舞，抛弃了有关"翻译"的托词，直接出面表述自己的创作理念和对戏剧大师莎士比亚的崇敬。

《奥特朗托堡》全书分为五章，紧随五幕剧的传统，情节进展如受到三一律约束一样紧凑，环环相扣的事件发生在三天之内。小说开篇便交代说有个古老的预言，内容直指权力和财产的继承问题："当奥特朗托城堡真正的主人长得太大，不再能在其中安居的时候，现在的王爷一家就会失去该城堡及其封号。"（15页）随后，奥特朗托公国现任君王曼弗雷德的儿子康拉德在生日也即结婚日被一飞来巨盔压死。在这种超自然事件中，物成为神意和情节安排的代表，而人则是被动的牺牲品。曼弗雷德丧子后一心要保障家族有男性继承人，打算休掉发妻希波利塔，强迫康拉德的未婚妻伊莎贝拉嫁给他本人。伊莎贝拉得到农民青年西奥多的帮助，穿过城堡中复杂交错的地道侥幸逃脱。第二章布下一个次要叙事线索：曼弗雷德的女儿玛蒂尔达对遭受迫害的西奥多产生爱情。第三章描述曼弗雷德企图动用权势达到娶伊莎贝拉的目的，却又一次被触目惊心的凶兆惊扰。一队神秘的骑士到来，落在城堡庭院中的巨盔上的羽饰如同点头般地来回摆动。来人中有一位自称"巨剑骑士"，向曼弗雷德提出挑战，他携带的硕大无朋的宝剑倏然自行飞到巨盔旁。

所谓"巨剑骑士"，其实是伊莎贝拉的父亲弗雷德里克。他是奥特朗托公国原君主"好人阿方索"的近亲，此番前来，打算讨伐僭位者并救出女儿。曼弗雷德用种种貌似合理的说辞向他提出"双重联姻"的建议：两个父亲互娶对方的女儿。弗雷德里克一时被玛蒂尔达的美色迷惑，想到这样很可能可以兵不血刃地合法得到奥特朗托公国，几乎同意了曼弗雷德的建议。

握有权柄的父亲们的愿望趋于一致，他们似乎可以随心所欲地行事了。然而在第四章作者笔锋一转，再度聚焦于玛蒂尔达和西奥多，仿佛要提示读者另外一种心愿和意志力量的存在与运行。于是，在第五章里超自然的神意再度介入。把巨剑托付给弗雷德里克的圣地隐士突然显灵，责备他有负嘱托。曼弗雷德在气急败坏中误杀了自己的女儿。阿方索（雕像）的肢体急剧膨胀，并与巨盔、巨剑重新聚合。一时电闪雷鸣，象征曼弗雷德的欲望和权势的奥特朗托城堡轰然坍塌，阿方索的巨大身形再一次显现并宣布西奥多乃是奥特朗托公国的合法继承人。曼弗雷德在多重打击下颓然崩溃，坦白了自己的祖父当年篡位的罪行，交出权柄，并和妻子希波利塔一道归隐修道院。

华尔浦尔把小说中的事件置于传说中的中世纪，以简洁的叙述取代了无微不至的写实。他笔下的所谓"哥特式背景"——如迷宫般的中世纪城堡，地下的穴窟和通道，隐藏的密室和机关，不时出现的幽灵鬼魂和超自然现象等——给读者以鲜明深刻的印象。尽管小说本身远非完美，特别是人物刻画缺乏心理深度，但是它在读者中唤起了热烈的反响。这说明华尔浦尔这篇投石问路的故事有意无意间迎合了时代的文化需求。

"哥特"（gothic）一词常被用来形容中世纪（约5—15世纪）后期的艺术和建筑风格。[1] 该词的流行是18世纪末弥漫于英国社会的浓重怀旧心态的一个外在标志。情感主义文学以牧歌情调美化记忆中的往昔。"墓园派"诗人托马斯·格雷（1716—1771）、爱德华·扬格（1683—1765）和詹姆斯·汤姆逊（1700—1748）的诗歌吟唱的是古代事件或朴素的乡村景象。詹姆斯·麦克弗森（1736—1796）

---

[1] 参看肖明翰：《英美文学中的哥特传统》，《外国文学评论》，2001年第2期，91页。

冒用古人名义炮制的"裁相"诗也风行一时。在建筑和音乐中都出现了返璞归真的崇古冲动。华尔浦尔把自家住宅"草莓山"装修得近似中古城堡,威廉·贝克福德(1760—1844)则为他的"方特希尔寺"宅修建了高高的哥特式尖顶,比"草莓山"更有过之。

如玛里琳·巴特勒所说,强烈的怀古兴趣表达的是对差别的意识,是"拒绝认可现存的社会世界"[1]。也就是说,"过去"成了审视现在的一个参照物。对旧事旧物的怀思是对当下新教资产阶级价值的批评。在怀旧者们看来,现代资产阶级社会是由离心离德的贪婪个人组成的,人的自我身份以"自足""自主"来界定;人际关系不是有机的,而是机械的,以因果律法则和个人利益算计为基础,并且由此产生了所谓"社会契约"的理论;在利益角逐中个人只能或是以胜利者或是以牺牲品的身份出现。有鉴于此,埃德蒙·伯克针锋相对地提出:个人只有在与他人的联系中才能真正自由,骑士风格(连同其对等级制度的服从)才代表真正"高拔的自由精神"。他认可1688年的"革命",主要因为它接续、继承了过去的传统。"然而,"他惋叹道,"骑士的时代已经过去,接替而来的是诡辩家、经济家和计算家称雄的时代。欧洲的荣耀已经永远丧失。"[2]

华尔浦尔像伯克一样强调现在与过去的继承、对话关系。

《奥特朗托堡》中曼弗雷德因祖先及他本人的罪过[3]导致家破

---

[1] 玛里琳·巴特勒:《浪漫派、叛逆者及反动派》,25—32页。
[2] Edmund Burke, *Reflections on the Revolution in France* (Harkett, 1987), p. 66.
[3] 顺便说,曼弗雷德的罪过之一是,他娶伊莎贝拉的打算如得以实行(以当时的伦理观念衡量)便是乱伦的行为。从古希腊悲剧《俄狄浦斯王》起,乱伦一直是西方文学显在或潜在的主题之一。贝恩和菲尔丁等人的小说对此都有涉及。如果说在《奥特朗托堡》中乱伦母题只是被隐约地使用,那么在《修道士》(1794)中安布罗西奥对亲妹妹安东尼娅的强暴就是十足的乱伦——尽管他本人不了解这一血统关系。总的说来,在哥特小说及其后的浪漫主义文学中,乱伦常常指示非正常的极端欲望,与社会规范相悖并破坏后者。随着个人主义思潮的流行,人们开始认为社会责任是与(转下页)

人亡；而"好人阿方索"的雕像的各个部分、他的头盔和长剑却重新组合起来，大显神威，使其后代西奥多夺回了继承权。显而易见，这故事本质上是一个黑白分明的道德寓言。不过，因为其中的"好人阿方索"是早已作古的受害者，而曼弗雷德却是公国的现任君王，因此"善""恶"便又和"古""今"纠缠在了一起。不仅阿方索是"古"人，他的继承者"农民"青年西奥多行事也多有古风，像仗义行侠的骑士。他帮助、搭救善良女性，与强权对峙从容不迫、面不改色。而书中代表"今"人的两个父亲一个是暴君、一个是动摇者，在不同程度上都是欲望和权力的奴隶。特别是曼弗雷德，由于他祖父当年下毒杀害奥特朗托公国合法国君"好人阿方索"，伪造遗嘱篡得王位，曼弗雷德面对继承人危机不得不丧心病狂地以更多的暴力和罪恶来维护家族的地位和权势。西奥多/阿方索和曼弗雷德两种类型的人物一胜一败的命运所传达的惩恶扬善的道德寓言，在另一个层面上又构成了以"古"胜"今"的社会寓言，讲述着"过去"对于分崩离析的今天的胜利。甚至连其艺术处理方式也和崇古情怀有关——有评论者指出，《奥特朗托堡》之类的小说中之所以"没有个性化的'人物'，情节安排和效果也都是落套的、公式化的、可以预料的"，是因为"哥特文学把我们带回了一个似乎超越了现代生活诸种分隔的世界，一个尚没有个性和独创性负担的世界"[1]。

需要补充说明的是，在《奥特朗托堡》的虚构世界中，现在和过去的关系又是复杂的、纠缠不清的，就像"哥特小说"（gothic novel）

（接上页）个人欲望对立的，是对后者的束缚并因此引发个人的冲破束缚的冲动。在哥特文学中个人欲望和社会规范之间的冲突常常以性关系的方式体现，而对乱伦禁忌的关注是阐述这一冲突的方式之一。

[1] Maggie Kilgour, *The Rise of the Gothic Novel*, p. 30.

这个词组本身是个矛盾的结合——如前所说，gothic指向古代，而novel的本意却是"新奇"。我们已经注意到，西奥多代表情感主义和骑士精神两重价值。故事的进展还向我们揭示，他实际上还具有两重身份，即现实中的农民和血统上的王孙。因此，西奥多的胜利是"革命"同时也是复古，是名正言顺的旧体制的光复也是当下被压迫的老百姓的"翻身"。同样，如果说在某个意义上曼弗雷德之类的"哥特式恶棍常常是被推到极端的现代物质主义个人的典型"[1]，他们所盘踞的阴森恐怖的城堡是其思想情感的代表和外化，那么，与代表旧日时光的"好人阿方索"密切关联的似乎也不都是十足的福音。阿方索雕像复现并膨胀到骇人听闻的程度，在众人眼里成为恐怖的根源；他的复仇留下的是瓦砾、废墟和无辜者的死亡。

于是，在某种程度上邪恶和神意似乎同样残酷而诡谲；恶棍和英雄同样都是外力的牺牲品。是"家业的景况"（31页）使得曼弗雷德迷失了良善本性并最终子女双亡。但更耐人寻味的是，连有神意帮助的西奥多也不免痛失爱人玛蒂尔达。因此，从另一个角度看，该小说又可以说是演绎在充满敌意的世界中孤立无助的个人的命运，而这实在是"现代"而又"现代"的。难怪有的学者认为，哥特小说实际上是在展示披着古代外衣的今人生活："异国奇事其实是写实的资产阶级小说的一系列富于想象力的变形。"伊莎贝拉和玛蒂尔达等无辜少女惨遭追求财势的封建家长迫害的故事，本是我们在《帕梅拉》和《克拉丽莎》中早已耳熟能详的。[2]

的确，在《奥特朗托堡》以及其他一些哥特故事中，道德寓言除了与古今对比交织，还采用了另一种和理查逊小说一脉相承的表

---

[1] Maggie Kilgour, *The Rise of the Gothic Novel*, p. 12.
[2] Probyn, *English Fiction of the Eighteenth Century*, p. 171.

达公式，即"天使般女主角"与恶魔般男性人物的对立。[1]华尔浦尔的女性都不折不扣地符合情感主义小说的要求：美丽、贤淑、善良、仁爱、多情。曼弗雷德的妻子希波利塔分明不赞成她丈夫的恶行，却一味屈从甚至维护他的意志："我们不能为自己选择：得由上天、我们的父亲和丈夫为我们做决定。"（91—92页）玛蒂尔达也谨守女儿本分，即使被父亲囚禁、伤害乃至刺杀也至死不说他一句坏话。哥特小说最重要的代表作家之一安·拉德克利夫（1764—1823）笔下的女主人公，包括《尤多尔福的奥秘》（1794）中的法国姑娘艾米莉，几乎无一例外都是这样的逆来顺受的"模范"。希波利塔和艾米莉们的"被动"和"无为"源自社会对女德的设计与限定，源自她们被压制被规约的处境。但是另一方面，女性的"不动"又显然是对男性人物所代表的"行动"的一个反衬，是对诱发那些行动的个人主义观念的否定。如果我们考虑到艾米莉是她父亲圣奥伯特避世无为的存在方式的延续，这一层意思就更加明显。这里，不能不提一提艾米莉的另外一个对照人物，即尤多尔福城堡原女主人劳伦蒂尼。后者是女性中的行动者。她自幼被父母过度溺爱，随心所欲；最后被情欲、嫉妒、愤恨驱使，残忍地毒杀了情人的妻子。为此她受到了双重惩罚。有违"女德"的私奔行径使劳伦蒂尼在世人眼里变得可疑可鄙，从而失去嫁给自己所爱的男人的机会；而后的谋杀则进一步断送了她本人，使她不得不遁入修道院度过余生并陷入疯狂。劳伦蒂尼和艾米莉的关系有点类似《简·爱》中的疯女人和主人公简的关系。她的故事证明了自由也即奴役——追求彻底的个人自由反而使自己成了私欲的奴隶——证明了艾米莉的道德选择的正确性。拉德克利夫的小说把女性人物的消极被动与

---

[1] 韩加明：《简论哥特小说的产生和发展》，《国外文学》，2000年第1期，36页。

她们的恐惧焦虑熔于一炉，表明这种被刻意强调的"被动"特征既是对现存的性别规范的认可，又是一种受压抑地位的产物；既是对非竞争型处世态度的肯定，又是对弱者所受迫害的抗议。

在《奥特朗托堡》中，我们遇到的另一个不能回避却又很难梳理清楚的问题就是恐怖与非理性的美学魅力。这个问题和小说包含的道德寓言没有直接关系，却是哥特小说的吸引力的重要根源。

巴保德太太曾说：人们"显然满心愉悦地流连于纯粹可怕的东西"，真是一种"心灵的悖论"。[1]自艾狄生起，讲求理性的说教劝导已经进行了半个多世纪。但是，在18世纪中后期的英国，迷信活动仍旧人气很旺，甚至积聚了进一步回潮的能量。特别是在下层民众中，"鬼"仍旧极有市场，神怪故事相当畅销。1762年出过一桩沸沸扬扬的"考科巷闹鬼"事件。华尔浦尔曾和一帮贵族赶热闹看鬼显灵，约翰逊博士也曾一本正经地作为权威见证者前去验证鬼是否存在。[2]华尔浦尔本人对功利主义理性深有不满，他在致友人的信中明确地表示："我写这本书不是为现今这个时代，它除了冷冰冰的常识常理什么都不能容忍。……我随心所欲发挥自己的想象……我的写法是与规则、与批评家和哲学家们的抗争。"另一方面，也许是因为曾亲身参与闹鬼通灵事件，华尔浦尔对神秘恐怖事物的美学潜力和市场潜力有相当敏锐的感知，于是把自己的作品神秘化，宣称他的"这部罗曼司的起源"是梦。[3]当然，华尔浦尔笔下的阴森场景也的确与潜意识、梦境以及视觉艺术有内在的关系。

---

[1] 转引自 Robert Miles, *Gothic Writing: 1750-1820*, p. 167。
[2] 参看 E. J. Clery, *The Rise of Supernatural Fiction*, *1762-1800*, Chapter 1。
[3] 转引自 Scott, *The Lives of the Novelists*, pp. 194, 193。

有学者指出，民众的迷信与他们在新的经济、社会结构中的感受和迷惑密切相关："如果说在18世纪的英国，神灵日益商业化了，那么在那个时代里商业也日益神灵化了……超自然的语言被越来越多地用于认可市场资本主义的特征并将其推而广之。"[1] 把操纵经济的所谓"看不见的手"[2] 视为天意的言论风行一时，其实是对市场资本主义的神化。面对这样一种新的主宰万事万物的"神"力，"人们需要的是惧怕：惧怕正是人适应、接受一个以非理性和威胁为基础的社会实体所必须付出的**那种代价**"[3]。在这些学者看来，人们是在通过哥特小说来体味恐怖，学习接受那些有威胁的异己事物的。他们的一家之言可以给我们不少启发。

对"恐怖"文化的这种社会心理学解读的一个有力的佐证是，哥特小说中的恐怖几乎都是从女性角度感受的，而且"女性小说中的哥特式恐怖几乎无一例外都毫不含糊地是经济的"[4]。在《尤多尔福的奥秘》中，艾米莉的白热化的恐怖想象主要源自对蒙托尼的惧怕。蒙托尼是个赌徒，兼有封建领主和商业冒险家两重身份。他和艾米莉的姑妈的婚姻是一种纯粹交易。所以，当他发现妻子不肯俯首帖耳地乖乖交出财权时，就对她施加粗暴的折磨迫害。这样，父母双亡、家产被人侵吞的艾米莉便"堕入"了以蒙托尼夫妇为代表的充满利益争夺的世界里，邪恶而凶暴的姑夫和自私又无能的姑妈取代了慈爱的父母；哥特化、魔怪化了的"家"（即尤多尔福城堡）取代了她原来居住的牧歌田园。所以，她才会满脑子的阴谋和凶杀，才会看见帷幕就想到死人，几天不见姑妈就认定她已经

---

[1] Clery, p. 7.
[2] 语出亚当·斯密，见《道德情操论》，230页。
[3] Clery, p. 9.
[4] Edward Copeland, *Women Writing about Money*, p. 36.

遇难。极而言之，可以说艾米莉是从孤悬于社会之外的理想田园进入到了社会之中，从传统的亲属关系体系进入到草木皆兵的资本主义市场关系中。该书中的尤多尔福城堡、勃朗庄园和圣克莱尔修道院都和奥特朗托城堡有相似之处，其中的"恐怖"和"闹鬼"大多是缘自因膨胀的私欲而引发的阴谋陷害事件。在这种氛围下，尤多尔福所在的意大利山区的"广袤的松林""巨大的绝壁"纷纷显现出凶险的意味，"把艾米莉肃然的感觉升为骇惧：她在身边看到的尽是阴郁雄大或壮伟[1]可怕的形象；而另一些同样阴郁、同样恐怖的形影则在她的想象中隐约闪现"。（224页）[2]此时，无依无靠的艾米莉已经是惊弓之鸟——她预见到，如不能处处顺从蒙托尼的心思，将来的日子肯定很难过，对灾祸的预感被投射到了她的所见所闻上。哥特小说写"壮伟"、写神怪其实大抵是在写非理性的恐怖，神秘的超自然现象所引起的悸动包含着恐惧、担忧和某种"受虐"[3]心态。[4]尤多尔福城堡中曲折幽暗的走廊，给艾米莉安排的那间位置偏僻且无法从屋内锁门的居室，关于城堡原女主人幽灵的传说，无一不是惊恐担忧的根源。古堡中有一挂帷幕本不算离奇，但是在胆战心惊的艾米莉看来，幕布指示着神秘而邪恶的存在：

---

[1] 原文为Sublime，过去常译"崇高"，也译"壮美"。作为一个美学概念来自古希腊文论家朗吉努斯的论文《论崇高》（该文在17世纪后期译成英文）。不过，在18世纪英国文学强调"惊怵"和"恐惧"的语境里（如此处），似乎很难译为"崇高"或"壮美"，故试译为"壮伟"。
[2] 该书页码出自Ann Radcliffe，*The Mystery of Udolpho*（Oxford University Press，1980）。
[3] "受虐"一词在有关哥特式小说的评论中常常出现，有不少学者认为所谓受虐狂心态是长期的文化浸染的结果。笔者使用此词是指一种社会性别关系和阶级关系的权力格局，而不是强调施虐、受虐的性行为和性心理。
[4] 参看Michelle A. Masse，*In the Name of Love*，p. 7。

[帷幕]给物品投上了一层神秘……引起了一丝恐怖。当这种性质的恐怖占据了头脑并不断扩张时，便升华为一种强烈的期待，此时它是真正壮伟的，甚至引导我们在迷狂中追寻那个我们似乎害怕的东西。（248页）

在这里，壮伟或神秘的事物显然是观看者的内心感受的外向投射。作为一个被剥夺了经济来源、知情权和行动权的年轻姑娘，艾米莉面对无法无天的巨大权力感到惊恐万状而又束手无策，她的过分的哥特式想象正是由此而生发。突出"观看者"和"遐想者"，是一种转移的叙事策略：从恐怖的景象或事物转到观看者的主观感受。

总之，哥特小说中的超自然的恐怖事物或景象常常是与人物的主观感受和主观想象联系在一起的，是他们的社会生存条件经内化后再（向外）投射的结果。也就是说，"壮伟"和恐怖（对书中人物以及读者）的美学吸引力不仅仅在于激发令人愉悦的好奇或紧张，其根源也并不尽如一些倾向心理分析的学者所说是出于某种"爱恨交加"的"基于恐怖的色情狂想"[1]；而是折射出了当时弱势群体特别是妇女的某些现实生存处境。

不过，不论18世纪末的英国受众对"恐怖"文学有何种心理需要，在启蒙精神主导下的文化氛围里，文人公然谈鬼神、说超自然事物是难逃诟病的，而被公认为缺乏理性精神的女性又往往首当其冲。[2]克莱拉·芮福（1729—1807）的哥特故事《老英国男爵》（1777）"缩回到理性和现实可能性"[3]之中，芮福之后的女作家大

---

[1] Kenneth W. Graham, "Emily's Demon-Lover," in Deborah D. Rogers (ed.), *The Critical Response to Ann Radcliffe*, pp. 37-38.
[2] 参看Tompkins, *The Popular Novel in England*, p. 230.
[3] 华尔浦尔语，转引自James Trainer, "Introduction," in Clara Reeve, *The Old English Baron* (Oxford University Press, 1967), p. viii, Note 3.

都淡化所谓的超自然描写，社会压力恐怕是原因之一。即使是华尔浦尔，也为他的篇幅不长的虚构故事安排了复杂的叙述层次和框架结构。小说中最先出现的"译者前言"煞有介事地对书的来历和内容做了一番考古性解释和评说，使叙事中的超自然奇异内容有了某种历史合理性，既不过分唐突18世纪英国人的理性思维，又顺理成章地把鬼神再次引入文学，迎合了当时许多英国新教徒想从"黑暗"的中世纪里挖掘出神秘事物的不自觉的愿望。后来，在小说得到社会承认以后，华尔浦尔便站到前台来，写了第二版序言，自行"解构"了那套翻译古文稿的神话，并公开地提出重新采用罗曼司体裁、拓展小说门路的美学设想。两个前序并列刊出，表明华尔浦尔本人并不真的相信幽灵魔鬼。

华尔浦尔没有把小说中的内在矛盾清除净尽，使之成为一个完全自圆其说的寓言；也没有像芮福或拉德克利夫那样最终用合理的原因解释书中神秘的"超自然"现象。这是他的阔达，也是他的幸运。因为这使他的故事更投合百姓的趣味，也埋下更多的伏笔，种下更多的可能性。《奥特朗托堡》是一次粗略但极有潜力的尝试，不是最精彩的小说，却可以被视为哥特故事"创作方法要略"。

二　堕落的寓言

威廉·贝克福德的《法塞克》（1786）和马·格·刘易斯（1775—1816）的《修道士》（1796）有相似之处，都是以放纵、夸诞的笔触讲述堕落的寓言小说。和华尔浦尔一样，两位作家均为有钱的上层人家子弟，从事写作属玩票性质。这两部小说又都是他们的"少作"。《法塞克》最初是用法语写作并在法国付梓的，它被译成英语出版甚至没有征得贝克福德本人的同意。作品诡谲奇异的想象和佻薄嬉闹的笔法与作者当时的年龄及心态有一定的关联。

《法塞克》以阿拉伯国家为背景，多少有史实的影子，但又自觉地脱逸出事实。阿拉伯的《天方夜谭》18世纪初被翻译成法语和英语，在欧洲人中引起极大轰动。《法塞克》一书充分地利用了当时人们对东方的兴趣，以拉伯雷和《天方夜谭》的笔调浓墨重彩地渲染萨义德所说的西方人眼中的某些"东方"特征，如"感官享受，预兆，恐怖，壮伟，田园之乐和人的无比精力"等。[1]

小说的主人公哈里发法塞克耽于官能享受。他是胃口惊人的饕餮之徒。他修建了五座豪华宫殿，每宫专门提供一种享乐，分别满足口腹、听觉、视觉、嗅觉和性感的欲求。不过，他的真正的"堕落"却始于某种浮士德式的追求[2]，是"被不知餍足的好奇心驱策"、"想尽知万事，甚至那些尚不存在的学术"。（4、16、32页）[3]一日，一奇丑的外邦异教徒（Giaour）进贡给法塞克几件他闻所未闻的异物，从此他不得安宁，想了解这个奇异人物的来历，亲眼查看他所来自的"地火之宫"并获得他所说的"能操纵全世界的符咒"（32页）。为了满足诱惑者即魔鬼的要求，他不惜背叛正统宗教（伊斯兰教），祸国殃民，把五十个无辜儿童推下悬崖或让众多效忠他的臣民死于非命。他那位热衷于邪道妖术的母亲是他的原动力、同伙和帮凶——她宣布说："为获得那样的回报，可以不惜一切罪恶。"（45页）在描写法塞克和他的母亲时，"科学"（science）、"知识"（knowledge）和"实验室"（laboratory）等一些日后在现代社会法力无边的词语频频出现。小说成书于18世纪末，作者却煞费苦心把历史背景前推，让求知的

---

[1] Edward W. Said, *Orientalism*, pp. 118-119.
[2] 参看John Garrett, "Ending in Infinity: William Beckford's Arabian Tale," *Eighteenth-Century Fiction*, Vol. 5, No. 1, pp. 26-27; 又, MacAndrew, p. 73.
[3] 该书引文页码出自Beckford, *Vathek: An Arabian Tale* (Gibbings, 1900).

第 10 章　哥特小说的出现　｜　385

活动如在浮士德传说中一样与巫术魔法之类纠缠在一起。[1]这是一个意味深长的选择。因为它所针对的目标，显然主要不是巫术魔法，而恰恰是现代意义上的"知识"和"科学"："有些事为人所不应知晓，有些事为人所力不能及。"一个老人犯颜苦劝法塞克："贸然犯戒者必遭报应！"（16页）

部分地由于这种"堕落"的特定性质，它在很大程度上被表现为一种"追求"、一次朝圣或"反天路历程"。法塞克从帝王的高塔走向魔鬼的地狱，一路遭遇了火灾和野兽围攻等劫难，还赢得了红颜知己努若尼哈。他曾流连于秀美风景和丰饶田园，遇到挫折时便咒骂那个外邦的引诱者，甚至重诵《古兰经》。不过他有个比他坚定的母亲，她不但在一开始时书赠条幅策励儿子，中途还气急败坏地赶来告诫他不要贪图享乐、忘记目标。于是法塞克在小小的漂移后每每又重新上路。最后，法塞克抵达了他向往的终点，即伊斯兰教的地狱——魔鬼的大本营"地火之宫"。他没有经历死亡就进入了地狱，并终于发现：在这里财富是虚幻的，权力也没有意义。短暂时限一到，每个人的心都开始燃烧，苦痛不堪：

> 在这无比巨大的厅里，一大群人不停地往返，有些人把右手放在心口，对四周不加一顾：他们全都面色死白。他们眼睛深陷，像坟地里夜晚闪烁的磷火。有的满腹心思、步履沉重地缓缓而行，有的痛苦地喊叫着，如被毒箭射伤的老虎疯狂地跳窜；其余的则狂怒地磨着牙，胡言乱语，比最癫狂的疯子还暴躁。他们彼此回避，虽然四周的人数不胜数，每个人却都不睬别人，只无目的地游荡，就像独自在阒寂无人的荒漠上行走。（160页）

---

[1] 参看 Ian Watt, *Myths of Modern Individualism*, Chapters 1 & 2.

这段有关地狱的描写想象奇诡、形象鲜明、语句华丽，而又极富于寓言意味，几乎可以和弥尔顿笔下的地狱媲美。特别是那些捧着燃烧的心匆匆往来的孤独者的形象，可以说是文学史中的妙笔之一，准确地预言了现代人的处境。与此相应，小说最后一节里叙述的笔调突然改变：

> 这就是不加羁勒的激情和暴虐行径所得的也是应得的惩治！那盲目的好奇心，一旦逾越造物主为人类知识所划定的智慧极限，必将遭此责罚；而那蠢动不安的雄心也必遭遇此可怕的失望，因为它一意要发现留给超自然势力的奥秘，因其自身痴迷傲慢，竟认识不到人在世间的状态本应是——谦卑而无知。（174—175页）

这里，地狱场面迅速转化为直接的道德说教，"把新教良知塞进了《天方夜谭》式的素材里"。[1] 法塞克的象征性的旅行成了天路旅人班扬的反题——当目标错设时，追求便成了道德的甚至是生命的陷阱。

我们在前面已经谈到，哥特文学标榜"崇古"，是把"古"定义为强调人与人之间的关系和责任的"有机"的社会整体；而它所非的"今"则体现了走火入魔的极端个人主义追求。曼弗雷德、法塞克、蒙托尼和《修道士》中的安布罗西奥等哥特式男性都具有鲜明的浮士德特征："不肯安分守己，虚荣好胜，野心勃勃。"[2] 浮士德特别是马洛笔下的浮士德被后世的思想家明确地指认为"文艺复兴时代所重视的一切——权力、奇异知识、冒险事业、财富和

---

[1] Garrett, p. 19.
[2] Watt, *Myths of Modern Individualism*, p. 30.

美色"[1]的热切企求者。在文学中遭遇悲剧结局的浮士德不是殉难的献身者，而在更大程度上是瓦特所说的"替罪羊"、是承担罪责的"象征人物"——"投射在他身上的，是对于文艺复兴和宗教改革时期的无政府主义倾向和个人主义倾向的忧惧；他的受罚反映了反宗教改革势力企图驱逐被除那些曾被更乐观的一代人珍重但已经遭到历史重创的希望"[2]。然而，自文艺复兴、宗教改革和反宗教改革以来，代表个人欲望的浮士德博士并未老老实实地留在天堂或地狱，相反却一次又一次地借尸还魂，骚扰人世。他所体现的对欲望的张扬和对欲望的质问也就一次次返回到现代思想对话的聚焦点。于是，在18世纪末，继歌德把浮士德演绎成千古名著的主人公之后，这类人物在英国的哥特小说中一再以夸张的反派面目显现，一方面继续着新教鼻祖马丁·路德所执着的与撒旦的"决斗"，同时在另一个层面上继续着约翰逊等人对人性的考察与批评。

不过，如《奥特朗托堡》所示，哥特小说往往是极为矛盾的文本。它们常常演变为对自身的否定：似乎要确认"往昔"的优越，最后却表明那个往昔并不存在；似乎在强调"整体"和"有机"，但呈现的却是破裂和肢解。游戏之作《法塞克》比《奥特朗托堡》更有过之。作者兴之所至，任意铺排，毫不在意风格与寓意是否发生冲突。19世纪末为《法塞克》作序的加尼特说："这本书既非常有法国韵味又非常得英国真传，既非常东方化又是非常地道的欧洲产物，既非常轻佻又非常有悲剧特征，既非常浅薄又非常深刻。"[3]那一连串的"既"和"又"点出了该书在风格上和意义上的双重性

---

[1] George Santayana, *Three Philosophical Poets*, p. 135.
[2] Watt, *Myths of Modern Individualism*, p. 46.
[3] R. Garnett, "Introduction," in *Vathek*, p. xxxv.

或多重性。近年里也有评论者强调该小说在叙事上的两重聚焦[1]，指出它一方面有一条显豁的叙事主线，直指法塞克旅行的象征意义；另一方面又不时枝枝蔓蔓地细细讲述无关宏旨的偶发事件——如努若尼哈和她表哥之间的青梅竹马的感情，法塞克的阉奴头子被耍弄的场景，等等；并在接近结尾处以典型的《天方夜谭》方式让其他来到"地火之宫"的人讲述各自的故事，给叙述打开了新的"出口"，增添了新的枝杈。

和叙事的两重聚焦相对应的，是存在于小说道德寓意中的某种根本的含混。尽管法塞克干了不少令人发指的坏事，但是用于描述这个人物的却大都是些中性的形容词，似乎在力图避免道德裁判。有时，用词造成的荒诞效果与小说的道德寓意之间产生直接的矛盾。[2] 小说还一再突出法塞克的被宠坏了的儿童的心态：每当他的一时之欲少许受挫，他就大吵大闹、不管不顾地撒泼放赖。对他来说，一切都是游戏，国家、民众都是玩具，可以任意摆布，甚至连杀人都不必眨眼。然后，在小说接近收尾的时候，叙述者又轻描淡写地告诉我们，那些被害者其实都被善神救到了天堂。于是，恶行真的成了没有后果的游戏，法塞克的罪孽似乎不过是些虚拟和想象。小说充满对人性的拷问和怀疑，但是表达的方式和风格却夸张而奢侈，甚至是故作放诞，被关注的中心也恰恰是那些"恶人"。在这个意义上，哥特世界成了它似乎要斥责的现代弊端的一个极端的噩梦般的翻版。即使是用笔比较节制的华尔浦尔和芮福，也在很大程度上依赖对神秘、奇异的噩梦世界的想象或暗示；即使小心翼翼如拉德克利夫，其想象也"没有理由地流连于含混的景况，在那

---

[1] Garrett, p. 54.
[2] W. Allen, *The English Novel*, p. 91.

些境遇里，至少从审美上说，理性的并不高于非理性的，道德的并不高于非道德的，神授的并不高于鬼魔的……".[1]而贝克福德和刘易斯之流来自上层社会的男性作家就更是肆无忌惮：前者对法塞克母亲作巫法招神引鬼的场面以及坟地和食尸鬼的描述，或后者就"流血修女"和地下墓穴所做的发挥，都可以说达到了怪异恐怖的极致。同时，嬉戏的狂欢语调或有意为之的虚幻色彩部分地缓解了所描写的耸人听闻的恐怖和罪恶，使这类文字甩开了小说的道德主题，构成某种一意孤行的恣肆的纵欲狂想曲。难怪有人说，在阅读哥特小说时，"从始至终，作者、人物乃至读者的道德责任感……都和他们在审美上的放纵……并存而且形成对比"[2]。

总之，所谓哥特式风格本身同时又是对人性弱点（如好奇）的放纵和迎合，是对社会约束的逃避和突破。玛里琳·巴特勒将它们与萨德侯爵那些纵情玄想人类情欲极限可能性的作品联系起来谈论[3]，是有充分理由的。萨德本人对拉德克利夫和刘易斯小说的欣赏[4]以及他的作品中出现的准哥特式背景似乎印证着巴特勒们的判断。福柯说："萨德的所有著作都充斥着要塞、小室、地下室、修道院、不可抵达的孤岛，而这些实际上就构成了非理性的当然的寄居地。并非偶合，与萨德的著作同时出现的种种有关疯狂和恐怖的奇异文学也都选择堡垒要塞为事件发生的地点。在18世纪末，整个西方记忆都突然转向了一些中世纪末期极为熟悉的形象——当然这些形象已经变形并被赋予了新的意义……"[5]

---

[1] K. W. Graham, p. 38.
[2] Sypher Wylie, "Social Ambiguity in a Gothic Novel," in Rogers (ed.), p. 27.
[3] 玛里琳·巴特勒：《浪漫派、叛逆者及反动派》，44页。
[4] 参看 Marquis de Sade, "Reflections on the Novel," in *The 120 Days in Sodom and Other Writings* (Grove, 1966), p. 109。
[5] Michel Foucault, *Madness and Civilization*, p. 210.

福柯的话指向了哥特式风格悖论背后的另一种更强大的历史的和文化的驱迫力量。福柯或劳·斯通的研究都表明：在18世纪后期的欧洲社会存在着许多似乎自相抵牾的现象，比如，一方面强调行为规范和道德约束，一方面出现了有关性问题的文字即性话语的"大爆炸"（"被考察的有儿童、疯男疯女以及罪犯的性心理和行为，厌恶异性者的感受、玄想、执迷、小疯小癫、狂怒失态，等等"）；一方面是文学中对家长权力和社会秩序的极度关注，一方面是实际生活中父权制度的削弱，等等。他们指出，两者背后实际上运行着同一种权力转移的过程，因此，即使是关注家长权力和道德制约的文字实质上也更多地体现了特定群体的自我伸张而不是自我否定。[1]而这也正是贝克福德等人的小说最主要的内在矛盾。它的表层的善恶寓言是肯定传统基督教道德、谴责无节制的个人欲望的，但是小说的总体风格却透露着另一种信息，体现着放纵的自我伸张。

三　说不尽的哥特小说

"什么是'哥特式'？"一位研究者在他的专著中自问自答地定义道："我的简单回答就是：哥特式是表现四分五裂的主体的一个话语场所和'狂欢式'形态。"他强调"四分五裂的主体"，其思想基点是认为"哥特式作品在思想论争的层面上深切介入了对自我的再现"。因此，他进一步借另一位学者的话发问：哥特式小说的出现是否针对社会自我中至今尚未消除的一种"更深的创伤"，"一

---

[1] 福柯：《性史》，38—39页；L. Stone, pp. 156-157.

条裂缝,一种失衡,一道沟壑"?[1]援引这段话,并不是因为该定义能帮助我们确切地把握、理解华尔浦尔们的故事,而是想举个例子说明随着"文化"热和理论热升温,这类长久以来被相对忽视的作品如何开始进入学者们的中心视野,如何与最新潮的理论术语纠结并成为"说不尽的哥特小说"。虽然上述定义传达的问题多于答案,但是它有关哥特小说与社会自我的关系的说法是值得深思的,它一方面与前文对哥特式恶棍和"受虐"女性等的讨论直接相关;另一方面又把哥特文化的兴起纳入18世纪英国有关自我(也即所谓"现代主体")的漫长、纷纭而又意义深远的社会讨论这样一个更开阔的文化背景中。

全面并详细地介绍有关哥特文学的新成果、新进展,显然逾出了本书的范围。不过,我们似乎有必要简单介绍一下另外几个与哥特主义有关的重要话题。

在前边有关《奥特朗托堡》和《法塞克》的两节中,我们已经就一些重要问题进行了初步的探讨,比如,哥特小说中人物臧否与社会批评的关系,其道德寓言与形式风格的内在矛盾,小说中神秘恐怖描写的含义和功能,等等。不过,仍有不少未能展开的话题需要进一步的介绍或评论。其中之一是哥特文化和"壮伟"的关系。《奥特朗托堡》所传播的古堡幽灵式的典型"哥特"特征在很大程度上与18世纪中后期在文艺界有重要影响的"壮伟"或"壮美"(sublime)观念相吻合。埃德蒙·伯克1757年的论著《论壮伟与秀美》强调"壮伟"的美学和伦理价值,在定义它时突出人面对巨大(或神秘、凶险)的对象时被惊骇、被镇服的感受。[2]在他眼中"壮

---

[1] 引自和转引自Robert Miles, *Gothic Writing*, pp. 4, 213, 10。
[2] 参看 *The Works of Edmund Burke*, Vol. 1, Sect. 7, p. 91。

伟"所关涉的大而强的事物不言而喻是与男性特征和男性眼光联系在一起的。

那时，与情感主义共生的女性化倾向引起不少人的忧虑。有位布朗先生撰写了一册《评时下的风尚和原则》(1757)，把"对钱的热爱"以及"虚荣、奢侈和自私的女性化风格（effeminacy）"联系在一起，说它们造成了"极为重大的令人惊恐的危机"。[1]在麦肯齐笔下，理想社会似乎以传统父权制度为蓝本，而腐败现象则多与女性或女性化有所关联。几乎在同一时期里，亚当·斯密也对"商业精神的弊端"包括尚武精神和社会责任感的衰退表示忧虑，说"[大众]时时心系奢靡享乐，变得女性化、胆小怯懦"，"男人的襟怀变得狭隘，不再能激扬升华。教育被鄙弃或至少受忽视，而英勇精神几乎完全绝迹"。[2]文人们的这种忧思恐怕是伯克关注"壮伟"的起因之一，也是他强调壮伟（壮美）与秀美的不同性别归属的缘由。按伯克所设想，对"壮伟"景象的欣赏内含男性观察者（他感到震惊、赞叹并被激发），是对斯密所斥责的那些女性化精神弊端的矫正。

然而，有如是历史的反讽，哥特小说对"壮伟"和阳刚美的利用几乎与伯克的本意背道而驰。在那类故事中，神秘和壮伟常常与罪恶联系在一起并通过女性观察者体现。不仅如此，特别热情地抓住了哥特式风格所开拓的想象空间的，是一帮女人——芮福、夏洛特·史密斯、伊莱莎·帕森斯（Eliza Parsons）、伊莱莎·芬维克（Eliza Fenwick）、伊莎贝拉·凯里（Isabella Kelly）、朱丽亚·玛丽

---

[1] 转引自London, "Historiography, Pastoral, Novel: Genre in *The Man of Feeling*," pp. 57-58。
[2] 转引自Clery, p. 104。

亚·扬格（Julia Maria Young）、伊丽莎白·邦特（Elizabeth Bonhte）、卡福尔太太（Mrs. Carver）、瑞吉娜·玛丽亚·罗什（Regina Maria Roche）、帕特里克太太（Mrs. Patrick）、玛丽·米克（Mary Meeke），等等。在那些被海伦·穆尔斯称为"女性哥特式"[1]的作品中，描绘壮伟的笔意发生了微妙的改变。[2]尽管哥特小说推重的是曼弗雷德的妻子、女儿以及艾米莉那样恪守女德、谦卑驯顺的女性形象，但是它们同时也使蒙托尼的女眷们的驯服看来有如助纣为虐，效果可疑，使艾米莉的德行表现为计算周全的冷静的生存策略。如果说它们把劳伦蒂尼和《修道士》中的诱惑者玛蒂尔达立为反面教材，它们也赋予了这类人物最鲜明的色彩和某些最富于煽动性的言辞。当拉德克利夫让艾米莉直接质问蒙托尼凭什么行使"无限制的权威"（216页）时，这类对"壮伟"生畏的模范女性与其说是在确认并维护旧父权秩序和阳刚风格，不如说是表达了对它们的怀疑和焦虑。

与此相关的另一个耐人寻味的话题是哥特风格与"革命"的关系。

也许因为这一亚文类似乎和法国大革命有些内在联系，在谈到哥特小说时，"革命"一词会不时出现，评论家或将其划归为"革命时代的艺术"[3]，或分析作品中的"哥特式革命"。[4]这类小说也的确常常再现某种形式的变革或权势转移：《奥特朗托堡》以西奥多取代"现政权"收尾；《尤多尔福的奥秘》结束时也出现了产权易手；在《修道士》中想为妹妹报仇的罗伦佐曾鼓励群众揭发、控诉修道院里的罪行，呼吁同胞从宗教迷信和"修道的枷锁下解放出

---

[1] Ellen Mores, *Literary Women*, p. 90.
[2] D. L. Hoeveler, *Gothic Feminism*, pp. xi-xvi, 6-7.
[3] 玛里琳·巴特勒：《浪漫派、叛逆者及反动派》，17页。
[4] Kilgour, pp. 142-168.

来"[1]。不过，如前所说，在哥特小说中，推翻暴虐的统治者每每意味着更古老权力秩序的恢复。当情形并非如此——如罗伦佐与被激愤辞藻所鼓动的民众结盟——时，"革命"便很快流于失控，乌合之众虐杀了修道院院长并开始破坏、焚烧修道院。在法国大革命之后"登场"的罗伦佐们的启蒙义举最终演变成了暴民的骚乱。这场弗兰肯斯坦式的噩梦，正是从伯克、葛德文起一代又一代英国思想者的焦虑，也是英国哥特小说中特有的"保守"的阴影。

最后，不能不提的还有哥特小说与浪漫主义文学的关系。许多历史家和文学史家把哥特文学看作刚刚起于青萍之末的前期浪漫主义。哥特文学与情感主义有千丝万缕的联系，注重人的内心感受和想象力的发挥，追思古风旧物，提倡田园情调。在这类小说中，几乎所有的人，不论正面反面，都患有"忧郁"症，都不时在某个景色奇异的地方孤独地沉思，忧郁（melancholy）一词成了常常出现的字眼。就这些看，它们确与此后不久兴起的浪漫派诗歌有诸多相通之处，柯尔律治和玛丽·雪莱等人作品中的明显的哥特式因素也是这种血缘关系的明证——无怪牛津大学出版社的《浪漫时代：英国文化1776—1832》（1999；edited by Iain McCalman）一书把哥特文学的兴起径直归入浪漫主义时代。卡瑟尔在一篇很有影响的论文中令人信服地指出，《尤多尔福的奥秘》的一个突出特点就是强调主人公的内心感受，外部世界被虚化，一再把他人认定为"鬼魂"，人物不断地被回忆纠缠，等等。她说，"被鬼魂崇扰……是显示自己富于同情心和想象能力"，包含了情感主义的思想内容；同时，将"他者幽灵化"、虚化外在现实并扩张主观感受，这标志着浪漫主义个人主义思想的兴起——"表达了一种新的感情结构，一种新

---

[1] M. G. Lewis, *The Monk: A Romance* (Gibbings, 1906), Vol. 3, pp. 81-82.

的人际关系模式,一种有关自我和他人的新的现象学"[1]。

当然,我们也必须注意到,在哥特小说的内在寓言结构中,某些后来被认定为具有典型浪漫主义特征的表现——如对个性的张扬——很多时候被分派给反面的人物,是要受惩罚的。有人在分析拉德克利夫将多情善感与常理常识结合的手法时指出:"她小心地运用引起恐惧的哥特式因素,同时也很有分寸地利用女性善感情调富有影响力的遗产,因为后者此时已经成为潜在的自我放纵和破坏社会的危险特征。"[2]拉德克利夫对情感主义文学中的个人中心主义的想象是怀有戒心的,她的女主人公在一定程度上代表着对浪漫情调和自我放纵的节制——艾米莉对爱人的浪漫幻想落了空,她的狂热的哥特式想象也在很大程度上被证明是主观的、夸大的。就思想倾向而言,典型的哥特小说似乎与20世纪里一些中外学者所说的"消极的"或湖畔派保守浪漫诗人们比较接近,与雪莱、拜伦等人在精神旨趣上则有重大区别。哥特主义的两重性突出地体现于稍后英国浪漫主义诗歌的两种走向之中。

概括起来,我们或许有理由说,英国18世纪的哥特式风格是对"现代性"的一次左顾右盼、三心二意并且最终中途掉头的狙击。在某个意义上,它肇起于对现代个人主义和理性主义的双重不满,但最终消融于拉德克利夫式的小心翼翼的理性和浪漫主义诗歌的个性张扬。

不过,也正因为作为"情感主义文化的一个变种"[3]的哥特小说有如此复杂的层次和如此不同的面目,它才提供了丰富的可能性

---

[1] T. Castle, "Spectralization of the Other in *The Mysteries of Udolpho*," in Nussbaum & Brown(eds.), pp. 234, 236-237.
[2] Janet Todd, *The Sign of Angellica*, pp. 256-258.
[3] Barker-Benfield, *The Culture of Sensibility*, p. 318.

并具有了长久的生命力。在当时的激进作家葛德文和玛丽·沃斯通克拉夫特手中，它演绎出反封建的政治寓言，在查·罗·马图林（1782—1824）的想象里，它召唤出《漂泊者梅尔默斯》(1820)的悲剧，在玛丽·雪莱笔下，它幻化出质疑人类理想和科学追求的弗兰肯斯坦的怪物。此后，哥特幽灵又在勃朗特姐妹、狄更斯、史蒂文森和杜穆里埃等许多作家的笔下一再还魂复出。在后世的发展中，这个有鲜明特色并触动了现代人某些深层心理需要或心理创伤的文类依然保持着社会批评和心理探究的潜能，同时又成为书商大力开发的有利可图的项目。如果说华尔浦尔和贝克福德等第一代哥特式写作者的尝试介于玩票自娱和哗众取宠之间，那么后继者们便越来越明确地意识到了这类作品的市场价值。从那时起，直到今天，哥特小说都作为一种畅销文类而兴盛地存在。

第 11 章

伊芙琳娜和她的姐妹们

自贝恩鼎力开辟了一爿天地，写小说的女人便层出不穷。18世纪中期，女性"出品"达到一个峰值并在此后几十年里保持着数量上的优势。据说，1760年到1790年间的书信体小说中有三分之二到四分之三是出自妇女之手。到了18世纪后期，英国不但有了《新淑女杂志》一类刊物，而且它们已经刊登出题为"女性文学"的文章了。[1]

一　"蓝袜子"作家群

《克林克》中的杰瑞少爷说：写小说的行当"而今被女性作家所垄断，她们只为推广德行而出书，从容不迫，生气盎然，精细讲究而又洞悉人心……"（133页）。尽管杰瑞的话音里不无挖苦讥消，总的说来，此时女作家已经得到了一定的社会承认，不再像世纪初舞文弄墨的海伍德们那样背负很沉重的骂名。一批人称"蓝袜

---

[1] 参看 Jane Spencer, *The Rise of the Woman Novelist*, p. 4; 又，Richetti, *The English Novel in History*, pp. 196-197; Watt, *The Rise of the Novel*, p. 298。

子"的自学成才的中上阶层妇女不仅活跃于伦敦的文化沙龙，而且大举介入翻译和写作活动。其中，萨拉·菲尔丁是亨利·菲尔丁的妹妹，也是理查逊的好友，两人都盛赞她善于体察人心，前者还曾在她的小说《素朴儿》再版时为之修订作序。夏洛特·伦诺克斯的《女性吉诃德》得到了约翰逊等人的赏识。作为有一定地位的剧院经理人的妻子和日后的名剧作家理·布·谢立丹的母亲，弗兰西斯·谢立丹（1724—1766）的身份与当年的海伍德相比也大不相同了。女作者的作品在图书生意中成功地"抢滩登陆"，固然是由于"推广德行"——不管是外在的标榜还是真诚的目标——符合当时的社会思潮，但是另一方面，对于众多掏腰包购书的女性读者来说，这些书籍的吸引力恐怕更多地在于它们从女性视角全面地展示了当时妇女的处境和经验，激发并表达了她们对现状的思考或不满。

《素朴儿》和弗兰西斯·谢立丹的《比达尔弗小姐回忆录》（1761）以十足成色的多情者为主人公，弘扬情感主义哲学，并明确地表达了对唯利是图的商业化世界和"个人利益经济学"的抵制和批评。[1]戴维·素朴儿的天真质朴和他弟弟丹尼尔的虚伪狡诈构成醒目的对比。丹尼尔出于"嫉妒自私"（11页）[2]，伪造父亲的遗嘱，图谋篡夺并独吞家产。他的企图虽然未能得逞，却伤透了素朴儿的心。后者于是离家游走四方，寻求人间真情和友谊。小说讲述的便是这位多情吉诃德的流浪史，因此在某种程度上类似《克林克》，是走马灯般的英国世相图。耐人寻味的是，萨拉安排素朴儿在小说第一部结尾时和心上人卡米拉成了亲，建立了一个小小的四

---

[1] W. Motooka, *The Age of Reasons*, p. 110.
[2] 该书引文页码出自 Sarah Fielding, *The Adventures of David Simple*（Oxford University Press，1987）。

人亲情乌托邦，却不肯就此收笔，相反却让素朴儿和他的亲友继续在人间的漂泊，从而落入第二部中的一连串的不幸。恪守情感主义原则的比达尔弗小姐的人生历程也是不断从磨难走向新的磨难。这种不妥协的悲剧性处理不只是为了赚取廉价的眼泪，更包含了两位女作家对伦理和世态的认真的思考和估量，与约里克们的轻松游戏有某种质的区别。终难见容于世的素朴儿的命运包含着双刃的诘问：既是对社会的质询，也隐含着对情感主义美德本身的怀疑。

《素朴儿》的主人公虽为男性，却有鲜明的女性特征，而且他的人生轨迹和诸多女性故事相交。女性人物之一是珠宝商的女儿南妮。有个犹太人愿出一笔大钱娶那姑娘。于是珠宝商长久思考"如何才能最好地促进自己的利益"，然后断定：不费一文钱就打发掉女儿，让她和这样的阔佬成亲，归根结底比索得一笔聘金更合算（33页）。而南妮本人看到"一边是对财富的渴望；一边是我喜欢的男人，……简直没了主意"——"如果嫁给了自己喜欢的人［即素朴儿］，就得放弃一切出人头地的念想；他没法给我买精致的珠宝，没法给我备车马仆从；我就得眼看我姐姐乘六马轿车，可自己只能叫辆出租便车，至多不过有辆两马篷车。哦，我连想想都绝对忍受不了。"（36页）另一个女性人物辛西娅自小好读书、好提问。但是，"不论我问什么，人们都对我说，那不是我这个年龄的女孩子应该知道的事"。（101页）她成年后，前来求婚的人只把她视为传宗接代的工具。"该让我的家业有个继承人了"，一名求婚者说。而且他认为最有说服力的求婚方式就是"让我的家业为我说话"。年少气盛的辛西娅回答说，"我可没有当他的高等仆人的雄心壮志"；如果非得承担他想分派的那些工作，"希望也能有一份小小的薪水，也好让我不时能和其他仆人同伴一起乐和乐和"。她的说话风格不但激怒了求婚者，也为她父亲所不容，最后被剥夺了继承权。她本人日后也觉得得不偿失，说那是"愚蠢的讥讽"（109页）。如此，一位少女仅仅因为用时髦的"机智"方式表达了中肯的识见便遭到残酷的惩罚。此外，卡米拉（2卷10章—3卷）、伊莎贝拉（3卷7、8、9章—4卷2章）和科琳娜的故事（4卷4—5章，由辛西娅讲述）等一系列女性"历史"也都在书中占有极为重要的位置，涉及女性经验的方方面面，并包含许多敏锐的观察和犀利的议论。

50年代初，文坛"老将"海伍德推出了她最著名的小说《白希·少了思》。这部小说由"我"出面讲述并发表议论，明显向理查逊的路数靠拢，说教意味大大加强。"少了思"小姐出身伦敦富裕人家，是个爱慕虚荣、贪图享乐然而心地单纯的女孩子。她一心要充分享受被多人追求的快乐，导致后来遇人不淑、尝尽苦头，最后幡然醒悟，进行了必要的自我改造，最终成为合格的情感主义女主人公。[1]不论这是否说明海伍德痛感昨非并力图将功补过，很显然她至少在情感主义大势将成之际准确地判断了世风，"适应了市场并修正了自己的形象"。[2]当然，她的改变并非一百八十度的"转向"。《白希·少了思》和海伍德以往的作品有不可否认的"一致性"[3]，同样表达了对女性追求和命运的关怀，同样设置了本质上纯洁的女主人公和一系列放荡而诡计多端的女冒险家的对比，同样展示了模范男主人公的两重性。只是在这部小说里，粗制滥造的罗曼司成分大大减少，情节布局、人物刻画等等都大有进境，使对平民女子白希·少了思的真切描述构成了英国现实生活场景中的"成

---

[1] 参看 Spencer, *The Rise of the Woman Novelist*, pp. 109, 117。
[2] J. Todd, *The Sign of Angellica*, p. 146。
[3] P. R. Backscheider, "The Shadow of an Author," *Eighteenth-Century Fiction*, Vol. 11, No. 1, p. 89；又，参看 Jane Spencer, "Women Writers and the Eighteenth Century Novel," in Richetti (ed.), *The Eighteenth Century Novel*, pp. 215-220。

长小说"。[1]这恐怕不只是海伍德个人的成熟，也体现了理查逊和菲尔丁对英国小说的锻造之功。

伦诺克斯的《女性吉诃德》讲述的是贵族少女阿拉贝拉的故事。她和父亲隐居田园，把浪漫传奇看作"生活的真实图景"并从中摄取了"她的全部见解和期望"（7页）[2]。由于流通图书馆（第一家出现于1740年）的设立和道路的改善，也由于廉价书、二手书和盗版书的出现，作为文化消费的阅读越来越普及。女性书迷开始成为文学作品中的定型化人物，理·布·谢立丹的喜剧《情敌》（1775）中就有位爵士批评读小说使女人想入非非，并恨恨地说："镇里出了个流通图书馆，就有了邪恶知识的长青之树！"[3]

阿拉贝拉就是一个让男人头疼的"走火入魔"者。她以虚构取代实况，见到一略有灵气的园丁就猜想他是隐姓埋名来追求自己的名门青年，发现来做客（兼有相亲意图）的表亲格兰维尔有恙，便认定他是为自己害了相思病，如此这般地演出了一系列荒唐戏。经过了许多曲折她的妄想症才被"治愈"，最终和饱受折磨的格兰维尔缔结良缘。不过，不论这位贵族小姐如何凌空蹈虚，其实她的幻想本质上和海伍德的白希姑娘的心愿是一样的，是渴望在异性的关注中享受快乐和权力。从书中直白的说教看，小说是在贬斥这种自我中心主义的浪漫想象，鼓吹谦虚、理性和自我节制。但是，也正因为这些作品如此详细地展示了白希和阿拉贝拉们的"失误"——她们的幻想和调情——故事才同时揭示了当时女性的"正常"生活是多么局促、空洞和暗淡，从而表达了对这种"现实"的批评和不

---

[1] 参看 Richard A. Barney, *Plots of Enlightenment*, pp. 283-290。
[2] 该书引文页码出自 Charlotte Lennox, *The Female Quixote*（Oxford University Press, 1989）。
[3] R. B. Sheridan, *The Rivals*, I, ii.

满。[1]

在白希和阿拉贝拉们之后，伊芙琳娜小心翼翼、不事张扬地出场了。

二 伊芙琳娜的语调之辨

在很长一段时间里，英国的文学史里提到弗兰西斯·伯尼（又称"达勃莱夫人"）时称她为"范妮·伯尼"。在正史中被以小名相称，是女作家的"特殊待遇"。

弗兰西斯·伯尼出自名门。当然，是"名门"而非世家。她的父亲查尔斯·伯尼博士是风琴家兼音乐史家，而且是伦敦社交界很有人缘的红人。伯尼家的孩子们才华横溢，又从小和约翰逊、加里克（David Garrick，1717—1779）等一干名人稔熟。自小喜欢偷偷记日记、编故事的腼腆而内向的范妮只是孩子们中不起眼的一个——直到她二十六岁时匿名出版了《伊芙琳娜》（1778），并且突然成了一部畅销书的作者。

《伊芙琳娜》开篇不久，来自乡下的身份暧昧的孤女伊芙琳娜·安维尔到达伦敦，登上社会舞台。小说结尾时，她嫁给了一位有德有财的贵族青年，做了贵夫人。从这个人生轨迹看，她显然是步帕梅拉后尘的"灰姑娘"之一。伊芙琳娜带给灰姑娘叙事模式的新内容之一是"成长"和"教育"主题。有些评论者认为伊芙琳娜是个静止的平面（"扁形的"）人物[2]，因而不承认这是一部"成长

---

[1] 参看Richetti，*The English Novel in History*，pp. 209-210。
[2] 参看福斯特：《小说面面观》，59—68页。

小说"。[1]说起来伯尼的女主人公倒也当真大都是还没有出场就在道德上定型了——具备了"贞洁的头脑,培育了理解力和一颗善感的心",她唯一有待改善的地方是她"对礼仪一无所知,对社交界的做派不熟悉"(作者"前言",viii页)。[2]然而,持上述观点的读者忽略了伊芙琳娜作为这部书信体小说中的主要"写者"在写作风格上的引人注目的改变。这一改变说明,对"礼仪"和"做派"的学习并非无关大局的细枝末节,而是涉及阶级身份和社会地位的头等大事之一,[3]并且与女性青年自我认识的形成有密切的联系。

伊芙琳娜的母亲有法国血统,父亲是位贵族老爷,但却拒不承认她这个女儿。母亲病逝后,乡村牧师维拉斯将这个孤苦伶仃的女孩子抚养成人。十七岁这一年,她得到维拉斯批准,由邻人监护到伦敦访亲会友、见见世面。她从伦敦写信向维拉斯汇报自己对这个大都市的印象。最初她的口气无比激动热烈,听来完全是个被伦敦弄得晕了头的乡下姑娘。她对著名演员加里克的戏剧表演惊叹不已:

> 那么从容!他的举止做派那么生动!他的动作那么优雅!他的眼睛里有那么多的激情和意味……
>
> 他的举动——如此优雅又如此自在!——他的声音——如此清朗,如此圆润,语调却又如此奇妙地丰富多变——那么神采奕奕!——每个眼神都在说话!
>
> 我愿意拿整个世界做交换,再从头到尾看一遍这出戏。而且,他跳起舞来的时候——哦!那会儿我多羡慕克莱琳达呀!

---

[1] 参看 Michael E. Adelstein, *Fanny Burney*, p. 38。
[2] 该书引文页码出自 Fanny Burney, *Evelina* (Everyman, 1964)。
[3] 参看 Rawson, *Henry Fielding and the Augustan Ideal Uuder Stress*, Chapter 1。

弗兰西斯·伯尼
埃·弗·伯尼（E. F. Burney）作

我简直想跳到台上去和他们一起跳舞。（22页）

尽管少女的兴奋不难理解，但是对一出戏和一个戏子如此直白地大加赞叹却不合淑女风范。弗吉尼亚·伍尔夫曾在《范妮·伯尼的隔山姐妹》一文中准确地抓住了这种上气不接下气的小姑娘腔调，并把其来源归于一个"大胆而莽撞"的轻佻姑娘。[1] 可以说，伊芙琳娜如此"不知羞耻"地把自己的感受统统倒出来，表现了她最初的纯洁和无所畏惧，有如"堕落"前的夏娃。

不久，伊芙琳娜在私人晚会上开始了她的"学习"。在这部小说里如在童话故事中，舞会占据着中心的位置。对于以婚姻为唯一体面"职业"的女孩子们来说，舞会是社会课堂，也是最主要的人生战场。伊芙琳娜像灰姑娘一样，作为一个陌生的美女而在舞会上

---

[1] V. Woolf, "Fanny Burney's Half-Sister," in *The Common Reader: Second Series*, pp. 192-193.

引起注意。不过,她的服饰到底不够档次,出场也不够气派,实力不足以完成真正的"征服"。没过多久,人们就发现,她笑的不是地方,接受或拒绝舞伴的方式也不合规矩。她被认为"要么是无知,要么是捣蛋"(32页)。舞场之外,她的那些言行粗鄙的中产阶级亲戚(外婆杜瓦尔女士和布朗顿舅舅一家)又不时让她蒙羞。她写信给自己敬慕的奥维尔伯爵,为亲戚们的失礼道歉,不想又触犯了淑女绝不能主动给男人写信的忌讳。结果,正在放肆地追求她的贵族浪子克莱蒙特爵士截获了那件私函,并且假冒奥维尔的口气回了一封亲昵佻达而又不无挖苦的信,让她懊恼不已。

对伊芙琳娜这样初出茅庐的乡下姑娘来说,伦敦的生活方式、社会惯例和习俗仪礼有如迷宫。与菲尔丁的阿米丽亚在沃克斯豪尔花园遭到纨绔少年羞辱惊吓的经历相似,伊芙琳娜也两度在公园中迷失。迷失成了小说中的一个重要象征,凸显了女主人公的困惑和惊恐。当时,沃克斯豪尔花园是伦敦人气最旺的公共游乐园,布朗顿们自然不肯错过。伊芙琳娜和诸位表亲一道挤进公园里著名的迷宫暗道。在熙熙攘攘的人群中她和亲戚走散了,心里又急又怕,却又一再碰到浪荡男青年无理取闹。碰巧看到此景的克莱蒙特立刻抓住机会表示惊讶:"难道这是安维尔小姐应该来的地方吗?——这些幽暗的走道!——不是结伴而来!——甚至没有人陪着!……"伊芙琳娜拒绝向他解释,于是他半是威胁地说:那可就得"容"他照自己的思路去"解释"了(184页)。还有一次,在去看焰火的时候,由于不懂得识别城里的三教九流,又一次迷了路的伊芙琳娜和两名妓女搭了伴。这一回,她需要面对并做出解释的不是别人,正是她私心里最看重的奥维尔。

现代读者或许会觉得这里涉及的习俗和常规都是鸡毛蒜皮。但是在18世纪的英国,这些是伊芙琳娜必须遵循的游戏规则,人们就是依据她在这些事上的表现来判断她、选择她的。海伍德的白希曾因为父亲给她留下了一份陪嫁而有恃无恐，待到懂得了这一点时已经付出了相当惨重的代价。而像伊芙琳娜这样没有私产、没有家庭支持的女孩子一旦被开除了"淑女"籍，就不但会失去缔结满意婚姻的机会，甚至可能失去所有的经济保障，失去安全和温饱。意识到这个威胁，伊芙琳娜不禁悚然。生活不再是少年不识愁滋味的欢闹喜剧，而是布满了陷阱的险恶迷宫。

伊芙琳娜的语调开始发生变化。她说自己"无精打采，忐忑不安，没有精神头儿也没有勇气干任何事……于是百无聊赖地坐到了窗前"（222页）。维拉斯牧师见势不妙，吩咐她赶快返回乡下。她恭敬从命，说："若不如此我岂不成了最忘恩负义的人？"她在乡村闷闷不乐地打发时光，同时又指责自己不该如此："世界上最好的人如此爱护我，——难道我不该快活吗？——难道我还该有什么和他的好心不相称的心愿吗？"（237—238页）这里，"新"的不是初陷情网的少女的忧郁和感伤，而是她拐弯抹角的说话方式。两个反问句表达的是与字面相背离的意思。她不再像当初那样直抒胸臆。她不说自己不快乐，心里别有所思，却大谈"应该"如何如何，这说明她开始失去天真，意识到了"应该"和实情的距离。她不向朋友抱怨在乡下过得没意思，却说："我又能写什么呢？"她以否定句（若不……岂不……；难道不……难道还……）表达心情，说明她的判断已经与感受分家了。

《伊芙琳娜》继承了《白希·少了思》的"改造"主题，不过前者中的"成长"主题更多地体现于主人公了解社会和认识自己的过程。伊芙琳娜的语气和表达方式的改变，传达了她新产生的忧虑感和对自己的真实社会地位的新认识。她和承担父亲角色的维拉斯有了心理距离，这是她成熟的标志。由于被人误解的苦恼经历，也由于维拉斯一再强调女性声誉的重要，伊芙琳娜朦胧地感到，维拉斯虽然慈爱，却代表着可以宰制、审判或惩罚她的社会和道德秩序。所以她在和维拉斯打交道时变得小心翼翼：在信任的时候很有限度，在闪避的时候十分恭顺。和他在一起，她绝口不提自己不开心，但是却让自己闹得"病恹恹的"（250页）。老维拉斯因她的闪烁其词和闷闷不乐而忧心忡忡，无计可施，只好再次打发她出门去疗养。

在这个意义上，伊芙琳娜的成长包含某种"堕落"，即从天真状态坠落到"经验"。这一经验与天真的对比和城乡对立的主题平行，尽管后一对比并没有被充分展开。伊芙琳娜认识到，在舞会上耀眼一时并不说明自己的真实社会地位。于是"懂事"了的谦卑少女选择了新的地点安放自己。她在公园的遭遇之后开始退守窗口。和布朗顿们在一起时她常常"静静地坐在窗边"（197页），在贝利山（维拉斯家）她也是在窗边一待就是一小时。后来，她再度出门到了布里斯托温泉，更是自觉地坚持了对窗口位置的偏好："既然我如洛弗尔先生所说，是个无足轻重的人（Nobody），我就悄悄地在窗边坐下，不靠近其他任何人。"（266—267页）显然，她已经把选择窗口位置当作了一种象征姿态。窗口可以有多种含义：它是居室的一部分，但却在它的边沿；它面对室外但却并不（像门）直接通往一个更广大的世界。

值得指出的是，伊芙琳娜的象征性的"自我放逐"是与许多喜剧性场面同时发生的。她是从边缘的窗口位置来观察并嘲讽世事人情的。她笔下的喜剧性描写不仅仅是滑稽逗笑的，而且浸透着一个旁观者的自我意识——她深知自己与四周的社会群体的差别和距离。她的父亲不认她。舅舅一家虽然热情，可是她又看不上他们的低俗做派。在维拉斯先生的道德教诲面前她自觉惭愧。对自己未来的夫君即"主人"她心中无数。总而言之，她与所有的人都有距离，暗中甚至对他们全都投以不无挑剔的批评目光。她选择窗口表明她接受了自己的相对边缘的地位，但是这一接受中并非没有怨怼和讥嘲。

有时伊芙琳娜会成心拿自己的"无足轻重"做文章："［早餐时］我坐在老地方，伯蒙特太太、路易莎夫人和西尔文太太开始她们平常的聊天——你的伊芙琳娜却没有加入：无人理睬，沉默不语，郁郁寡欢，她像个零符[1]待在那儿，不属于任何人，也不被任何人注意。"（315页）她用第三人称谈论自己，字里行间流露出自我怜悯，也不乏自我嘲笑。这种低调表演和自我贬低的言辞意在获得更稳固的立足。伯尼后来有一部小说名为《卡米拉》(1796)，其同名女主人公和伊芙琳娜恰恰相反，很不善于从小挫折中学习社会生存的技巧。在发生了一连串误会后，她决定要靠活泼和机智来"搞定"她的男友。然而，叙述者转头偷偷告诉我们，"稍加思考就会明白，只有沉默……能够证明她的目的是纯洁无瑕的"[2]。借助这个例子做衬托，我们可以很明白地看出伊芙琳娜的姿态选择何等正确。强调自己的边缘的被动的处境有助于向她的"观众"和收信人——特别是奥维尔和维拉斯等关键人士"证明"她的纯洁。在自我塑造即有效地缔造自己的身份和命运方面，看似消极的伊芙琳娜比活跃的卡米拉更有"主人公"的眼光和能力。

伯尼的同时代人觉得这部小说非常有趣。她的父亲阅读时大笑不止，约翰逊博士和他周围那帮人觉得有关史密斯和布朗顿们的描写十分滑稽。[3]也许多少是由于这类传统评论的影响，许多现当代批评家仍然把"社会喜剧"看作这部小说的主要成就。[4]不过，通

---

[1] 关于"零符"（cipher），参看有关《克拉丽莎》的一章，第189—190页。
[2] F. Burney, *Camilla* (Oxford University Press, 1983), p. 705.
[3] 参看 John Waine (ed.), *Fanny Burney's Diary*, pp. 54, 65-66。
[4] 参看 W. Allen, *The English Novel*, p. 95; Judy Simons, *Fanny Burney*, p. 39。

观全书，可以认定喜剧成分远远没有那么重要，也绝不是一成不变的。的确，当女主人公被表现为一个无忧无虑的女孩子时，行文中有双重视点，读者可以明确觉察出设定作者与人物/写信者之间的距离，从而感受到某种潜在的幽默和婉讽。有关一些中产阶级人物的滑稽画面也是和女主人公这一阶段的心态和行文风格相吻合的。然而，随着她对自己的处境日益担忧，随着关于她自己的"故事"越来越被自怜所浸染，所谓的"滑稽"描写也就越来越极端、夸张，甚至有狂暴色彩。如海伦·穆尔斯所指出的，伯尼的小说读来"远没有她设计的那么可笑，相反却有些牵强、极端、匪夷所思，就女主人公经受的难堪考验而言甚至令人惊恐"[1]。

有位论者在评议哥特小说时强调：幽默和恐惧在根子上是相通的，都是因为"突然意识到不协调的事物"[2]的存在而产生。伯尼似乎是直觉地领悟了这一联系，把可笑推向可怕的极点。这可以帮助我们理解小说后半部中出现的那些"暴虐的滑稽行为和滑稽人物"[3]。暴力和滑稽结合的一个突出的例子是克莱蒙特及其朋友合伙戏弄伊芙琳娜的外祖母杜瓦尔太太一事。他们假装拦路打劫的匪徒，造成翻车事件，让老太太摔到路边沟里，假发也掉了，吓得半死。对于克莱蒙特们，这个"游戏"提供了很多的乐趣。但是伊芙琳娜毕竟是被耍弄的杜瓦尔老太太的至亲，而且同样是任人摆布的女子，因此对她来说，这个"玩笑"包含的暴力和威胁狰狞毕现。她描述的有钱有势者的另一次取乐行动是让两名耄耋老妪赛跑。其时一个公子哥儿还把伊芙琳娜称为"最优异的年轻姑娘"，将她和

---

[1] Ellen Moers, *Literary Women*, p. 136.
[2] Paul Lewis, "Mysterious Laughter," *Genre* 14, p. 310.
[3] Margaret Doody, *Frances Burney*, p. 48.

赢了赛跑的"最优异的年老女人"相提并论（290页）。尽管这是信口卖弄的俏皮话，但是这个并列仍然触目惊心地点出了在这些暴力的社会闹剧中，伊芙琳娜和那些老女人的地位的相似之处。喜剧是"他们"的喜剧，而不是"她"的。

因此，对这些"乐事"的记录不仅是对那些号称（应该是彬彬有礼的）"绅士"的冷酷取乐者的讽刺，而且也是对这类活动所依据的男性"喜剧"观的质疑。伯尼似乎意在揭示这种以复辟时代喜剧为典型代表的文学形式所包含的阶级和性别的偏见：它对一些人来说是有趣的、"好玩儿"的，可对另一些人来说却意味着羞辱和痛苦。这些闹剧场景打断了伊芙琳娜的罗曼司，对她的温文尔雅的"淑女"腔构成某种嘲弄或挑战。所谓的淑女在这种残忍暴虐的闹剧里手足无措——她没有角色可以扮演。

然而伯尼的伊芙琳娜为自己找到了一种角色和一个立足点。她成了冷眼相看的旁观者和记录者。这一点在老妪赛跑事件中表现得更为明显。那时，为维拉斯先生讲述事情经过的已经是她"成熟"后的声音，也即那个自我约制、忐忑不安的"得体"的声音。因此，伊芙琳娜除了从无忧无虑变得忐忑不安、吞吞吐吐有时甚至一语双关，她以及她的叙述还启动了另一种转变，即从对外界的相对轻松幽默的描写转向比较生硬而不和谐的闹剧化的或讽刺性的记述。如果说第一种变化旨在反映伊芙琳娜本人的"成长"，第二种则似乎是（作者的）一种更不自觉的叙事基调的转移，是女性因思想日益成熟并且"积怨"日渐深沉难免会产生的态度。在这部小说里，似乎很自相矛盾，暴力成了有意保持高雅平静的女性的生活的重要方面，是她对内心和外部的"动乱"和威胁的一种表达。

三　女人的爱与怕

造成伊芙琳娜的口吻改变的最根本原因之一是"恐惧"的产生。值得注意的是，在这部小说中惧怕是和"爱"盘根错节地扭结在一起的。

在伯尼所有的小说中，恐惧都占据重要的一席之地。帕·梅·斯帕克斯指出，这是一种特定的女性恐惧："不是害怕没有权力，而是怕自己不够优良并因此失去爱重。"[1]不过，对于爱与怕之间的奇妙的"串通"关系，她却没能充分展开论证。纯粹的怕，如伊芙琳娜在沃克斯豪尔的暗路上所感受的惊慌，相对而言在小说里没有起太大的作用。使伊芙琳娜不断地滋生恐惧和担忧的首要原因不是常规的可怕事物，却是她对奥维尔的爱慕。她甚至没有理由像帕梅拉那样怀疑自己暗中喜欢的男人的动机和品行，相反，正是他无可挑剔的言行以及他与维拉斯的相似之处令女主人公不胜惶恐。当伊芙琳娜没有爱也没有敬意时，她可以轻松活泼、肆无忌惮地说话。她曾公开嘲笑洛维尔。她曾当面向克莱蒙特表示生气，那种率真几乎有几分撒娇调情的味道。当她拒绝后者的跳舞邀请时，不但敢捏造并不存在的舞伴，甚至还煞有介事地看了奥维尔伯爵一眼。"我对他的看法毫不在意"（43—44页），她在提到克莱蒙特时曾这样宣布说。

可是，一旦和奥维尔打起交道，伊芙琳娜立刻变得神经兮兮了。她第一次和奥维尔跳舞时，突然"恐慌不已，连一个字都说不出"，后来她听说这位翩翩青年是位贵族，便更是"加添了新的惊恐"（26页）。而奥维尔却只在事后漫不经心地说她是个"沉默寡言的可怜的傻姑娘"（31页）。两个人彼此间的初印象形成触目的对

---

[1] Patricia Meyer Spacks, *Imagining a Self*, p. 158.

照：奥维尔很冷淡洒脱，甚至带几许嘲弄；而伊芙琳娜不但被他吸引，更被他"镇住"——因为她模糊地意识到了他作为权威的评价者和可能的理想丈夫，实在是无比重要。因此，虽然她对社会礼仪一窍不通，却没有像在洛维尔或克莱蒙特面前那样咯咯地笑或毫不介意地编借口。她立竿见影地退化为一个"老是害怕做错事"（26页）的心惊胆战的小孩子。当克莱蒙特向奥维尔揭发她的小小谎言时，她羞得无地自容，生怕后者会断定她"胆大而放肆"（44页）。在这一刻里她经历了一次"自我对象化"的顿悟。伊芙琳娜凭借哈兹里特在伯尼作品中所注意到的那种敏锐的"性别意识"[1]悟出了她所存身的世界中的一条重大真理，即她本人的感觉和好恶其实都无关紧要，重要的是**他人**的看法，是奥维尔们、维拉斯们甚至是克莱蒙特们的看法，也即男权秩序的"魔镜"所反射出的评价。[2] 由此，伊芙琳娜与自己的关系发生了疏离与分裂，她开始用别人的眼光打量自己，对自己的本能的冲动、感受和反应越来越不放心。这便是她从天真到经验的"堕落"过程的起始。

　　如果说伊芙琳娜对生父贝尔蒙爵士是怕多于爱——描述她和父亲第一次会见的那封信里充满"恐怖""惧怕""惊恐""惊慌""颤抖"之类的字眼（344—346页）——那么，她和监护人老维拉斯牧师的关系则要温情得多，也复杂得多，在后者身边伊芙琳娜相对而言比较有安全感。她一向对牧师的宠爱坚信不疑并把他的家看作自己最后的避难所，这情形多少和帕梅拉与父母的关系相仿。不过，由于老先生不断警告"没有什么东西比女人的声名更脆弱"（152页），等等，伊芙琳娜不能不渐渐感受到这些教诲中所包含的压力

---

[1] William Hazlitt, *The Complete Works*, Vol. 6, pp. 123-124.
[2] 参看 Sandra M. Gilbert & Susan Gubar, *The Madwoman in the Attic*, Chapter 1。

和威胁。她隐瞒不向老人报告自己和异性的通信：

> "孩子，"［维拉斯说］"我不能老干看着你发愁……难道不能告诉我原因吗？"
>
> "原因！先生！"我叫道，实在吓坏了，"什么原因？——我不知道，——我没法说——我——"
>
> "别害怕，"他温和地说，"对我直说吧，……把你的心思都告诉我，——你的感受我没有不能宽容的。……"
>
> "您太好了，太好了，"我喊道，非常难堪，"可我实在不明白您的意思。"（246页）

伊芙琳娜在"好父亲"面前并不比面对"坏父亲"时更自在从容。她躲躲闪闪、抵赖撒谎，其原因恰恰是她担心真相会使她失去维拉斯的爱护。因为，对于没有经济来源的女孩子家来说，"被爱"是最好的也许甚至是唯一的社会保险。虽然把伊芙琳娜对维拉斯的态度完全理解成实用主义的选择肯定是以偏概全的误读，但是对她、她的创造者伯尼乃至那个时代的许多女性来说，对异性呵爱的心理需要在很大程度上又确实能转化为个人社会生存的策略。

对伊芙琳娜来说，"怕"和"爱"两个词几乎是可以互换的。面对维拉斯的长者风范，她常常用调门很高的"爱"的宣言来掩饰自己的不安；而和奥维尔打交道她却不时以合法的"怕"来表达浪漫的冀望。她谈起后者时如议论理应敬爱的父辈角色。她感慨说：她曾认为"当时光染白了他的鬓发，他也会像我敬爱的维拉斯先生一样，以出众的品格在侪辈中光彩夺目……"（243页），她歌颂奥维尔那些可与维拉斯先生媲美的德行时不遗余力，宣扬自己对他的"惧怕"时也非常明目张胆。几乎没有人误读伊芙琳娜的这种"怕"。她似乎也并不指望别人听不懂。人人都明白女孩子唯一的出路就是嫁人。因此，她的女友拿奥维尔和她开玩笑，而维拉斯则不无忧虑地警告她。这里，我们对她所谓的"怕"应该既照单全收，同时又把它理解成一种语言策略。因为，一方面，当没有地位和资产的灰姑娘面对心目中的王子和救助人时，不能不感到惊慌万端，不能不害怕失去对方的好感；然而另一方面，这个"怕"又起了偷梁换柱的作用，使她能和自己以及朋友们谈论不可言说的话题——比如说对异性的爱，甚至对现存秩序的不满。有人曾注意到，帕梅拉早在B先生对她表示任何兴趣之前就宣布自己的"害怕"，认为这反映出她自己对两人之间的情爱纠葛的某种期待。[1] 在伊芙琳娜身上，"怕"所传达的信息可能比在帕梅拉那里少一点对性爱的朦胧的向往和恐惧，却更多地暗示了女性的社会的和道德的不安全感。无论如何，充满敬意的惧怕和充满惧怕的敬意使她得以用曲折的方式谈论自己的爱情：

> 我想，其实我回忆起的是一个**梦**，或者什么**虚幻的景象**，而不是**真人真事**。我竟然会结识奥维尔伯爵——还和他谈了话、跳了舞，现在想来都像是**浪漫的幻象**：他那种彬彬有礼的态度、令人欣喜的关注以及高贵的周到细心，这些曾让他显得出类拔萃，让我们敬慕不已；但是如今我一一回顾时，却是把它们当作一种由我的**想象**虚构出的理想的完美形象，而不认为这些与任何眼下和我打交道的那个种族和性质的人相关。（159—160页，黑体为笔者所加）

维拉斯曾一再告诫她要提防"幻想"和"激情"。伊芙琳娜不愧是

---

[1] C. G. Wolff, *Samuel Richardson and the Eighteenth Century Puritan Character*, p. 62.

个好学生,在此忠实地把她对奥维尔的感情命名为"浪漫的幻象"。她以前也曾把和奥维尔相遇的地方说成是"被施了魔法的城堡,或童话中的宫殿"(33页)。伊芙琳娜一直努力在童话和现实可能性之间划界限,但是这尝试本身相反却暴露了她对奥维尔的爱与怕。这些涉及童话和梦想的言论折射了两种恐惧:其一是她对这位完美的模范男性的敬畏;其二是担心他的完美或者他对自己的关注最终被证明是虚假的。与她的相对安宁的乡村生活相比,她仅依据几面之交就放纵自己编织对奥维尔的浪漫狂想,这的确是非常大胆的感情赌博,焚心忧惧是其必然的伴生物。这个温顺的姑娘其实并不安分,她渴念着更充实更丰富的生活,希望在一个新的男性保护人的引领下开始一段新人生。她以不见棺材不落泪的顽强精神咬定那冒险的爱情"事业"不肯松口。

伯尼以触目的位置突出"惧怕"的母题,并把它和女性对理想化的男性权威的"爱"扭结在一起。这一叙述选择使她笔下的灰姑娘冒险具有了新的意味,婉转地再现了伊芙琳娜们被压抑扭曲的处境以及她们修正这一处境的尝试。这种爱与怕的两位一体与女性主体有关自我伸张和自我克制的内心对话有千丝万缕的联系。当然,联系并不意味着简单对应:爱不等于自我伸张,"怕"也不一定意味着自我压制。毋宁说,从表面看伊芙琳娜的"爱"与"怕"都标志着顺应社会规范的努力,然而这种双重心态又都在另一个层面上服务于她的个人生存的设想或自我提升的计划。爱与怕的结盟不仅昭示出女性对男性"主人"——不论是父亲、导师还是丈夫——的"爱"背后的社会的和经济的压力,同时也透露了女性对于被社会认可的规范的改造和利用。这使她们在一定程度上成为压迫性性别规范的共谋或参与制定者,同时也使规范在诞生过程中就开始变质。正是在这个意义上,《伊芙琳娜》是"分裂的小说",包含种种相异的成分——"不是可以和男性主导文化分离开来的女性本质，而是该种意识形态孕育内在变化的历史性因素……"[1]

伊芙琳娜的创造者伯尼本人也是个经验丰富的"怕者"。她时时如履薄冰，唯恐做错事遭父亲或年长的绅士朋友"克里斯普老爹"的谴责。她在《伊芙琳娜》书前"献诗"中称父亲是自己的"作者"，以此表示自己的存在和作为都是由男性权威者"规划并规约的"(penned up, penned in)。[2] 然而，当她年逾四十之际决定嫁给一名一无所有的法国流亡者时，却敢断然置父亲的反对于不顾。不论对虚构的伊芙琳娜们还是对生活中的范妮们来说，"胆战心惊"的弱者形象或多或少是一种保护外衣或假面，用来遮盖很容易受伤的真我。不过，这"假面"并不意味着伪装。相反，在很大程度上假面也即真面，表象就是本质。[3] 18世纪的柔弱多情淑女姿态本身是一个复合体，既包含被真诚推重的价值，同时又是自觉或半自觉地选择的手段。到此我们或许可以小结说，在伯尼等女作家笔下，体现于帕梅拉和阿米丽亚的那种一脉相传的"女德"实际上代表了一种与当时的男权秩序有诸多共谋关系的特殊的女性主义，其特征是多情善感与理性"算计"并重，"柔弱、顺从"的"假面"与实质上争取、维护女性利益的目标共存。因为女德的两重性体现的就是情感主义的内在矛盾性，女性追求与情感主义道德并不相悖，所以，和典型的天真无能的多情男性人物的悲剧命运不同，帕梅拉和伊芙琳娜所企望的美满婚姻和社会承认一次又一次梦想成真，她们的私人历史也就成为表达逆境中的贞洁女子自我塑造、自我实现过

---

[1] Kristina Straub, *Divided Fictions*, p. 24.
[2] Gilbert & Gubar, p. 13.
[3] 参看D. L. Hoeveler, *Gothic Feminism*, pp. 48-49。

程的名副其实的"成长小说"。[1]

由于帕梅拉和伊芙琳娜所代表的正统情感主义女德包含上述的第二个层面,才会有伯尼处置那些在"德"的边缘的女性人物时的矛盾态度。《伊芙琳娜》中的西尔文太太是这类女人中的一个。她是个"资产颇丰""有男人气"的不大合女性规范的快嘴寡妇。伊芙琳娜第二次离开贝利山去温泉疗养,就是在她的"庇护"之下。她常常见义勇为地把伊芙琳娜从窘境中解救出来,但是也不放过机会拿她开心。这个女人多少像童话中帮助了灰姑娘的仙女,使伊芙琳娜的浪漫恋情终于有了结果。她还代表"受伤害的妻子"向伊芙琳娜的父亲贝尔蒙要求女儿得到"公平待遇"(345页),最终迫使他接见了自己的女儿。伊芙琳娜说到西尔文太太时总是含糊其词。她从未明白地表示欣赏或感激,却也不肯谴责后者"不温顺",尽管"温顺的美德……似乎是女性品格的基本要素"(251页)。对西尔文太太的"快嘴利舌"的最强烈的抗议来自克莱蒙特爵士。"哦,克莱蒙特爵士,难道您反对俏皮话?"伊芙琳娜有点挖苦地反问。"是的,"那位自己以肆无忌惮地要笑讽刺别人为乐的贵族回答说,"搁到女人身上我就反对,我认为女人说俏皮话是不可忍受的。"(318页)伊芙琳娜没有公开挑战这套毫不掩饰的双重标准,但是她对克莱蒙特的全面厌恶显然包含了对这套言论的质疑。

类似西尔文太太的或多或少"出格"的人物在伯尼的小说中一再出现,如《赛西莉亚》(1782)中活泼多话的霍诺莉亚、《卡米拉》中入世很深而又咄咄逼人的阿伯瑞太太,以及《漂泊者》(1814)中的莽撞姑娘埃莉诺·卓德利尔。只是到了最后伯尼才对这类人物下了"判决",把她们的大胆不驯归结为法国革命传播的

---

[1] George Starr, "Only a Boy," in R. Kroll (ed.), *The English Novel*, Vol. 2, pp. 49-50.

激进个人主义和平等主义所带来的社会病。埃莉诺失去了不透明性，被直白地描写成一意追求个人满足。然而，她又是伯尼小说中最有政治自觉性的人物。她这样与葛兰底森式的模范男性哈雷争论：

> 我知道你认为我受了那些非常革命的思想的玷污。不过，照我看来，它们使我高贵了。由于这些思想，我才敢在智力上及人格上把自己看成社会的平等的一员；而不是一个虽然有用却低贱可悲的附庸。由于这些思想我才从精神枷锁下解脱出来，不再盲从未经考察的见解或受制于自己所憎恶的成见。由于这些思想，我才敢于独立思考，说来可耻，这竟是人类新近才开始享受的特权。（159—160页）[1]

在和女主人公朱丽叶的长谈中，她又激烈地抨击对女性的种种束缚：

> 你不过是害怕吓坏了或得罪了男人——他们不让我们碰任何职务，除了为他们的宝贵的味觉器官制作布丁和馅饼！……
> 他们通过法规和机构压迫人，让我们变得无足轻重；然后把我们说成似乎生来就无足轻重！……他们不敢让我们和他们受同样的教育，享有同样的出人头地的机会……（378页）

这些祛除了"怕"的言论简直像出自沃斯通克拉夫特等女权主义先驱！

尽管埃莉诺在小说中是个荒唐的自我张扬者并遭到作者的不客气的处置，但她却证明了法国大革命已经把一些十分激进的话语投

---

[1] 该书引文页码出自 Frances Burney, *The Wanderer*（Pandora, 1988）。

射进了伯尼们的思想意识中。其实伯尼并不像许多批评家断定的那么"保守"。从小说的结构看，埃莉诺实际上被赋予了其他那些"活泼女子"所没有的重要性。作为女主人公朱丽叶的竞争者，她很像是灰姑娘的那些自私而任性的姐姐。她深深介入恋爱的三角关系，而且还是和男女主人公争论的主要对手。伯尼不仅给她安排发言的讲坛，还让她的言辞具有相当的说服力和煽惑力，让她在一定程度上赢得了哈雷的敬意和朱丽叶的尊重。实际上，埃莉诺几乎是朱丽叶的真正的姐妹，而不是个心怀恶意的继姐。她曾鼓励朱丽叶和她的朋友争取自立。通过这个人物，那些游荡在德行边缘的女性的意识形态作用浮出了水面。埃莉诺的言论和哈雷-朱丽叶有时发生正面冲撞，也有时进行友善的交流，从而凸显了两类女性人物及其话语之间一直存在的文体的和思想上的对话关系。体现在她们身上的对比和竞争是当时社会争论的焦点之一，也是所有女性内心某种"精神分裂"的一种表现。

四　艾米琳的抗争和"胜利"

《伊芙琳娜》出版十年之后，夏洛特·史密斯也将她的精神女儿《艾米琳》（1788）送到世间。和伯尼的情况不同的是，当夏洛特开始写第一部小说时，她已经是个阅历丰富的中年妇女，生养过十二个子女，并且饱受不幸婚姻的折磨。

夏洛特出身于富裕的士绅人家，原姓特纳，童年丧母。她的父亲嗜赌，荡尽家产后决定续弦娶一富有女子。才华逼人而又倔强任性的夏洛特成了婚事的绊脚石。于是，方方面面的人开始考虑如何安排这个早已在社交界小有名气的漂亮姑娘。1764年10月的《绅士杂志》以当时常用的直露语言公告了她父亲的婚姻交易（"苏塞克斯郡比格诺庄园主人尼古拉·特纳,绅士;与切尔西的默里顿小姐:20000镑")之后,仅仅过了几个月,不足十六岁的夏洛特就匆匆嫁给了伦敦富商史密斯家的小儿子。用夏洛特本人多年后的话说,她"被当作合法的妓女卖掉了"。[1]她那位不成器的丈夫亦是游手好闲之辈,折腾光继承来的家产后就束手无措了。经历了一段举家欠债流亡、衣食不保而且备受丈夫虐待的生活,年近四十的夏洛特只得背水一战,坚决地离开了那个男人,靠自己的笔独自挑起养育子女的重担。

因此,当夏洛特以小说作者的声音发言时,她选择了一个成人、母亲和自立者的角色。她在书前附的"献诗"是"给我的孩子们"的,而不是像弗兰西斯·伯尼那样献给自己敬畏的父亲。这恐怕不仅与她的年龄、经历以及她心目中的读者有关,也与那时的社会氛围已经大大不同于1778年有关。毕竟,这已是法国大革命的前夜,沃斯通克拉夫特们正活跃在世间。

《艾米琳》一书的副标题是"古堡孤女",直接指向哥特式环境中弱女子的遭遇。主人公艾米琳·毛伯雷和她的女友们都是帕梅拉式的无辜受害者。艾米琳遭到堂哥及其家人的双重侵害。叔父蒙特利尔在她父亲去世后以主人身份入住毛伯雷堡,使被认为是私生女的艾米琳转眼变成寄人篱下的无家者。堂哥德拉米尔纠缠不休要和她私奔,而他父母则又是限制又是威胁,千方百计要阻止这一"灾祸"发生。这种种情况使艾米琳的生活成了接连不断的折磨和噩梦。斯塔福太太(像作者本人一样)嫁了个百无一是的男人,把一家人推到走投无路的境地里。而出身贵族的阿黛琳娜·特里劳尼则因厌恶酗酒成性的丈夫,爱上了一个放浪的青年公子,结果婚里

---

[1] 转引自 Loraine Fletcher, *Charlotte Smith: A Critical Biography*, p. 25。

婚外陷入双重困境。在描写她们的经历时,史密斯像伯尼一样频频使用"惧怕"、"眼泪"和"呜咽"之类的字眼,比如第4卷12章描述阿黛琳娜和情人会面的场景时,在十页左右的篇幅内"惧怕"(terror, terrify)就出现了十余次,外加诸多的"惊吓"(alarm)、"畏惧"(dread)和"惶恐"(fright)。这类字句,如有的论者指出的,是明示情感主义意识形态的标牌。[1]

不过,夏洛特·史密斯频频举起这些标牌多少是虚应故事。柔弱多情并不是这些女人的主导特征。她笔下的女性形象唤起的不是怜悯。小说最后一卷里,书中最主要的男性家长蒙特利尔勋爵和他的帮手理查德·克罗夫特爵士一道琢磨艾米琳如何能有勇有谋、手段高强地收复了自己的被篡夺了的地位和家产。他们断定,如她那般毫无经验的小女子不可能干得如此利落。不过,还有她的朋友斯塔福太太呢,那可是个"**狡猾欺诈、诡计多端、钩心斗角**"的家伙,那个女人……**假装、自命、妄称**通晓世事,自以为在那些女人本不**该染指、插手或操心**的生意事务业务中精明强干、应对裕如"(432页,黑体为笔者所加)。[2]这段话用了三组同义词,绘声绘色地表达了两位男性掌权者对企图处理自己事务的女人的咬牙切齿的不耐烦心态。而他们的指责并非毫无来由。三个主要女性人物之间的友谊和合作关系的确在极大程度上骚扰了蒙特利尔老爷们的世界。

三个身处不利境地的女人非常善于保护自己。尽管艾米琳年纪轻轻,却惊人地成熟冷静。她中规中矩、谨言慎行,从来不抱不切实际的幻想,即使在被很多的"恐怖"包围的情况下,也决不像帕梅拉那

---

[1] Hoeveler, p. 38.
[2] 该书引文页码出自 Charlotte Smith, *Emmeline: The Orphan of the Castle* (Oxford University Press, 1971)。

样晕厥昏倒。她和女友们联手攻防，最终成功地解除了她自己的婚约和另外两位的既成婚姻。她们使按照当时社会通行看法被视为"堕落女子"的阿黛琳娜重新被家人原谅并接纳。她们在一些男性友人的帮助下证明了艾米琳父母婚姻的合法性，从而争回了她的名分和财产。斯塔福太太也因朋友们处境的改善而获益。其中，女主人公艾米琳的言行举止有时几乎像精明的商贾或老练的外交家。德拉米尔反抗父母的"自私的抱负"（51页），一意孤行要娶身无长物的艾米琳为妻。然而他慷慨狂热的爱并没能让艾米琳眼花心迷。她清醒地认识到那位崇拜者娇生惯养、任性放纵的唯我主义本质。对于他私奔结婚的建议，她以毫不浪漫的方式认真掂量、精打细算：

> 如果我不顾他家人的反对和德拉米尔结婚，他父亲的恼怒将使他陷入相对贫寒困窘的境地，谁能为我保证他那狂暴而高傲的灵魂会无怨无悔地忍受一切呢？他的爱情太过热烈，恐怕难以持久，终究会衰减消亡；而穷日子的不便之处却会日渐增多。到那时，我这个造成一切不便和不利的祸根就将成为受害者……那时我又能向谁求救呢？不能向我自己的心诉苦，因为它将谴责我违背自己的判断鲁莽行事；也不能向他的家人求助……而如果他像现在急切强迫我嫁给他一样不由分说地赶我出门，我可既**没有**父亲**也没**有兄弟能安慰、接纳我。（150—151页）

这番思考与帕梅拉权衡当被供养的"坏"女人的命运何其相似！艾米琳对德拉米尔的真诚并不怀疑。但是她要考察自己感情投资的保险系数。这实在更像一个饱尝生活艰辛的过来人的体验，而不是少女对爱情前景的瞻望。

艾米琳一旦确认德拉米尔不可取，就开始在德拉米尔和他父亲蒙特利尔（也即艾米琳本人的叔叔）之间巧妙周旋。她警告那个年轻人不要逼她太急，同时又给他一点点希望以避免他干出绝望的事。另一方面，她向蒙特利尔承诺，不得家长认可她决不和德拉米尔结婚，作为交换条件使后者放弃了强迫她和一老银行家成亲的打算。在一种多少类似克拉丽莎的处境里，艾米琳通过这双重谈判把主动权部分地捏在了自己手里。她从蒙特利尔那里讨得了每年一百镑的生活费，甚至保留了和德拉米尔见面的机会。在这种"走钢丝"表演中，艾米琳不仅表现了超出年龄的成熟，也体现了"谨慎"这一女性美德的进攻性。她显然比伊芙琳娜更自觉、更坚毅地选择了审慎和节制。艾米琳并不把"贞洁"看作绝对的标准，也不认为激情本身是过失。她和斯塔福太太对阿黛琳娜的态度就是明证。不过，出于对女性自身幸福的考量，德行和理性被推荐为最佳"方略"。

有时，艾米琳维护个人权益的坚决态度甚至显得有点可疑。比如，艾米琳透露了她想和德拉米尔解除婚约的意图以后，一位被尊重的友人表示担心德拉米尔承受不了。于是艾米琳搬出了莎士比亚的《皆大欢喜》（4幕1场）中罗莎琳的名句为自己辩护："（男）人时时死去，虫子吃掉他们/但却不是为了爱情。"这番"反浪漫主义"的宣言被搬出了原来的语境，没有了罗莎琳那份年轻而热烈的情意做底蕴，俏皮话听来就不免有几分刺耳。德拉米尔后来轻率决斗而死，不能说他的轻生行为和这一段不幸的恋情毫无关系。虽然他的死不能由艾米琳承担责任，但是，女主人公那番轻巧的自我辩解却暗示出，尽管她是在谋求正当权利，但是她的思想底蕴与压迫她的男人们（包括自私的德拉米尔）其实有某些相似之处。小说栩栩如生地描述了艾米琳的言行情态和蒙特利尔们的议论，而且让她的贵族朋友评判说，她对德拉米尔的拒绝"极为断然""极为冷酷"（408—409页），从而有意无意地点出了艾米琳牌号的女性美德的边界。

与相对自立的女性角色相呼应的，是小说中和室内空间抗衡的户外景色。

由于女人的社会分工是为男人，为她们的父亲、丈夫和子女持家，房宅（"家"和"室"）常常被认为是女性的空间，然而实际上它们标志着女性的局限和宿命。因此，不少女作家的小说都流露了对房宅或室内空间的某种转喻性的憎恶和恐惧。《尤多尔福的奥秘》中的房子和城堡几乎无不暗藏凶险和恐怖，而且常常被用作关押女人的牢房，唯一的例外是女主人公父母家的那所与自然融为一体的老宅。而新的自然景观是伴随女主人公艾米琳的旅程出现的，虽然带来新危险，但也带来活动范围的扩展和新的可能性。[1] 在简·爱一类热烈渴望新天地的叛逆者看来，房子是监狱或压制性社会机构的象征，就连伊芙琳娜那样温顺的"现实主义"女性也常常要守在窗边，向外张望。对于《艾米琳》的女主人公来说，毛伯雷堡既是秀美山林中的父母之家，也是一所"尤多尔福城堡"。自篡夺者们进驻以后，房子里便时时存在敌对的压迫势力。德拉米尔有一次质问道，他"那迷人的堂妹是不是总得待在自己的房间里做囚徒"，对此他父亲给了一个粗暴的肯定答复。对后者来说，房子的这一功用是完全合理合法的。虽然把此世的人生看作灵魂的牢狱是一个古老的基督教观念[2]，但是，在这些小说中，女性遭受的"囚禁"不

---

[1] 参看 Rhoda L. Flaxman, "Radcliffe's Dual Modes of Vision," in M. A. Schofield & C. Macheski (eds.), *Fetter'd or Free*, pp. 27-29.
[2] 参看 Barry V. Qualls, *The Secular Pilgrims of Victorian Fiction*, pp. 5-6.

仅是比喻性的和精神上的,更是肉体的和实际的折磨和压迫。

《艾米琳》没有像《简·爱》那样通过放火焚宅的暴烈行动建立更平等的人际关系,但是夏洛特·史密斯也没有止步于让女性人物眺望窗外。这位憎恶城市住宅、向往"绿色田野和新鲜空气"[1]的女作家允许艾米琳们走到户外,走进大自然。而且"外面"常有事变发生。小说开场不久,伤心的艾米琳拿上书走进树林,德拉米尔马上就发现了她并抓住机会向她倾诉衷肠。后来,她又在海边邂逅斯塔福太太,与后者结为挚友。她们两人结伴外出便发现了蛰居在林间小舍里、面临分娩的阿黛琳娜。这个模式一再重复,几乎成了定例。于是,后来当旅居瑞士的艾米琳出门散步时,读者便期待着有什么事情发生。果然,如画的日内瓦湖风景召唤出了理想绅士戈多费恩。很显然,在史密斯笔下,"户外"秩序不同于室内秩序,自然是被压迫者的朋友。小说开场,失去了朋友(两位老仆)的孤女艾米琳到自然中寻求慰藉:

> 艾米琳走到海边,坐在一块岩石上,视而不见地盯着脚下不断扑来的波浪。海浪落到沙滩上低声呢喃着,她的头顶上悬着被长茅海草覆盖的岩石,风在岩石间叹息,海鸟向悬崖上的巢归飞,发出阵阵叫声。她陷入了沉思。
>
> ……月亮,还没圆满的上弦月升了起来,在水上投下长长一道辉光。(16页)

在1788年,如此清新的自然描写在小说中尚属新鲜事物,所以

[1] 参看Scott, *Lives of the Novelists*, pp. 307-310。

有的评论者把它称为夏洛特·史密斯的发明。[1]不过,对自然的诗化的颂扬在当时已经是文化、精神生活的常景:汤姆逊的《四季》和扬格的《夜思》等注重自然和情感的诗歌被文学爱好者们交口传诵,《抒情歌谣集》的出版距此也不过十年。华兹华斯曾坦认自己的诗歌在形式和风格上受到夏洛特·史密斯的影响。他说:"英国诗歌得益于那位夫人的东西,恐怕要超过她所能得到的承认和纪念。"[2]值得指出的是,"自然"在华兹华斯笔下(如在《丁登寺》一诗中)常常是被人的智性和语言所觉察、把握并再现的事物,浸透着那位观察者/思索者/再现者的道德和哲思;但是对艾米琳和她的女友来说,自然却首先是独立于人的秩序之外的避难所。一再出现的"室内"与"户外"的对立揭示了夏洛特笔下的"自然"的激进意味。在自然中发生的事情,乃是"天意"和作者意图的合一。

在这部小说中,主要的女性人物都是同盟者,甚至或多或少都是作者本人的投影——如果说阿黛琳娜的自述较多地再现了夏洛特的少年时代,斯塔福太太表达了她与丈夫分手前后的体验,那么艾米琳就是她心目中的理想自我或理想女性。而书中的男性却黑白分明地截然分属两个阵营。蒙特利尔父子和克罗夫特是坏男人和坏家长。他们或是冷酷残忍、唯利是图,或是随心所欲、放任无度。为了满足自己的私欲,他们对别人的生死福利毫不顾惜。与他们对立并形成强烈对比的,是戈多费恩及其兄长韦斯特恩勋爵。前者彬彬有礼,温厚体谅,又能自持自制,不做越分之事;后者有钱有势却

---

[1] W. Allen, *The English Novel*, p. 98.
[2] W. Wordsworth, *Poetical Works* (Oxford University Press, 1940-1949, in 5 Vols), Vol. 4, p. 403, in footnote to "Stanzas Suggested in a Steamboat off Bt. Bees".

慷慨公正，最终帮助艾米琳收回了家产。和伊芙琳娜的情形相似，艾米琳择夫的过程也即挑选可以接受的男性掌权者的过程。如有的论者指出，《艾米琳》一书"没有把父权表现为某种铁板一块的势力，相反却描述为一个被争夺的空间"，尽管这种争夺未必尽如那些评论所概括的是发生在腐朽没落的贵族和理想资产阶级绅士之间。[1] 克罗夫特是最敛财有方的新富人士，蒙特利尔是与他沉瀣一气的亦新亦旧的老爷，而德拉米尔在某个意义上更像典型的浪漫的悲剧恋人。他崇拜美，拒绝出卖爱情换取金钱或社会地位；为此，他不惮于抗拒父母的成命，坚持要娶一文不名并且没有合法身份的艾米琳为妻。不过，小说非但没有颂扬他的"浪漫"爱情，相反却通过女主人公对他的观察、保留和最终的拒绝揭示出他因自幼娇宠过度而形成的骄横放任的习性以及他的爱情的唯我主义本质——这个人物身上恐怕有不少史密斯先生的影子。总之，我们很难简单地对这些男性人物做"阶级分析"。

如果说理查逊有意渲染了女仆帕梅拉和领主B先生的不同的阶级属性，那么从文本证据看《艾米琳》中的好男人和坏男人的差别不在阶级归属，而在其思想、品行、风度，特别是他们对女性的态度。戈多费恩令人联想到范妮·伯尼的奥维尔和萨拉·菲尔丁的素朴儿。素朴儿不仅以"温厚"为其特点，而且会像淑女一样不时"晕倒"（23页）。伊芙琳娜则如此颂扬奥维尔："他温文尔雅的做派多么女性化，他的天性多么亲切可人！"（244页）实际上，奥维尔除了最初曾邀请女主人公跳舞并说过一些不那么有趣的话以外，最重要的"功业"就是无条件地信赖女主人公的德行，在她未得父亲承认时就慧眼识珠地认定她为心上人，甚至在她表示希望和另一个

---

[1] Hoeveler, pp. 47, 36.

男人单独会面却不肯说明原因的情况下也采取了纵容和协助的态度。伯尼以及夏洛特·史密斯们通过对两种男性形象的一褒一贬，宣扬了集旧贵族及新富阶级优秀品质之大成的葛兰底森式的新型绅士，并提出了女性可以接受的"善意"男性"保护伞"的设想。这是她们与男权秩序的妥协，也是她们对男权秩序的修正。这些"女性化"了的男人形象表达了女性的希望和选择，最终也影响了社会规范。很显然，在18世纪的英国，女性之手不仅直接介入了淑女形象的制作，还参与了对理想的男性自我形象的改造。这一思想建构不仅是特定女性主义的一个方面，也和广义的情感主义思想运动的主旨一致，成为"制造"有教养的新统治阶级的"文明进程"[1]的一个组成部分。

夏洛特·史密斯在《艾米琳》初获成功后又趁热打铁推出了一系列其他小说。对她来说，写作是谋生的唯一手段，更是体验生命和思考问题的重要方式。90年代初经济状况依然窘迫的她甚至亲赴法国考察革命，并在一些作品中表达了她对变革前景所怀有的乐观的期待。她在最后一部小说《青年哲学家》（1798）的前言中提到沃斯通克拉夫特，说"我对其才华极为钦敬，对其早逝极感哀痛"，而且用大写的"作家"一词来称呼后者。[2]史密斯以沃斯通克拉夫特为朋友和同道，所以常常被视为激进的"雅各宾"派。20世纪英国的左翼批评家雷蒙·威廉斯就把她的小说特别是《德斯蒙德》（1796）列入18世纪末的激进"改革小说"。[3]

尽管如此，实际上史密斯的写作并不主要着眼于政论或道德问

---

[1] Elias, *History of Manners*, pp. 126-129.
[2] Charlotte Smith, *The Young Philosopher* (Garland, 1974), in 4 Vols, Vol. 1, p. v.
[3] Raymond Williams, *Writings in Society*, pp. 143-144.

题。她是一位有广泛好奇心的知识女性和颇有才气的艺术家。她曾主要凭借自己的体验撰写了一部《鸟类史》,对小说写作的艺术也很下功夫。她的《老宅》(1793)一书以老到的笔法运用哥特风格,意识形态用意不那么显扬而艺术成就更高,布局适度,语言干净,人物生动,成就逼近玛丽·埃奇沃斯的有浓郁地方色彩的杰作《剥削世家》(1800)。

五 小说与革命

1788年面世的,还有另一本不起眼的处女作,即玛丽·沃斯通克拉夫特(1759—1797)的小说《玛丽》。虽然这本薄薄的试笔之作是粗线条的,从很多方面看只是一部小说的雏形,但是它具有一些鲜明的思想特征,标志了日后在革命风潮中写出《为人权辩护》(1790)和《为女权一辩》(1792)的女作者的诞生。

除了女主人公生长于富裕的贵族家庭并最终成了女继承人这一点以外,虚构的玛丽和生活中的玛丽·沃斯通克拉夫特有很多的相似之处,比如:主人公父母的名字(爱德华和伊丽莎白)和作者父母的一样;父母关系不谐——父亲粗暴专横而母亲"屈从于他的意志",等等。沃斯通克拉夫特的父亲出身于富裕的织工家庭,他在立业之初雄心勃勃要做"务农的绅士"。但是这位先生嗜酒成性,经营农业一塌糊涂,十年后几乎倾家荡产。他还是个暴虐的丈夫和父亲,动不动拿妻子女儿撒气,直至拳脚相加。由于家境贫困,身为长女的玛丽非但没有得到淑女的教养,而且早早就担起帮助母亲、妹妹和朋友的责任。她先后当过伴娘、裁缝、教师等等,在这个过程中结识了一批激进的平民知识分子——其中包括著名的不从国教派牧师理查德·普莱斯(1723—1791)——并成了那个群体中积极而热忱的一员。小说中的玛丽的少年时代生活和她出国照料病重女友的经历都折射着作者的体验，有浓重的自传色彩；叙述中还穿插很多关于生命、死亡、友谊和爱情等等的思考札记，几乎可以说是年轻的女作者对以往生活的阶段性"盘点"。

沃斯通克拉夫特曾对《艾米琳》特别是其中有关阿黛琳娜的章节表示不满。她认为这些文字放纵感情、制造浪漫幻想，"败坏思想"。[1]从这类指摘可以看出，年轻的沃斯通克拉夫特对诉诸"感官"、培育"激情"的言情故事持相当激烈的批评态度。在《玛丽》中，主人公的母亲代表着被作者批判的耽于幻想的多情弱女子。她的"细腻雅致"（delicacy）体现于"病怏怏的忧伤的慵懒"。她"翻遍了肉体享乐的最令人愉快的替代品即小说"；并每每在对镜梳妆之际想入非非（5—6页）。[2]玛丽童年时被双亲忽视，全靠自学获得知识。《失乐园》以及汤姆逊和扬格等人的诗歌塑造了她的思想和性格。她善感多思，热爱自然和田园，并且像素朴儿一样渴望超越功利的友谊。她的感情是激越、奔放、进取的，是有意识地反其母之道而行之——她的形象"既是情感主义的又是反情感主义的"。[3]

情感主义和女性问题的复杂纠葛的确是剪不断、理还乱的。《帕梅拉》、《克拉丽莎》和《伊芙琳娜》等书籍的命运揭示出，正是在这类作品的生产和消费中，女性人物、女性读者乃至女性作者开始走到了历史的前台。情感主义文化"赋予了女性更多的权威的

---

[1] Mary Wollstonecraft, "Review of Charlotte Smith's Novel *Emmeline*," *Analytical Review*, No. 1（July 1788）, p. 333.

[2] 《玛丽》和《妇女的苦难，或称玛丽亚》的引文页码出自 Mary Wollstonecraft & Mary Shelly, *Mary, Maria & Matilda*（Penguin, 1992）.

[3] G. J. Barker-Benfield, *The Culture of Sensibility*, p. 328.

声音",[1]提升了她们的地位，为她们开辟了发展的空间；同时又使与柔弱、多情、和婉等相关的一些特点成为有强制性的"女性"行为标准，使不少青少年女性耽于无谓的幻想。所以，在伯尼们手中，情感主义的思想和行为方式既是适应环境的产物，又反过来是修正社会的工具；而女性主义先驱沃斯通克拉夫特则既具备诸多"多情"特征，又对情感主义的某些表现特别是对浪漫爱情幻想持严厉批判的态度。[2]

《玛丽》一书的一个独特的安排是让一段强烈而真切的婚外恋情成为小说的叙事重心。女主人公玛丽在女友病逝后悲伤不已，得到一位男性病人的同情安慰，两心相印，不觉堕入情网。当然，沃斯通克拉夫特的目的不是要渲染她力图批评抵制的浪漫恋爱故事，而是要体现个人情感和社会规范的冲突。玛丽判明自己的心情后断然拒绝回到丈夫身边。她宁可忍受贫穷也不出卖自己——"我去工作，她喊道，干什么都比当奴隶强"（40页），大有"不自由，毋宁死"的决心。这时，虚构的玛丽使用的是典型的沃斯通克拉夫特式语言，法国革命的气息已隐约可感。最后，玛丽断然拒绝了传统女性角色，把家产投入带有"进步"色彩的社会事业：办工厂、分租农场给农民、救助贫病者等等，并怀着一种特殊的宗教情感把死亡和解脱想象成"没有结婚也没有许配的世界"（53页）。

由于设定作者（叙述者）和人物几乎没有间隔和距离，《玛丽》一书对女主人公的同情带有浓重的自爱自怜意味。玛丽的思想毫不掩饰地"以自我为中心并对自身感到满意"。[3]革命动荡的前夕，对

---

[1] Eagleton, p. 13.
[2] 参看 Barker-Benfield, Chapter 7。
[3] Janet Todd, p. 236.

"个人"的这种含有激进意味的强调来自女性，颇为耐人寻味。女作家们关于妇女地位和命运的思考以及一些激进知识分子对社会公平的关怀表明，有关个人权利、尊严和自由的观念此时成了弱势群体的武器。不过，需要指出的是，由于属于相对受压制的群体，在女性作家笔下，个人欲望的伸张实际是群体权益的伸张，是与责任感和自我约束共存的，而不像此前此后某些"多情的"、哥特式的或浪漫的男性文人那样自我陶醉、自我放任，也不像某些"生于末世"的20世纪西方人士那样把道德等等一概看作对"个人"的绝对的压制和束缚。相反，沃斯通克拉夫特把理想的道德意识看作"个人实现"或个人幸福的前提和途径。因此，即使沃斯通克拉夫特明目张胆的自我中心主义心态有时显得天真狭隘，却不能掩盖她追求真理的勇气、诚恳的善良意愿以及宏大的社会关怀。

伴随史密斯和沃斯通克拉夫特，我们走到法国大革命的前夜。
18世纪中后期，在整个欧洲，社会改良的呼声日益高涨。英国经济发展迅速，也面临诸多问题。七年战争等等造成的巨额国债引发很多社会矛盾。与此相关，对北美殖民地加税的企图成了点燃美国独立战争的导火索之一。战争爆发后，英国的老对头法国与美洲移民结盟（1778年），西班牙也趁火打劫加入对英作战（1779年）。结果，英国失去了美洲殖民地，海上霸权大大受损，印度也发生战事。国内不满情绪日渐高涨。下院议员约翰·维尔基斯（1727—1797）借他的杂志《北方不列颠人》抨击国王的政策，主张改革议会、普及选举权，被逐出议会，又因公众拥戴再度选入议会。维尔基斯和国王的对峙使那个新富家庭子弟成了鼓动家和"自由"的代言人。他得人心的程度颇能说明当时的民众心态。在那一时期里，改革言论风生水起：亚当·斯密主张以自由贸易取代原有的强调政府作用的"重商主义"政策；边沁号召以功利主义的原则来改革行政；正在兴起的循道宗教派和国教中的低教会派号召重归基督教原则和基督教生活方式；激进的不从国教者们，如普莱斯和约瑟夫·普里斯特利（1733—1804）等，以"自由"、"理性"、"权利"和"必然性"等为旗号呼吁政治变革。1780年伦敦贫民发起持续六天的"戈登暴动"，其直接起因是政府决定减少对天主教徒的歧视和迫害。这一带有非理性的暴民闹事色彩的事件一方面充分揭示了下层民众中郁积的不满，另一方面却吓住了要求改革的中产阶级。于是曾经鼓吹男性普选权的维尔基斯和国王乔治三世联手平息事态。1783年亚当·斯密的朋友、主张改革的辉格派人士小威廉·皮特（1759—1806）的内阁政府上台，是纾解国内社会矛盾的又一次妥协的产物。

与此同时，对人性持乐观见解的情感主义作为一种"改良文化"不仅呼唤道德和风气的改善，也把诸多社会改革的问题——比如，蓄奴问题、卖淫问题、司法改良和监狱管理问题等等——提上了日程。[1]英国社会的不同阶层和群体，从自由派贵族、中产阶级改革分子、不从国教的新教徒、外省的工商业者直到多情的女士和年轻的诗人都向往变革，向往更完美的新世界。80年代末90年代初，法国大革命曾使无数年轻人热血沸腾。多年以后，对于早已改弦更张的华兹华斯，当年的喜悦和冲动仍历历在目："那时的欧洲欢喜若狂，/法兰西立于金色时光之巅，/人类天性仿佛正在重生！"[2]

一批志同道合的知识分子——如葛德文、威廉·布莱克和托马

---

[1] Barker-Benfield, p. 49; 又，参看 Markman Ellis, *The Politics of Sensibility*, Chapters 2, 4 & 5.

[2] Wordsworth, *The Prelude*, Bk. XI, ll. 109.

斯·潘恩（1737—1809）等等——聚集到伦敦书商约翰生（1738—1809）周围，他们常常聚会讨论问题，"书生意气，挥斥方遒"。沃斯通克拉夫特在《玛丽》出版后不久也加盟为约翰生的《分析评论》杂志撰稿，思想和眼界都有进境。在法国革命风起云涌的日子里，她写出了《为人权辩护》和《为女权一辩》，还亲赴法国目睹了那场革命龙卷风。在这一时期里，她本人经历了一次刻骨铭心的恋爱和失恋，尝试过自杀，生了一个女儿，也写了更多的政论和散文。后来，她和葛德文重逢、相爱并最后结婚，生活相对地安顿下来，开始动笔写另一部小说，拟名为《妇女的苦难，或称玛丽亚》（1798，下文简称《玛丽亚》）。

如果说《玛丽》的话题仍局限于女性私人生活的领域，那么《玛丽亚》便体现了鲜明而强烈的社会关怀，尽管它也涉及爱情并被有的评论者归入所谓"引诱"小说。[1] 该书篇幅不长，却涉及了广泛的社会问题，对医院和济贫所的状况，对济贫法的实施和女性在财产方面的法律地位等的描述都真切而可靠，其历史真实性得到不少学者的认可。[2] 书名和"前言"也直接表达了对于有关妇女的社会问题的关注："不同阶级的女性都同样遭遇被压迫的苦难，虽然由于她们受的教育不同，苦难的具体形态必然各异。"（60页）

小说记述了女主人公玛丽亚遭丈夫迫害、被关进疯人院，后来在朋友帮助下逃出疯人院并试图开始新生活的过程。玛丽亚旗帜鲜明地表达了对传统女德和婚姻法则的挑战，以致书中一法官针对她的言论提出："在公众和私人生活中我们不需要法国原则——而且，女人如果可以拿感情作为不忠实的借口和辩解词，那简直就是

---

[1] 参看 Jane Spencer, *The Rise of the Woman Novelist*, pp. 132-137。
[2] 参看 Jennifer Lorch, *Mary Wollstonecraft*, pp. 93-94。

为不道德行为洞开闸门。"（145页）在对待理性和感情的问题上，沃斯通克拉夫特的态度是矛盾的：她一方面像葛德文那样强调理性，认为过度多情（特别是对男性有过多浪漫期待）是女性发展中的陷阱；另一方面又认可感情（包括性）和非理性冲动在人生中的位置。小说中最有新意的内容是对玛丽亚与女看守杰梅玛以及她的（缺席的）女儿的关系的描述。她们的交谈涉及女性社会境遇以及对女子教育、婚姻、权利和社会贡献（usefulness）的思考。这部小说仅仅完成了大约三分之一的初稿，沃斯通克拉夫特就被产褥热夺去了生命。但是，小说的章节设计特别是结尾部分的残稿表明，在作者的设想中，被压迫女性之间的这种思想感情沟通和互助关系占据着远比浪漫追求更重要的位置。

沃斯通克拉夫特的小说像她的人生一样，把私人事务政治化。玛丽亚曾说："婚姻是将终身监禁我的巴士底狱。"（115页）一个用作动词的"巴士底"，把玛丽亚的个人身世和发生在法国的那场惊天动地的大革命联系了起来。小说中类似这样的与《为女权一辩》呼应的警句俯拾皆是，如杰梅玛说她"把富人看作穷人的天生死对头"（90页）；玛丽亚抗议说女人（妻子）"像马和驴一样是男人的财产"，"她的国家——如果女人还有自己的国家——的法律不能为她提供任何逃避压迫者的保护或补偿"（118页），等等。如果说这些话今天听来不那么振聋发聩，那是因为经过一两百年的社会改良，它们已被普遍接受和认同，几乎成了老生常谈。

沃斯通克拉夫特的作品以及与她唱和呼应的"雅各宾小说"最重要的特征是充满对人性的信心和改造社会的激情，洋溢着一股来自"非文学根源"的"思想活力"。[1]葛德文的《凯莱布·威廉斯》

---

[1] Ernest A. Baker, *The History of the English Novel*, Vol. 5, p. 228.

(1794)如他的《正义论》(1793)一样关注"真相"和公正。罗伯特·贝奇(1728—1801)的《人之本相》(1792)和《赫姆斯特朗:非常人士》(1796)、约翰·穆尔(1729—1802)的《祖拉科》(1786)和《爱德华》(1796)、托马斯·霍尔克罗夫特(1745—1808)的《安娜·圣艾维斯》(1792)和《特莱佛历险记》(1794—1797)等作品的共同特点是:主人公是类型化的,其故事构成富于教益的寓言,涉及的话题传达了社会批评和改良要求——从虐待动物到斗鸡以及赌博,从活剖鳗鱼到司法现状以及贵族腐败,巨细无遗。伊丽莎白·英奇波德(1753—1821)的《简单故事》(1791)和《天然与人工》(1796)、玛丽·海斯(1760—1843)的《考特尼小姐回忆录》(1796)和阿·欧琵(Amelia Opie,1769—1853)的《阿德琳·毛伯雷》(1804)等书有时也被归入这一类。有的文学史家把这些将社会关怀置于首位的作品称为"信条小说"(the novel of doctrine)[1],但是它们并非世纪末突然出现的异类。我们在讨论《阿米丽亚》和《克林克》等作品时已经注意到,试图就社会问题直接和公众对话并影响社会发展其实是18世纪英国小说的重要本质特征,只是于革命风暴骤起之时,在这批艺术成就相对不突出的作家笔下表现得尤其触目而已。

与此同时,随着法国革命步入更血腥而苦痛的雅各宾党人专政阶段,英国的反法(国)、反革命情绪日渐升温。伯克的《法国革命论》(1790)得到广泛认同,渐成主流。英国曾以欧洲最开明自由的国家自诩,然而此时却渐渐以"保守"、"爱国"和"反法"来界定自身。"反雅各宾"思潮在小说中也得到了充分的表达。如简·韦斯特(Jane West,1758—1852)的《教育的益处》(1793)、

---

[1] J. M. S. Tompkins, *Popular Fiction Before Richardson*, p. 296.

《饶舌者的故事》(1796)、《时代故事》(1799)等与沃斯通克拉夫特针锋相对,以私人悲欢讲述"法国原则"带来的灾难。韦斯特的意识形态写作虽然本身没有突出的成就,但是奥斯丁的早年创作却在相当大程度上受到此类小说的影响,或多或少继承了它们的情节套路。

就文学或小说创作而言,18世纪之末的十来年是一个风气多变、众声喧哗的年月。在喧哗的努力也在挥之不去的忧虑中,英国走进了新的世纪。革命风波和社会危机使对政治倾向的意识空前敏锐强烈,所以才生出"雅各宾小说"和"反雅各宾小说"之类的称谓。当时的《反雅各宾评论》杂志曾刊出吉勒雷(James Gillray)的讽刺画《新道德》(1798年8月1日)。画中"善感观念"(Sensibility)是被朝拜的三女神之一,和"正义"(Justice)以及"博爱"(Philanthropy)一同踞于高台之上。前来朝拜的有伊·达尔文(1731—1802,《物种起源》的作者查尔斯·达尔文的祖父)、普里斯特利、霍尔克罗夫特、夏洛特·史密斯、葛德文和沃斯通克拉夫特,他们的引导者则是湖畔诗人骚塞和柯尔律治。[1]当然,雅各宾派和反雅各宾派的划分在多数情况下是夸张和误解。夏洛特·史密斯和英奇波德虽然对革命有所同情,作品却很难以政治态度归类。相反,她们甚至沃斯通克拉夫特和相对"保守"的伯尼、拉德克利夫们在思想上和艺术上的共性非常明显,"进步"作家和"保守"作家常常体现了同样的道德感并关注着类似的主题。[2]不论伯尼、夏洛特·史密斯和沃斯通克拉夫特的政治态度可能有多么对立,她们笔下的伊芙琳娜、艾米琳、玛丽和玛丽亚却是有明显血缘关系的姐妹。

---

[1] 参看 Ellis, pp. 191-193。
[2] 参看 P. M. Spacks, *Desire and Truth*, pp. 175-176。

用政治术语圈划史密斯、英奇波德等人已经很勉强,奥斯丁等属于下一代人的作家已经基本不能再用政治倾向来概括。玛里琳·巴特勒等人对这一时期的小说与"思想之战"的关系的探讨是发人深省的,但是她强调奥斯丁等人的"保守"倾向[1],却未免失之片面。

实际上,连英国激进派的旗手威廉·葛德文也是充满矛盾的。在不少后世人的心目中,他是英国18世纪末无神论和无政府主义思潮的代表人物,其实他出身于有浓厚宗教氛围的家庭,祖父和父亲两代人都是不从国教的新教教士,本人也曾一度出任牧师。葛德文的思想在很多方面都刻着这种经验的烙印,《正义论》一书的"宗教血统"及"其特有的传教热忱"[2]都引人注目。此外,在那部以畅销情节小说方式建构的有浓郁哥特色彩的政治道德寓言《凯莱布·威廉斯》中,"样样都是双份:有特里尔和福克兰两个权势代表人物,有凯莱布和翟恩斯两名侦探,有对于侦探活动的两种态度,还有两重叙事,两个结尾"[3]。不仅如此,小说中地主福克兰的形象在第一和第二卷里前后抵触,结尾之际凯莱布的行为方式也发生了唐突的改变。所有这些,都导致本质的含糊和深刻的内在矛盾。更不必说葛德文本人后来思想有重大的转变,在不少见解上回归"情感主义"。1795年《正义论》再版时他重写了许多章节,修正了有关财产、婚姻、个人德行和责任以及社会变革等的诸多观点。

隔着两百多年的漫长岁月,我们能够更客观地看到参与当时文化对话的各种思想的合理性和局限性。或许应该特别注意的是,在资产阶级秩序基本确立的英国,"保守"的怀旧情调与其说是想维

---

[1] 参看M. Butler, *Jane Austen and the War of Ideas*。
[2] Basil Willey, *The Eighteenth Century Background*, p. 213.
[3] Maehael Cohen, "Godwin's Caleb Williams: Showing the Strains in Detective Fiction," *Eighteenth-Century Fiction*, Vol. 10, No. 2, p. 209.

护封建君主的"旧政权",不如说在更大程度上是针对新生社会体制、文化结构和生存方式的弊端的批判和忧思。正因如此,经过世纪末的动荡,也经过思想、情感以及艺术上的反复酝酿、沉淀和凝想,被认为是"保守"的思想文化土壤哺育出了瓦尔特·司各特和简·奥斯丁的作品,使英国小说的思想和艺术步入了一个新的境界。

余　语

大约五十年前，伊安·瓦特在开始自己的学术生涯之时写过一篇文章，说笛福笔下的孤岛创业者鲁滨孙是对现代人的处境和追求的有力揭示，因而那部虚构作品常常不仅被视作小说，而且和《浮士德》、《堂吉诃德》及《堂·璜》一道被认为是"我们的文明的四大神话"。稍后他又在《小说的兴起》一书中对小说与个人主义思想的关联进行了更深入的探究。几十年来，他的一些过于干净利落的结论曾引起不少反诘和修正。[1]然而他把有关个体"自我"的想象和思考看作18世纪小说的一个根本关注，却得到多数人的认同。

20世纪中期，在西方曾一度出现各种忽视甚至否认文学与社会生活的关系的形式主义思潮，比如"新批评"。不过，到了八九十年代，一些强调文学的社会、思想、文化功能的理论再度活跃。有不少批评家认为"文学'作品'本身参与历史的进程"[2]，强调

---

[1] 参看 J. A. Downie, "The Making of the English Novel," *Eighteenth-Century Fiction*, Vol. 9, No. 3, pp. 250-266。
[2] M. McKeon, "Historicizing *Absalom and Achitophel*," in F. Nussbaum & L. Brown (eds.), *The New Eighteenth Century*, p. 37.

"种种艺术形式声称它们只是展示人的主体性（subjectivity），其实却在生成并再生成那种主体性"。也就是说，文学和艺术不仅与实际生活有关联，也不仅仅机械地被动地反映生活，它们"不只是某种业已存在的感性（sensibility）的类似的对应再现；而且是参与创造并维持该种感性存在的活跃因素"[1]。从这个角度，我们可以说：18世纪英国小说是第一个进入"现代"生存方式的民族对那种新世道（即马克思所说的现代资产阶级"市民社会"）的感受和反思，"是有关道德世界和社会世界本质的讨论的组成部分"[2]，是"早期现代社会的一种文化工具，被用来在叙述形式和内容的层面上同时应对思想的和社会的危机"[3]。

思想"危机"的表现之一是人们对那个与往昔大不相同的18世纪英格兰的惊叹、不解、忧虑乃至憎恶。从笛福、斯威夫特到伯尼，虚构文学对英国生活的描述和评论是全面的——从城乡面貌到妇女服饰，从司法制度到婚姻习俗，从阶级矛盾到国民教育，从信仰和灵魂归宿到小说写作本身，简直是无所不包。不过，作为一种特定的文学体裁，小说最善于处理的是个体人生经验以及相关的思考，最为关注并深入讨论的是有关自我、欲望和追求的问题。总体来说小说是一种前所未有的尝试，它力图构思新的个别化的生存方式，想象人们如何言说他们自己及自身的独特性，如何宣告自己是独一无二的个人从而摆脱原有的类别（如阶层、职业等）划分和长期以来作为身份主要标志的社会依存关系。小说所展示的那种独立自足的个人不仅是对当时实际生活中的人的某种折射或反映，而且

---

[1] Clifford Geertz语，转引自John Bender, "The Novel and the Rise of Penitentiary," in Kroll (ed.), *English Novel*, Vol. 1, p. 107。
[2] J. J. Richetti, *The English Novel in History*, p. 16.
[3] McKeon, *The Origins of the English Novel*, p. 22.

更多地表达了现代意识形态所特有的人性观和自我观。[1]

马克思在《〈政治经济学批判〉导言》中谈道：在18世纪里由于生产和生活方式的种种变化，生出了"这种孤立个人的观点"，个人开始把他人和各种社会关系看作"达到他私人目的的手段"或"外在的必然性"。[2]鲁滨孙、罗克萨娜和"大伟人"魏尔德等虚构人物尽管有明显差别，但从本质上看都是这种孤立的现代"自我"的体现者。在他们日渐成为社会主流的时代里，"传统秩序遭到挑战，企图取而代之的新思想则一面讲自由、一面求财产。说到个人进境，就意味着要在经济上谋得发展"[3]；"个人基本上把自己设想为自己人身或能力的拥有者，为此不欠社会什么。个人不被视为道德整体，也不是更大的社会实体的一部分，而是自己的产主。对于越来越多的人来说，这一产权关系成为决定他们的实际自由和实现自己全部潜能的实际前景的至为重要的因素；它反过来又被看成是人类天性中所固有的"[4]。

罗克萨娜和魏尔德所代表的一切人反对一切人的社会恶战（即霍布斯所描述的"自然状态"）在思想领域和社会生活中引发了空前的焦虑、质疑和热烈的讨论，成为此后很多年里小说创作的共同的核心问题意识。如果说笛福的鲁滨孙、茉儿·佛兰德斯和罗克萨娜表达了新兴个人主义"自我"的一个带有问号的"正题"，斯威夫特的《格列佛游记》是一个悲观的"反题"，那么，集情感主义美德之大成的帕梅拉就是一个尝试性的"合题"或"答案"。"现代个人首先是个女人"，南希·阿姆斯特朗说，"……新的女性理想的

---

[1] 参看Richetti, *The English Novel in History*, p. 1.
[2] 马克思：《〈政治经济学批判〉导言》，《马克思恩格斯选集》，第2卷，86—87页。
[3] MacIntyre, *A Short History of Ethics*, pp. 151-152.
[4] C. B. Macpherson, *The Political Theory of Possessive Individualism*, p. 3.

传播促成了英国中产阶级的得势",而英国小说的历史则与这两者都密切关联。[1]帕梅拉的折中的道德改良方案或"合题"起源于17世纪末18世纪初的沙夫茨伯里派观点,经艾狄生、斯梯尔、理查逊、(后期)菲尔丁、哥尔德斯密斯、斯特恩、伯尼等人一路生发,逐渐汇聚成18世纪最重要的思想运动即"情感主义"运动。《克拉丽莎》《琼斯传》《阿米丽亚》等故事开始铺张地想象并深入地拷问,把人性放到各式各样的社会情境和人生转折中察看,围绕着个人"自我"及其追求一次又一次进行思想"反刍"。这一场旷日持久的文学对话一直延续到90年代。在所谓的"雅各宾小说"中,约翰·穆尔的《祖拉科》和《爱德华》等书的副标题中的关键词语仍是"人性面面观"。这些作品和贝奇的小说在很大程度上仍以探究人性并讨伐极端利己主义为己任。有些匪夷所思的是,其中一个不择手段满足私欲的魏尔德式恶棍,即祖拉科,在特定场合里竟然会像典型的多情善感者那样大发感慨:

> "幸福的人!"他深深叹息道,"他能愉快而赞许地回首往事、平静而满怀希望地瞻望未来。——人们常常得出些多么荒谬的结论!他们会认为这位伯川先生是不幸运的,尽管实际上他从未不快乐……我被认为是十分幸运的,然而却从来不知幸福为何物。他把生命献给责任,我用生命追逐享乐;然而他在追求中显然比我得到了更多的快乐。"[2]

有人认为,情感主义大势已成意味着由笛福和斯威夫特等人的

---

〔1〕 N. Armstrong, *Desire and Domestic Fiction*, pp. 8-9.
〔2〕 转引自 Ernest A. Baker, *The History of the English Novel*, Vol. 5, p. 230。

作品标示的种种危机在18世纪中期以"创造性的人类思想的胜利"告终；新的思想"答案"体现于理查逊的小说人物的意识或菲尔丁笔下的"作者",[1]这一结论让人难以赞同。我们在有关理查逊和斯特恩等的章节中曾力图说明,情感主义虽然对罗克萨娜/魏尔德式自我观有所批评、有所修正,但是它本身在很大程度上与后者是重合的,因而绝不可能真正化解个人主义意识形态的全部问题和内外矛盾。更何况,思想问题本不可能在想象领域或上层建筑领域之内得到彻底的解决。笛福和斯威夫特们所表达的思想危机如果有"胜利"和"终结"可言,也只是局部的和暂时的。在实际历史过程中,正如瓦特所注意到的,个人主义神话虽然一再遭到批驳、打击和压制（其中最早的是反宗教改革运动对文艺复兴时期人文主义思想的驳斥和质疑）,但是它们也一次次地回潮甚至强化。通过卢梭（《爱弥儿》）、歌德和拜伦等人的名著,有关鲁滨孙、浮士德和堂·璜的现代个人主义神话在浪漫主义文学中的复活便是有力的证明。[2]

贬义地说,情感主义是一块"意识形态补丁",它只局部地遮掩或修补了一种正在争取主导权的世界观的思想漏洞。褒义地说,那场自下而上的文化讨论是英国统治集团（新兴资产者在其中的地位越来越重要）的极为成功并意义深远的思想建设。两种说法都不错：前者指向其局限,后者突出其成果。情感主义运动主要通过文学特别是小说这种大众文化的载体,经过克拉丽莎式的言说和再言说、推敲和再推敲、（自我）商量和再商量,使韦伯所说的那种有利于资本主义发展的（新教）道德规范初步建立、广泛传播并得到认同。在这个意义上,文学的确不仅是社会生活的产物或"反映",

---

[1] McKeon, pp. 418-419.
[2] 参看 Ian Watt, *Myths of Modern Individualism*。

而且在形成个人主义的自我观、在建立新道德体系和社会交往模式等等的过程中发挥了极大的作用，从而成为为"现代自我"立言并对之进行"调控"的文化工具。

在这点上，本书的分析与某些西方新锐学者的观点有相当大的分歧。说来有点悖论意味，"绪言"中所提到的中国视角和中国关怀使我对理查逊-菲尔丁的情感主义"答案"持相对肯定的态度。一些当代西方评论往往从简单化的福柯理论或巴赫金思路出发，把理查逊等人倡导的道德规范视为"压制性的"威权或霸权；而我则更多地从当时的历史情境出发，感受到其历史必要性及其在当时社会思想对话中的积极意义。此外，我私心里还怀疑，当今某些理论家和文化人提出的很多见解是否在很大程度上是些伪"激进"命题，它们是否只是从更极端的个人反叛立场出发否定18世纪对新生商业主义秩序和个人"原子化"生存所做的思考和批判，是否会像拉夫雷斯追求贯彻一己"自由意志"的努力一样最终没有出路。正因如此，如果人们尚能凝眸正视并掩卷深思，克拉丽莎的无法挣脱的悲剧命运至今仍有震撼人心的力量。

18世纪英国小说的思想贡献在于它不仅炮制并全方位地探讨了情感主义的"答案"，而且以非常丰富而深刻的方式一次次揭示了问题的全貌。一方面，我们可以通过那些小说生动地感受到在原始积累和商业主义双重背景下"人"与财产和消费的扭结——"人与人之间的关系获得物的性质，并从而获得一种'幽灵般的对象性'"；商品关系"在人的整个意识上留下它的印记：他的特性和能力不再同人的有机统一相联系，而是表现为人'占有'和'出卖'某些'物'……"[1]另一方面，我们看到，在抵抗等级压迫和不合

---

[1] 卢卡奇：《历史与阶级意识》，144、164页。

理社会秩序时,有关自由、平等及个人尊严的观念和话语如何为女性及其他弱势群体提供了有效的思想武器;而针对个人主义弊端设计的强调责任和博爱的说教有时会怎样实际体现为虚伪的姿态或者对弱者的约束和压制。种种并不导向明确"答案"或与"答案"相抵牾的丰富多彩的"呈现"在很大程度上超越了小说主题的时代局限,也远远不是情感主义意识形态所能包容的。

瑞凯提在他的《历史中的英国小说》一书的结尾处提出了一个问题:为什么18世纪英国小说聚焦于描述私人生活和私人情感、回避当时公众生活中那些具有历史意义的大事件(如英国如何在辉格贵族治理下成为世界强国或工农业中发生的革命性变化等等)呢?他把这种回避部分地看作一种缺陷,部分地看作对那些"大"进程的抵制和批评。[1]事实上,更可能的是,对于伦敦的印刷作坊主理查逊和约克郡的教士斯特恩们来说,那些私人的危机和私人的怪癖更迫切地呼唤表达和思考。而且,他们的直觉未必不准确。尽管我们尚不能以量化方式确切考证18世纪的情感主义思想旋风如何影响了英国政治经济的发展,但是它毫无疑问以某种方式有力地左右了此后人们的行为以及社会的走向。更何况,它对现代商业主义体系和资产阶级秩序的思考和质疑——也许因为有尚未彻底消逝的传统社会作为鉴照,而且新的体制还没有成为全球的主导——在不少方面要比后来许多类似的思考和议论更直接、更有力、更刻骨铭心。它所关注的基本问题仍是今人所存身的这个社会(不论我们称它"现代"还是"后现代")的固有的内在矛盾。总之,与其他那些"大"事件相比,小说所参与的有关"自我"与人性的社会对话和思想论争至少同样具有时代特征以及"世界的"和"历史的"意义。

---

[1] Richetti, *The English Novel in History*, p. 276.

在人文学科内，有价值的思考和讨论大抵是由某些或大或小的现实关怀驱动的。只不过，由于现代分工的专业要求，这种关怀常常被堆积如山的知识材料和纷纭繁复的专门术语所掩盖。直言道出自己的本意仿佛是"没有学问"的表现，几乎成了需要避免的"不体面"的行为。

不过，到20世纪90年代末，对于即将退出学术生涯并可以切近地望见人生终点的伊安·瓦特来说，这一条无形的禁令已经不解而除了。他似乎自觉有了返璞归真的权利。于是这位毕生关注18世纪英国小说的学者捡起五十年前的话题，把"个人主义神话"作为关系当前和今后人类生存的最重要的问题来考察。他用"幸福"和"责任"等18世纪的常识语言直白地道出他对现今社会中失控的个人主义的失望和疑虑：

> 今天我们开始意识到，社会给予我们每个人愈多，我们将为之付出的代价愈重——代价之一即是自爱主义（Narcissism）。似乎是，如果社会——在家庭、学校和政治生活中——不为它所施与的东西向个人相应地附加义务，社会和个人就都不会快乐，不会满足。……似乎是，个人主义有赖于加诸我们的自由的种种强有力而又纷繁复杂的内在和外在限制。换言之，如果没有网，没有场地上的划线，没有规则，也就没有网球游戏。我得坦白，每当我思及现代进步的这个残酷的结果，《李尔王》中的一段对话便不由自主地从记忆中浮现。肯特问爱德加："这就是应许的最后结局吗？"爱德加悲伤地回答："或是那末日恐怖的影兆？"[1]

---

[1] Ian Watt, *Myths of Modern Individualism*, p. 272；有关《李尔王》的引文出自5幕3场263—264行，译文参照朱生豪（译）《莎士比亚全集》（人民文学出版社，1987），第9卷，270—271页。

瓦特所提到的"恐怖",是《李尔王》中家破国乱、骨肉相残的血腥景象,是令约翰逊博士所无法承受的考狄利娅惨死的悲剧结局。瓦特对"现代进步"的忧惧也许有些极端,他的表达也许过于印象主义。不过,令人有所触动的也正是在层层"学问"和"知识"的外衣下的那个朴素的情感内核,那种与笛福、理查逊以至莎士比亚相呼应的对现代个体化生存的深刻体察和反思。

参考年表
（1688—1789）

年代	小说作品	其他著作	历史／文化事件
1688	阿芙拉·贝恩《奥鲁诺克》		光荣革命；詹姆斯二世出逃；约翰·班扬去世 亚历山大·蒲柏出生
1689		洛克《政府论》	玛丽二世和威廉三世登基； 议会通过《权利法案》； 议会通过《信仰自由法》； 苏格兰议会通过《权利诉求法案》； 塞缪尔·理查逊出生
1690		洛克《人类理解论》	
1691		康格里夫剧作《老光棍》	
1692	康格里夫《匿名者》		
1693	无名氏《剧作家的悲剧，或致命的爱，新小说》	康格里夫剧作《两面派》； 洛克《关于教育的思考》	议会通过法案，授权财政机构发售终身年金公债；伊莱莎·海伍德出生
1694		安托万·加朗（A. Galland）编《东方箴言》；玛丽·阿斯特尔《严肃建议》	《三年法案》规定一届议会任期为三年； 英格兰银行建立； 切斯特菲尔德（Chesterfield, P. D. S.）出生 玛丽二世病逝

续表

年代	小说作品	其他著作	历史／文化事件
1695		康格里夫剧作《以爱还爱》	
1696	德·曼利《葡萄牙某君致法国绅士的信》	曼利喜剧《失去的爱人》、悲剧《皇家灾难》；约翰·范布勒（J. Vanbrugh）《堕落，或，贞节遇险》；考利·锡伯（C. Cibber）喜剧《爱的最后改变》	
1697		德莱顿译维吉尔《农事诗》；笛福《计划种种》；康格里夫剧作《悼亡的新娘》；范布勒《夫人发怒》；阿斯特尔《严肃建议》第二部	议会规定买卖政府证券须在政府注册登记并限定证券交易人数；威廉三世缔结《里斯维克和约》
1698			
1699	无名氏《卡文特花园历险记》《不幸的乞丐》《不幸绅士的一生》	乔治·法夸尔（C. Farquhar）《共度银婚》；沙夫茨伯里《德行考》	
1700	莫蒂尤克斯（Motteux）译塞万提斯的《堂吉诃德》（至1703年出齐）	康格里夫剧作《如此世道》；锡伯《爱情塑造人》；阿斯特尔《关于婚姻的思索》	约翰·德莱顿去世
1701		斯威夫特《雅典和罗马的辩驳与纷争》；笛福《真正的英国人》；约翰·丹尼斯（J. Dennis）《现代诗的发展与改进》；尼古拉斯·罗（N. Rowe）悲剧《帖木儿》	詹姆斯二世去世；议会颁布《继承法案》，确保英国王位由信奉新教的汉诺威王室后裔继承；西班牙王位继承战争

参考年表 | 451

续表

年代	小说作品	其他著作	历史/文化事件
1702	无名氏《林达米拉历险记》	克拉伦登（Clarendon）《叛乱史》（至1704）；笛福《惩治不从国教者的捷径》；锡伯《可与不可》；丹皮尔《新荷兰之航》	威廉三世去世（三月）；安妮女王继位；法国与西班牙宣战
1703	拉森（Russen）《登月旅行》	笛福《立枷颂》；爱德华·沃德（E. Ward）《伦敦奸细》；罗剧作《忏悔女》	约翰·卫斯理出生
1704	斯威夫特《木桶的故事》；蒲柏译乔叟《商人的故事》	笛福创办《评论》（至1713）；牛顿《光学》；丹尼斯《诗的批评基础》；锡伯剧作《粗心的丈夫》	约翰·洛克去世
1705	曼利《扎拉女王秘史》	斯梯尔剧作《温柔的丈夫》；曼德维尔《怨声喧腾的蜂房》	托马斯·纽科门发明空气引擎
1706	加朗译《天方夜谭》	笛福《维尔夫人的幽魂》；法夸尔《招兵官》	
1707	曼利《淑女信札》	埃沙尔（Echard）《英国史》（1718出齐）；法夸尔《花花公子的谋略》	苏格兰与英格兰合并；查理·卫斯理出生；亨利·菲尔丁出生
1708	莫蒂尤克与他人合译《拉伯雷故事集》	沙夫茨伯里《谈宗教狂热》	
1709	曼利《新大西洲》；无名氏《艾弗里船长的生活与历险》	贝克莱《视觉新论》；蒲柏《牧歌》；斯梯尔创办《闲谈者》（至1711年1月）	第一部版权法出台（规定著者生前享有14年版权）；塞缪尔·约翰逊出生

续表

年代	小说作品	其他著作	历史／文化事件
1710	曼利《欧洲杂忆》	培尔（Bayle）《历史与批判辞典》（英文第一版）；博林布鲁克（Bolingbroke）、斯威夫特等办《考察者》（至1712）；莱布尼茨《神正论》；沙夫茨伯里《道德家》	设立古典音乐研究院；辉格党下台，托利党在罗伯特·哈利（后为牛津伯爵）领导下组阁；音乐家亨德尔到伦敦
1711	曼利《新大西洲的宫廷阴谋》	艾狄生办《旁观者》（至1712）；丹尼斯《论天才与莎士比亚作品》；蒲柏《论批评》；沙夫茨伯里《论人、习俗、见解及时代之特征》；斯威夫特《反对废除基督教》《同盟者的行为》	《临时归顺（国教）法案》出台；大卫·休谟出生
1712		阿巴思诺特《约翰牛传》；蒲柏《劫发记》《弥赛亚》；斯威夫特《关于纠正英语语调的建议》；伍兹·罗杰斯（W. Rogers）《环游世界》	卢梭出生
1713	简·巴克尔（Jane Barker）《爱情陷阱》；亚历山大·史密斯（A. Smith）《著名大盗生平史》	艾狄生《卡托》；蒲柏《温莎森林》；斯梯尔办《卫报》（3月12日至10月1日）、《英国人》（10月6日至1714年2月11日）；盖依《乡村游戏》	《乌得勒支和约》结束西班牙王位继承战争；蒲柏、斯威夫特、盖依等组成"斯克里布拉斯社"；劳伦斯·斯特恩出生
1714	曼利《里维拉历险记》	盖依《牧羊人一周》；洛克《作品集》；曼德维尔《蜜蜂寓言》《道德起源》；斯威夫特《辉格党的公共精神》	安妮女王去世，乔治一世继位，解散托利党内阁，博林布鲁克逃往法国，斯威夫特被遣往都柏林任圣帕特里克教堂主持；乔治·怀特菲尔德（G. Whitefield）出生

参考年表 | 453

续表

年代	小说作品	其他著作	历史/文化事件
1715	简·巴克尔《被放逐的罗马人》	蒲柏译《伊利亚特》（至1720）；瓦茨（Watts）《儿童的圣歌》；乔·理查森（G. Richardson）《绘画理论》	首次詹姆斯党人叛乱；法国国王路易十四去世；理查德·格雷夫斯出生
1716	（法国）勒萨日《吉尔·布拉斯》	盖依《琐事》；笛福办《政治信使》（至1720）	《七年法案》规定一届议会任期以七年为限；莱布尼茨去世；托马斯·格雷出生
1717	西奥博尔德（Theobald）《安条克与斯特拉塔尼丝情史》	蒲柏《作品集》	贺拉斯·华尔浦尔出生；戴维·加里克出生
1718	无名氏《双重俘房》	吉尔顿（Gildon）《诗艺全书》；普莱尔（Prior）《诗集》	古物学会重组
1719	笛福《鲁滨孙飘流记》、《鲁滨孙飘流记》第二部；海伍德《过度之爱》		艾狄生去世；詹姆斯党人在苏格兰叛乱
1720	笛福《王党人士回忆录》《辛格尔顿船长》《鲁滨孙沉思录》；曼利《爱的力量》	斯威夫特《关于普遍使用爱尔兰产品的建议》；曼德维尔《关于宗教、教会和自然幸福的畅想》	"南海泡沫"事件
1721		吉尔顿《诗歌法则》；扬格剧作《报复》	罗·华尔浦尔主导的内阁主政（至1742）；托·斯摩莱特出生
1722	笛福《瘟疫年纪事》《茉儿·佛兰德斯》《杰克上校》		

续表

年代	小说作品	其他著作	历史／文化事件
1723	海伍德《伊达利雅，或不幸的女人》	伯内特（Burnet）《当代史》（至1735）；曼德维尔《论慈善》；斯梯尔《周到的情人》	克里斯托弗·雷恩（C. Wren）爵士去世；亚当·斯密出生；乔舒亚·雷诺兹出生
1724	笛福《罗克萨娜》；玛丽·戴维斯（M. Davys）《改过自新的风流女》；（用假名者）《约翰·谢泼德回忆录》	笛福《英伦纪行》（1726出齐）、《海盗史》；斯威夫特《布商的信》；盖依《寓言诗》	康德出生
1725	笛福《乔纳森·魏尔德》；比西-拉比旦的《戈尔情史》英译本；海伍德《乌托邦王国的一个邻岛》	笛福《英国商人全书》（至1727）、《环球新航行》；蒲柏编辑《莎士比亚作品》、译荷马的《奥德赛》（至1726）	
1726	斯威夫特《格列佛游记》；亚·史密斯（Alerander Smith）《乔纳森·魏尔德回忆录》	博林布鲁克《手艺人》（至1736）；汤姆逊《冬季》；西奥博尔德《恢复莎士比亚的本来面目》	伏尔泰在英国居住三年；亨德尔入英国籍
1727	朗格维尔（Longueville）《隐士》；海伍德《卡拉梅尼亚宫廷阴谋秘史》	戴尔（Dyer）《格朗加尔山》；盖依《寓言》（至1738）；汤姆逊《夏季》；牛顿《力学原理》英译本	乔治一世去世,乔治二世继位；牛顿爵士逝世
1728	伊丽莎白·罗（E. Rowe）《生死情谊》	菲尔丁《假面恋爱》；盖依《乞丐的歌剧》；蒲柏《群愚史诗》（至1729）	伊弗雷姆·钱伯斯《不列颠百科》出版（系第一部全国性的百科全书）

续表

年代	小说作品	其他著作	历史／文化事件
1729	海伍德《希伯来美人》	盖依歌剧《波莉》；斯威夫特《一个小小的建议》；海伍德《女群愚史诗》	埃德蒙·伯克诞生；斯梯尔和康格里夫去世
1730	海伍德《爱情书简》《苏格兰女王玛丽·斯图亚特秘史》	菲尔丁《作家之闹剧》《咖啡店政客》《大拇指汤姆》；汤姆逊《四季》	奥·哥尔德斯密斯出生
1731	普雷沃（Prevost d'Exiles）《克伦威尔私生子克利夫兰生平》	蒲柏《致伯林顿书》	爱德华·凯夫创办《绅士杂志》（至1907）；笛福去世
1732	无名氏《爱情与殷勤》	菲尔丁《卡文特花园悲剧》《摩登丈夫》《屈打成医》；蒲柏《致巴瑟斯特书》；本特利（Bentley）编辑弥尔顿《失乐园》	威廉·霍加思发表组画《娼妓之路》
1733		博林布鲁克《政党论》；菲尔丁《吝啬鬼》；蒲柏《论人》《致科巴姆书》；斯威夫特《论诗》；约翰·洛克曼（J. Lockman）译伏尔泰《英国书简》	货物税危机；约翰·凯伊发明飞梭
1734		菲尔丁《堂吉诃德在英国》；塞尔（Sale）译《古兰经》；西奥博尔德编辑《莎士比亚全集》	

续表

年代	小说作品	其他著作	历史／文化事件
1735	马里沃(Marivaux)《幸运的农夫》；利特尔顿（Lyttelton）《波斯人在英国》	约翰逊译《阿比西尼亚之行》；蒲柏《致阿巴思诺特医生书》；约·卫斯理《日志》（至1798）；亨·布鲁克（H. Brooke）诗作《普遍之美》	威廉·霍加思发表《浪子之路》
1736	海伍德《约瓦瑗公主历险记》	菲尔丁《1736年历史记录》《巴斯昆》；汤姆逊《自由》	爱丁堡骚乱
1737		蒲柏《霍雷希安书简》；申斯通（Shenstone）《诗集》；卫斯理《赞美诗与圣歌》	《剧院核准法案》出台；卡罗琳王后去世
1738	布鲁克译《被解放的耶路撒冷》	约翰逊诗作《伦敦》；斯威夫特《文雅谈话录》	
1739		休谟《人性论》；斯威夫特诗作《斯威夫特博士之死》；布鲁克《古斯塔夫斯·瓦萨》；菲尔丁和詹·拉尔夫（J. Ralph）办《斗士》（11月至1741年6月）	设立育婴堂；对西班牙宣战
1740	理查逊《帕梅拉》（至1741）	锡伯《生命的歉疚》	詹姆斯·鲍斯韦尔出生；奥地利王位继承战争
1741	菲尔丁《莎梅拉》；理查逊《私人尺牍》；海伍德（？）《反帕梅拉》；凯利（Kelly）《帕梅拉在上流社会中》	阿巴思诺特、蒲柏、盖依等《粗制滥造回忆录》；休谟《关于道德及政治的随笔》（至1742）	亨德尔的《弥赛亚》在都柏林首演；加里克扮演理查三世

参考年表 | 457

续表

年代	小说作品	其他著作	历史／文化事件
1742	菲尔丁《约瑟夫·安德鲁斯传》	科林斯（Collins）《波斯牧歌》； 蒲柏《新群愚》； 扬格《哀怨，或夜思》	罗·华尔浦尔辞职
1743	菲尔丁《大伟人魏尔德传》	布莱尔（Blair）《墓》； 蒲柏《群愚史诗》（4卷本）	代廷根战役
1744	萨拉·菲尔丁《素朴儿》	艾肯赛德（Akenside）《想象的愉悦》； 约翰逊《萨维奇生平》； 科林斯《辛白林挽歌》	亚历山大·蒲柏去世
1745		艾肯赛德《颂歌》； 菲尔丁办刊《真爱国者》（11月5日至1746年6月17日）； 约翰逊《论麦克白》； 斯威夫特《为仆之道》	王位觊觎者查尔斯·爱德华·斯图亚特领导的第二次詹姆斯党人叛乱； 亨利·麦肯齐出生； 斯威夫特逝世
1746		科林斯《颂歌》； 厄普顿（Upton）《莎士比亚评论》； 约瑟夫·沃顿《颂歌》； 斯摩莱特《苏格兰人的眼泪》	卡洛登战役
1747	理查逊《克拉丽莎》（至1748）； 萨拉·菲尔丁《〈素朴儿〉中主要人物间的书信往来》	格雷《伊顿公学颂歌》； 约翰逊《英文辞典计划书》； 托马斯·沃顿《忧郁的乐趣》； 菲尔丁办《詹姆斯党人杂志》（12月至1748年11月）	《英国名人传记》出版（至1766年出齐），是第一部字典性传记

续表

年代	小说作品	其他著作	历史／文化事件
1748	斯摩莱特《蓝登传》； 克利兰《范妮·希尔》	安森（Anson）《环球航行》； 格雷《春天颂》； 休谟《哲学随笔》； 汤姆逊《怠惰的城堡》	《第二亚琛和约》（亦称《艾克斯拉夏佩勒和约》）签订，奥地利王位继承战争结束； 杰里米·边沁出生
1749	萨拉·菲尔丁《家庭女教师》； 菲尔丁《琼斯传》； 斯摩莱特译《吉尔·布拉斯》	哈特利（Hartley）《论人》； 约翰逊《人间愿望多虚妄》	
1750	伦诺克斯《哈丽奥特·斯图亚特》	约翰逊办《漫游者》（3月至1752年3月）	古城庞贝考古挖掘开始
1751	帕尔陶克（Paltock）《彼得·威尔金斯》； 斯摩莱特《皮克尔传》； 菲尔丁《阿米丽亚》； 海伍德《白希·少了思》； 克利兰《花花公子回忆录》； 考文垂（Coventry）《小庞培传》	菲尔丁《时下匪盗蜂起之原因》； 格雷《乡村教堂墓园挽歌》； 休谟《道德原理》	《杜松子酒法案》出台
1752	伦诺克斯《女性吉诃德》；	休谟《政治论》； 斯马特《诗集》； 菲尔丁办《卡文特花园》杂志（1月至11月）	修改历法； 弗兰西斯·伯尼出生； 查特顿（T. Chatterton）出生
1753	斯摩莱特《裴迪南伯爵》； 理查逊《葛兰底森》（至1754出齐）	伦诺克斯《莎士比亚诠释》； 霍加思《美的分析》	贺·华尔浦尔重建"草莓山"宅第

参考年表 | 459

续表

年代	小说作品	其他著作	历史／文化事件
1754	萨拉·菲尔丁《哭泣》	休谟《英国史》（至1762）；托马斯·沃顿（T. Walton）《〈仙后〉刍议》	亨利·菲尔丁去世
1755	斯摩莱特译塞万提斯《堂吉诃德》；海伍德《隐身密探》	菲尔丁《里斯本航海日记》；理查逊《道德与有益的感情》；哈奇森《道德哲学体系》；约翰逊《英语大词典》；斯威夫特《作品集》；卢梭《论人类不平等的起源和基础》	里斯本地震
1756	艾默里（Amory）《约翰·邦克尔传》	斯摩莱特《真实旅行纪要》；约瑟夫·沃顿（J. Warton）《蒲柏的作品与天才》（至1782）；斯摩莱特办刊《批评评论》（至1763）；伏尔泰《里斯本的灾难》	七年战争（英国、普鲁士结盟与法、奥、俄作战）；皮特、德文舍尔（W. Devonshire）组阁；威廉·葛德文出生
1757	萨拉·菲尔丁《克莉奥佩特拉与奥克塔维亚传》	科林斯《纯朴颂》；伯克《论壮伟与秀美》；休谟《论文四篇》；斯摩莱特《英国通史》（至1763）	贺·华尔浦尔在"草莓山"办印刷所；威廉·布莱克出生
1758	伦诺克斯《亨利埃塔》	约翰逊编《闲荡者》（4月至1760年4月）；斯威夫特《女王的最后四年》	

续表

年代	小说作品	其他著作	历史／文化事件
1759	约翰逊《拉塞拉斯》； 伏尔泰《老实人》； 萨拉·菲尔丁《戴尔温伯爵夫人》； 斯特恩《项狄传》（至1767）	哥尔德斯密斯《欧洲高雅学问之现状》，办《蜜蜂》杂志（10月至11月）； 亚当·斯密《道德情操论》； 扬格《试论独创性作品》	大英博物馆开放； 亨德尔去世； 罗伯特·彭斯和威廉·贝克福德出生
1760	萨拉·菲尔丁《奥菲利娅》； 约翰斯通（Johnstone）《金币历险记》（至1765）； 瑞考勃尼（Riccoboni）《朱丽叶书简》	利特顿《死亡对话》； 麦克弗森《我相》； 斯特恩《约里克布道文集》（至1769）； 狄德罗《论宗教》	乔治三世继位
1761	斯摩莱特等译《伏尔泰作品集》； 卢梭《新爱洛伊斯》	斯摩莱特续写《英国通史》（至1765）； 布鲁克《天主教团审判起因》	塞缪尔·理查逊去世
1762	摩菲（Murphy）编《菲尔丁著作集》； 斯摩莱特《朗斯洛·格里弗斯爵士》； 无名氏《瓦格斯塔夫》； 里兰德（Leland）《朗斯沃德》； 伦诺克斯《苏菲亚》	哥尔德斯密斯《纳什传》、《世界公民》； 赫德（Herd）《关于骑士与罗曼司》； 卡姆斯（Kames）《批评的元素》； 麦克弗森《芬歌尔》； 华尔浦尔《英格兰绘画轶事》； 卢梭《社会契约论》	塞缪尔·约翰逊获得年金； J.C.巴赫抵达英国

续表

年代	小说作品	其他著作	历史／文化事件
1763	弗朗西丝·布鲁克（F. Brooke）《朱丽亚·曼德维尔传》； 马蒙泰尔（Marmontel）《道德故事》（至1765）	珀西（Percy）《古民谣五段》； 斯马特（Smart）《献给大卫王之歌》	英法签订《巴黎和约》，七年战争结束； 维尔基斯事件； 鲍斯韦尔首次见到约翰逊
1764	《月亮之旅》（署名"绅士"）； 里德利（Ridley）《詹尼的故事》； 亨利·布鲁克（H. Brooke）《上流傻瓜》（至1770）	哥尔德斯密斯《英国通史》； 里德（Reid）《人类心智探询》； 斯摩莱特《各国现状》； 卢梭《爱弥儿》； 伏尔泰《哲学辞典》	维尔基斯被逐出下院； 哈格里夫斯发明纺纱机； 约翰逊与雷诺兹创立"文学俱乐部"； 安·拉德克利夫出生
1765	华尔浦尔《奥特朗托堡》； 萨拉·司各特（S. Scott）《感情真实的人》（至1766）	布莱克斯通（Blackstone）《英国法释义》（至1769）； 约翰逊编《莎士比亚全集》； 珀西《英诗辑古》； 斯马特《大卫王赞美诗》	
1766	纽伯里（Newbury）《贫妇传》； 哥尔德斯密斯《威克菲尔德的牧师》	安斯蒂（Anstey）《新巴思指南》； 斯摩莱特《法、意游记》； 格雷夫斯《花彩》； （德国）拉辛《拉奥孔》	王位觊觎者詹姆斯·爱华·斯图亚特去世； 卢梭访问英格兰
1767	鲍斯韦尔《图兰朵：西班牙故事》	弗格森《文明社会史》	

续表

年代	小说作品	其他著作	历史／文化事件
1768	斯特恩《多情之旅》； 华尔浦尔《神秘的母亲》	鲍斯韦尔《科西嘉岛纪实》； 哥尔德斯密斯《好脾气的人》； 格雷《诗集》； 华尔浦尔《理查德三世的历史悬念》； 《不列颠百科全书》	皇家美术学院创立，雷诺兹任院长； 巴赫创始用钢琴独奏； 劳伦斯·斯特恩去世； 玛利亚·埃奇沃斯出生
1769	斯摩莱特《原子传》	哥尔德斯密斯《罗马史》； 雷诺兹《皇家美术学院论文集》	加里克主持莎士比亚节（在莎翁故乡）； 韦奇伍德（J. Wedgwood）开办陶瓷厂； 瓦特得到蒸汽机专利
1770	布里奇斯（Bridges）《钞票历险记》	比提（Beattie）《论真实》； 哥尔德斯密斯《荒村》	威廉·华兹华斯出生； 霍格（J. Hogg）出生； 查特顿去世
1771	麦肯齐《重情者》； 斯摩莱特《汉弗莱·克林克》	比提《吟游诗人》； 约翰·卫斯理《文集》（至1774）； 哥尔德斯密斯《英国史》	司各特出生； 格雷、斯马特、斯摩莱特去世
1772	芮福《凤凰》	艾肯塞德《诗集》； 威廉·琼斯《亚洲语言诗歌集》	柯尔律治出生； 波士顿议会威胁退出北美殖民地
1773	格雷夫斯《高尚的吉诃德》； 麦肯齐《世故者》； 达诺德（D'rnaud）《情感之泪》	库克（Cook）《环球记行：1768—1771》； 哥尔德斯密斯《委曲求全》； 蒙博杜（Monboddo）《语言之起源及发展》（至1792）； 《爱丁堡评论》创刊（至1799）	波士顿倾茶事件； 杰弗里（F. Jeffrey）、詹姆斯·穆勒（J. Mill）出生； 切斯特菲尔德去世

续表

年代	小说作品	其他著作	历史／文化事件
1774	亨利·布鲁克《朱丽叶·格伦维尔》（1774年被译成德文）	切斯特菲尔德《示子书》；哥尔德斯密斯《地球和生物界的历史》；卡姆斯《人类史大纲》；华尔浦尔《"草莓山"概述》；托·沃顿《英国诗歌史》；歌德《少年维特之烦恼》	骚塞出生；哥尔德斯密斯去世；第一届北美殖民地大陆会议召开
1775	比克奈尔（Bicknell）《仁慈的人，或贝尔维尔先生传》；扬格《朱亚·本森，或无辜者的痛苦》	约翰逊《苏格兰西部诸岛游记》；谢立丹剧作《情敌》；斯特恩《约里克致伊丽莎白书》；梅森（Mason）《格雷传》	北美独立战争爆发；简·奥斯丁、兰姆、兰道（W. S. Londor）、马·格·刘易斯出生
1776	斯摩莱特译费奈隆（Fenelon）《泰雷马克》	比提《论诗与音乐》；查尔斯·伯尼《音乐通史》；吉本《罗马帝国衰亡史》（至1788）；霍金斯（Hawkins）《音乐史》；亚当·斯密《国民财富的性质和原因的研究》	休谟去世；《独立宣言》颁布
1777	麦肯齐《朱丽亚·德·鲁比涅》；芮福《美德的倡导者》	查特顿《奥利诗篇》；库克《世界环行，驶向南极1772—1775》；休谟《论文两篇》（关于自杀和灵魂不死）；托马斯·沃顿《诗歌》；摩根（Morgann）《论戏剧人物福斯塔夫》	英军在北美萨拉托加（Saratoga）战役中战败投降
1778	弗兰西斯·伯尼《伊芙琳娜》	查特顿《关于诗歌与散文的杂记》；赫尔德《民歌》	卢梭、伏尔泰去世；老皮特去世；法-美联盟成立，不列颠对法宣战；哈兹里特出生

续表

年代	小说作品	其他著作	历史/文化事件
1779	库姆《约里克和伊丽莎白书简》；格雷夫斯译歌德《少年维特之烦恼》	柯珀（Cowper）《奥尔尼赞歌》；休谟《有关自然宗教的对话》；约翰逊《传记性及评论性序言》（1781再版为《诗人传》）	西班牙战争；克朗普顿发明骡机；加里克去世
1780	霍尔克罗夫特《阿尔文》	克莱布《候选人》；潘恩（Paine）《公益》	戈登暴乱（6月）；开始设立主日学校
1781	库姆（Combe）《意大利修女与英国绅士间的书信》	杰斐逊《英属美洲的权利》；谢立丹《批评家》；卢梭《忏悔录》；席勒《强盗》；康德《纯粹理性批判》	
1782	伯尼《赛西莉亚》	柯珀《诗集》；尼克尔斯（Nichols）《传记与文学轶事》；普里斯特利《基督教讹传教义史》	萨拉·西登斯（S. Siddons）在竹瑞巷剧院登台演出
1783	芮福《两位顾问》；威·汤姆森（William Thomson?）《月亮上的人》	比提《论道德与批评》；贝克福德《梦、清醒思考与偶发事件》；克莱布《乡村》；布莱克《诗歌速写》；布赖尔《论修辞与文学》；谢立丹《丑闻学校》	《美英凡尔赛和约》承认北美殖民地独立；福克思-诺思联盟成立；小皮特首次组阁（至1801）
1784	葛德文《伊姆贞》；拉克罗斯（Laclos）《危险的关系》英译本	库克《驶向太平洋》；赫尔德《关于人类历史哲学的思考》；博马舍《费加罗的婚礼》	皮特的印度法案出台；塞缪尔·约翰逊、狄德罗去世；亨特（L. Hunt）出生

参考年表 | 465

续表

年代	小说作品	其他著作	历史／文化事件
1785	无名氏《空中密探，或气球历险记》； 金利斯（Genlis）《城堡的故事》	柯珀《任务》； 鲍斯韦尔《赫布里底诸岛游记》； 约翰逊《祈祷与沉思》； 麦肯齐办《游荡者》（2月至1787）； 芮福《罗曼司的发展》； 里德《人类思想的力量》	皮特的议会改革方案未能通过； 卡特赖特发明水力织布机； 德·昆西（De Quincey）出生； 皮科克（T. L. Peacock）出生
1786	贝克福德《法塞克》； 李（H. Lee）《无心的过错》	彭斯《诗集》（主要用苏格兰方言）； 奈特《论普里阿普斯崇拜》； 吉尔平（Gilpin）《昆伯兰和威斯特摩兰考察记》； 皮奥奇太太（Piozzi）《约翰逊逸事》； 图克（Tooke）办刊《娱乐》（至1798，1805年复刊）	塞缪尔·泰勒（S. Taylor）创造综合速记体系
1787		彭斯《歌集》； 霍金斯《约翰逊传》； 沃斯通克拉夫特《关于儿童教育的思考》	美国宪法签署
1788	芮福《流亡》； 夏洛特·史密斯《艾米琳》； 沃斯通克拉夫特《玛丽》	约翰逊《演讲集》； 里德《论人的积极力量》； 沃斯通克拉夫特《源于真实生活的故事》	《每日世界报》改名为《泰晤士报》； 小王位觊觎者（查尔斯·爱德华·斯图亚特）去世； 拜伦出生
1789	拉德克利夫《阿思林和顿贝的城堡》； 史密斯《爱丝琳达》	边沁《道德与立法原则概述》； 布莱克《天真之歌》	巴黎巴士底狱被攻陷，法国大革命开始

主要参考书目

中文部分

巴赫金:《陀思妥耶夫斯基诗学问题》,生活·读书·新知三联书店,北京,1988,白春仁、顾亚铃译。

玛里琳·巴特勒:《浪漫派、叛逆者及反动派:1760—1870年间的英国文学及其背景》,辽宁教育出版社,沈阳,1998,黄梅、陆建德译。

波德莱尔:《波德莱尔美学论文选》,人民文学出版社,北京,1987,郭宏安译。

费尔南·布罗代尔:《15至18世纪的物质文明、经济和资本主义》,生活·读书·新知三联书店,北京,1993,共3卷,施康强、顾良译。

笛福:《笛福文选》,商务印书馆,北京,1997,徐式谷译。

狄德罗:《狄德罗美学论文选》,人民文学出版社,北京,1984,张冠尧等译。

范存忠:《英国文学论集》,外国文学出版社,北京,1981。

菲尔丁:《大伟人江奈生·魏尔德传》,人民文学出版社,北京,1981,萧乾译。

菲尔丁:《弃儿汤姆·琼斯的历史》,人民文学出版社,北京,1984,萧乾、李从弼译。

福柯:《性史》,上海科学技术文献出版社,上海,1989,张廷琛等译。

福斯特:《小说面面观》,花城出版社,广州,1984,苏炳文译。

韩加明:《简论哥特小说的产生和发展》,《国外文学》(季刊),2000年第1期(总第77期),36—41页。

霍布斯：《利维坦》，商务印书馆，北京，1985，黎思复、黎廷弼译。

列维-斯特劳斯：《结构人类学》，上海译文出版社，上海，1995，谢维扬、俞宣孟译。

李赋宁（总主编）：《欧洲文学史》，商务印书馆，北京，1999—2001，共3卷。

F.R.利维斯：《伟大的传统》，生活·读书·新知三联书店，北京，2002，袁伟译。

吴景荣、刘意青（主编）：《英国十八世纪文学史》，外语教学与研究出版社，北京，2000。

卢卡奇：《历史与阶级意识》，商务印书馆，北京，1996，杜章智等译。

陆建德：《伏尔泰的椰子》，《万象》，2001年第8期，83—98页。

洛克：《政府论》，商务印书馆，北京，1996，共2册，瞿菊农、叶启芳译。

马克思、恩格斯：《马克思恩格斯选集》，人民出版社，北京，1972，共4卷，中共中央马克思恩格斯列宁斯大林著作编译局编译。

肯尼思·O.摩根（主编）：《牛津英国通史》，商务印书馆，北京，1993，王觉非等译。

彭国翔：《儒学：在自由主义与社群主义之间》，《中国图书商报》，2002年4月4日第14版。

钱乘旦：《第一个工业化社会》，四川人民出版社，成都，1989。

沈弘：《迟暮的爱情更加刻骨铭心》，《世界文学》，1999年第6期，272—282页。

斯末莱特：《蓝登传》，上海译文出版社，上海，1980，杨周翰译。

斯威夫特：《格列佛游记》，人民文学出版社，北京，1962，张健译。

王友平：《开创现代文明的帝国》，黑龙江人民出版社，哈尔滨，1998，滕藤主编（"强国之路"丛书）。

马克斯·韦伯：《新教伦理与资本主义精神》，生活·读书·新知三联书店，北京，1987，于晓、陈维纲等译。

雷纳·韦勒克：《近代文学批评史》，上海译文出版社，上海，1997，杨岂深、杨自伍译。

肖明翰：《英美文学中的哥特传统》，《外国文学评论》，2001年第2期，90—111页。

休谟：《人性论》，商务印书馆，北京，1994，关文运译。

阎照祥：《英国贵族史》，人民出版社，北京，2000。

杨绛:《关于小说》,生活·读书·新知三联书店,北京,1986。

杨周翰:《十七世纪英国文学》,北京大学出版社,北京,1985。

张京媛(主编):《当代女性主义批评》,北京大学出版社,北京,1992。

英文部分

Adelstein, Michael E. *Fanny Burney*. Twayne, 1968.

Addison, Joseph. *The Works of Joseph Addison*. Vernor & Hood, 1804, in 6 Vols.

Allen, Walter. *The English Novel*. Dutton, 1954.

Alter, Robert. *Fielding and the Nature of the Novel*. Harvard University Press, 1968.

Armens, Sven M. *John Gay: Social Critic*. King's Crown P., Columbia University Press, 1954.

Armstrong, Nancy. *Desire and Domestic Fiction: A Political History of the Novel*. Oxford University Press, 1987.

Austen, Jane. *Northanger Abbey*. Penguin, 1972.

Backscheider, Paula R. *Daniel Defoe*. Johns Hopkins University Press, 1989.

——. "The Shadow of an Author: Eliza Haywood," *Eighteenth-Century Fiction*, Vol. 11, No. 1 (Oct. 1998), pp. 79-102.

Baker, Ernest A. *The History of the English Novel*. H. F. & G. Witherby, 1924-1936, in 10 Vols.

Bakhtin, Mikhail. *Rabelais and His World*. Indiana University Press, 1984. Translated by Helene Iswoisky.

——. *The Dialogic Imagination*. University of Texas Press, 1981. Translated by Caryl Emerson and Michael Holguist.

Barker-Benfield, G. J. *The Culture of Sensibility: Sex and Society in Eighteenth-Century Britain*. University of Chicago Press, 1996. First published in 1992.

Barney, Richard A. *Plots of Enlightenment: Education and the Novel in Eighteenth-Century England*. Stanford University Press, 1999.

Barthes, Roland. *Image-Music-Text*. Hill and Wang, 1984. Selected and translated by Stephen Heath.

Bate, Walter Jackson. *From Classic to Romantic: Premises of Taste in Eighteenth-Century England*. Harper & Row, 1961. First published in 1946.

——. *Samuel Johnson*. Harvest/HBJ, 1979. First published in 1975.

Battestin, Martin C., ed. *The Twentieth Century Interpretations of Tom Jones*. Prentice-Hall, 1968.

—— & Ruth R. Battestin. *Henry Fielding: A Life*. Routledge, 1989.

——. "Sterne among the Philosophes: Body and Soul in *A Sentimental Journey*," *Eighteenth-Century Fiction*, Vol. 7, No. 1 (Oct. 1994), pp. 17-36.

Bell, Ian A. *Henry Fielding: Authorship and Authority*. Langman, 1994.

Booth, Wayne C. *The Rhetoric of Fiction*. University of Chicago Press, 1961.

Boswell, James. *The Life of Samuel Johnson*. Modern Library, 1952.

Brewer, John. *The Pleasures of the Imagination: English Culture in the Eighteenth Century*. Farrar Straus Giroux, 1997.

Brooks, Peter. *Reading for the Plot*. Alfred A. Knopf, 1984.

Brown, Laura. *Ends of Empire: Women and Ideology in Early Eighteenth-Century English Literature*. Cornell University Press, 1993.

Bunyan, John. *The Pilgrim's Progress*. Penguin, 1965.

——. *The Life and Death of Mr. Badman*. Oxford University Press, 1929.

Burke, Edmund. *The Works of Edmund Burke*. Oxford University Press, 1906.

Butler, Marilyn. *Jane Austen and the War of Ideas*. Clarendon, 1975.

Butler, Samuel. *Hudibras*. Cambridge University Press, 1905. First published in 1663.

Caplan, Jay. *Framed Narratives*. University of Minnesota Press, 1985.

Castle, Terry. *Clarissa's Ciphers*. Cornell University Press, 1982.

——. *Masquerade and Civilization*. Stanford University Press, 1986.

Clery, E. J. *The Rise of Supernatural Fiction, 1762-1800*. Cambridge University Press, 1995.

Clingham, Greg, ed. *The Cambridge Companion to Samuel Johnson*. 上海外语教育出版社, 2000。Originally published by Cambridge University Press in 1997.

Cohen, Michael. "Godwin's Caleb Williams: Showing the Strains in Detective

Fiction," *Eighteenth-Century Fiction*, Vol. 10, No. 2 (Jan. 1998), pp. 203-219.

Conway, Alison. "Fielding's *Amelia* and the Aesthetics of Virtue," *Eighteenth-Century Fiction*, Vol. 8, No. 1 (Oct. 1995), pp. 35-50.

Copeland, Edward. *Women Writing about Money: Women's Fiction in England, 1790-1820*. Cambridge University Press, 1995.

Crane, R. S. *The Idea of the Humanities*. University of Chicago Press, 1967.

Cross, Wilbur L. *The Life and Times of Laurence Sterne*. Yale University Press, 1925.

Damrosch, Leopold Jr. *God's Plot & Man's Stories*. University of Chicago Press, 1985.

Davis, Herbert. *The Satire of Jonathan Swift*. Macmillan Publishing Co., 1947.

Dijkstra, Bram. *Defoe and Economics: The Fortunes of Roxana in the History of Interpretation*. Macmillan Publishers Ltd., 1987.

Doody, Margaret Anne. *Frances Burney: The Life in the Work*. New Brunswick, Rutgers University Press, 1988.

——. *A Natural Passion: A Study of the Novels of Samuel Richardson*. Clarendon, 1974.

—— & Peter Sabor, ed. *Samuel Richardson: Tercentenary Essays*. Cambridge University Press, 1989.

Downie, J. A. "The Making of the English Novel," *Eighteenth-Century Fiction*, Vol. 9, No. 3 (Apr. 1997), pp. 250-266.

Eagleton, Terry. *The Rape of Clarissa*. Basil Blackwell, 1985.

Earle, Peter. *The Making of the English Middle Class*. University of California Press, 1989.

Elias, Norbert. *The History of Manners*. Basil Blackwell, 1982. Translated by Edmund Jephcott.

Ellis, Markman. *The Politics of Sensibility: Race, Gender and Commerce in the Sentimental Novel*. Cambridge University Press, 1996.

Fielding, Henry. *The Works of Henry Fielding*. Routledge, 1997, in 10 Vols.

Fletcher, Loraine. *Charlotte Smith: A Critical Biography*. Macmillan Publishers Ltd., 1998.

Flynn, Carol H. *Samuel Richardson: A Man of Letters*. Princeton University Press, 1982.

Ford, Boris, ed. *From Dryden to Johnson*. Penguin, 1957. Vol. 4 of *The Pelican Guide to English Literature*.

Foucault, Michel. *Madness and Civilization: A History of Insanity in the Age of Reason*. Vintage Books, 1973. Translated by Richard Howard.

Frye, Northrop. *Anatomy of Criticism*. Princeton University Press, 1971. First published in 1957.

Furbank, P. B. & W. R. Owens. "The 'Lost' Continuation of Defoe's *Roxana*," *Eighteenth-Century Fiction*, Vol. 9, No. 3 (Apr. 1977), pp. 299-308.

Gilbert, Sandra M. & Susan Gubar. *The Madwoman in the Attic*. Yale University Press, 1979.

Gilmour, Robin. *The Idea of the Gentleman in the Victorian Novel*. George Allen & Unwin, 1981.

Girard, René. *Deceit, Desire, and the Novel: Self and Other in Literary Structure*. Johns Hopkins University Press, 1965. Translated by Yvonne Frenccero.

Golden, Morris. *Richardson's Characters*. University of Michigan Press, 1963.

Gooding, Richard. "Pamela, Shamela and the Politics of the Pamela Vogue," *Eighteenth-Century Fiction*, Vol. 7, No. 2 (Jan. 1995), pp. 109-130.

Gordon, Scott Paul. "Disinterested Selves: Clarissa and the Tactics of Sentiment," *ELH*, Vol. 64, No. 2, p. 481.

Greenblatt, Stephen. *Renaissance Self-fashioning: From More to Shakespear*. University of Chicago Press, 1984. First published in 1980.

Gunn, Daniel P. "Is *Clarissa* Bourgeois Art?" *Eighteenth-Century Fiction*, Vol. 10, No. 1 (Oct. 1997), pp. 1-14.

Habermas, Jurgen. *The Structural Transformation of the Public Sphere*. Polity, 1992. Translated by Thomas Burger.

Haggerty, George E. "Fielding's Novel of Atonement: Confessional Form in *Amelia*," *Eighteenth-Century Fiction*, Vol. 8, No. 3 (April 1996), pp. 383-400.

Hailer, William & Malleville. "The Puritan Art of Love," *Huntington Library*

Quarterly, No. 5 (1942), pp. 235-272.

Han, Jiaming. *Henry Fielding: Form, History, Ideology*. Peking University Press, 1997.

Hardy, John Philips. *Samuel Johnson: A Critical Study*. Routledge, 1979.

Harris, Jocelyn. *Samuel Richardson*. Cambridge University Press, 1987.

Hazlitt, William. *The Complete Works*. J. M. Dent, 1932. Edited by P. P. How.

Healey, George Harris, ed. *The Letters of Daniel Defoe*. Clarendon, 1955.

Hendricks, Margo & Patricia Parker, eds. *Women, "Race," and Writing in the Early Modern Period*. Routledge, 1994.

Hill, Christopher. *Puritanism and Revolution*. Seeker & Warburg, 1958.

——. *The World Turned Upside Down*. Penguin, 1988. First published in 1972.

Hoeveler, Diane Long. *Gothic Feminism: The Professionalization of Gender from Charlotte Smith to the Brontes*. Pennsylvania State University Press, 1995.

Hogarth, William. *The Works of William Hogarth*. Simpkin, Marshall, Hamilton, Kent & Co., 1800-1899.

Huang Mei. *Transforming the Cinderella Dream: From Frances Burney to Charlotte Bronte*. Rutgers University Press, 1990.

Hudson, Nicholas. *Samuel Johnson and Eighteenth-Century Thought*. Clarendon, 1988.

Hume, David. *Essays: Moral, Political, and Literary*. Liberty Fund, 1987. Edited by E. F. Miller.

Hunter, J. Paul. *Before Novels: The Cultural Contexts of Eighteenth Century English Fiction*. Norton, 1990.

——. *Occasional Form: Henry Fielding and the Chains of Circumstance*. Johns Hopkins University Press, 1975.

——. *The Reluctant Pilgrim: Defoe's Emblematic Method and Quest for Form in Robinson Crusoe*. Johns Hopkins University Press, 1966.

Ingram, Allan. *Intricate Laughter in the Satire of Swift and Pope*. Macmillan Publishers Ltd., 1986.

Iser, Wolfgang. *Laurence Stern: Tristram Shandy*. Cambridge University Press, 1988.

Jacobsen, Susan L. "'The Tinsel of the Times': Smollett's Argument Against Conspicuous Consumption in *Humphry Clinker*," *Eighteenth-Century Fiction*, Vol. 9, No. 1 (Oct. 1996), pp. 71-88.

Jarrett, Derek. *England in the Age of Hogarth*. Yale University Press, 1984. First published in 1974.

Johnson, Samuel. *The Works of Samuel Johnson*. Oxford University Press, 1825.

——. *Lives of the English Poets*. Oxford University Press, 1952, in 2 Vols. First published in 1779 & 1781.

Kelly, Lionel, ed. *Tobias Smollett: The Critical Heritage*. Routledge, 1987.

Keymer, Tom. *Richardson's Clarissa and the Eighteenth-Century Reader*. Cambridge University Press, 1992.

Kibbie, Ann Louise. "Monstrous Generation: The Birth of Capital in Defoe's *Moll Flanders* and *Roxana*," *PLMA*, No. 110 (1995), pp. 1023-1034.

Kilgour, Maggie. *The Rise of the Gothic Novel*. Routledge, 1995.

Kinkead-Weekes, Mark. *Samuel Richardson: Dramatic Novelist*. Methuen, 1973.

Korshin, Paul J., ed. *Johnson after Two Hundred Years*. University of Pennsylvania Press, 1986.

Kroll, Richard, ed. *The English Novel*. Longman, 1998, in 2 Vols.

Langford, P. A. *A Polite and Commercial People: England 1727-1783*. Oxford University Press, 1989.

Leavis, F. R. *The Common Pursuit*. Chatto & Windus, 1952.

Leavis, Q. D. *Fiction and the Reading Public*. Chatto & Windus, 1939.

Lewis, Paul. "Mysterious Laughter: Humor and Fear in Gothic Fiction," *Genre* 14 (1981), pp. 309-327.

Liu, Yiqing. *Samuel Richardson as Writer of the Female Heart*. Peking University Press, 1995.

London, April. "Historiography, Pastoral, Novel: Genre in *The Man of Feeling*," *Eighteenth-Century Fiction*, Vol. 10, No. 1 (Oct. 1997), pp. 43-62.

Lorch, Jennifer. *Mary Wollstonecraft: The Making of a Radical Feminist*. Berg, 1990.

Loveridge, Mark. *Laurence Sterne and the Argument about Design*. Macmillan Publishers Ltd., 1982.

———. "Stories of *Cocks and Bulls*: The Ending of *Tristram Shandy*," *Eighteenth-Century Fiction*, Vol. 5, No. 1 (Oct. 1992), pp. 35-54.

Lu, Danian. *Pamela's Rchardson & Joseph's Fielding*. Ph. D. Dissertation for English Dept., Berkeley University Press.

Lynch, James J. *Henry Fielding and the Heliodoran Novel: Romance, Epic, and Fielding's New Province of Writing*. Associated University Press, 1986.

MacAndrew, Elizabeth. *The Gothic Tradition in Fiction*. Columbia University Press, 1979.

MacIntyre, Alasdair. *A Short History of Ethics*. Macmillan Publishing Co., 1966.

McKendrick, Neil, John Brewer & J. H. Plumb. *The Birth of a Consumer Society: The Commercialization of 18th Century England*. Indiana University Press, 1985.

McKeon, Michael. *The Origins of the English Novel, 1600-1740*. Johns Hopkins University Press, 1991. First published in 1987.

McKillop, Alan Dugald. *The Early Masters of English Fiction*. University of Kansas Press, 1956.

Macpherson, C. B. *The Political Theory of Possessive Individualism: Hobbes to Locke*. Oxford University Press, 1964. First published in 1962.

Mandeville, Bernard. *The Fable of the Bees*. Penguin, 1989. First published in 1714 (& 1723).

Masse, Michelle A. *In the Name of Love: Women, Masochism, and the Gothic*. Cornell University Press, 1992.

Mayer, Robert. "History, *Humphry Clinker*, and the Novel," *Eighteenth-Century Fiction*, Vol. 4, No. 3 (April 1992), pp. 239-256.

Miles, Robert. *Gothic Writing: 1750-1820*. Routledge, 1993.

Moers, Ellen. *Literary Women*. Oxford University Press, 1985. First published in 1963.

Motooka, Wendy. *The Age of Reasons*. Routledge, 1998.

Mullen, John. "Admiring the Mag," *TLS*, Jan. 1, 1999, pp. 10-11.

New, Melvyn, ed. *Tristram Shandy*. Macmillan Publishers Ltd., 1992.

Nokes, David. *Jonathan Swift: A Hypocrite Reversed*. Oxford University Press, 1985.

Novak, Maximillian E. *Economics and the Fiction of Daniel Defoe*. University of California Press, 1962.

Nussbaum, Felicity & Laura Brown, eds. *The New Eighteenth Century: Theory, Politics, English Literature*. Methuen, 1987.

Page, Norman, ed. *Dr. Johnson: Interviews and Recollections*. Macmillan Publishers Ltd., 1987.

Perry, Ruth. *Women, Letters, and the Novel*. AMS, 1980.

Pierce, John B. "Pamela's Textual Authority," *Eighteenth-Century Fiction*, Vol. 7, No. 2 (Jan. 1995), pp. 131-146.

Plumb, J. H. *England in the Eighteenth Century*. Penguin, 1950.

Poovey, Mary. *The Proper Lady and the Woman Writer*. University of Chicago Press, 1984.

Preston, John. *The Created Self: The Reader's Role in Eighteenth-Century Fiction*, Heinemann, 1970.

Probyn, Clive T., ed. *Jonathan Swift: The Contemporary Background*. Manchester University Press, 1978.

——. *English Fiction of the Eighteenth Century: 1700-1789*. Longman, 1987.

Qualls, Barry V. *The Secular Pilgrims of Victorian Fiction*. Cambridge University Press, 1982.

Ray, William. "Rethinking Reading: The Novel and Cultural Stratification," *Eighteenth-Century Fiction*, Vol. 10, No. 2 (Jan. 1998), pp. 151-170.

Rawson, Claude J. *Henry Fielding and the Augustan Ideal Under Stress*. Routledge & Kegan Paul, 1972.

——. "Like a Conjur'd Spirit," *TLS*, March 10, 2000, pp. 3-5.

——. *Satire and Sentiment: 1660-1830*. Cambridge University Press, 1994.

Richetti, John J. *Daniel Defoe*. Twayne, 1987.

——, ed. *The Eighteenth Century Novel*. 上海外语教育出版社, 2000。First published by Cambridge University Press in 1997.

——. *The English Novel in History: 1700-1780*. Routledge, 1999.

——. *Popular Fiction Before Richardson*. Clarendon, 1992. First published in 1969.

Rivero, Albert J., ed. *New Essays on Samuel Richardson*. St. Martin's Press, 1996.

Robbins, Bruce. *The Servant's Hand: English Fiction From Below*. Columbia University Press, 1986.

Robinson, Daniel. "Theodicy versus Feminist Strategy in Mary Wollstonecraft's Fiction," *Eighteenth-Century Fiction*, Vol. 9, No. 2 (Jan. 1997), pp. 183-202.

Rogers, Deborah D., ed. *The Critical Response to Ann Radcliffe*. Greenwood, 1994.

Rosenblum, Michael. "Why What Happens in Shandy Hall Is Not 'A Matter for the Police'?" *Eighteenth-Century Fiction*, Vol. 7, No. 2 (Jan. 1995), pp. 147-164.

Sacks, Sheldon. *Fiction and the Shape of Belief*. University of California Press, 1967.

Said, Edward W. *Orientalism*. Vintage, 1979. First published in 1978.

——. *Culture and Imperialism*. Vintage, 1994. First published in 1993.

Salzman, Paul. *English Prose Fiction: 1558-1700*. Clarendon, 1985.

Santayana, George. *Three Philosophical Poets*. Cooper Square, 1970. First published in 1910.

Schofield, Mary Anne & Cecilia Macheski, eds. *Fetter'd or Free*. Ohio University Press, 1986.

Scott, Walter. *Lives of the Novelists* (Everyman's Library). J. M. Dent, 1910.

Sedgwick, Eve Kosofsky. *Between Men*. Columbia University Press, 1985.

Seelig, Sharon Cadman. *Generating Texts: The Progeny of Seventeenth-Century Prose*. University Press of Virginia, 1996.

Shinagel, Michael. *Daniel Defoe and Middle-Class Gentility*. Harvard University Press, 1968.

Simons, Judy. *Fanny Burney*. Macmillan Publishers Ltd., 1987.

Smyth, John Vignaux. *A Question of Eros: Irony in Sterne, Kierkegaard, & Barthes.*

Florida State University Press, 1986.

Spacks, Patricia Meyer. *Imagining a Self: Autobiography and Novel in Eighteenth-Century England.* Harvard University Press, 1976.

——. *Desire and Truth: Functions of Plot in Eighteenth-Century English Novels.* University of Chicago Press, 1990.

Spector, Robert D. *Smollett's Women: A Study in an Eighteenth-Century Masculine Sensibility.* Greenwood, 1994.

Spencer, Jane. *The Rise of the Woman Novelist: From Aphra Behn to Jane Austen.* Basil Blackwell, 1986.

Stallybrass, Peter & Allon White. *The Politics and Poetics of Transgression.* Cornell University Press, 1986.

Stone, Lawrence. *The Family, Sex and Marriage.* Harper, 1979. Abridged Edition.

Straub, Kristina. *Divided Fictions: Fanny Burney and Feminine Strategy.* University of Kentucky Press, 1987.

Sutherland, James. *English Satire.* Cambridge University Press, 1958.

——. *Daniel Defoe: A Critical Study.* Harvard University Press, 1971.

Swift, J. *The Prose Works of Jonathan Swift.* B. Blackwell, 1939-1968, in 14 Vols. Edited by Hertert Davis, et al.

Thackeray, W. M. *The English Humourists & The Four Georges* (Everyman's Library). J. M. Dent, 1912.

Thompson, E. P. *Customs in Common: Studies in Traditional Popular Culture.* New Press, 1993.

Todd, Janet., ed. *Aphra Behn Studies.* Cambridge University Press, 1996.

——. *The Sign of Angellica: Women, Writing and Fiction, 1660-1800.* Virago, 1989.

Tompkins, J. M. S. *The Popular Novel in England: 1770-1800.* Methuen, 1961. First published in 1932.

Trevelyan, G. M. *English Social History.* Longman, 1946. First published in 1942.

Turberville, A. S. *English Men and Manners in the 18th-Century.* Oxford University Press, 1957.

Utter, R. P., & G. B. Needham. *Pamela's Daughters.* Macmillan Publishing Co.,

1936.

Van Ghent, Dorothy. *The English Novel: Form and Function*. Harper & Row, 1967. First published in 1953.

Varey, Simon. *Henry Fielding*. Cambridge University Press, 1986.

Vermillion, Mary. "*Clarissa* and the Marriage Act," *Eighteenth-Century Fiction*, Vol. 9, No. 4 (July 1977), pp. 395-415.

Waine, John, ed. *Fanny Burney's Diary*. Folio Society, 1961.

Watt, Ian. *The Rise of the Novel*. University of California Press, 1967. First published in 1957.

——. *Myths of Modern Individualism: Faust, Don Quixote, Don Juan, Robinson Crusoe*. Cambridge University Press, 1996.

White, Allon. *Carniaval, Hysteria, and Writing*. Clarendon, 1993.

Willey, Basil. *The Eighteenth Century Background: Studies on the Idea of Nature in the Thought of the Period*. Beacon Press, 1960. First published in 1940.

Williams, Kathleen, ed. *Jonathan Swift: The Critical Heritage*. Routledge, 1970.

Williams, Nicholas M. "'The Subject of Detection'," *Eighteenth-Century Fiction*, Vol. 9, No. 4 (July 1997), pp. 478-498.

Williams, Raymond. *The Country and the City*. Oxford University Press, 1973.

——. *Writings in Society*. Verso, 1984.

Wolff, Cynthia Griffin. *Samuel Richardson and the Eighteenth Century Puritan Character*. Shoe String Press, 1972.

Woodcock, George. *The Incomparable Aphra*. T. V. Boardman, 1948.

Woolf, Virginia. *The Common Reader: Second Series*. Hogarth, 1935.

——. *A Room of One's Own*. HBJ, 1957.

——. *Granite and Rainbow*. HBJ, 1975.

Wright, Andrew. *Henry Fielding: Mask and Feast*. University of California Press, 1966.

初版后记

本书的撰写曾得到中国社会科学基金和美国哈佛燕京学社的资助，特在此致谢。

在写作过程中，许多朋友和同行给了我极大的帮助。特别是吕大年、刘意青、韩加明、张在新和陆建德等曾细致地阅读了我的文稿并多次与我讨论，对方方面面的问题——大到立意、选材和方法论，小到用词和标点——提出了无微不至的建议和意见。此外，在国家图书馆工作的张小娴从始至终帮助我搜寻资料并协助编纂了"参考年表"；三联书店的编辑孙晓林细致地校订了全书。可以说，没有他们的关心和劳动，就没有这本书今天的面貌。我对他/她们的深切的谢意是难以用言辞表达的。

我还应感谢一些报刊——包括《读书》、《万象》、《外国文学评论》和《中华读书报》等——发表了我的一些相关的或阶段性的成果，使我得到了交流的机会，也得到了鼓励和帮助。

这本书写了很久，也写得很艰难。在阅读资料的过程中，我越来越痛感英国18世纪小说研究所涉及的大量问题不是我的学力所能从容应对的，曾不止一次地后悔当初贸然承担了一项力所不及的任务。如今这一工作终于告一段落，我意识到正是因为有"任务"逼迫，才使我读了不少本来我也许不会接触的书籍，使我对于在人类现代文明进程中有重要意义的18世纪英国文化有了较为全面深入的了解，并能以这种相对广阔的背景为基础来思考当时英国小说所关注的重要思想问题。不必说，与英语文化史中一些杰出的哲人和智者做伴并对话，也自有一份乐趣和教益。

但愿我能通过这本书或多或少把自己的收获传达给读者，也希望能听到批评和反馈。

"当代学术"第一辑

美的历程
李泽厚著

中国古代思想史论
李泽厚著

古代宗教与伦理
儒家思想的根源
陈　来著

从爵本位到官本位（增补本）
秦汉官僚品位结构研究
阎步克著

天朝的崩溃（修订版）
鸦片战争再研究
茅海建著

晚清的士人与世相（增订本）
杨国强著

傅斯年
中国近代历史与政治中的个体生命
王汎森著

法律与文学
以中国传统戏剧为材料
苏　力著

刺桐城
滨海中国的地方与世界
王铭铭著

第一哲学的支点
赵汀阳著

生活·讀書·新知 三联书店 刊行

"当代学术"第二辑

七缀集
钱锺书 著

杜诗杂说全编
曹慕樊 著

商文明
张光直 著

西周史（增补二版）
许倬云 著

拓跋史探（修订本）
田余庆 著

近代中国社会的新陈代谢
陈旭麓 著

甲午战争前后之晚清政局
石　泉 著

民主四讲
王绍光 著

心灵秩序与世界历史（增订本）
奥古斯丁对西方古典文明的终结
吴　飞 著

海德格尔与伦理学问题（修订版）
韩　潮 著

生活·讀書·新知 三联书店 刊行

"当代学术" 第三辑

三松堂自序
冯友兰著

中国文明起源新探
苏秉琦著

美术、神话与祭祀
张光直著

杜甫评传
陈贻焮著

中国历史通论
王家范著

清代政治论稿
郭成康著

无法直面的人生（修订本）
鲁迅传
王晓明著

反抗绝望（修订本）
鲁迅及其文学世界
汪　晖著

竹内好的悖论（增订本）
孙　歌著

跨语际实践（修订版）
文学，民族文化与被译介的现代性
刘　禾著

生活・讀書・新知 三联书店 刊行

"当代学术" 第四辑

金翼（作者定本）
中国家族制度的社会学研究
林耀华著

北京城的生命印记
侯仁之著

酒之爵与人之爵
东周礼书所见酒器等级礼制初探
阎步克著

祖宗之法（修订二版）
北宋前期政治述略
邓小南著

从未央宫到洛阳宫
两汉宫禁制度研究
陈苏镇著

国家与学术
清季民初关于"国学"的思想论争
罗志田著

中古中国与粟特文明（增订本）
荣新江著

西周的政体（增订本）
中国早期的官僚制度和国家
李　峰著

乡族与国家（修订本）
多元视野中的闽台传统社会
郑振满著

战国时期的东西差别（修订本）
考古学的视野
梁　云著

生活·讀書·新知 三联书店 刊行